존재의 시: 한국현대시사의 존재론적 연구

정지용 · 이상 · 오장환 · 윤동주 · 조지훈 · 김수영 ·

김춘수 · 김구용 · 고석규 · 기형도를 중심으로

존재의 시: 한국현대시사의 존재론적 연구

정지용 · 이상 · 오장환 · 윤동주 · 조지훈 · 김수영 ·
김춘수 · 김구용 · 고석규 · 기형도를 중심으로

오주리吳周利

국학자료원

책머리에

    시인으로 존재한다는 것에 대하여 눈을 감고 생각합니다. 저 자신이 시이고자 하는 꿈, 그리고 시가 저 자신이고자 하는 꿈, 그 꿈은 제가 가야 할 길을 비춰주는 거울입니다.

    그리하여, 『존재의 시: 한국현대시사의 존재론적 연구』를 담담히 엮어봅니다. 저 자신이 시인으로 살아가면서 사랑하였던 시인들, 그들의 존재의 시를 오랜 시간 가슴에 품어왔습니다. 그 결실을 또 한 권의 책으로 엮어 봅니다.

    저의 석사학위논문은 김소월, 박사학위논문은 김춘수를 대상으로 한 작가론이었습니다. 관악에서 저를 키워주시던 은사님들을 떠나, 저는 학자로서 강릉에서 홀로서기를 하며, 한국현대시사를 깊이 연구하겠다는 다짐으로 한국 현대시를 대표하는 시인들 가운데 존재론으로 다가갈 수 있는 시인들을 다뤄왔습니다. 그리하여 존재론이라는 하나의 주제 아래 열두 편의 논문이 모여, 나름대로 또 한 권의 책으로 엮였습니다.

제가 '존재의 시'라는 관점으로 연구해 온 시인은 정지용 · 이상 · 오장환 · 윤동주 · 조지훈 · 김수영 · 김춘수 · 김구용 · 고석규 · 기형도까지 모두 열 명의 시인입니다. 이렇게 열 명의 시인에 대한 논문을 모아 놓고 보니, 초심이 드러나는 듯합니다. 그 초심은 바로 한국현대시사를 연구해 보겠다는 마음이었습니다. 이 시인들을 드높은 기둥 삼아 한국현대시사라는 하늘을 얹어 봅니다.

철학 너머에 시가 있다고 믿습니다. 그렇지만, 제도로서의 학문에는 약속된 틀이 있기에 시에 대한 사유를 논리로 쌓기 위하여 철학에 기대어 왔음을 고백합니다. 시인의 친구는 철학자요, 철학자의 친구는 시인임을 믿습니다. 제가 이 책을 엮기까지 탐독하였던 철학자는 동양에서는 공자, 맹자, 홍자성 등이었고, 서양에서는 플라톤, 칸트, 키르케고르, 니체, 하이데거, 레비나스, 들뢰즈 등이었습니다. 그들의 인간에 대한 사랑에 존경을 표합니다. 제가 그 깊이를 다 헤아릴 수는 없으나, 배움의 길에는 끝이 없기에, 지금까지의 걸음을 이정표로 세워 놓고 더 먼 길을 가려 합니다.

겨울은 여백의 계절입니다. 텅 빈 것을 거울 삼아 순수의 시간으로 돌아갑니다. '존재의 시'라는 책을 엮으며, 저는 다시 저 자신이 존재의 시를 쓰기 위하여, 저 자신이 존재의 시가 되기 위하여 먼저 텅 빔이 되려 합니다.

이 책이 나오기까지 저를 이끌어주신 신범순 선생님, 김유중 선생님, 방민호 선생님, 이남인 선생님, 유요한 선생님, 그리고 출판사 관계자 여러분과 저의 학문적 동료 모든 분께 진심으로 감사의 마음을 전합니다. 모두 사랑합니다.

2021년 1월
지사 오구리

존재의 시: 한국현대시사의 존재론적 연구

정지용 · 이상 · 오장환 · 윤동주 · 조지훈 · 김수영 ·

김춘수 · 김구용 · 고석규 · 기형도를 중심으로

목 차

7   이데아로서의 '꽃' 그리고 '책'

— 김춘수 시론에서의 말라르메 시론의 전유

8   말라르메와 김구용의 '반수신'에 나타난 위선에 관한 비교 연구

— 칸트의 윤리학의 관점으로

정지용 가톨리시즘의 역사적 재난에 대한 대응

Ⅰ. 서론

1. 연구사 검토

정지용(鄭芝溶, 1902~1950)은 1928년 가톨릭 신자로서 세례를 받은 이래, 일관되게 자신의 삶 가운데서 가톨릭 신앙을 지켜갔다. 정지용은 『가톨릭靑年』을 통해 「그리스도를 본받음」 연재, 「소묘」 연작 연재, 그리고 주요 종교시 발표를 해 나아감으로써 가톨리시즘의 문학세계를 구축해 갔다. 정지용의 시사상을 가톨리시즘으로 보며 그것에 대해 최초로 긍정적인 평가를 한 비평가는 김기림이었던 것으로 판단된다.[1] 그 이후 정지용의 시사상을 어떻게 규정할 것인가에 대한 논의는 그러한 범주 안에서 김윤식, 김종태, 김학동, 손병희, 송기한, 안웅선, 양왕용, 장도준, 정의홍, 그리고 최동호 등에 의해 신성성, 종교성, 절대성, 초월성 등에 초점이 맞춰져 평가되어왔다.[2] 그러나 정지용의 가톨

---

1) 김기림, 「문단시평」, 『신동아』, 1933.9.
2) 김윤식, 『한국근대작가론고』, 일지사, 1978.

리시즘 계열의 종교시는 그의 다른 시들보다는 전반적으로 높은 평가를 받지 못해 왔다. 그러다 정지용의 가톨리시즘 문학에 대한 집중적인 연구는 최근 허윤, 김동희, 김영미, 그리고 김봉근에 의해 진척이 이루어진 것으로 판단된다.[3] 본고는 정지용의 가톨리시즘 계열의 시세계가 그의 문학 가운데서 가장 높은 정신적 경지를 보여주고 있다는 전제 아래 이를 논증하려 한다. 정지용의 가톨리시즘 계열의 시는 일종의 종교적 형이상시(形而上詩)로서 재평가될 필요가 있다.

2. 연구의 시각

가톨리시즘의 문학은 세계문학사에서 인류의 위대한 정신적 유산을 형성하였다는 데서 큰 의의를 갖는다. 정지용의 가톨릭 신앙의 시화(詩化)는 세계문학사적으로는 아우구스티누스(Aurelius Augustinus)의『고

　　　김종태,『정지용 시의 공간과 죽음』, 월인, 2002.

　　　김학동,『정지용 연구』, 민음사, 1984.

　　　손병희,『정지용 시의 형태와 의식』, 국학자료원, 2007.

　　　송기한,『정지용과 그의 세계』, 박문사, 2014.

　　　안웅선,「정지용 시 연구: 발표 매체를 중심으로」, 고려대학교 대학원 국어국문학과 석사학위논문, 2010.

　　　양왕용,『정지용 시 연구』, 삼지원, 1988.

　　　장도준,『정지용 시 연구』, 태학사, 1994.

　　　정의홍,『정지용의 시 연구』, 형설출판사, 1995.

　　　최동호,『정지용 시와 비평의 고고학』, 서정시학, 2013.

3) 허윤,「정지용 시와 가톨릭문학론의 관련 양상 연구」, 서울대학교 국어국문학과 석사학위논문, 2012.

　　　김동희,「정지용의 일본어 시 개작과『聲』에 실린 종교시」,『한국근대문학연구』17, 한국근대문학회, 2016.

　　　김영미,『정지용 시와 주체의식』, 태학사, 2016.

　　　김봉근,「정지용의 후기시에서 <슬픈 偶像>의 재해석과 위상 연구」,『한국시학연구』제50호, 한국시학회, 2017.

백록(告白錄) *Confessions*』을 최초의 정전으로 하는 계보를 계승한다고 판단된다.

> 나는 이리저리 부는 바람, 당신에게로는 돌아가지 않는 바람이었
> 습니다. 당신 안에서 혹은 내 삶 안에서 실체를 갖지 못한 채 환영만
> 을 따라 이리저리 방황하였습니다.
> — Aurelius Augustinus, 『고백록』 부분. (104)

위의 인용은 『고백록』의 부분으로서 아우구스티누스의 인간적인 방황에 대한, 신 앞에서의 고백을 담고 있다. 그러므로 아우구스티누스의 『고백록』은 『신국론(神國論)』과 같은 신학서라기보다 문학서로 볼 수 있다. 하이데거(Martin Heidegger)는 아우구스티누스의 『고백록』에 나타난 삶을 종교적 삶으로 규정하고, 이에 대하여 현상학적으로 접근을 한 연구서 『종교적 삶의 현상학』을 집필하였다. 하이데거는 독일의 메스키르히(Meßkirch)라는, 작은 시골마을에서 태어나, 그에게 대학진학을 위한 유일한 방법은 신부(神父)의 추천을 받아 신학대학을 가는 것이었다. 그래서 마르틴 하이데거의 초기 철학에서는 신학에 대한 연구가 중요한 위상을 차지한다. 그가 철학사적으로 니체와 사르트르 사이의, 실존주의의 계보에 포함되면서, 그 또한 무신론자로 오해되는 경우가 많다. 그러나 하이데거는 신을 부정하지 않으며, 결코 무신론자가 아니다.[4] 그 자신은 항상 기독교인이었다. 그의 철학도 신학에 의존하지 않는 존재론을 구축하려 한 것이지 무신론을 정립하려 한 것은 아니다. 그는 신, 신성, 신성성 등에 대하여 현상학적으로 깊이 고찰하였다.

---

4) François Fédier, "Heidegger et Dieu", Jean Beaufret et al., *Heidegger et la Question de Dieu*, Paris. PUF, 2009, pp.58~59.

현재까지 정지용의 시세계에 대하여 하이데거의 시각으로 접근한 논문은 이호의 논문 이외에 거의 없다.5) 그렇지만 본고는 정지용이 가톨릭 신자가 되어 가톨리시즘 계열의 시를 창작하게 된 것이 아우구스티누스의 문학적 여정에 비견된다는 전제 아래, 하이데거의『종교적 삶의 현상학』을 원용하여 정지용의 가톨리시즘 계열의 시에 의미를 부여해 보고자 한다.

II. 종교시의 고통과 비애의 의미

1. 고통의 의미

정지용의 가톨리시즘 계열의 종교시는「臨終」,「恩惠」,「悲劇」,「不死鳥」,「슬픈 偶像」,「갈리레아 바다」,「다른 한울」,「또 하나 다른 太陽」,「나무」,「별」,「勝利者 金안드레아」까지, 모두 11편으로 추정되는 것이 학계의 정설이다. 본고는 우선 이러한 시들 가운데 정지용이 가톨리시즘을 자신의 신앙으로 받아들일 수밖에 없었던 계기를 '고통(molestia)'의 감각에서 찾고자 한다. 일찍이 감각의 시인으로 상찬(賞讚)되어 온 정지용 시인은 시 안에서 감각의 효과를 최대화하기 위해 감정의 절제를 시창작의 방법론으로 고수해 왔다. 그러한 이유에서 정지용의 종교시를 제외한 대부분의 시에서 고통의 감각은 거의 발견되지 않는다. 그러나, 정지용의 가톨리시즘의 종교시에서는 인간으로서 감당할 수 있는 고통의 한계치에 다다랐음을 나타내는 표현이 자주 나

---

5) 이호,「하이데거로 정지용의 '고향' 읽기」,『월간문학』제40권 제4호, 한국문인협회, 월간문학사, 2007.4.

타난다. 예를 들면 다음과 같은 작품의 "괴롬"이라는 시어가 그러하다.

　　　나의 림종 하는 밤은/귀또리 하나도 울지 말라.//나종 죄를 들으신
神父는/거룩한 産婆처럼 나의 靈魂을 갈르시라.//聖母就潔禮 미사
때 쓰고 남은 黃燭불!//담머리에 숙인 해바라기꽃과 함께/다른 세상
의 太陽을 사모하며 돌으라.//永遠한 나그내ㅅ길 路資로 오시는/聖
主 예수의 쓰신 圓光!/나의 령혼에 七色의 무지개를 심으시라.//나의
평생이오 나종인 괴롬!/사랑의 白金도가니에 불이 되라.//달고 달으
신 聖母의 일흠 불으기에/나의 입술을 타게 하라.
　　　　　　　　　　　　　　　　　－ 정지용, 「臨終」 전문. (505)6)

　　위에 인용된 시 「臨終」에서 문제적인 것은 이 임종을 맞이하는 시적
주체가 바로 '나'라고 하는 것이다. 이 시의 시적 주체는 자기 자신의 임
종에 대하여 상상적으로 표현하고 있는 것이다. 이 시에서의 임종은 일
종의 '상징적 죽음'이다. 즉, 이 시의 시적 주체가 자기 자신을 죽었다고
규정한다. 이러한 자기 자신을 극복하는 방법은 절대자에게 귀의하여
이 죽음을 초월하는 방법밖에 존재하지 않는 것이다. 즉, 이 시의 시적
주체는 인간으로서의 한계지점에서 결신(結信)함으로써 자신의 죽음
을 넘어 영원한 생명으로 다시 태어남을 보장해 줄, 절대적 타자로서의
신을 요청하지 않을 수 없는 것이다. 이러한 시에서 "괴롬(괴로움)"이란
시어가 직접적으로 쓰이고 있는 것은 그런 이유에서 타당하다. 그렇지
만 이 시에서 이 "괴롬"이 평생의 마지막인 이유는 죽음에 이르는 고통
끝에 "다른 세상" 즉, 천국으로 갈 수 있게 되기 때문이다. 이러한 시적
논리에 의해 "신부"는 천국에서 다시 태어날 나의 "산파"가 되는 것이

6) 이 논문에 인용된 정지용의 시는 모두 정지용, 『정지용 시 126편 다시 읽기』, 권영민
편지, 민음사, 2007.에 수록된 시이나. 팔호 안에 년수만 표기하기로 한다.

타당해진다. 다음의 시도 고통의 극한을 보여준다.

> 悔恨도 또한/거룩한 恩惠.//집실인 듯 가느른 봄볕이/골에 굳은 얼
> 음을 쪼기고,//바늘 같이 쓰라림에/솟아 동그는 눈물!//귀밑에 아른
> 거리는/妖艶한 地獄불을 끄다.//懇曲한 한숨이 뉘게로 사모치느뇨?/
> 窒息한 靈魂에 다시 사랑이 이실 나리도다.//悔恨에 나의 骸骨을 잠
> 그고겨./아아 아프고겨!
>
> — 정지용, 「恩惠」 전문. (497)

위에 인용된 「恩惠」는 「臨終」과 동시에 발표된 작품이다. 그래서인
지 두 작품 사이에 주제 상의 일관성이 발견된다. 「臨終」에서의 "임종"
이 시적 주체 자기 자신의 "임종"이었듯이 「恩惠」의 "해골(骸骨)"도 시
적 주체인 "나"의 "해골"이다. 이 시 역시 「임종」과 마찬가지로 한 시인
이 자기 자신에게 내리는 '상징적 죽음'의 상태에 다다라 있는, 극한의
한계상황을 보여준다. 그러나 이 시의 제목이 「은혜」가 될 수 있는 것
은 "窒息한 靈魂", 즉, 죽은 시적 주체가 "다시 사랑" 하게 되기 때문이
다. 즉, 그것은 마르틴 하이데거가 『존재와 시간』에서 말하는 바와 같
이, 현존재의 불가능성의 가능성으로서의 죽음[7]의 지점에서 종교적 의
미의 부활을 한다는 의미이다. 이 시의 "쓰라림"은 고통의 감각을 직접
적으로 표현하는 시어이다. 아우구스티누스는 죄의 원인이 인간의 자
유의지에 있다는 교리를 세운다.[8] 기독교적 의미에서 죄란 신과의 분
리이다. 신의 형상대로 창조된 인간은 불화와 불평등을 일으키며 신과
분리되는 고통을 겪는다.[9] 그런데 이 시에서 다시 승천을 통해 신에게

---

7) Martin Heidegger, 『존재와 시간』, 이기상 역, 까치, 1998, p.336.
8) Aurelius Augustinus, 『자유의지론』, 성염 역주, 분도출판사, 2012, p.71.
9) Didier Franck, *Heidegger et le Christianisme: l'Explication Silencieuse*, Paris : PUF, 2004,

로 돌아간다는 상상력은 비로소 인간으로서의 고통으로부터 벗어나는 것이 되기 때문에 '은혜'인 것이다.

고통(moletia)은 짐(moles)이 어원이다. 즉, 고통은 삶을 억누르는 짐이라는 것이다. 그런데 하이데거는 이 고통은 삶이 자기 자신에 도달할수록 커진다고 하였다.[10] 그 의미는 고통 자체가 하나의 삶의 존재 방식으로서, 현사실성(現事實性)을 갖는다는 것이다.[11] 즉, 실제 인간의 삶이 시간 안에서 구체성을 띠고 사는 것일 때 고통은 비로소 인간에게 절실하게 느껴진다는 것이다. 그러므로 정지용의 위의 두 시, 「임종」과 「은혜」에 나타난 "임종"이나 "해골" 같은 죽음의 이미지들은 바로 고통의 극한 지점으로서의 상징적 죽음을 의미하는 것이나, 그것은 다시 역설적으로 그가 자기 자신의 본질에 도달해 가고 있었기 때문이라고 해석될 수 있다.

2. 비애의 의미

다음으로, 정지용 종교시의 고통은 비애로부터 비롯된다. 하이데거는 아우구스티누스의 『고백록』에 나타난 고통은, '슬픈 기쁨'과 '기쁜 슬픔'(laetitia flendae-maerores laetandi) 사이의, 일종의 싸움이라고 해석해 낸다.[12] 왜냐하면, 그것은 아마도 인간의 슬픔이 커질수록 구원에 대한 갈망이 열렬해지는데, 구원은 다시 기쁨이 되기 때문일 것이다. 그런 의미에서 종교적 의미에서의 슬픔은 역설적 의미를 갖는 것으로

---

p.106.
10) Martin Heidegger,『종교적 삶의 현상학』, 김재철 역, 누멘, 2011, p.287.
11) *Ibid.*, p.286.
12) *Ibid.*, p.295.

보인다. 다음은 정지용의 시에서 그러한 예가 잘 나타나는 경우이다.

> 「悲劇」의 힌얼골을 뵈인적이 있느냐?/그손님의 얼골은 실로 美하
> 니라./검은 옷에 가리워 오는 이 고귀한 尋訪에 사람들은 부질없이
> 唐慌한다./실상 그가 남기고 간 자최가 얼마나 좁그럽기에/오랜 後
> 日에야 平和와 슬픔과 사랑의 선물을 두고 간 줄을 알었다./그의 발
> 옴김이 또한 표범의 뒤를 따르듯 조심스럽기에/가리어 듣는 귀가 오
> 직 그의 노크를 안다./墨이 말러 詩가 써지지 아니하는 이 밤에도/나
> 는 맞이할 예비가 있다./일즉이 나의 딸하나와 아들하나를 드린일이
> 있기에/혹은 이밤에 그가 禮儀를 가추지 않고 오량이면/문밖에서 가
> 벼히 사양하겠다!
>
> — 정지용, 「悲劇」 전문. (129)

위에 인용된 정지용의 「비극」은 제목에서 알 수 있듯이 슬픔을 주제
로 하는 작품이다. 첫 연에서 "「비극」의 힌얼골"은 핏기 없이 창백하고
슬픈 표정을 지은 얼굴을 상상하도록 하는데 그것을 "美"라고 규정하
는 것은 상당히 역설적인 표현이라고 할 수 있다. 그 역설은 상황이 만
들어낸다. 정지용은 「유리창」 연작을 통해 자신의 아이의 죽음을 시화
한 바 있다. 이 시 「비극」 또한 같은 모티프를 가지고 있다. 그런데 이
시가 「유리창」 연작과 다른 것은 그러한 비극적 상황이 오히려 신이 내
린 "사랑의 선물"이라고 고백하고 있는 지점이다. 이것은 시적 주체가
신에게 자신의 자식을 희생제물로 바칠 수 있을 만큼 절대적으로 순종
하고 있다는 것을 보여준다. 그런데, 자식을 희생제물로 바친 것은 성
경에서 다름 아닌, 성자(聖子) 예수를 십자가에 못 박히도록 한 성부(聖
父) 하느님이시기도 한 것이다. 그러므로, 이 시의 시적 주체는 신이 그
렇게 한 것처럼 자신의 아이를 희생제물로 바친다는 것을 기꺼이 받아

들이는 것이다. 그러므로, 이 시의 제목 "비극"의 의미는 아우구스티누스의『고백록』에서처럼, 슬픈 기쁨과 기쁜 슬픔 사이의 갈등 사이에서 성립되는, 역설적 슬픔이라고 할 수 있다. 다음 시는 그러한 의미가 더욱 극대화되는 작품이다.

> 悲哀! 너는 모양할 수도 없도다./너는 나의 가장 안에서 살었도다.//너는 박힌 화살, 날지안는 새,//나는 이르노니—「幸福」이 너를 아조 싫여하더라.//너는 짐짓 나의 心臟을 차지하였더뇨?/悲哀! 오오 나의 新婦! 너의 슬픈 울음과 아픈 몸짓을 진히노라.//너를 돌려보낼 아모 이웃도 찾지 못하였노라./은밀히 이를 위하야 나의 窓과 우슴을 닫었노라.//이제 나의 靑春이 다한 어느 날 너는 죽었도다.//그러나 너를 묻은 아모 石門도 보지 못하였노라.//스사로 불탄 자리에서 나래를 펴는/오오 悲哀! 너의 不死鳥 나의 눈물이여!
>
> — 정지용, 「不死鳥」전문. (488)

위에 인용된 「불사조」는 "비애"를 의인화한 작품이다. "비애" 자체를 시에서 전경화하고 있다는 점에서 「비극」이라는 작품과 유사하다. 그러나 이 시는 마지막 부분에서 "비애"를 "불사조"에 비유함으로써 "비애"라는 감정을 영원불변하는 절대적인 것으로 승격시킨다. 그리고 그것은 곧 시적 주체의 "눈물"이다. "비애"는 인간이 아무리 거부하고 부정하려 해도 그것이 불가능하며 오히려 사랑하며 더불어 살아가야 하는 정서라는 것을 시인은 긍정하게 된다. 이것 또한 비애의 역설적 의미라고 할 수 있다. 아우구스티누스는 문장(文章)의 문체와 수사학의 중요성을 강조한다.13) 정지용의 경우도 문체와 수사학을 통해 다시 미

---

13) Aurelius Augustinus, 『그리스도교 교양』, 성염 역주, 분도출판사, 2011, pp.431~463.

학적으로 재규정된 비애는 단순한 비애가 아니라 역설적인 비애라고 그 의미가 규정될 수 있겠다. 그리고 그것은 인간의 슬픔을 신의 존재를 긍정하는 세계관을 통해 바라본 슬픔이다. 인간의 힘으로는 극복 불가능하지만 신학적 세계관 안에서 승화되는, 역설적 슬픔 그것이 바로 정지용 종교시의 슬픔이다.

III. 종교시의 역사의식의 의미

1. 종말론의 의미

정지용은 일제강점기 당시 문단으로부터 이른바 '순수시인'이라고 불렸다. 그렇지만, 정지용은 정작 이런 호명을 거부했다. 왜냐하면, 그는 '순수시인'에 담긴 함의가 역사의 불의 앞에서 무력한 시인이라는 것에 양심적으로 부끄러움을 느끼고 있었기 때문이다. 『가톨릭청년』에 최창복은 「히틀러 政府下의 가톨릭敎會」라는 글을 통해 히틀러(Adolf Hitler)를 비판한 바 있다.[14] 『가톨릭청년』에 함께 관여했던 정지용도 세계 정치의 흐름에 눈이 밝았을 것으로 유추된다. 이처럼, 역사에 대한 고뇌의 흔적은 정지용의 시에서도 발견될 수 있다. 정지용이 직접적으로 역사를 전경화한 작품은 많지 않은 편이다. 그렇지만 정지용의 시의 시어와 시구를 통해서 그의 역사의식은 추론될 수 있다. 우선 그의 일제강점기라는 현실에 대한 역사의식을 찾아낼 수 있는 시편들은 다음과 같다.

---

14) 최창복, 「히틀러 政府下의 가톨릭敎會」, 『가톨릭청년』13, 가톨릭청년사, 1934.6, pp.386~391.

유리판을 펼친 듯, 瀬戸内海 퍼언한 물, 물, 물, 물
— 정지용, 「슬픈 汽車」 부분. (302)

千島列島 附近 가장 짙푸른 곳은 眞實한 바다보다 깊다./한가운데
검푸른點으로 뛰여들기가 얼마나 恍惚한 諧謔이냐!
— 정지용, 「地圖」 부분. (186)

　정지용의 시에는 일본 지명이 종종 등장한다. 「슬픈 汽車」의 "瀬戸内海"와 「地圖」의 "千島列島"는 일본의 구체적인 지명이 직접적으로 제시된 경우이다. 이러한 근거에 의해, 정지용의 시는 분명히 현사실성에 닿아 있다고 할 수 있으며, 이러한 판단으로부터 정지용의 역사의식을 추론해 낼 수 있다. 일본 지명의 바다에 대해서 정지용은 대체로 간접적인 방식으로 미묘하게 자신의 감정을 비추어 보인다. 그러한 감정은 위의 시편들에서는 자연에 대한 중립적인 감정과 자신의 죽음충동을 희화화하는, 자조적 감정으로 나타나 있다.

　가톨리시즘은 종말론적 역사관을 가지고 있다. 선과 악에 대한 분명한 심판이 역사의 종말에 예수의 재림 때 이루어질 것이라고 성경은 예언하고 있는 것이다. 위의 시편들에 직접적으로 그러한 종말론적 역사관이 드러나지는 않지만, 선과 악에 대한 분명한 분별심을 가르치는 기독교적 교리와 최후의 심판을 예언하는 기독교적 역사의식이 그 이면에 없다면, 위와 같은 자조의 감정을 드러내는 표현은 쓰이기 어려웠을 것이다. 특히 정지용이 「東京大震災 餘話」이라는 산문에서 직접적인 표현으로 일본이 한민족을 '학살' 하였다고 극렬히 비판하였다는 것은 그의 분명한 역사의식이 확인되는 대목이다.[15] 다음의 시는 정지용이

---

15) 정기8, 「東京人震災 餘話」, 『정지용 전집 2－산문』, 민음사, 1999, p.405.

자신의 역사의식을 드러낸 시구이다.

　　　나의 靑春은 나의 祖國!
　　　　　　　　　　　　　　　　　　　　　─ 정지용, 「海峽」 부분. (174)

　　　해협이 일어서기로만 하니깐/배가 한사코 긔여오르다 미끄러지
　　곤 한다.//[중략]//오족 한낱 義務를 찾아내어 그의 船室로 옮기다./祈
　　禱도 허락되지 않는 煉獄에서 尋訪하라고.
　　　　　　　　　　　　　　　　　　　　　─ 정지용, 「船醉」 부분. (294)

　　정지용의 시세계 가운데서 「해협」 연작 등에 나타난 '해협'이라는 시
어는 대단히 중요한 위상을 지닌다. 그의 해협은 대한해협(大韓海峽)이
다. 일제강점기 당시 현해탄(玄海灘)이라고 불린 곳이다. 이른바 '현해
탄 콤플렉스'는 일제강점기 지식인들 사이에서 편재하였던 것으로 보
는 연구자들의 시각은 통념이 되어 있다. 즉, 식민지 지식인들이 일제
에 가질 수밖에 없는 양가적이고 모순적인 감정의 괴로움을 현해탄 콤
플렉스라고 한다면, 정지용의 시에서도 현해탄 콤플렉스가 어느 정도
나타난다고 할 수 있다. 그는 "조국"에 대한 사랑을 「해협」에서 직접
드러냈으며, 「선취」에서 "해협"을 신앙과 대립되는 부정적인 공간으로
그려 보인다. 그렇지만, 중요한 점은 정지용이 대다수의 문인들처럼 대
일협력의 방향으로 나아가지도 않았고, 이육사나 윤동주와 같은 극소
수의 문인들처럼 대일항쟁의 방향으로 나아가지도 않았다는 지점에
있다. 그리고 그 지점이 바로 가톨리시즘의 역사적 대응방식이었다. 그
러한 결정적인 근거가 되는 작품은 바로 다음 작품이다.

나의 가슴은/조그만 「갈릴레아 바다」.//때없이 설레는 파도는/美한 風景을 이룰수 없도다.//예전에 門弟들은/잠자시는 主를 깨웠도다.//主를 다만 깨움으로/그들의 信德은 福되도다.//돗폭은 다시 펴고/키는 方向을 찾었도다./오늘도 나의 조그만 「갈리레아」에서/主는 짐짓 잠자신 줄을─.//바람과 바다가 잠잠한 후에야/나의 歎息은 깨달었도다.

― 정지용, 「갈리레아 바다」 전문. (510)

정지용 시세계에서 현해탄 콤플렉스를 담고 있던 '바다'가 이 시에서는 "갈릴레아(갈릴리)"로 치환된다. '갈릴리'는 원래 성경에서는 '갈릴리 호수'이다. 그렇지만 시적 상상력 안에서 '배'라는 상징적 장치 안에 예수와 제자가 대화를 나누는 정황은 '호수'와 '바다'의 차이를 무상하게 만든다. 정지용에게는 성경의 '갈릴리 호수'가 "갈릴레아 바다"였던 것이다. 구원자이자 심판자로서의 예수를 이 시의 시적 주체는 영접하고 있는 것이다. 그럼으로써 역사적 재난으로서의 일제강점기 통치에 대하여 이 시는 가톨리시즘을 통한 극복을 시도한 좋은 예라고 볼 수 있다.

마침내 이 세계는 비인 껍질에 지나지 아니한 것이, 하늘이 쓰이우고 바다가 돌고 하기로소니 그것은 결국 딴 세계의 껍질에 지나지 아니하였습니다

― 정지용, 「슬픈 偶像」 부분. (672)

내 무엇이라 이름하리 그를?/나의 령혼 안의 고흔 불,/공손한 이마에 비추는 달,/나의 눈보다 갑진 이,/바다에서 솟아 올라 나래 떠는 金星,/쪽빛 하늘에 힌꽃을 단 高山植物,/나의 가지에 머물지 않고/나의 나라에서도 밀나./홀로 어여뻐 스사로 한가러워─항상 머언

이,/나는 사랑을 모르노라 오로지 수그릴뿐./때없이 가슴에 두손이
염으여지며/굽이굽이 돌아나간 시름의 黃昏길우—/나—바다 이편
에 남긴/그의 반 임을 고이 진히고 것노라.
                                    — 정지용, 「그의 반」 전문. (516)

정지용의 현해탄 콤플렉스가 극복된 형태의 '바다'가 등장하는 시는
그의 대표작이기도 한, 위의 두 편의 시, 「슬픈 우상」과 「그의 반」으로
볼 수 있지 않은가 한다. 「슬픈 우상」에서 인용된 구절은 인간이 살고
있는 세계는 또 다른 세계의 "껍질"에 불과하다고 말하고 있다. 이것
은 역사의 무상함을 드러냄과 동시에 그것을 종교적 인식으로 극복하
고 있는 대목으로 보인다. 즉, 현실적인 '바다'가 무상해지는 국면인 것
이다.

한편 「그의 반」에서도 "바다 이편"은 현실적인 차원의 상상력에서
대한해협을 기준으로 식민지 조선을 가리키는 시어로 볼 수도 있다. 그
렇지만 이 시에서는 종교적 차원의 상상력에서 "바다 이편"이 내세에
대해 현세를 상징히는 것으로 보는 것이 더 합당하다.16) 즉, 신(神)으로
서의 "그"가 바다 저편의 세계에 있으며, 시적 주체인 "나"가 "바다 이
편"에 있는 것이다.

요컨대 정지용은 일제강점기를 역사적 재난(災難, calamity)17)의 시

---

16) 이는 2018년 한국문학과 종교학회 겨울학술대회에서 토론자로 참여한 안응선의
   조언이다.
17) 재난은 일반적으로 자연에 의해 또는 우연에 의해 발생하는 것으로 간주되는 경향
   이 있다. 그럴 경우, 일제강점기를 역사적 재난으로 규정하는 것은 역사의 주체들
   의 역사의식과 역사적 책임을 회석하는 것으로 비판될 수 있다. 그러나 성서적 의
   미에서 재난은 에드, 이쏜, 베할라, 마루드, 차라, 라, 오딘 등 여러 단어가 있다. (로
   고스 편찬위원회.『로고스 성경사전』, 라형택 편, 서울: 로고스, 2011, p.1843.) 이
   논문에서는 이들 중 '국가적 재앙'을 가리키던 에드와 '종말론적 재앙'을 의미하는

대이자, 가톨리시즘의 종말론적 역사관 안에서 심판을 받아야 할 시대로 인식하면서, 그러한 시대를 신앙심을 바탕으로 한 종교적 상상력으로 대응한 것이다.

2. 순교의 의미

정지용의 시에서 역사적 재난에 대한 가톨리시즘의 대응을 보여주는 또 하나의 예는 한국 최초의 신부 김대건에 대한 시를 통해서라고 판단된다.[18)]

새남터 욱어진 뽕닢알에 서서/넷어른이 실로 보고 일러주신 한 거룩한 니야기/압헤 돌아나간 푸른 물굽이가 이땅과 함께 영원하다면/이는 우리 겨레와 함께 끝까지 빗날 기억이로다///[중략]//성주 예수 바드신 거짓결안을 따라 거짓결안으로 죽은 복자 안드레아!
　　　　　　　　　　　　　　　　　 ─ 정지용, 「勝利者 金안드레아」 부분. (718)

김대건(金大建, 1821~1846)은 한국 최초의 신부(神父)이다. 한국에 천주교가 처음 소개된 시점은 마태오 리치(Matteo Ricci, 1552~1610)의 천주교 교리서인 『天主實義』(1603~1607)가 북경에서 사대사행원(事大使行員) 역할을 맡았던 유교 지식인들을 통해 조선에 들어온 선조(宣祖, 1567~1608) 때이다. 그렇지만, 천주교가 처음 전래된 시점(始點)은 이승훈(李承薰, 1756~1801)이 최초의 천주교인이 된 1784년이

오딘의 의미로 재난을 사용한다. 기독교의 신은 인격신으로서 역사적 재난에 대해서 항상 심판을 통해 인간에게 책임을 묻는다.
18) 이 시는 토론자 안웅선에 따르면 일종의 '기념시'로서 작품성과는 별개로 논의되어야 하며, 필자노 이에 대해 농의하는 바이다.

다. 그 후, 김대건이 사제 서품을 받고 신부가 된 것은 1845년이다. 그러나 그는 조선에서의 포교활동을 시작한 지 1년여 만에 병오박해(丙午迫害)(1846) 때 새남터에서 효수형(梟首刑)으로 처형되어 순교한다. 그 후 1925년 교황 비오 11세가 김대건을 복자(福者)로 선포함으로써 그의 순교의 의의가 공식적으로 널리 인정을 받게 된다.

『가톨릭청년』에 가담했던 정지용은 이러한 사실들에 대해 누구보다 잘 알고 있었을 것으로 보인다. 송세홍도『가톨릭청년』에 「福者안드레아金大建의略歷」이란 글을 통해, 가톨릭은 국가와 민족에 대한 사랑을 바탕으로 하므로, 그의 순교는 무고한 죽음이었음을 주장한다.[19] 이러한 주제의식이 정지용의 위의 시에도 그대로 드러나 있다. 나아가,『가톨릭청년』제16호(1934.9.)는 '福者안드레아金神父特輯號'로 발간된다. 그만큼『가톨릭청년』그룹에게 김대건 신부의 순교는 정신적 지주 역할을 한 것으로 볼 수 있다.

일찍이 김윤식은 이 시를 한국 가톨릭 순교의 역사를 통해 일제에 대한 저항정신을 드러낸 시로 평한다.[20] 중요한 것은 그가 시의 주제면이나 표현면에서 모두 가톨리시즘을 자신의 문학의 정점에 두었다는 것이다.

예컨대, 정지용이『가톨릭청년』에 연재한「素描」연작은 가톨릭 신앙생활의 일화들을 소재로 한 산문이다. 그 가운데 주목될 만한 것은 그가「素描」5에서 성(聖) 프란치스코의 전범을 통해 "그리스도교적 poesie"[21] 즉, 기독교적 시작법에 대하여 말한다는 점이다. 한편 위의

---

19) 송세홍, 「福者안드레아金大建의略歷」,『가톨릭청년』15, 가톨릭청년사, 1934.8, pp.27~28.
20) 김윤식,『한국근대작가론고』, 일지사, 1978, p.190.
21) 정지용, 「素描」5,『정지용 전집2 - 산문』, 민음사, 1999, p.22.

시는 김대건 신부를 통해 역사적 위인의 전범으로 삼았다. 정지용은 순교자들에 의해 새롭게 열릴 세상을 다음과 같은 시편들을 통해 드러냈다고 보인다.

그의 모습이 눈에 보이지 않았으나/그의 안에서 나의 呼吸이 절로 달도다.//물과 聖神으로 다시 낳은 이후/나의 날은 날로 새로운 太陽이로세!//뭇사람과 소란한 世代에서/그가 다맛 내게 하신 일을 진히리라!//미리 가지지 않았던 세상이어니/이제 새삼 기다리지 않으련다.//靈魂은 불과 사랑으로! 육신은 한낮 괴로움./보이는 한울은 나의 무덤을 덮을뿐.//그의 옷자락이 나의 五官에 사무치지 않았으나/그의 그늘로 나의 다른 한울을 삼으리라.

— 정지용, 「다른 한울」 전문. (520)

온 고을이 밧들만 한/薔薇 한가지가 솟아난다 하기로/그래도 나는 고하 아니하련다.//나는 나의 나히와 별과 바람에도 疲勞웁다.//이제 태양을 금시 일어 버린다 하기로/그래도 그리 놀라울리 없다.//실상 나는 또하나 다른 太陽으로 살았다./사랑을 위하얀 입맛도 일는다./외로운 사슴처럼 벙어리 되어 山길에 슬지라도—//오오, 나의 행복은 나의 聖母마리아!

— 정지용, 「또 하나 다른 太陽」 전문. (524)

「다른 한울」과 「또 하나 다른 태양」은 정지용 시세계의 일련의 흐름상, 분명히 가톨리시즘의 이상세계를 보여준다고 확신된다. 정지용은 "부끄러운줄도 모르는 多神敎徒와 같이"[22]라는 표현을 쓴 적 있다. 양심에 부끄러움을 느끼도록 하는 것은 정지용 시세계의 맥락에서 가톨

---

22) 정지용, 「熱情」, 『조선지광』제69호, 1927.7.

리시즘이 신도들에게 요구하는 높은 수준의 도덕성을 의미하는 것으로 볼 수 있다. 그러한 신앙인으로서의 자신에 대한 자화상을 그린 시가 바로 다음 시, 「나무」인 것으로 보인다.

얼골이 바로 푸른 한울을 울어렀기에/발이 항시 검은 흙을 향하기 욕되지 않도다.//곡식알이 거꾸로 떨어져도 싹은 반듯이 우로!/어느 모양으로 심기여졌더뇨? 이상스런 나무 나의 몸이여!//오오 알맞은 위치! 좋은 우아래!/아담의 슬픈 유산도 그대로 받었노라.//나의 적은 年輪으로 이스라엘의 二千年을 헤였노라./나의 存在는 宇宙의 한낱焦燥한 汚點이었도다.//목마른 사슴이 샘을 찾어 입을 잠그듯이/이제 그리스도의 못박히신 발의 聖血에 이마를 적시며—//오오! 新約의 太陽을 한아름 안다.

— 정지용, 「나무」 전문. (493)

이 시 「나무」는 정지용이 세례를 받기까지의 과정을 보여주는 시로서, "나무는" 거룩함의 세계를 동경하면서도 지상의 삶을 감내하고 있는 자기 자신을 상징한다고 볼 수 있다. 그것은 "령혼 안에 외로운 불이/바람처럼 일는 悔恨에 피여 오른다."[23]는 표현처럼 자기 자신 안에 聖靈을 받아들여 영성 가득한, 진정한 신앙인의 모습을 형상화한 것이라고도 볼 수 있다.

요컨대, 「勝利者 金안드레아」는 한편으로는 순교의 의미를 종교적인 차원에서 다른 한편으로는 역사적인 차원에서 부여하고 있는 시이다. 즉, 정지용 시에서의 순교는 종교적 차원을 넘어 역사적 차원으로 확장된다. 정지용의 가톨리시즘은 역사적 재난으로서의 일제강점기를

---

23) 정지용, 「별」, 『가톨릭청년』 제4호, 1933.4..

순교자의 전범을 본받음으로써 극복할 수 있다고 보았던 것이다. 또한 「다른 한울」, 「또 하나 다른 太陽」, 그리고 「나무」에서 보이는 이상적인 세계로서의 가톨리시즘의 세계와 이상적인 종교인으로서의 가톨리시즘의 신앙인을 보여주는데, 이러한 시들은 순교가 죽음을 넘어서는 숭고한 것으로서의 의미부여 받는 것을 가능하도록 해주는 근거가 된다.

Ⅳ. 결론
― 문학사적 의의

정지용은 한국현대시사에서 일제강점기의 가톨리시즘을 보여주는 대표적인 시인으로 들 수 있을 것이다. 정지용은 가톨리시즘을 체화하며 자신의 종교시를 통해 보여주었다. 이것은 문학작품의 창작을 통한 역사에 대한 대응이라고 할 것이다. 정지용 자신이 몸소 김대건 신부와 같은 순교자가 된 것은 아니지만, 정지용의 종교시는 가톨리시즘의 신앙으로서 인간의 내면이 파괴되는 것으로부터 보호했다고 평가될 수 있을 것이다. 또한 이러한 것만으로도 문학의 역사에 대한 소임은 충분한 것이었다고 판단된다.

해방 이후 정지용의 계보를 계승한 것은 구상 시인인 것으로 판단된다. 구상 또한 한국현대사의 격변기를 가톨리시즘으로 극복한 사례라고 할 수 있다. 사상사적으로 천주교에 대한 박해 가운데서도 가톨리시즘의 뿌리를 내린 정지용과 구상, 이들의 문학은 한국현대시사의 주류는 아니지만 앞으로 높이 평가되어야 할 것으로 보인다.

또한 가톨리시즘의 계보를 한국문학사 전반으로 확장하자면 조선시대에 처음 서학을 들여와 천주교신자가 된 정약용을 비롯한 실학사상가들도 정지용의 계보로 이어볼 수 있을 것이다. 나아가 이러한 한국의 가톨리시즘은 아우구스티누스로부터 시작되는 거대한 세계문학사적 유산이라고 할 수 있을 것이다. 정지용을 비롯한 한국의 작가들이 한국의 정신사와 세계의 정신사 가운데 어떠한 위상으로 그 가치가 정립되어야 할 것인가 등은 앞으로 남은 과제라고 할 것이다.

참고문헌

1. 기본자료

정지용, 『정지용 시 126편 다시 읽기』, 권영민 편저, 민음사, 2007.

_____, 「熱情」, 『조선지광』 제69호, 1927.7.

_____, 「별」, 『가톨릭청년』 제4호, 1933.4.

_____, 「東京大震災 餘話」, 『정지용 전집 2 - 산문』, 민음사, 1999.

_____, 「素描」5, 『정지용 전집 2 - 산문』, 민음사, 1999.

『가톨릭青年』, 가톨릭청년사, 1933~1936.

2. 국내 논저

김기림, 「문단시평」, 『신동아』, 1933.9.

김동희, 「정지용의 일본어 시 개작과 『聲』에 실린 종교시」, 『한국근대문학연구』17, 한국근대문학회, 2016.

김영미, 『정지용 시와 주체의식』, 태학사, 2016.

김봉근, 「정지용의 후기시에서 <슬픈 偶像>의 재해석과 위상 연구」, 『한국시학연구』 제50호, 한국시학회, 2017.

김용희, 『정지용 시의 미학성』, 소명출판, 2004.

김윤식, 『한국근대작가론고』, 일지사, 1978.

김종태, 『정지용 시의 공간과 죽음』, 월인, 2002.

김학동, 『정지용 연구』, 민음사, 1984.

로고스 편찬위원회, 『로고스 성경사전』, 라형택 편, 로고스, 2011.

손병희, 『정지용 시의 형태와 의식』, 국학자료원, 2007.

송기한, 『정지용과 그의 세계』, 박문사, 2014.

송세홍, 「福者안드레아金大建의略歷」, 『가톨릭청년』15, 가톨릭청년사, 1934.8.

안웅선, 「정지용 시 연구: 발표 매체를 중심으로」, 고려대학교 대학원 국어국문학과 석사학위논문, 2010.

양왕용, 『정지용 시 연구』, 삼지원, 1988.

이   호, 「하이데거로 정지용의 '고향' 읽기」, 『월간문학』 제40권 제4호, 한국문인협회, 월간문학사, 2007.4.

장도준, 『정지용 시 연구』, 태학사, 1994.

정의홍, 『정지용의 시 연구』, 형설출판사, 1995.

최동호, 『정지용 시와 비평의 고고학』, 서정시학, 2013.

최창복, 「히틀러 政府下의 가톨릭敎會」, 『가톨릭청년』13, 가톨릭청년사, 1934.6.

허   윤, 「정지용 시와 가톨릭문학론의 관련 양상 연구」, 서울대학교 국어국문학과 석사학위논문, 2012.

3. 국외 논저

Augustinus, Aurelius, 『고백록(告白錄)』, 김성웅 역, 포이에마, 2014.

_____, 『그리스도교 교양』, 성염 역주, 분도출판사, 2011.

_____, 『자유의지론』, 성염 역주, 분도출판사, 2012.

Franck, Didier, *Heidegger et le Christianisme: L'Explication Silencieuse*, Paris : PUF, 2004.

Fédier, François, "Heidegger et Dieu", Jean Beaufret et al., *Heidegger et la Question de Dieu*, Paris: PUF, 2009.

Heidegger, Martin,『존재와 시간』, 이기상 역, 까치, 1998.
＿＿＿＿＿＿＿＿,『종교적 삶의 현상학』, 김재철 역, 누멘, 2011.

2

이상(李箱)의 「실낙원(失樂園)」 연구

Ⅰ. 점(點) 또는 1/∞의 시학(詩學) — 모나드(monad)의 우주

1. ∞와 동등한 무게를 지닌 '1'
—모나드로서의 한 영혼 :「거울」과「자화상」

이상(李箱, 1910~1937)의 텍스트는 다가갈수록 투명하게 드러나는 것이 아니라, 성운(星雲)에 싸인 것처럼 신비를 잃지 않는다. 그의 세계는 한눈에 보려면 볼 수 없고, 다만 일어나고 있는 중인 어떤 일이 지나가는 것으로 받아들일 때 스쳐 와닿는 시공간과 같다. 이상 시의 이러한 난해성은 "진리와 전체성(全體性)이 양립할 수 없다"[1]는 것을 항변하는 것처럼 보인다.

이러한 대표적인 예가 장르 논쟁의 중심에 있는「실낙원」[2]이다. 이 글은 이상의 유작으로 처음 세상에 알려질 때는 "신산문(新散文)"으로 소개되었다. 이후 이 작품은 김기림에 의해서는 "수상(隨想)"으로, 김

---

1) Alain Badiou,『비미학 *Petit Manuel D'Inesthétique*』, 장태순 역, 이학사, 2010, p.49.
2) 이상,『조광』, 1939.2.

윤식 등에 의해서는 수필로, 김주현 등에 의해서는 시로 분류되었다.3) 그러나 신범순은 이상이 장르 규범을 순종적으로 따르며 창작하지 않았기 때문에 장르 논쟁이 본질적인 것은 아니라고 주장한다.4) 그렇다면 이상의 내면에 장르를 초월해야 하는 필연적인 세계관과 그에 따른 미학적 형식에 대한 요구가 있었다고 가정된다.

이상의 「오감도(烏瞰圖)」가 조감도(鳥瞰圖)의 언어유희적 표현이라고 할 때, 그것은 '검은[烏] 조감도', 즉 내려다보아도 보이지 않는 세계를 의미한 것이다. 즉, 이상의 세계는 데카르트 식의 원근법5)에 의해 한번에 내려다 볼 수 없는 세계인 것이다.

이상은 존재와 세계의 관계를 「진단(診斷) 0:1」(1932), 「오감도 시제사호」(1934), 「선(線)에 관한 각서」(1931) 등 일련의 시에서 0, 1, ∞ 등의 개념으로 표상한 바 있다. 여기서 이상의 ∞ 개념은 '0과 1 사이의 ∞'라는 데 독특성이 있다. 즉, 이상은 무한하면서도 동시에 미시적인 우주를 향하고 있는 것이다.

이상의 이러한 사유의 틀은 라이프니츠(G. W. Leibniz)의 모나드(monad) 개념과도 상동성(相同性)을 지닌다. 더 이상 분해될 수 없는 단자(單子)를 의미하는 모나드6)는 ∞로서의 신(神)의 역수(逆數)인 1/∞로

---

3) 권영민, 「서설: 이상 문학을 어떻게 볼 것인가」, 『이상 텍스트 연구』, 문학에디션 뿔, 2009, p.34.

4) 신범순, 「거울 속 창문과 덧문의 깊이」, 『이상의 무한정원 삼차각 나비』, 현암사, 2007, p.362.

5) Maurice Merleau-Ponty, 『눈과 마음 *L'œil et L'esprit*』, 김정아 역, 마음산책, 2008, p.83.

6) 모나드의 개념은 1절, "모나드는 복합적인 것 안에 있는 단순실체 이외에 다른 것이 아니다. 단순하다는 것은 부분을 갖지 않는다는 것을 의미한다"와 3절 "부분이 없는 곳에서는 연장도, 형태도 없으며 나뉠 수도 없다. 그래서 모나드는 자연의 참된 원자다. 한마디로 말하면 만물의 원소다"라고 한 부분을 참조하여 정리하였다. Gottfried Wilhelm von Leibniz, 『모나드론 *La Monadoligie*』, 배선복 역, 책세상, 2007, p.33. 참조.

표현될 수 있다.[7] 여기서 중요한 것은 1/∞의 값이 수학적으로 0.000 0……이라는 것, 즉, 0으로 수렴된다는 것이 아니라, ∞에 대하여 그것과 동등하게 1의 가치가 사유된다는 데 있다. 즉 무한의 한가운데서 유일한 단 하나인 그 무엇의 존재가 1/∞라는 기표에 오롯이 표현된다는 것이다. 이때의 1은 ∞와 동등한 무게를 지닌 1이다.

모나드로서의 한 영혼의 무게를 우주 전체와 동등한 것으로 느끼는 이상이었기에 그토록 자기 자신과의 대면에 몰두하여 「거울」(1933)이나 「자화상」(1939) 계열의 작품들을 쏟아냈다고 볼 수 있다. 자연의 원자[8]로서의 모나드는 우주의 일부일 뿐 아니라 그 안에 또 하나의 무한한 우주를 가진 것이기 때문이다. 한 작가의 영혼의 주름은 무한한 것으로 나아가, 하나의 모나드는 그러한 상호연결성의 힘으로 우주 전체를 표상[9]하게 된다.

2. 점묘의 기법으로 미시지각과 거시지각의 동시적 점유
   ―「조춘점묘」와 「실낙원」

이상의 「실낙원」은 밀턴(John Milton)의 『실낙원 *Paradise Lost*』(1667)과의 연관성 아래 유추해 볼 때, 아담(Adam)의, 에덴동산이라는 낙원으로부터의 추방 이후, 몰락해가는 인류의 형상을 각 단편들의 연작(連作)으로 그려낸 하나의 작품으로 볼 수 있다. 이 작품은 「실낙원」이라는 제목 아래, 각각의 소제목을 단, 여섯 편의 단편들의 연작으로 구

---

7) Gilles Deleuze, 『주름, 라이프니츠와 바로크 *Le Pli, Leibniz et Le Baroque*』, 이찬웅 역, 문학과지성사, 2004, p.94.

8) Gottfried Wilhelm von Leibniz, *op. cit.*, p.33.

9) *Ibid.*, pp.50~51. 참조.

성되어 있다.10) 이러한 구성 방식이 장르 논쟁의 원인 중 하나가 되고 있는 것은 물론이다.

여기서 잠시 이상의 수필 중 「조춘점묘(早春點描)」11)가 「실낙원」과 같은 구성 방식을 가지고 있다는 것을 확인해 볼 필요가 있다. 그리고 여기서 「조춘점묘」라는 작품이 '점묘(點描, pointage)'라는 미학적 방식을 차용하고 있음을 제목에 직접 드러낸 데 주목할 필요가 있다.

점묘란, "회화(繪畫)의 표면을 일정하고 규칙적인 작은 붓질로 분할하는 방식"12)이다. 쇠라(Georges Pierre Seurat)가 창시한 이 방식은 뉴턴(Isaac Newton)의 빛 이론, 즉 프리즘을 통과한 빛이 삼원색(三原色) 등의 색채로 분해된다는 이론13)을 응용하여, 각각의 화소(畫素)를 가진 점들을 정교하게 배치하여 화면을 창출한 것이다. 점묘법으로 그린 쇠라의 대표작 「그랑드자트 섬의 일요일 오후(Un Dimanche Après-midi À L'Île De La Grande Jatte)」(1884~1886)는 가까이서 보면 무수한 점들로 이루어져 있으나, 멀리서 보면 미묘하게 빛의 음영과 흐름이 느껴진다. 점과 점 사이에서 부지불식간에 미시지각14)에 의해 이러한 미적 체험이 형성된다. 전체를 바라보는 거시지각도 반드시 미시지각을 통해서만 이뤄지는 것이다.

---

10) 「실낙원」은 「소녀」, 「육친의 장」, 「실낙원」, 「면경」, 「자화상」, 「월상」의 6편으로 구성된다.

11) 「조춘점묘」는 「보험 없는 화재」, 「난지한 저녁」, 「차생윤회」, 「공지」, 「도회의 인심」, 「골동벽」의 6편으로 구성된다. 이러한 구성은 이상의 수필에서 자주 발견된다. 「혈서삼태」, 「추등잡필」, 「첫 번째 방랑」, 「19세기 식」 등도 그렇다. 서간을 제외한 21편의 수필 중 총 5편이 이런 형식이다. 이들 5편 중 일정한 서사를 갖는 「첫 번째 방랑」을 제외하면 모두 소제목 간에 병렬적 구성이다.

12) Gabriele Crepaldi, 『영원한 빛, 움직이는 색채, 인상주의 *Grande Atlante Dell' Impressionismo*』, 하지은 역, 마로니에 북스, 2009, p.266.

13) *Loc cit.*

14) Gilles Deleuze, *op. cit.*, pp.169~173. 참조.

이러한 기법은 점과 점 사이의 개별성을 인정하고 그것을 정확하게 인식하고자 하는 태도와 연관된다. 즉, 전체에 의해 부분을 사상하는 인식 태도가 아니라, 부분의 가치를 지켜내며 전체를 인식하는 태도인 것이다. 이상이 이러한 미술의 방식을 차용한 것은 시사적이다.15) 즉, 이것은 각각의 하위 작품들을 하나의 점으로 인식하였으며, 그리고 이 점들의 집합을 통해 하나의 그림을 완성한다는 미학적 방법론을 가지고 있었다는 것을 증명하기 때문이다. 이상은 바로 이러한 방식으로 자신의 「실낙원」을 그리고자 했던 것이다.

　「실낙원」의 각각의 하위 작품들이 펼쳐 보이는 우주들은 서로 결코 어느 하나의 중심으로 수렴되지 않는다. 그들은 서로 다른 시각을 가지고 있기 때문이다. 블레이크(William Blake, 1757~1827)는 「순수의 전조(Auguries of Innocence)」에서 "한 알의 모래 속에 세계를 보"라고 하였다.16) 가장 미시적인 시각을 통해 가장 우주적인 시각으로 나아가는 방식의 시각인 것이다. 이러한 시각이 이상의 「실낙원」의 세계에도 드러나고 있다. 이 작품에서 이상은 하나의 시적 주체로서 '나'만을 내세우지 않는다.

> 　소녀는 확실히 누군가의 사진인가 보다. … 소녀는 또 때때로 각
> 혈한다. 그것은 부상한 나비가 앉는 까닭이다. … 내 활자에 소녀의
> 살결 냄새가 섞여 있다. … 사람들은 그 소녀를 내 처라고 해서 비난
> 하였다. … 내 자궁 가운데 소녀는 무엇인지를 낳아놓았으니, 그러

---

15) 이상은 조선미술전람회에 입선까지 한, 화가로서의 이력이 있다. 이상의 텍스트에서 미술에 대한 식견을 발견하는 것은 어렵지 않다. 이상의 미술에 대해서는 김윤식, 「문학과 미술의 만남: 이상과 구본웅」, 『김윤식 문학 선집』5, 솔, 1996. pp.273~297. 과 최혜실, 『한국 모더니즘 소설 연구』, 민지사, 1992. pp.125~130. 등을 참조.
16) William Blake, 「순수의 전조」, 『천국과 지옥의 결혼』, 김종철 역, 민음사, 2002, p.82.

나 나는 아직 그것을 분만하지 않았다.

— 이상, 「소녀」 부분. (271)[17][18]

　　나는 이 모조기독을 암살하지 않으면 안 된다. […] 한 다리를 절
름거리는 여인. […] 묘혈에 계신 백골까지 내게 무엇인가를 강요하
고 있다. […] 7년이 지나면 인간 전신의 세포가 최후의 하나까지 교
체된다고 한다. 7년 동안 나는 이 육친들과 관계없는 식사를 하리라.

— 이상, 「육친의 장」[19][20] 부분. (272~273)

---

17) 이 논문에 실린 이상의 시는 모두 이상, 『이상 전집 2 — 시 · 수필 · 서간』, 가람기
획, 2004.에서 인용한 것이다. 괄호 안에 면수만 표기한다.

18) 이 시는 전체적으로 소녀의 이미지가 변화해 가는 과정을 통해 한 편의 작품이 완
성된다. 소녀가 "각혈" 하는 것은 "부상한 나비"의 이미지와 동일선 상에서 볼 수
있다. 이상의 문학에서 각혈이 얼마나 중대한 의미인지는 더 이상 강조할 필요가
없다. 각혈은 이상을 삶에서 죽음의 방향으로 기울이는 기호이며, 이상 문학의 시
발점 같은 의미를 가진다. 소녀가 각혈을 한다는 것은 그녀를 이상의 분신과도 같
은 존재로 볼 수 있는 것이다. 또한 "나비"는 「오감도 시제 제 10호」에서 "유계(幽
界)에낙역(絡繹)되는비밀한통화구(通話口)"라고 한 데서 보듯이 삶과 죽음의 경계
를 넘나드는 존재이다. 여기서 소녀도 같은 맥락에서 이해될 수 있다.

19) 「육친의 장」은 구성상 · 내용상 크게 네 부분으로 나누어 볼 수 있다. 위에 번호를
붙여 구분한 대로 ①모조 기독, ②여인, ③백골, ④육친 이렇게 네 부분이다. 여기
서 육친은 일차적 의미에서 보면, 앞서 나온 모조 기독으로서의 아버지, 다리를 절
름거리는 여인으로서의 어머니, 백골로서의 조상을 가리키는 것이다. 그러나 문맥
에 중점을 두고 조금 해석의 여지를 넓혀서 본다면, '7년 전의 나'와 '현재의 나'와
'7년 후의 나'들이 서로 육친인 것이다. 매 순간 세포는 태어나고 있는가 하면 또 죽
고 있다. '나'는 한 순간도 같은 '나'가 아닌 것이다. 그러나 '나'가 아닌 것도 아니다.
과거의 '나'에서 현재의 '나'가 나왔고 현재의 '나'에서 미래의 '나'가 나올 것이다.
그러므로 이 '나'들의 관계도 엄연히 육친이라고 할 수 있을 것이다. 이렇게 봤을
때, 육친에 대한 두 가지 해석 가능성을 다 받아들여, 「육친의 장」이 말하고 있는
주제를 도출해 봤을 때, 그것은 육친 간의 불화와 그에 대한 운명애인 것이다. 이
때 육친은 과거, 현재, 미래의 자기 자신을 포함한다고 할 수 있다.

20) 여기 「실낙원」의 한 단편으로서의 「육친의 장」(1939)은 임종국이 번역하여 『이상
전집』(1956)에 실은 시 「육친의 장」과 구분된다. 제목이 같은, 서로 다른 두 작품
이다. 그 시는 "나는 24세. 어머니는바로…"로 시작된다.

천사는 아무 데도 없다. 파라다이스는 빈 터다. 천사의 키스에는 색색이 독이 들어 있다. 키스를 당한 사람은 꼭 무슨 병이든지 앓다가 그만 죽어 버리는 것이 예사다.

　　　　　　　　　　　　　－ 이상, 「실낙원」 부분. (273～274)[21]

철필 달린 펜촉이 하나. 잉크병. 글자가 적혀 있는 지편, [⋯] //그것은 읽을 수 없는 학문인가 싶다. 남아 있는 체취를 유리의 '냉담한 것'이 덕(德)하지 아니하니, 그 비장한 최후의 학자는 어떤 사람이었는지 조사할 길이 없다. 이 간단한 장치의 정물은 투탕카멘처럼 적적하고 기쁨을 보이지 않는다. [⋯] //그는 필시 돌아올 것인가. 그래서는 피로에 가늘어진 손가락을 놀려서는 저 정물을 운전할 것인가. // [⋯] 초침을 포위하는 유리 덩어리에 담긴 지문은 소생하지 아니하면 안 될 것이다. 그 비장한 학자의 주의를 환기하기 위하여.

　　　　　　　　　　　　　－ 이상, 「면경(面鏡)」 부분. (274～276)[22]

여기는 폐허다. 피라미드와 같은 코가 있다. 그 구멍으로 유구한 것이 드나들고 있다. 공기는 퇴색되지 않는다. 그것은 선조가 혹은 내 전신(前身)이 호흡하던 바로 그것이다. 동공에는 창공이 의고하여 있으니 태고의 영상의 약도다. 여기는 아무 기억도 유언되어 있지는 않다. 문자가 닳아 없어진 석비처럼 문명에 잡다한 것이 귀를

---

21) 이 소제목 「실낙원」은 표제이기도 한 데서 전체 주제를 가장 강하게 암시하고 있다. 여기서 "천사"는 이상의 사랑의 대상인 동시에, 사랑의 대상은 이상 자신과 동일시된다는 점에서 이상의 심리적 자아의 한 부분, 자기 자신의 한 부분이라고 할 수 있다. 이상 시의 사랑에서의 주체와 대상 간의 은유적 동일시에 대해서는 오주리, 「이상 시의 '사랑의 진실' 연구」, 신범순 외, 『이상의 사상과 예술』, 신구문화사, 2007. 참조.

22) 「면경」은 거울 속에서 "정물(靜物)"이 되어버린 하나의 미장센을 보여준다. 그곳은 어느 "학자"가 사라진 공간이다. 그가 남긴 "학문"은 읽을 수 없고, 그의 정체도 알 수 없지만, 화자인 '나'는 유일한 생의 흔적인 거울 위의 "지문"을 "소생"시켜 그 "학자"가 돌아오길 기다린다. 이상의 거울 모티프를 가진 시들과 비교해 보았을 때, 거울 속의 "학자"는 화자 자기 자신으로 볼 수 있다.

그냥 지나갈 뿐이다. 누구는 이것이 데드마스크라고 그랬다. 또
누구는 데드마스크는 도적맞았다고도 그랬다.//죽음은 서리와 같이
내려 있다. 풀이 말라 버리듯이 수염은 자라지 않은 채 거칠어갈 뿐
이다.

─ 이상, 「자화상」 부분. (276)[23)]

태양은 단념한 지상 최후의 비극을 나만이 예감할 수 있을 것 같
다./드디어 나는 내 전방에 질주하는 내 그림자를 추격하여 앞설 수
있었다.

─ 이상, 「월상」 부분. (276)[24)]

---

23) 「자화상」은 "폐허"와 "태고"가 공존하는 공간을 그려 보이고 있다. 이 시에서는
「면경」의 "투탕카멘"에 이어 「피라미드"와 같은 "코"가 등장한다. 이상 시세계에
서 '코'는 「오감도 시제십호」와 「실낙원」의 「소녀」편에서 보는 바와 같이 피안과
차안의 '통로'와 같은 역할을 한다. 여기서도 마찬가지다. "유구한 것," 즉 시대를
초월한 것이 "코"를 통해 넘나드는 것이다. 그것은 "선조" 혹은 "전신(前身)"이다.
"선조"나 "전신"은 「육친의 장」을 통해 해석 가능하다. 거기에서 이미 선조나 7년
을 단위로 완전히 새 몸으로 바뀌는 자기 자신에 대한 언급이 나와 있었기 때문이
다. 이상은 이미 혈육과 자신의 경계의 불분명함에 대한 불안을 보여 왔다. 그렇다
면 어떻게 "폐허"와 "태고"는 공존할 수 있는 것일까? 역사 이래의 모든 문명이 폐
허가 되었으니 남은 것은 태고 적과 변함없는 "창공"뿐인 것은 당연하다. 그런데
"폐허"인 이 공간은 다름 아닌 누군가의, 아마도 「자화상」이라는 제목으로 보아 이
상 자신의 "데드마스크"이기도 하다. 「실낙원」 전편에 일관된 죽음의 이미지는 여
기서도 계속된다.
24) 「월상」은 제목 그대로 달의 형상을 그려 보이고 있다. 그리고 달의 변화에 따라 달
을 올려다보는 지구 또는 지상의 변화하는 형상을 더불어 그려 보이고 있다. "지상
최후의 비극"은 "태양"마저 지구를 단념한 데서 온다. 달의 부활을 위해 화자인 내
가 할 수 있는 유일한 것은 그림자를 추월하여 "질주"하는 것이다. 「월상」은 피 흘
리는 달의 이미지를 통해 묵시록적으로 지구가 '실낙원'임을 극명하게 보여주고 있
다. 이상 시의 얼어붙은 황무지의 이미지, 예를 들면, "초열빙결지옥", "세계의 한
류" 같은 이미지는 여기서도 그 원인을 찾을 수 있다. 그리고 이 시에서 질주는 「오
감도 시제일호」 등과 같은 이상의 다른 시에서와 마찬가지로 탈주를 위한 질주가
아닌, 단지 살기 위한, 또는 살아 있음을 증명하기 위한 실존적인 질주다.

"소녀"(「소녀」), "모조기독", "여인", "백골", "육친" (이상 「육친의 장」),
"천사"(「실낙원」), "최후의 학자"(「면경」), "선조"(「자화상」), "그림자"
(「월상」)는 각각의 단편에 등장하는 인물들이다. 그들은 시의 화자인
'나'와 어떤 방식으로든 관계를 맺는다. 각각의 단편들은 '나'가 그들을
바라보는 시각에 의해, 그리고 그들이 '나'를 바라보는 시각에 의해, 그
때그때 서로 다른 새로운 우주로 열린다. 그러나 이들 중 누가 좀 더 중
심적이며, 따라서 그 중심을 향하여 수렴된다는 식의 관계도(關係圖)는
전혀 그려지지 않는다. 각각의 인물은 각각의 단편에서만 '나'와 관계
를 맺으며 단지 그 한 편의 우주만을 지배할 뿐이다. 이것은 6개의 단편
이 각각 서로 다른 중심을 가진 우주라는 것을 의미한다.

그것은 그 우주들이 모든 사람이 언제 어디서나 공유할 수 있는 우주
들인 것이 아니라, 오로지 하나의 모나드 안에서 고유하게 펼쳐져 나온
우주[25]이기 때문이다. 모나드는 세계의 부분일 뿐 아니라 세계의 거울
이기도 하다.[26] 다시 말해, 「실낙원」의 '나'가 만나는 6개의 단편의, 6
개의 우주는 이상이라는 모나드 안에서 고유하게 펼쳐져 나온 우주이
다. 만약, 전지전능한 자의 시선을 가정할 수 있었다면, 6개의 국면은
하나의 평면에 하나의 소실점을 상정한 후 원근법적으로 질서정연하
게 배치할 수 있었을 것이다. 그러나, 이상은 우주의 바깥에서 우주 전
체를 조망하여 그것을 재현하는 방식으로 예술작품을 만들 수 있다는
믿음에 동의할 수 없는 예술가였던 것이다. 6개의 단편으로 6개의 우주

---

25) Gottfried Wilhelm von Leibniz, *op. cit.* 참조.
26) 라이프니츠는 "각 모나드는 자신만의 유일한 방식으로 우주의 거울"이라고 하였으
며(Gottfried Wilhelm von Leibniz, *op. cit.*, p.51.) 들뢰즈는 더 나아가 "모나드는 세
계의 거울인데, 왜냐하면, 이것은 신의 역전된 이미지, 무한의 역전된 수, ∞/1 대신
1/∞이기 때문"이라고 하였다.(Gilles Deleuze, *op. cit.*, p.236.)

를 펼쳐내 보이는 「실낙원」의 이러한 구성방식은 이상이라는 하나의 모나드에게는, 단선적이고 일의적으로 파악되지 않는, 인류가 처한 현사태를 표현하는 최선의 방법이었던 것이다.

II. 「실낙원」의 여섯 단편의 연쇄
－ 미분화, 차이들의 중층구조, 계열

1. 미분화된 시적 자아로서의 각 단편의 애벌레 자아들

그러나 「실낙원」의 6개의 단편은 서로 완전히 단절되어 있지는 않다. 각 단편에 나오는 인물 또는 사물 또는 사건이 다른 단편에서도 변주되고 있는 것이다.

   (i) 내 비공(鼻孔)으로 종이가 탈 때, 나는 그런 냄새가 어느 때까지라도 저회(低徊)하면서 사라지려 들지 않았다.

                                － 이상, 「소녀」 부분. (272)

   피라미드와 같은 코가 있다. 그 구멍으로 유구한 것이 드나들고 있다.

                                － 이상, 「사화상」 부분. (276)

   (ii) 이 간단한 장치의 정물은 투탕카멘처럼 적적하고 기쁨을 보이지 않는다.

                                － 이상, 「면경」 부분. (274)

피라미드와 같은 코가 있다.

─ 이상, 「자화상」 부분. (276)

(iii) 글자가 적혀 있는 지편(紙片).

─ 이상, 「면경」 부분. (274)

한 장의 '알따란 것'이 되어 버려서는 숨고 한다. 내 활자에 소녀의 살결 냄새가 섞여 있다.

─ 이상, 「소녀」 부분. (272)

(iv)
여기는 **폐허**다.

─ 이상, 「자화상」 부분. (276)

파라다이스는 **빈터**다.

─ 이상, 「실낙원」 부분. (273)

(v)
태양은 단념한 지상 **최후의 비극**을 나만이 예감할 수 있을 것 같다.

─ 이상, 「월상」 부분. (277)

그 **비장한 최후**의 학자는 어떤 사람이었는지 조사할 길이 없다.

─ 이상, 「면경」 부분. (274)

(vi)
그것은 **선조가 혹은 내 전신(前身)**이 호흡하던 바로 그것이다.

─ 이상, 「자화상」 부분. (276)

7년이 지나면 인간 전신의 세포가 최후의 하나까지 교체된다고
한다. 7년 동안 나는 이 **육친**들과 관계없는 식사를 하리라.
　　　　　　　　　　　　　　－이상, 「육친의 장」부분. (273)
　　　　　　　　　　　　　　　　　　　　　(강조: 인용자)

　　위의 인용에서 보는 바와 같이, "비공(鼻孔)"과 "코"(i), "투탕카멘"과
"피라미드"(ii), "지편[종이]"과 "얄따란 것[종이]", "글자"와 "활자"(iii),
"폐허"와 "빈터"(iv), "최후의 비극"과 "비장한 최후"(v), "선조 혹은 내
전신"과 "육친"(vi)은 각각 동일한 것이거나 인접한 것으로 서로 깊은
상관성을 지닌다. 그러나 두 단편 간에 선후관계, 인과관계, 포함관계,
종속관계 등은 전혀 드러나지 않는다. 다만 하나의 이야기로 재구성해
보고자 하는 독자의 눈에는 하나의 수수께끼를 풀기 위한 단서들이 흩
어져 있는 것처럼 보일 뿐이다. 각 단편에 흩어져 있는 두 개의 짝은 마
치 하나의 방에서 다음 방으로 넘어가는 열쇠와 같을 뿐이다. 「실낙원」
은 끝내 전체가 하나의 이야기로 재구성되지는 않지만, 꼬리 물기를 하
듯이 이어져 있다. 「실낙원」의, 이렇게 각 단편들이 서로 분리된 듯 연
관성을 지니는 구조는 먼저 차이들의 공존이라는 관점에서 볼 수 있다.
　　차이는 존재를 언명한다.[27] 진정한 차이는 분화소(分化素)로서의 즉
자적 차이, 즉, 스스로 나뉘는 차이이다.[28] 이는 어떤 유사성, 동일성,
유비, 대립도 전제하지 않는다.[29] 그러나 한편 각 단편 간의 차이는 하
나의 자아의 다양한 양태변화[30]에 의해 드러나는 것으로도 볼 수 있다.
　　1장에서 언급한 바와 같이, 각혈하는 "소녀"(「소녀」), 거울 속의 "최

---

27) Gilles Deleuze, 『차이와 반복』, 김상환 역, 민음사, 2009, p.633.
28) *Ibid*., p.263.
29) *Loc. cit.*
30) *Ibid*., p.187.

후의 학자"(「면경」), 달을 향해 달리는 "그림자"(「월상」), 7년마다 완전히 새로운 세포로 바뀌는 나의 "육친"(「육친의 장」) 등, 이들은 '나'의 거울상으로서의 다양한 자아의 양태변화라고 할 수 있는 것이다. 이들은 하나의 자아 아래 있는, 미분(微分)된 작은 자아로서의 '애벌레 자아'31)들이라고 할 수 있다. 이들은 단지 부정적 의미에서 분열된 자아들의 파편들이 아니라, 동일성의 원리 하에 사상시켜 버릴 수 없는, 엄염한 차이를 내포하고 있는, 자아 안의 미분화(微分化)된 자아로 보아야 할 것이다. 모나드를 하나의 개체인 동시에 우주인 존재라고 했을 때, 각각의 애벌레 자아들은 끝없이 변화하며 드러나는 우주의 여러 얼굴들이자, 서로 관계를 맺어 합성됨으로써 우주 전체를 드러내는 그러한 얼굴들이다.32)

2. 차이들의 중층구조로서의 「실낙원」의 여섯 단편

서로 다른 얼굴들의 합성으로 만들어지는, 또 하나의 우주의 얼굴, 이것은 일종의, 차이들의 중층구조라고도 할 수 있다. 즉 「실낙원」의 각각의 단편들은 차이를 보존하며 단편들 간의 중층구조를 만든다. 여기서 차이들의 중층구조에는 커다란 에너지가 잠재되어 있게 된다. 왜냐하면, 이러한 구조는 차이들을 보존하는 방식으로 이루어졌는데, 차이들의 밑에서 이루어진 차이화(differentiation)라는 운동이 최소 단위의 존재들을 옹호하고 있기 때문이다. '다르다'는 것은 그 자체로 독립하여 존재할 수 있는 근거가 된다.

---

31) *Ibid.*, p.181. 참조.
32) Gilles Deleuze, 『스피노자와 표현의 문제』, 이진경 역, 인간사랑, 2004, p.318.

이러한 존재론은 유일신론(唯一神論)에 반대하여 유일한 인격신이 아닌, 자기 원인(causa sui)[33])으로서의 신을 내세웠던 스피노자의 그것과 발상이 유사하다. 스피노자의 존재론은 자기의, 자체 내의, 자신에 의한 원인이라는 개념에 의해 지배된다.[34]) 스피노자는 자기 스스로 신의 본질을 펼쳐 표현하는 것이 곧 구원에 이르는 길[35])이라고 하였다. 라이프니츠가 모나드 개념으로 말하려는 핵심이 '개체'였다면, 스피노자도 역시 표현의 중심으로서의 개체[36])를 옹호한다.

이상 문학의 분열된 자아의 테제는 이상이라는 개체 안의 미분화된 자아들을, 그들의 있는 그대로의 본질을 보존하며 끝없이 펼쳐 보이는 방식으로 자신을 표현해 나간 것이라고 옹호될 수 있다. 구원이 빈사상태에 놓인 자의 존재를 긍정해 주는 것이라면, 예술가에게 구원은 자신의 내면에서 빈사상태에 있는 자신의 분신들을 승화라는 방식을 통해 예술화하는 것이다. 각각의 차이를 지닌, 미분화된 자아들이 표현됐을 때, 그 미분화된 자아들은 이상이라는 한 명의 예술가의 모나드의 범주 안에서 미묘한 얽힘을 만들며 존재하고 있다.

다시 말해, 이 작품은 기존의 시를 유기체적 구조로 보는 시론(詩論)과 다른 방식의 구조를 지니는 것이다. 이 중층구조가 유기체적 구조와 다른 것은 미분화된 자아들을 보존하는 구조로서, 각 층에 자생 가능한 에너지를 가지고 있다는 것이다. 유기체적 구조가 전체와 부분의 관계

---

33) 스피노자는 "자기 원인이란 그것의 본질이 존재를 포함하는 것, 또는 그것의 본성이 존재한다고 생각할 수밖에 없는 것"이라고 하였다. 즉, 자기 원인은 존재하기 위하여 다른 것에 의존하지 않는 실체를 의미한다. Baruch de Spinoza, 『에티카』, 강영계 역, 서광사, 1990, p.13.

34) *Ibid*., p.223.

35) *Ibid*., p.431.

36) Gilles Deleuze, *op. cit*., p.440.

에서, 부분이 전체를 위한 기능 면에서 종속되고 복속된다고 한다면, 또 그렇게 될 수 없는 요소들은 거세되어야만 하는 것이라면, 중층적 구조에서는 그렇지가 않은 것이다. 중층적 구조에서는 각 층이 전체를 위해 자체 내의 어떤 부분을 거세할 필요가 없다. 거세당하는 만큼 에너지는 줄어드는 것이라고 봤을 때, 중층적 구조는 층마다 고유한 에너지를 보존할 수 있게 된다.

그 살아 있는 에너지들이 서로 결합되었을 때, 그 크기는 합도 아닌 곱도 아닌 멱(冪)의 에너지를 내게 된다. 각 단편과 각 단편은 그들 자신이 고유한 만큼, 관계를 맺는 데서도 고유한 관계를 갖게 되기 때문이다. 그러므로 관계의 개수(個數)는 단편의 개수의 멱이 된다. 각 단편들은 멱수의 선으로 이어져, 서로 인력을 발휘하며 특유의 응집력으로 서로를 끌어당긴다.

3. 계열로서의 「실낙원」의 여섯 단편

「실낙원」의 여섯 단편은 점들 간의 미묘한 인력으로 이루어진 일종의 선(線)이며, 계열이다. 들뢰즈에 의하면, 계열(série)이란 각각의 항이 그 자체로는 의미를 지니지 않다가 이웃한 항과 접속하여 관계를 맺음으로써 새로운 의미를 만드는 것이다.[37] 즉 「실낙원」의 각 단편들은 이렇게 점선으로 연결되어 「실낙원」이라는 하나의 상위 제목 하에 묶일 수 있는 하나의 계열을 만든다. 그러므로 이 작품들을 일종의 하나의 계열시(系列詩)로 본 김주현[38]의 시각은 타당하다. 각 작품이 독립

---

37) 윤수종, 「들뢰즈·가타리 용어 설명」, 『신보평론』 제31호, 2007. 봄. pp.355~356.
38) 김주현, 『정본 이상 문학 전집』1, 소명출판, 2005.

성과 완결성을 갖추고 있지만, 각 단편들에 실린 소재들이 교묘하게 얽히고 있으며, 무엇보다 「실낙원」이라는 상위제목과 각각 연관성을 가지고 있기 때문이다.

그렇다면, 다시 제목의 의미로 돌아가 보도록 하자. '실낙원'은 재론컨대, 낙원상실이라는 의미로, 이상의 텍스트들의 체계 내에서는 '지옥'이나 '폐허'와 의미상으로 같은 맥락에 놓인다. 이상 시의 곳곳에 나오는 얼어붙은 황무지의 이미지, 예를 들면, "초열빙결지옥(焦熱結氷地獄)"(「광녀의 고백」, 1931)이나 "세계의 한류(寒流)"(「흥행물 천사」, 1931)와 같은 이미지는 이상의 무의식에 뿌리 깊게 자리하고 있는, '실낙원'의 이미지와 관련되어 있다. 이 '차가움'의 이미지는 지구상의 불모 또는 불임의 이미지로 확대되는 것은 물론이다.[39] 그런 의미에서 생명체가 살기에는 너무 추운 지구의 이미지가 이상 식의 디스토피아 상(像)이라고 할 수 있다.

　　냉각된 수압이, 냉각된 유리의 기압이, 소녀에게 시각만을 남겨주었다.
　　　　　　　　　　　　　　　　　　　　　　　－ 이상, 「소녀」 부분. (271)

　　남아 있는 체취를 유리의 '냉담한 것'이 덕(德)하지 아니하니, 그 비장한 최후의 학자는 어떤 사람이었는지 조사할 길이 없다.
　　　　　　　　　　　　　　　　　　　　　　　－ 이상, 「면경」 부분. (274)

　　죽음은 서리와 같이 내려 있다. 풀이 말라 버리듯이 수염은 자라지 않은 채 거칠어갈 뿐이다.
　　　　　　　　　　　　　　　　　　　　　　　－ 이상, 「자화상」 부분. (276)

---

39) 이에 대해서는, 신범순, 「실낙원의 산보로 혹은 산책의 지형도」, 신범순 외, 『이상 문학 연구의 새로운 지평』, 역락, 2006, pp.47~48. 및 오주리, *op. cit.*, p.484. 참조.

나는 엄동과 같은 천문(天文)과 싸워야 한다. […] 부상한 달의 악
혈 가운데 유영하면서 드디어 결빙하여 버리고 말 것이다.

                      — 이상, 「월상」 부분. (277)

 위에 인용된 부분들은 「실낙원」의 각 단편들에 나타나는 '차가움'의 이미지들을 담고 있다. 각 단편들은 「실낙원」이라는 상위제목과 '차가움'이라는 공통분모를 가지고 디스토피아의 각 단면들을 나누어 그려내고 있다. 각각의 항으로서의 단편들은 「실낙원」이라는 상위제목이 묶어주는 계열화에 의하여 분리·독립되어 있을 때는 없던 새로운 의미를 또 파생하게 된 것이다. 이러한 구성 방식은 각각의 단편을 존중하면서도, 다시 그 단편들을 하나의 계열로 묶고 단편들의 합 이상의 의미를 창출하는 계열적 구성방식이라고 할 수 있다. 각각의 6편의 단편들은 각각 독립되어 있으면서도, 하나의 계열을 이룸으로써만 「실낙원」으로 완성된다. 계열이 일종의 관계라면, 그 관계도 각각의 개체가 충분히 자신의 본질을 표현하는 한에서 영원한 진리를 갖는다.[40]

 요컨대 이상의 「실낙원」은 각각의 단편에 등장하는 미분화된 자아들이 다른 미분화된 자아들과 자신의 고유성으로서의 차이소를 보존한 상태에서 자신의 본질을 충분히 펼치고 표현함으로써 진리를 드러내고 있는 것이며, 이러한 단편들이 선으로 이어져 만들어내는 계열은 그러한 단편들의 중층구조로서, 하나의 모나드에서 나온 여러 얼굴들의 합성으로서의 또 하나의 얼굴을 만들어, 우주의 얼굴을 만들어내고 있는 것이다.

---

40) Gilles Deleuze, 『차이와 반복』, p.207.

Ⅲ. 장르 논쟁을 넘어 생성텍스트로
― 카오스모제(Chaosmose)와 영원회귀

1. 카오스모제로서의 「실낙원」
― 여섯 단편의 질서와 무질서 간의 상호침투

무한히 변신하는 얼굴들의 합성으로 이루어진 얼굴을 가진 우주는 일종의 카오스모제라고 할 수 있다. 카오스모제란 카오스가 일관성을 부여하고 사건들의 경과에 영향을 끼치는 과정을 의미하는 개념어로서, 카오스(Chaos)와 코스모스(Cosmos)와 오스모제(Osmose), 세 단어가 합성된 조어[41]이다. 이러한 개념어는 카오스가 단순히 혼돈으로서 질서가 없는 상태인 것이 아니라, 오히려 반대로 무수히 많은 질서 즉 코스모스를 내포하고 있다는, 인식의 전환에서 나온 것이다. 이상의 「실낙원」도 마찬가지다. 무질서하기 때문에 장르 상 분류 불가능한, 논란의 중심의 작품인 것이 아니라, 오히려 무수히 많은 질서를 지닌, 풍성한 텍스트로 볼 수 있는 것이다. 이상은 시, 소설, 그리고 에세이[42]에서 모두 높은 예술적 성취를 이뤘다. 다른 작가들은 장르를 넘나들었더라도 어느 한 장르에서 우세한 데 비해 이상은 상당히 이례적이다.[43] 이

---

41) 윤수종, *op. cit.*, p.369.

42) 이상 연구는 시와 소설에 집중되었으나 수필도 논의될 필요가 있다. 이상의 수필은 시나 소설에 버금가는 예술성과 완성도를 보인다. 수필을 통해 전기적 사실, 예를 들면, 경성, 성천, 동경에서의 체험을 확인할 수 있다는 점은 작가론에 중요하다. 또한 수필을 통해 작가의 의식을 직접 확인(조해옥, 『이상 산문 연구』, 서정시학, 2009.)할 수 있다. 예를 들면, 수필에는 이상의 예술, 법, 윤리, 전통에 대한 의식이 직접 언급된 부분이 많다. 특히 일부 수필은 장르의 분류가 재고되어야 한다.

43) 유성호 외, 「시 쓰는 작가, 소설 쓰는 시인」, 『시인세계』, 문학세계사, 2007. 여름. 참조.

상의 텍스트에서는 장르에 관계 없이 주요 모티프가 반복된다. 유년의 가족사, 결핵, 연애와 결혼의 문제 등이 그러하다. 그러한 이유는 주요 모티프들이 한 작가의 삶에 뿌리를 두고 있기 때문이란 것이 쉽게 유추된다. 그뿐만 아니라, 이상의 작품들은 대개 기존의 장르 개념에 비추어 봤을 때, 장르 규범에 완전히 합치되는 작품들이 적다. 모두 실험과 파격으로 장르 규범을 넘어 그만의 예술세계를 만들어내고 있다. 그러므로 다시 「실낙원」으로 돌아와서 이 작품을 하나의 카오스모제로 보면, 그 체계가 복잡할수록 더 많은 가치들이 나타나는 것[44]으로 볼 수 있는 것이다. 이상의 「실낙원」 전체가 하나의 카오스모제라고 한다면, 각각의 단편은 각각 나름의 질서를 가진 우주라고 할 수 있을 것이다. 그리고 이 질서는 서로 다른 차이를 지니는 그러한 질서이다. 그야말로, 코스모스와 카오스가 상호침투한다.

2. 영원회귀의 힘에 의한 생성텍스트로서의 「실낙원」

그렇다면, 하나의 단편의 하나의 질서가 또 다른 단편의 또 다른 질서를 어떻게 불러내는지 고찰되어야 한다. 그 이치는 하나의 질서의 발현만으로는 미진한 무언가가 있기 때문에 새로운 질서가 등장한다는 것이다. 즉, 하나의 질서의 배면에 또 다른 힘이 남아 있던 것이다. 이렇게 질서와 질서 사이에 차이가 존재하고, 그 차이와 차이 사이에 잠복되어 있던 새로운 힘이 밀고 올라오는 구조를 가지는 것, 이것을 영원회귀(永遠回歸)의 일환으로 볼 수 있다.[45] 영원회귀는 오로지 새로운

---

44) Gilles Deleuze, *op. cit*., p.542.
45) *Ibid*., p.182 참조.

것, 즉 어떤 결핍에 의해 변신을 거쳐 생산된 것에만 관계한다.[46) 이상
의 「실낙원」에서의 시적 주체들의 변신은 그렇게 이해되어야 할 것이
다. '나'가 "소녀"로, "학자"로, "투탕카멘"으로, "그림자"로 변신하는 것
은 마치 죽은 자들을 한 명씩 소환하여 부활시키는 의식(儀式)과 같다.

> 나는 이 소녀를 화장(火葬)해 버리고 그만두었다.
> — 이상, 「소녀」 부분. (272)

> 묘혈에 계신 백골까지 내게 무엇인가를 강요하고 있다.
> — 이상, 「육친의 장」 부분. (273)

> 그러나 홀연히 그 당장에서 죽어버린다. 마치 웅봉(雄蜂)처럼….
> — 이상, 「실낙원」 부분. (273)

> 이 간단한 장치의 정물은 투탕카멘처럼 적적하고 기쁨을 보이지
> 않는다.
> — 이상, 「면경」 부분. (274)

> 누구는 이것이 데드마스크라고 그랬다.
> — 이상, 「자화상」 부분. (276)

> 지구는 피투성이가 되리라.
> — 이상, 「월상」 부분. (277)

위의 인용에서 보는 바와 같이 '나'의 분신과도 같은 그들은 모두 죽
음 또는 죽어감의 이미지에 덧씌워져 있는 것이다. 영원회귀는 이름 없

---

46) *Ibid.*, p.214.

는 인간을, 즉 분열된 자아를 자신의 원환으로 끌어들인다.47) 이상이 예술작품으로 이러한 이름 없는 인간들 또는 분열된 자아들을 불러내 현전화(現前化)하는 것은 그들이 권리 상 완전한 독립성48)을 띠고 있다는 것을 긍정하는 데서 비롯된다.

이것은 한편 이상이 집요하리만큼 자신의 내면을 오래 응시한 결과이다. 그렇다면 왜 자신에 대한 응시는 그칠 수 없는 것이었는가? 그것은 자신에 대한 응시를 부르는 것이 자신의 내부에서 오는, 멈추지 않는 통증이기 때문이다.

> 소녀는 때때로 복통이 난다. […] 소녀는 또 때때로 각혈한다. 그
> 것은 부상한 나비가 앉는 까닭이다.
> — 이상, 「소녀」 부분. (271)

> 한 다리를 절름거리는 여인.
> — 이상, 「육친의 장」 부분. (272)

> 천사의 키스에는 색색이 독이 들어 있다. 키스를 당한 사람은 꼭
> 무슨 병이든지 앓다가 그만 죽어 버리는 것이 예사다.
> — 이상, 「실낙원」 부분. (274)

> 피로에 가늘어진 손가락을 놀려서는 저 정물을 운전할 것인가.
> — 이상, 「면경」 부분. (275)

> 풀이 말라 버리듯이 수염은 자라지 않은 채 거칠어갈 뿐이다.
> — 이상, 「자화상」 부분. (276)

---

47) *Ibid.*, p.214.
48) *Ibid.*, p.169.

아마 혈우병인가도 싶었다. […] 부상한 달의 악혈 가운데 유영하
면서 드디어 결빙하여 버리고 말 것이다.

　　　　　　　　　　　　　　　　　　　　　　－ 이상, 「월상」 부분. (276)

위의 인용에서 보는 바와 같이, 이상의 「실낙원」은 통증[병(病)]의 이
미지로 점철되어 있다. 「실낙원」은 그러므로 이러한 관점에서는 병든
인물들의 군상화(群像畵)이기도 하다. 그들은 모두 이상의 내면과 투사
또는 역투사의 관계에 있는 인물들이다. 통증은 육체성을 지닌다. 관념
은 아파하지 않기 때문이다. 통증의 중심에는 심장이 있다. 그리고 심
장은 반복의 기관이다.[49] 어떤 것의 반복은 그것이 이해되지 못했기 때
문에 일어난다.[50] 이해되지 못한 것은 통증으로 자신을 되돌아봐 주기
를 요구한다. 「실낙원」의 하나의 단편이 '실낙원'을 규정하는 하나의
일반성이 되려할 때, 그것으로는 전적으로 이해되지 않는 물음이 그 다
음 단편이 되어 등장한다. 그런 의미에서 반복이란, 법칙에 물음을 던
지는, 일종의 위반[51]으로 볼 수 있다. 나아가 반복은 스스로 자신의 고
유한 독립성을 주장하고 있다는 데서 모나드와 유사한 특성[52]을 지니
기도 한다. 앞서 「실낙원」의 각 단편을 각각의 모나드의 퍼스펙티브
(perspective)에서 비롯된 것으로 본 점은 이런 맥락에서 다시 연결된다.
이 장에서 새로운 것은 「실낙원」의 각 단편 간의 미묘한 연계는 이러한
반복의 원리로 이해될 수 있다는 것이다.[53] 이렇듯 「실낙원」은 이해받

---

49) *Ibid.*, p.27.
50) *Ibid.*, p.569.
51) *Ibid.*, p.29.
52) *Ibid.*, p.242.
53) 「실낙원」 안의 작품들과 동일 제목을 가진, 다른 이상의 작품들과의 관계도 마찬
　　가지다. 또는 이상의 모든 작품들을 통해 반복되는 테마들의 관계도 마찬가지다..

지 못한 자아들의 가라앉지 않는 통증들이 심장의 박동에 따라 되살아 올라오는, 반복의 힘에 의해 쓰인 것이다. 통증에 의해 자신의 존재증명을 해오는, 하나의 개체 안의 무수한 자아들은 이렇게 자신의 정신에 대한 응시를 반복적으로 요구하며 영원회귀의 원환(圓環)으로 부활해 올라오는 것이다.

그런 의미에서 「실낙원」의 구조가 지닌 영원회귀의 기원이 무엇인가라고 묻는다면, 그 답은 '지정 가능한 기원의 부재'[54]라고 할 것이며, 굳이 기원이 있다면 차이라고 할 것이다.[55] 각 단편 간의 차이가 다른 단편들의 기원인 것이다. 현대적인 예술작품의 특징은 중심이나 수렴의 부재에 있다.[56] 그러므로 기존의 「실낙원」 연구들이 이 작품을 시라고 하기엔 긴장이 이완되어 있으며, 산문적이어서 수필과의 경계에 걸쳐 있고, 어떤 단편들은 다른 작품을 위한 미완성의 습작으로 보아야 한다고 한 것[57]은 기존의 장르규범의 관점에서 본 평가이긴 하나, 조금 더 생산적인 관점으로 재해석 되어야 할 필요가 있다. 즉, 오히려 이상의 「실낙원」의 현대성은 바로 이러한 구조에서 찾을 수 있다.

중요한 것은 「실낙원」이 장르를 넘어 비형식성(非形式性)을 향해 나아가게 하는 데 잠재된 힘이다. 예술에서 형(形)을 발명하고 재생산하는 것보다 본질적인 것은 거기에 담긴 힘이다.[58] 오히려 예술이 일정한 형을 목표로 하게 되는 순간 매너리즘(mannerism)이 올 뿐이다. 그러므로 이상의 「실낙원」은 미완이나 장르불명인 것이 아니라 일정한 형식

---

54) *Ibid*., p.281. 참조.
55) *Loc. cit.* 참조.
56) *Ibid*., p.167.
57) 권영민, 「책머리에」, 이상, 『이상전집』, 문학 에디션 뿔, 2009, p.15.
58) Gilles Deleuze, 『감각의 논리』, 하태환 역, 민음사, 2009, p.69.

과 중심을 벗어날 수밖에 없는 내부의 힘이 자신의 본질을 끝없이 실현해가는 생성텍스트(geno-text)[59]로 보아야 할 것이다. 이러한 생성의 힘이 이상 예술의 본질에 더 닿아 있다. 이상이 현대예술의 전위(前衛)로서 장르를 넘나들고 또 뛰어넘고자 했던 것은 근본적으로 장르 이전의 예술적 생성의 힘을 자신의 내부에 가지고 있었기 때문이다. 이러한 관점에서 이상의 「실낙원」의 가치는 제고(提高)되어야 할 것이다.

---

59) 생성텍스트란, 완성된 텍스트로 드러나는 현상텍스트(pheno-text)와 대별하여 쓰이는 과정 중인 텍스트를 가리키는 크리스테바의 용어이다. J. Kristeva,『시적 언어의 혁명』, 김인환 역, 동문선, 2000. 참조.

참고문헌

1. 기본 자료

이 상,『조광』, 1939.2.

_____,『이상 전집』1 · 2, 가람기획, 2004.

_____,『정본 이상 문학전집』1 · 2 · 3, 김주현 엮음, 소명출판, 2005.

_____,『이상전집』, 문학에디션 뿔, 2009.

2. 논문 및 저서

권영민,「서설: 이상 문학을 어떻게 볼 것인가」,『이상 텍스트 연구』, 문학에디
    션 뿔, 2009.

_____,「책머리에」, 이상,『이상전집』, 문학에디션 뿔, 2009.

김윤식,「문학과 미술의 만남: 이상과 구본웅」,『김윤식 문학 선집』5, 솔,
    1996.

신범순,「거울 속 창문과 덧문의 깊이」,『이상의 무한정원 삼차각 나비』, 현암
    사, 2007.

_____,「실낙원의 산보로 혹은 산책의 지형도」, 신범순 외,『이상 문학 연구
    의 새로운 지평』, 역락, 2006.

오주리, 「이상 시의 '사랑의 진실' 연구」, 신범순 외, 『이상의 사상과 예술』, 신구문화사, 2007.

유성호 외, 「시 쓰는 작가, 소설 쓰는 시인」, 『시인세계』, 문학세계사, 2007. 여름.

윤수종, 「들뢰즈·가타리 용어 설명」, 『진보평론』 제31호, 2007. 봄.

조해옥, 『이상 산문 연구』, 서정시학, 2009.

최혜실, 『한국 모더니즘 소설 연구』, 민지사, 1992.

Badiou, Alain, 『비미학』, 장태순 역, 이학사, 2010.

Blake, William, 『천국과 지옥의 결혼』, 김종철 역, 민음사, 2002.

Crepaldi, Gabliele, 『영원한 빛, 움직이는 색채, 인상주의』, 하지은 역, 마로니에 북스, 2009.

Deleuze, Gilles, 『스피노자와 표현의 문제』, 이진경 역, 인간사랑, 2004.

_____, 『주름, 라이프니츠와 바로크』, 이찬웅 역, 문학과지성사, 2004.

_____, 『차이와 반복』, 김상환 역, 민음사, 2009.

Kristeva, Julia, 『시적 언어의 혁명』, 김인환 역, 동문선, 2000.

Leibniz, Gottfried Wilhelm von Leibniz, 『모나드론 외』, 배선복 역, 책세상, 2007.

Merleau-Ponty, Maurice, 『눈과 마음』, 김정아 역, 마음산책, 2008.

Milton, John, 『실낙원』1·2, 조신권 역, 문학동네, 2010.

Spinoza, Baruch de, 『에티카』, 강영계 역, 서광사, 1990.

보들레르와 오장환의 우울에 관한 비교연구

— 정신분석학의 관점으로

Ⅰ. 서론

1. 문제제기 및 연구사 검토

2020년에는 코로나바이러스감염증－19(COVID-19)이 전 세계에 유행하면서 세계보건기구는 팬데믹(pandemic)을 선언하게 되었다. 코로나 19는 세계대전 수준으로 세계사에 큰 영향을 미칠 것으로 예상된다. 코로나 19는 앞으로 문명사 전반에 새로운 패러다임을 요청하고 있다. 이러한 시대적 요청에 인문학도 부응해야 할 의무가 있다. 코로나 19는 인간의 심리에도 영향을 미쳐 정신의학적으로 이른바 '코로나 우울증(corona blues)'이라는 새로운 우울증까지 유발하였다. 코로나 우울증은 코로나 19의 유행으로 비롯된 사회적 우울증의 일종으로, 가장 큰 원인은 바로 개인들의 고립이다. 이러한 데 인문학적 성찰이 요구된다. 그런데 문제는 코로나 우울증과 사회계층 간에 밀접한 관계가 있다는 사실이다. 마크 윌리엄스(Mark Williams)의 코로나 19와 사회계층 간의 관계에 대한 통계보고서에 따르면, 코로나 19의 감염률과 사망률은 상류층보다 하류층에서 현저히 높게 나타난다.[1] 이로써, 코로나 우울증도 하류층에서 더 많이 발생한다고 추론될 수 있다. 이에 세계문학사를 통해서 오늘날 우울과 사회계층 간의 관계에 시사점을 주는 시인들이 있어, 이들에 관한 연구가 요청된다.

그 시인들 가운데 대표적인 시인들로 보들레르(Charles Baudelaire, 1821~1867)와 오장환(吳章煥, 1918~1951)을 꼽을 수 있다. 이들은 근대 자본주의사회에 등장한 대도시의 모더니티 가운데서 우울의 정서를 시로 아름답게 형상화하였다는 공통점이 있다. 그러므로 그들의 작품을 통하여 보들레르가 살았던 19세기의 프랑스와 오장환이 살았던 20세기의 식민지 조선의 사회적 우울을 비교하는 것이 가능하다.

보들레르의 우울에 관한 가장 가치 있는 선행연구로는 벤야민(Walter Benjamin, 1892~1940)의 『보들레르』(Baudelaire), 『파리, 19세기의 수도』(Paris, Capital Du XIX Siècle), 「보들레르의 작품에 나타난 제2 제정기의 파리」("Das Paris des Second Empire bei Baudelaire") 그리고 「보들레르의 몇 가지 모티브에 관하여」("Über einige Motive bei Baudelaire") 등을 들 수 있다. 벤야민은 자본주의를 분석하고 비판하기 위해서 보들레르의 시에 주목한다. 벤야민은 보들레르의 시에는 산업의 발달로 파리라는 대도시에 화려한 파사주가 등장하며 산업이 예술의 경쟁자가 된, 근대 자본주의의 적나라한 모습이 드러나 있다고 보았다.[2] 대도시에서의 삶은 서로가 서로에게 이름 모르는 군중(群衆)의 삶이다. 예컨

---

1) Mark Williams, "Coronavius Class Divide: The Jobs Most at Risk of Contracting and Dying from COVID 19," *The Conversation*, 2020. May 19th. (https://theconversation. com)

2) Walter Benjamin, 「19세기의 수도 파리」, 『역사의 개념에 대하여 · 폭력 비판을 위하여 · 초현실주의 외』, 최성만 역, 서울: 길, 2009, p.224.

대, 근대성의 미학이라고 일컬어지는, '순간의 미학'을 잘 보여주는 보들레르의 「지나가는 여인에게」라는 시에서처럼, 파리라는 대도시에서는 함께 생활하는 사람들이 모두 타인인 것이다.[3] 스쳐 지나가는 타인을 뒤돌아보는 감정은 사랑의 감정으로, 특히, 작별할 때의, 사랑의 감정이다.[4] 이러한 감정은 사랑하는 대상의 상실로 인해 유발되는 우울증과 유사하다. 프랑스어로 '이유를 알 수 없는 우울'을 의미하는 'spleen'이라는 단어는 그러므로 보들레르의 『악의 꽃』의 「우울과 이상」과 『파리의 우울』에서 시인이 대도시의 군중들 사이에서 느끼는 상실감으로서의 우울을 의미한다.

그밖에 본고의 주제인 보들레르의 '사회적 우울'에 관한 연구에 참조될 만한 선행연구를 국내에서 검토해 본 결과, 보들레르의 우울에 관한 연구로는 맹미경의 연구,[5] 벤야민의 보들레르론에 관한 연구로는 정의진 연구,[6] 그리고 보들레르 시의 계층에 관한 연구로는 랑시에르를 원용한 장아영의 연구[7]가 주목할 만했다. 오장환의 우울에 관한 선행연구 또한 오장환의 문학이 보들레르의 문학의 영향을 받았다는 데 초점을 맞추어 오장환 문학에 접근하는 이론으로서 벤야민을 자주 선택하는 경향이 있었다. 이러한 경향은 공강일[8]과 안지영[9] 등의 연구에서

---

3) Walter Benjamin, 『보들레르의 파리』, 조형준 역, 서울: 새물결, 2008, p.111.
4) Walter Benjamin, 「보들레르의 몇 가지 모티브에 관해서」, 『발터 벤야민의 문예이론』, 반성완 편역, 서울: 민음사, 1983, p.135.
5) 맹미경, 「보들레르 시에 나타난 현대성과 우울에 관한 고찰」, 연세대학교 석사학위논문, 1999.
6) 정의진, 「발터 벤야민의 보들레르론」, 한국프랑스학회 학술발표회, 2008.
7) 장아영, 「보들레르 산문시 세 편의 정치미학적 연구」, 연세대학교 석사학위논문, 2017.
8) 공강일, 「오장환 시의 비애 연구」, 서울대학교 석사학위논문, 2010.
9) 안지영, 「정신적 표박자들의 유랑: 오장환의 보헤미안적 카인」, 『천사의 허무주의』, 파주: 푸른사상사, 2017, pp.89~98.

나타났다. 그러므로 국내에서의 연구사의 경향을 개괄하면, 벤야민의 보들레르에 관한 연구를 따라 '벤야민-보들레르-오장환'의 삼각관계 안에서 이루어지는 연구가 두드러진다. 본고는 이러한 선행연구를 참조하되 우울에 관해 가장 정통한 접근법은 정신분석학이라는 판단 아래 다음 장에서 연구의 시각을 개진해 보고자 한다.

2. 연구의 시각

이 논문은 보들레르와 오장환의 우울에 관한 비교연구를 하기 위해 정신분석학의, 우울의 개념을 원용하고자 한다. 정신분석학의, 우울의 개념은 프로이트(Sigmund Freud, 1856~1939)로부터 살펴볼 수 있다. 프로이트는 우울증의 개념을 분명히 하기 위하여 슬픔의 개념과 비교한다. 프로이트는 「슬픔과 우울증」("Trauer und Melancholie")에서 슬픔(Trauer)과 우울증(Melancholie)의 공통점은 상실감의 일종이라는 것이나, 전자는 주체가 사랑의 대상을 상실하였다는 것을 받아들임으로써 주체 자신 안으로부터 사랑의 대상을 분리할 수 있으나, 후자는 주체가 사랑의 대상을 상실하였다는 것을 받아들이지 않음으로써 주체 자신 안에 사랑의 대상을 품고 있는 것이라고 하였다.[10] 그럼으로써 우울증의 주체에게는 대상의 상실을 넘어 자아의 상실이 나타난다. 그러므로, 우울증은 주체의 자살 기도 등의 문제를 일으킨다. 이러한 이유는 대상에 대한 증오가 공격성으로 나타나면서, 그 공격성이 그 대상을 품고 있는 주체로 향하기 때문이다. 한편 우울증의 또 다른 원인도 있

---

10) Freud, Sigmund, 「슬픔과 우울증」, 『무의식에 관하여』, 윤희기 역, 파주: 열린책들, 1998, pp.248~251.

다. 예컨대, 프로이트는 『새로운 정신분석 강의』에서 양심, 즉 그의 개념으로 초자아(超自我, super ego)의 엄격성이 과도해지면, 자아가 도덕적 죄의식을 심하게 느끼면서 우울증을 겪게 된다고 하였다.[11] 우울증의 주체가 자기 자신을 비하하고 인생을 비관하면서 자기학대를 하는 것이 이러한 경우라고 할 수 있다.

이러한 개념을 이어받은 정신분석가는 라캉(Jacques Lacan, 1901~1981)이다. 라캉은 선(善)이 마조히즘(masochism)의 구조를 가진다고 보았다.[12] 주체가 타자를 위해 자신을 희생하면서 고통을 감내하는 도덕적 선은 정신분석학적으로 마조히즘의 구조와 상동성을 지니는 것이다. 요컨대 프로이트나 라캉에게서 우울증의 공통점은 공격성의 내향화(內向化)로 주체가 감당할 수 없는 심리적 고통을 느끼게 된다는 것이다. 문제는 이러한 고통이 죽음 충동(thanatos, death drive)으로 이어질 수 있다는 것이다. 죽음 충동은 주체가 실재(the real)의 허무로서의 빈 공간에 이르게 한다.[13] 그런데 예술이 태어나는 것은 바로 이 허무의 지점이다.[14] 심리적으로 죽음 충동은 인간의 생물학적 죽음과는 무관하다. 이 죽음은 우울증의 주체에게 상징적인 죽음인 것이다. 이러한 상징적 죽음을 정신분석학에서는 '제2의 죽음'(the second death)이라고 하는데, 예술가들은 삶으로부터 유리된 그 영역에서 무로부터(ex nihilo)[15] 예술을 창조한다.[16]

---

11) Sigmund Freud, 『새로운 정신분석 강의』, 임홍빈 외 역, 파주: 열린책들, 1998, pp.87~100.

12) Jacques Lacan, "The Function of the Beautiful," *The Seminar of Jaques Lacan Book VII: The Ethics of Psychoanalysis,* Ed. J. A. Miller, Trans. D. Porter, New York · London: W · W · Norton & Company, 1997, p.239.

13) Peter Witmer, 『욕망의 전복』, 홍준기 외 역, 서울: 한울아카데미, 1998, p.79.

14) F. Regnault, *Conférences d'Esthetique Lacanienne,* Paris. Seuil, 1997, p.12.

한편, 크리스테바는 우울을 긍정적으로 보기도 하였다. 예컨대, 그녀는 우울이 인간을 철학자로 만든다고 하거나, 우울이 창조적 인간성의 표지라고 하였다.[17] 특히, 그녀는 우울에 관한 글쓰기가 우울을 겪고 있는 독자에게 의미가 있는 것은 그 글쓰기가 역시 우울을 겪고 있는 작가에 의해 쓰이는 것이기 때문이라고 하였다.[18]

다음으로 본고는 우울이라는 심리적 증상과 사회계층의 상관성을 밝히는 데 도움을 받기 위해, 정신분석가 중 제임슨(Frederic Jameson, 1934~현재)의 이론을 참조하고자 한다. 제임슨은 공적인 영역인 정치와 사적인 영역인 무의식이 서로 모순적인 관계로 보일 수 있으나, 문학 텍스트상에 기표로 나타나는 알레고리와 서사를 통해 이 둘의 관계를 밝힐 수 있다고 주장한다. 우선 그는 문학을 사회적으로 상징적인 행위로서 이해한다.[19] 그러면서 그는 정치적 무의식(political unconsciousness)이라는 개념의 제시를 통해, 문학 텍스트에 나타나는, 부재 원인(absent cause)으로서의 역사가 정치적 무의식 속에서 서사화된 형태를 읽어내려고 한다.[20] 즉, 그는 문학 텍스트의 알레고리적 서사의 기의들을 통해 역사에 대한 집단적인 환상을 읽어낼 수 있다고 주장한다.[21] 그러한 이유에서 그는 "항상 역사화하라!"는 것이 정치적 무의식의 윤

---

15) Jacques Lacan, "The Articulations of the Play," *The Seminar of Jacques Lacan Book VII: The Ethics of Psychoanalysis*, Ed. J. A. Miller, Trans. D. Porter, New York · London: W · W · Norton & Company, 1997. p.260.

16) Slavoj Zizek, 『이데올로기의 숭고한 대상』, 이수련 역, 고양: 인간사랑, 2002, p.232.

17) Julia Kristeva, 『검은 태양: 우울증과 멜랑콜리』, 김인환 역, 서울: 동문선, 2004, pp.17~36.

18) *Ibid.*, p.13.

19) Fredric Jameson, 『정치적 무의식』, 이경덕 · 서강목 역, 서울: 민음사, 2015, p.17.

20) *Ibid.*, p.41.

21) *Ibid.*, p.40.

리라고 강조한다.[22] 그러므로 철저히 한 시대에 충실하기 위해 노력한 작가의 문학작품에서는 그 작품이 텍스트 상으로 직접 어떠한 역사적 사건을 가리키고 있지 않다고 할지라도 역사를 읽어낼 수 있다.

이 논문은 이러한 우울에 관한 관점으로 보들레르와 오장환의 시에 나타난 우울에 관하여 정신분석학의 관점을 통해 논의해 보고자 한다. 이러한 방법으로 II부에서는 보들레르와 오장환 시에 나타난 우울의 공통점을, III부에서는 차이점을 드러내고, 마지막으로 IV부에서는 결론적으로 이들이 오늘날 우리에게 주는 시사점을 끌어내 보고자 한다.

II. 보들레르와 오장환의 시에 나타난 우울의 공통점

1. 그리스도교적 세계관에서 구원의 불가능성으로서의 우울

1) 보들레르의 경우

보들레르 시의 우울은 그의 시집 『악의 꽃』(Les Fleurs Du Mal)의 I부 「우울과 이상」 "Spleen et Idéal"이란 제목과 그의 시집 『파리의 우울』 (Le Spleen de Paris)이란 제목에 '우울'(spleen)이란 단어가 포함되어 있다는 것만으로도 그의 시를 대표하는 정서로 볼 수 있다. 우선 그의 대표적인 시집 『악의 꽃』 I부 「우울과 이상」의 서시(序詩) 격인 「축복」 ("Bénédiction")의 첫 부분을 살펴보면 다음과 같다.

---

22) *Ibid.*, p.9.

전능하신 하느님의 점지를 받아,
시인이 이 지겨운 세상에 나타날 때,
질겁해 모독의 말들이 북받친 어머니는
두 주먹을 떤다, 저를 측은해하는 하느님 향해:

"아! 이 조롱거리를 기를 바에야 차라리,
내가 왜 살무사 사리를 낳지 않았단 말인가!
내 배가 내 속죄의 씨앗을 배고만
그 덧없는 쾌락들의 밤이 저주스럽구나!

내 못난 남편의 미움거리 삼으려고
당신이 뭇 여자들 중에서 저를 고르셨으니,
또 이 오그라든 괴물을 연애편지처럼,
불꽃 속에 팽개칠 수도 없는 노릇이니,

나를 짓누르는 당신의 증오를 나는
당신의 심술로 저주받은 연장 위로 되돌려보내겠소.
　　　　　 ― 보들레르, 「축복」, 『악의 꽃』 부분. (27)[23]

　　위에 인용된 시 「축복」은 『악의 꽃』의 1부 「우울과 이상」 중 첫 시
라는 점에서 의미가 있다. 특히, 이 시는 보들레르의 자전적 시라는 점
에서 반드시 주목되어야 한다. 이 시는 보들레르 자신의 출생과 운명에
대한 고백을 담고 있는 시이다. 그러한 맥락에서 우선 보들레르의 가계
(家系)를 살펴보면, 친아버지 조셉 프랑스와 보들레르(Joseph François
Baudelaire, 1759~1827)는 샤를 보들레르가 6세 때 사망하였다. 대다

---

23) 이 논문에서 보들레르의 『악의 꽃』으로부터 인용된 시는 모두 보들레르, 『보들레
　　르 시전집』, 박은수 역, 서울: 민음사, 1995.에서 가져온 것이다. 괄호 안에 면수만
　　표기하기로 한다.

수의 천재 예술가들의 유년 시절에서 아버지의 부재가 발견되는 것처럼, 보들레르의 유년 시절에서도 그러하다. 정신분석학적으로는 역설적이게도 부성의 기능, 즉, 아이에게 법, 도덕, 그리고 금기를 가르치는 기능이 상실될 때, 관습적 사유를 뛰어넘는 자유로운 상상력이 자라 아이는 천재 예술가로 탄생한다. 19세기에 미망인은 혼자 생계를 유지할 수 없었을 것이기 때문에 그의 친어머니 카롤린 뒤페(Caroline Dufaÿs, 1793~1871)는 샤를 보들레르가 7세 때 재혼한다. 그의 새아버지 자크 오픽(Jacques Aupick, 1789~1857)은 프랑스에서 장군의 지위까지 오른 군인 장교였다. 그는 샤를 보들레르가 22세에 자신의 자산을 유산으로 상속한다. 그 유산으로 샤를 보들레르가 댄디즘(dandysme)을 추구할 수 있었다는 것은 잘 알려져 있다. 그러나 이러한 기록만으로는 보들레르가 왜 그토록 우울에 잠겨 있어야만 했는지 해명되지 않는다. 바로 그러한 점을 해명해 줄 수 있는 시가 「축복」이다. 그러므로 이 시를 분석해 보면 다음과 같다.

이 시의 1연 1행은 "전능하신 하느님"이라는 시어로 시작이 되고 있다. 이는 일반적으로 가톨리시즘(Catholicisme)으로 일컬어지는 보들레르의 그리스도교적 세계관을 보여준다. 예컨대, 그리스도교의 가장 기본적인 기도문 중 하나이며 신앙고백을 담고 있는 사도신경(使徒信經, the Apostles' Creed)의 시작이 바로 '전능하신 하느님'의 호명인 것과 비교된다. 이 시 역시 신에게 고백하는 기도의 형식을 취하고 있다. 이 시에서 화자는 시인 자신인 보들레르라면, 청자는 신(神)인 것이다. 이 가운데 2연부터는 어머니의 신을 향한 내면의 목소리가 나타난다. 여기에서 어머니의 아들에 대한 태도를 알 수 있다. 이 시의 3연에서 "괴물"은 아들에 대한 은유이다. 그뿐만 아니라 역시 3연에서 어머니는 "미움

거리"라는 시어로 아들에 대한 증오를 아주 적나라하게 드러내고 있기까지 하다. 어머니는 아들 보들레르의 존재 자체를 재혼한 가정에서의 새 남편과의 관계에 극도로 부정적인 것으로 느끼고 있었다. 그러므로, 그녀는 자신에게 아들을 잉태하게 한 신을 원망하고 있다. 아들인 샤를 보들레르가 느꼈을 어머니의 자신을 향한 증오는 그의 우울의 정신분석적 근원으로 볼 수 있다. 우울은 사랑하는 대상의 상실로부터 온다. 그런데 유년 시절의 아이에게 첫사랑은 바로 어머니인 것이다. 아들이 느끼는 어머니로부터의 증오는 자신의 존재 부정에까지 이를 수 있다. 이러한 심리적인 메커니즘이 바로 보들레르의 우울의 근원이다. 보들레르의 자전적 시 「축복」의 마지막 부분을 살펴보면 다음과 같다.

> 저는 압니다. 당신은 시인을 위한 자리 하나를
> 거룩한 나라의 가장 복된 등급 속에 마련하시고,
> 옥좌 천사들과 미덕 천사들과 통치 천사들의
> 영원한 잔치에 그를 초대하신다는 것을.
>
> 저는 압니다. 괴로움이야말로 이승도 지옥도
> 결코 물어뜯지 못한 단 하나의 고귀한 것임을,
> 또 저의 신비로운 왕관을 엮으려면
> 온 시대들과 온누리에 추렴시켜야 한다는 것을.
>
> 그러나 옛 팔미라의 이젠 없는 보석들도,
> 알려지지 않은 금속들도 바다의 진주들도,
> 설사 그것들을 당신 손이 아로새긴다 해도, 눈부시게 맑은
> 이 아름다운 왕관을 꾸미기에는 족하지 못할 겁니다;
>
> 왜냐하면, 그것은 천지개벽의 빛들의 거룩한 근원에서 길어낸,

순수한 빛으로만 만들어질 것이니까요,

그래서 아무리 빛난들, 죽고 말 인간들의 눈망울은,

그 흐리고 애처로운 거울에 지나지 않으니까요!

           — 보들레르, 「축복」, 『악의 꽃』 부분. (30)

  위에 인용된 보들레르의 자전적 시 「축복」의 마지막 부분을 분석해 보면 다음과 같다. 이 부분에서는 화자가 자신의 시인으로서의 운명에 대해 고백하고 있다. 이 시에서 신이 "시인을 위한 자리"를 "거룩한 나라" 즉 천국에 마련하였다는 데서 알 수 있듯이, 신은 시인에 대한 구원의 의지를 보여주고 있다. 그러나 시인은 "이승"과 "지옥"의 "괴로움"이 "고귀"한 것이라고 말한다. 그러한 이유는 무한자로서의 신 앞에서 인간은 "죽고 말 인간들"이란 표현이 말해주는 바와 같이 유한자의 운명을 가지고 있을 뿐이기 때문이다. 인간은 이 시의 마지막 행이 보여주는 것과 같이 신의 "거울", 즉, 신의 모상(Imago Dei)[24]이기 때문에 존귀한 것일 수 있다. 그러나, 신의 모상으로서의 인간도 결국 필멸의 존재일 뿐이라는 절망을 시인은 신 앞에서 고백하고 있다. 즉, 시인은 구원의 의미에 대하여 절망하고 있다.

  이 시는 천상과 지상 사이, 그리고 구원에 대한 희망과 절망 사이에 놓여 있다는 점에서 벤야민이 보들레르의 철학적 · 문학적 가톨리시즘은 신과 악마 사이의 '림보(limbo)'를 필요로 한다고 말한 바를 연상시킨다.[25] 보들레르는 『악의 꽃』에 '림보'라는 제목을 붙이려 하였다는 것이다.[26] 한편, 앙드래 쉬아레스는 『악의 꽃』은 단테의 『신곡』의 「지

---

24) Thomas Aquinas, 『영혼에 관한 토론문제』, 이재룡 · 이경재 역, 파주: 나남, 2013, p.157.

25) Walter Benjamin, 『보들레르의 파리』, p.72.

26) *Ibid.*, p.66.

옥편」의 절망을 넘어서는 '19세기의 지옥'이라고 말했다.[27] 보들레르가 이 시「축복」에서 선뜻 신이 시인에게 마련해 놓은 천국을 받아들이지 않으며 "고통"을 끌어안으려는 심리는 그를 우울증적 주체로 볼 때 해명될 수 있다. 그는 어머니를 사랑하였으나, 어머니는 그를 증오하였다. 그는 사랑대상(Liebeobjekt)[28]인 어머니의 자신에 대한 증오에 동일시하여, 자신을 천국으로 가는 길을 마다하고 고통을 끌어안는 것이라고 볼 수 있다. 요컨대, 보들레르의 시「축복」의 우울은 그리스도교적인 구원의 불가능성 또는 거부로 나타나는데, 그 근저에는 그의 가족사에서 어머니의 재혼과 그에 따른 어머니의 아들에 대한 증오가 그 원인이었다고 할 수 있다.

2) 오장환의 경우

다음으로 오장환의 시에 나타난 우울의 근원을 보들레르의 경우와 마찬가지로 그의 자전적인 시「불길한 노래」의 첫 부분을 통해 살펴보면 다음과 같다.

> 나요. 오장환이요. 나의 곁을 스치는 것은, 그대가 아니요. 검은 먹구렁이요. 당신이요.
> 외양조차 날 닮았다면 얼마나 기쁘고 또한 신용하리요.
> 이야기를 들리요. 이야길 들리요.
> 비명(悲鳴)조차 숨기는 이는 그대요. 그대의 동족뿐이요.
> 그대의 피는 거멓다지요. 붉지를 않고 거멓다지요.
> 음부 마리아 모양, 집시의 계집애 모양.

---

27) *Ibid.*, p.101.
28) Sigmud Freud,「슬픔과 우울증」, p.259.

당신이요. 층층한 아구리에 까만 열매를 물고 이브의 뒤를 따른 것은 그대 사탄이요.

차디찬 몸으로 친친이 날 감어주시오. 나요. 카인의 말예요. 병든 시인이요. 벌이요. 아버지도 어머니도 능금을 따먹고 날 낳었소. 벌이요. 아버지도 어머니도 능금을 따먹고 날 낳었소.

― 오장환, 「불길한 노래」, 『헌사』(82)[29]

위에 인용된 「불길한 노래」는 오장환의 자전적 시이다. 그 이유는 1연 1행에서 "나"="오장환"임을 밝히고 있기 때문이다. 그런데, 독자들은 이 시의 시인이 오장환이라는 것을 알 수 있으므로 "나"="오장환"="시인"이 성립된다. 이로써 이 시는 작가와 작품 속의 인물이 일치하는 자전적 시의 요소를 갖췄다고 규정될 수 있다. 또한, 이 시는 1연에서 "마리아", 2연에서 "이브", "사탄", 그리고 "카인"과 같은, 그리스도교의 『성경』에 나오는 인물들을 오장환 자신의 가족에 빗대어 하나의 알레고리를 만들어내고 있다. 이러한 점들은 보들레르의 「축복」이 자전적 시이면서 그리스도교적인 상징을 통해 구원의 문제를 다루고 있는 것과 유사하다. 이 시가 오장환의 자전적인 시라는 점에서 그의 가계(家系)에 대해 살펴보면 다음과 같다. 오장환의 아버지는 오학근(吳學根)이고, 어머니는 한학수(韓學洙)이다. 그런데, 어머니는 아버지의 후처(後妻)로 오장환은 서출(庶出)이었다. 서얼제도(庶孽制度)는 1894년에 법적으로 폐지되었지만, 오장환이 태어났던 1918년까지 관습적으로 처첩제가 남아 있었다. 오학근의 본처 이민석(李敏奭)은 오장환이 12세 때 세상을 떠났다. 그 후 1931년에 부모가 재혼했다. 오학근은 오

---

29) 이 논문에 인용된 오장환의 시는 모두 오장환, 『오장환 전집 ― 1. 시』 박수연·노지영·손택수 편, 서울: 솔, 2018.에서 참고하였다. 이하 괄호 안에 인용 면수만 표기하기로 한다.

장환이 21세 때 사망하면서 그에게 많은 유산을 물려줬다. 이 유산으로 오장환은 출판사를 세우는 등 댄디즘의 성향을 보였다. 여러 가지 면에서 오장환의 유년 시절은 보들레르의 유년 시절과 유사한 면이 많다. 중요한 것은 이러한 가족사에서 오장환이 왜 우울을 느끼게 되었는가 하는 것이다. 그 실마리가 위의 시에 나타난다.

어머니가 첩에서 본처가 되었다는 가족사적 사실은, 이 시에서 보건대, 오장환에게 어머니를 "음부의 마리아" 또는 "사탄"의 유혹에 굴복한 "이브"로 보게 한다. 1연에서 "음부의 마리아"는 마리아 막달레나(Maria Magdalena)로 추정된다. 마리아 막달레나는 성모 마리아와 대조적인 인물로 묘사되곤 한다. 예컨대, 성모 마리아가 동정녀(童貞女)라면, 마리아 막달레나는 창녀(娼女)로 묘사된다. 그러나 이것은 마리아 막달레나에 대한 속설이다.『성경』상에서 마리아 막달레나는「마르코 복음서」16장 9절과「루카 복음서」8장 2절에서 예수가 "일곱 마귀"를 쫓아내 준 여인으로 등장할 뿐이다. 그러므로 속설에서는 "일곱 마귀"가 들린 마리아 막달레나를 창녀로 해석했을 뿐이다. 여하튼, 중요한 것은 오장환이 자신의 어머니를 창녀든 일곱 마귀 들린 여인이든, 성적으로 타락하여 죄악에 물든 여인으로 보았다는 것이다.

1연에서 "마리아"가 등장한다면, 2연에서는 "이브"가 등장한다.『성경』에서 아담과 이브는 동반자로서 이성적으로 서로 의존하고 대화하도록 창조되었다.[30] 그러나 아담과 이브는 사탄인 뱀의 유혹에 따라 선악과(善惡果)를 따먹음으로써 원죄(原罪)를 범하게 된다. 이로써 신이 창조한 순결한 육체에 죄가 스미게 되면서 그리스도교적인 죄악의 근

---

30) 박영원,「"하나님의 형상대로":『실낙원』에서 다시 보는 밀턴의 남녀평등과 결혼관」,『문학과 종교』25.1, 2020, p.173.

원은 육체가 된다.31) 오장환은 자신의 어머니를 "이브"로 설정하면서, 자연스럽게 아버지를 "이브"의 유혹에 굴복한 아담으로 설정한다. 그러면서 오장환은 자신을 "이브"의 아들인 "카인"으로 설정하는데, 의문스러운 점은 왜 아벨은 아니고 "카인"이어야만 하는가이다.

그러한 실마리는 다시 1연에서 유추해낼 수 있다. 1연에서 "어머니"의 "피"는 검정색, 즉, 죄의 색인데, 오장환은 그 "피"를 물려받은 "동족"인 것이다. 정신분석학적으로 유년 시절, 어머니와 아이는 나르시시즘적 관계이다. 오장환이 어머니를 죄적 존재로 보며 증오하는 것은 마치, 거울 관계처럼, 자기 자신을 죄적 존재로 보며 증오하는 것으로 나타날 수 있다. 그러므로, 오장환은 자기 자신을 아벨이 아니라 "카인"에 비유한다. 왜냐하면, "카인"은 그리스도교 신화에서 최초의 살인자로, 창녀에 준하는 죄인이기 때문이다. 또한, 이러한 자애심의 추락은 우울증의 한 증상이다32). 요컨대, 이 시의 강렬한 원죄의식과 카인 콤플렉스는 구원의 불가능성을 말하고 있다. 원죄는 예수의 십자가 대속(代贖)을 통해서만 씻겨지기 때문이다. 오장환의 이러한 그리스도교적 상징들의 의미를 역사와 연관 지어 보기 위해 이 시의 마지막 부분을 살펴보면 다음과 같다.

> 기생충이요, 추억이요, 독한 버섯들이요.
> 다릿―한 꿈이요, 번뇌요, 아름다운 뉘우침이요.
> 손발조차 가는 몸에 숨기고, 내 뒤를 쫓는 것은 그대 아니요. 두엄
> 자리에 반사(半死)한 점성사, 나의 예감이요, 당신이요.
> 견딜 수 없는 것은 낼룽대는 혓바닥이요, 서릿발 같은 면도날이

---

31) Thomas Aquinas, *op. cit.*, pp.177~178.
32) Sigmund Freud, 「슬픔과 우울증」, p.249.

요. 괴로움이요. 피 흐르는 시인에게 이지(理智)의 프리즘은 현기(眩
氣)로웁소.

　어른거리는 무지개 속에, 손가락을 보시요. 주먹을 보시요.

　남빛이요─빨갱이요. 잿빛이요. 잿빛이요. 빨갱이요.

― 오장환, 「불길한 노래」, 『헌사』 부분. (82─83)

　「불길한 노래」 중 위에 인용된 부분은 우울증적 주체의 상상력이 빚
어내는 심상들로 가득하다. 예컨대, 시인 자신을 가리키는 "기생충",
"반사(半死)한 점성사"는 어머니로 추정되는 "당신" 또는 "그대"와 혼
동된다. 이 부분에서 주체와 타자가 혼동되고 있을 정도로 둘은 나르시
시즘적인 거울 관계에 있으며 극도로 혐오의 대상이 된다는 것이 확인
된다. 이러한 것도 사랑하는 대상을 상실한 주체의 우울증이 빚어내는
이미지들이라고 할 수 있다. 이 시는 그리스도교적인 상징을 빌려 구성
된 시이지만, 구원의 가능성은 전혀 보이지 않는다.

　이처럼 유년 시절 모자관계를 부정적으로 인식하며 성장한 아이는
세상을 부정적으로 바라보기 마련이다. 이 시의 마지막 행에는 "빨갱
이"라는 시어가 나온다. "빨갱이"는 공산주의자를 가리키는 은어(隱語)
이다. 오장환이 시인으로 활동할 당시, 일본은 군국주의화를 통해 제2
차 세계대전에서 승리하여 아시아 전체를 제패하려는 의도를 가지고
있었다. 이러한 가운데, 일본은 공산주의자에 대한 사상탄압을 가하게
된다. 이로 인하여 식민지 조선에서도 많은 이들이 사상전향을 하거나,
감옥에 가야 했다. 이 시대에 "빨갱이"는 사회적으로 죄적 존재의 표상
일 수밖에 없었다. 이 시 「불길한 노래」는 자신의 가족사를 고백하는 자
전적인 시에서 자신의 사상을 고백하는 자전적인 시로 발전된 것이다.

　제임슨은 역사를 부재 원인[33]이라고 하였다. 그는 문학 텍스트의 알

레고리적 서사의 기의들을 통해 역사에 대한 집단적인 환상을 읽어낼 수 있다고 주장했는데,[34] 이 시에서는 "카인"이라는 상징이 나타난 것이 "빨갱이"라는 시어가 알려주듯이 제2차 세계대전 중의 사상탄압이라는, 부재 원인으로서의 역사가 있음을 보여준다. 즉, 이 시는 "이브"와 "카인"이 등장하는 신화적 세계에서 "카인"이 "빨갱이"로 변용되는 역사적 세계로 옮겨가는 것이다. 이러한 구도는 제임슨이 "항상 역사화하라!"는 정치적 무의식의 윤리[35]를 보여주는 것이라고 할 수 있다. 좀 더 나아가 이 시에 나타난 우울은 첩의 서자로 태어나 혁명적 사상가로 거듭난 실재에서 형성된 것이라고도 할 수 있다. 이때, 우울은 정치적 무의식의 관점에서 주체가 혁명에 가담케 하는 정동이 될 수도 있는 것이다.

요컨대, 보들레르의 「축복」과 오장환의 「불길한 노래」의 공통점은 두 시 모두 자전적 시로서 가족사 가운데 어머니의 성적 타락과 어머니의 아들에 대한 증오가 이 시인들의, 우울의 근원적 원인으로 나타나며, 그 우울에서 비롯된 세상에 대한 절망은 신으로부터의 구원의 가능성마저 부정한다는 것이다.

2. 근대 자본주의적 세계관에서 가난으로 인한 우울

1) 보들레르의 경우

다음으로 보들레르와 오장환의 우울의 공통적 원인으로 근대 자본

---

33) Fredric Jameson, 『정치적 무의식』, p.41.

34) *Ibid.*, p.40.

35) *Ibid.*, p.9.

주의적 세계관에서 가난이 발견된다. 보들레르가 살았던 파리와 오장환이 살았던 경성은 대도시로서, 자본주의의 발전이라는 근대화가 한창 이루어지고 있는 중심지였다. 파리와 경성은 자본주의의 명암을 고스란히 보여주는 대도시였다. 두 시인은 바로 자본주의의 그늘에 시선을 두었다. 우선 보들레르의 경우 「독자에게」라는 시를 통해 그러한 양상을 살펴보면 다음과 같다.

> 미련함과 허물과 죄악과 욕심에,
> 정신이 얽매이고 몸이 시달려,
> 우리는 알량한 한탄만 가꾼다,
> 거지가 제 몸의 이를 기르듯이.
>   [중략]
> 우리를 놀리는 실 휘어잡은 건 악마!
> 징그러운 것들에도 매력 느끼는 우리;
> 날마다 한 걸음씩 지옥 쪽으로 내려간다
>   [중략]
> 놈이 바로 권태! ─ 눈에는 저도 모를 눈물 머금고,
> 물담뱃대 피워대며 단두대를 꿈꾼다.
>   ─ 보들레르, 「독자에게」, 『악의 꽃』 부분. (21~23)

위에 인용된 시 보들레르의 「독자에게」("Au Lecteur")는 『악의 꽃』 전체의 서문 격인 시이다. 즉, 시집마다 첫 페이지에는 작가가 독자에게 시집을 읽기 전에 전하는 말을 담은 「시인의 말」이 들어가는데, 「독자에게」가 바로 그러한 성격을 지닌 시이다. 즉, 「독자에게」는 시인이 독자에게 하는 직접적인 전언인 것이다. 이 시에서 파리는 "악마"가 인간을 조종하는 "지옥"으로 묘사된다. 지옥에 대한 묘사는 단테의 『신곡』

의 「지옥편」, 랭보의 「지옥에서 보낸 계절」 등 문학사상 여러 작가에 의해 쓰여 왔다. 그렇지만, 보들레르는, "거지"라는 시어에서 알 수 있 듯이, "지옥"을 빈민굴의 이미지로 묘사하고 있다. 즉, 이 시에서는 "거 지"를 지옥에 가 있는 자로 묘사하고 있다.

보들레르가 시작(詩作)하던 당시의 시대적 상황을 살펴보면, 그는 프 랑스 2월 혁명(1848년) 이후 나폴레옹 3세 통치 시대를 맞이하고 있었 다. 또한, 그가 시를 쓰던 파리는 오스만의 도시 계획이 진행 중이었다. 파리는 화려한 모습으로 변해가고 있었지만, 보들레르는 19세기 파리 의 이면에 주목했다. 그에게는 지옥도와 같은 파리의 빈민굴이 불행의 근원이자 우울의 근원처럼 느껴졌던 것으로 판단된다.

그는 이 시의 마지막 연에서 우울증의 증상으로서 "권태"를 보인다. 특히 마지막 행에서는 우울증의 증상이 극에 달한다. 마지막 행의 "물 담뱃대"는 아편을 피우기 위한 도구이다. 아편은 현재 한국에서는 불법 화된 마약이다. 그렇지만, 아편은 과거에 의사들에게는 고통의 진통제 로 쓰였을 뿐만 아니라, 예술가들에게는 상상력의 자극제로 쓰였다. 보 들레르가 예술지상주의자로서 인공낙원을 꿈꾸며 아편을 피웠다는 것 은 잘 알려진 사실이다. 그러나 아편은 치명적인 중독성을 가지고 있 어, 결국, 중독자는 서서히 죽음의 길에 들어서는 것이다. 마약 중독자 의 심리에는 그러한 죽음 충동이 내재해 있다. 결국, 그것은 마지막 시 행에 나타난 바와 같이 "단두대" 즉 '죽음'을 꿈꾸게 하는 우울증의 극 단적인 양상이다. "단두대"는 형벌을 집행하는 도구이다. "단두대"라는 시어는 우울증의 극단적인 증상으로 자기 징벌(Selbstbestrafung)[36]의 양상을 분명하게 보여준다. 요컨대, 「독자에게」라는 시는 빈민굴로 유

---

36) Sigmund Freud, 「슬픔과 우울증」, p.260.

추되는 화려한 근대 도시 파리의 이면을 지옥도로 묘사하면서 아편을 피우며 죽음 충동이 흐르는 우울증적 주체의 내면을 보여준다.

다음으로 보들레르의 시 가운데 근대 자본주의적 세계관에서 가난으로 인한 우울을 보여주는 시를 한 편 더 살펴보면 다음과 같다. 다음은 「가난뱅이를 때려라」라는 시의 일부분이다.

보름동안 나는 나의 방에 틀어박혀 그 당시에 유행하던 책더미에 둘러싸여 있었다. 유행하던 책이란 24시간 동안에 사람들을 행복하고 현명하고 부유하게 만드는 기술을 다룬 책들이다. 그래서 나는 대중의 행복을 꾀하는 이 모든 기업가들의—모든 가난한 자들에게 스스로 노예가 되라고 충고하여 그들이 모두 왕관을 박탈당한 왕이라고 설득하는 이 친구들의—, 모든 노작들을 소화, 아니 삼켰다고까지 말해야 한다. 그때 내가 현기증, 혹은 마비에 가까운 정신상태에 이르렀다는 것에 아무도 놀라지 않을 것이다.

    — 보들레르, 「가난뱅이를 때려라」, 『파리의 우울』 부분. (229)

위에 인용된 보들레르의 「가난뱅이를 때려라」라는 시는 산문시집 『파리의 우울』에 실린 시이다. 이 시를 분석해 보면, 이 시는 어떠한 "책"에 대한 이야기로 시작되고 있다. 이 "책"은 "유행하던 책"으로 "사람들을 행복하고 현명하고 부유하게 만드는 기술을 다룬 책"이다. 이 책은 이른바, 자본주의 시대에 등장한 자기계발서이다. 오늘날 서점에는 제목에 '부자'라는 단어가 나오는 책들이 쏟아져 나온다. 이러한 시대상의 시초가 이미 보들레르가 살았던 근대 자본주의 도시의 첨단을 보여준 파리에서 나타났다는 것은 놀라운 사실이다. 자본주의 시대는 '부자=행복한 사람'이라는 논리가 성립되는 시대이다. 이 시에서 그러한 근대 자본주의에 대한 보들레르의 놀라운 통찰력이 발견된다. 그것은 바로 이 시의 제목 "가난뱅이를 때려라"에 역설적인 의미로 담겨 있다. 즉, 이 시는 표면상으로는 행복해지기 위해 부자가 되라는 책을 재미있게 다루고 있는데, 이는 일종의 풍자이다. 부자가 되는 방법이 "가난뱅이를 때리"는 것이라는 보들레르의 날카로운 통찰은 19세기의 자본주의에 부를 축적한 사람들이 사실은 가난한 사람들을 착취함으로써 이루어졌다는 것을 폭로하고 있다. 여기서 '때리다'라는 것은 일종의 비유로 사용이 되었다. 그렇지만 이 비유가 비유이지만은 않은 것은 이 당시의 형벌의 형태 중에는 체벌형이 남아 있었기 때문이다. 그러므로 이 시는 근대 자본주의 사회를 하나의 알레고리로 형상화하여 그 총체성을 드러내 보이는 가운데 비인간화를 폭로하는 시라고 할 수 있다. 제임슨은 『정치적 무의식』에서 자본주의의 문화는 대중들에게 '거짓 진실'로서의 환상을 욕망하게 한다고 말하였다.[37] 예컨대, TV 드라마는 가난한 여자와 재벌 2세 남자의 로맨스를 반복적으로 생산해냄으로써 대중들이 환상을 소비하게 한다. 「가난뱅이를 때려라」 이 시에 나오는, 행복한 부자를 만들어 주는 책은 제임슨이 말한 바와 같이 거짓 진실로서의 환상을 욕망하게 하는 문화 현상인 것이다.

보들레르의 「독자에게」와 「가난뱅이를 때려라」를 종합해 보건대, 19세기 근대 대도시로 화려하게 탄생하던 파리의 어두운 이면에는 빈민굴을 양산하고 가난한 사람들을 착취하는 자본주의 체제가 있었던 것이며, 보들레르는 이러한 시대의 어둠 가운데서 우울의 정서를 그려냈다고 할 수 있다.

---

37) Fredric Jameson, 『정치적 무의식』, p.377.

2) 오장환의 경우

다음으로 보들레르와 오장환의 우울의 공통적인 원인으로 근대 자본주의적 세계관에서 가난이 있다는 것을 오장환의 「황혼」이라는 시를 통해 살펴보고자 한다.

직업소개소에는 실업자들이 일터와 같이 출근하였다. 아무 일도 안 하면 일할 때보다는 야위어진다. 검푸른 황혼은 언덕 알로 깔리어오고 가로수와 절망과 같은 나의 긴 그림자는 군집의 대하에 짓밟히었다.

바보와 같이 거물어지는 하늘을 보며 나는 나의 키보다 얕은 가로수에 기대어 섰다. 병든 나에게도 고향은 있다. 근육이 풀릴 때 향수는 실마리처럼 풀려나온다. 나는 젊음의 자랑과 희망을, 나의 무거운 절망의 그림자와 함께, 뭇사람의 웃음과 발길에 체이고 밟히며 스미어오는 황혼에 맡겨버린다.

제 집을 향하는 많은 군중들은 시끄러이 떠들며, 부산히 어둠 속으로 흩어져버리고, 나는 공복의 가는 눈을 떠, 희미한 노동을 본다. 띄엄띄엄 서 있는 포도 위에 잎새 없는 가로수도 나와 같이 공허하고나.

— 오장환, 「황혼」, 『성벽』 부분. (29)

위에 인용된 시는 오장환의 「황혼」이다. 1연 1행의 "직업소개소"라는 시어가 등장하는 바와 같이 이 시는 근대 자본주의화가 한창 시작 중이던 식민지 조선의 변화된 사회상을 잘 보여준다. "직업소개소"는 식민지 조선이 농촌 중심의 농경사회에서 벗어나서 도시 중심의 산업

사회로 변화해 가는 단면을 보여준다. "직업소개소"를 드나드는 사람들은 "실업자들"이다. 이 시는 농촌을 떠나 도시로 온 사람들이 실업자가 되던 당시의 현실을 적나라하게 폭로하고 있다. 오장환의 시작 당시의 시대적 상황은 일제강점기로서 경성도 도시 계획에 의해 오늘날의 서울과 같은 모습으로 탈바꿈해가는 과정에 놓여 있었다. 그러나 경성에는 자본주의의 그늘로서 노동력은 상품화되고 "실업자들"이 양산될 수밖에 없는 모습을 숨기고 있었다. 이 시에서 시인은 "절망과 같은 나의 긴 그림자"와 "나의 무거운 절망의 그림자"라는 표현을 쓰고 있다. 두 표현은 공통으로 "절망"의 정서를 "그림자"에 비유하고 있다. 그러므로 이 시의 제목 「황혼」은 "절망"으로서의 "그림자"를 드리우는 시간인 것이다. 또한 "병든 나"나 "공복"과 같은 시어는 노동자들이 빈곤과 질병에 시달리고 있다는 현실 또한 보여준다. 그러므로 우울증의 한 양상으로서의 절망은 실업이라는 비참한 현실이 일으킨 빈곤이나 질병과 연관되어 있다는 것이다. 제임슨은 『정치적 무의식』에서 역사는 부재 원인으로서 문학 텍스트에 작용한다고 하였다.38) 이 시는 "절망"이라는 무의식적 요소와 "실업"이라는 정치적 요소를 하나의 산문시로 형상화된 알레고리 안에서 잘 보여준다고 하겠다. 이 시에서 또 한 가지 주목할 만한 것은 "노동"이라는 시어에서 보는 바와 같이 시적 주체가 스스로 "노동"하는 자라는 자의식은 가지고 있는 것으로 나타나지만, 오장환이 사회주의자였던 것과 달리, 노동자들의 계급의식은 나타나지 않는다는 것이다. 자본주의는 정치를 함께 장악함으로써 민중들에게 권력자의 지배 이데올로기가 내면화되게 한다. 그러면 민중들은 자신들이 착취를 당하고 빈곤에 시달리면서도 지배계급으로 향해야

38) Fredric Jameson, 『정치적 무의식』, p.41.

할 분노를 내향화한다. 그리하여 민중들은 지배계급에 대한 분노 대신 자기 자신에 대한 절망을 느끼게 되고, 이러한 감정의 메커니즘은 우울로 연결된다.

이상으로 보들레르의 「독자에게」와 「가난뱅이를 때려라」 그리고 오장환의 「황혼」의 공통점은 근대 자본주의화의 이면에 부를 축적하는 계급이 등장하는 만큼 빈곤에 시달리는 계급이 등장하는 것을 폭로하면서, 화려한 대도시의 이면에 가난, 기아, 절망 등으로 점철된 지옥과 같은 삶이 존재하고 있었으며, 이것이 바로 근대의 우울의 근원이라는 것을 보여준다는 것이다.

III. 보들레르와 오장환의 시에 나타난 우울의 차이점

1. 보들레르의 그리스도교적 이상의 몰락으로서의 우울 대 오장환의 유교적 이상의 몰락으로서의 우울

1) 보들레르의 경우

다음으로 III부에서는 보들레르와 오장환의 시에 나타난 우울의 차이점에 대해 논의해 보고자 한다. 보들레르의 경우 근대 프랑스 사회의 그리스도교적 이상의 몰락으로서의 우울이 나타나고, 오장환의 경우 근대 식민지 조선 사회의 유교적 이상의 몰락으로서의 우울이 나타난다는 가정을 세우고자 한다. 이에 따라 우선 보들레르의 시 「반역자」를 살펴보고자 한다.

성난 천사가 독수리처럼 하늘에서 덮쳐들어,
무신앙자의 머리카락을 불끈 움켜잡고는,
마구 뒤흔들며 말한다: "너는 율법을 알아야 해!"
암 그래야지! (내가 네 수호 천사니까, 알겠지?)

예수님이 지나갈 때 네 이웃사랑 가지고,
승리의 양탄자를 짜 드릴 수 있으려면,
가난뱅이, 악인, 불구자와 천치를,
상 찌푸리지 말고 사랑해야 한다는 걸 알라.

이게 바로 사랑! 네 마음이 무디어지기 전에
하느님을 찬양하기 위해 네 법열을 되살리라;
이거야말로 오래가는 매력 지닌 진짜 기쁨이니!"

그래서 정말이지! 사랑하기에 벌도 주는 천사는,
그 거인의 주먹으로 파문당한 자를 고문한다;
그러나 영벌 받은 자는 여전히 대답한다: "나는 싫소!"
　　　　　　　　　　― 보들레르, 「반역자」, 『악의 꽃』 부분. (268)

　위에 인용된 보들레르의 시 「반역자」는 그리스도교적 사랑의 쇠퇴
를 주제로 하고 있다. 이 시는 우선 1연에서 "천사"가 "무신앙자"를 꾸
짖으며 "율법"을 지키라고 가르친다. 계속해서 2연에서 "천사"는 그리
스도교적 사랑이란 "이웃 사랑"으로서, "가난뱅이"에게도 자애롭게 대
할 것을 가르친다. 나아가 3연에서 "천사"는 이러한 "사랑"이 "하느님
을 찬양"하는 "기쁨"이라고 가르친다. 그러면서 마지막으로 4연에서
"천사"는 "파문당한 자", 즉, 1연에서의 "무신앙자"를 "고문"한다. 그러
나, "영벌 받은 자"는 "싫소"라는 한 마디 대답으로 "천사"의 가르침을

거부한다. 이 시는 그리스도교적 사랑이라는 이상이 철저히 몰락한 시대의 현실을 풍자적으로 보여주고 있다.

이 시에서 "천사"가 "율법"을 가르치는 데 주목을 해 볼 필요가 있다. 『성경』의 구약에서의 율법은 유대인을 해방하고 율법을 제정한 모세[39]와 함께 등장한다(「탈출기」 24장 12절). 『성경』의 신약에서의 율법은 율법의 완성자로서 예수와 함께 등장한다(「마태오 복음서」 5장 17절). 예수는 바로 사랑으로 그 율법을 완성한다. 키르케고르는 『사랑의 역사』에서 나 자신에 대한 사랑, 애인에 대한 사랑, 가족에 대한 사랑은 모두 다른 자기(the other-self) 또는 다른 나(the other-I)에 대한 사랑으로, 결국 같은 것이라고 하였다.[40] 결국, 그것은 모두 '나' 또는 '나의 분신'을 사랑하는 것일 뿐이라는 것이다. 그러면서 그는 이웃에 대한 사랑만이 '나'를 뛰어넘어 '타자'까지 끌어안는 그리스도교적인 사랑이라고 강조한다.

그런데 이 시에서 "무신앙자", "파문당한 자" 그리고 "영벌 받은 자"는 그리스도교적인 사랑을 거부한다. 보들레르에게 이러한 이들은 "반역자"인 것이다. 19세기의 자본주의는 황금만능주의 사회를 만들어내면서 가난한 사람들에 대한 사랑으로서의 자선 같은 개념이 부족했다. 지젝은 현대에 가난한 사람은 사회체제로부터 배제된 사람이기 때문에 그리스도교적 의미에서의 이웃 사랑은 이러한 점까지 고려되었어야 한다고 주장한다.[41] 그러나 그리스도교적 이상이 사랑의 공동체를

39) Sigmund Freud, 「인간 모세와 유일신교」, 『종교의 기원』, 이윤기 역, 파주: 열린책들, 1998, p.24.
40) Søren Kierkegaard, 『사랑의 역사』, 임춘갑 역, 서울: 도서출판 치우, 2011, p.102.
41) 마상용, 「오늘날 이웃사랑은 어떻게 가능한가: 지젝의 이웃사랑의 윤리를 중심으로」, 『문학과 종교』 제24권 제3호, 2019, p.81.

만들어 하느님의 뜻이 지상에서도 이루어지게 하는 것이라면, 19세기의 자본주의화의 첨단을 보여주던 파리는 이러한 세계관이 붕괴되어 갔다. 역사적으로 이러한 세계관의 변화는 정치적 무의식에 닿아 사회적 우울을 일으킬 수 있었을 것으로 판단된다.

19세기 파리의 자본주의화의 시대적 양상을 고찰하기 위해 보들레르의 다음 시 「가난뱅이들의 눈」을 살펴보면 다음과 같다.

> 아버지의 눈은 이렇게 말하고 있었다. "어쩌면 저렇게 아름다울까! 어쩌면 저토록 아름다울까! 모든 가난한 자들의 황금이 이 벽들에 과시되기 위해 소집된 듯하군" 어린 소년의 눈은 이렇게 말하고 있는 듯하다: "어쩌면 저렇게 아름답지! 어쩌면, 아름답기도! 그렇지만 이 집에는 우리들과는 다른 사람들만 들어갈 수 있는 거다." 그리고 더 어린 꼬마의 눈은 너무나 매혹당한 나머지 어리둥절하고 깊은 즐거움 밖에 아무것도 나타낼 수가 없었다.

> 샹송가수들은 노래하기를, 즐거움은 영혼을 선량하게 하고 가슴을 부드럽게 한다고 한다. 오늘 저녁만은 샹송이 나에 관한 한 옳은 것 같다. 나는 이 눈들 앞에 연민을 느낄 뿐 아니라 우리들의 목마름을 채우고도 남을 너무 큰 잔들과 술병에 부끄러움을 느꼈다.
> ─ 보들레르, 「가난뱅이들의 눈」, 『파리의 우울』 부분. (137)

위에 인용된 시 보들레르의 「가난뱅이들의 눈」에서는 가난뱅이 세 부자(父子)가 등장한다. "아버지"는 황홀하도록 아름다운 "황금"으로 장식된 파리의 카페 건축을 바라보면서, 그 "황금"이 "가난한 자들의 황금"을 착취한 것 같다고 말한다. "아버지"의 말보다 더 슬픈 것은 "소년"이 "우리들과 다른 사람들만" 그 "집"에 들어갈 수 있다고 말한다는 것이다. 이 시가 보여주는 "아버지"와 "소년"의 이러한 에피소드는 가난한 자들에게는 착취경제로서의 19세기의 비인간적인 자본주의를 폭로하는 한편, 경제계급에 따라 삶의 공간까지 분리되는 차별과 소외가 있었다는 것을 폭로한다. 이에 대해 이 시의 마지막 연에서 화자(=시인)는 이러한 현실에 "연민"과 "부끄러움"을 느낀다고 말한다.

요컨대, 보들레르의 두 편의 시 「반역자」와 「가난뱅이들의 눈」은 가난한 이웃을 사랑하라는 그리스도교적 공동체의 이상이 몰락함으로써 그것이 정치적 무의식으로 사회적 우울의 원인이 된다는 것을 잘 보여준다고 하겠다.

2) 오장환의 경우

다음으로 오장환의 시 세계에서는 근대 식민지 조선 사회의 유교적 이상의 몰락으로서 사회적 우울이 나타난다는 가정을 세우고 논의해보고자 한다. 이에 따라 우선 「성씨보」와 「易」이란 시를 살펴보고자 한다.

> 내 성은 오씨. 어째서 오가인지 나는 모른다. 가급적으로 알리어주는 것은 해주로 이사온 일 청인이 조상이라는 가계보의 검은 먹글씨. 옛날은 대국숭배를 유심히는 하고 싶어서, 우리 할아버지는 진실 이가였는지 상놈이었는지 알 수도 없다. 똑똑한 사람들은 항상 가계보를 창작하였고 매매하였다. 나는 역사를, 내 성을 믿지 않아도 좋다. 해변가로 밀려온 소라 속처럼 나도 껍데기가 무척은 무거웁고나. 수통하고나. 이기적인, 너무나 이기적인 애욕을 잊으려면은 나는 성씨보가 필요치 않다. 성씨보와 같은 관습이 필요치 않다.
> —오장환, 「성씨보」, 『성벽』 전문. (47)

점잖은 장님은 검은 안경을 쓰고 대나무지팡이를 때때거렸다. 고
꾸라양복을 입은 소년 장님은 밤늦게 처량한 퉁소소리를 호로롱호
로롱골목 뒷전으로 올려주어서 단수 짚어보기를 단골로 하는 뚱뚱
한 과부가 조용히 불러들였다.

                                   — 오장환, 「易」, 『성벽』 전문. (48)

   위에 인용된 시는 오장환의 「성씨보」와 「역」이다. 우선 「성씨보」를
분석해 보면 다음과 같다. 이 시는 오장환이 "오씨"라는 것을 통해 "오
가"의 기원으로 거슬러 올라간다. 오장환은 해주 오씨로, 해주 오씨의
조상은 중국에서 건너온 것으로 알려져 있다. 그러나, 해주 오씨뿐 아
니라, 한국의, 대다수의 성씨가 조상을 중국에서 온 것으로 족보에 기
록해 놓고 있다. 오장환은 이러한 점이 사실이 아니라 "대국숭배", 즉
중국에 대한 사대주의에서 비롯된 잘못된 관습이라고 비판하고 있다.
실제로 임진왜란과 병자호란 이후 조선의 신분제는 급속도로 흔들리면
서, 족보를 사고파는 일이 횡행하였다. 조선의 정치이념은 유교였는데,
이 시는 유교의 핵심 이념인 중화사상과 가문의식을 부정하고 있다.
   다음으로 오장환의 「易」을 분석해 보면 다음과 같다. 이 시는 제목에
서부터 나타나듯이 유교의 사서삼경(四書三經) 중 하나인 『주역』을 소
재로 하고 있다. 『주역』은 유교의 우주관을 대표하는 저서이다. 그런데
이 시에서 『주역』은 조선의 지배 이데올로기로써 작용하고 있는 것이
아니다. 민간에서는 『주역』이 운세를 보는 데 쓰여 왔다. 이 시에도
『주역』은 그러한 용도로 쓰일 뿐 아니라, 점쟁이인 "장님"과 손님인
"과부" 사이의, 밀회(密會)의 빌미를 제공하고 있을 뿐이다.
   요컨대, 오장환의 「성씨보」와 「역」은 유교의 도덕적 정통성으로 세
계사에 유례가 없는, 500여 년에 이르는 역사를 자랑했던 조선이 몰락

한 이후의 세태를 보여준다. 다시 말해, 이 시들은 일제강점기에는 식민치하와 근대 자본주의화에 의해서 조선을 지탱하던 유교의 정신주의와 애민사상은 몰락하고 있었다는 것을 보여준다. 그러나 식민지 조선에서 유교 이데올로기를 대신할 수 있는 새로운 지배 이데올로기는 주도권을 장악하지 못한 상태였다. 왜냐하면, 일제의 새로운 지배 이데올로기는 천황 숭배나 내선일체(內鮮一體) 등의 내용을 포함하고 있었고, 이러한 지배 이데올로기를 식민지 조선인이 온전하게 받아들이기는 어려운 일이었기 때문이다. 그러므로 식민지 조선에서 사회통합을 이룰 수 있는 지배 이데올로기는 부재하였다고 할 수 있다. 이러한 역사적 상황, 즉, 유교적 이상주의의 몰락과 새로운 지배 이데올로기의 부재라는 역사적 상황은 정치적 무의식으로 사회적 우울의 원인이 될 수 있었을 것이다.

2. 보들레르의 우울의 승화로서의 예술지상주의 대
   오장환의 우울의 극복으로서의 혁명주의

1) 보들레르의 경우

다음으로 III부 2장에서는 보들레르와 오장환의 우울의 차이점을 우울에 대한 대응을 통해 비교해 보고자 한다. 이 논문은 보들레르의 경우 우울의 승화로서 예술지상주의를 지향하게 되었고, 오장환은 우울의 극복으로서 혁명주의를 지향하게 되었다는 가설하에 논의를 전개해 보고자 한다. 우선 보들레르의 우울이 예술지상주의적으로 극복되는 것으로 보이는 「가난한 이들의 장난감」과 「가난뱅이들의 죽음」을 살펴보면 다음과 같다.

> 철책 저 건너편, 길가에 엉겅퀴풀, 쐐기풀들 사이에 다른 아이가
> 하나 있다. 더럽고 앙상하게 마른, 음침한 아이, 다시 말해 천민의 아
> 이들 중의 하나이다. 그러나 공정한 눈은 이 아이의 미를 발견할 수
> 있으리라. 마치 감식가의 눈이 사륜마차의 칠 밑에서, 그것을 가난
> 의 더러운 녹청으로부터 씻어낼 때 나타날 이상적 채색을 알아볼 수
> 있듯이.
>   ─ 보들레르, 「가난한 자의 장난감」, 『파리의 우울』 부분. (108)

우선 위에 인용된 보들레르의 「가난한 자의 장난감」을 분석해 보면
다음과 같다. 이 시에는 두 명의 소년이 등장한다. 한 소년은 부자 아이
이고, 또 한 소년은 가난한 아이이다. 위에 인용된 부분에 등장하는 소
년은 "천민의 아이"이다. "천민의 아이"는 "철책 저 건너편"에 존재한
다. 파리라는 도시 안에서는 부자들의 삶의 공간과 가난한 자들의 삶의
공간이 분리되어 있는 것이다. 인용된 부분 이전에 부자 아이는 화려한
장난감을 가지고 노는 모습으로 등장한다. 그에 반해서 인용된 부분 이
후에 "천민의 아이"가 가지고 놀던 장난감은 '죽은 쥐'였다는 것이 밝혀
진다. 그러나 인용된 부분에서 중요한 것은 시인이 "공정한 눈"으로 가
난한 "아이의 미를 발견"한다는 것이다. "공정한 눈"이란 정의(正義)라
는 의미를 내포하고 있다. 정의의 여신, 디케(Dike)는 눈을 가린 모습을
하고 있다. 마치 이 시에서 보들레르가 말하는 "공정한 눈"이란 어떤 사
람이 가난하다는 이유로 그 사람을 차별하지 않는 디케의 눈을 가리키
는 것과 같다. 나아가 보들레르는 "공정한 눈"을 "이상적 채색"을 알아
보는 "감식가의 눈"으로 발전시켜 의미부여를 한다. 이 논문의 앞부분

에서 분석되었던 시편들의 가난은 보들레르에게 우울을 유발하는 가난이었다. 그러나 이 시에서 우울해 보일 수 있는 풍경은 아름다움으로 승화됨으로써 심리적으로 보상을 받는다. 예술이 태어나는 것은 허무의 지점이다.[42] 이 시에서 가난은 세속적 가치가 무화되는 지점이다. 그러나 보들레르는 가난을 극복하기 위해 열심히 일하여 부를 쌓아야 한다고 말하지 않는다. 가난한 삶이 우울을 일으킬지라도 예술가들에게는 그것이 예술의 원동력이 될 수 있다. 예술가들은 삶으로부터 유리된 그 영역에서 무로부터(ex nihilo)[43] 예술을 창조한다[44]. 그러므로 이 시 「가난한 자의 장난감」은 우울의 미로의 승화를 보여준다고 하겠다.

다음으로 보들레르의 우울에 대한 예술지상주의적 태도를 보여주는 시로써 「가난뱅이들의 죽음」을 살펴보면 다음과 같다.

> 아! 달래주는 것도 살게 해주는 것도 바로 죽음:
> 영약처럼 우리 소리 높여주고 취하게 해주며,
> 저녁때까지 걸어갈 기운을 우리에게 주는
> 삶의 목적이자, 단 하나의 소망인 죽음;
>
> 죽음은, 비바람 저 너머, 눈과 서리 저 너머로,
> 우리의 어두운 지평선에서 깜박이는 밝은 빛;
> 죽음은, 사람이 먹고 자고, 앉아 쉴 수 있는,
> 책에도 적혀 있는 이름난 주막;
>
> 죽음은, 자석 같은 힘을 지닌 제 손가락들로
> 잠을, 황홀한 꿈들의 선물을 움켜쥐고,

---

42) Regnault, *op. cit.*, p.12.
43) Jacques Lacan, "The Articulations of the Play," p.260.
44) Slavoj Zizek, *op. cit.*, p.232.

헐벗은 가난뱅이들의 잠자리 마련해 주는 천사;

죽음은 신들의 영광, 신비로운 곳간,
죽음은 가난뱅이의 지갑이자 그의 옛 고향,
죽음은 미지의 하늘나라로 통하는 문!
    – 보들레르, 「가난뱅이들의 죽음」, 『악의 꽃』 전문. (248)

    위에 인용된 시는 보들레르의 「가난뱅이들의 죽음」이다. 이 시에서
는 "죽음"이 예찬되고 있다. 이 시에서 "죽음"은 "삶의 목적"이자, "단
하나의 소망"이자, "천사"이자, "하늘나라로 통하는 문"이다. 그러나 이
시가 죽음을 예찬한 시로 일의적으로 해석될 수만은 없다. 인간이면 누
구에게나 자기보존본능으로서의 생명본능(Lebenstieb)이 기본적으로
내재해 있기 때문이다.45) 반면에 모순적이게도 인간에게는 죽음본능
(Todestrieb)이 내재한다.46) 이러한 죽음본능은 인간이 원래 무기물의
상태에서 발생하였기 때문에 무기물의 상태로 되돌아가려는 성향이라
고 설명되기도 한다. 그러나 이 시는 그리스도교적인 세계관을 바탕에
두고 있다. 예컨대, "천사"나 "하늘나라" 같은 시어가 그러한 세계관을
방증한다. 이 시에서의 "죽음"에 대한 예찬 또는 "죽음"에 대한 갈구,
한마디로 말해서 죽음충동(Thanatos)47)은 가난으로 인한 우울증의 한
증상이다. 이 시에서 "가난뱅이"들은 자신들이 가난할 수밖에 없도록
하는 사회구조나 지배계층에 분노해야 하지만, 이들은 그렇게 하지 않
는다. 지배계층을 향해야 할 분노는 지배 이데올로기의 내면화에 의해

---

45) Sigmund Freud, 『쾌락 원칙을 넘어서』, 박찬부 역, 파주: 열린책들, 1998, pp.54~56.
46) *Ibid.*, p.56.
47) Julia Kristeva, 『사랑의 역사』, 김영 역, 서울: 민음사, 1995, p.565.

내향화된 것이다. 그러한 분노의 내향화는 곧 공격성의 내향화이다. 그것이 "가난뱅이"에게 죽음 충동을 유발한다. 더군다나, 그러한 공격성이 "죽음"으로써 자신의 고통을 끝내줄 수 있다면, 그 "죽음"은 이 시의 표현대로 그야말로 "영약"인 것이다.

일반적으로 우리 사회에는 '가난한 사람은 착하다.' 또는 '착한 사람은 가난하다.'라는 통념이 있다. 그러나 만약, 그들이 자신들의 분노를 사회를 향해 표출했다면, 그러한 통념은 성립되지 않았을 것이다. 라캉은 선(善)은 마조히즘(masochism)의 구조를 가진다고 보았다.[48] 어떤 의미에서 가난한 사람들이 선한 것은 그들이 도덕적인 마조히스트, 즉, 분노해야 할 것에 분노하지 않은 채, 타자를 위해 자신을 희생하면서 고통을 감내하는 사람들이기 때문일 수도 있다.

다시 보들레르의 시로 돌아와서, 시는 예술작품으로서, 시에서 알레고리화 되어 있는 사회의 단면이 실제의 사회상과 일치하는 것은 아니다. 이 시 「가난뱅이들의 죽음」이 실제 사회의 빈곤계층의 정서를 대변하고 있는 것은 아니다. 다만, 이 시는 가난할수록 죽음 충동을 느끼기 쉬울 수 있다는 가능성을 보여주고 있다. 또 다른 한편, 이 시에서 "가난뱅이들"이 가난한 예술가에 대한 비유라면, 예술가들은 가난이라는 현상으로 나타나는, 현실에서의 패배와 그로 인한 우울을 승화하여 죽음 너머의 이데아에 대한 이상화와 탐미를 추구할 수 있다는 것을 보여준다. 또는 예술가들은 가난에도 불구하고 세속에 물들지 않는 삶을 스스로 선택한 것이라고도 할 수 있다. 그러므로 이 시에서의 죽음은 상징적 죽음이라고 할 수 있을 것이다. 이러한 상징적 죽음으로서의 '제2의 죽음'(the second death)을 앞에 두고 예술가들은 삶으로부터 유리된

---

48) Jacques Lacan, "The Function of the Beautiful," p.239.

그 영역에서 무로부터(ex nihilo)[49] 예술을 창조한다.[50] 이 시에서는 아름다움의 이데아로서 "하늘나라"가 상정되어 있다. 이러한 이상주의는 프랑스 상징주의의 기본적인 이념이다.[51] 플라톤주의로서의 상징주의는 이데아의 세계를 추구한다. 이러한 세계는 예술지상주의적 태도라고도 할 수 있다.[52] 보들레르는 예술지상주의를 비판하던 태도를 바꾸어 1852년 이후 예술지상주의를 옹호하게 된다.[53] 보들레르의 예술지상주의는 인공낙원 개념에서 완성된다. 그렇지만 이 시에 나타나는 죽음 너머의 이데아에 대한 추구는 그의 예술지상주의적 태도의 일면을 확실히 보여준다. 요컨대, 보들레르는 정신의학적으로 병증의 일종으로 볼 수 있는 우울을 오히려 근대 대도시의 삶에 함몰되지 않은 채 자신을 예술지상주의자가 되도록 승화하게 한 정신적 에너지로 삼았다고 할 수 있다.

2) 오장환의 경우

다음으로 보들레르와 오장환의 우울의 차이점을 고찰하는 과정에서 마지막으로 오장환의 대표작을 살펴보고자 한다. 오장환은 우울의 극복으로서 혁명주의를 지향하게 되었다는 가설하에 「병든 서울」을 중심에 놓고 논의를 전개해 보고자 한다.

---

49) Jacques Lacan, "The Articulations of the Play," p.260.
50) Slavoj Zizek, *op. cit.*, p.232.
51) Stéphane Mallarmé, "Sur l'Évolution Littéraire," *Œuvres Complètes II.* Paris: Gallimard, 2003, p.700.
52) 김춘수, 『김춘수 시론 전집』 II, 서울: 현대문학, 2004, p.181.
53) Walter Benjamin, 『보들레르의 파리』, p.66.

병든 서울, 아름다운, 그리고 미칠 것 같은 나의 서울아

네 품에 아무리 춤추는 바보와 술 취한 망종이 다시 끓어도

나는 또 보았다.

우리들 인민의 이름으로 씩씩한 새 나라를 세우려 힘쓰는 이들

을…….

그리고 나는 외친다.

우리 모든 인민의 이름으로

우리네 인민의 공통된 행복을 위하여

우리들은 얼마나 이것을 바라는 것이냐.

아, 인민의 힘으로 되는 새 나라.

— 오장환, 「병든 서울」, 『병든 서울』 부분. (99)

위에 인용된 시는 오장환의 「병든 서울」이다. 이 시는 오장환이 해방
을 맞은 기쁨에 쓴 작품이다. 또한, 오장환의 사상적 지향점을 잘 보여
주는 작품이기도 하다. 이 시에서 "병든 서울"은 사회적 우울에 잠겨 있
던 식민지 시절의 경성의 새로운 이름이다. 그러므로, 과거의 "서울"은
"병든 서울"이었지만, 이제 해방 후의 "서울"은 "아름다운" "서울", 그
리고 환희에 들뜬 "미칠 것 같은 나의 서울"이 된다. 특히나 이 시를 통
해 오장환 시의 우울이 사회적 성격의 우울이었음이 분명해지는 것은
해방이라는 정치적 변화에 의해, 이 시에 "씩씩한 새 나라" 그리고 "인
민의 공통된 행복" 등의 희망에 찬 시어들이 쓰이고 있다는 것이다. 사
회적 우울이 개인의 고립에서 유발되는 것이라면, 이 시에서는 정치적
으로 주체성을 회복한 "인민"이 "우리 모든 인민의 이름" 아래 이상적
인 공동체를 이루게 되면서 사회적 우울은 극복된다. 오장환에게 "인민
의 힘으로 되는 새 나라"는 식민지 조선 이전의 국가가 아니라, 한민족
의 역사상 아직 단 한 번도 존재하지 않았던 민주주의 국가를 가리킨

다. 또는 "인민의 공통된 행복"이라는 시어를 통해 그가 꿈꾸는 국가가 이상적인 복지국가일 수 있다는 것 또한 유추된다. 그러한 의미에서 그는 이 시를 통해 혁명을 노래하고 있다고 볼 수 있다. 그는 사회적 우울을 모든 인민이 하나가 되어 행복을 이루는 새로운 국가공동체라는 정치적 이상의 추구를 통하여 극복하고 있다. 제임슨이 말한 바와 같이 부재 원인으로서의 역사는 이처럼 한 시인의 시세계의 주된 정서를 우울에서 행복으로 바꾸는 거대한 힘을 지니고 있다.

IV. 결론

이 논문은 코로나 시대에 하류층에 더욱 빈발하는 코로나 우울증에 대하여 인문학으로부터 시사점을 얻기 위해 시도되었다. 그리하여 우울과 사회계층 간의 관계를 해명해 줄 수 있는 시인으로 근대 자본주의 사회에 등장한 대도시의 모더니티 가운데서 우울의 정서를 시로 아름답게 형상화한 보들레르와 오장환이 선택되었다.

이 논문은 우울이라는 연구대상에 가장 정통한 접근방법으로 정신분석학을 선택하여, 프로이트, 라캉, 크리스테바, 제임슨 등의 우울에 관한 이론을 원용하였다. 그리하여, 보들레르와 오장환의 우울을 비교한 결과 다음과 같은 결론을 얻을 수 있었다. 우선 그들의 우울의 공통점은 다음과 같았다. 첫째, 그들의 시에서는 그리스도교적 세계관에서 구원의 불가능성으로서의 우울이 공통적으로 나타났다. 특히 보들레르의 자전적인 시 「축복」과 오장환의 자전적 시 「불길한 노래」는 그리스도교적 신화를 차용한 알레고리를 통해 부정한 어머니로부터의 중오가 그들의 우울의 근원임을 보여주었다. 둘째, 그들의 시에서는 자본주의적 세계관에서 가난으로 인한 우울이 공통적으로 나타났다. 보들레르의 「독자에게」와 「가난뱅이를 때려라」 그리고 오장환의 「황혼」에는 근대 자본주의 이면의 빈곤이 우울의 한 원인임을 보여주었다. 다음으로 그들의 우울의 차이점은 다음과 같았다. 첫째, 보들레르의 시 「반역자」와 「가난뱅이들의 눈」은 근대 자본주의사회에서 그리스도교적 이상의 몰락으로서의 우울을 보여주었다면, 오장환의 시 「성씨보」와 「역」은 식민지 조선에서 유교적 이상의 몰락으로서의 우울을 보여주었다. 둘째, 보들레르의 시 「가난한 자의 장난감」과 「가난뱅이들의 죽음」은 우울의 승화로서의 예술지상주의를 보여주었다면, 오장환의 「병든 서울」은 우울의 극복으로서의 혁명주의를 보여주었다.

결론적으로 보들레르와 오장환의 우울은 가족사적으로 어머니의 부정한 결혼과 어머니의 자신에 대한 증오가 정신분석학적으로 근원적인 원인이었다고 할 수 있다. 그러나 또한, 보들레르와 오장환의 우울은 근대 자본주의화와 대도시화라는 화려함의 이면에, 탈종교화로 인한, 공동체적 이상을 제시할 수 있는 세계관의 붕괴와 지옥도와 같은 빈민가의 형성에서 기인하는 사회적 우울로서의 성격도 가지고 있었다. 이러한 맥락에서 이들의 시에 나타난 사회적 우울은 부재 원인으로서의 역사가 정치적 무의식 속에서 알레고리화 하여 나타난 것이었다고 볼 수 있다. 이들은 각각 보들레르는 우울의 승화를 위해 예술지상주의라는 이상을 향해 나아갔으며, 오장환은 우울의 극복을 위해 혁명주의라는 이상을 향해 나아갔다.

보들레르와 오장환의 시에 나타난 우울이 오늘날 코로나 시대에 주는 시사점이 있다면, 코로나 우울증이 가난한 계층에서 빈발할 수 있다

는 타당한 가능성을 고려하여, 이들의 사회적 · 심리적 · 경제적 고립
이 심각해지지 않도록 충분한 배려를 해야 한다는 것이다.

참고문헌

1. 기본자료

Baudelaire, Charles,『파리의 우울』, 윤영애 역, 서울: 민음사, 1995.

_____,『보들레르 시전집』, 박은수 역, 서울: 민음사, 1995.

오장환,『오장환 전집 ─ 1. 시』, 박수연 외 편, 서울: 솔, 2018.

2. 국내논저

공강일,「오장환 시의 비애 연구」, 서울대학교 석사학위논문, 2010.

김춘수,『김춘수 시론 전집』II, 서울: 현대문학, 2004.

마상용,「오늘날 이웃사랑은 어떻게 가능한가: 지젝의 이웃사랑의 윤리를 중심으로」,『문학과 종교』제24권 제3호, 2019.

맹미경,「보들레르 시에 나타난 현대성과 우울에 관한 고찰」, 연세대학교 석사학위논문, 1999.

박영원,「"하나님의 형상대로":『실낙원』에서 다시 보는 밀턴의 남녀평등과 결혼관」,『문학과 종교』제25권 제1호, 2020.

안지영,「정신적 표박자들의 유랑: 오장환의 보헤미안적 카인」,『천사의 허무주의』, 파주: 푸른사상사, 2017.

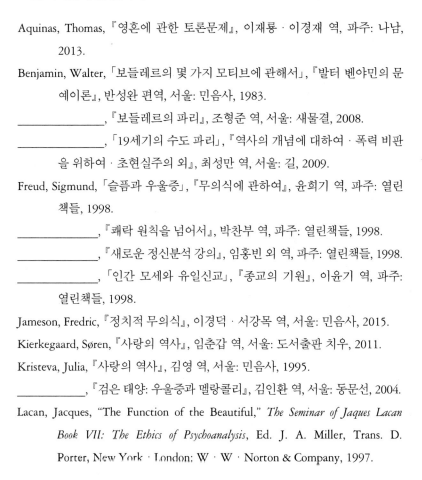

이기성, 「탕아의 위장술과 멜랑콜리의 시학 - 오장환론」, 『민족문학사연구』 33, 2007.

장아영, 「보들레르 산문시 세 편의 정치미학적 연구」, 연세대학교 석사학위논문, 2017.

정의진, 「발터 벤야민의 보들레르론」, 한국프랑스학회 학술발표회, 2008.

3. 국외논저 및 번역서

Aquinas, Thomas, 『영혼에 관한 토론문제』, 이재룡 · 이경재 역, 파주: 나남, 2013.

Benjamin, Walter, 「보들레르의 몇 가지 모티브에 관해서」, 『발터 벤야민의 문예이론』, 반성완 편역, 서울: 민음사, 1983.

_____, 『보들레르의 파리』, 조형준 역, 서울: 새물결, 2008.

_____, 「19세기의 수도 파리」, 『역사의 개념에 대하여 · 폭력 비판을 위하여 · 초현실주의 외』, 최성만 역, 서울: 길, 2009.

Freud, Sigmund, 「슬픔과 우울증」, 『무의식에 관하여』, 윤희기 역, 파주: 열린책들, 1998.

_____, 『쾌락 원칙을 넘어서』, 박찬부 역, 파주: 열린책들, 1998.

_____, 『새로운 정신분석 강의』, 임홍빈 외 역, 파주: 열린책들, 1998.

_____, 「인간 모세와 유일신교」, 『종교의 기원』, 이윤기 역, 파주: 열린책들, 1998.

Jameson, Fredric, 『정치적 무의식』, 이경덕 · 서강목 역, 서울: 민음사, 2015.

Kierkegaard, Søren, 『사랑의 역사』, 임춘갑 역, 서울: 도서출판 치우, 2011.

Kristeva, Julia, 『사랑의 역사』, 김영 역, 서울: 민음사, 1995.

_____, 『검은 태양: 우울증과 멜랑콜리』, 김인환 역, 서울: 동문선, 2004.

Lacan, Jacques, "The Function of the Beautiful," *The Seminar of Jaques Lacan Book VII: The Ethics of Psychoanalysis*, Ed. J. A. Miller, Trans. D. Porter, New York · London: W · W · Norton & Company, 1997.

_____, "The Articulations of the Play," *The Seminar of Jacques Lacan Book VII: The Ethics of Psychoanalysis*, Ed. J. A. Miller, Trans. D. Porter, New York · London: W · W · Norton & Company, 1997.

Mallarmé, Stéphane, "Sur l'Évolution Littéraire." *Œuvres Complètes II*. Paris: Gallimard, 2003.

Regnault, F, *Conférences d'Esthetique Lacanienne*, Paris: Seuil, 1997.

Witmer, Peter,『욕망의 전복』, 홍준기 외 역, 서울: 한울아카데미, 1998.

Williams, Mark, "Coronavius Class Divide: The Jobs Most at Risk of Contracting and Dying from COVID 19." *The Conversation*, 2020. May 19th. (https://theconversation.com)

Zizek, Slavoj,『이데올로기의 숭고한 대상』, 이수련 역, 고양: 인간사랑, 2002.

『성경』, 주교회의 성서위원회 편, 서울: 분도출판사, 2011.

4

릴케의 문학과 윤동주의 문학에 나타난
키르케고르 철학의 전유에 대한 비교 연구

Ⅰ. 서론

1. 문제제기 및 연구사 검토

윤동주(尹東柱, 1917~1945)는 한국현대시사에서 한국국민들로부터 가장 사랑을 받는, 순결의 상징인 시인이다. 2016년 영화『동주』가 이준익(李濬益, 1959~현재) 감독에 의해 제작될 수 있었던 것도 바로 이러한 배경에서이다. 현재까지 윤동주가 한국국민들로부터 사랑을 받는 이유는 그의 순결한 시와 순결한 삶이 일치했기 때문이다. 일제강점기 말, 어두운 역사 가운데, 양심의 목소리를 외면하지 않으며 스스로 예수 그리스도처럼 시대의 희생양이 된 윤동주. 이러한 시인에게 한국국민들은 무한한 경애를 보내는 것이다.

이 논문은 윤동주의 이러한 면모를 그에게 영향을 준 키르케고르(Søren Kierkegaard, 1813~1855)의 사상과의 상관성 아래서 구명하는 것을 목표로 한다. 윤동주가 키르케고르의 영향을 받았다는 것은 윤동주의 동생인 윤일주(尹一柱, 1927~1985)가 산문「형 윤동주의 추억」에서 형이 키르케고르를 애독했다고 밝힘으로써 알려진 바 있다.[1] 다음으로 윤동주가 키르케고르의 영향을 받았다는 것은 문익환(文益煥, 1918~1994)의 산문 「동주형의 추억」[2]과 「내가 아는 시인 윤동주 형」[3]에서 신학생이었던 문익환 자신이 윤동주와 함께 릴케(Rainer Maria Rilke, 1875~1926)나 키르케고르에 대하여 대화를 나누었다는 증언을 통해서도 알려져 있다. 그밖에, 윤동주가 릴케의 영향을 받았다는 사실은 「별 헤는 밤」에서 "라이너 마리아 릴케, 이런 시인의 이름을 불러 봅니다."라는 구절을 통해서도 알려져 있다. 그뿐만 아니라, 전기적으로도 윤동주의 유품에서 일본어로 번역된 릴케의 작품집 『기수 크리스토프 릴케의 사랑과 죽음의 노래』가 나오기도 했다고 알려져 있다.[4] 이러한 사실들을 근거로 윤동주가 릴케와 키르케고르로부터 받은 영향에 대한 연구들이 진행되어왔다. 그러나 윤동주는 시인이고 키르케고르는 철학자라는 차이점이 있다. 그래서 현재까지 윤동주의 문학에 대한 연구에서는 키르케고르의 철학과의 상관성보다, 릴케의 문학과의 상관성이 고석규, 김열규, 김윤식 등에 의해 더 자주 비교연구 되어왔다.

그런데 여기서 한 가지 더 의미 있는 것은 윤동주가 영향을 받은, 릴케와 키르케고르 사이에도 영향관계가 있다는 것이다. 그러니까, 릴케의 문학에는 키르케고르의 철학이 상당히 많은 영향을 미쳤다는 것이다. 윤동주, 릴케, 키르케고르 간에 이처럼 복합적인 영향관계가 나타나는 데는 다음과 같은 원인이 있는 것으로 보인다. 우선, 릴케의 문학

---

1) 윤일주, 「형 윤동주의 추억」, 『시연구』 No. 1, 산해당, 1956, p.46.
2) 문익환, 「동주형의 추억」, 윤동주, 『원본대조 윤동주 전집: 하늘과 바람과 별과 시』, 심원섭 외 편, 연세대학교 출판부, 2004, p.316.
3) 문익환, 「내가 아는 시인 윤동주 형」, 윤동주, 『윤동주 전집 1 - 하늘과 바람과 별과 시』, 권영민 편저, 문학사상사, 1999, p.27.
4) 多胡吉郎, 『생명의 시인 윤동주』, 이은정 역, 파주: 한울, 2018, pp.244~245.

은 한국문학사에 기독교문학으로서 영향을 미쳤다. 예컨대, 릴케의 문학에서의, '신', '기도', '천사', '존재', '변용' 등의 주제는 박용철(朴龍喆, 1904~1938), 윤동주, 김춘수(金春洙, 1922~2004), 고석규(高錫珪, 1932~1958), 김현승(金顯承, 1913~1975) 등 기독교적 색채의 문학세계를 지닌 시인들에게 영향을 미쳤다. 한편, 실존주의(實存主義) 철학의 효시인 키르케고르는 실존주의 가운데서도 기독교적 실존주의 사상가로 분류된다. 릴케가 바로 이러한 키르케고르의 영향을 받았던 것이다. 그러나 윤동주의 문학은 키르케고르의 철학의 영향을 직접 받기도 하였다. 그러므로 윤동주의 문학에 전유된 키르케고르의 철학의 영향은 릴케의 문학을 경유하여 간접적으로 이루어진 부분과, 키르케고르의 저서의 독서를 통해 직접적으로 이루어진 부분으로 나뉜다고 할 수 있다. 그러나 키르케고르와 릴케의 차이점이 없지는 않다. 예컨대, 릴케는 키르케고르 이외에도 니체(Friedrich Wilhelm Nietzsche, 1844~1900)의 영향을 많이 받았다는 점이 그러하다.[5]

그러므로 이 논문은 윤동주의 시가 전유한 키르케고르의 사상을 연구하기 위하여, 그 비교항으로 릴케의 시가 전유한 키르케고르의 사상을 설정하고자 한다. 즉, 이 논문의 연구는 윤동주의 시와 릴케의 시에 나타난 키르케고르 사상의 전유에 대한 비교연구가 될 것이다. 이러한 연구의 목적은 키르케고르 사상을 전유한 시인들 간의 공통점과 차이점을 밝힘으로써 그들의 특성을 분명히 드러내는 데 있다.

이와 같은 비교문학적 연구에는 세심한 주의가 요구된다. 최근의 비교문학적 연구는 새로운 시대적 과제로서 세계화(globalization), 민주화

---

5) 예컨대, 다음 논문은 릴케가 니체로부터 받은 영향관계를 체계적이고 분석적으로 밝힌 논문이다. Richard Detsch, *Rilke's Connections To Nietzsche*, Lanham: University Press of America, 2003.

(democratization), 그리고 탈식민지화(declonization)의 요구에 직면하고 있다.[6] 이 논문의 방향도 이러한 새로운 요구에 부응하여 윤동주의 문학과 릴케의 문학에 나타난 키르케고르 철학의 전유에 대하여 균형 잡힌 시각으로 연구하고자 한다.

윤동주와 키르케고르의 영향관계에 대한 연구로는 김용직, 김우창, 김응교, 정명교 등의 연구가 있다. 이 가운데 가장 심화된 연구로는 김응교의 논문을 들 수 있다. 김응교의 연구는 키르케고르의 인간실존의 3단계를 윤동주의 시력(詩歷)의 전개과정에 대응시켰다. 즉, 1단계 심미적 실존을 윤동주의 초기시에, 2단계 윤리적 실존을 윤동주의 중기시(1938년~1939년)에, 마지막으로 3단계 종교적 실존을 윤동주의 후기 시(1940년 이후)에 대응시킨 것이다.[7] 김응교의 이러한 연구는 키르케고르의 실존에 대한 기본적인 개념을 윤동주의 시 세계의 변화과정에 대입하려한 의도에서 비롯된 것이다.

그러나 전기적으로 보았을 때, 윤동주가 키르케고르를 탐독한 것은 1941~1942년 연희전문학교(延禧專門學校)의 졸업반일 때부터 일본의 릿쿄대학(入敎大學) 문학부 영문과에 입학하기 전까지인 것으로 알려져 있다.[8] 그러므로 김응교의 논문은 윤동주의 문학이 키르케고르의 사상의 영향을 받았다는 사실로부터 소급적으로 유추해낸 결과물이라고 할 수 있다.

그러므로, 정확한 사실을 확인하자면, 윤동주가 키르케고르의 사상

---

6) Mary Louise Pratt, "Comparative Literature and Global Citizenship", Charles Bernheimer et al., *Comparative Literature in the Age of Multiculturalism*, Edited by Charles Bernheimer, Baltimore: The Johns Hopkins University Press, 1995, p.59.
7) 김응교, 『시로 만나는 윤동주처럼』, 파주: 문학동네, 2016, p.169.
8) 권영민, 「연보」, 윤동주, 『윤동주 전집 1 ─ 하늘과 바람과 별과 시』, p.228.

의 영향을 직접 받은 시는 1941~1942년 이후 창작한 시인 「무서운 시간(時間)」(1942.2.), 「태초(太初)의 아침」(1941), 「또 태초(太初)의 아침」(1941.5.31.), 「길」(1941.9.31.), 「서시(序詩)」(1941.11.20.), 「또 다른 고향」(1941.9.), 「십자가」(1941.5.31.), 「별 헤는 밤」(1941.11.5.), 「새벽이 올 때까지」(1941.5.), 「간(肝)」(1941.11.29.), 「참회록(懺悔錄)」(1942.1.24.), 「흰 그림자」(1942.4.14.), 「흐르는 거리」(1942.5.12.), 「사랑스런 추억(追憶)」(1942.5.13.), 「쉽게 씌어진 시(詩)」(1942.6.3.) 가운데의 시들로 한정된다. 즉, 윤동주의 1939년 이전의 시는 키르케고르의 영향 하에 쓰였다고 할 수는 없다. 그렇지만 이 시편들, 즉, 윤동주가 키르케고르를 탐독한 후 쓴 1941년 이후의 시편들은 윤동주의 시편들 가운데서 가장 성숙한 경지를 보여주는 작품군이다. 그의 대표작들이 대부분이 작품군에 포함된다. 그러므로 본고는 이 작품군을 연구의 대상으로 삼도록 할 것이다. 이러한 시도는 윤동주와 키르케고르의 영향관계를 밝히는 것으로서, 윤동주 시의 정점을 구명하는, 상당히 의미가 있는 연구가 될 것이다.

다음으로, 릴케가 키르케고르의 영향을 받은 것은 여러 전기적 사실을 통해 알려져 있다. 릴케는 1904년 살로메(Lou Andreas-Salomé, 1861~1937)에게 보낸 편지들에서 덴마크어 문법 공부를 하여 키르케고르의 저서를 읽고 있다는 것과 키르케고르가 약혼녀에게 보낸 편지를 번역하고 있다는 것을 고백하였다.[9] 1904년은 릴케가 『말테의 수기』(*Die Aufzeichnungen des Malte Laurids Brigge*)(1910)를 쓰기 시작하고 덴마크로 여행을 갔던 해이기도 하다. 『말테의 수기』의 '말테'라는 주인공

---

9) Rainer Maria Rilke et al., *Rainer Maria Rilke and Lou Andreas-Salomé: The Correspondence*, translated by Edward Snow and Michael Winkler, New York & London: W.W. Norton & Company, 2006, p.101, p.116, p.130.

이 릴케 자신의 분신적 존재인 동시에 키르케고르를 모델로 삼고 있다는 점도 릴케와 키르케고르의 영향관계를 알려준다. 또한, 릴케는 1912년 두이노(Duino)에 머물며 살로메에게 보낸 편지에서 카스너(Rudolf Kassner, 1873~1959)를 "키르케고르의 영혼의 아이"[10]라고 논평한다. 여기서 문제적인 것은 카스너가 『두이노의 비가』(Duineser Elegien) (1922) 중 「제 8 비가」를 헌정 받은 인물이라는 것이다. 릴케는 그 편지에서 카스너의 병약(infirmity)과 비교하여 키르케고르의 멜랑콜리(melancholy)의 가치를 논하고 있다.[11] 실제로 릴케의 『두이노의 비가』는 키르케고르를 자신의 사상적 경쟁자로 의식한 데서 그의 사상을 뛰어넘고자 쓰인 것으로 알려져 있다.[12] 이러한 점들은 릴케의 『두이노의 비가』와 키르케고르의 사상을 비교할 수 있는 근거가 된다.

릴케와 키르케고르의 영향관계에서 가장 주목할 것은 카우프만(Walter Kaufmann, 1907~1984)의 통찰처럼 그들의 공통분모가 기독교적 실존주의라는 것이다. 카우프만에 따르면 릴케는 키르케고르가, 교회에 의해 기독교가 타락하고 있음을 비판한 데 공감하는 한편, 니체가 기독교에 의해 세계가 타락하고 있음을 비판한 데 공감하였다.[13] 릴케의 사상은 이처럼 기독교의 범주 안에 있으면서도 기독교의 범주 밖으로 벗어나는, 양 방향성이 모두 있다. 이것이 릴케의 사상이 시를 통해서만 온전히 이해될 수 있는 이유이기도 하다. 그밖에 이 논문에서 주목하는 릴케와 키르케고르의 영향관계에 대한 연구로는 슈엘케(Gertru

---

10) *Ibid*., p.189.

11) *Loc. cit*.

12) W. Kohlschmidt, *Rilke-Interpretationen*, Lahr 1948, p.193. (이영일, 『라이너 마리아 릴케 – 죽음의 미학』, 전예원, 1988. 재인용.)

13) Walter Kaufmann, "Nietzsche and Rilke", *From Shakespeare to Existentialism*, New York: Anchor Books Doubleday & Company, 1960, p.241.

de Luise Schuelke)[14]의 연구와 카디널(Clive H. Cardinal)[15]의 연구와 레프만(Wolfgang Leppmann)[16]의 연구가 있다. 슈엘케의 연구는 릴케의 『두이노의 비가』와 키르케고르의 『죽음에 이르는 병』의 영향관계를 구명하고 있으며, 카디널의 연구는 릴케와 키르케고르를 각각 시인으로서의 면모와 신학자로서의 면모로 나누어 비교연구 하고 있으며, 그리고 레프만은 전기적으로 릴케에 대한 키르케고르의 영향을 밝히고 있다. 본고는 이러한 연구들을 이어받아, 릴케의 문학이 전유한 키르케고르의 철학을 윤동주의 문학이 전유한 키르케고르의 철학에 대한 비교항으로 세울 것이다.

한국문학사에서 릴케와 키르케고르를 한국문학사에 처음 본격적으로 수용하여 문단에 소개한 것은, 다소 이견[17]이 있으나, 박용철(朴龍喆, 1904~1938)이라는 것이 통설이다.[18] 박용철 이후, 한국문학사에는 가히 '릴케의 계보'라고 할 만한 일련의 시인들이 등장하게 된다.[19] 또한 한국문학사에서 키르케고르 사상의 수용도 박용철, 윤동주, 고석규 등에 의해 하나의 계보를 이룬다.[20] 한국사상사에서 실존주의는 박

---

14) Gertrude Luise Schuelke, *Kierkegaard and Rilke: A Study in Relationships*, Department of Germanic Languages, Stanford University, 1950.

15) Clive H. Cardinal, "Rilke and Kierkegaard: Some Relationships between Poet and Theologian", *Bulletin of the Rocky Mountain Modern Language Association* Vol. 23. No. 1. 1969. Mar.

16) Leppmann, Wolfgang, 『릴케 ― 영혼의 모험가』, 김재혁 역, 책세상, 1997.

17) 안문영, 「한국 독문학계의 릴케 수용」, 『한국의 독일문학 수용 100년』2, 차봉희 편, 오산: 한신대학교 출판부, 2002, pp.97~98.

18) 박용철은 「VERSCHIEDENE」(『文學』 제1호, 1933. 12.)에서 "케르케고―르에서 抄"라고 하여, 키르케고르의 여러 저서에서 대표적인 문구를 모아서 발표하였다. 박용철, 『박용철 전집 2 ― 평론집』, 깊은샘, 2004, pp.186~187.

19) 김윤식, 「한국시에 미친 릴케의 영향」, 『한국문학의 이론』, 일지사, 1974.

20) 표재명, 「한국에서의 키에르케고어 수용사」, 한국 키에르케고어 학회 편저, 『다시 읽는 키에르케고어』, 철학과 현실사, 2003, p.318~333.

종홍, 안병욱 등의 수용 이래 큰 흐름을 형성하는 가운데, 한국근현대 문학사와 교류해 왔던 것이다. 이 가운데서도 정점은 바로 윤동주라고 할 수 있다.

그러므로 본고는 윤동주의 문학이 전유한 키르케고르 사상을 릴케의 문학이 전유한 키르케고르 사상을 비교항으로 놓고 구명하되, 한국문학사와 한국사상사에서서의 독자성을 드러낼 수 있도록 시도할 것이다. 이러한 시도는 김윤식[21]이 지적한 바처럼, 윤동주의 시세계에서 키르케고르의 사상만으로 모두 규정할 수 없는, 그 이상의 사상을 구명해 낼 것으로 기대된다.

2. 연구의 시각

키르케고르의 사상은 실존주의 사상의 효시이다. 실존주의는 키르케고르로부터 비롯되어, 니체, 하이데거(Martin Heidegger, 1889~1976), 사르트르(Jean Paul Sartre, 1905~1980) 등으로 계승된다. 그렇지만 실제로 실존주의의 계보는 고석규가 푸울케의 『실존주의』를 번역하여 소개했던 바와 같이, 상당히 유구하고 방대한 철학사적 계보를 가지고 있다. 그 가운데 현대의 실존주의는 크게 무신론적 실존주의와 유신론적 실존주의로 분류된다. 그러한 분류에 따르면, 키르케고르의 사상은 유신론적 실존주의이다. 즉, 키르케고르의 사상은 신학적 종교철학으로서 종교적 실존주의라고 할 수 있다.[22] 다시 말해 키르케고르의 실존주의는 기독교적 실존주의이다.

---

21) 김윤식, 「어둠 속에 익은 사상—윤동주론」, 『윤동주 전집 2 — 윤동주 연구』, 권영민 편, 서울: 문학사상사, 1995, p.185.
22) 이양호, 『초월의 행보: 칸트 · 키에르케고르 · 셀러의 길』, 서울: 담론사, 1998, p.159.

키르케고르의 사상을 대변하는 주저는 바로 『죽음에 이르는 병』(Syg dommen til Døden)(1841)이다. 키르케고르의 사상의 핵심은 『죽음에 이르는 병』에서 성립된, 죽음에 이르는 병으로서의 절망과 신 앞에 선 단독자(單獨者, Der Einzelne)[23] 개념이다. 우선 키르케고르의 『죽음에 이르는 병』의 사상의 핵심은 다음과 같다. 이 저서는 도입부에서 "기독교적, 심리적 논술"[24]이라고 자기규정을 하고 있는 바와 같이, 기독교적 실존주의 사상을 담고 있다. '죽음에 이르는 병'이라는 제목의 발상은 성경의 '이 병은 죽음에 이르지 않는다'(요한 복음서 11장 4절)라는 구절로부터 왔다. 이 구절은 예수가 죽은 라자로를 살리는 장면에서 나온 것이다. 이로부터 유추하면, 이 책의 제목인 '죽음에 이르는 병'은 바로 절망이다. 키르케고르는 인간의 모든 절망을 분류하고, 각각의 절망의 특징을 해명한다.(부록 [표] 참조) 키르케고르의 절망의 종류를 살펴보면, 결국 모든 인간은 절망하는 존재라는 결론에 이르게 된다. 그런데 인간이 절망하는 존재라는 결론은 역설적으로 인간이 기독교 신앙을 가져야 하는 필연적인 이유가 된다. 왜냐하면, 신앙이 절망의 해독제[25]이기 때문이다. 즉, 죽음에 이르는 병인 절망의 반대는 신앙이다.[26] 그러므로 인간이 절망이라는 죽음에 이르는 병으로부터 벗어나기 위해서는 신앙을 가져야만 한다. 그러한 이유는 기독교의 관점에서 죽음은 종말이 아니라 영원한 생명 내부의 작은 사건이므로, 기독교도는 죽음에 대하여 초연할 수 있기 때문이다.[27]

---

23) Søren Kierkegaard, 『죽음에 이르는 병』, 박환덕 역, 파주: 범우사, 1975, p.197.
24) Ibid., p.11.
25) Ibid., p.67.
26) Ibid., p.83.
27) Ibid., p.19.

모든 인간이 죽음에 이르는 병으로서의 절망을 지니는 이유는 근원적으로 원죄(原罪, original sin) 때문이다. 원죄는 절망을 깊게 만든다.[28] 원죄는 아담의 죄이다. 아담이 선악과를 따먹기 전의 상태는 순진의 상태이다.[29] 순진은 정신이 무지한 상태이자, 정신이 꿈꾸는 상태이다.[30] 그러나 한편 순진은 무(無, Nichts)와 마주하고 있기 때문에 불안하다.[31] 즉, 불안(不安, Angst)이란 순진한 자의 꿈꾸는 상태 안에 깃든다. 그러나 순진의 상태였던 아담은 원죄를 짓게 된다. 이를 통해 인류에게 원죄가 시작되었다. 이것이 인간이 절망에 빠질 수밖에 없는 근원적 이유이며, 인간이 다시 신앙을 회복해야 하는 이유이다.

다음으로 여기서 키르케고르가 릴케나 윤동주에게 미친 영향을 살펴보기 위하여 키르케고르의 시인관을 검토하여 정리해 볼 필요가 있다. 문제적인 것은 키르케고르의 『죽음에 이르는 병』에 따르면, 시인의 실존은 절망과 죄의 변증법적 경계영역에 있다는 것이다.[32] 이것은 키르케고르가 시인을 비판적인 관점으로 바라본다는 것을 의미한다. 그러한 비판의 이유는 시인은 시를 쓰면서 공상을 통해 진(眞) 또는 선(善)과 관계하나, 정작 삶에서 진 또는 선을 실천하지 않는다는 데 있다.[33] 이러한 비판은 키르케고르가 철저히 기독교적 입장에서 모든 인간에게 진정한 기독교인으로서의 자세를 갖길 원하기 때문에 나온 것이다. 키르케고르의 그러한 입장에서 볼 때, 시인은 신을 사랑하는 등 종교적 요구를 가질 수 있으나, 자신의 고뇌를 사랑하여, 신 앞에서 자기자신

---

28) Søren Kierkegaard, 『불안의 개념』, 임규정 역, 파주: 한길사, 1999, p.109.
29) *Ibid*., p.165.
30) *Ibid*., p.159.
31) *Loc. cit.*
32) Søren Kierkegaard, 『죽음에 이르는 병』, p.127.
33) *Ibid*., pp.127~128.

이려고 한다.34) 그러므로 기독교적 관점에서 시인의 실존은 죄다.35)

그러나 릴케와 윤동주는 모두 나름대로 키르케고르의 관점에서의 시인에 대한 비판을 넘어선 것으로 보인다. 그것은 릴케의 문학과 윤동주의 문학에 기독교적 의미의 사랑이 있기 때문이다. 그러한 의미에서 키르케고르 사상에서의 사랑의 의미에 대해 구명해 보면 다음과 같다.

실존주의자이면서도 기독교적 신 개념을 고수한 키르케고르의 사상에서 특별한 부분은 『사랑의 역사』(*The Works of Love*)에 나오는, 에로스(eros)로서의 사랑을 뛰어넘는 아가페(agape)로서의 사랑이다. 키르케고르의 관점에 따르면 에로스적인 사랑은 영원하지 못한 사랑이다.36) 기독교에서의 사랑은 신의 사랑인 아가페의 사랑이다. 인간에 대한 사랑도 신을 매개로 한다. 즉, 기독교의 사랑은 '사람—하느님—사람'의 관계 하에 성립되는 사랑, 즉, 하느님이 사람들의 중간에서 규정하는 관계 하에 성립되는 사랑이다.37) 이러한 사랑은 전 인류에게 확대되어야만 하는 사랑이기도 하다. 그런 의미에서 기독교에서의 사랑은 이웃에 대한 의무적인 사랑을 강조한다.38) 왜냐하면, 기독교인이 아니라도 자기 자신과 애인은 사랑하기 마련이기 때문이다. 기독교인은 이러한 협소한 의미의 사랑을 극복할 것을 요구받는다. 즉, 키르케고르에 따르면, 애인에 대한 사랑은 다른 자기(the other-self) 또는 다른 나(the other-I)에 대한 사랑이고, 이웃에 대한 사랑이 다른 너(the other-you)에 대한 사랑이다.39) 기독교인이 해야 할 사랑은 바로 자기를 넘어 타자까

---

34) *Ibid.*, p.128.
35) *Ibid.*, p.127.
36) Søren Kierkegaard, 『사랑의 역사』, 임춘갑 역, 치우, 2011, p.39.
37) *Ibid.*, p.198.
38) *Ibid.*, p.85.
39) *Ibid.*, p.102.

지 포용하는 사랑인 것이다. 이러한 차원에서, 키르케고르는『사랑의 역사』에서 사랑은 양심의 문제라고 주장한다.[40] 그러므로 사랑을 의무화한다. 사랑이 실천을 요구받는 것이다. 키르케고르는 사랑의 생명은 마음에서 나오므로, 열매로써만 사랑의 생명을 알아볼 수 있다고 주장한다.[41] 그것은 곧 사랑이 이웃에 대한 사랑으로 실천이 되어야 한다는 의미일 것이다.

키르케고르가 시인을 비판했을 때, 가장 근본적인 문제가 바로 이 실천의 문제였다. 시인이란 신의 신성을 언어로 찬미할 수 있으나, 그것이 언어에 그치는 것이 문제라는 것이다. 그러므로, 그는 시인의 실존은 결국 절망에서 벗어나지 못한, 죄의 상태라고 비판했다. 키르케고르는, 사랑은 의무일 때만 영원하며 절망으로부터 안전하다고 주장한다.[42]

본고는 윤동주와 릴케는 키르케고르의 시인에 대한 비판을 넘어서 사랑의 실천으로 나아갔다고 본다. 이러한 전제 아래, 이 논문을 전개하도록 하겠다. 즉, 릴케와 윤동주는 죽음에 이르는 병으로서 인간적인 절망에 빠지지만, 절망에 대한 해독제로서 신앙의 길로 나아가고, 더불어 시인의 한계를 극복하여 인류에 대한 보편적인 사랑의 실천가로 나아간다는 것이다.

이 논문은 이러한 관점으로 II장에서 릴케의 시에 나타난 키르케고르 사상의 전유를, III장에서는 윤동주의 시에 나타난 키르케고르의 사상의 전유를 분석하고자 한다. 그런 다음 IV장에서 릴케의 시와 윤동주의 시에 나타난 키르케고르 사상의 전유 양상을 비교하여 그 공통점과 차이점을 밝히고, V장에서 최종적인 결론을 내려 보고자 한다.

---

40) *Ibid.*, p.249.
41) *Ibid.*, p.20~23.
42) *Ibid.*, p.58.

II. 릴케의 문학에 나타난 키르케고르의 철학의 전유

아도르노(Theodor W. Adorno)가 키르케고르의 철학은 시라고 평한 바와 같이,[43] 키르케고르의 철학은 상당히 시적이다. 한편 그는 인간적으로도 시인적인 풍모를 지닌 철학자이다. 키르케고르의 철학이 시적이며, 키르케고르의 인간성이 시인적이라는 것은 그가 많은 시인에게 큰 영향을 미친 이유를 유추할 수 있게 한다. 특히 릴케가 바로 그러한 예라고 할 수 있을 것이다. 예컨대, 릴케의 『말테의 수기』는 릴케 자신의 자전적인 소설이지만, 말테는 키르케고르를 모델로 삼고 있는 것으로 알려져 있다. 그러한 근거로는 캐릭터가 유사하다는 점 이외에도 말테의 국적이 키르케고르와 같은 덴마크라는 점 등이 있다. 즉, 젊은 말테의 철학적인 고뇌와 상처받기 쉬운 섬약한 성정 등은 릴케 자신의 모습이기도 하지만, 릴케가 동경한 키르케고르의 모습이기도 하다는 것이다. 그러나 이처럼 표면적인 부분에서만 릴케와 키르케고르가 유사성을 지니는 것은 아니다. 사유의 방식에서도 상당한 유사성을 지닌다. 예컨대, 릴케의 소설 『말테의 수기』에서 "이제 자신만의 고유한 죽음을 가지려는 소망은 점점 희귀해진다. 시간이 조금 더 지나면 그런 죽음은 고유한 삶이나 마찬가지로 드물어질 것이다"[44]라고 하거나, "누군가가 이 모든 일의 원인이 어디에 있는지, 불안하게 지켜온 이 방의 몰락을 부르는 것이 무엇인지 물어본다면 그 대답은 단 하나, 죽음이라고 할 수밖에 없다"[45]라고 하는 부분은 주인공 말테가 한 인간의 '죽음'

---

43) Theodor Adorno, *Kierkegaard — Construction of the Aesthetic*, Trans. & Ed. Robert Hullot-Kentor. London: University of Minnesota Press, 1999, p.3.
44) Rainer Maria Rilke, 『릴케 전집 ⑫ 말테의 수기』, 김용민 역, 서울: 책세상, 2005, p.15.
45) *Ibid.*, p.18.

이나 '불안'에 대하여 고뇌하고 있음을 보여주는 구절들이다. 이러한 구절들은 키르케고르의 『죽음에 이르는 병』이나 『불안의 개념』과, 주제어 '죽음' 또는 '불안'을 공유한다. 이러한 점에서 릴케의 『말테의 수기』는 키르케고르의 철학적 주제들을 연상시킨다. 특히, 말테의 죽음에 대한 사유는 실존적인 물음에서 비롯된 것이라는 점에서 더욱 그러하다. 말테가 자기 자신뿐만 아니라, 파리(Paris)라는 대도시의 모든 인간들에게서 죽음의 징조를 보는 것은 키르케고르가 『죽음에 이르는 병』에서 모든 인간이 예외 없이 죽음에 이르는 병으로서의 절망을 가질 수밖에 없음을 주장하는 것과 유사하다. 특히, 릴케의 『말테의 수기』에서 말테가 "우리는 신을 제대로 알기도 전에 벌써 밤을 극복할 수 있게 해달라고 신에게 기도한다. 그러고 나서 병을 그리고 사랑을 극복하게 해달라고 기도한다"[46]라고 말하는 구절은 키르케고르가 『죽음에 이르는 병』에서 죽음에 이르는 병으로서의 절망은 신앙으로만 극복될 수 있다고 주장한 것이나, 『사랑의 역사』에서 진정한 사랑은 이웃에 대한 사랑으로 실현될 수 있다고 주장한 것과 유사하다.

그러나 릴케는 시인이고 키르케고르는 철학자이다. 이들의 운명이 달라진 이유를 유추해 보면, 키르케고르가 '시인' 또는 '시인적인 것'에 대하여 직접 기술한 부분에서 찾을 수 있다. 키르케고르가 『이것이냐 저것이냐』의 「디앞살마타」의 도입에서 시인을 팔라리스의 황소에 비유하면서, 시인이란 고뇌가 한탄과 비명이 되어 나올 때 그것이 아름다운 음악이 되는 불행한 사람이라고 한 것이다.[47] 즉 키르케고르의 시인상은 고뇌를 승화하여 예술로 만드는 불행한 존재인 것이다. 그렇지만

---

46) *Ibid.*, p.249.
47) Søren Kierkegaard, 『이것이냐 저것이냐』, 박재욱 역, 서울: 혜원, 1999, p.9.

키르케고르는 시적인 철학과 시인적인 인성을 가지고 있음에도 불구하고, 시인이 되어 시를 쓰지는 않는다. 그는 『이것이냐 저것이냐』에서 시인 대신 철학자의 삶을 선택한다. 그러한 연유는 키르케고르의 여러 저작에서 시인에 대한 비판적인 언급을 통해 유추될 수 있다. 예컨대, 키르케고르는 『죽음에 이르는 병』에서 시인의 실존은 죄라고 말하고,[48] 『순간』에서는 시인은 인간이 가장 사랑하기 때문에 하느님이 보실 때 가장 위험한 존재라고 말한다.[49] 이러한 데서 키르케고르가 릴케와 달리 시인이 아니라 철학자의 길을 택한 이유를 알 수 있다.

키르케고르와 릴케의 이러한 차이는 키르케고르의 『이것이냐 저것이냐』와 릴케의 『두이노의 비가』의 차이에 대응된다.[50] 그런 맥락에서 릴케의 『두이노의 비가』를 살펴보면 다음과 같다.

> 나보다 강한 그의/존재로 말미암아 나 스러지고 말 텐데. 아름다움이란/우리가 간신히 견디어내는 무서움의 시작일 뿐이므로.
> — Rilke, 「제1비가」, 『두이노의 비가』 부분. (443)[51]

> 오, 우러러봄이여: 심장의 새롭고, 뜨겁고, 사라지는 물결—:/슬프다, 우리는 그러한 존재들, 우리가 녹아들어간/우주 공간도 우리 몸의 맛이 날까? 천사들은 정말로 저희들것, 제 몸에서 흘러나간 것만 붙잡나.
> — Rilke, 「제2비가」, 『두이노의 비가』 부분. (449)

---

48) Søren Kierkegaard, 『죽음에 이르는 병』, p.127.
49) Søren Kierkegaard, 『순간/현대의 비판』, 임춘갑 역, 서울: 다산글방, 2007, p.191.
50) Clive H. Cardinal, *op. cit.*, p.34.
51) 이 논문에 인용된 릴케의 시는 모두 Rainer Maria Rilke, 『릴케 전집 ② 두이노의 비가 외』, 김재혁 역, 서울: 책세상, 2000.에 수록된 작품이다. 괄호 안에 면수만 표기하기로 한다.

제1차 세계대전(1914~1918) 전후(前後)로 창작된 『두이노의 비가』 중 위에 인용된 부분은 '공포(무서움)'(「제1비가」)와 '슬픔'(「제2비가」) 이란 정서에 대하여 시적 주체가 말하고 있다. 비가(悲歌, elegy)라는 장르는 인간의 죽음에 대한 비애(悲哀)를 애도하는 시 장르이다. 일반적으로 비가의 주요한 정서가 '공포'와 '슬픔'인 것이다. 『두이노의 비가』가 비가라는 장르를 선택한 것은 바로 릴케가 죽음 앞에서 인간의 '공포'와 '슬픔'을 효과적으로 표현할 수 있었기 때문일 것이다. 즉, 릴케의 『두이노의 비가』는 하이데거가 『존재와 시간』에서 모든 불가능성의 가능성이라고 한 죽음에 대해 노래하고 있다.52) 하이데거에 따르면, '공포'는 그 대상이 무엇인지 모를 때 발생하는 기분이다. 하이데거의 '공포' 개념은 키르케고르의 『공포와 전율』의 '공포' 개념의 영향을 받기도 하였다. 말하자면, 릴케는 죽음이라는 미지에 대하여 느끼는 공포와 그로부터 유발되는 슬픔을 노래하는 것이다. 즉 시인인 릴케의 『두이노의 비가』가 미지의 영역 또는 의식의 감성적 영역을 탐구한다고 할 수 있는 반면, 시인의 실존을 극복의 대상으로 본 철학자인 키르케고르의 『이것이냐 저것이냐』는 존재의 본질에 대한 확정적인 증언을 시도한다.53) 키르케고르는 단독자로 규정된 인간의 실존적 의미를 밝힘으로써 존재의 본질에 다가가고자 하였다. 이러한 점은 릴케와 키르케고르가 차이를 드러내는 부분이다.

그러나 릴케의 '슬픔'과 같은 것이 키르케고르에게 없는 것은 아니다. 오히려 키르케고르의 『죽음에 이르는 병』을 위시한 주요 저작들은 일반적인 시인들의 감성을 뛰어넘는 풍부한 감성을 보여주고 있다. 예

---

52) Martin Heidegger, 『존재와 시간』, 이기상 역, 까치, 2001, p.336.
53) Clive H. Cardinal, *op. cit.*, p.35.

컨대, '절망', '고통', '자살' 등은 키르케고르의『죽음에 이르는 병』에서의 핵심적인 개념어들은 시인들이 귀애하는 시어들이기도 한 것이다. 구체적으로 살펴보면, "절망은 정신에 있어서의 병, 자기에 있어서의 병으로 […] 절망하여 자기 자신이기를 욕망하지 않는 경우. 절망하여 자기 자신이기를 욕망하는 경우"[54] 같은 구절은 시에서 인간 내면의 복잡한 심리와 모순적 진실을 말하고자 하는, 고도의 수사학적 표현으로 읽힐 수도 있다. 그렇지만,『죽음에 이르는 병』은 철학서로서, <표> (부록)에서 보는 바와 같이, 키르케고르는 절망을 체계적으로 분류한 다음, 그 각각을 형이상학적인 개념들로 밝혀 보이고 있는 것이다. 예컨대, 일견 언어유희처럼 보일 수도 있는, 앞의 인용, 즉, "절망하여 자기 자신이기를 욕망하지 않는 경우", "절망하여 자기 자신이기를 욕망하는 경우"는 의식의 규정 하에서의 본래적 절망의 서로 다른 두 종류의 절망이다. 그러니까, 절망하여 자기 자신이기를 욕망하지 않는 경우는 인간이 자신의 취약함에 절망한 경우인데, 다시 그 절망이 지상적인 것에 대한 절망인 경우는 자신이 수난을 당하고 있다고 느끼는 경우이고,[55] 그 절망이 영원한 것 혹은 자기 자신에 대한 것인 경우는 밀폐되어 자살할 수도 있는 경우이다.[56]

다음으로『죽음에 이르는 병』에서 "절망은 죽음에 이르는 병이다. 자기의 내부에 있는 이 병은 영원히 죽는 것이고, 죽어야 하는데도 죽지 않는 것이며, 죽는다는 괴로움에 충만된 모순이다"[57]나, "자살을 통하여 현실에서 탈출한다는 것은 정신에 대해서 가장 결정적인 죄악이

---

54) Søren Kierkegaard,『죽음에 이르는 병』, p.23.
55) Ibid., pp.86~87.
56) Ibid., p.111.
57) Ibid., p.31.

며 신에 대한 반역인 것이다"[58]와 같은 구절들도 시적인 페이소스(path os)로 가득한 구절들이다. 그러나 키르케고르가 시인과 다른 점은 형이상학적으로 절망을 분석하고, 다시 신학적으로 절망을 극복한다는 것이다. 키르케고르의 『죽음에 이르는 병』에서 죽음에 이르는 병의 정체는 바로 절망이며, 이 절망 가운데서도 자기 자신이기를 욕망하지 않는 절망은 자살에까지 이르게 한다. 실제로 시인들은 이러한 이유에서 자살을 한다. 그러나 키르케고르가 이러한 절망에 대한 논의를 통해 주장하려는 것은 죽음에 이르는 병으로서의 절망을 신 앞에 선 단독자가 됨으로써 진실한 신앙을 회복하자는, 기독교적 실존주의 사상인 것이다.

그렇지만, 일단 그의 절망과 자살에 대한 논의에서 정신의학과 심리학의 우울증에 대한 논의와 유사한 점을 발견하게 된다. 우울증은 정신의학적·심리학적 관점에서는 일종의 질환이다. 그렇지만, 문학의 관점에서 멜랑콜리(melancholy)는 예술적·심미적 정서로 받아들여져 왔다. 즉, 키르케고르의 저서에는 존재론에 대한 논의 이상의 멜랑콜리의 정서가 공존한다고 할 수 있다. 키르케고르의 우울(憂鬱, melancholy)은 현대적인 삶에 대한 허무주의에 기반을 두고 있으며, 이것은 릴케의 경우도 유사하다.[59] 즉, 릴케 시의 죽음에 대한 공포와 슬픔은 키르케고르의 주저들의 멜랑콜리한 정서와 동일한 정서적 근거를 가지고 있는 것으로 보인다. 죽음은 존재가 무화(無化, die Nichtung)[60]된다. 다음으로 릴케의 『두이노의 비가』에서 무화로서의 죽음에 대한 인식이 드러난 부분을 살펴보면 다음과 같다.

---

58) *Ibid.*, p.78.
59) Clive H. Cardinal, *op. cit.*, p.35.
60) Martin Heidegger, 「형이상학이란 무엇인가」, 『이정표』1, 신상희 역, 파주: 한길사, 2005, p.163.

죽음을 보는 것은 우리뿐이다

— Rilke, 「제8비가」, 『두이노의 비가』 부분. (475)

이 세상에 더 이상 살지 못함은 참으로 이상하다,/겨우 익힌 관습을 버려야 함과,/장미와 그 밖의 무언가 하나씩 약속하는 사물들에게/인간의 미래의 의미를 선사할 수 없음과,/한없이 걱정스런 두 손 안에 들어 있는 존재가/더 이상 아닌 것, 그리고 자기 이름까지도 마치/망가진 장난감처럼 버리는 것은 참으로 이상하다. 서로/연결되어 있던 모든 것이 그처럼 허공에 흩어져 날리는 것을/보는 것은 이상하다. 그리고 죽어 있다는 것은/점차 조금의 영원을 맛보기 위해 힘겹게 잃어버린/시간을 보충하는 것—그러나 살아 있는 자들은 모두/너무나 뚜렷하게 구별하는 실수를 범한다./천사들은 살아 있는 자들 사이를 가는지 죽은 자들/사이를 가는지 때때로 모른다(이렇게 사람들은 말한다)./영원한 흐름은 두 영역 사이로/모든 세대를 끌어가니, 두 영역 모두를 압도한다.

— Rilke, 「제1비가」, 『두이노의 비가』 부분. (446)

왜, 우리 현존재의 짧은 순간을 월계수처럼/다른 모든 초록빛보다 좀더 짙은 빛깔로,/나뭇잎 가장자리마다(바람의 미소처럼)/작은 물결들을 지니고서 보낼 수 있다면,/왜 아직도 인간이기를 고집하는가, 운명을/피하면서 또다시 운명을 그리워하면서? [중략] 사실은 이곳에 있음이 의미가 있기 때문이다. 그리고 이곳에 있는 모든 것, 사라지는 이 모든 것들이 우리를 필요로 하고,/나름대로 우리의 관심을 끌기 때문이다. 더 덧없는 존재인 우리를./모든 존재는 한 번뿐, 단 한 번뿐, 한 번뿐, 더 이상은 없다, 우리도/한 번뿐, 다시는 없다. [중략] 우리는 고통을 가져간다. 무엇보다 존재의 무거움을 가져간다, 사랑의 긴 경험을 가져간다. [중략] 죽어가면서,/이들은 가장 덧없는 존재인 우리에게서 구원을 기대한다.

— Rilke, 「제9비가」, 『두이노의 비가』 부분. (479~482)

위의 인용에서 '죽음을 보는 것은 우리뿐'(「제8비가」)이라고 했을 때, '우리'는 인간을 의미한다. 『존재와 시간』에서 인간을 죽음을 향한 존재로 규정한 하이데거는 시간성 가운데 실존하는 인간을 다시 현존재로 규정했다.61) 그럴 경우, 하이데거의 현존재는 칸트의 현존재와 달리 인간만이 현존재가 된다. 즉, 저 시구는 하이데거의 존재론에 영향을 준 릴케의 존재론의 깊이를 확인할 수 있는 부분이다. 릴케는 「제1비가」에서 존재가 무로 돌아가는 이유에 대한 의문을 던지며 그것에 대한 허무감을 드러낸다. 나아가 「제9비가」에서는 죽음을 향한 존재로서의 현존재가 구원을 원한다는 주제의식이 드러나 있다. 릴케가 이 시에서 구원에 대하여 언급한다는 것은 그가 니체의 영향을 받았음에도 불구하고 신에 대해 부정하지 않았음을 보여주는 것으로 판단된다. 『두이노의 비가』에 나오는 '천사'는 바로 기독교적 신화의 세계관이 이 시에 여전히 유효하다는 것을 보여준다. 즉, 릴케의 시는 신화를 만드는(mytho-poetic) 특성을 지닌다.62) 그러한 면에서 릴케의 문학은 니체의 사상의 영향을 받았고, 하이데거의 사상에 영향을 주었지만, 키르케고르의 유신론적 실존주의와 가장 유사하다. 이처럼 키르케고르의 『죽음에 이르는 병』과 릴케의 『두이노의 비가』는 존재의 무화에 대한 공포, 허무, 슬픔 등의 정서와 신이 존재하는 세계관의 신화적 분위기에서 유사점이 있다. 여기서 더 나아가, 키르케고르의 『죽음에 이르는 병』에서 등장하는 단독자 개념은 헤겔이 인간을 보편적인 존재로 규정한 것과 대조되면서, 릴케의 『두이노의 비가』에서의 '내면'에 대한 언급들과 상당히 유사점이 있다. 다음은 릴케가 『두이노의 비가』에서 '내

---

61) Martin Heidegger, 『존재와 시간』, p.317.
62) Clive H. Cardinal, *op. cit*., p.35.

면'에 대해 언급한 부분들이다.

> 그는 얼마나 몰두했던가―그는 사랑했다./그는 자신의 내면의 것
> 을 사랑했다. 내면의 황야를,/그의 내면에 있는 원시림을 사랑했다,
> 그는 그곳을 떠나/자기 자신의 뿌리들을 지나서 그 거대한 근원을
> 향해 갔다, [중략] 우리가 사랑하는 날/태곳적 수액이 우리의 양팔을
> 타고 오를 것이다. 오 소녀여,/이것이다, 우리의 내면 속의 단 하나의
> 존재, 미래의 존재가 아니라,/수없이 끓어오르는 것을 사랑하는 것.
> ― Rilke, 「제3비가」, 『두이노의 비가』 부분. (454~455)

> 세계는, 사랑하는 이여, 우리의 마음속 말고는 어디에도 없다./우
> 리의 인생은 변용 속에 흘러간다. 그리고 외부 세계는 점점 더/적게
> 사라진다.
> ― Rilke, 「제7비가」, 『두이노의 비가』 부분. (472)

위에 인용된 「제3비가」는 "내면"을 일종의 인간의 '내적 자연'(inner
nature)으로 규정하고 있다. 그러면서 그것은 인간의 근원이라고 의미
부여하고 있다. 이어서 「제7비가」에서는 "내면" 대신 "마음속"이라는
시어가 나오고 있다. 여기서 중요한 시어는 "변용"이다. 변용이란 인간
의 존재를 생성(becoming)으로 보는 관점이다. 이러한 데서 존재의 가
능성에 대한 긍정과 존재의 미래에 대한 낙관이 성립된다. 그리고 이
변용이란 인간의 내면에서 자연발생적으로 생기는 그런 힘이라는 데
서 의미심장하다. 지금 내면이나 변용과 관련하여 논의한 바는 니체의
사상의 영향인 것으로 보인다. 그런 점에서 키르케고르가 인간의 단독
자로서의 면모를 강조하고 인간의 영혼을 강조한 것이 릴케와 유사하
지만, 릴케가 니체의 영향권 안에 있는 부분에서는 키르케고르와 달라

진다. 즉, 니체는 내재성을, 릴케는 초월성을 각각 주장했다.

마지막으로 릴케의『두이노의 비가』에 점철된 정서는 '고통'이다. 하이데거는『종교적 삶의 현상학』에서 인간은 진실에 다가갈수록 고통을 느끼게 된다고 하였다.[63] 릴케의『두이노의 비가』에서 고통에 대한 구절들을 살펴보면 아래와 같다.

> 우리는 고통의 낭비자. 우리가 어떻게 슬픔을 넘어 응시할 수 있을까,/슬픔의 지속을, 언젠가 이것이 끝나지 않을까 바라면서. 그러나/고통은 우리의 겨울 나뭇잎, 우리의 짙은 상록수,/우리의 은밀한 한 해의 계절 중 한 계절, 그런 시간일 뿐 아니라,/고통은 장소요 주거지요 잠자리요 흙이요 집이다.
> ― Rilke,「제10비가」,『두이노의 비가』부분. (483)

> 거기 달빛 속에 은은히 빛나는 것,/기쁨의 샘물이다. 비탄은 깊은 경외심에서/그 이름을 부르면서, 이렇게 말한다.―인간의 세계에서는/이것은 생명을 잉태하는 물결이지.
> ― Rilke,「제10비가」,『두이노의 비가』부분. (487)

여기「제10비가」에서 "상록수"에 비유되는 "고통"은 역설적 의미의 "고통"이다. 같은 맥락에서「제10비가」의 "비탄"도 역설적 의미의 "비탄"이다. 즉, 기독교적 세계관 안에서 신에 의한 인간의 구원이란 개념이 성립될 때, 인간의 고통과 비탄은 신의 은총으로 다가가는 통로가 될 수 있다. 이러한 개념은 키르케고르의『사랑의 역사』에서 주로 강조된다. 릴케의『두이노의 비가』에 나타난 사랑은 에로스로서의 사랑을 넘어선다.

---

63) Martin Heidegger,『종교적 삶의 현상학』, 김재철 역, 누멘, 2005, p.287.

천사들은 살아 있는 자들 사이를 가는지 죽은 자들/사이를 가는
지 때때로 모른다(이렇게 사람들은 말한다)./영원한 흐름은 두 영역
사이로/모든 세대를 끌어가니, 두 영역 모두를 압도한다.
— Rilke, 「제1비가」, 『두이노의 비가』 부분. (446)

더 이상 구애하지 마라, 저절로 터져나온 목소리여, 네 외침이 구
애의 외침이 되지 않게 하라; 너 비록 새처럼 순수하게 외칠지 모르
지만,/계절이, 상승하는 계절이 새를 들어올릴 때면, 이것은 거의 잊
고 하는 일
— Rilke, 「제7비가」, 『두이노의 비가』 부분. (470)

다만 어려서 죽은 자들만이 처음으로 맞는, 시간을 넘어선/ 평온
함의 상태에서, 모든 습관을 버린 상태에서/사랑으로 그녀의 뒤를
따른다. 그녀는 소녀들을/ 기다렸다가 그들과 친구가 되어, 그들에
게 살며시/몸에 지닌 것을 보여준다. 고통의 진주알들과 인내의 고
운 면사포.
— Rilke, 「제10비가」, 『두이노의 비가』 부분. (485)

위에 인용된 「제1비가」의 "천사"에서 보는 바와 같이, 『두이노의 비
가』의 "천사"를 통한 사랑은 바로 키르케고르의 『사랑의 역사』의 에로
스를 넘어서는 사랑, 바로 그것을 증명한다. "천사"는 신과 인간을 매개
한다. 『두이노의 비가』의 "천사"를 매개한 사랑은 궁극적으로 신에 대
한 사랑을 지향한다. 즉, 릴케의 『두이노의 비가』의 사랑은 키르케고
르의 『사랑의 역사』에 나오는 사랑과 같이 아가페의 범주에 드는 사랑
이다. 나아가 키르케고르는 사랑이란 자신의 이익추구를 하는 것이 아
니라, 타자의 있는 그대로의 특성을 사랑하는 것이라고 말한다.[64] 그런

---

64) Søren Kierkegaard, 『사랑의 역사』, p.483.

데 릴케는『두이노의 비가』의「제7비가」에서 '구애하지 않는 사랑' 즉, '소유하지 않는 사랑'을 말한다. 그러한 사랑도 키르케고르의 사랑과 상통한다. 마지막으로 키르케고르는『사랑의 역사』에서 죽은 자를 기억하는 것이 가장 비이기적인 사랑이라고 주장했다.[65] 릴케의『두이노의 비가』에서 '비가'라는 장르 자체가 죽은 사람에 대한 애도를 노래하는 장르이다. 위의「제10비가」가 바로 그러한 구체적인 예이다. 그러한 의미에서도 릴케의 사랑은 키르케고르의 관점에서 죽은 이를 기억하는 가장 비이기적인 사랑에 부합한다.

위에서 상술한 바와 같이 릴케는 스스로 키르케고르를 경애하였으며, 그의 문학에 키르케고르 철학의 영향을 많이 받았다. 특히, 릴케의 대표작인『두이노의 비가』에서는 키르케고르의『죽음에 이르는 병』과『사랑의 역사』의 영향이 폭넓게 확인된다. 다음으로 윤동주의『하늘과 바람과 별과 시』에 나타난 키르케고르 철학의 전유 양상에 대해 살펴보도록 하겠다.

III. 윤동주의 문학에 나타난 키르케고르 철학의 전유

제2차 세계대전(1939~1945)의 역사를 관통하며 인간으로서의 절망을 느꼈던 윤동주의 시편들 가운데서는 1941~1942년에 쓰인 시편들에 기독교적 실존주의 철학자인 키르케고르의 사상이 전유되어 있다. 윤동주는 1934년 12월 24일에「나의 습작기의 시 아닌 시」에서「초 한대」등의 시를 공개함과 동시에, 기독교 가정과 기독교 학교에서 성장

---

65) *Ibid.*, p.618.

한 유년시절에 대해 자술하고 있다.66) 이러한 데서 알 수 있듯이 윤동주의 세계관은 전반적으로 기독교적 사상에 기반을 두고 있다고 할 수 있다. 그렇지만, 본격적으로 그러한 색채가 직접 시에서 확인되는 것은 1940년 12월에 쓰인 「팔복(八福)—마태복음 5장 3~12」에서이다. 그러한 윤동주의 시 세계를 성경의 창세기에 나오는 에덴동산을 배경으로 한 「태초(太初)의 아침」과 「또 태초(太初)의 아침」에서부터 살펴보는 것이 자연스러울 것으로 판단된다. 다음은 「태초의 아침」과 「또 태초의 아침」이다.

봄날 아침도 아니고/여름, 가을, 겨울,/그런 날 아침도 아닌 아침에//빠알간 꽃이 피어났네,/햇빛이 푸른데,//그 전날 밤에/그 전날 밤에/모든 것이 마련되었네,//사랑은 뱀과 함께/독은 어린 꽃과 함께.

— 윤동주, 「태초의 아침」 전문. (107)67)

하얗게 눈이 덮이었고/전신주가 잉잉 울어/하나님 말씀이 들려온다.//무슨 계시(啓示)일까.//빨리/봄이 오면/죄를 짓고/눈이/밝아//이브가 해산하는 수고를 다하면//무화과 잎사귀로 부끄런 데를 가리고//나는 이마에 땀을 흘려야겠다.

— 윤동주, 「또 太初의 아침」 전문. (108)

위에 인용된 시 「태초의 아침」은 원죄(原罪, original sin)가 생겨난 순간에 대한 사유를 시화(詩化)하고 있다. 모든 인간은 원죄를 가지고 태

---

66) 강동호, 「윤동주 시의 기독교적 근원」, 『윤동주와 그의 시대』, 연세대학교 국학연구원 연세학풍연구소 편, 서울: 혜안, 2018, p.319.

67) 이 논문에 인용된 윤동주의 시는 모두 윤동주, 권영민 편저, 『윤동주 전집 1 — 하늘과 바람과 별과 시』, 문학사상사, 1999.에 수록된 시이다. 괄호 안에 면수만 표기하기로 한다.

어난다. 원죄는 아담(Adam)의 죄이다.[68] 아담의 죄가 인류에게 전해져 모든 인간은 원죄를 갖게 된 것이다. 그런 의미에서 모든 인간은 죄적 존재(Sündigsein)[69]이다. 윤동주는 「태초의 아침」에서 인간의 죄성(罪性)의 기원으로서의 원죄에 대한 통찰을 보여주고 있다. 우선 「태초의 아침」의 1연은 이 시의 제목의 "아침"이 의미하는 것이 시간성(時間性)을 초월한 신화적 "아침"임을 보여준다. 2연은 인간존재를 상징하는 "꽃"의 빨간색과 신을 상징하는 "햇빛"의 푸른색의 대조를 통해 인간이 신의 뜻과 대립하게 될 것임을 암시한다. 3연은 인간이 자유의지(自由意志)에 의해 원죄를 짓게 되는 것도 신에 의해 이미 운명 지어져 있었음을 암시한다. 4연에서는 아담이 이브(Eve)의 유혹을 받아들임으로써 원죄를 짓게 됨을 암시하고 있다. 특히 마지막 구절의 "어린 꽃"은 인간의 순진한 상태를 상징한다고 볼 수 있다. 또한, 이것은 곧 아담을 상징한다. 키르케고르는 『불안의 개념』에서 아담의 원죄에 의해 인간의 원죄가 시작되었는데, 이 원죄가 바로 인간의 절망을 깊게 만든다고 하였다.[70] 이 절망은 인간을 고통스럽게 하며 죽음에 이르게 하는 병이다. 윤동주 시 전반에 배어있는 절망, 고통, 죽음의식과 같은 기분의 근원에는 「태초의 아침」이 보여주는 바와 같이 원죄의식이 있다고 할 수 있을 것이다.

　다음으로 「태초의 아침」의 연작시로 볼 수 있는 「또 태초의 아침」에서는 시적 주체가 계시(啓示)와 원죄 사이에서의 심리적 갈등을 보여주고 있다. 키르케고르는 시인은 신성을 훔칠 수 있는 자라고 하였다.[71]

---

68) Søren Kierkegaard, 『불안의 개념』, p.125.
69) Martin Heidegger, 『존재론 — 현사실성의 해석학』, 이기상·김재철 역, 서광사, 2002, p.60.
70) Søren Kierkegaard, 『불안의 개념』, p.109.

한편 하이데거는 시인의 지위를 예언자로서의 '반신'(半神, Halbgötter)[72]의 지위로 상정하였다. 이 시에서의 시인은 하느님의 계시를 감지할 수 있는 예언자적인 존재이다. 김옥성 또한 윤동주의 시 세계가 전반적으로 예언자적 상상력에 의해 쓰였다고 보기도 하였다.[73] 그러나 한편 이 시의 마지막에서 시인은 자신을 죄의 유혹을 물리치지 못한 죄를 짓고 벌을 받는 '아담'으로 상정한다. 그러니까, 이 시에서 시인은 예언자로서의 면모와 죄인으로서의 면모를 동시에 지니고 있다. "전신주가 잉잉 울어"는 왠지 모를 시적 주체의 불안을 암시하고 있다고 볼 수 있다. 이러한 구절은 키르케고르가 단독자에게 죄의 결과가 불안[74]이라고 한 것이 연상되게 한다.

다음으로는 윤동주의 시편들에서 절망과 죽음에 대한 의식이 드러난 시편들을 선별하여 그 가운데 내비치는 키르케고르의 사상적 궤적을 찾아내 보고자 한다. 다음 시편들은 윤동주의 「무서운 시간(時間)」과 「또 다른 고향」이다.

> 나 아직 여기 호흡이 남아 있소.//한 번도 손들어 보지 못한 나를/손들어 표할 하늘도 없는 나를//어디에 내 한 몸 둘 하늘이 있어/나를 부르는 것이오.//일을 마치고 내 죽는 날 아침에는/서럽지도 않은 가랑잎이 떨어질 텐데……
>
> ― 윤동주, 「무서운 시간(時間)」 부분. (105)

---

71) Søren Kierkegaard, 『철학적 조각들 ― 혹은, 한 조각의 철학』, 황필호 편역, 서울:집문당, 2012, p.123.
72) Martin Heidegger, 『횔덜린 송가―게르마니엔과 라인강』, 최상욱 역, 파주: 서광사, 2009, p.7.
73) 김옥성, 「윤동주 시의 예언자적 상상력」, 『문학과 종교』 제15권 제3호, 한국문학과 종교학회, 2010, p.89.
74) Søren Kierkegaard, 『불안의 개념』, p.309.

어둠 속에 곱게 풍화작용 하는/백골을 들여다보며/눈물짓는 것이
내가 우는 것이냐/백골이 우는 것이냐/아름다운 혼이 우는 것이냐
　　　　　　　　　　　　　　　　－ 윤동주, 「또 다른 고향」 부분. (116)

　위에 인용된 「무서운 시간(時間)」과 「또 다른 고향」은 죽음에 대한
예민한 의식을 보여주고 있다. 특히, 이 시편들의 죽음은 「무서운 시간」
에서의 "내 죽는 날"이란 표현이나 「또 다른 고향」에서의 "(나의)백골"
이란 표현이 시적 주체 자신의 죽음을 암시한다는 점에서 문제적이다.
이 시편들에서의 죽음은 심장사나 뇌사와 같은 의학적 죽음을 의미하
는 것이 아니다. 이 시편들에서의 죽음은 자기 자신의 상징적인 죽음들
이다. 그러한 맥락에서 이 시편들의 죽음의식은 키르케고르의 죽음에
이르는 병으로서의 절망이라고 할 수 있을 것이다. 특히, 「무서운 시간」
에서의 절망은 "하늘도 없는 나"라는 표현에서 나타난다. 이 표현에 나
타난 절망은 키르케고르가 『죽음에 이르는 병』에서 분류해 놓은 절망
들과 연관을 짓자면, 신이라는 가능성과 신에 의한 구원이 없는 상태의
절망이거나,[75] 영원한 것에 대한 절망으로 밀폐되어 자살할 수도 있는
상태의 절망이다.[76] 어느 편이든, 「무서운 시간」은 절망들의 유형들
가운데서도 가장 위험한 절망에 처해 있음을 보여준다. 그러나 「또 다
른 고향」은 「무서운 시간」보다 더 깊은 절망이 만들어낸 상상의 세계
를 보여주고 있다. 시적 주체 자신의 백골이 자신과 함께 운다는 것은,
키르케고르가 『죽음에 이르는 병』에서 말한 바와 같이, 죽고 싶어도
죽지 못하는 절망을 보여준다고 할 수 있다.[77] 이 시편들에 가득 찬 절

---

75) Søren Kierkegaard, 『죽음에 이르는 병』, pp.63~67.
76) *Ibid*., p.111.
77) *Ibid*., p.31.

망들은 죽음에 이르는 병으로서 시적 주체에게 죽음의식을 갖게 한다고 볼 수 있다.

그러나 윤동주에게는 신앙이 있었다. 키르케고르가 그러했던 것처럼, 윤동주는 절망을 신앙으로 극복해 나아가는 궤적을 보여준다. 그러한 예를 볼 수 있는 시편이 「새벽이 올 때까지」이다.

> 다들 죽어 가는 사람들에게/검은 옷을 입히시오.//다들 살아가는 사람들에게/흰옷을 입히시오.//그리고 한 침대에/가즈런히 잠을 재우시오.//다들 울거들랑/젖을 먹이시오.//이제 새벽이 오면/나팔 소리 들려 올 게외다.
>
> — 윤동주, 「새벽이 올 때까지」전문. (109)

위에 인용된 시 「새벽이 올 때까지」는 모든 사람에 대한 평등한 사랑을 주제로 하고 있다. 사랑은 신의 본질이다. 신앙은 사랑을 실천하는 것이지 않을 수 없다. 그러한 궤적을 이 시가 보여주고 있다. 키르케고르의 『죽음에 이르는 병』에 따르면 죽음에 이르는 병은 절망이다. 그러한 맥락에서 1연의 "죽어가는 사람들"은 절망에 빠진 사람들을 의미한다고 볼 수 있다. 반면에 2연의 "살아가는 사람들"은 절망으로부터 벗어난 사람들을 의미한다고 볼 수 있다. 키르케고르의 관점에서 절망에서 벗어나는 방법은 바로 신앙을 갖는 것이다. 그러므로 2연의 "살아가는 사람들"은 신앙을 찾은 사람들로 볼 수 있다. 2연에는 "흰 옷"이 나온다. 성경에서는 신앙을 통해 거듭난 사람들이 "흰 옷"을 입는 것으로 나온다. 그런 의미에서 2연은 신앙을 통해 거듭난 사람들을 "흰 옷"의 상징으로 보여준다고 할 수 있다. 다시 1연과 2연을 아우르면, 모든 사람들이 된다. 이 시의 화자는 예언자적인 목소리를 내고 있다 5연의

"나팔"은 천사의 상징이다. 그런데 이 시의 주체는 천사의 "나팔 소리"를 예언하고 있는 것이다. 이 시에서 우는 사람들에게 젖을 먹이는 것은 바로 사랑의 실천일 것이다. 이 시는 모든 사람을 차별 없이 대한다는 점에서 기독교적 의미의 사랑, 즉, 평등한 사랑을 보여주고 있다. 그리고 그 사랑은 의무로서의 사랑이다. 사랑이 의무일 때만 절망을 극복할 수 있다.[78] 키르케고르에 따르면 그리스도교의 사랑은 모든 사람이 이웃으로서 실재한다는 사실을 발견함으로써 평등한 사랑을 의무로서 실천하는 사랑이다.[79] 이러한 사상이 윤동주의 위의 시에는 아름답게 표현되어 있다. 키르케고르의 사랑은 기독교적 사랑으로서의 '이웃에 대한 사랑'이다. 키르케고르가 그러한 사랑을 강조하는 이유는 애인을 사랑하는 것은 다른 자기(the other-self) 또는 다른 나(the other-I)를 사랑하는 것인 반면에 이웃을 사랑하는 것은 다른 너(the other-you)를 사랑하는 것[80]이기 때문이다. 그리고 이것이 바로 에로스로서의 사랑을 넘어 아가페로서의 사랑을 이 땅에서 실천하는 것이다. 그것이야말로 신의 사랑이다. 신은 영원성이자 완전성을 지닌다. 그러므로, 그리스도교적인 사랑, 즉, "이웃에 대한 사랑은 곧 영원의 완전성을 가지고 있다."[81] 물론, 서양 철학사에서 성경의 이러한 가르침을 자신의 윤리학으로 받아들인 철학자가 키르케고르만 있는 것은 아니다. 예컨대, 칸트(Immanuel Kant, 1724~1804)는『윤리형이상학』(*The Metaphysics of Moral*)에서 "네 이웃을 네 자신처럼 사랑하라"는 성경 구절을 인용하면서, 이웃 사랑의 실천을 모든 인간이 따라야 할 정언명령에 의한 의무라고 주

---

78) Søren Kierkegaard,『사랑의 역사』, p.77.
79) *Ibid.*, p.85.
80) *Ibid.*, p.102.
81) *Ibid.*, p.123.

장한 바 있다.[82] 그러한 점에서 키르케고르와 칸트는 유사해 보일 수 있다. 그러나, 키르케고르 사상 전반과 칸트 사상 전반을 비교해 보았을 때, 각각 그 맥락은 달라진다. 키르케고르는 윤리적 실존 위에 종교적 실존이 있다고 보았다는 데서 윤리보다 종교를 우위에 두었다고 할 수 있다면, 칸트는 종교라 할지라도 윤리적이어야 할 것을 주장했다는 데서 윤리와 종교를 동등하게 보았다고 할 수 있다. 그러니까, 키르케고르에게는 칸트와 달리 이웃 사랑의 실천에 대한 의무 이상의 기독교적 사랑의 개념이 더 있었다고 할 수 있다.

키르케고르는 자신의 여러 저서를 통해서 시인을 비판한 바 있다. 그 핵심은, 시인은 신성을 시의 언어로 표현할 수 있지만, 그것을 삶에서 구현하기 위해 아무런 실천도 하지 않는다는 것이었다. 그러므로 시인은 진(眞)과 선(善)을 시로 표현한다고 하더라도, 그것이 언어에 그친다는 것이다. 그런데, 윤동주는 키르케고르의 그러한 비판을 넘어선다. 윤동주는 키르케고르가 『사랑의 역사』에서 보여준 것과 같은 사랑의 실천으로 나아갔던 것이다. 다시 말해, 윤동주는 이러한 사랑의 실천으로서 박애주의적이고 인도주의적인 사랑을 실천한다. 그러한 시로서 윤동주의 「십자가」를 살펴보면 다음과 같다.

> 쫓아오던 햇빛인데/지금 교회당 꼭대기/십자가에 걸리었습니다./
> /[중략]괴로웠던 사나이,/행복한 예수 그리스도에게/처럼/십자가가
> 허락된다면//모가지를 드리우고/꽃처럼 피어나는 피를/어두워 가는
> 하늘 밑에/조용히 흘리겠습니다.
>
> — 윤동주, 「십자가」 부분. (110)

---

82) 임승필, 「사랑의 윤리학: 칸트와 헤겔의 견해 비교」, 『인문학연구』 15, 경희대학교 인문학연구소, 2009, pp.87~94.

바람이 부는데/내 괴로움에는 이유가 없다.//내 괴로움에는 이
유가 없을까,//단 한 여자를 사랑한 일도 없다./시대를 슬퍼한 일도
없다.

— 윤동주, 「바람이 불어」 부분. (115)

위에 인용된 「십자가」는 희생적 사랑을 주제로 하고 있다. 사실 '십
자가' 자체가 기독교의 상징이다. 그러한 점에서 이 시 한 편의 무게는
한 편 이상의 무게를 지닌다고 할 수 있다. 이 시는 윤동주 시의 기독교
적 특성을 가장 잘 나타내 보이는 시라고도 평할 수 있을 것이다. '십자
가'는 여느 다른 시인들에게서도 기독교적 상징체계를 벗어난 비유로
써도 사용되고 있다. 그러나 이 시 윤동주의 「십자가」만큼은 예수의 수
난과 부활이라는 기독교적 상상력 안에서 이해되어야 한다.[83]

이 시는 '십자가형(十字架刑)'이라는 형벌 자체를 상징적으로 드러내
고 있다. 십자가형은 예수의 수난의 절정이다. 그러나 키르케고르는 예
수의 생애 전체가 내적인 영혼의 수난이라고 말한다.[84] 그런 의미에서
「십자가」의 '괴로움'은 '수난'의 방증이라고 할 수 있다. 이 시의 '괴로
움'은 「바람이 불어」의 '괴로움'과 표면적으로는 같아 보이면서도 심층
적으로는 다르다. 키르케고르가 『이것이냐 저것이냐』에서 시인의 운
명을 팔라리스(Phalaris)의 황소에 비유했던 것과 같이(9), 시인이란 존
재는 살아 있음 그 자체를 고문과 같은 고통으로 받아들이는 존재이
다. 「바람이 불어」의 "괴로움"은 실존적인 "괴로움"이라고 할 수 있다.
이것은 하이데거가 '불안'을 생에 대한 근본기분이라고 전제한 것과 유

---

83) 이상섭, 「「십자가」의 "순교적 비전"」, 『윤동주 자세히 읽기』, 서울: 한국문화사,
2007, p.176.
84) Søren Kierkegaard, 『그리스도교의 훈련』. 임춘갑 역, 서울: 다산글방. 2005, p.213.

사하다. 그러나 「십자가」의 '괴로움'은 신학적 의미를 지닌다. 예수가 십자가에 못 박힌 것은 인간의 죄를 대속(代贖)하고 인간을 구원하기 위해서이다. 이처럼 그리스도교에서는 예수를 매개로 하여서만 인간은 구원을 받을 수 있다. 그리스도교의 사랑도 마찬가지다. 그리스도교의 사랑은 '사람과 하느님과 사람' 사이의 관계, 즉 하느님이 사람과 사람 사이를 매개하는 관계에서 성립된다.[85]

윤동주는 고통받는 이웃으로서의 민족에 대한 사랑을 실천하는 데 있어 '예수'를 매개로 삼는다. 즉, '예수'의 사랑을 본받아 이웃을 사랑하고자 한다. 키르케고르에 의하면 시인은 시화로써 신성해지는 한편, 신은 인간이 됨으로써 시화된다.[86] 윤동주의 「십자가」 이 시 한 편에서는 그 두 가지가 동시에 이루어지는 것으로 보인다. 신인 '예수 그리스도'는 인간으로 이 땅에 내려와 비극적인 죽음을 맞이하고, 시인 윤동주는 「십자가」라는 시의 시작을 통해서 '예수 그리스도'를 닮아가는 것이다. 나아가, 키르케고르에 의하면, 하느님을 사랑하는 것은 진리 안에서 자신을 사랑하는 것일 뿐 아니라, 다른 사람을 사랑하고, 또 서로 하느님을 사랑하도록 도움으로써 다시 하느님의 사랑을 받는 것이다.[87] 윤동주 또한 '예수 그리스도'를 닮아가려는 열정 안에서 그 궁극에 희생적 사랑의 상징인 십자가형을 받아들이고, 그로써 인류에 대한 사랑을 실천하고, 다시 하느님의 사랑을 받고자 하였던 것이다. 그러한 맥락에서 윤동주의 시는 진실로 예수와 같은 운명에 서서히 다가가고 있던 것이다. 다음은 윤동주의 「별 헤는 밤」이다.

---

85) Søren Kierkegaard, 『사랑의 역사』, p.198.
86) Søren Kierkegaard, 『철학적 조각들 ─ 혹은, 한 조각의 철학』, p.123.
87) Søren Kierkegaard, 『사랑의 역사』, p.198.

나는 무엇인지 그리워/이 많은 별빛이 내린 언덕 위에/내 이름자
를 써보고,/흙으로 덮어버리었습니다.//딴은 밤을 새워 우는 벌레는/
부끄러운 이름을 슬퍼하는 까닭입니다.//그러나 겨울이 지나고 나의
별에도 봄이 오면/무덤 위에 파란 잔디가 피어나듯이/내 이름자 묻
힌 언덕 위에도/자랑처럼 풀이 무성할 게외다.

— 윤동주, 「별 헤는 밤」 부분. (119)

이 시 「별 헤는 밤」에는 이전의 시에서 드러나던 '불안', '죄의식', '고
통', '절망' 등의 부정적인 정서들이 드러나지 않는다. 그러면서 이 시의
마지막 구절에서 자신의 죽음을 미리 내다보는 것과 같은 성찰이 드러
난다. 즉, 이 시의 시적 주체는 마지막 구절에서 자신의 죽음 앞에서의
결단과 의지를 보여준다. 이 시는 전기적으로 윤동주가 일본 유학 중
송몽규(宋夢奎, 1917~1945)를 통해서 독립운동에 관여하게 되는 사실
과 맥락이 닿아 있는 것으로 보인다. 이 시의, 죽음 앞에서의 의연함은
바로 양심의 부름에 의해 역사 앞에 나아가게 되는 과정에서 순교자(殉
敎者)와 같은 자세를 보여주는 것이라고 하겠다. 특히, 이 시에서는 「십
자가」와 달리, "내 이름자 묻힌 언덕 위에도/자랑처럼 풀이 무성할 게
외다"라는 표현을 통해 자신의 죽음 너머, 즉, 부활에 대한 믿음까지 보
여주고 있다. 「별 헤는 밤」의 이러한 점은 윤동주의 시세계가 심화되어
가고 있음을 보여준다. 그러므로 "별 헤는 밤"이란 '별'로 표상되는 천
상적인 것 앞에서의 신앙고백의 시간이라고 할 수 있을 것이다. 다음은
성경으로부터 모티프를 차용한 것으로 보이는 윤동주의 「간」을 살펴
보도록 하겠다.

> 바닷가 햇빛 바른 바위 위에/습한 간을 펴서 말리우자 [중략] 내가
> 오래 기르던 여윈 독수리야!/와서 뜯어먹어라, 시름없이//너는 살찌
> 고/나는 여위어야지 [중략] 불 도적한 죄로 목에 맷돌을 달고/끝없이
> 침전하는 프로메테우스.
>
> — 윤동주, 「간(肝)」 부분. (120)

이 시 「간」 역시 「십자가」나 「별 헤는 밤」과 마찬가지로 민족을 위
해 희생적 사랑을 실천할 윤동주 자신의 모습을 암시한다. 이 시 「간」
에서 시적 주체는 자신을 "프로메테우스(Prometheus)"에 비유하고 있
다. 설성경은 윤동주의 「간」에 대한 연구사를 총망라하며 이 시의 '프
로메테우스'를 그리스 신화의 의인 '프로메테우스'로 보는 해석에 이의
를 제기한 바 있다.[88] 그러나 이 시의 "코카서스"나 "독수리" 등의 시어
들로 판단하건대, 이 시는, 기존의 정설대로 그리스 신화 중 '프로메테
우스'의 모티프를 차용하고 있는 것이 맞다. 그러나 이 시의 "프로메테
우스"는 그리스 신화의 '프로메테우스'와 다른 운명의 결말을 보여준
다. '프로메테우스'의 원전에서의 결말은 헤라클라스가 프로메테우스
를 구출한다. 그러나 이 시의 결말은 마지막 연에서 '프로메테우스'가
"목에 맷돌을 달고/끝없이 침전"한다는 설정으로 되어 있다. 목에 맷돌
을 달고 침전하는 이미지에 영향을 준 성경구절은 마태오 복음서 18장
6절과 마르코 복음서 9장 42절[89]과 루카 복음서 17장 2절이다. 마태오
복음서 18장 6절은 "나를 믿는 이 작은 이들 가운데 하나라도 죄짓게
하는 자는, 연자매를 목에 달고 바다 깊은 곳에 빠지는 편이 낫다."라고

---

88) 설성경, 『윤동주의 간에 형상된 '푸로메드어쓰' 연구―풍자적 저항시로 부른 대한
    독립의 노래―』, 새문사, 2013.
89) 조재수, 『윤동주 시어 사전 ― 그 시 언어와 표현』. 서울: 연세대학교 출판부, 2005,
    p.193.

되어 있다. 마르코 복음서 9장 42절은 "나를 믿는 이 작은 이들 가운데 하나라도 죄짓게 하는 자는, 연자매를 목에 걸고 바다에 던져지는 편이 오히려 낫다."라고 되어 있다. 루카 복음서 17장 2절은 "이 작은 이들 가운데 하나라도 죄짓게 하는 것보다, 연자매를 목에 걸고 바다에 내던 져지는 편이 낫다."라고 되어 있다. 이 세 구절은 표현적인 면에서 미미한 차이가 있을 뿐 같은 내용을 담고 있다. 즉, 그 내용은 예수를 믿는 제자들 중 그 누구 하나라도 실족하게 하는 이는 벌로 목에 맷돌이 매여 바다에 빠져 죽게 된다는 것이다. 성경에서 '실족(失足)하다'는 두 가지 의미가 있다. 첫째는 '모트', 즉, '발을 잘못 디디다'라는 의미이고, 둘째는 '스칸달리조', 즉, '죄로 끌어들이다'라는 의미이다.[90] 신약의 경우, '실족하다'는 후자, 즉 '죄로 끌어들이다'라는 의미로 쓰였다.[91] 그러므로 마태오 복음서 18장 6절, 마르코 복음서 9장 42절, 그리고 루카 복음서 17장 2절의 핵심은 제자들 가운데 단 한 명도 죄에 빠지지 않도록 서로 책임을 지라는 것이라고 할 수 있다.[92] 즉, 자기 자신이 죄의 길에 빠지지 않는 것만큼 다른 이가 죄의 길에 빠지지 않도록 도우라는 것이다. 키르케고르는 『그리스도교의 훈련』의 제2부에서 "나에게 실족하지 않는 자는 복이 있도다"라는 루카 복음서 7장 23절에 대하여 상세한 해석을 하고 있다. 즉, 예수로부터 실족하면 벌이 있고, 예수로부터 실족하지 않으면 복이 있는 것이다. 키르케고르는 '실족'이 신앙과의 갈림길에 놓인 것이라고 말한다.[93] 그러니까, 키르케고르는, 실족

---

90) 라형택 편찬, 『로고스 New 성경사전』, 로고스, 2011, p.293.

91) *Loc. cit.*

92) Richard T. France, 「마태복음」. J. A. Motyer 외, 『IVP 성경주석』. 황영철 외 역, 한국기독학생회출판부, 2013, pp.1275~12776.

93) Søren Kierkegaard, 『그리스도교의 훈련』, p.121.

은, 예수가 하느님과 인간이 한 몸으로 결합된 존재, 즉 '하느님=인간'이라는 데 대하여 본질적으로 관계한다고 말한다.[94] 실족이 일어나는 경우는 두 가지 경우가 있다. 첫째는 하나님의 고귀성 때문에 하느님=인간이 스스로 하느님이라고 말할 때 실족이 일어나는 경우이고, 둘째는 하느님의 비천성 때문에 하느님=인간이 인간처럼 괴로워 할 때 실족이 일어나는 경우이다.[95] 즉, 실족은 신인(神人)으로서의 예수에 대해 인간이 신앙과 불신앙의 갈림길에서 흔들리는 것을 의미한다. 그러므로 다시 윤동주의 「간」으로 돌아가 보자면, 프로메테우스가 목에 맷돌을 달고 침전한 이유는 그가 신인인 예수에 대하여 불신앙 했거나, 다른 이들을 불신앙 하게 만들었기 때문이다. 그러므로 이 시는 "프로메테우스"로 표상되는 지식인으로서의 윤동주가 민족으로 하여금 실족하게 만들 위험이 있는 데 대한 죄의식을 보여준다고 할 수 있다. 이러한 죄의식으로 인한 갈등이 키르케고르의 『사랑의 역사』에서 교설하는 바와 같이 이웃에 대한 사랑의 실천으로 나아가게 하는 계기가 되었다고 볼 수 있다.

이처럼 윤동주의 시는 성경의 모티프들을 차용하면서, 기독교적 실존주의의 세계관으로 점철되어 있다. 다음의 「참회록」도 마찬가지이다.

> 파란 녹이 낀 구리 거울 속에/내 얼굴이 남아 있는 것은/어느 왕조의 유물이기에/이다지도 욕될까//나는 나의 참회의 글을 한 줄에 줄이자/-만 이십사 년 일 개월을/무슨 기쁨을 바라 살아왔던가//내일이나 모레나 그 어느 즐거운 날에/나는 또 한 줄의 참회록을 써야 한다./-그때 그 젊은 나이에/왜 그런 부끄런 고백을 했던가//밤이면

---

94) *Ibid.*, p.122.
95) *Ibid.*, p.123.

밤마다 나의 거울을/손바닥으로 발바닥으로 닦아 보자.//그러면 어
느 운석 밑으로 홀로 걸어가는/슬픈 사람의 뒷모양이/거울 속에 나
타나 온다.

— 윤동주, 「참회록」 전문. (121)

　　죽는 날까지 하늘을 우러러/한 점 부끄럼이 없기를,/잎새에 이는
바람에도/나는 괴로워했다./별을 노래하는 마음으로/모든 죽어 가는
것을 사랑해야지/그리고 나한테 주어진 길을 걸어가야겠다.//오늘
밤에도 별이 바람에 스치운다.

— 윤동주, 「서시」 전문. (37)

　「참회록」은 1942년 1월 24일, 윤동주가 연희전문학교를 졸업하고
일본 유학을 앞두고 창씨개명에 대하여 갈등하던 시점에 쓰였다. 그러
므로 이 시는 창씨개명을 비롯한 일본 유학으로 야기된 여러 상황이 낳
은 심적 갈등에 대한 참회가 창작 의도라고 할 수 있다. 통렬한 심적 고
통 가운데 쓰였을 이 시 「참회록」은 그러나 윤동주의 작품 중에 최고의
작품이다. 기독교 문학의 효시는 아우구스티누스(Aurelius Augustinus,
354~430)의 『고백록』(*Confessions*)이다. 『고백록』은 『참회록』이라고
번역되기도 한다. 이러한 세계문학사적 맥락에서, '고백'(告白, confession)
이라는, 가장 기독교적인 전통의 형식을 문학적으로 차용한 「참회록」
은 「팔복」이나 「십자가」만큼이나 가장 기독교적인 작품 중 하나이다.
키르케고르는 사랑이 은밀한 것처럼 고백도 은밀해야 하며, 그렇게 하
기 위해, 종교성에 앞서 심미성을 내세우는 간접적인 방법을 자신은 써
왔다고 밝혔다.[96] 키르케고르가 그러했던 것처럼 이 시에서 윤동주 또

---

96) Søren Kierkegaard, 『관점』, 임춘갑 역, 치우, 2011, pp.43~44.

한 자신의 은밀한 내면의 고백을 신에게 하고 있다. '청동거울'이나 '운석' 같은 미학적 장치들은 시의, 예술로서의 심미성을 높임으로써 고백의 내용이 무엇인지는 독자가 상상하도록 간접화되어 있다. 윤동주는 「참회록」에서 '부끄러움'에 대해 고백하는데, 이것은 양심의 반응이다. 「참회록」과 비슷한 시기인 1941년 11월 20일에 쓰인 「서시」에서도 "부끄럼"이란 시어가 나오고 있다. "부끄럼이 없기를"이라는 표현은 순결성을 상징한다. 이와 같이 '부끄럼'에 대한 민감성은 그만큼 양심이 살아있다는 것의 방증이기도 할 것이다. 키르케고르는 "사랑은 양심의 문제"[97]라고 강조한다. 윤동주는 「서시」에서 "모든 죽어가는 것을 사랑해야지"라고 다짐한 것처럼, 고통받는 민족에 대한 사랑의 실천으로 나아간다. 윤동주의 이러한 모습은 키르케고르에게서와 같이 그 사랑이 양심으로부터 비롯되었기 때문일 것이다. 마지막으로 윤동주의 「쉽게 씌어진 시」를 살펴보면 다음과 같다.

> 창 밖에 봄비가 속살거려/육첩방은 남의 나라,//시인이란 슬픈 천명인 줄 알면서도/한 줄 시를 적어 볼까,//[중략]나는 무얼 바라/나는 다만, 홀로 침전하는 것일까?//인생은 살기 어렵다는데/시가 쉽게 씌어지는 것은 부끄러운 일이다.//[중략]등불을 밝혀 어둠을 조금 내몰고,/시대처럼 올 아침을 기다리는 최후의 나,//나는 나에게 작은 손을 내밀어/눈물과 위안으로 잡는 최초의 악수.
> — 윤동주, 「쉽게 씌어진 시」 부분. (125~126)

이 시 「쉽게 씌어진 시」의 "육첩방은 남의 나라"라는 구절은 윤동주가 일본 유학 중이라는 것을 암시한다. 시인의 꿈을 키우던, 릿쿄대학

---

97) Søren Kierkegaard, 『사랑의 역사』, p.271.

의 영문학도였던 윤동주는 점차 조선인 유학생에게 가해지는 정치적인 압박에 저항하게 된다. 즉, 윤동주가 단순히 시인지망생에서 학생독립운동에 가담하는 것으로 정체성이 변해가는 것을 이 시가 보여준다는 것이다. 특히 "등불을 밝혀 어둠을 조금 내몰고/시대처럼 올 아침"이라는 구절이 시적 주체의 역사 앞에서의 결의를 보여준다. 조금 더 적극적인 해석을 내자면, 이 시「쉽게 씌어진 시」는 독립운동에 투신할 것을 결심하는 것을 암시하는 시이다. "최후의 나"와 "최초의 악수"는 비장하기 그지없다. 자신의 양심에 따르는, 시인으로서의 삶이 죽음을 의연히 받아들이는 순교자의 삶이라는 것은 비장하지 않을 수 없다. 이것은 가장 큰 사랑의 희생이자 희생의 사랑이다. 키르케고르에 따르면, 사랑의 내면성은 자기 안의 하느님과의 관계에서 성립되므로, 희생적이면서도 보수를 바라지 않는다.[98] 윤동주의「쉽게 씌어진 시」에서 바로 그러한 희생적 사랑의 면모가 나타난다. 그러한 의미에서 이 시에서의 "시인이란 슬픈 천명"이 이해될 수 있을 것이다. 키르케고르는 여러 저서에서 수차례 시인을 비판한다. 그것은 키르케고르가 시인에게 시인 자신의 실존의 취약성을 극복함으로써 진정한 사랑의 시인으로 거듭나도록 충언을 한 것일 수 있다. 키르케고르에 의하면 시인의 진정한 임무는 사랑의 이해가 실현되고, 신의 슬픔이 고통을 이기게 한다.[99] 그것은 단순히 공상 속에서 지나간 시간을 아름답게 그려내는, 상기(想起)의 천재로서의 시인[100]을 넘어서는 것이다. 그런 의미에서 "쉽게 씌어진 시"는 키르케고르가 줄곧 비판해온 시인의 시, 즉, 신성에의 갈망

---

98) *Ibid*., p.241.

99) Søren Kierkegaard,『철학적 조각들 - 혹은, 한 조각의 철학』, 황필호 편역, 서울:집문당, 2012, p.115.

100) Søren Kierkegaard,『두려움과 떨림: 변증법적 서사시』, 임규정 역, 지식을 만드는 지식, 2014, p.32.

이 단순히 언어에 그친 시인에 의해 쓰인 시라고 볼 수 있을 것이다. 그 것을 한국의 역사와 연관을 지어보자면, 신의 뜻과 배치되는 역사의 어 둠 가운데서 시인이 아무런 사랑의 실천도 하지 않은 채 시만 쓰는 것 에 대하여 부끄러워하고 있음을 윤동주는 이 시로 드러내었던 것이다. 그렇게 함과 동시에 윤동주는 나약한 시인의 실존을 뛰어넘고 있던 것 이다.

윤동주는 인간의 죄성을 원죄로부터 이해하며, 인간됨의 고뇌를 처 절히 느끼면서 절망하는 실존을 자신 안에 가지고 있는 시인이었다. 그 러나 윤동주는 다른 한편으로 신성(神聖)에 눈을 뜨고 신의 사랑을 실 천하고자 한 시인이었다. 윤동주는 하느님으로부터의 계시가 이웃에 대한 사랑의 실천이라는 것을 깨닫고, 역사 앞에 양심의 괴로움을 느끼 다가, 마침내 순교자의 자세로 죽음을 맞이한다. 이러한 윤동주의 시력 의 변화 가운데, 키르케고르의 철학의 영향은 깊이 배어 있는 것으로 보인다. 특히『죽음에 이르는 병』과 『사랑의 역사』가 시적으로 전유되 어 있다고 보인다. 나아가, 윤동주가 세계사의 격랑 가운데서도 가장 약소국인 한국의 역사 앞에서 주체적으로 결연한 양심의 결단을 보여 준 것은 단순히 키르케고르의 철학의 영향을 뛰어넘는 것이었다고 고 평할 수 있다.

IV. 릴케의 문학과 윤동주의 문학에 나타난 키르케고르 철학의 전유 비교

이 논문은 이상으로 릴케의 문학에 나타난 키르케고르 철학의 전유 양상과 윤동주의 문학에 나타난 키르케고르 철학의 전유 양상을 II장과 III장에 걸쳐 각각 살펴보았다. 이제 IV장에서는 소결로서 두 시인의 키르케고르 철학의 전유 양상을 비교해 보도록 하겠다.

우선 릴케의 문학에 나타난 키르케고르 철학의 전유 양상에 대하여 갈무리 해보도록 하겠다. 릴케가 키르케고르의 저서를 읽거나 번역했다는 것은 릴케의 서간에서 확인되는 전기적인 사실이다. 이에 근거하여 릴케의 문학에 나타난 키르케고르 철학의 전유 양상으로 사료되는 것은 첫째, 릴케의『말테의 수기』의 주인공 말테가 릴케 자신의 분신인 동시에 키르케고르와 유사하다는 점, 둘째, 릴케의『말테의 수기』에 나타난 죽음 앞에서의 실존탐구라는 주제는 키르케고르의『죽음에 이르는 병』의 죽음에 이르는 병으로서의 절망에 대한 탐구와 유사하다는 점, 셋째, 릴케의『두이노의 비가』의 절망, 슬픔, 고통, 공포 등의 정조들이 키르케고르의『죽음에 이르는 병』의 그러한 정조들과 유사하다는 점, 넷째, 릴케의『두이노의 비가』에서 내면성이 강조되는 점이 키르케고르의『죽음에 이르는 병』의 단독자 개념과 유사하다는 점, 다섯째, 릴케의『두이노의 비가』에 나타나는 천사에 대한 사랑, 구애하지 않는 사랑, 죽은 이에 대한 사랑 등은 키르케고르의『사랑의 역사』에 나타난, 에로스를 넘어선 아가페적 사랑과 유사하다는 점 등이다.

다음으로 윤동주의 문학에 나타난 키르케고르 철학의 전유 양상을 갈무리해보도록 하겠다. 윤동주가 키르케고르의 저서를 읽었다는 것은 윤동주의 지인들의 증언을 통해서 확인되는 전기적 사실이다. 이에 근거하여 윤동주의 문학에 나타난 키르케고르 철학의 전유 양상으로 사료되는 것은 첫째, 윤동주의「태초의 아침」연작에 나타난 원죄의식이 키르케고르의『불안의 개념』에 나타난 그것과 유사하다는 점, 둘째,

윤동주의 「무서운 시간」과 「또 다른 고향」에 나타난 절망과 죽음에 대한 의식이 키르케고르의 『죽음에 이르는 병』의 죽음에 이르는 병으로서의 절망과 유사하다는 점, 셋째, 윤동주의 「새벽이 올 때까지」, 「십자가」, 「쉽게 씌어진 시」 등에 나타난, 예수를 따르는 희생적 사랑은 키르케고르의 『사랑의 역사』에서 강조되는, 진정한 기독교적 사랑으로서의, 이웃 사랑의 의무와 유사하다는 점, 넷째, 윤동주의 「간」의 신약 복음서의 인용은 키르케고르의 『그리스도교의 훈련』과 예수에 대한 실족을 경계한 교설과 유사하다는 점, 다섯째, 윤동주의 「참회록」에 나타난 심미적인 동시에 종교적인 고백의 양식은 키르케고르의 『관점』에 나타난 저술가로서의 자세와 유사하다는 점 등이다.

이상으로 릴케의 문학에 나타난 키르케고르 철학의 전유 양상과 윤동주의 문학에 나타난 키르케고르 철학의 전유 양상을 비교해 본 결과, 릴케의 『말테의 수기』나 『두이노의 비가』의 경우, 키르케고르의 『죽음에 이르는 병』과 유사한 점이 많고, 윤동주의 경우, 키르케고르의 『죽음에 이르는 병』, 『불안의 개념』과 유사한 점도 많지만, 『사랑의 역사』와 유사한 점이 가장 많은 것으로 판단된다.

릴케는 존재의 시인으로 불린다. 윤동주는 순교자적 시인으로 불린다. 그러한 만큼, 키르케고르를 기독교적 실존주의 사상가라고 했을 때, 존재의 시인으로서의 릴케가 키르케고르의 철학을 전유한 부분은 실존주의적인 면에 무게중심이 실린다면, 순교자적 시인으로서의 윤동주가 키르케고르의 철학을 전유한 부분은 기독교적인 면에 무게중심이 실린다고 할 수 있을 것이다.

물론, 문학은 철학과 엄연히 다른 독립된 영역이다. 그러므로 한 시인의 작품세계가 한 철학자의 사상의 영향으로만 전부 구명될 수는 없다. 또한 그러한 시인들을 서로 비교하는 것도 하나의 연구의 시각에 의한 도식이 될 수밖에 없다. 그럼에도 불구하고, 문학과 철학은 항상 대화적 관계에 있어 왔다. 그러한 연유에서 시인들의 작품세계에 전유된 철학을 유추해 내고, 그러한 시인들을 서로 비교해 보는 것은, 문학사 내에서의 철학사상의 수용사를 구명하는 데 적지 않은 의의가 있을 것이다. 즉, 이러한 연구의 결과물은 인류의 정신사의 흐름을 밝혀내는 데 도움이 될 것이라고 사료된다.

V. 결론

키르케고르는 기독교적 실존주의자로서 릴케와 윤동주에게 지대한 영향을 준 철학자이다. 이 논문은 릴케의 문학에 나타난 키르케고르 사상의 전유와 윤동주의 문학에 나타난 키르케고르 사상의 전유를 비교해 보았다. 키르케고르는 인간을 죽음에 이르는 병, 즉 절망을 지닌 존재로 보면서, 그것을 극복하는 방법은 신앙뿐이라고 강조하였다. 특히, 원죄를 지닌 인간은 누구나 절망에 빠질 수밖에 없는 존재로서 신을 매개로만 구원을 얻을 수 있다고 생각하였다. 그러한 가운데서 신 앞에 선 단독자 개념이 나왔던 것이다. 그러나 키르케고르는 시인이 신성을 찬미하는 자이면서도 그것이 언어에 그친다는 이유로 시인을 줄곧 비판한다. 그것은 역설적인 의미에서 시인으로 하여금 진정한 신의 사랑, 즉, 자기 자신뿐만 아니라 타자에 대한 실천적 사랑을 강조하였다.

릴케와 윤동주는 인간 존재의 취약한 실존에 대한 자의식을 드러내면서 절망, 죄의식, 슬픔, 죽음의식 등을 주요한 정조로 표현해 온 시인들이다. 이러한 점은 키르케고르의 『죽음에 이르는 병』이나 『불안의 개념』에 나타난 인간 실존에 대한 이해와 상당히 깊이 맞닿아 있다. 그러나 한편 릴케와 윤동주는 자신들의 문학의 정점에서 인류애라고 할 법한 아가페로서의 사랑을 공통적으로 보여준다. 그것이 릴케의 경우 『두이노의 비가』에서 천사에 대한 사랑이었으며, 윤동주의 경우 『하늘과 바람과 별과 시』에서 민족에 대한 사랑이었다. 그것은 에로스적인 사랑을 넘어서는 그리스도교적인 사랑으로서의 아가페적인 사랑이라고 할 수 있다. 그러한 사랑은 바로 키르케고르의 『사랑의 역사』에 나타난 사랑과 깊이 맞닿아 있다.

그러한 의미에서 릴케와 윤동주는 키르케고르가 비판한 시인상, 즉, 신을 언어로 찬미하지만, 삶 가운데서 신의 진과 선을 실천하지 않는 시인상을 극복한 것으로 보인다. 물론, 시인에게는 시작(詩作) 자체도 하나의 실천일 수 있다. 그러므로 이 시인들에게서는 시작과 실천이 서로 신의 진과 선을 구현하는 데 상보적인 역할을 했다고 볼 수 있다. 특히 윤동주의 경우 릴케보다 더 키르케고르의 사상에 근접한 것으로 보인다. 왜냐하면, 윤동주는 자신의 시를 통해서뿐만 아니라, 삶을 통해서도 진과 선을 추구하려 하였으며, 자신의 자아를 비우고, 예수를 닮아가려 했음을 역사 앞에서의 순교자적 죽음으로 증명했기 때문이다. 이러한 점은 윤동주가 릴케와 또 다른 위대함을 인류에게 선사한 시인으로서 고평되어야 함을 보여준다.

참고문헌

1. 기본자료

윤동주,『윤동주 전집 1 - 하늘과 바람과 별과 시』, 권영민 편저, 문학사상사, 1999.

권영민 외,『윤동주 전집 2 - 윤동주 연구』, 권영민 편, 서울: 문학사상사, 1995.

윤동주, 심원섭 외 편,『원본대조 윤동주 전집: 하늘과 바람과 별과 시』, 연세대학교 출판부, 2004.

Rilke, Rainer Maria,『릴케 전집 ② 두이노의 비가 외』, 김재혁 역, 서울: 책세상, 2000.

_____,『릴케 전집 ⑫ 말테의 수기』, 김용민 역, 서울: 책세상, 2005.

_____, *Rainer Maria Rilke Sämtliche Werke* 1-12, Frankfurt am Main: Insel Verlag, 1966.

_____ et al., *Rainer Maria Rilke and Lou Andreas-Salomé: The Correspondence*, translated by Edward Snow and Michael Winkler, New York & London: W.W. Norton & Company, 2006.

2. 국내 논저

강동호,「윤동주 시의 기독교적 근원」,『윤동주와 그의 시대』, 연세대학교 국학연구원 연세학풍연구소 편, 서울: 혜안, 2018.

고석규, 남송우 편,『고석규 문학전집 ④』, 마을, 2012.

김옥성,「윤동주 시의 예언자적 상상력」,『문학과 종교』제15권 제3호, 한국
　　　문학과 종교학회, 2010.

김용직,「어두운 시대의 시인과 십자가」,『윤동주 연구 ─ 서거 50주년 기념
　　　윤동주 전집 2 연구자료편』, 권영민 편, 서울: 문학사상사, 1995.

김윤식,「한국시에 미친 릴케의 영향」,『한국문학의 이론』, 일지사, 1974.

_____,「어둠 속에 익은 사상 ─ 윤동주론」,『윤동주 전집 2 ─ 윤동주 연구』,
　　　권영민 편, 서울: 문학사상사, 1995.

김응교,『시로 만나는 윤동주처럼』, 파주: 문학동네, 2016.

라형택 편찬,『로고스 New 성경사전』, 로고스, 2011.

문익환,「내가 아는 시인 윤동주 형」, 윤동주,『윤동주 전집 1 ─ 하늘과 바람
　　　과 별과 시』, 권영민 편저, 문학사상사, 1999.

문익환,「동주형의 추억」, 윤동주,『원본대조 윤동주 전집: 하늘과 바람과 별
　　　과 시』, 심원섭 외 편, 연세대학교 출판부, 2004.

박종홍,「실존주의와 동양사상」,『사상계』제6권 제8호, 사상계사, 1958.8.

설성경,『윤동주의 간에 형상된 '푸로메드어쓰' 연구─풍자적 저항시로 부른
　　　대한독립의 노래─』, 새문사, 2013.

안문영,「한국 독문학계의 릴케 수용」,『한국의 독일문학 수용 100년』2, 차봉
　　　희 편, 오산: 한신대학교 출판부, 2002.

안병욱,「실존주의의 사상적 계보」,『사상계』제6권 제8호, 사상계사, 1958.8.

윤일주,「형 윤동주의 추억」,『시연구』No. 1, 산해당, 1956.

이상섭,「「십자가」의 "순교적 비전"」,『윤동주 자세히 읽기』, 서울: 한국문화
　　　사, 2007.

이양호,『초월의 행보: 칸트·키에르케고르·셸러의 길』, 서울: 담론사, 1998.

임승필,「사랑의 윤리학: 칸트와 헤겔의 견해 비교」,『인문학연구』15, 경희대
　　　학교 인문학연구소, 2009.

정명교,「윤동주 시의 내재적 자질로서의 상호텍스트성」,『윤동주와 그의 시대』, 연세대학교 국학연구원 연세학풍연구소 편, 서울: 혜안, 2018.

조재수,『윤동주 시어 사전 ― 그 시 언어와 표현』, 서울: 연세대학교 출판부, 2005.

표재명,「한국에서의 키에르케고어 수용사」, 한국 키에르케고어 학회 편저,『다시 읽는 키에르케고어』, 철학과 현실사, 2003.

3. 국외논저 및 번역서

多胡吉郞,『생명의 시인 윤동주』, 이은정 역, 파주: 한울, 2018.

大村益夫,『윤동주와 한국문학』, 서울: 소명출판, 2001.

Adorno, Theodor W., *Kierkegaard - Construction of the Aesthetic*, Trans. & Ed. Robert Hullot-Kentor, London: University of Minnesota Press, 1999.

Cardinal, Clive H., "Rilke and Kierkegaard: Some Relationships between Poet and Theologian", *Bulletin of the Rocky Mountain Modern Language Association* Vol. 23. No. 1. 1969. Mar.

Detsch, Richard, *Rilke's Connections to Nietzsche*, Lanham: University Press of America, 2003.

France, Richard T.,「마태복음」, J. A. Motyer 외,『IVP 성경주석』, 황영철 외 역, 한국기독학생회출판부, 2013.

Heidegger, Martin,『시와 철학―횔덜린과 릴케의 시세계』, 소광희 역, 박영사, 1980.

＿＿＿＿＿＿＿,『존재와 시간』, 이기상 역, 까치, 2001.

＿＿＿＿＿＿＿,『존재론 ― 현사실성의 해석학』, 이기상 · 김재철 역, 서광사, 2002.

＿＿＿＿＿＿＿,「형이상학이란 무엇인가」,『이정표』1, 신상희 역, 파주: 한길사, 2005.

＿＿＿＿＿＿＿,『종교적 삶의 현상학』, 김재철 역, 누멘, 2005.

_____,『횔덜린 송가 – 게르마니엔과 라인강』, 최상욱 역, 파주: 서광사, 2009.

Kaufmann, Walter, "Nietzsche and Rilke", *From Shakespeare to Existentialism*, New York: Anchor Books Doubleday & Company, 1960.

Kierkegaard, Søren,『죽음에 이르는 병』, 박환덕 역, 파주: 범우사, 1975.

_____,『불안의 개념』, 임규정 역, 파주: 한길사, 1999.

_____,『이것이냐 저것이냐』, 박재욱 역, 서울: 혜원, 1999.

_____,『그리스도교의 훈련』, 임춘갑 역, 서울: 다산글방. 2005.

_____,『순간/현대의 비판』, 임춘갑 역, 서울: 다산글방, 2007.

_____,『사랑의 역사』, 임춘갑 역, 치우, 2011.

_____,『관점』, 임춘갑 역, 치우, 2011.

_____,『철학적 조각들 – 혹은, 한 조각의 철학』, 황필호 편역, 서울:집문당, 2012.

_____,『두려움과 떨림: 변증법적 서사시』, 임규정 역, 지식을 만드는 지식, 2014.

Kohlschmidt, W., *Rilke-Interpretationen*, Lahr 1948. (이영일,『라이너 마리아 릴케 – 죽음의 미학』, 전예원, 1988. 재인용.)

Leppmann, Wolfgang,『릴케 – 영혼의 모험가』, 김재혁 역, 책세상, 1997.

Pratt, Mary Louise, "Comparative Literature and Global Citizenship", Charles Bernheimer et al., *Comparative Literature in the Age of Multiculturalism*, edited by Charles Bernheimer, Baltimore: The Johns Hopkins University Press, 1995.

Schuelke, Gertrude Luise, *Kierkegaard and Rilke: A Study in Relationships*, Department of Germanic Languages, Stanford University, 1950.

『성경』, 주교회의 성서위원회 편, 서울: 분도출판사, 2011.

부록

<표> 키르케고르가 분류한 절망의 종류

절 망 의 종 류	A.의식의 비규정 하에서의 절망	a. 유한성과 무한성의 규정 하에서 고찰된 절망	α. 무한성의 절망은 유한성의 결핍에 있다.	
			β. 유한성의 절망은 무한성의 결핍에 있다.	
		b. 가능성과 필연성의 규정 하에서 고찰된 절망	α. 가능성의 절망은 필연성의 결핍에 있다.	
			β. 필연성의 절망은 가능성의 결핍에 있다.	
	B.의식의 규정 하에서의 절망	a.비본래적 절망 (=자기를 가지고 있음을 의식하지 못하는 절망)	절망하고 있으면서 자기를 가지고 있음을 의식하고 있지 못하는 경우	
		b. 본래적 절망 (=자기를 가지고 있음을 의식하는 절망)	α. 절망하여 자기 자신이기를 욕망하지 않는 경우 − 자신의 취약함에 절망	(1) 지상적인 것에 대한, 혹은 지상적인 어떤 것에 대한 절망 (2) 영원한 것에 대한 절망 혹은 자기 자신에 대한 절망
			β. 절망하여 자기 자신이기를 욕망하는 경우 − 반항	

조지훈 시의 동아시아적 미학과 존재론

– 홍자성의 『채근담』의 영향을 중심으로

I. 서론

1. 문제제기 및 연구사 검토

조지훈(趙芝薰, 1920~1968)은 1939년 정지용(鄭芝溶)의 추천으로
『문장』(文章)을 통해 시인으로 등단한 이래, 동양적인 자연을 이상화한
청록파(靑鹿派)의 일원으로서 고전적인 아름다움을 추구하는 '전통의
시학'으로 한국현대문학사에 이름을 남긴 시인이다. 그는 한학(漢學)
등 전통사상을 깊이 탐구하고, 선비정신을 계승하면서, 홍자성(洪自誠)
의『채근담』(菜根譚)을 번역하였고, 『지조론』(志操論)을 쓰기도 하였다.
정지용이『문장』(1940. 2.)의「시선후」에서 조지훈의 시풍을 "회고
적 에스프리"라 명명하며 그의 예술을 "신고전"(新古典)으로 고평하며
문단에 소개한 이래(171), 조지훈은 한국현대문학사에서 '전통의 시학'
을 부활시킨 시인으로 인정받아 왔다. 이와 같이 조지훈의 시세계를 전
통의 시학의 관점에서 조명한 연구로는 권영민, 김용직, 오세영, 임곤
택 등의 논문이 있다.1) 그렇지만 조지훈의 전통의 시학의 측면과 혁명

의 시학의 측면을 균형 있게 다룬 연구들도 적지 않다. 오세영의 논문의 경우 조지훈이 시세계의 변화과정에 따른 사상적 변화과정을 추적한 논문으로 의의가 있다. 오세영은 조지훈의 시와 시론에서 공자, 주자, 퇴계, 그리고 율곡 등의 영향을 밝혀내 조지훈 시의 유교적 특성을 구명하였다. 나아가 김용직은 「시와 선비의 미학」에서 조광조(趙光祖, 1482~1519)의 후손인 조지훈이 유교의 계보를 이을 뿐 아니라, 두보(杜甫, 712~770)와 이백(李白, 701~762)의 영향을 깊이 받아 한시(漢詩) 창작에도 능했으며, 민족시(民族詩)로서의 순수시(純粹詩)를 추구했다고 보았다(35~38). 그의 논문이 유교사상 가운데서도 조광조의 사상의 영향을 조명해낸 것은 조지훈 연구사에서 중요한 성과이다.

조광조는 유교의 이상주의인 도학정치(道學政治)의 실현을 꿈꾸었던 인물이다. 도학정치는 도덕적 이상을 정치를 통해 실현한다.[2] 특히 조광조의 도학정치는 개혁사상으로 평가된다.[3] 조지훈이 4.19혁명이라는 정치적 차원의 사건을 '의(義)'의 실현이라는 도덕적 차원의 사건으로 받아들인 것도, 조선시대부터 이어져 내려오는 도학정치의 전통, 특히 조광조의 개혁적 도학정치의 영향의 연장선상에서 볼 수 있을 것이다. 그렇지만, 조지훈의 4.19 혁명 시편들은 그가 시인으로서 정치적 올바름의 편에 섰음을 보여줬다는 데는 의의가 있지만, 예술 작품으로

---

[1] 권영민, 「조지훈과 민족시로서의 순수시론」, 최승호 편, 『조지훈』, 서울: 새미, 2003.
　김용직, 「시와 선비의 미학」, 최승호 편, 『조지훈』, 서울: 새미, 2003.
　오세영, 「조지훈의 문학사적 위치」, 최승호 편, 『조지훈』, 서울: 새미, 2003.
　임곤택, 『한국 현대시에 나타난 전통의 미학적 수용 양상 연구』, 고려대학교 박사학위논문, 2011.
[2] 최병덕, 「정암 조광조의 정치인식과 도학적 정치구상」, 『국제정치연구』 10.2. 2007, p.121.
[3] 이지경, 「조광조의 유교국가에 관한 연구: 정치개혁론을 중심으로」, 『담론 201』 6.1. 2003, p.76.

서 평가대상으로 삼기에는 적합하지 않다. 그의 작품 가운데 예술적으로 성공한 것은 전통의 미학을 보여준 시편이다. 그리고 여기에는 그가 일제강점기부터 애독하고 번역했던 홍자성의『채근담』의 미학과 존재론이 녹아 있는 것으로 보인다. 홍자성의『채근담』은 왕양명이 창시한 양명학의 미학과 존재론이 집대성된 고전으로 평가된다. 그뿐만 아니라,『채근담』에는 양명학으로부터의 영향이 주를 이루면서도 노장사상의 영향도 상당히 녹아있다. 그러므로 조광조의 사상이나 조지훈의 사상이 넓은 의미에서는 모두 유교사상의 범주 안에 든다고 볼 수 있지만, 다소 도식화하자면, 조광조의 사상은 유교 가운데서도 주희의 학문을 계승한 성리학이고, 조지훈의 사상은 왕양명의 학문을 계승한 양명학으로 구분된다. 본고는 김용직이나 오세영의, 조지훈의 사상에 대한 관점과 다르게, 조지훈이 번역한『채근담』에 녹아있는 미학과 존재론을 중심으로 전통의 시학을 밝혀보고자 한다.

2. 연구의 시각

홍자성의『채근담』은 서양의『탈무드』나『아우렐리우스의 명상록』에 비견되는 동양의 '지혜의 서(書)'로서, 오늘날까지 전 세계적으로 애독되는 최고의 인문고전이다. 홍자성은 명(明) 말기의 문인(文人)으로서 동양의 지혜를 아름다운 문체의 경구로 녹여내어, 누구나 가슴으로 읽고 공감할 수 있는『채근담』을 완성하였다.

『채근담』의 주된 내용은 우선 유교의 이상적인 인간상인 군자(君子)의 삶이 어떠한 것인지 보여주는 것이다. 이러한『채근담』은 동양사상사의 관점에서 양명학의 수양서로 분류된다. 이러한『채근담』이 보여주는 군자의 삶은 자연을 벗 삼아, 인격을 수양하며, 학문을 하면서도, 공중(公衆)을 위한 정치를 항시 배려한다. 이러한 맥락에서『채근담』은 사상적으로 인의(仁義)와 절개(節槪)의 올곧음을 추구하면서, 미학적으로 자적(自適)과 둔세(遁世)의 아름다움을 추구한다고 평가된다. 여기에는 동양의 사상의 정수뿐 아니라 동양의 미학의 정수가 어우러져 있는 것이다. 그러므로『채근담』은 명실공히 '지혜의 서'로서의 가치뿐 아니라, '아름다움의 서(書)'로서의 가치 또한 지니고 있다.

한국현대문학사에서『채근담』은 한용운(韓龍雲, 1879~1944), 조지훈(趙芝薰, 1920~1968), 그리고 김구용(金丘庸, 1922~2001) 등 대시인들에 의해 번역된 바 있다. 이는『채근담』의 한국현대문학사에의 수용사로 볼 수도 있을 것이다. 홍자성의『채근담』의 현대적 가치는 한용운 역해『정선강의 채근담』과 조지훈 역해『채근담』이 존재한다는 것만으로도 충분히 증명된다. 한용운과 조지훈은 알다시피 한국 최고의 시인들이다. 그러나 한용운은『님의 침묵』을 남긴 시인일 뿐 아니라, 3.1운동 중 투옥되어 「조선 독립의 서(書)」를 쓴 독립운동가이기도 하며, 조지훈은『청록집』으로 전통의 미학을 보존한 시인일 뿐 아니라, 4.19 민주혁명을 지지한 의사(義士)이기도 하다. 그러므로 이들은 시인 이상의 사상가이기도 하였다고 볼 수 있다. 이들이 수많은 고전 가운데 공통으로『채근담』을 현대어로 번역했다는 것은 우연의 일치만은 아니다. 그만큼『채근담』은 고전 중의 고전으로서 한용운과 조지훈을 통해 현대의 사상과 미학으로 계승되었고 보아야 할 것이다. 이 논문은 그러한 관점에서『채근담』과 조지훈의 문학의 상관성에 대하여 밝혀보도록 할 것이다.

조지훈 역『채근담』의 체계는 모두 4편으로, 제1편「자연편(自然篇)」,

제2편「도심편(道心篇)」, 제3편「수성편(修省篇)」, 그리고 제4편「섭세편(涉世篇)」으로 구성되어 있다. 이러한 구성은 홍자성의『채근담』원전의 구성과는 다른 것이다. 홍자성의『채근담』원전 중 명각본은 전집과 후집으로 구성되어 있으며, 건륭본은 수성(修省), 응수(應酬), 평의(評議), 한적(閑適) 등으로 구성되어 있다. 그러므로 조지훈 역『채근담』은 조지훈이 자기 나름대로 편집하여 재구성한 후 번역한 것이다. 이처럼 조지훈 역『채근담』은 조지훈의 편집자로서의 안목과 번역자로서의 감각이 내포되어 있다. 그러므로, 더욱 조지훈의 시학과『채근담』이 긴밀한 연관성을 지니고 있다고 판단된다.

오늘날에『채근담』에 관한 연구 현황을 살펴보면, 사상서(思想書)와 대중서(大衆書) 사이에서 균형을 이루고 있는 것으로 나타난다.『채근담』에 관하여 학문적으로 연구되어 논문으로 나와 있는 분야는 주로 최병욱과 김태연의 연구에서 보이는 바와 같이, 인성교육과 상담교육에 국한되어 있다.[4] 이러한 현상은『채근담』이 대중들로부터 크게 사랑받고 있다는 점과 대조적이다. 그러므로『채근담』에 관한 학문적 접근은 충분히 이루어져 있지 않다고 볼 수 있다. 그 대신『채근담』은 실용적인 수신서(修身書)로 계승되어 있다. 그러므로 조지훈 역『채근담』에 대한 연구를 통해 그 학문적 가치와 문학에 미친 영향이 새롭게 조명되어야 할 필요가 있다.

그러한 맥락에서 조지훈 역『채근담』에서 제1편이「자연편」이란 것은 의미심장하다. 왜냐하면, 그가『청록집』의 세 시인의 일원으로서 자연에의 귀일(歸一)이라는 세계관의 입장에서 자연의 미의식을 추구했

---

4) 최병욱,「현재적 관점에서 본『채근담』의 마음건강」,『인문사회 21』8.2. 2017.
  김태연,「『채근담』의 인성교육안에 관한 연구」, 공주대학교 석사학위논문, 2012.

였기 때문이다. 『채근담』의 「자연편」은 자연에 은일한 선비가 인생에 대한 깨달음을 노래한 경구들로 구성되어 있다. 「자연편」은 표현 면에서도 동아시아적인 미학이 조지훈의 번역에 의해 유려한 모국어로 한 편의 시처럼 아름답게 직조되어 있다. 「자연편」이 담고 있는 사상의 핵심은 자연의 이치와 인간의 이치가 하나라는 관점으로 모아진다. 「자연편」에는 동아시아의 대표적인 시인들이 직간접적으로 인용되어 있다. 예를 들면, 굴원(屈原), 백낙천(白樂天), 도연명(陶淵明), 소동파(蘇東坡) 등이 직간접적으로 인용되어 있다. 이 시인들의 공통점은 두보(杜甫)와 같은 시인과 달리 모두 자연에 은일하는 삶을 살았던 시인들이라는 것이다. 그러나 「자연편」에는 『시경』(詩經) 또한 인용되고 있다. 『시경』을 편찬한 이는 공자(孔子)이다. 이러한 데서 『채근담』과 공자와의 연결고리가 발견된다.

공자의 시관(詩觀)은 동아이사에서 '시(詩)'라는 개념 자체의 기원을 담고 있는 『시경』의 작품을 통해 유추될 수 있다. 공자는 『논어』(論語)에서 인의예지(仁義禮智)를 논하기에 앞서 시를 배워야 한다고 가르친다.[5] 공자는 『논어』에서 시의 본질을 '사무사(思無邪)', 즉, 마음에 사악한 것을 품지 않는 것이라고 하였다(49). 그는 시의 이러한 본질이 윤리로서의 인의예지의 바탕이 된다고 본 것이다. 공자는 또한 『논어』에서 고도의 정신적 수양(修養)과 수신(修身)으로서 도(道)와 예(藝)를 추구하는 것이 곧 시작(詩作)의 절차탁마(切磋琢磨)의 과정과 같다고 보았다(44). 그러나 공자가 시의 윤리적 가치만 존중한 것은 아니다. 공자는 인간의 감성의 가치를 존중하였다. 단, 그는 '낙이불음(樂而不淫) 애이불상(哀而不傷)'이라 하여, 즐거워하되 음탕해지지 않으며, 슬퍼하되

---

5) 孔子, 『논어』, 박종연 역, 서울: 을유문화사, 2013, p.509.

아파하지 않는다는, 절제의 태도를 미덕으로 삼았다(『논어』 94).

이상과 같은 공자의 『논어』에 나타난 시관은 근대 이전까지 동아시아의 전통의 시관으로 자리 잡아 왔다. 그러므로 이러한 시관은 동아시아의 시 전반에 나타난다고 할 수 있지만, 조지훈에게는 특히 홍자성의 『채근담』을 경유하여 나타나는 것으로 보인다. 그러한 근거는 조지훈 역 『채근담』의 「섭세편」에서 찾을 수 있다. '섭세'의 사전적 의미는 '세상살이'이다. 조지훈이 번역한 바로 '섭세'는 "세상 물결에 부대낌"[6]이라고 표현된다. 이러한 번역은 건널 섭(涉)과 세상 세(世), 두 한자의 자의를 축자적으로 번역하는 것을 넘어서 시적인 비유가 첨가된 표현이다. 건널 섭(涉)의 제자원리를 보면, '물 수(氵)'와 '걸음 보(步)'가 결합하여, 물에서 걷는다는 의미를 새롭게 만들어내고 있다. 이러한 제자원리에 조지훈은 시인으로서의 예민한 언어 감각으로 '섭세'를 '세상 물결에 부대낌'으로 표현했다. 이와 같이 '섭세'를 '세상을 건너는 것'이 아니라 '세상에 부대끼는 것'이라고 한 데서 조지훈의 염세(厭世)를 읽어낼 수 있다. 그러나 시인의 이러한 태도는 존재론적으로 승화되어 아름다운 은자의 미학을 창조해낸다. 예컨대, 『채근담』의 「섭세편」의 전체적인 주제가 담긴 부분은 1장에서 "'세상 물결에 부대낌'이 얕으면 그 더러움에 물듦도 또한 얕을 것이요"라는 구절이다(323). 홍자성의 『채근담』의 이 구절에 대한 신동준의 주해를 따르면 세상살이를 고해(苦海)에 비유했기 때문에 건널 섭(涉)을 쓴 것이라고 한다.[7] 이러한 데서도 홍자성의 『채근담』이 염세가 승화된 둔세의 미학과 존재론으로 나아간 이유를 알 수 있다. 조지훈 역 『채근담』의 「섭세편」의 이러한 주제의

---

6) 홍자성, 『조지훈 전집 9. 채근담』, 조지훈 역, 서울: 나남, 1996, p.323.
7) 홍자성, 『채근담』, 신동준 역, 고양: 인간사랑, 2018, p.41.

식은 전반(全般)에 걸쳐 변주된다. 예컨대, 입신할 때는 "티끌 속에서 먼지를 터는 것"이 되지 않도록 하라고 조언한다든지, 처세할 때는 "부나비가 촛불에 뛰어듦"이 되지 않도록 하라고 조언하는 것은 세속적 가치에 대한 욕망을 버리고 초탈안락(超脫安樂) 하라는 것이다(조지훈 역 『채근담』 341). 이러한 것들이 모두 『채근담』의 둔세의 미학과 존재론이 된다.

조지훈 역 『채근담』의 둔세의 미학과 존재론은 조지훈의 『청록집』의 둔세의 미학과 존재론으로 그대로 계승된다. 그는 일제강점기 말에 은일지사로서 자연으로 물러나 살았기에 심오한 내면세계를 구축함으로써 그만의 고고한 문학세계를 창조할 수 있었다. 그러나, 조지훈의 시 세계는 4.19를 계기로 새로운 변모를 보인다. 조지훈의 문학에 정치성과 미학성의 양면성이 있는 것은 홍자성의 『채근담』에 정치성과 미학성의 양면성이 있는 것과 동일한 맥락이다. 즉, 유교사상이 제시하는 군자의 상은 평화 시에는 자연에 은일하여 학문을 하다가도, 환란 시에는 의거(義擧)에 나서는 것이다. 이러한 의거에 임진왜란과 구한말의 의병, 일제강점기의 독립운동, 그리고 4.19 민주혁명이 포함된다. 한국 현대사에서 전통으로서의 '의(義)'의 사상은 현대적으로 변용되어 한편으로는 정치로 다른 한편으로는 예술로, 즉, 겨레의 영과 육으로 생명력을 이어 왔다.

조지훈의 4.19 시편에 담겨 있는 '의사상'의 '의(義)' 개념의 유래는 공자의 '의' 개념으로부터 시작된다. 그러므로 공자의 『논어』에 '의'가 나오는 구절을 살펴보고자 한다.

그러나 『논어』에 공자의 '의(義)' 개념이 무엇이라고 정확히 정의된 바는 없다. 『논어』라는 문헌은 기술체가 아니라 대화체로 쓰여 있다.

그렇기 때문인지, '의'에 대한 정의나 논증은 찾기 어렵다. 그러므로, '의'의 개념이 무엇인지 알기 위해서는 문맥을 통해 유추되어야 한다. 공자의 『논어』에서 유추될 수 있는 '의' 개념의 성격은 첫째, "君子喩於義 小人喩於利"(118)와 "見利思義"(421)에서 보는 바와 같이 개인의 사적인 이득이나 부(富)와 반대되는 사회의 공적인 정의에 가까운 개념이라는 점이고, 둘째 "信近於義 言可復也"(40)와 "見義不爲 無勇也"(73)에서 보는 바와 같이, 용기 있게 실행으로 옮겨야만 하는 실천에 가까운 개념이라는 점이며, 셋째, "君子之於天下也 無適也 無莫也 義之與比"(113~114)와 "君子 義以爲質 禮以行之 孫以出之 信以成之 君子哉"(470)에서 보는 바와 같이, 군자가 반드시 지녀야 하는 올바른 덕성에 가까운 개념이고, 넷째, "務民之義"(177)와 "上好義 則民莫敢不服"(381)에서 보는 바와 같이, 백성 전체에 영향을 주는 공동체의 선이라는 점이다. 이처럼, 공자의 '의' 개념은 그 자체를 무엇이라고 규정하기 어렵다. 공자의 사상의 핵심 덕목은 일반적으로 '인(仁)'이라고 인식된다. 이에 반해, '의'는 인에 대하여 부수적인 것으로 간주된다. 오늘날, 의사상이라고 하면, 공자보다 맹자를 떠올리는 것은 공자의 '의' 개념을 맹자가 적극적으로 계승하여 확장했기 때문인 것으로 판단된다.

맹자의 '의' 개념은 『맹자』의 첫 도입부에서부터 다루어지고 있다. 또한 『맹자』의 전권에 걸쳐 폭넓게 다루어지고 있다. 즉, 맹자의 '의' 개념은 공자의 『논어』로부터 왔지만, 맹자의 '의' 개념이 훨씬 심화와 확대가 된 개념이라는 것을 쉽게 알 수 있다. 그래서 공자에서 그러한 '의' 개념을 맹자의 『맹자』[8]에서 찾아보면 첫째, "謹庠序之敎 申之以孝悌之義 頒白者不負戴於道路矣"(65)에서 보는 바와 같이, 의는 교육되어야

---

8) 孟子, 『맹자』, 우재호 역, 서울: 을유문화사, 2011.

한다는 점, 둘째, "羞惡之心 義之端也"(241)에서 보는 바와 같이, 의에서 수오지심이 나온다는 점, 셋째, "行一不義 殺一不辜 而得天下 皆不爲也 是則同"(200~221)에서 보는 바와 같이, 의가 인간의 올바른 길이라는 점, 넷째, "仁義禮智 非由外鑠我也 我固有之也"(722)에서 보는 바와 같이, 의는 인간의 본성이라는 점, 다섯째, "君仁 莫不仁 君義 莫不義 君正 莫不正 一正君而國定矣"(505~506)에서 보는 바와 같이, 군주가 의의 모범을 보이며 의로 백성을 다스려야 한다는 점, 여섯째, "春秋無義戰"(890)에서 보는 바와 같이, 전쟁은 의와 반대라는 점 등이다. 이처럼 공자의 '의' 개념이 맹자에 이르러 의사상으로 발전한다.

이와 같은 공맹의 선진유학은 근대 이전까지 동아시아의 정치적 이상주의 이념으로 자리 잡는다. 그러다 송대(宋代)에 이르러 주회(朱熹)에 의해 성리학(性理學)이 시작된다. 성리학은 정치이념으로서의 유학으로부터 발전하였으되 인간과 우주의 근본원리를 탐구하는 형이상학으로 한층 심화된다. 이러한 주희의 성리학이 조선시대에 꽃을 피워 퇴계(退溪) 이황(李滉)과 율곡(栗谷) 이이(李珥)의 이기론(理氣論)에 이르게 된다. 이황과 이이의 사상은 주희의 심통성정설(心統性情說)을 어떻게 이어받는가에 따라 구별되지만,[9] 그들의 이기론은 현대철학의 관점에서도 여전히 생명력이 있는 것으로, 그 수준과 가치를 서구로부터도 높이 인정받고 있다.

퇴계 이황이 벼슬을 마다하고 학문에 전념하는 학자로서의 길을 가고자 한 데 반해, 율곡 이이는 자신의 학문을 정치의 영역으로 넓혀 백성을 이롭게 하는 정책을 두루 펼치게 된다. 율곡 이이의 이러한 면모

---

9) 신동의,「조선 성리학의 심성교육: 퇴계, 율곡, 명재를 중심으로」,『동서비교문학저널』43, 2018, p.75.

는 그를 정치개혁가로도 규정할 수 있도록 한다. 조선의 정치사상사에서 율곡 이이에 견줄 만한 또 한 명의 인물을 들자면, 그가 바로 정암 조광조(趙光祖, 1482~1519)이다. 정암 조광조는 율곡 이이와 마찬가지로 유교적 이상주의를 도학정치로 실현하고자 한 개혁적 정치가였다. 그리고 바로 조광조의 도학정치 사상에 의사상이 계승·발전되고 있다. 예컨대, 이상성의『정암 조광조의 도학사상 연구』에 따르면 조광조는 '의(義)'를 '利(리)'에 반대되는 개념으로 보면서,『정암집』에서는 의가 군주와 학자가 취해야 할 것이라고 주장하였는다.[10] 이러한 데에서 공자로부터 주희까지 계승된 의사상이 그대로 드러난다.

조광조의 정치사상을 도학정치라고 할 때, 도학정치라는 개념에서 도(道)는 곧 동양적인 진리로 해석될 수도 있다. '사람이 진리(道)를 넓히는 것이요, 진리가 사람을 넓히는 것이 아니다'(人能弘道 非道弘人)라는 공자의 말씀이『논어』에 나오고, '진리란 사람에게 떨어져 있을 수 없고 사람에게 떨어질 수 있는 진리란 이미 진리가 아니다'(道不遠人 人之爲道而遠人 不可以爲道)라는 말씀이『중용』(中庸)에 나온다(오세영 33~53). 동양적인 진리는 인간을 중심으로 한다는 것을 알 수 있다. 공자의 사상이 이처럼 인간을 통해 진리를 찾는 것으로부터 출발하여, 궁극적으로 충(忠)이라는, 한 국가를 지탱하기 위한 핵심 개념에 이르게 되는 것은, 도덕과 정치를 연결선상에서 이해하는 특징을 보여준다고 하겠다. 이러한 데서부터 정치의 도덕성을 추구하는 것보다 근본적인 차원에서 도덕성의 완성을 위한 정치의 추구라는 도학정치의 특징이 이미 나타난 것이다. 조광조의 도학정치는 이처럼 유학의 전통적인

---

10) 이상성,『정암 조광조의 도학사상 연구』, 성균관대학교 박사학위논문, 2004, pp.137~138.

정치사상을 계승한다. 같은 맥락에서 조광조의 도학정치는 왕도정치
(王道政治)이기도 하다. 왕도정치는 인과 의에 의해 다스리는 정치이
다. 왕도정치는 맹자가 말한 것처럼 "길에 굶어죽은 송장이 있어도 창
고를 열어 구제할 생각을 하지 못하"[11])는 잔인한 왕이 나오지 않도록
한다. 다시 말해, 백성을 진실로 위해주는 정치인 것이다. 현대에 이르
러, 보스턴 학파인 뚜웨이밍은 『문명들의 대화』에서 맹자가 백성이 나
라의 근본이라고 한 것은 '국민에 의한'이라는 현대적 민주주의에는 미
치지 못하지만, '국민의, 국민을 위한'이란 의미는 내포하고 있다고 하
였다.[12]) 조광조의 개혁정치는 이처럼 맹자의 의사상을 계승하면서도
현대 민주주의의 가능성을 내포하고 있던 것이다. 조광조의 도학정치
는 그 급진성으로 인하여 실패로 돌아간다. 그렇지만 가학(家學)을 통
해서 그 전통은 조지훈에게 전해진다.

조지훈은 가학(家學)으로 정암 조광조의 사상을 계승하였다는 데서
한국사상사에서 중요한 인물이다. 조지훈에게 4.19 민주혁명은 바로
조광조로부터 계승된 정치적 이상주의와 연관성을 가지고 있다.

조지훈이 한편으로는 전통의 시학을 다른 한편으로는 혁명의 시학
을 추구한 것처럼 보이는 것은 그의 가학에 정암 조광조로부터 내려온
의사상이 있었다는 것을 생각하면 아주 자연스럽게 이해된다. 본론에
서는 우선 조지훈의 전통의 시학로부터 시작하여 혁명의 시학으로 이
행해 가는 과정을 이러한 관점에서 구명해 보도록 할 것이다. 그리고
결론적으로 어느 시학이 조지훈의 시세계에서 문학사적으로 의의가
있는지에 대하여 재평가할 것이다.

---

11) 孟子, 『맹자』, p.66.
12) 杜維明, 『문명들의 대화』, 김태성 역, 서울: 휴머니스트, 2006, p.222.

II. 조지훈의 '전통(傳統)의 시학(詩學)'

조지훈의 전통의 시학은 그의 『한국학 연구』를 통해 확인될 수 있다. 그는 시인이기도 했지만, 학자이기도 했다. 그는 한국학 연구를 통하여 전통 가운데서 고귀한 미의식을 발견하여, 자신의 시학으로 계승하고자 하였다. 그 가운데 주목할 만한 부분을 살펴보면 아래와 같다.

> 멋은 이 논고의 서두에서 밝힌 바대로 민족미의식의 집단적·역사적 동일취향성에 말미암은 것으로, 원시 이래 지금에 관류하는 하나의 전통이다. 그것의 이념으로서의 성립은 통일신라 전후이니 화랑도가 그것이다. 화랑제도는 말하자면 국시를 예술정신에 두었던 것이다. [⋯] 이 비문의 첫머리에 써 있는 '국유현묘지도'란 것과 그것은 '풍류'라 한다는 것이 주목할 점이다. 이 '풍류'라는 것이 곧 '멋'이다. 멋이란 말은 조선 이후에 생겼지만, 멋의 내용은 이 풍류도의 내용에서부터 연원한다는 말이다. 멋을 모른다는 것과 풍류를 모른다는 것은 같은 말이다. 지금도 음악을 풍류라 하고, 시 짓는 것을 풍월 짓는다고 하거니와, 이 풍류·풍월은 곧 자연과의 조화의 미를 누리는 생활이라고 할 수 있다. 우리의 멋은 신라 이래의 오랜 전통이지만, 그러나 멋이 예술에서 가장 발현되고 꽃핀 것은 조선시대이다.
> — 조지훈, 「멋의 연구」, 『한국학 연구』 부분. (442~443)[13]

위에 인용된 이 글은 조지훈의 전통의 시학을 가장 핵심적으로 보여준다. 그는 '멋'이라는 개념이 한민족의 전통적인 미의식을 대변하는 개념이라고 보았다. 그러면서 그 기원을 역사적으로 통일신라 전후의 화랑도(花郞徒)에서 찾고 있다. 일연의 『삼국유사』에 따르면, 화랑은

---

13) 조지훈, 「멋의 연구」, 『조지훈 전집 8 —한국학 연구』, 나남, 1996, pp.442~443.

전시(戰時)에는 나라를 위해 목숨을 바치지만(135), 평시에는 멋의 기원인 풍류, 즉 예술을 추구했다. 그러나 여기서 놓치지 말아야 할 점은 화랑도의 애국정신에 공맹의 의사상이 녹아있다는 것이다. 그러므로 의사상과 풍류사상은 양면적으로 공존했던 것으로 이해되어야 한다. 한편, 통일신라 시대에 '멋'이라는 말이 존재했던 것은 아니다. '멋'은 조선시대에 생성된 언어이다. 그러나 조지훈은 유학자이면서도 도가 사상에도 정통했던 최치원(崔致遠)(원혜영 157)의 「난랑비서(鸞郞碑序)」에 새겨진 '현묘'(玄妙)라는 단어를 포착하여, 통일신라시대부터 '풍류'(風流)가 있었다고 주장한다. '현묘하다'라는 뜻을 담은 표현으로서의 '현'(玄)은 노자의 『도덕경』에서 자주 다루어진다. 이는 '척제현감'(滌除玄鑑)이라는 노자 사상 특유의 심미주의를 담고 있다(웨이린 49). 그러므로 이처럼 풍류사상은 노장사상과 가깝고, 더러 노장사상과 일치하는 것으로 이해되는 경우도 있다. 그러나 풍류사상은 동양의 유불선 사상이 통합된 데서 우러나온 예술사상으로 이해되는 것이 더 옳다. 조지훈 또한 풍류를 인간과 자연이 조화를 이루는 아름다움으로 이해한다. 이와 같은 전통은 한국사에서 '풍류사상'(風流思想)으로 전해져 왔다. 풍류사상은 기생부터 선비까지 널리 전해져 왔다. 조지훈은 바로 전통의 시학을 신라시대부터 조선시대까지 이어져 오는 '멋'의 시학으로부터 찾고 있던 것이다.

그러나 이러한 '멋'의 시학의 기원으로서의 '풍류'가 한국의 전통의 시학이 되었으며, 그것이 조지훈의 시학에 삼투되어 있지만, 그것만으로 조지훈의 미학이 해명되지 않는다. 이러한 데는 순수하게 예술적인 미의식만이 작용하지 않는다. 한 시인의 역사의식이 이러한 미의식에 깊이 관여되지 않을 수 없다. 그러한 맥락에서 조지훈의 한국의 역사에 대한 깊은 애정이 담긴 시 한 편을 살펴보도록 한다.

　　벌레 먹은 두리기둥 빛 낡은 단청 풍경소리 날러간 추녀 끝에는
산새도 비들기도 둥주리를 마구 쳤다. 큰 나라 섬기다 거미줄 친 옥
좌 위엔 여의주 희롱하는 쌍룡 대신에 두 마리 봉황새를 틀어 올렸
다. 어느 땐들 봉황이 울었으랴만 푸르른 하늘 밑 추석을 밟고 가는
나의 그림자. 패옥 소리도 없었다. 품석 옆에서 정일품 종구품 어느
줄에도 나의 몸 둘 곳은 바이 없었다. 눈물이 속된 줄을 모를 량이면
봉황새야 구천에 호곡하리라.

　　　　　　　　　　　　　　　－ 조지훈, 「봉황수」, 『청록집』 전문 (25)[14]

　　위에 인용된 시는 조지훈의 「봉황수」이다. 이 시에서 "봉황"은 조선
왕조의 군주를 상징한다. 그러한 맥락에서 이 시는 일제강점기에 국권
상실의 비애를 노래한 시이다. 다른 한편으로 이 시는 "큰 나라"라는 표
현에서 알 수 있듯이, 사대주의의 비극을 노래한 시이다. 이러한 데서
조지훈의 애국충정을 알 수 있다. 특히 "패옥," "정일품," "종구품" 등의
시어는 시적 주체가 '신(臣)'의 신분으로 설정되어 있다는 것을 알게 한
다. 조광조는 군신의 관계를 올바르게 재정립하기 위해 노력하였으며,
특히 '신(臣)' 즉 인재 등용을 올바르게 재정립하기 위해 노력하였다. 이
시에서 "몸 둘 곳 바이 없었다."는 것은 신(臣)으로서 부끄러움을 느낀
다는 것이다. 정약용은 『목민심서』에서 해관(解官) 되었을 때, 불명예
를 얻는 것은 치욕이라고 하였다.[15] 말하자면, 이 시의 시적 주체인 신
(臣)이 치욕감에 부끄러움을 느끼는 것이다. 맹자는 수오지심(羞惡之

---

14) 이 논문에 인용된 조지훈의 시는 모두 조지훈, 『조지훈 전집 1. 시』, 서울: 나남,
　　1996.에 수록된 작품이다. 괄호 안에 면수만 표기하기로 한다.
15) 정약용, 『목민심서』, 장개충 편, 파주: 학영사, 2010, p.344.

心)이 곧 의(義)라고 하였다.[16] 그러한 의미에서 이 시에 나타난 수오지심은 '의'의 또 다른 표현이라고 할 수 있을 것이다. 그러므로 조지훈의 「봉황수」도 의사상의 관점에서 해석해 낼 수 있다.

다음으로 조지훈의 전통의 시학이 표현된 작품은 바로 「고풍의상」이다.

> 하늘로 날을 듯이 길게 뽑은 부연끝 풍경이 운다/처마끝 곱게 늘이운 주렴에 반월이 숨어/아른아른 봄밤이 두견이 소리처럼 깊어가는 밤/곱아라 고아라 진정 아름다운지고/파르란 구슬빛 바탕에 자주빛 호장을 받친 호장저고리/호장저고리 하얀 동정이 환하니 밝도소이다/살살이 퍼져나린 곧은 선이 스스로 돌아 곡선을 이루는 곳/열두 폭 기인 치마가 사르르 물결을 친다/치마 끝에 곱게 감춘 운혜 당혜/발자취 소리도 없이 대청을 건너 살며시 문을 열고/그대는 어느나라의 고전을 말하는 한 마리 나비/나비인양 사푸시 춤을 추라 아미를 숙이고……/나는 이 밤에 옛날에 살아 눈 감고 거문곳줄 골라보리니/가는 버들인양 가락에 맞추어 흰 손을 흔들어지이다
> — 조지훈, 「고풍의상」, 『청록집』 전문 (26)

조지훈의 「고풍의상」의 "그대는 어느 나라의 고전을 말하는 한 마리나비"라는 구절은 복합적인 감정을 담고 있다. 한편으로는 무희(舞姬)의 전통의상의 아름다움을 예찬하면서도, 다른 한편으로는 잃어버린 나라, 조선에 대한 그리움을 애달프게 표현하고 있다. 특히 여기서 "고전"이라는 시어는 무희의 외적인 아름다움만을 가리키는 것이 아니라, 내적인 정신세계를 가리키는 것이다. 조지훈의 이 시에서 "고풍(古風)"이란 말은 전통의 미를 추구한다는 시작의도를 직선적으로 드러낸다.

---

16) 孟子, 『맹자』, p.722.

조지훈은 의식적으로 자기 자신을 전통의 시학을 추구하는 시인으로 만들어 갔던 것이다. 그러한 맥락에서 "어느 나라의 고전"은 조선의 고전을 의미하는 것이고, 조선의 정신문화를 의미한다. 여기서 조지훈이 가학으로 정암 조광조의 사상을 물려받고 있었다는 사실을 상기해 볼 필요가 있다. 그는 표면적으로 전통의 미의식을 추종한 것이 아니라, 내면적으로 전통의 사상을 계승하고 있다고 자부하고 있던 것이다.

그러나 한편 「고풍의상」에는 『채근담』의 영향이 나타나 있다. 예컨대 "풍경이 운다"는 난세의 슬픔을 의미하는 것으로 해석될 수 있다. 또한, "半月이 숨어"는 둔세하여 은일하는 시인 삶을 비유적으로 의미하는 것으로 해석될 수 있다. 조지훈의 이러한 시인으로서의, 삶의 태도는 홍자성이 난세에 은일지사로 살면서 자신의 철학을 시적인 표현으로 써 『채근담』을 완성한 것과 비교된다. 특히, 「고풍의상」에서 "그 어느 나라의 고전"은 국권상실을 암시한다는 데서, 둔세의 삶이 조지훈에게 어찌할 수 없는 운명이었다는 것을 보여준다. 이처럼 난세에는 은일하여 자신을 지키면서 슬픔을 아름다움으로 승화하는 태도가 『채근담』의 존재론과 미학이면서 『채근담』을 번역했던 조지훈의 시에 그대로 계승되고 있다. 다음은 조지훈의 「낙화」(洛花)와 「파초우」(芭蕉雨)와 홍자성의 『채근담』의 자연편의 비교이다.

꽃이 지기로소니/바람을 탓하랴//주렴 밖에 성긴 별이/하나 둘 스러지고//귀촉도 울음 뒤에/머언 산이 닥아서다.//촛불을 꺼야하리/꽃이 지는데//꽃 지는 그림자/뜰에 어리어/하이얀 미닫이가/우런 붉어라//묻혀서 사는 이의/고운 마음을//아는 이 있을까/저허하노니//꽃이 지는 아침은/울고 싶어라.

— 조지훈, 「낙화」,『청록집』전문. (28~29)

외로이 흘러간/한송이 구름/이 밤을 어디메서/쉬리라던고//성긴 빗방울/파촛잎에 후두기는 저녁 어스름/창 열고 푸른 산과/마조 앉어라//들어도 싫지 않은 물소리기에/날마다 바라도 그리운 산아//온 아츰 나의 꿈을/스쳐간 구름/이 밤을 어디메서/쉬리라던고

— 조지훈, 「파초우」, 『청록집』 전문. (39)

산림에 숨어 삶을 즐겁다 하지 말라. 그 말이 아직도 산림의 참맛을 못 깨달은 표적이라.

— 홍자성, 「자연편」 2, 『채근담』 부분. (18)[17]

새 울음 벌레 소리는 이 모두 다 전심(傳心)의 비결(秘決), 꽃잎과 풀빛은 이 모두 다 오도(悟道)의 명문(名文)!

— 홍자성, 「자연편」 7, 『채근담』 부분. (23)

위에 인용된 조지훈의 「낙화」에서 "묻혀서 사는 이의/고운 마음을" 은 『채근담』이 지향하는 은일과 둔세의 삶의 자세를 보여준다. 특히, "고운 마음"이라는 표현은 수신(修身)의 의미를 내포하는 것으로도 볼 수 있다. 이러한 태도는 동서양의 낭만적인 여느 문학작품에 담긴 현실 도피나 풍류와 달리, 은일과 둔세의 삶이 자신의 지조(志操)를 지키기 위한, 또 하나의 처세의 방식임을 보여준다는 데서 유교적이다. 조지훈 의 「낙화」의 그 구절을 홍자성의 『채근담』의 「자연편」 2의 "산림에 숨 어 삶을 즐겁다 하지 말라. 그 말이 아직도 산림의 참맛을 못 깨달은 표 적이라"와 비교하면 세계관이 상당히 근사하다는 것이 바로 나타난다. 또한, 「낙화」에서 "꽃이 지는 아침은/울고 싶어라."라는 구절은 "꽃이

---

17) 이 논문에 인용된 『채근담』은 모두 홍자성, 『조지훈 전집 9. 채근담』, 조지훈 역, 서울: 나남, 1996.에 수록된 것이다. 괄호 안에 면수만 표기하기로 한다.

지는 아침"이라는 서경과 "울고 싶어라"라는 서정의 일치를 보여준다는 데서 자연과 인간을 하나의 조화로 보는 세계관을 담고 있다. 이러한 태도는 홍자성의『채근담』의「자연편」7의 "새 울음 벌레 소리는 이모두 다 전심(傳心)의 비결(秘決), 꽃잎과 풀빛은 이 모두 다 오도(悟道)의 명문(名文)!"이라는 구절과 비교하면 그 시작 의도가 명확해진다. 홍자성의 이 문장은 자연의 상징을 통해, 마치 보들레르의 조응의 시론이이데아계를 지향하는 것과 같이, "오도(悟道)", 즉, '도를 깨닫는다'는 것이다. 이는 자연의 상징과 전심하여 슬픔을 느끼는 조지훈 시의 자연에 대한 태도와도 일치한다.

나아가 조지훈의「파초우」에서는 "이 밤을 어디메서/쉬리라던고"라는 구절이 수미쌍관으로 반복·강조되고 있다는 데서 주목을 요한다. 이 구절에 담긴, 시인의, 생에 대한 피로감은『채근담』에 나타난 섭세의 고달픔과도 닿아 있다. 그러한 점에서 이 시「파초우」에서 "밤" 사이 "비"를 피하지 못한 "파초"는 난세에 지쳐가는 시인 자신에 대한 비유로 볼 수도 있다. 특히, "밤"과 "비"는 인간이 활동을 멈추게 하는 자연현상이다. 즉, "밤"과 "비"는 한 인간 존재의, 세상으로부터의 고립을 부추기는 자연현상인 것이다. 이처럼 조지훈의「낙화」와「파초우」는『채근담』의 둔세의 삶에서부터 비롯된 미학적 세계를 보여준다. 조지훈의 이러한 미학적 세계는「무고」(舞鼓)와「승무」(僧舞)에서 절정에 이른다.

진주구슬 오소소 오색 무늬 뿌려 놓고/긴 자락 칠색선 화관몽두리.//수정하늘 반월속에 채의 입은 아가씨/피리 젓대 고운 노래 잔조로운 꿈을 따라//꽃구름 휘몰아서 발 아래 감고//감은 머리 푸른 수염 네 활개를 휘놀아라//밝은 소리 묽은 고(鼓) 만홍이 꽃을//호접의 나래가 싸고 돌더니//풀밭에 앉은 나비 다소곳이 물러가고/꿀벌의 날개 끝에 맑은 청 고(鼓)가 운다.//은무지개 넘어로 작은 별 하나/꽃 수실 채색무늬 화관몽두리.

— 조지훈, 「무고」, 『청록집』 전문. (27)

얇은 사(紗) 하이얀 고깔은 고이 접어서 나빌네라//파르라니 깎은 머리 박사(薄紗) 고깔에 감추오고/두 볼에 흐르는 빛이 정작으로 고 와서 서러워라//빈 대에 황촉불이 말 없이 녹는 밤에/오동잎 잎새마 다 달이 지는데//소매는 길어서 하늘은 넓고/돌아설듯 날아가며 사 뿐이 접어올린 외씨보선이여//까만 눈동자 살포시 들어/먼 하늘 한 개 별빛에 모도우고//복사꽃 고운 뺨에 아롱질듯 두방울이야/세사에 시달려도 번뇌는 별빛이라//휘여져 감기우고 다시 접어 뻗는 손이/ 깊은 마음 속 거룩한 합장인양 하고//이 밤사 귀또리 지새우는 삼경 인데/얇은 사 하이얀 고깔은 고이접어서 나빌네라

— 조지훈, 「승무」, 『청록집』 전문. (40)

위에 인용된 「무고」와 「승무」는 공통적으로 '춤'을 모티프로 하고 있다. 우선 「무고」에서는 "화관"과 "꽃구름"과 "고(鼓) 한송이 꽃"에서 보는 바와 같이 인간의 형상과 자연의 형상이 모두 '꽃'으로 은유된다. 자연이라는 무대에서 펼쳐지는 북춤이라는 예술을 통해서 자연미와 인공미가 일체를 이룬다. 이러한 점은 섭세의 고달픔과 둔세의 고독함 을 예술로 승화한 『채근담』의 미의식과 상당히 근사하다. 특히, 「승무」 의 세계는 둔세의 미의 절정을 보여주는 것, 그 이상이다. "삼경(三更)" 이라는 시간과 "파르라니 깎은 머리"라는 인간적 욕망의 포기는 둔세 의 삶을 "거룩한 합장"인양 신성한 경지에 이르게 한다. 「승무」의 "서 러"움과 "번뇌"는 「낙화」나 「파초우」 같은 조지훈의 다른 시편들에도

나오는 정서이다. 그러나 세상으로부터 물러난 삶이 "거룩"함의 경지
로 비약하는 것은 조지훈의 초기 시편 중 「승무」가 유일하다. 여기서
"승무"가 불교의식의 춤이라는 점에서 불교적 세계관과의 연관성을
궁구해볼 만한 시를 한 편 더 살펴보자면 「고사(古寺)」1이라는 시가
있다.

> 목어(木魚)를 두드리다/졸음에 겨워//고우운 상좌아이도/잠이 들
> 었다.//부처님은 말이 없이/웃으시는데//서성 만리 ㅅ 길/눈부신 노
> 을 아래//모란이 진다.
>   ─ 조지훈, 「고사(古寺)」1, 『청록집』 전문. (32)

위에 인용된 「고사」1에 나오는 "목어", "상좌", "부처", "고사" 등의
시어는 이 시의 세계관에 불교적 세계관이 녹아있다는 것을 보여준다.
1연~3연이 불교의 성전(聖殿)으로서의 "고사"를 가리킨다는 것은 자
명하다. 그러나 이 시의 4연~5연의 공간적 배경은 불교의 성전으로서
의 "고사"를 벗어나서 "서성 만리 ㅅ 길"로 확대된다. 그 "길"은 성역(聖
域)으로부터 벗어나 "노을"이라는 우주의 무한으로 가 닿는 "길"이다.
그곳에서 "모란이 진다"는 것은 우주의 섭리 안에서 생명의 유한성을
보여준다. 동아시아적 세계관에서 우주는 곧 자연이다. 이 시의 4연~
5연은 자연이라는 성전으로서의 "고사"를 그려내고 있다. 그러므로 이
시의 세계를 불교적인 세계로만 한정할 것이 아니라, 유불선이 조화된
세계로 해석해 낼 수 있을 것이다. 동아시아에서 유교가 정치를 지배한
현세의 이념이었다면, 불교는 민심을 어루만지는 내세의 종교였다. 내
세, 즉, 형이상학적 초월의 세계가 없는 유교적 세계관의 한계지점에
불교가 공존하고 있던 것이다. 홍자성의 『채근담』도 유교의 양명학의

이념을 담은 것으로 평가되지만, 동아시아의 유불선의 세계관이 오묘하게 공존하고 있다. 그러한 것처럼, 조지훈의 『청록집』의 시 세계도 『채근담』의 세계관에 가장 근사하면서도, 둔세의 미의 궁극에서 성스러움의 세계로의 비약의 지점에서 불교적 세계관과 조우한다.

지금까지 조지훈의 『청록집』의 주요한 시편들을 대부분 살펴보았다. 이 시편들과 홍자성의 『채근담』의 연관성을 사상적으로 깊이 이해하기 위하여 조금 더 분석해 볼 필요가 있다. 소결을 내리는 차원에서 조지훈이 번역한 『채근담』의 서문에 나오는 '자적(自適)의 멋'과 '둔세(遁世)의 미'의 정확한 의미를 살펴보면 아래와 같다.

> (i) 시의 생각은 파릉의 다리 위에 있으니 작은 읊조림이 이루어지매 숲과 골짜기가 문득 호연하고 맑은 흥거움은 경호의 기슭에 있으니 호올로 가매 산과 시내가 서로 비춘다.
> — 홍자성, 「자연편」 41, 『채근담』 부분. (61)

> (ii) 바람이 성긴 대숲에 오매 바람이 지나가면 대가 소리를 지니지 않고 기러기가 차가운 못을 지나매 기러기 가고 난 다음에 못이 그림자를 머무르지 않나니 그러므로 군자(君子)는 일이 생기면 비로소 마음에 나타나고 일이 지나고 나면 마음도 따라서 비나니라.
> — 홍자성, 「자연편」 1, 『채근담』 부분. (17)

> (iii) 저가 부(富)로써 하면 나는 인(仁)으로써 하며 저가 작(爵)으로써 하면 나는 의(義)로써 하나니, 군자는 본디 군주나 재상 때문에 농락되지 않는다. 사람의 힘이 굳으면 하늘을 이기며, 뜻을 하나로 모으면 기질도 변동하는지라, 군자는 또한 조물(造物)의 도주(陶鑄)를 받지 않는다.
> — 홍자성, 「수성편」 20, 『채근담』 부분. (231)

(iv) 청천백일(靑天白日) 같은 빛나는 절의(節義)도 본래는 어두운
방 한편 구석에서 길러 온 것이요
— 홍자성, 「수성편」 72, 『채근담』 부분. (286)

『채근담』의 (i)에서는 자연과의 조화 속에서 풍류를 즐기는 자적의
멋이 잘 표현되어 있다. 그렇지만 (ii)에서는 이러한 자적의 멋 가운데서
군자(君子)가 등장한다. 군자는 유교의 이상적인 인간상이다. 그러한
군자의 덕목이 (iii)에서 제시되고 있다. 그것은 바로 '인(仁)'과 '의(義)'
이다. 여기서 인(仁)은 부(富)의 반대개념이고, 의(義)는 작(爵)의 반대개
념이다. '인'과 '의'는 도덕성을 가리키는 개념이고, '부'와 '작'은 부와
권력을 가리키는 개념이다. 즉, 『채근담』은 선비들에게 군자가 되고자
한다면, 외면적인 가치인 부와 권력을 따르지 말고, 인과 의를 따르라
고 가르치고 있다. 이러한 유교적 관념 안에서 군자는 '조물', 즉 조물주
도 뛰어넘는 존재이다. 마지막으로 (iv)에서는 절의(節義)에 대하여 다
뤄지고 있다. 절의는 절개와 의리이다.

지금까지 상술(上述)한 조지훈의 『청록집』의 시편들에는 이와 같은
홍자성의 『채근담』의 사상이 삼투해 있다. 조지훈이 『한국학 연구』에
서 '멋'과 '풍류'를 말하였으면서도, 노장사상에 경도되지 않았고, 『채
근담』 같은 책을 번역한 것은 그에게는 깊은 곳까지 유교가 체화되어
있었다는 근거로 볼 수 있다.

그런데 『채근담』은 둔세의 멋으로부터 시작하여 시대가 위태로울
경우 군자는 의거(義擧)에 나설 수도 있다는 논리를 보여주고 있어서
문제적이다. 조지훈은 조선시대의 의병(義兵)에 대하여 조선의 민중이
아니라, 조선의 사대부가 나선 것이라고 보고 있다. 구한말의 의병에

대해서도 마찬가지다. 의암 유인석은 망국에 대한 사대부의 대응방식으로 처변삼사를 들었는데, 그것은 첫째, 의병, 둘째, 망명, 셋째, 자결이었다.[18] 절의를 지키는 가장 극단적인 방법은 바로 자결이며, 그러한 경우는 사육신(死六臣)[19]이나 매천 황현(신용하 277)을 들 수 있다. 그렇지만, 대부분의 사대부들은 첫째나 둘째 방법으로 절의를 지켰다.

조지훈의 경우 『청록집』의 시기까지는 역사적으로 어두운 시대에 첫째 방법, 즉 의병처럼 맞서 투쟁하는 방법을 선택하진 않았다. 그러나 조지훈의 『여운』에 와서는 4.19와 관련된 시편을 쓰면서 『청록집』에서 나타나던 시적 태도와는 전혀 다른 시적 태도를 보인다. 그러나 이것은 조지훈의 시 세계의 단절을 의미하지 않는다. 그 근거는 『채근담』도 나와있다. 즉, 『채근담』에서는 군자는 평시에는 은둔하면서 자연 가운데서 자적하다가 국가의 전시에는 국가에 대한 절의를 지키기 위해 나선다고 하였다. 이러한 태도가 조지훈의 『여운』의 4.19시편에 나타나기 시작한다. 이러한 태도는 정암 조광조가 한편으로는 '나'를 바로 잡아(正己) '성인(聖人)' 즉, 진리가 되기를 꿈꾸면서도 다른 한편으로는 의가 실현되는 이상사회를 꿈꾸었던 것(유현주 iv-v)과 유사한 것으로 보인다. 그러므로 가학으로 조광조의 학문을 이어받았던 조지훈에게 둔세의 시학에서 혁명의 시학으로 이행해 간 것은 자연스러운 이치처럼 보인다.

즉, 조지훈이 『청록집』에서는 유학 가운데서도 양명학의 세계관을 보여주었다면, 『여운』에서는 정암 조광조의 가학, 즉, 공맹사상으로서

---

18) 신용하, 「황현의 비판 정신과 현대적 의의」, 『한국근대지성사 연구』, 서울: 서울대학교출판부, 2004, p.269.
19) 성삼문(成三問), 박팽년(朴彭年), 이개(李塏), 유성원(柳誠源), 유응부(兪應孚), 하위지(河緯地)

의 유학 중에서도 주자의 『중용』과 『대학』의 가르침인 성리학을 이념적 근간으로 삼는 조선시대의 사대부(士大夫)[20]의 정신을 계승하고 있는 것으로 볼 수 있다. 그러므로 III부에서는 조지훈의 『여운』의 4.19 시편들을 살펴보고자 한다.

III. 조지훈의 '혁명(革命)의 시학(詩學)'

조지훈은 4.19혁명이 일어나자 혁명을 예찬하는 시를 쓰게 된다. 이러한 조지훈의 모습은 『청록집』의 「봉황수」나 「고풍의상」과 같은 전통의 시학이 분명한 시편들을 기억하는 독자들에게는 대단히 낯선 모습일 것이다. 왜냐하면, 이러한 시편들은 다분히 애상적인 정조를 보여줄 뿐 아니라, 고전적인 아취를 의도적으로 추구하고 있다는 것을 보여주기 때문이다. 또는 조지훈이 난세의 쓸쓸한 '선비'나 '군자'의 이미지를 가져왔던 것을 기억하는 독자들에게도 이러한 조지훈의 새로운 모습은 낯선 모습이었을 것이다. 왜냐하면, 정치사상사적으로 현대는 민주주의 사회로, 유교의 정치이념과는 상당히 다른 이념을 추구하고 있기 때문이다. 그뿐만 아니라, 일부 독자는 유교는 비민주주의적이라거나 반민주주의적이라는 입장을 지니는 경우도 있을 것이다. 예컨대, 유학의 발상지는 중국이지만, 현대사에서 사회주의화 되었던 중국에서는 유교에 대한 격하운동이 심하게 일어나서, 공자는 노예소유주 계급의 사상가로 치부되기도 하였기 때문이다(임계유 60~74). 그러한 맥락에서 공자의 의(義)도 한때는 계급질서에 대한 복종으로 평가절하되기

---

20) 박희병, 『유교문화와 한국문학의 장르』, 파주: 돌베개, 2008, p.18.

도 하였다(주백곤 63). 그러나 중국은 다시 1990년대부터 공자의 사상을 중국의 전통사상으로 바로 세우려 하고 있다. 뚜웨이밍이 말한 것처럼 맹자의 의사상은 그 자체로는 현대 민주주의와 다르지만, 현대 민주주의의 맹아를 지닌 사상이었다. 맹자의 사상은 민본주의(民本主義) 사상이었을 뿐 아니라, 천의(天意)와 천명(天命)에 부합한다면 혁명까지 긍정한 사상이었던 것이다.[21] 그러므로 공맹과 주자, 그리고 조광조를 통해 계승된 의사상이 4.19혁명과 어떻게 만나게 되는지 밝혀보는 것은 의미 깊다고 하겠다.

그러한 맥락에서 조지훈이 현대의 정치사에 대해 보여준 인식을 확인해 보면 다음과 같다.

> 시가 테러와 혼동되어서야 쓰겠는가. 시인은 정의를 위하여서는 원수 앞에 총칼을 들고 병정과 같이 용감하고 잔인할 수도 있다. 그러나 시인은 승리를 위해서는 어떠한 비루한 수단도 가리지 않는 자가 아니요, 이기는 것만으로 영광을 삼지 않고 패자로서도 영광을 누리고 역사 앞에 개가를 부를 수 있는 것이다. 투쟁은 피하지 못할 것일지언정 시인의 따뜻한 마음은 투쟁의 타성적 노예가 되지 않고 항상 사랑 속에 소생함으로써 한 마리 곤충과 한 포기 풀잎에까지 생명의 향수를 느끼고 생명의 애정을 베푸는 인간이란 말이다.
> ─ 조지훈, 「시의 가치 ─ II. 시의 윤리」, 『시의 원리』 부분.[22]

위에 인용된 구절은 조지훈의 시론인 「시의 가치 ─ II. 시의 윤리」의 한 부분이다. 여기서 가장 주목할 만한 구절은 시인은 "정의"를 위하

---

21) 杜維明, 「유교」, 『우리 인간의 종교들』, 이윤미 외 편역, 서울: 소나무, 2013, p.285.
22) 조지훈, 『조지훈 전집 2. 시의 원리』, 서울: 나남, 1996, p.170.

여서는 적을 향해 무기를 들 수도 있다는 것이다. 즉, 조지훈은 시인을 자기만의 세계를 추구하는 나르시스로 보지 않고, 사회의 정의를 위하여 "투쟁"하는 지식인으로 보았던 것이다. 불의에 대항하여 쉼 없이 투쟁하는 자세를 조지훈은 시인에게 요구했다. 조지훈은 이처럼 『채근담』의 둔세의 시학에서 혁명의 시학으로 이행해 오고 있던 것이다. 다음으로, 본격적으로 조지훈이 4.19 혁명에 대하여 쓴 시를 살펴보면 아래와 같다.

> 민주주의여!//절망하지 말아라/이대로 바윗속에 끼여 화석이 될지라도/1960년대의 포악한 정치를/네가 역사 앞에 증거하리라.//권력의 구둣발이 네 머릴 짓밟을지라도/잔인한 총알이 네 등어리를 꿰뚫을지라도/절망하지 말아라 절망하진 말아라/민주주의여!//백성의 입을 틀어막고 목을 조르면서/우리는 민주주의를 신봉한다고/외치는 자들이 여기도 있다 […] 독재가 싫어서 독재주의와 싸운다고/손뼉 치다가 속은 백성들아/그대로 절망하진 말아라/민주주의여!//생명의 밑바닥에서 터져오르는 함성 […] 울리는 것은 자유의 심장, 그것은 광명 […] 불의를 증오하고 저주하는 파도는/네 몸의 못자욱을/고발하리라 백일 아래/민주주의여!
> — 조지훈, 「터져오르는 함성」, 『여운』 부분. (252~254)

위에 인용된 시는 조지훈의 「터져오르는 함성」이다. 이 시에는 독재에 대한 증오와 불의에 대한 증오의 감정이 표현되고 있다. 이 시를 통해 조지훈의 사상에서 '의'는 '민주주의 정치'이며, "불의"는 '반민주주의적인 독재 정치'라는 도식이 읽힌다. 의사상의 관점에서 포악한 독재 정치는 "불의"로 비칠 수밖에 없는 것은 옳다. 맹자의 경우도 권력이 불의하면 백성들이 혼란을 일으키고, 그 누구도 의를 지키지 않는다고 하였다. 그러므로 맹자는 의로 백성을 다스려야 한다고 가르쳐 왔다(其爲 氣也 配義與道 無是 餒也 是集義所生者 非義襲而取之也).23) 권력자가 먼저 의를 지켜야 백성들도 의를 지킨다(君仁 莫不仁 君義 莫不義 君正 莫不正 一正君而國定矣).24) 그것이 권력자가 그르치고 있다면 먼저 권력자를 바로 잡아야 하는 이유이다. 맹자의 의사상이 혁명을 긍정하는 것은 바로 그러한 데 이유가 있는 것이었다. 민주주의 혁명으로서의 4. 19혁명은 그런 의미에서 조지훈에게는 의를 실현하기 위한 길인 것이다. 마치 조광조에게 도학정치의 실현을 위해 개혁정치가 필요했던 것과 마찬가지이다. 다음은 조지훈의 「혁명」이다.

> "불의한 권력을 타도하라"/양심과 순정의 밑바닥에서 솟아오른/ 푸른 샘물이 넘쳐흐르는/쓰레기를 걸레 쪽을 구더기를 그/죄악의 구 덩이를 씻어내리는/아 그것은 파도였다./ [···]이것은 의거 이것은 혁 명 이것은/안으로 안으로만 닫았던 분노 [···] 민족의 이름으로/일어 선 자여//[···]정의가 이기는 것을 눈앞에 본 것은/우리 평생 처음이 아니냐/아 눈물겨운 것/그것은 천리였다. [···] 애국이란 이름초차 차 라리/ 붙이기 송구스러운/이 빛나는 파도여/해일이여!
> — 조지훈, 「혁명」, 『여운』 부분. (255~256)

위에 인용된 시는 조지훈의 「혁명」이다. 이 시는 현대 민주주의론과 는 다른 관점에서 혁명을 해석하고 있다. 한나 아렌트(Hannah Arendt) 의 『혁명론』에 따르면 현대 민주주의의 기원이 되는 혁명이라고 하면, 시민혁명으로, 프랑스 대혁명, 영국의 명예혁명, 미국의 독립혁명이 있

---

23) 맹자, 『맹자』, p.207.
24) *Ibid*., p.506~507.

다.25) 그런데, 이러한 혁명들을 통해 혁명이란 무엇이라고 규정할 수 있는 특성과 다르게 조지훈은 한국의 4.19혁명을 규정하고 있다. 첫째, 이 시는 혁명을 "양심"의 문제로 보고 있다는 점, 즉, 도덕성의 구현이란 문제로 보고 있다는 점이 특징이다. 둘째, 이 시는 혁명을 "의거"로 보고 있다는 점, 그러니까 의사상의 관점에서 보고 있다는 점이 특징이다. 셋째, 이 시는 혁명은 "민족의 이름"과 "애국이란 이름"으로 보고 있다는 점이 특징이다.

현대 민주주의에서 시민혁명의 주체는 시민이다. 그리고 이 개념은 민족이나 국가라는 개념과는 별개이다. 오히려 계급 또는 계층의 관점에서 파생되는 개념이 바로 시민이다. 그리고 이 시민이라는 계급 또는 계층의 특성상, 현대 민주주의의 이념은 개인주의와 자유주의를 내포하고 있다. 예컨대 현대 민주주의론의 기원이 되는 로크(John Locke)의 사상을 살펴보면, 정치사회(political society) 또는 시민사회(civil society)의 기원은 부부사회로부터 시작되고 확대된 여러 사람의 자연스러운 결합으로서의 사회가 자연법의 집행권을 공동체에 양도하는 데서 탄생한다는 것이다.26)

그러나 조지훈이 바라보는 혁명에 대한 관점은 다르다. 조지훈에게는 혁명이 '민족'과 '국가'를 위해서 일어난 의거라고 보이는 것이다. 이것은 개인주의와 자유주의가 바탕이 된 현대의 시민혁명의 관점과는 다른 관점이다. 즉, 조지훈의 혁명에 대한 관점은 유교적인 의사상의 관점에서 온 것이라고 보아야 위와 같은 시어들이 그 사상의 맥락 안에서 해석 가능해진다. 그러니까 조지훈에게는 혁명에도 유교적인 충(忠)

25) Hannah Arendt, 『혁명론』, 홍원표 역, 파주: 한길사, 2004.
26) John Locke, 『통치론』, 강정인 외 역, 서울: 까치, 2016, pp.77~85.

의 이념이 깊이 뿌리내리고 있다. 그뿐만 아니라 전통주의자로서의 조지훈에게는 혁명이 민족이라는 절대를 지키는 정치적 행위였다. 이 시에서 조지훈이 "불의한 권력"을 "죄악"으로 본다는 것을 알 수 있다. 이것은 혁명이 지배계급과 피지배계급 간의 권력의 전복이나 대체라는 개념으로 조지훈에게 받아들여지기보다는 도덕의 관점에서 단죄되어야 할 것으로 받아들여졌다는 것을 알 수 있게 한다. 이 시의 일련의 시어들, 예컨대, "분노", "양심", "순정" 등도 이러한 맥락에서 이해된다. 민족주의자이자 애국주의자로서의 조지훈에게 의거로서의 혁명에는 유교적인 의사상의 관점이 많이 배어있으며, 이러한 부분에서도 정암 조광조의 도학정치 사상과의 연속성이 발견된다.

　　바로 이러한 데서 조지훈의 「혁명」으로부터 로크나 아렌트와 같은, 서양적 의미의 민주혁명뿐 아니라, 유교사상, 특히, 맹자의 왕도사상(王道思想)으로부터 유래한, 동양적 의미의 민주혁명의 씨앗을 읽어낼 수 있다. 이러한 점은 현대 미국의 신유가(新儒家) 학파인 보스턴 학파의 뚜웨이밍(杜維明, Tu Weiming)이 맹자의 사상에 '국민에 의한'이라는 현대적 민주주의에는 미치지 못하지만, '국민의, 국민을 위한'이란, 민주주의의 맹아로서의 의미가 내포되어 있다고 한 바에 의해 지지받을 수 있다.[27]

　　그러나 조지훈의 혁명에 대한 태도는 자신이 직접 혁명가가 되는 데까지 나아간 것은 아니라는 한계 또한 지적되어야 한다. 다음 시편들은 조지훈이 4.19혁명을 주도한 젊은 세대를 향한 고백이 담긴 「늬들 마음을 우리가 안다―어느 스승의 뉘우침에서」와 「사랑하는 아들 딸들아―사월(四月) 의거(義擧) 학생부모의 넋두리에서」이다.

---

27) 杜維明, 『문명들의 대화』, p.22.

그날 너희 오래 참고 참았던 의분이 터져/노도와 같이 거리로 거리로 몰려가던 그때/나는 그런 줄도 모르고 연구실 창턱에 기대앉아/먼 산을 넋 없이 바라보고 있었다. […] 사랑하는 학생들아/늬들은 너희 스승을 얼마나 원망했느냐/현실에 눈감은 학문으로 보따리장수 한다고 […] 매사에 쉬쉬하며 바른 말 한 마디 못한 것/그 늙은 탓 순수의 탓 초연의 탓에/어찌 가책이 없겠느냐 […] 자유 정의 진리를 염원하던/늬들 마음의 고향 여기에/이제 모두 다 모였구나/우리 영원히 늬들과 함께 있으리라.

— 조지훈, 「늬들 마음을 우리가 안다 ─ 어느 스승의
뉘우침에서」, 『여운』 부분. (257~260)

무엇 때문에 어린 늬들이/너희 부모와 조상이 쌓아온 죄를 대신 속죄(贖罪)하여/피 흘리지 않으면 안 되었다는 것을 […] 아무리 죄 지은 자일지라도 늬들 앞에 신심의 참회/부드러운 위로 한마디의 언약만 있었더라면/늬들은 조용히 물러 나왔을 것을/그렇게까지 너희들이 노하지는 않을 것을/그 값진 피를 마구 쏟고 쓰러지지는 않았을 것을/사랑하는 아들딸들아/너희는 종내 돌아오지 않는구나/어느 거리에서 그 향기 놓은 선혈을 쏟고 쓰러졌느냐./어느 병원 베드 위에서 외로이 신음하느냐 어느 산골에서 굶주리며 방황하느냐.//고귀한 희생이 된 너희로 하여/민족 만 대 맥맥히 살아 있는 꽃다운 혼을/폭도라 부르던 사람들도 이제는 너희의 공을 알고 있다./떳떳하고 귀한 일 했으며 너희/부몬들 또 무슨 말이 있겠느냐마는 아무리 늬들의 공이/조국의 역사에 남아도/너희보다 먼저 가야 할 우리 어버이 된 자의 살아남은 가슴에는/죽는 날까지 빼지 못할 못이 박히는 것을 어쩌느냐.

— 조지훈, 「사랑하는 아들 딸들아 ─ 사월 의거 학생부모의
넋두리에서」, 『여운』 부분. (261~263)

위에 인용된 시편들은 조지훈의「늬들 마음을 우리가 안다―어느 스승의 뉘우침에서」와「사랑하는 아들 딸들아―사월(四月) 의거(義擧) 학생부모의 넋두리에서」의 부분이다. 이 시편들에서는 조지훈의, 교수라는 신분과 부모라는 세대가 드러나 있다. 대학생들은 4.19혁명 당시이 혁명을 주도한 세력이다. 그뿐만 아니라, 4.19혁명에서 가장 많은 희생자가 나온 계층도 대학생들이었다. 이러한 점에서 4.19혁명은 무엇보다도 학생의거로서의 성격을 지닌다. 그런데 여기서 조지훈의 관점이 독특한 것은 이 혁명의 주체가 된 학생들을 유교적인 관점에서 일종의 지사(志士)로 본다는 것이다. 바로 이 지점, 지사라는 관점이 현대 민주주의론에서 찾을 수 없는, 4.19혁명의 주체를 규정하는, 조지훈만의 독특한 관점이라고 할 수 있다. 조지훈은「지조론(志操論)―변절자를 위하여」에서 독립운동가를 혁명가로 보면서 이를 지조(志操)를 지키는 지사(志士)라고 한 바 있다.[28] 즉, 조지훈에게는, 지사가 혁명에 임하는 것이 곧 지조를 지키는 것이라는 논리가 성립된다.

나아가, 그는 4.19 직후인 1960년 6월 24일『고대신문』에서, 이 중대한 역사적 시점에서 지사의 역할을 이어 나아가야 할 이가 바로 대학생이라고 당부한다(조지훈,「오늘의 대학생은 무엇을 자임(自任)하는가: 그 긍지와 체면에 대한 반성」,『지조론』144). 그러나 4.19혁명은 학생의거로 일어났지만, 또한 이 혁명은 시민들의 동참으로 확산되었으므로, 이들을 포용하고, 실력양성과 인격수양을 동시에 해 나아가야 한다고 당부한다(조지훈,「4월 혁명에 부치는 글: 불의(不義)를 고발(告發)한 학생들에게」,『지조론』147~148). 여기서 읽어낼 수 있는 또 하나

---

28) 조지훈,「지조론(志操論)―변절자를 위하여」,『조지훈 전집 5. 지조론』, 서울: 나남, 1996, p.96.

의 중요한 사실은 조지훈이 일관되게 자기 자신과 학생들의 관계를 유교적 관점에서의 사제지간(師弟之間)으로 이해한다는 것이다. 즉, 조지훈은 4.19혁명의 주체인 학생들 앞에서 용기 있게 혁명에 먼저 나서지 못한 것을 부끄러워하면서도, 줄곧, 스승으로서 그들이 나아가야 할 바에 대해 조언을 하려는 태도를 견지한다. 이러한 점도 현대적인 교육제도의 관점에서 나올 수 있는 교수의 상과는 다른 점이라고 보인다. 조지훈에게는 유교적인 이념이 이러한 데도 뿌리 깊게 영향을 미치고 있는 것으로 판단된다.

조지훈은 『한국민족운동사』에서 한국의 역사를 민족항쟁사라는 관점과 민족의식 발달사라는 관점으로 기술하고자 시도한다.29) 그러면서 전술한 바와 같이, 근세 이래 이러한 역사의 선구는 항상 '유림(儒林)'이었다고 주장한다. 즉, 임진왜란과 병자호란, 을미의병과 정미의병, 그리고 해외망명독립항쟁을 이끈 것이 바로 유림이라는 것이다. 이때, 유림의 이러한 항쟁의 이념적 근거는 바로 '의(義)'사상이다. 예컨대, 이러한 항쟁을 일으키는 것을 '거의(擧義)' 또는 '기의(起義)'라고 명명하는 것 또한 항쟁을 '의(義)'라는 이념을 준거로 한 것일 터이다. 조지훈에게는 4.19혁명이 바로 지사들에 의한 '거의(擧義)' 또는 '기의(起義)'인 것이다. 현대적 개념에서 학생혁명이자 민주주의혁명인 4.19혁명은 조지훈에게는 의사상의 관점에서 지사들의 의거인 것이다. 그리고 이러한 점은 개혁정치가 실패하였음에도 불구하고 부패한 세력과 타협하지 않았던 정암 조광조의 도학정치의 이상을 연상시킨다. 그러한 그에게 4.19혁명은 '도의혁명(道義革命)' 또는 '양심혁명(良心革命)'으로 규정된다(조지훈, 「4월 혁명에 부치는 글: 불의(不義)를 고발(告

---

29) 조지훈, 『조지훈 전집 6. 한국민족운동사』, 서울: 나남, 1996, p.19.

發)한 학생들에게」,『지조론』150).

조지훈은 한국의 민중이 '주권재민(主權在民)'이나, '인민에 의한, 인민을 위한, 인민의 정치' 같은 민주주의의 기본 이념을 이해 못한다고 판단하고 있었다(「혁명정신은 어디로 갔는가: 우리는 그것을 되찾아야 한다」,『지조론』158~159). 조지훈의 이러한 인식의 한계는 의사상이 유교적 이념에서 비롯된 것이라는 데 있을 수도 있다. 유교적 이념에 애민사상 또는 위민사상이 있다고 하더라도, 유교는 민중을 정치의 주체로 인식하지 않는다. 앞서 뚜웨이밍이 지적한 것처럼 '국민에 의한 (by the people)'이 빠지는 것이 현대의 민주주의의 관점에서 바라본 유교의 한계점이다. 물론 민주주의가 완벽한 제도인 것은 아니다. 특히 현대의 민주주의에 대해서는 많은 지식인들이 우려를 나타내고 있다. 그러나 현재는 전 세계가 민주주의를 보편적인 정치이념으로 따르고 있다. 이러한 관점에서 보았을 때 조지훈의 의사상의 관점에서 바라본 혁명에 대한 규정은 현대 민주주의의 관점에서 바라본 그것과 다른 면을 드러낸다는 데서 의의가 있으나, 다른 한편 민중보다는 지식인 중심의 세계관을 지녔던 한계도 있다고 하겠다.

IV. 결론

이 논문「조지훈 시의 동아시아적 미학과 존재론 — 홍자성의『채근담』의 영향을 중심으로」는 조지훈의『청록집』의 시편들과『여운』의 시편들에 나타난 동아시아적 미학과 존재론의 의미를 궁구하고자 시도되었다. 조지훈의『청록집』의 미학과 존재론은 그가 일제강점기부터 애독하고 번역하던 홍자성의 『채근담』의 미학과 존재론이 절대적인 영향을 미친 것으로 나타났다. 예컨대, 난세에는 자연으로 물러나 자기 자신을 수양하는, 이른바, 둔세와 자적의 미학을 보여주는 것이 홍자성의 『채근담』의 세계의 핵심인 동시에 조지훈의 『청록집』의 세계의 핵심이었다. 물론, 조지훈은 시인이기도 하지만 학자로서 한국학에 관하여 많은 저술을 남겼다. 그는 한국의 멋을 풍류로부터 찾았으며, 그 기원을 화랑도에 있다고 보았다. 물론 조지훈의 『청록집』의 시 세계가 전통의 미학과 존재론을 보여주고 여기에 풍류의 미학이 녹아있지 않다고 할 수는 없다. 그러나, 조지훈의 미학에는 풍류로는 다 해명할 수 없는, 국가를 잃은 슬픔과 은일의 삶을 살 수밖에 없는 서러움과 번뇌, 그리고 그것의 미학적 승화가 나타난다는 점에서 홍자성의 『채근담』의 세계관에 더 가까운 것으로 보인다. 또한, 조지훈의 최고의 작품으로 꼽히는 「승무」가 그의 둔세의 미학의 절정을 보여주는 것이라면, 『채근담』이 유학 중에서도 양명학의 범주에 들어가는 저술이지만, 유학이 아우르지 못하는 내세와 초월의 문제를 불교가 대신하고 있기 때문인 것으로 볼 수 있다.

그러나 조지훈의 시 세계의 전개에서 문제적인 점은 그가 4.19혁명을 계기로 시세계가 완전히 바뀐 것처럼 비친다는 것이다. 조지훈의 『여운』에 상재된 4.19 시편들을 살펴본 결과, 그 시편들에는 서구로부터 유래한 현대의 민주주의사상과 혁명사상이 녹아있다기보다는, 한국 전통의 정신사에서 나타나는 의사상이 녹아있는 것으로 파악되었다. 4.19혁명을 그 당시에는 '학생의거'라고 부르기도 하였던 데서 알 수 있듯이, 4.19가 조지훈에게는 일종의 '의거'였던 것이다. '의거'는 유교의 전통 안에서 공자로부터 유래하여 맹자에 의해 심화된 '의(義)' 개념으로부터 해명될 수 있었다. 또한, 조지훈이 가학으로 물려받은 정암 조광조의 개혁적인 도학정치의 이념의 영향으로 볼 때, 조지훈의 4.19 혁명에 대한 태도는 가장 분명하게 나타났다. 즉, 조광조가 도덕적으로 이상적인 국가를 세우기 위하여 개혁이 필요하다고 주장하는 도학정 치사상을 가지고 있었던 것이 조지훈에게서도 그대로 나타나는 것이 다. 조지훈에게 4.19혁명은 계급 간의 권력투쟁의 문제라기보다 도덕 적인 당위의 문제였던 것이다. 4.19혁명이 현재 대한민국 헌법에서도 민주주의 정신의 정통성을 보여주는 혁명으로 규정되고 있는 바와 같 이, 조지훈이 4.19혁명에 지지를 보낸 것은 한국현대시사에서도 의미 있는 일이라고 하겠다.

그러나 이 논문「조지훈 시의 동아시아적 미학과 존재론 — 홍자성 의『채근담』의 영향을 중심으로」는 조지훈 시의 미학과 존재론의 정점 이『여운』의 4.19 시편들이 아니라,『청록집』의 시편들에서 나타난다 는 평가를 내리고자 한다. 왜냐하면, 조지훈은 4.19의 주역은 아니었으 며, 그 주역인 학생들에게 지지를 보내는 스승이자 부모의 위치에 있었 기 때문이다. 또한, 그의 4.19 시편들은 언어의 예술로서의 시에서 미학 적 완성도를 논하기 어려운 수준이다. 그뿐만 아니라, 그의 4.19에 대한 관점은 서구의 민주주의 사상의 혁명론과 다른, 동아시아적 의거로서 의 관점을 보여주었다는 데서 의의가 있으나, 학생계층이라는, 지식인 계층 중심으로 그 혁명을 바라보았다는 데서 한계를 지닌다. 그러므로 이 논문은 조지훈의 시 세계의 양극을 동시에 살펴본 결과, 한국현대시 사에서 의의가 있는 것은 조지훈의『청록집』과『채근담』번역이라고 결론 내리고자 한다.

나아가, 차후과제로 남겨두고자 하는 것은 홍자성의『채근담』과 조지훈의『청록집』이 동아시아의 문화사를 넘어서 세계문화사적으로 가치가 평가되어야 한다는 점이다. 예컨대, 에밀리 디킨슨과 로버트 프로스트가 자연에서 성전과 인생을 본 것은 홍자성과 조지훈이 그러한 것과 비교될 수 있을 것이다. 그러나 현재는 이러한 연구가 부재하다. 특히『채근담』은 학문적으로 과소평가 되어왔다. 그러므로『채근담』은 앞으로 더 심화된 연구가 필요한 부분이라고 하겠다. 미국 하버드대학교 아시아센터에서 현대 신유가(新儒家)를 자처하며 공맹사상 중 특히 왕양명의 양명학 사상을 가르치고 연구해 온 뚜웨이밍은 미래의 인류가 맞이해야 할 세계상을 서양사상의 패러다임의 한계를 동양사상의 패러다임으로 보완하는 데서 찾고 있다. 즉, 서양의 물질문명의 위기를 동양의 정신문명의 영성(靈性)으로 보완해야 한다는 것이 그의 주장이다. 이러한 세계사상사적 맥락에서 홍자성의『채근담』또한 뚜웨이밍이 계승하고 있는, 양명학의 사상의 핵심을 구현해 보인 고전이라는 점은 상당히 의미가 깊다. 그러므로 앞으로 조지훈의『청록집』과 홍자성의『채근담』의 단순한 영향 관계를 넘어서 미래로의 비전을 여는 연구가 필요하다고 하겠다.

참고문헌

1. 기본 자료

조지훈, 『조지훈 전집 1. 시』, 서울: 나남, 1996.

_____, 『조지훈 전집 2. 시의 원리』, 서울: 나남, 1996.

_____, 『조지훈 전집 5. 지조론』, 서울: 나남, 1996.

_____, 『조지훈 전집 6. 한국민족운동사』, 서울: 나남, 1996.

_____, 『조지훈 전집 8. 한국학 연구』, 서울: 나남, 1996.

홍자성, 『조지훈 전집 9. 채근담』, 조지훈 역, 서울: 나남, 1996.

홍자성, 『채근담』, 신동준 역, 고양: 인간사랑, 2018.

2. 국내논저

권영민, 「조지훈과 민족시로서의 순수시론」, 최승호 편, 『조지훈』, 서울: 새미, 2003.

김용직, 「시와 선비의 미학」, 최승호 편, 『조지훈』, 서울: 새미, 2003.

김태연, 「『채근담』의 인성교육안에 관한 연구」, 공주대학교 석사학위논문, 2012.

박희병, 『유교문화와 한국문학의 장르』, 파주: 돌베개, 2008.

서익환, 『조지훈 시 연구』, 서울: 우리문학사, 1991.

신동의, 「조선 성리학의 심성교육: 퇴계, 율곡, 명재를 중심으로」, 『동서비교
　　　문학저널』 43, 2018.

신용하, 「황현의 비판 정신과 현대적 의의」, 『한국근대지성사 연구』, 서울: 서
　　　울대학교출판부, 2004.

오세영, 「조지훈의 문학사적 위치」, 최승호 편, 『조지훈』, 서울: 새미, 2003.

원혜영, 「한국인의 삶, 늙음, 그리고 죽음: 최치원, 이규보, 서경덕, 신흠을 거
　　　론하며」, 『동서비교문학저널』 52, 2020.

유현주, 『정암 조광조의 지치에 관한 연구』, 성균관대학교 박사학위논문, 2014.

이상성, 『정암 조광조의 도학사상 연구』, 성균관대학교 박사학위논문, 2004.

이지경, 「조광조의 유교국가에 관한 연구: 정치개혁론을 중심으로」, 『담론
　　　201』 6.1. 2003.

일　연, 『삼국유사』, 이가원 · 허경진 역, 서울: 한길사, 2006.

임곤택, 『한국 현대시에 나타난 전통의 미학적 수용 양상 연구』, 고려대학교
　　　박사학위논문, 2011.

정약용, 『목민심서』, 장개충 편, 파주: 학영사, 2010.

정지용, 「시선후」, 『문장』, 1940.2.

최병덕, 「정암 조광조의 정치인식과 도학적 정치구상」, 『국제정치연구』 10.2.
　　　2007.

최병욱, 「현재적 관점에서 본 『채근담』의 마음건강」, 『인문사회 21』 8.2. 2017.

3. 국외논저 및 번역서

공자, 『논어』, 박종연 역, 서울: 을유문화사, 2013.

杜維明, 『문명들의 대화』, 김태성 역, 서울: 휴머니스트, 2006.

_____, 「유교」, 『우리 인간의 종교들』, 이윤미 외 편역, 서울: 소나무, 2013.

리우 웨이린, 『중국문예심리학사』, 심규호 역, 서울: 동문선, 1992.

맹자, 『맹자』, 우재호 역, 서울: 을유문화사, 2011.

임계유, 『중국철학사』, 전택원 역, 서울: 까치, 1990.

주백곤,『중국고대윤리학』, 전명용 외 역, 서울: 이론과 실천, 1994.

주희,『중용』, 최석기 역, 파주: 한길사, 2014.

주희,『대학』, 최석기 역, 파주: 한길사, 2014.

Arendt, Hannah,『혁명론』, 홍원표 역, 파주: 한길사, 2004.

Locke, John,『통치론』, 강정인 외 역, 서울: 까치, 2016.

포스트-트루스 시대, 김수영의 「반시론(反詩論)」의 의의

I. 서론

1. 연구사 검토

김수영은 하나의 살아있는 신화(神話)이다.[1] 프랑스 대혁명에 비견되는 한국의 촛불혁명에 나서던 문인들도 박근혜 정권 하에서 시국선언을 할 때, 김수영의 시를 전면(前面)에 내세우며 광장으로 나섰던 것이다. 김수영은 「사랑의 변주곡(變奏曲)」에서 프랑스 대혁명에서 배운 사랑의 기술이 4.19 혁명에서 변주되었음을 아들 세대에게 가르쳐 주며, 인류의 종언의 날에 다시 이 혁명에 담긴 사랑의 의미를 되새겨 줄 것을 당부한다. 한국의 촛불혁명은 그러한 의미에서 김수영이 「사랑의 변주곡」에서 예언자적으로 노래한 것의 실현처럼 보이기도 한다.

이러한 현시점에서 김수영에 대하여 논한다는 것은 역사적으로는 의미심장한 한편, 학문적으로는 지난하다. 이러한 난점은 김수영에 대

---

1) 김윤식, 「김수영 변증법의 표정」, 황동규 편, 『김수영 전집 별권 김수영의 문학』, 서울: 민음사, 1997, p.295.

한 연구사에서도 반복되어 온 것으로 보인다. 백낙청이 김수영의 시에 대하여 4.19를 삶의 뿌리에 둔 시로 평한 이래[2] 한국문학사에서 4.19 혁명을 대변하는 시인으로서의 김수영의 상징적 위상은 확고하다. 그뿐만 아니라, 4.19 혁명의 정신의 계승은 대한민국의 헌법에도 명시된 바, 한국정치사에서도 김수영은 역사의 정방향에 선 문화인이라고 평가될 것이다. 그러나 김수영의 시의 의의를 거리의 프로파간다의 수준으로 평가절하 하는 경우도 없지 않았다.

김수영이 최고의 시인인가에 대한 논란에도 불구하고, 김유중은 김수영이 역사와 현실을 보던 내면세계에 초점을 맞추어 그의 사상적 원류를 살펴야 한다고 주장한다.[3] 이러한 주장은 김수영에 대한 학문적 접근의 여러 난점을 해결해준다. 김유중은 김수영이 일역판 마르틴 하이데거(Martin Heidegger) 전집을 읽었다는 전기적 사실에 근거하여, 하이데거의 존재론의 관점에서 그의 시세계 전반을 조명하였다. 이와 같이 하이데거의 철학의 관점에서 김수영에 접근한, 주목할 연구로는 김동규, 김미정, 문혜원, 박지영, 서준섭, 임동확, 홍순희 등의 논문이 있다. 본고는 이러한 연구들의 축적된 성과를 바탕으로, 하이데거의 철학의 관점에서 김수영의 시에 나타난 '포스트—트루스'(Post-Truth)에 대한 시적 대응을 그의 「반시론(反詩論)」을 통해 구명해 보고자 한다.

2. 연구의 시각

한국은 2016~17년 촛불혁명으로 역사를 진보주의(進步主義)의 방

---

2) 백낙청, 「김수영의 시세계」, 황동규 편, 『김수영 전집 별권 김수영의 문학』, 서울:민음사, 1997, p.43.
3) 김유중, 『김수영과 하이데거: 김수영 문학의 존재론적 해명』, 서울: 민음사, 2010, p.iv.

향으로 선회하게 만드는 전환점을 맞이했다. 반면에 옥스퍼드 사전은 영국의 브렉시트(Brexit) 국민투표나 미국의 제45대 대통령 선거의 결과 등을 주요한 이유로 2016년의 올해의 세계적인 단어로 '포스트-트루스'(Post-Truth)를 선정하였다.[4] '포스트-트루스'는 객관적인 사실이 감정에 호소하는 것보다 덜 영향을 미치는 상황을 의미한다.(Flood) 예를 들어, '포스트-트루스'는 '포스트-트루스 정치의 시대'(The Age of Post-Truth Politics)[5] 등의 표현으로 자주 쓰인다. 즉, 영국의 브렉시트 결정과 미국의 트럼프(Donald Trump) 대통령 당선이라는 정치적 사건에는 사실적 요인보다 감정적 요인이 더 결정적인 영향을 미쳤다는 것이다. 요컨대, 영국의 브렉시트와 미국의 트럼프 대통령의 당선은 보수주의 정치인들이 영국과 미국이 세계를 재패했던, 영화(榮華)의 시대에 대한 향수를 자국민들에게 감성적으로 불러일으켜, 사실과 다른 주장들에도 불구하고, 역사를 보수주의(保守主義)의 방향으로 선회시킨 정치적 사건들이라는 것이다. 이러한 시대가 오늘날 '포스트 트루스 시대'로 불리고 있다.

　신동엽은 동시대의 시인인 김수영에게 "어두운 시대의 위대한 증인"이라는 오마주(hommage)를 바쳤다.[6] 「조정(廟廷)의 노래」의 일제강점기, 「아메리카 타임지(誌)」의 미군정기(美軍政期), 「조국(祖國)에 돌아

---

4) Alison Flood, "'Post-truth' named word of the year by Oxford Dictionaries." *The Guardian.* Nov. 15, 2016. (http://en.oxforddictionaries.com/word-of-the-year/word-of-the-year-2016)

5) William Davies, "The Age of Post-Truth Politics," *New York Times,* Aug. 24. 2016. (https://www.nytimes.com/2016/08/24/opinion/campaign-stops/the-age-of-post-truth-politics.html)

6) 신동엽, 「지맥 속의 분수」, 황동규 편, 『김수영 전집 별권 김수영의 문학』, 서울: 민음사, 1997, p.45.

오신 상병포로(傷病捕虜) 동지(同志)들에게」의 한국전쟁기, 「우선 그놈의 사진을 떼어서 밑씻개로 하자」의 이승만 정권기, 「4.19 시(詩)」의 4.19 혁명기, 「전향기(轉向記)」의 5.16 군사정변기, 그리고 「풀의 영상(映像)」의 베트남 전쟁기까지, 김수영이 시작활동을 했던 1940~60년대의 한국의 정치상황은 그의 심안(心眼)에 '포스트－트루스 시대'의 전조(前兆)로 비쳤을 것으로 보인다.

그처럼 어두운 시대에 김수영은 자신의 시세계에서 부단히 진리의 문제를 묻는다. 그것은 세계를 향한 질문이기도 하고, 시를 향한 질문이기도 하고, 존재를 향한 질문이기도 하다. 김수영의 시와 시론에서 '진리', '거짓', '사기(詐欺)' 등의 어휘가 자주 주제어로 등장하는 것이 바로 그러한 증례이다. 김수영은 그의 핵심적인 시론인 「반시론」에서 하이데거를 직접 거론하면서 하이데거의 시론에 김수영 자신의 시론을 견주어 보고 있다. 그러한 의미에서 하이데거의 진리 개념을 살펴볼 필요가 있다.

하이데거는 『존재와 시간』(Sein und Zeit)에서 진리 개념을 고대 그리스의 알레테이아(aletheia) 개념으로부터 가져와 은폐성(隱蔽性, Verborgenheit)으로부터 벗어나는 비은폐성(非隱蔽性, Unverborgenheit)으로 정의한다.[7] 알레테이아는 어원적으로 레테(Lethe), 즉 망각의 강으로부터 벗어난다는 의미이다. 다시 말해, 알레테이아로서의 진리는 망각된 존재의 본질을 다시 열어 밝혀 보인다는 것이다. 하이데거에게 인간 현존재(現存在, Dasein)는 스스로를 열어 밝혀 보이는 진리의 상태에 있는 존재, 즉 진리존재(眞理存在, Wahrsein)이다.[8] 하이데거에게 존재

---

7) Martin Heidegger, 『존재와 시간』, 이기상 역, 서울: 까치, 2001, p.296.
8) Martin Heidegger, Sein und Zeit. Tübingen: Max Niemeyer Verlag, 2006, p.297.

와 진리는 곧 진리존재로서 성립될 때 의미가 있다. 인간 현존재는 진리 안에 있어야 한다.9) 그런 의미에서 이 탈은폐성은 형이상학적으로 근본적인 진리, 즉 '초월론적 진리'(veritas transcendentalis)이다.10) 다시 말해 그것은 진리란 사실의 정합 또는 논리의 정합만으로 판단되는 것을 뛰어넘어 존재에게 근본적인 것이라는 의미이다.

한편 하이데거는 「무엇을 위한 시인인가?」(Wozu Dichter?)에서 언어(Sprache)는 성역(templum)이자 '존재의 집'(Haus des Seins)이라고 하였다.11) 그러한 맥락에서 하이데거에게 시작(詩作)은 언어로 존재의 진리를 찾아가는 철학함 그 자체이다. 그러므로 시는 존재의 진리의 언어이다.

여기서, 김수영의 '반시'라는 개념과 '포스트-트루스'라는 개념은 하이데거의, 존재의 진리의 언어로서의 시에 대하여 대립항에 놓일 수 있다는 공통점을 갖는다. 즉, 시가 진리에 대응된다면, 반시는 비진리에 대응된다. '포스트-트루스'라는 신조어의 번역어는 아직 공식적으로 확정된 바가 없다. 비진실(非眞實) 또는 탈진실(脫眞實)로 번역되는 경향이 있을 뿐이다. 본고는 하이데거의 진리(眞理, Wahrheit)도 영어로는 'Truth'로 번역되는 바, '포스트-트루스'가 '비진리(非眞理, Unwahrheit)'와 똑같은 개념은 아니지만, 유비적으로 대응될 수 있는 개념으로 전제하고 이 논문의 논지를 전개해 나아가고자 한다. 그러니까, 김수영의 시대의 하이데거적 비진리 개념과 오늘날의 포스트-트루스

---

9) Martin Heidegger, 『존재와 시간』, p.221.

10) Martin Heidegger, 『논리학의 형이상학적 시원근거들』, 김재철 · 김진태 역, 길, 2017, p.315.

11) Martin Heidegger, 「무엇을 위한 시인인가?」, 『숲길』, 신상희 역, 파주: 나남, 2010, p.454.

개념을 유비적으로 견주어 봄으로써, 현 세대에 필요한 시사점을 찾고 자 한다. 이는 역사에 대한 숙고를 통해 현재의 문제를 타개하고 미래 를 향해 나아가기 위한 학문적 시도이다.

이러한 전제에 이르기 전까지 검토한, 유사개념들이 있다. 자세히 말 하자면, '포스트—트루스'라는 개념이 '직관진리(直觀眞理)' 또는 '주관 (主觀)의 진리' 또는 '가상(假想)의 진리' 개념과는 어떠한 관계에 있는 지 비교해 봄으로써, '포스트—트루스'의 의미를 명확히 해보고자 한 것이다. 우선 직관진리는 지각, 즉 아이스테시스(αισθσις)로 파악되 기도 하는 사유, 즉 노에인(νοειν)에 의해 깨달은 진리이다.[12] 그렇지 만 '포스트—트루스'는 직관의 영향을 받지만, 왜곡된 사실로부터 영향 을 받아, 진리로부터 이탈하는 것이므로, 직관진리라고 할 수 없을 것 이다. 다음으로 '주관의 진리'는 예컨대 라캉(Jacques Lacan)의 '나'라는 1인칭으로 말해지는 진리를 의미한다.(Zupančič 182) 그렇지만 '포스 트—트루스'는 객관보다는 주관의 영향을 받지만, '나'라는 1인칭으로 말해지는 진리가 아니라, 익명적인 개인들 다수가 왜곡된 사실에 바탕 을 둔 여론을 형성하는 사회적 현상이라는 점에서, '주관의 진리'라고 할 수 없다. 마지막으로 '가상의 진리'는 라캉이 "진리의 구조는 허구의 구조"라고 말한 의미, 즉, 진리는 상징계 안에서 재창조된다는 의미이 다.(Zupančič 182~185) 그렇지만 '포스트—트루스'는 허구성을 갖지 만 현실에 실질적으로 영향을 미친다는 점에서 '가상의 진리'와 같다고 할 수 없다.

그러므로 '포스트—트루스'는 '비진리'에 가장 가까운 개념으로 판단 된다. 다시 한 번 강조하건대, 하이데거의 비진리란 존재의 본질을 은

---

12) Martin Heidegger, 『논리학:진리란 무엇인가?』, 이기상 역, 까치, 2000, pp.113~115.

폐함으로써 진리를 망각시키는 것이라고 할 때, 왜곡된 사실에 근거함으로써 그릇된 신념을 만들고 그럼으로써 다시 존재의 본질과 진리를 벗어나는 '포스트-트루스'의 의미는 넓은 범주에서 하이데거의 비진리에 잘 상응되는 것으로 판단된다. 이러한 전제 하에 본고는 김수영의 '반시' 개념과 오늘날의 신조어 '포스트-트루스', 즉 비진리의 관계에 대하여 추론해 보고자 한다. 그럼으로써 결론적으로 김수영의 반시론이 그 자신의 어두운 시대의 비진리를 드러내고자 하는 하나의 실험적 시도였음을 논증해 보이고자 한다. 나아가 이러한 연구의 결과는 오늘날 '포스트-트루스' 시대에 대응해야 할 시는 어떠해야 하는가에 대하여 시사하는 바가 있을 것이다.

II. 김수영의 「반시론」의 '죽음'의 문제

김수영의 대표적인 시론인 「반시론」의 서두는 시인의 '죽음'의 문제라는, 가장 실존적인 문제를 다루고 있다. 그러한 구절을 살펴보면 다음과 같다.

> 문학에는 숙명적으로, 정도의 차이는 있지만 곡예사적 일면이 있다. 이것은 신이 날 때면 신이 나면서도 싫을 때는 무지무지한 자기 혐오를 불러일으킨다. 곡예사란 말에서 연상되는 것이 불란서의 시인 레이몽 크노의 재기발랄한 시다. 얼마 전에 죽은 콕토의 문학도 그렇다. 빨리 죽는 게 좋은데 이렇게 살고 있다.
>
> ― 김수영, 「반시론」 부분. (255)[13]

---

13) 이 논문에 인용된 김수영의 산문은 모두 김수영, 『김수영 전집 2 산문』, 서울: 민음

김수영은 「반시론」을, 문학의 숙명을 '곡예사'에 비유하며 시작한다. 그러한 비유의 근거로서 김수영은, 문학이 '신명'과 '자기혐오'의 극단적인 양가성을 가지고 있기 때문이라고 부언(附言)한다. 그러한 양가성을 보여주는 시인의 예로 김수영은 레이몽 크노(Raymond Queneau, 1903~1976)와 장 콕토(Jean Cocteau, 1889~1963)를 든다. 우선, 레이몽 크노는 프랑스의 실험시 그룹인 울리포(OuLiPo) 그룹의 시인이다. 레이몽 크노는 문학과 다른 여러 학문을 연계시킴으로써 시를 백과전서 식으로 확장하는 한편, 구어체를 구사하여 소외계층의 삶을 비극적으로 그려낸다.(곽민석 189) 이러한 레이몽 크노의 시세계의 특징은 김수영의 시세계의 특징과도 상통하는 부분이 있다. 김수영이 「반시론」에서 두 번째로 호명한 시인은 장 콕토이다. 장 콕토 역시 레이몽 크노와 마찬가지로 프랑스의 실험적인 시인이다. 그는 영화감독이기도 했다. 그의 대표적인 영화는 『오르페우스』 3부작이다. 오르페우스의 신화에서 오르페우스가 시인의 상징이듯이, 이 영화에서 주인공인 오르페우스는 장 콕토 자신을 모델로 한 시인이다.(황균민 148) 「반시론」의 후반부에서 김수영은 하이데거의 「릴케론(論)」을 거론하며 라이너 마리아 릴케(Rainer Maria Rilke)의 시 「오르페우스에 바치는 송가(頌歌)」를 인용한다. 이처럼 장 콕토의 시세계도 김수영의 시세계와 상통하는 부분이 있다. 김수영이 「반시론」에서 레이몽 크노와 장 콕토를 호명하며 이 글을 시작하는 것은 상호텍스트적으로 자신의 시세계와 이 시인들의 시세계가 연관되길 바라서일 것이다. 요컨대, 김수영이 자신과 동시대의 실험시인인 레이몽 크노와 장 콕토를 자신과 동렬에 놓은 것은 「반시론」을 하나의 '실험시론'으로 기획했다는 의미일 것이다. 그러므

_____

사, 1997.에 수록된 것이다. 괄호 안에 면수만 표기하기로 한다.

로 여기서 "곡예사"란 실험시인을 빗댄 비유라고 할 수 있을 것이다.

그런데 여기서 문제적인 것은 김수영이 장 콕토의 죽음을 상기하며 시인의 요절(夭折)을 미덕으로 여긴다는 것이다. 실험시의 양가성 중 하나인 '신명'은 예술의 창조성으로부터 비롯되는 희열이라고 볼 수 있다. 반면 실험시의 양가성 중 또 다른 하나인 '자기혐오'는 일종의 부정성(否定性)으로서 죽음충동으로 변할 수 있다. 그렇다면 김수영은 왜 시인 자신에게 위험한 죽음충동을 "곡예사"로서의 시인이 갖는 속성으로 보는 것인지 분석해 볼 필요가 있다.

> 나이가 먹으면서 거지가 안 된다는 것은 생활이 안정되어 가고 있다는 말이 된다. 불안을 느끼지 않는다. 그리고 불안을 느끼지 않는 눈으로 세상을 바라보고 남을 판단한다.
> [중략]
> 하늘은 둥글고 땅도 둥글고 사람도 둥글고 역사도 둥글고 돈도 둥글다. 그리고 시까지도 둥글다.
> 그런데 이런 둥근 시(詩) 중에서도, 하기는 이땅에서는 발표할 수 없는 것이 튀어나오는 때가 있다.
> — 김수영, 「반시론」 부분. (255)

김수영이 시인의 요절을 미덕으로 보는 것은 시인이 나이가 들어 생활이 안정되면 이른 바 '둥근 시'가 쓰이기 때문이다. 김수영에게 '둥근 시'는 세계나 역사나 생활과 불화가 없는 시이다. 이러한 시가 그의 관점에서는 태작(駄作) 또는 졸작(拙作)이다. 그리고 태작 또는 졸작이 나오면 그 시인은 더 이상 시인이 아니라고 김수영은 규정하고 있는 것이다. 김수영에게 진정한 시인은 '불안'의 기분 가운데서 세계를 바라보고 시를 쓰는 자이다. 이것은 김수영 특유의 시관(詩觀) 또는 시인관(詩

人觀)이라고 할 수 있다. 하이데거의 관점에서도, 현존재의 존재함이 항상 모종의 부정성의 위협 가운데 무화될 수 있다는 불안(不安, Angst)을 느끼는 것은, 인간에게는 생에 대한 근본기분이다.[14] 시인이 시를 쓴다는 것은 언어로 존재의 진리를 열어 밝혀 보이는 것이고 그것은 바로 그런 근본기분 가운데서 가능하다.

다른 한편으로 김수영이 시인의 요절을 미덕이라고 말하는 것은 시인의 '상징적 죽음'을 말하려는 의도로 보인다. 하이데거에 따르면, 인간은 죽음을 향한 존재(Sein zum Tode)[15]이다. 인간은 죽음을 향한 기획투사(企劃投射, Entwurf)[16]를 해봄으로써 자신의 삶의 본래적 의미를 깨달을 수 있다. 환언컨대 김수영이 시인의 요절을 언급하는 것은 자신의 삶의 의미가 진정한 시인의 모습일 때만 있다는 것을 역설(力說)한다.

그러한 맥락에서 김수영의 '둥근 시'는 비진리(非眞理)의 시이다. 그리고 비진리의 시가 나오지 않도록 각성시키는 것이 바로 죽음을 향한 기획투사이다. 그것은 시인의 요절을 통해 '시인다움'과 '시인답지 않음'의 경계를 세움으로써 무엇이 시인의 상징적 죽음이 되는지 밝히고, 그럼으로써 시인이란 존재의 본래적 의미를 되새기도록 한다.

Ⅲ. 김수영의 「반시론」의 '신(神)'의 문제

다음으로 김수영은 「반시론」에서 '신'의 문제를 주요하게 다루고 있

---

14) Martin Heidegger, 『존재와 시간』, p.251.
15) *Ibid.*, p.338.
16) *Ibid.*, p.201.

다는 데 주목하고자 한다. 하이데거의 철학의 핵심은 존재론이다. 서양 철학사에서 존재론은 신학의 영역이었다. 그러므로 존재론은 존재—신—론(存在—神—論, Onto-Theo-Logik)이다.[17] 그러나 하이데거는 신학으로부터 독립적인 존재론을 확립하고자 기획하였다. 그럼에도 불구하고 하이데거가 무신론자이거나 '신(神)' 개념을 쓰지 않는 것은 아니다.[18] 오히려 하이데거에게도 '신' 개념은 여전히 존재론에서 중요한 준거가 되는 개념이다. 하이데거의 '신' 개념은 "현존재(인간)의 존재 기반인 세계(Welt)를 창조한 이"(김유중, 「토론문」 i)다. 하이데거는 「무엇을 위한 시인인가?」에서 신들이 죽은 시대로서의 세계의 밤에서의 시인의 역할을 강조한다. 하이데거에게 현대는 세계의 밤이다. 그렇지만 한편 하이데거는 구원이 없는 절망의 시대에서 다시 "신만이 우리를 구원할 수 있다"면서 신이 부재하는 자리에 '신성(神聖)'이 현성해 오기를 기다린다.[19]

한편 마찬가지로 김수영의 시와 시론에서 주목받아 오지는 못했지만, 철저하게 학문적으로 해명하지 않고 지나칠 수 없는 주제어 중에 하나가 바로 '신(神)'이다. '신(神)'이란 시어가 그의 주요한 시와 시론에 나타나는 빈도와 중요도를 보더라도 김수영에게서 '신(神)' 개념은 간과되어서는 안 된다. 예컨대, 본고의 주요한 연구대상인 「반시론」에서도 김수영은 하이데거의 「릴케론」을 거론하며 '신'이라는 개념어가 들어간 구절을 두 차례 재인용 한다. 김수영이 재인용한 구절들은 릴케의

---

17) Martin Heidegger, 「형이상학의 존재—신—론적 구성틀」, 『동일성과 차이』, 신상회 역, 서울: 민음사, 2009, p.46.

18) François Fédier, "Heidegger et Dieu." Jean Beaufret et al., *Heidegger et la Question de Dieu*. Paris: PUF, 2009, pp.58~59.

19) 김재철, 「하이데거의 종교현상학」, 『철학과 현상학 연구』17, 한국현상학회, 2001, p.38.

「오르페우스에게 바치는 송가」 Ⅰ부 3장에 나오는 구절들이다.

참다운 노래가 나오는 것은 다른 입김이다./아무것도 바라지 않
는 입김. 신(神)의 안을 불고 가는 입김./바람
　— 릴케, 「오르페우스에게 바치는 송가」Ⅰ부 3장 부분.
　　　　　　　　　　　　　— 김수영, 「반시론」 부분. (261~262)

노래는 욕망이 아니라는 것을 곧 알게 될 것이다./그것은 급기야
는 손에 넣을 수 있는 사물에 대한 애걸이 아니라는 것을 알게 될 것
이다./노래는 존재다. 신(神)으로서는 손쉬운 일이다. 하지만 우리들
은 언제 존재할 수 있겠는가? 그리고 우리들은 언제/신(神)의 명령으
로 대지와 성좌로 다시 돌아갈 수 있게 되겠는가?/젊은이들이여, 그
것은 뜨거운 첫사랑을 하면서 그대의 다문 입에/정열적인 목소리가
복받쳐오를 때가 아니다. 배워라.
　— 릴케, 「오르페우스에게 바치는 송가」Ⅰ부 3장 부분.
　　　　　　　　　　　　　— 김수영, 「반시론」 부분. (262)

김수영은 첫 번째 인용에서는 릴케는 "참다운 노래가 나오는 것"은
무엇인지 말하고 있다. 릴케는 이 시에서 그것은 바로 '신(神)' 안에 부
는 바람이라고 말한다. 즉, 신 안에 부는 바람이 노래가 된다. 그리고 이
때 그 노래란 곧 시를 의미하는 것일 터이다. 김수영의 「반시론」에 인
용된 릴케의 「오르페우스에게 바치는 송가」에서 노래는 현존재이며
이것은 신에게 쉬운 것인데, 인간에게는 어렵다고 말하고 있다. 단순화
하자면, 김수영의 「반시론」 안에서 신과 존재와 진리는 동일선 상에 있
다. 그런데 흥미로운 것은 그 바람을 입김에 비유하고 있다는 것이다.
'신'의 입김이 인간의 육체에 영혼을 불어넣는다는 모티프는 성경의

「창세기」에서 아담의 창조를 비롯하여 여러 신화에 나타난다. 즉, 노래 한 편이 창조되는 과정은 신에 의해 인간이 창조되는 과정과 같다.

나아가 김수영은 릴케를 두 번째 인용하는 데서 노래의 궁극적인 본질 그 자체의 의미를 얻어내려고 한다. 릴케는 이 시에서 "노래는 욕망이 아니라" "존재(存在)"라고 말한다. 다만, 최근의 릴케의 동일 작품은 김재혁의 번역에 의해 「오르페우스에게 바치는 송가」라는 제목은 「오르페우스에게 바치는 소네트」로, 그리고 "노래는 존재"는 "노래는 현존재(現存在, Dasein)"로 바뀌었다.[20] 본고는 'Dasein'에 대한 번역으로 김재혁의 현존재라는 번역이 더 일반적이고 타당하다고 판단되는 바, '노래는 현존재'로 쓰기로 한다. 다시 본래의 논의로 돌아와서, 릴케에 의하면, "참다운 노래"는 신의 입김에서 비롯되었으며, 노래는 곧 현존재이다. 곧, 음악의 신 오르페우스는 곧 현존재의 상징이다. 또한 오르페우스는 시인의 상징이다. 그러한 맥락에서 진정한 시인은 현존재의 상징이다. 그러한 논리가 성립되는 것은 하이데거에게서도 마찬가지이다. 애초에 위의 인용도 김수영이 하이데거의 「릴케론」에서 재인용한 것이다.

하이데거에게서 예술작품의 근원은 예술가이고, 예술가의 근원은 예술작품이다. 예술작품에서는 존재자의 진리가 작품 스스로를 정립한다.[21] 하이데거에게서 예술작품은 단순히 미(美)가 구현되는 영역에서 그치지 않고, 그 의미가 더욱 상승하여, 존재의 진리가 구현되는 영역이 된다. 즉, 노래로서의 시라는 하나의 예술작품은 그 자체로 현존재이며 진리가 언어로 정립된 결정체이다. 하이데거에게 예술작품은

---

20) Rainer Maria Rilke, 『릴케 전집 2─두이노의 비가 외』, 김재혁 역, 서울: 책세상, 2000, p.502.
21) Martin Heidegger, 「예술작품의 근원」, 『숲길』, 신상희 역, 파주: 나남, 2010, p.46.

현존재의 시적인 집이다.[22] 그러나 여기서 릴케는 이러한 것이 '신'에게는 쉽다고 말하고 있다. 그 말의 의미는 인간에게는 어렵다는 것이다. 즉, 인간은 '신'의 명령으로 대지와 성좌로 돌아가야 한다. 성경에는 "하느님께서는 이렇게 당신의 모습으로 사람을 창조하셨다."(「창세기」 1장 27절)라고 기록되어 있다. 인간이 신의 형상에 따라 창조되었다는 것이 바로 존재신론의 대전제이다. 릴케의 「오르페우스에게 바치는 소네트」도 기독교 신화의 상상력과는 다른 독자적인 신화적 상상력을 바탕으로 구성되어 있다. 그러나, 인간이라는 존재보다 완전한 존재로서의 '신'을 상정하는 것은 기독교의 신화나 그리스의 신화나 동일하다. 릴케의 시에서는 인간 존재와 신적 존재가 대비되고 있다. 릴케가 노래는 현존재라고 했을 때, 이 현존재는 신적 존재(神的 存在)이다. 이러한 부분은 하이데거의 존재론이 릴케의 존재의 시론의 영향을 받았지만, 하이데거의 존재론이 릴케의 존재의 시론과 차이를 보이는 부분이기도 하다. 왜냐하면, 하이데거의 현존재 개념은 인간만을 상정하기 때문이다. 김수영은, 그의 시편과 시론을 보건대, 릴케의 「오르페우스에게 바치는 소네트」의 시적 논리를 따르고 있는 것으로 판단된다. 김수영은 하이데거의 「릴케론」에서 고트프리드 헤르더(Gottfried Herder)의 「인류의 역사철학적 고찰」(Ideen zur Philosophie der Geschichte der Menschheit)을 재인용한다. 거기서 김수영은 만약 신적인 입김이 인간에게 불어넣어지지 않는다면, 인간은 동물에 불과할 것이라고 한 부분에 주목한다.(「반시론」 262) 이때, 동물이란 인간의 육체성을 가리키는 것일 터이다.

김수영은 인간이라는 존재에 대한 이해를 '신'과 '동물' 사이에서 논

---

22) Véronique Bergen, *L'Ontologie de Gilles Deleuze,* Paris: L'Harmattan, 2001, p.412.

한 하이데거의 「릴케론」의 전유를 통해 해 나아가고 있다. 그러면서 김
수영은 자신의 시 「미인(美人)」과 릴케의 시 「천사(天使)」를 비교한다.
천사 또한 신화적 상상 안에서 신과 인간 사이의 존재인 것이다. 릴케
는 세계내면공간(世界內面空間, Weltinnenraum)[23]으로부터 영감을 받
는 시인이다.[24] 이 세계내면공간에 존재하는 것이 바로 천사이다. 다른
한편, 이 천사가 존재할 수 있는 세계를 사방세계(四方世界, Weltgevierte)
라고도 한다. 사방세계는 천상과 지상, 삶과 죽음, 이 네 영역을 포괄하
는 세계이다. 하이데거에게 이 사방세계는 신(Gott)이 나타나기도 하고
사라지기도 하는 신성(Gottheit)의 영역으로, 달리 말해, "신적인 것들
(die Göttlichen)"의 영역인 것이다.(신상희 78) 김수영이 자신의 '미인'
을 '천사'에 견준다는 것은 '천사'를 통해 '천사'가 존재하는 세계내면공
간과 사방세계를 동시에 소환한다는 것을 의미한다.

그러므로, 이처럼 김수영의 시는 기존의 문학사적 평가와 달리 역사
와 현실에 적극적으로 참여하는 지식인 문학으로서의 앙가주망 문학
으로서만 의미가 있는 것은 아니다. 김수영은 「반시론」의 가장 마지막
부분에서 "참여시의 후진성"(263)이라는 비판적 표현을 쓰고 있다. 이
러한 부분을 보더라도, 김수영의 시에서 '신' 개념은 정확히 학문적으
로 분석되고 해석되어야 할 것이다.

그러한 차원에서 김수영의 시에서 '신(神)'이란 시어가 들어간 주요
구절들을 살펴보면 다음과 같다.

---

23) Martin Heidegger, 「가난한 시대의 시인」, 『시와 철학: 횔덜린과 릴케의 시세계』,
소광희 역, 서울: 박영사, 1980, p.257.
24) Escoubas Eliane, *Questions Heidegeriennes —Stimmung, Logos, Tradition, Poésie,* Paris:
Hermann Éditeurs, 2010, p.164.

심연은 나의 붓끝에서 퍼져가고/나는 멀리 세계의 노예들을 바라
본다/진개(塵芥)와 분뇨(糞尿)를 꽃으로 마구 바꿀 수 있는 나날/그
러나 심연보다도 더 무서운 자기상실(自己喪失)에 꽃을 피우는 것은
신(神)이고//나는 오늘도 누구에게든 얽매여 살아야 한다

　　　　　　　　　　　　　　　　　　　　－ 김수영, 「꽃」 부분. (111)[25]

　우선 김수영의 「꽃」은 하이데거가 「가난한 시대의 시인」에서 말한,
신이 죽은 시대로서의 세계의 밤(Weltnacht)(207)을 연상시킨다. 「꽃」
에서 "자기상실에 꽃을 피우는 것은 신"이라는 표현은 한국현대시사에
서 가장 심오한 표현 중 하나일 것이다. 이 표현은 다의적으로 해석될
수 있다. 자기상실을 했음에도 불구하고 그것을 극복했다는 의미로 해
석될 수도 있고, 자기상실을 통해 하나의 희생양처럼 자신의 존재를 완
성했다는 의미로 해석될 수도 있다. 어느 편으로 해석되든 완전히 의미
로 환원되지 않는 아름다움의 실재를 담은 시의 언어로서 저 시는 남는
다. 하이데거의 릴케론인 「가난한 시대의 시인」에 따르면 세계의 밤에
시인은 신을 대신하여 존재의 진리를 찾는 역할을 한다. 그러나 오르페
우스라는 신은 시인이기도 하다면, 김수영의 「꽃」에서 세계의 밤에 죽
은 신도 시인이며, 거기서 꽃을 피우는 것도 시인일 수 있게 된다.

　김수영이 신을 무엇이라고 생각하는지에 대해 해명하기 위해서는
그가 신과 관련하여 시에 쓴 표현들로부터 신의 의미를 지속적으로 추
출해 내야 한다. 예컨대, 신의 의미를 가늠해 볼 수 있도록 하는 시편들
은 아래와 같다.

---

25) 이 논문에 인용된 김수영의 시는 모두 김수영, 『김수영 전집 1 시』, 서울: 민음사,
　　1997.에 실린 시이다. 괄호 안에 면수만 표기하기로 한다.

나는 이 어둠을 신(神)이라고 생각한다//이 어두운 신(神)은 밤에
도 외출을 못하고 자기의 영토를 지킨다―유일한 희망은 겨울을 기
다리는 것이다// [중략] 그는 인간의 비극을 안다/그래서 그는 낮에
도 밤에도/어둠을 지니고 있으면서/어둠과는 타협하는 법이 없다
— 김수영, 「수난로」 부분. (66)

김수영의 「수난로」는 인간의 운명에 대한 비극적 정조와 신에 대한
사유를 다루고 있다는 점에서 앞의 「꽃」과 상통한다. 그렇지만 이 시는
신이 무엇인지 직접 말하고 있다는 점에서 상당히 의미가 깊다. 김수영
은 이 시의 시적 주체인 "나"를 통해 "어둠"이 "신"이라고 생각한다고
말한다. 김수영의 '어둠이 신'이라는 선언은 흔히 신이 빛의 이미지로
표현되는 다른 예술작품들의 상상력과 다른 깊은 울림과 아름다움을
느껴지게 한다. 김수영이 '어둠이 신'이라고 생각하게 만드는 이유는
그 신이 "인간의 비극"을 이해하기 때문이다.

김수영의 「꽃」의 자기상실의 존재로서의 '신(神)' 그리고 「수난로」
의 인간의 비극성을 이해하는 존재로서의 '신(神)'은 예수나 디오니소
스 같은 신을 연상시킨다.

김수영은 자신이 기독교 신자가 아니라고 말한다. 그렇지만, 김수영
이 포로수용소에 있을 때 성경을 읽었으며, 이러한 독서체험이 김수영
에게 영향을 미친 부분이 없지 않다.[26) 예컨대 다음의 시가 그러한 일
면을 보여준다.

그것이 너무나 진실한 일이었기에 잠을 깨어 일어나서/나는 예수
크리스트가 되지 않았나 하는 신성한 착감조차 느껴보는 것이었다./

---

26) 이영준, 「김수영, 포로수용소에서 성서 탐닉...詩느낌 종교적」, 『뉴시스』, 2018. 2. 27.

정말 내가 포로수용소를 탈출하여 나오려고/무수한 동물적 기도를
한 것은/이것이 거짓말이라면 용서하여 주시오,/포로수용소가 너무
나 자유의 천당(天堂)이었기 때문이다.
　　　－ 김수영, 「조국에 돌아오신 상병용병 동지들에게」 부분. (31)

　김수영은 한국전쟁 중 포로수용소에 수감된 바 있다. 이 체험은 김수
영의 시에서 정치적 · 역사적 의미를 해석해 내는 데 중대한 비중을 차
지하고 있다. 그렇지만, 이러한 체험이 반드시 정치적 · 역사적 의미
만 갖는 것은 아니다. 김수영에게 이러한 체험은 오히려 종교성을 체
험하게 된 계기가 되었다. 포로수용소 체험은 예수의 십자가형과 같은
신성한 착감을 느끼게 했다는 고백이 이 시에서 직접 이루어지고 있는
것이다.

　　　소리 없이 나를 괴롭히는/그들은 신(神)의 고문인인가//[중략]//미
　　쳐 돌아가는 역사의 반복/나무뿌리를 울리는 신의 발자죽소리
　　　　　　　　　　　　　－ 김수영, 「장시(長詩)」2 부분. (209~210)

　정치성이나 역사성이 종교성과 무관하지 않다는 것은 김수영의 「장
시」2와 같은 작품을 통해 알 수 있다. 인간이 역사의 잔혹함 앞에 무력
할 때, 역사는 인간의 의지에 의해 변화하는 것이 아니라, 인간의 의지
너머 신의 소관이라는 생각이 들 수도 있는 것이다. 그럴 때, 역사로 인
해 인간이 받는 고통은 위의 시에서처럼 신에 대한 의문이나 회의를 갖
게 할 수도 있을 것이다.
　그런 맥락에서 김수영의 신은 양가적 의미를 갖는다. 예컨대 김수영
은 「영교일(靈交日)」에서 "위안이 되지 않는 시를 쓰는 시인을 건져주

기 전에/신(神)이여/그 사나이의 눈초리를 보셨나요/잊어버려야 할 그 눈초리를"(110)이라고 말한다. 즉, 신은 인간을 구원하는 한편, 신은 인간에게 시련을 내리기도 한다. 혹은 김수영의 「웃음」에서 "고운 신(神)이 이 자리에 있다면/나에게 무엇이라고 하겠나요/아마 잘 있으라고 손을 휘두르고 가지요"(19)라고 하는 데서 보이듯이, 극단적으로 신은 인간을 버릴 수도 있다.

신학에서는 인간과 달리 신만이 갖는 속성으로 자존성(self-existence), 불변성, 무한성, 단순성(simplicity)이 있다고 본다.27) 김수영의 시에서는 신과 인간의 대비에 의해 인간의 비극성이 더욱 심도 있게 표현된다. 그러나 한편 신학에서는 인간과 신이 함께 갖는 속성으로는 지식, 지혜, 선, 사랑, 거룩함, 진실성 등이 있다고 본다.(Berkhof 75~80) 김수영의 신도 궁극적으로 선(善)의 신이다. 예컨대 김수영은 「이혼취소(離婚取消)」에서 "선(善)이 아닌 모든 것은 악(惡)이다 신(神)의 지대에는 중립이 없다"라고 말한다. 김수영은 신이 선의 편에 설 것이라고 믿는다.

이처럼 김수영의 신에 대한 사유는 상당히 깊다. 김수영은 「시골 선물」에서 "신(神)이라든지 하느님이라든지가 어디 있느냐고 나를 고루하다고 비웃은 어제저녁의 술친구의 천박한 머리를 생각한다"라고 말한다. 신(神)은 하느님(God)일 수도, 일반적인 신(god)일 수도, 인간에 대한 비유일 수도 있다.(라형택 1272~1273) 이 세 가지 가운데 김수영이 생각하는 신은 어느 것이든, 신을 부정하는 무신론자를 천박하다고 비판하고 있다. 김수영의 이러한 시는 김수영이 앙가주망 문학을 대표하는 시인이기 때문에 무신론자일 것이라는 선입견을 깨뜨린다. 예를

27) Louis Berkhof, 『기독교 신학 개론』, 신복윤 역, 성광문화사, 2015, pp.71~75.

들면, 아래의 「서책(書册)」과 같은 시는 김수영의 시세계 가운데서도 명편(名篇)이다.

> 덮어놓은 책은 기도와 같은 것/이 책에는/神밖에는 아무도 손을 대어서는 아니된다//[중략] 지구에게 묻은 풀잎같이/나에게 묻은 서책의 숙련—순결과 오점이 모두 그의 상징이 되려 할 때/神이여/당신의 책을 당신이 여시오

> — 김수영, 「서책(書册)」 부분. (61)

김유중은 김수영의 「서책」을 말라르메의 대문자 책에 견주어 논한 바 있다.[28] 이 시의 "서책"은 절대적 진리를 담고 있는 것을 너머 신성성(神聖性)마저 느껴지게 한다. 신만이 손댈 수 있는 책, 인간은 덮어놓고 기도만 할 수 있는 책, 그러한 책은 성서(聖書)와 같은 책일 것으로 보인다. 이 시에서 "서책"이 이처럼 신성한 것이 되는 것은 시인에게 존재의 진리를 언어로 열어 밝혀 표현한 것이기 때문이다. 즉, "서책"에는 시인의 전존재가 실려 있기 때문에 신에게만 허락할 수 있을 만큼 소중한 것이 된다. 하이데거의 철학에서 말한다는 것은 존재론적으로 인간의 본질이다.[29] 이러한 관점에서 김수영의 "서책"은 시인에게 자신의 본질을 담은 언어가 된다. 다시 한번 강조하자면, 하이데거에게서 시작(詩作)은 곧 철학함이다. 그리고 하이데거는 그 모범으로 횔덜린을 선택했다. 그리하여 하이데거는 본격적으로 『횔덜린의 송가—이스터』(*Hölderlins Hymne "Der Ister"*)과 『횔덜린의 송가—게르마니엔과 라인

---

28) 김유중, 『김수영과 하이데거』, pp.57~58.
29) David A. White, "Saying and Speaking," *Heidegger and the Language of Poetry*, Lincoln & London: University of Nebraska Press, 1978, p.36.

강』(*Hölderlins Hymnen "Germanien"und "Der Rhein"*) 등을 집필한다. 이 시론을 통해 하이데거는 시작이 곧 철학함임을 논증하는 데 성공한다. 하이데거는 시인들의 시인인 횔덜린이 가장 시적인 본질을 결정화했다고 극찬한다.(Halliburton 112) 하이데거에게 횔덜린이란 시인은 반신적(半神的) 존재이다.

물론 데리다와 같은 철학자는 하이데거의『존재와 시간』이후의 저작, 다시 말해, 횔덜린에 대한 시론들이 포함된 1930년대 후반 저작들을 정치적인 이유에서 비판한다.[30] 하이데거의 정치적 행보에는 논란과 반성의 여지가 있지만, 그의 시인관이나 시관은 타당하다고 판단된다.

횔덜린의 '반신'(半神, Halbgötter)[31] 개념은 시인이 신과 인간 사이의 존재라는 인식을 보여준다. 신과 인간 사이에 있는 '중심-안의-존재'로서의 반신으로부터 횔덜린은 시인의 본질과 소명을 찾는다.[32] 신과 인간을 연결하는 역할이 반신으로서의 시인에게 있는 것이다. 그러한 의미에서 반신은 '인간-너머-존재'인 동시에 '신-아래-존재'이다.[33] 릴케의 '천사'와 김수영의 '미인'은, 신은 아니지만 바로 이 '인간-너머-존재'인 동시에 '신-아래-존재'이면서 '중심-안의-존재'이다. 그런 의미에서「반시론」에서 거론되는 릴케의 '천사'와 김수영의 '미인'은 횔덜린의 '반신' 개념의 연속선상에 있다고 볼 수 있다. 이처럼 '사이의 존재'라는 것은 한 존재의 한계지점을 넘어서려는, 일종의 존재론적 열망을 보여준다. 김수영은 하이데거의「릴케론」을 인용

---

30) Jacques Derrida, "The Ends of Man." *Margins of Philosophy,* translated with additional notes by Alan Bass, Chicago: The University of Chicago Press, 1982, pp.117~136.
31) Martin Heidegger,『횔덜린의 송가-게르마니엔과 라인강』, 최상욱 역, 서광사, 2009, p.7.
32) *Ibid.*, p.260.
33) *Ibid.*, p.309.

하며 인간을 신과 동물 사이의 존재로 보는 관점을 앞서 보여주었지만, 또 다른 한편으로는 인간을 신과 악마 사이의 존재로 보는 관점을 보여준다.

> 천사 같이 천사 같이 흘러버릴 것이지만
> — 김수영, 「구슬픈 육체」 부분. (54)

> 인간은 신(神)도 아니고 악마도 아니다. 그러나 건강한 개인도 그렇고 건강한 사회도 그렇고 적어도 자기의 죄에 대해서 몸부림은 쳐야 한다. 그리고 가장 민감하고 세차고 진지하게 몸부림을 쳐야 하는 것이 지식인이다.
> — 김수영, 「제 정신을 갖고 사는 사람은 없는가」 부분. (141)

> 지식인이라는 것은 인류의 문제를 자기의 문제처럼 생각하고, 인류의 고민을 자기의 고민처럼 고민하는 사람이다.
> — 김수영, 「모기와 개미」 부분. (55)

김수영은 「구슬픈 육체」에서 인간이 "육체"를 가진 존재라는 것과 "천사"가 그렇지 않은 존재라는 것에 대한 사유를 보여준다. "천사"는 그런 의미에서도 신과 인간 사이의 존재이다. 이처럼 김수영에게 신에 대한 사유는 신 자체에 대한 사유이기도 하지만, 신이라는 준거에 의해 인간이 무엇인지에 대한 사유를 심화해 가는 과정에서 이루어지는 것이기도 하다. 즉, 김수영이 「제 정신을 갖고 사는 사람은 없는가」에서 인간을 "신"도 "악마"도 아니라고 한 것은 절대적으로 선하기만 한 존재도, 절대적으로 악하기만 한 존재도 아니라는 것을 말한다. 인간은 '죄적 존재'(Sündigsein)[34]로서 인간에게는 죄성(罪性)이 있다. 인간은 악을 행함으로써 죄를 지을 수도 있는 것이다. 그렇지만 김수영이 말하길 보다 더 중요한 문제는 그러한 죄성에 괴로워하고 그것으로부터 벗어나고자 하는 양심의 문제이다. 양심(Gewissen)이란 부름을 통해서 자기 자신을 그의 본래성에서 열어 밝혀 주는 것이다.(이기상·구연산 187) 그리고 김수영은 양심의 부름에 답하는 사람을 지식인(知識人)으로 보았다. 지식인에 대한 여러 정의가 있을 것이다. 예컨대, 당대를 풍미하던 사르트르의 『지식인을 위한 변명』에 따르면 지식인이란 "자기 내부와 사회 속에서 구체적 진실에 대한 탐구와 지배자의 이데올로기 사이에 대립이 존재하고 있음을 깨달은 사람"[35]으로 정의된다. 김수영은 『자유세계』(1958년 6월호)에 사르트르의 「아메리카론 Ⅰ ― 미국의 개인주의와 적합주의」를 번역한 바 있어,(김지녀 126) 김수영의 지식인 개념에도 사르트르의 지식인 개념의 영향이 없지 않을 것으로 보인다. 사르트르와의 영향관계를 차치하고서라도 종국에 김수영에게 지식인이란 인류의 문제를 자신의 문제로 받아들이는 사람이다.

이와 같이 김수영은 신에 대한 사유를 경유하여 인간에 대한 사유에 이른다. 그가 찾은 인성(人性)이라는 것은 인류애라는 점에서 신성(神性)에 가까워져 가는 인성(人性)이라고 볼 수 있지 않은가 한다. 그리고 이러한 김수영의 시인관은 다시 하이데거적인 반신(半神) 개념에 부합한다.(김유중, 「토론문」 ⅱ) 하이데거는 횔덜린론에서 시인을 이러한 신성을 회복시켜 줄 반신(半神)으로 간주하였다. 자기 자신이 죽음을 향한 존재임을 받아들일 때, 존재의 심연에서 '신적인 신'이 눈짓을 보내

---

34) Martin Heidegger, 『존재론 ― 현사실성의 해석학』, 이기상·김재철 역, 서광사, 2002, p.60.
35) Jean Paul Sartre, 『지식인을 위한 변명』, 조영훈 역, 서울: 한마당, 1996, p.46.

는데,(신상희 63) 그 눈짓의 의미를 받아들일 수 있는 자, 그가 곧 반신으로서의 시인인 것이다.

그러한 맥락에서, 김수영의 시는 한 인간의 평범성을 넘어선다. 기존의 김수영에 대한 연구들이 김수영의 시세계의 소시민성(小市民性)을 많이 언급해왔다. 그렇지만, 김수영의 시세계는 그 자신이 죽음에 다가갈수록 그러한 소시민성을 넘어선다. 자신의 실존에 대한 물음에 천착했던 김수영은 역사로부터 시인으로서의 소명을 받는다. 다음은 그러한 시의 대표작인 「거대한 뿌리」의 부분이다.

> 더러운 역사라도 좋다/진창은 아무리 더러운 진창이라도 좋다/나에게 놋주발보다도 더 쨍쨍 울리는 추억이/있는 한 인간(人間)은 영원하고 사랑도 그렇다
>
> ― 김수영, 「거대한 뿌리」 부분. (226)

이 시에서 김수영이 역사와 인류를 포용하는 태도는 인성의 평범성을 넘어선다. 이러한 시인의 모습은 김수영적인 반신의 면모라고 할 수 있을 것이다. 반신은 다시 한 시대의 선지자이자 예언자와 같은 특성을 보인다.(김유중, 「토론문」 ii) 그리고 그러한 특성의 현대적 화신(化身)은 지식인이라고 볼 수도 있을 것이다. 김수영의 「거대한 뿌리」는 그 자신이 말한 지식인의 개념에 가장 부합하는 시인의 상을 보여주는 시일 것이다. 인간은 시간 안에 존재하며, 그런 의미에서 인간은 역사 안에 존재한다. 역사 안에 존재하지 않는 인간은 없다. 역사에 대해 어떠한 인식을 가지며 또 어떠한 태도를 가질 것인가에 대하여 고민하는 것은 누구에게나 중요하지만 특히나 지식인에게는 일종의 책임이다. 김

수영의 역사에 대한 인식과 태도는 김수영 자신이 신적 존재는 아니라고 할지라도 죄적 존재인 인간의 인성을 넘어서 신성을 향해 나아가려는 거룩함이 인류애를 통해 전해지는 시라고 할 수 있다.

김수영의 시세계에서 전경화되어 있는 시편들은 「거대한 뿌리」처럼 앙가주망 문학(engagement literature)의 성격을 띤 작품들이다. 그렇지만, 김수영은 시와 시론을 통해 신의 문제를 사유하지 않는 문학을 천박한 것으로 보며, 그 자신이 신앙인은 아니지만 또한 무신론자도 아닌 시인의 자리에서 신성에 대한 사유를 경유해 인성에 대한 사유에 이르렀다고 할 수 있다. 이러한 사유의 방향은 하이데거가 신학에 기반을 둔 존재론으로부터 벗어나 철학의 독자적인 존재론을 확립하려고 하였으되, '신'과 '신적인 것'에 대한 물음을 지속해 나아가며 구원을 어디로부터 얻을 것인가 답을 찾았던 것과 상통하는 면이 있다. 그리고 그것은 하이데거에게서와 마찬가지로 김수영에게서도 신과 인간 사이, 반신으로서의 시인의 자리였다고 할 수 있다.

IV. 김수영의 「반시론」의 '진리'의 문제

마지막으로 김수영의 「반시론」을 우선 '진리'의 문제를 다루고 있는 시편들과의 연관성 사이에서 논의해 보고자 한다.

> 네 얼굴은 진리에 도달했다/어저께 진리에 도달했다/어저께 환희
> 를 잃었기 때문이다
> — 김수영, 「네 얼굴은」 부분. (268)

생후의 토끼가 살기 위하여서는/전쟁이나 혹은 나의 진실성 모양
으로 서서 있어야 하였다

　　　　　　　　　　　　　　　　　　　　　　— 김수영, 「토끼」 부분. (20~21)

진실을 찾기 위하여 진실을 잊어버려야 하는/내일의 역설 모양
으로

　　　　　　　— 김수영, 「조국에 돌아오신 상병용병 동지들에게」 부분. (31)

정치의견의 우리말이 생각이 안 난다 거짓말 거짓말

　　　　　　　　　　　　　— 김수영, 「거짓말의 여운 속에」 부분. (274~275)

　김수영은 「네 얼굴은」에서 "진리"에 "도달"하기 위한 전제조건으로
"환희를 잃"는 것을 든다. 이러한 데서도 김수영은 비극적인 세계인식
을 가지고 있다는 것을 알 수 있다. 세계가 비극이기 때문에 환희 없이
이 세계를 바라보는 것이 진리일 것이기 때문이다. 이러한 비극적인 세
계인식은 역사적으로 전쟁과 연관이 깊다. 하이데거에 따르면, 인간 현
존재는 선험적으로 세계—내—존재(In-der-Welt-sein)[36]이다. 김수영
의 「토끼」와 「조국에 돌아오신 상병용병 동지들에게」는 진리를 찾고
자 하는 현존재인 시인이 세계—내—존재로서 전쟁이라는 역사적 상
황에 처해 있다는 것을 보여준다. 김수영은 위의 시편들에서 "진리" 또
는 "진실"이라는 시어를 바로 전쟁이라는 역사적 상황이 전제된 문맥
들에서 쓰고 있는 것이다. 이것은 칸트가 『판단력 비판』(*Kritik der Urt
eilskraft*)에서 전쟁의 참상(慘狀)이 인간의 도덕성을 숭고하게 만드는
아이러니를 연출하기도 한다고 말했던 것을 연상시킨다.[37] 칸트의 예

---

36) Martina Heidegger, 『존재와 시간』, p.82.
37) Immanuel Kant, 『판단력 비판』, 이석윤 역, 서울: 박영사, 2003.

시와 마찬가지로, 김수영이 진리의 진정한 의미를 깨닫게 되는 것도 역설적으로 전쟁이 야기한 역사적 상황 때문인 것으로 그의 시편들에 나타나고 있다. 이때 전쟁은 열전(熱戰)과 냉전(冷戰) 모두를 아우른다. 열전이든 냉전이든 전쟁이라는 역사적 상황은 김수영에게 역설적으로 진리의 문제를 천착하도록 하였다. 하이데거에 따르면, 역사(歷史, Geschichte)는 "시간 안에서 일어나는, 실존하는 현존재의 특수한 생기이며, 그래서 서로 함께 있음에서 '지나가버린' 그리고 동시에 '전수된' 그리고 계속 영향을 미치는 생기"[38]이다. 현존재는 그 개념 자체에 시간적 존재라는 의미를 내포한다. 그러므로 현존재는 역사적 존재이지 않을 수 없다. 즉, 현존재가 진리를 찾는 문제는 역사 속에서 진리를 찾는 문제와도 무관할 수 없는 것이다. 그러한 맥락에서 김수영은 진리의 문제에서 역사와의 대면을 회피하지 않는다. 김수영이 「거짓말의 여운 속에」에서 한국의 정치인들이 진리를 왜곡하는 문제를 거론하는 것은 역시 진리를 찾는 현존재로서의 시인이 세계-내-존재로서 역사의 문제와 마주하게 되기 때문이다. 이러한 점들을 아울러 보았을 때, 김수영의 시에서 진리 또는 진실의 의미는 일의적이지만은 않다. 세계-내-존재가 마주한 역사와 정치 가운데서 현존재의 진리를 긍정할 수 있을 때, 김수영은 자신의 시세계 안에서 현존재의 실존적 진리도 긍정했다.

이러한 시편들이 탄생하는 과정에서 기존의 시라는 개념은 파괴된다. 대신 김수영은 반시(anti-poetry)라는 개념을 자신의 시론에 도입한다. 김수영에게서 진리를 찾아가는 과정이 시학적으로 또 미학적으로 반시를 선택하게 만든 것이다.

---

38) Martin Heidegger, *op. cit.*, p.496.

나아가 김수영의 반시는 고해성사와 같이 인간의 죄에 대해 고백한다. 고해성사는 죄를 씻어내는 의식이다. 신이라는 절대선(絕對善)에 비추어 인간 자신이 신이 아니라는 것을 깨닫고 자신의 죄성(罪性)에 몸부림치는 것이 김수영의 시이다. 그것은 인간에게 양심이 있다는 것의 아름다운 방증이다.

이러한 데서 알 수 있는 바와 같이, 김수영의 반시는 진위, 선악, 미추를 모두 아우르는 위상으로 올라선다.(김유중, 「토론문」ii) 그리고 이것이 시라는 예술 안에서 가능한 것은 양심의 문제가 개인의 양심의 문제로부터 출발하여 대의의 문제로 발전했기 때문일 것이다.(김유중, 「토론문」ii) 이러한 맥락을 이어서 그의 「반시론」 안에서 시와 진리의 문제를 찾아보면 다음과 같다.

> 이제는 애를 써서 책을 읽으려고 하지 않는다. 책을 안 읽는다는 것은 거짓말이지만, 책이 선두가 아니다. 작품이 선두다. 시라는 선취자가 없으면 그 뒤의 사색의 행렬이 따르지 않는다. 그러니까 어떤 고생을 하든지 간에 시가 나와야 한다. 그리고 책이 그 뒤의 정리를 하고 나의 시의 위치를 선사해준다. 정신에 여유가 생기면, 정신이 살이 찌면 목의 심줄에 경화증이 생긴다.
>
> — 김수영, 「반시론」 부분. (259)

T. S. 엘리엇은 「전통과 개인의 재능」에서 시인이 되기 위한 전제조건으로 문학사에 대한 역사의식을 들었다.(13) 시인에게 책을 읽는다는 것은 문학사의 정전(canon)을 체화함으로써 새로운 시인으로 거듭나는 과정이다. 그런데 위의 인용에서 김수영이 '책을 읽으려 하지 않는다.'는 것은 문학사의 전통으로부터 거리를 두려한다는 것을 의미한다. 즉,

「반시론」의 맥락 안에서 위의 문장은 기존의 시관을 거부하고 새로운 시를 창작하길 원하는, 실험성에 대한 시인의 욕구를 배태하고 있는 것이다.

그러면서 이어서 김수영은 「반시론」에서 진리의 반대개념인 거짓에 대하여 말하고 있다. 위의 인용에서 "책을 안 읽는다는 것은 거짓"이라는 말은 역으로 '진실은 책을 읽고 있다는 것'이라는 의미이다. 김수영도 완전히 독서와 단절할 수 없음은 인정한다. 그러나 그는 한 단계 더 나아가 독서보다 중요한 것은 작품, 즉, 창작이라고 강조한다. 즉, 김수영에게 더 값진 진실은 창작인 것이다. 창작은 곧 '시를 짓는다'(Ditchten)[39]는 것이다. 김수영에게 시를 짓는 것이 중요한 이유는 「반시론」에서 보이는 바와 같이 그것이 "사색의 행렬"을 이끌어 내기 때문이다. 하이데거에게 시 짓기는 사유함이다.[40] 하이데거에게서와 같이 김수영에게도 시를 쓴다는 것은 사색한다는 것, 나아가 철학한다는 것이다. 다시한 번 강조하건대, 하이데거의 철학에서 시는 언어로써 존재의 진리를 열어 밝혀 보이는 예술이다. 시의 그러한 역할은 하이데거의 철학이 지향하는 바이기도 하다. 즉, 하이데거에게 존재의 진리를 열어 밝혀 보이는 철학은 시로부터 온 것이다.

그것이 김수영에게도 「반시론」에서와 같이 "고생"을 통해서라도 시를 써야 하는 이유이다. 나아가 김수영이 「반시론」에서 시인의 정신에 여유가 생기면 몸에 "경화증"이 온다고 말한 것은, 앞서 '둥근 시'를 경계한 것과 마찬가지다. 즉, 김수영은 시인의 수명이 끝날 수도 있는 순

---

39) Martin Heidegger, 『횔더린 송가—이스터』, 최상욱 역, 서울: 동문선, 2005, p.30
40) Martin Heidegger, 「언어에 이르는 길」, 『언어로의 도상에서』, 신상희 역, 파주:나남, 2012, p.380.

간에 대하여 자계(自戒)를 하고 있는 것이다. 이처럼 시인의 시 짓기에 대한 자세는 준엄하다. 그것은 시인이 시 짓기에 전 존재를 걸고 있기 때문이다. 다시 말해, 시 짓기는 존재 자체의 근본사건으로서 존재를 건립한다.41)

그리고 무엇보다 중요한 것은 김수영에게서 이러한 존재의 진리의 문제는 역사와 실존을 모두 아우른다는 것이다. 이 점이 바로 오늘날 포스트―트루스 시대의 우리에게 시사점을 주는 것이다. 플라톤은 소피스트들이 있지 않은 것을 있는 것처럼 거짓 진술들을 퍼뜨리는 것에 대항하여, 진정 존재한다는 것은 어떠한 것인지, 그리고 진정 진리란 무엇인지 물었다.42) 포스트―트루스 시대에도 역시 진정 존재한다는 것이 어떠한 것인지, 그리고 진정 진리인 것이 무엇인지 혼란스럽다. 플라톤과 같은 자세가 이 시대에 다시 절실히 필요하다.

그러므로 여기서 다시 논의의 초점을 오늘날의 신조어, 포스트―트루스에 맞춰 보도록 한다. 다시 한번 강조하자면, 하이데거는 진리의 본질을 비은폐성으로 보았다. 그러한 의미에서 시는 존재의 진리를 은폐성으로부터 벗어나 열어 밝혀 보이는 것이다. 하이데거는 시적으로 말해져야 할 것은 시적 진리이며, 시적으로 바른 말은 시적으로 존재자를 명명하는 것이라고 하였다.43) 하이데거에게 시는 진리의 언어이자, 존재의 고유한 이름을 찾아주는 언어인 것이다.

그러나 불행하게도 김수영은 어두운 시대의 비진리들에 둘러싸여 있었다. 이러한 상황에서 김수영의 반시는 비진리의 은폐성을 폭로하

---

41) Martin Heidegger, 『횔덜린 송가―게르마니엔과 라인강』, p.348
42) Plato, 『소피스트』, 이창우 역, 서울:이제이북스, 2011, pp.133~147.
43) Martin Heidegger, 『횔더린 송가―이스터』, p.186

는 방향으로 나아간다. 다시 말하면, 김수영의 반시는 어두운 시대의 거짓과 허위를 폭로하고자 한 것이다. 그런 의미에서 김수영의 반시는 비진리를 폭로하는 전략을 취한 실험시로 볼 수 있다. 그러나 여기서 중요한 것은 이러한 반시의 전략이 역설적으로 그 무엇보다 강력한 진리의 효과를 냈다는 것이다. 김수영의 반시론은 세계—내—존재로서의 현존재가 자신이 처한 역사적 상황을 말하는 것이 시적 진리가 되지 못할 때, 시라는 고정관념을 깬 반시의 전략으로 비진리로서의 거짓을 비은폐 상태가 되게 한다. 그러므로 반시는 거짓을 깨고 진리로 향해가는 실험시라고 할 수 있다.

그럼에도 불구하고, 독자들이 김수영의 시에서 강렬한 진실성을 느끼고 그것에 감동을 받게 되는 것은 바로, 비진리라고 할 수 있는 거짓과 허위의 폭로가 독자들에게 에피파니를 일깨우고 카타르시스를 일으키기 때문일 것이다. 반시는 그럼으로써 독자들에게 진리의 효과를 만들어 준다.

요컨대, 하이데거가 진리의 언어의 예술로서의 시에 대하여 논의하였다면, 김수영은 하이데거의 논의의 연장선상에서 비진리를 폭로하는 언어의 예술로서의 반시에 대하여 논의한 것이다. 현시대에 우리가 김수영의 반시의 전략을 되살린다면, 우리는 포스트—트루스에 대응하기 위하여 포스트—트루스의 비진리성을 폭로하는 전략을 취할 수 있겠다. 다시 말해, 포스트—트루스 시대에 우리가 김수영의 반시론을 통해 배울 수 있는 것은 그런 의미에서 비진리가 비진리임을 비은폐 상태로 만드는 것, 즉, 거짓이 거짓임을, 허위가 허위임을 폭로하는 것일 디이다. 하이데거는 자작시 「여명이 산 위로 퍼질 때」("When the early morning light quietly grows above the mountains....")에서 '존재의 시'는 인간이라고도 하였다.[44] 인간을 '존재의 시'라고 시적으로 정의하는 것, 이것은 그 자체로 인간에 대한 아름다운 정의가 아닐 수 없다. 김수영은 자기 자신이라는 존재의 시로부터 시작하여, 공동현존재(Mitdasein)로서의 민초(民草)라는 존재의 시로 나아갔다. 그것은 하이데거가 횔덜린이 "인간은 대지 위에 시적으로 거주한다."[45]라고 노래한 것을 자주 인용하는 바와 같이, 김수영도 모두가 대지 위에 "풀"(「풀」 297)이 되어 시적으로 거주하는 것을 꿈꾸었기 때문일 것이다.

V. 결론

포스트−트루스 시대란, 영국의 브렉시트와 미국의 대통령 선거 과정에서 나타난, 왜곡된 사실임에도 불구하고 그것이 집단적인 여론과 신념을 형성하면서 실제적으로 정치적인 영향력을 전 세계에 미치게 된 이 시대에 부쳐진 별칭이다. 전 세계의 지식인들이 포스트−트루스 현상에 대해 깊은 우려를 나타내고 있다. 왜 이 시대는 진리의 문제를 벗어난 힘에 의해 역사의 방향이 변화되고 있는가에 대하여 질문을 던지고 답을 구해야 하는 것이 오늘날 학자의 의무인 것이다. 이러한 상황에서 역사의 비극을 향하여 「반시론」이라는 역설적 진리로 맞섰던 김수영을 통해서 현재 우리가 역사 앞에 어떠한 응전을 할 수 있는지에 대한 시사점을 얻을 수 있다는 것이다. 요컨대, 포스트−트루스 시대에

44) Martin Heidegger, "The Thinker as Poet (Aus der Erfahrung des Denkens)," *Poetry, Language, Thought,* translated and introduction by Albert Hofstadter, New York: Harper Perennial Modern Thought, 2013, p.4.
45) Martin Heidegger, 『횔더린 송가−게르마니엔과 라인강』, p.108.

비진리의 문제에 우리가 어떻게 응전해야 하는가를 고민할 때, 김수영의 「반시론」의 시인상이 어두운 시대의 지식인 또는 세계의 밤의 반신으로 역사에 나타나 비진리를 폭로함으로써 진리를 일깨웠다는 것은 현재의 우리에게 지혜로운 시사점을 준다.

참고문헌

1. 기본자료

김수영,『김수영 전집 1 시』, 서울: 민음사, 1997.
_____,『김수영 전집 2 산문』, 서울: 민음사, 1997.

2. 국내 논저

곽민석,「레이몽 크노 울리포 그룹과 프랑스 현대 시학」,『人文科學』109, 연
　　세대학교 인문학연구원, 2017.
김동규,「죽음의 눈 : 김수영 시의 하이데거적 해석」,『철학탐구』16, 중앙철학
　　연구소, 2004.
김미정,「김수영 시의 차이와 동일성 연구: 앙가지망의 가능성을 중심으로」,
　　『한국근대문학연구』6-2, 한국근대문학회, 2005.
김윤식,「김수영 변증법의 표정」, 황동규 편,『김수영 전집 별권 김수영의 문
　　학』, 서울: 민음사, 1997.
김유중,『김수영과 하이데거: 김수영 문학의 존재론적 해명』, 서울: 민음사,
　　2010.
_____,「「포스트-트루스 시대, 김수영「반시론」의 의의」에 관한 토론문」,
　　『한국 문학과 종교 학회 2018년 여름 국제학술대회 자료집』, 한국 문

학과 종교 학회, 2018.

김재철, 「하이데거의 종교현상학」, 『철학과 현상학 연구』17, 한국현상학회, 2001.

김지녀, 「김수영 시에 나타나는 시선과 자유의 의미―사르트르와의 상관성을 중심으로」, 『한국문예비평연구』34, 한국현대문예비평학회, 2011.

로고스편찬위원회, 『로고스 New 성경사전』, 라형택 편, 서울: 로고스, 2011.

문혜원, 「김수영 시에 대한 실존론적 고찰」, 오세영 · 최승호 편, 『한국현대시 인론』 I, 서울: 새미, 2003.

박지영, 「김수영의 「반시론」에서 '반시'의 의미」, 『상허학보』9, 상허학회, 2002.

백낙청, 「김수영의 시세계」, 황동규 편, 『김수영 전집 별권 김수영의 문학』, 서울: 민음사, 1997.

서준섭, 「김수영의 후기 작품에 나타난 '사유의 전환'과 그 의미」, 『한국현대 문학연구』23, 한국현대문학회, 2007.

신동엽, 「지맥 속의 분수」, 황동규 편, 『김수영 전집 별권 김수영의 문학』, 서울: 민음사, 1997.

신상희, 「하이데거의 사방세계와 신」, 『철학』84, 한국철학회, 2005.

이기상 · 구연산, 『≪존재와 시간≫ 용어해설』, 서울: 까치, 2003.

이영준, 「김수영, 포로수용소에서 성서 탐닉...詩느낌 종교적」, 『뉴시스』, 2018. 2. 27. (http://www.newsis.com/view/?id=NISX20180227_0000238421&cID=10701&pID=10700)

임동확, 「궁색한 시대, 김수영과 하이데거 ―「모리배」전후를 중심으로」, 『국 제어문』63, 국제어문학회, 2014.

황균민, 「이미지를 찍는 시인, JEAN COCTEAU ― 오르페우스 3부작을 중심 으로」, 『씨네포럼』6, 동국대학교 영상미디어센터, 2003.

홍순희, 『김수영 시에 나타난 하이데거의 '시적 진리'에 관한 연구』, 서울대학 교 대학원 박사학위 논문, 2015.

3. 국외 논저 및 번역서

Bergen, Véronique, *L'Ontologie de Gilles Deleuze*, Paris: L'Harmattan, 2001.

Berkhof, Louis,『기독교 신학 개론』, 신복윤 역, 성광문화사, 2015.

Davies, William, "The Age of Post-Truth Politics," *New York Times,* Aug. 24, 2016. (https://www.nytimes.com/2016/08/24/opinion/campaign-stops/the-age-of-post-truth-politics.html)

Eliot, Thomas Stearns, 「전통과 개인의 재능」,『문예비평론』, 최종수 역, 서울: 박영사, 1974.

Fédier, François, "Heidegger et Dieu," Jean Beaufret et al., *Heidegger et la Question de Dieu*, Paris: PUF, 2009.

Derrida, Jacqus, "The Ends of Man," *Margins of Philosophy*, translated with additional notes by Alan Bass, Chicago: The University of Chicago Press, 1982.

Eliane, Escoubas, *Questions Heidegeriennes-Stimmung, Logos, Tradition, Poésie*, Paris: Hermann Éditeurs, 2010.

Flood, Alison, "'Post-truth' named word of the year by Oxford Dictionaries," *The Guardian*, Nov. 15. 2016. (http://en.oxforddictionaries.com/word-of-the-year/word-of-the-year-2016)

Halliburton, David, "The Essence of Poetry: Hölderlin," *Poetic Thinking: An Approach to Heidegger*, Chicago & London: The University of Chicago Press, 1981.

Heidegger, Martin, 「가난한 시대의 시인」,『시와 철학: 횔덜린과 릴케의 시세계』, 소광희 역, 서울: 박영사, 1980.

_____,『논리학:진리란 무엇인가?』, 이기상 역, 까치, 2000.

_____,『존재와 시간』, 이기상 역, 서울: 까치, 2001.

_____,『존재론 — 현사실성의 해석학』, 이기상 · 김재철 역, 서광사, 2002.

_____, *Sein und Zeit*, Tübingen: Max Niemeyer Verlag, 2006.

_____, 「무엇을 위한 시인인가?」, 『숲길』, 신상희 역, 파주: 나남, 2010.

_____, 「예술작품의 근원」, 『숲길』, 신상희 역, 파주: 나남, 2010.

_____, 『동일성과 차이』, 신상희 역, 서울: 민음사, 2009.

_____, 『논리학의 형이상학적 시원근거들』, 김재철 · 김진태 역, 길, 2017.

_____, 『횔덜린 송가 「이스터」』, 최상욱 역, 서울: 동문선, 2005.

_____, 『횔덜린의 송가-게르마니엔과 라인강』, 최상욱 역, 서광사, 2009.

_____, 「언어에 이르는 길」, 『언어로의 도상에서』, 신상희 역, 파주:나남, 2012.

_____, "The Thinker as Poet (Aus der Erfahrung des Denkens)," *Poetry, Language, Thought,* translated and introduction by Albert Hofstadter, New York: Harper Perennial Modern Thought, 2013.

Kant, Immanuel, 『판단력 비판』, 이석윤 역, 서울: 박영사, 2003.

Plato, 『소피스트』, 이창우 역, 서울:이제이북스, 2011.

Rilke, Rainer Maria, 『릴케 전집 2 - 두이노의 비가 외』, 김재혁 역, 서울: 책세상, 2000.

Sartre, Jean Paul, 『지식인을 위한 변명』, 조영훈 역, 서울: 한마당, 1996.

White, David A., "Saying and Speaking", *Heidegger and the Language of Poetry*, Lincoln & London: University of Nebraska Press, 1978.

Zupančič, Alenka, 『정오의 그림자: 니체와 라캉』, 조창호 역, 서울: 도서출판 b, 2005.

『성경』, 주교회의 성서위원회 편, 서울: 분도출판사, 2011.

이데아로서의 '꽃' 그리고 '책'

— 김춘수 시론에서의 말라르메 시론의 전유

I. 서론

1. 연구사 검토

이 연구 「이데아로서의 '꽃' 그리고 '책' ─ 김춘수 시론에서의 말라르메 시론의 전유」는 김춘수(金春洙, 1922~2004)가 자신의 시론에서 프랑스 상징주의 시론에 대하여 논의한 내용을 근거로 하여, 김춘수가 어떻게 프랑스 상징주의 시론을 전유하였는지에 대하여, 프랑스 상징주의 시인들의 시와 시론을 프랑스어 원문과 대질하는 비교문학적 연구 방법을 통하여 밝혀내는 것을 목적으로 한다.

프랑스 상징주의 시는 세계문학사에서 '현대시'를 연 시이다. 보들레르(Charles Pierre Baudelaire, 1821~1867)의 『악의 꽃 *Les Fleurs Du Mal*』은 사상적으로 현대시의 시초이며, 『파리의 우울 *Le Spleen de Paris*』은 형식적으로 현대시의 시초이다. 또한, 보들레르의 뒤를 이은, 랭보(Arthur Rimbaud, 1854~1891), 베를렌(Paul-Marie Verlaine), 말라르메(Stéphane Mallarmé, 1842~1898), 발레리(Paul Valéry, 1871~1945)는 '시

인들의 시인'으로서 높은 위상을 지니고 있다. 현대시가 추구할 수 있는 절대적인 이상을 실험하고 개척한 것이 바로 프랑스 상징주의 시인들이다. 그러므로 프랑스 상징주의 시는 비단 프랑스라는 하나의 국가의 문학사 가운데 있는 시가 아니라, 세계문학사 전체를 대표하고 선도했던 시라는 데 의의가 있다.

김춘수가 자신의 시론을 정립하는 과정에서 프랑스 상징주의 시론에 관심을 가진 것도 그러한 맥락에서인 것으로 보인다. 김춘수는 한국현대문학사에서 최첨단에 서려는 의지를 가진 시인이었다. 그는 세계문학사에서 최고의 위상에 놓여 있는 프랑스 상징주의 시론을 끊임없이 살펴보면서 그것을 자신의 시론과 견주어 보았다.

그러한 연유에서 프랑스 상징주의 시론을 한국현대문학사에 수용한 시인들은 김춘수 이전에도 있었다. 예를 들면 1920년대 김억(金億, 1896~미상)이나 1930년대 서정주(徐廷柱, 1915~2000)가 대표적인 예라고 할 수 있다. 그렇지만, 김춘수는 김억이나 서정주의 상징주의 시론의 전유에 대하여 비판적인 태도를 보였다. 김춘수는 그들이 프랑스 상징주의의 본질을 이해하지 못했다고 혹평한다. 그러면서 김춘수는 프랑스 상징주의에 대한 기본적인 이해를 일본 유학 시절 니혼대학(日本大學)에서의 수학을 통해 갖춘다. 그러나 현시점에서 김춘수의 프랑스 상징주의에 대한 수용도 일본을 경유한 프랑스 상징주의였다는 한계가 지적될 수 있다.

이 연구는 그러한 문학사적 시도와 한계를 두루 고려하면서, 프랑스 상징주의에 대한 프랑스 현지 연구를 참조하여, 김춘수 시론에서의 프랑스 상징주의 시론의 전유를 연구하려는 것이다. 그러나 기존의 연구사에서 김춘수의 시론과 프랑스 상징주의 시론과의 영향 관계는 아직 많이 연구되어 있지 않다. 김춘수에 관한 연구는 유치환[1]과 서정주[2]에 의해 시작된 이래, 김춘수를 인식의 시인으로 조명한 연구로 김용직,[3] 김주연,[4] 조영복[5], 남기혁[6] 등의 연구가 있고, 김춘수를 존재의 시인으로 조명한 연구로 조남현,[7] 이승훈,[8] 장경렬,[9] 김유중[10] 등의 연구가 있다. 또한, 김춘수의 시를 독일의 상징주의 시인인 릴케와의 상관성에서 조명한 연구로 김윤식,[11] 신범순,[12] 조강석,[13] 이재선,[14] 류신[15] 등의 연구가 있다.

---

1) 유치환, 「시집 『구름과 장미』에 대하여」, 김춘수 연구 간행 위원회, 『김춘수 연구』, 학문사, 1982.

2) 서정주, 「시집 『늪』에 대하여」, *op. cit.*

3) 김용직, 「아네모네와 실험의식 ─ 김춘수론」, *op. cit.*

4) 김주연, 「명상적 집중과 추억 ─ 김춘수의 시세계」, *op. cit.*

5) 조영복, 「여우 혹은 장미라는 '현실'과 언어 ─ 김춘수와 문학적 연대기」, 『한국 현대시와 언어의 풍경』, 태학사, 1999.

6) 남기혁, 「김춘수 전기시의 자아인식과 미적 근대성 ─ '무의미의 시'로 이르는 길」, 『한국시학연구』 vol. 1, 한국시학회, 1998.

7) 조남현, 「김춘수의 「꽃」」, 『김춘수 연구』.

8) 이승훈, 「시의 존재론적 해석시고(解釋試攷) ─ 김춘수의 초기시를 중심으로」, *op. cit.*.

9) 장경렬, 「의미와 무의미의 경계에서 ─ '무의미 시'의 가능성과 김춘수의 방법론적 고뇌」, 『응시와 성찰』, 문학과지성사, 2008.

10) 김유중, 「김춘수 문학을 어떻게 이해할 것인가?」, 『한국현대문학연구』 vol. 30, 한국현대문학회, 2010; ＿＿＿, 「김춘수의 문학과 구원」, 『한국시학회 학술대회 논문집』, 한국시학회, 2014.10; ＿＿＿, 「김춘수와 도스토예프스키」, 『한중인문학연구』 제49집, 한중인문학회, 2015; ＿＿＿, 「김춘수의 대담: 내면 고백과 합리화의 유혹을 넘어서」, 『어문학』, 한국어문학회, 2017.

11) 김윤식, 「한국시에 미친 릴케의 영향」, 『한국문학의 이론』, 일지사, 1974.

12) 신범순, 「무화과 나무의 언어 ─ 김춘수, 초기에서 <부다페스트에서의 소녀의 죽음>까지 시에 대해」, 『한국현대시의 퇴폐와 작은 주체』, 신구문화사, 1998; ＿＿＿, 「역사의 불모지에 떨어지는 꽃들」, 『시와 정신』, 2015년 9월호.

13) 조강석, 「김춘수의 릴케 수용과 문학적 모색」, 『한국문학연구』 제46집, 한국문학연구소, 2014.

14) 이재선, 「한국현대시와 R. M. 릴케」, 『김춘수 연구』.

15) 류신, 「천사의 변용, 변용의 천사 ─ 김춘수와 릴케」, 『비교문학』 제36집, 한국비교문학회, 2005.

그러나 아직 김춘수 시론 가운데 프랑스 상징주의 시론의 전유에 대해 전면적으로 연구한 성과는 드러나 있지 않다. 간혹 기존의 논문 중에 김춘수에 대한 논의의 한 부분에서 프랑스 상징주의 시인을 언급하거나,16) 반대로 과도하게 김춘수의 일부 시를 프랑스 상징주의 시인의 아류로 폄훼하는 경우가 있다. 그러나 그것은 올바른 비교문학적 연구의 태도가 아니다. 김춘수는 분명히 한국적인 시를 세계적 수준으로 끌어올리려 한 시인 중 한 명이다. 그러므로 균형 잡힌 시각에서 김춘수의 시론과 프랑스 상징주의 시론을 견주어 보는 연구가 지금 필요하다고 판단되는 것은 바로 그 때문이다. 그러므로 김춘수 시론에서의 프랑스 상징주의 시론의 전유 연구는 이 시점에서 꼭 필요한 연구라고 판단된다.

그러나, 프랑스 상징주의 시론 전체를 한 편의 논문 안에서 모두 다루는 것은 질적인 면에서나 양적인 면에서 어려움이 있다. 그러므로 본고는 그 첫 단계로 김춘수 시론에서의, 말라르메의 시론의 전유에 관하여 다루어 보고자 한다. 그 이유는 김춘수가 언급한 프랑스 상징주의 시인, 즉, 보들레르, 랭보, 베를렌느, 말라르메, 그리고 발레리 가운데 가장 많이 언급한 시인이 바로 말라르메이기 때문이다. 특히, 김춘수의 대표작이라고 할 수 있는 「꽃」을 김춘수 자신이 스스로 말라르메의 시론을 빌려 해명하고 있기 때문이다.

김춘수의 시론과 말라르메의 시론에 대해 주목할 만한 연구로는 송승환의 「김춘수 시론과 말라르메 시론의 비교 연구」가 있다.17) 이 논

---

16) 지주현, 「김춘수 시의 형태 형성과정 연구」, 연세대학교 국어국문학과 대학원 석사학위논문, 2002.
17) 송승환, 「김춘수 시론과 말라르메 시론의 비교 연구」, 『우리문학연구』47, 우리문학회, 2015.

문은 주로 황현산의 말라르메에 대한 평문들[18]의 관점에 따라, 말라르메의 시론에서의 '무(無, Néant)'와 김춘수의 시론에서의 '무(無)'를 비교한 것이다. 본고는 말라르메의 시론 중 김춘수의 시론에 영향을 미친 핵심은 이데아의 시론에 있다는 관점을 취하고자 한다. 김춘수 시론의 프랑스 상징주의 시론의 전유에 관한 연구의 첫 단계를 시행하고자 한다.

말라르메의 시론에 대하여 가장 깊이 있게 해명한 학자로는 제일 먼저 블랑쇼(Maurice Blanchot, 1907~2003)를 들 수 있다. 블랑쇼는 말라르메의 시론에 존재론적 관점으로 접근한다. 『문학의 공간 L'Espace Littérarire』에서 블랑쇼는 말라르메가 신(神)의 부재를 직시하면서 희망에 대해 어떠한 권리도 없이 시어 가운데서 자신의 죽음을 만나야만 했던 운명과 시를 순수한 관념으로 받아들일 수밖에 없던 운명을 이해하였다.[19] 블랑쇼는 그러한 작가론적 맥락에서 말라르메가 자신의 소설 「이지튀르 Igitur」에서 '철학적 자살'을 주제로 다루게 되는 필연을 존재론적으로 밝혀낸다.[20] 자살은 자기 자신에 의한 존재의 무화(無化)이다. 그러나 그러한 무에 이르러 시인은 모든 것을 시초부터 다시 사유할 수 있는 것이다. 이처럼, 글을 쓴다는 것은 말라르메에게 근원의 언어로 돌아가는 것이다.[21] 또한 『도래할 책 Le Livre à Venir』에서 블랑쇼는 말라르메가 자신의 문학적 탐구에서 '언어의 부정(否定)'[22]의 힘

---

18) 황현산, 「말라르메의 언어와 시」, Stéphane Mallarmé, 『시집』, 황현산 역, 문학과지성사, 2005; _____, 「말라르메 송욱 김춘수」, 『잘 표현된 불행』, 문예중앙, 2012.
19) Maurice Blanchot, 『문학의 공간 L'Espace Littéraire』, 이달승 역, 그린비, 2014, pp.39~42.
20) Ibid., p.48.
21) Emmanuel Levinas, 『모리스 블랑쇼에 대하여 Sur Maurice Blanchot』, 박규현 역, 동문선, 2003, p.18.
22) Maurice Blanchot, 『도래할 책 Le Livre à Venir』, 심세광 역, 그린비, 2011, p.117.

에 부담을 느꼈음을 지적하며, 그의 작품의 궁극에 놓인 「주사위 던지기 Un Coup de Dés」의 의미를 해명한다.

그밖에, 말라르메의 시론에 대하여 깊이 있게 해명한 학자로는 바르트(Roland Barthes, 1915~1980)가 있다. 그는 말라르메의 시론에 텍스트의 관점으로 접근한다. 바르트는 자신의 '글쓰기의 영도'(Le Degré Zéro de l'Écriture)의 기원을 말라르메가 언어의 해체를 통한, 무(無)로부터의 글쓰기에 두고 있다.23) 말라르메의, 순수한 시적 언어에 도달하기 위한 언어의 해체 작업은 궁극적 지점에서 실서증(失書症)에 이를 수밖에 없고, 이것은 시인에게는 '자살'과도 같은 것이다.24) 그러나 이것은 역설적으로 시인을 사회적인 언어로부터 해방하여 그에게 자유를 주는 것이기도 하다. 이러한 의미에서, 바르트는 말라르메가 공허(creux)라는 시작의 한계에 대한 고찰로부터 위대한 문학을 창조하였다고 고평하였다.25) 그밖에, 푸코(Michel Foucault),26) 크리스테바(Julia Kristeva),27) 데리다(Jacques Derrida),28) 바디우(Alain Badiou)29) 등도 말라르메의 시론을 연구하였다. 그렇지만, 문학연구로서의 접근이었다기보다 자신의 철학으로 전유하기 위한 연구였으므로 본고에서는 그 구체적인 내용을 생략하고자 한다.

---

23) Roland Barthes, 「서론」, 『글쓰기의 영도 Le Degré Zéro de L'Écriture』, 김웅권 역, 동문선, 2007, p.10.
24) Roland Barthes, 「글쓰기와 침묵」, op. cit., p.69.
25) Roland Barthes, 『목소리의 결정 Le Grain de la Voix』, 김웅권 역, 동문선, 2006, p.43.
26) Michel Foucault, 『말과 사물 Les Mots et les Choses』, 이규현 역, 민음사, 2012.
27) Julia Kristeva, 『시적 언어의 혁명 La Révolution du Language Poétique』, 김인환 역, 동문선, 2000.
28) Jacques Derrida, 『그라마톨로지에 대하여 De La Grammatologie』, 김웅권 역, 동문선, 2004.
29) Alain Badiou, 『비미학 Petit Manuel d'Inesthetique』, 장태순 역, 이학사, 2010.

국내에서 말라르메의 시론에 관한 연구로는 김기봉,[30] 김현,[31] 박이문,[32] 채기병,[33] 이부용[34] 등의 평문 또는 논문이 큰 학문적 성과를 내었다. 특히 김현은 「절대에의 추구」에서 말라르메에게는 현세를 벗어난 영원의 세계, 즉, 이데아의 세계가 필요하였으며, 이데아의 세계 구현을 위해 시간성을 초월하여 본질(essence)을 표현한 예술작품을 창작하고자 하였음을 밝혔다.[35] 본고는 이상의 연구 성과를 토대로 말라르메의 시론 중 김춘수의 시론에 영향을 미친 핵심은 이데아의 시론에 있다는 관점으로, 김춘수 시론의 프랑스 상징주의 시론의 전유에 관한 연구 중 첫 단계에 들어서고자 한다.

2. 연구의 시각

김춘수는 상징주의를 플라톤주의(Platonism)로 이해했다. 그뿐만 아니라 그는 자기 자신을 상징주의자이자 플라톤주의자로 규정하기도 하였다. 특히, 상징주의 시인들 가운데서도 말라르메의 플라토니즘 중 이데아론은 김춘수가 자신의 대표작인 「꽃」 계열의 시에서 '꽃'을 말라르메적인 '꽃'으로 규정하면서, 그 '꽃'을 이데아로서의 '꽃'이라고 하였

30) 김기봉, 「말라르메의 본질」, 『불어불문학연구』 vol. 1. no. 1, 한국불어불문학회, 1966.
31) 김현, 「절대에의 추구」, 『존재와 언어/현대 프랑스 문학을 찾아서』, 문학과지성사, 1992; ____, 「말라르메 혹은 언어로 사유되는 부재」, 『존재와 언어/현대 프랑스 문학을 찾아서』, 문학과지성사, 1992.
32) 박이문, 「말라르메가 말하는 '이데아'의 개념: 논리정연성에 대한 꿈」, 『둥지의 철학』, 미다스북스, 2017.
33) 채기병, 『말라르메의 부재와 <이데>의 시학』, 성균관대학교 불어불문학과 대학원 박사학위논문, 1993.
34) 이부용, 「말라르메의 모색과 꿈 ─ 그의 시와 시론을 중심으로」, 연세대학교 불어불문학과 대학원 석사학위논문, 1999.
35) 김현, 「절대에의 추구」, p.98.

기 때문에, 학문적으로 깊은 고찰이 필요하다. 이처럼, 말라르메나 김춘수가 이해한 바와 같이, 상징주의자들의 시론의 밑바탕에는 플라톤의 이데아론이 있다.36) 그러므로 우선 플라톤의 이데아 개념부터 정립해 볼 필요가 있다.

이데아(idea)는 그리스어에서 형상이란 의미이다. 그리스어에서 형상이란 의미로는 이데아, 에이도스(eidos), 모르페(morphē)가 있는데, 이 중 이데아가 플라톤의 철학에서 특별한 의미로 쓰이게 되었다.37) 철학적으로 이데아는 본래 사물 또는 존재의 본모습을 가리키는 개념38)으로 쓰였다. 예컨대, 이데아는 언제나 변함없는, '아름다움 자체의 본모습' 또는 '올바름 자체의 본모습'에서 '본모습'을 가리킨다.39) 그러니까 전자를 '아름다움의 이데아' 후자를 '올바름의 이데아'라고 할 수 있을 것이다.

그뿐만 아니라, 플라톤에게 이데아는 곧 '존재이자 본질'(ousia)이다. 그는 생성과 소멸이라는 변화를 겪지 않는 것을 '존재이자 본질'이라 보면서 그것을 사랑하였다.40) 그는 철학자의 임무가 생성(genesis)이 아니라 존재이자 본질을 포착하는 것이라고 여겼다.41) 요컨대, 이데아는 사물 또는 존재의 본모습으로서의, 영원히 변치 않는 존재이자 본질이라고 규정될 수 있다.

말라르메의 문학은 '지성(知性)의 문학'이라고 불린다. 그 이유는 그가 시작(詩作)에서 지성의 역할을 특별히 강조했기 때문이다. 그러한

---

36) 이부용, *op. cit.*, p.6.
37) Plato, 『국가』, 박종현 역주, 파주: 서광사, 2011, pp.175~176.
38) *Ibid.*, p.176.
39) *Ibid.*, p.178.
40) *Ibid.*, p.387.
41) *Ibid.*, p.470.

이유도 바로 이데아의 시론과 관계가 있다. 플라톤에게서 지성이 중요한 이유는 지성에 의해서 이데아를 알 수 있기 때문이다.[42] 이데아는 육안에 보이지 않으나, 지성(nous)에 의해 알 수 있으며,[43] 감각의 도움으로 육안에 보인다.[44] 그러므로 시를 통해 이데아를 추구했던 말라르메에게 지성은 특별한 역할을 하는 것이었다. 그러나 이데아는 인식과 진리의 원인이지만,[45] 진리나 인식보다 훌륭한 것이다.[46] 선(善)의 이데아는 모든 것의 궁극적 원리이다.[47] 선의 이데아는 인식되는 것에 진리를 제공하고, 인식하는 자에게 힘을 준다.[48]

플라톤의『국가』에서 이데아는 동굴의 비유를 통해 설명된다. 즉, 지성에 의해 이데아를 알게 되는 것이 죄수가 동굴을 벗어나 태양을 바라보는 것에 비유된다.[49] 동굴 밖은 지성으로 파악 가능한 실재의 세계에 대한 비유이다.[50] 플라톤이 교설하는 것은 우리도 동굴의 죄수처럼 그림자의 세계가 실재이자 진리라고 착각해서는 안 되며, 동굴 밖의 세계를 실재이자 진리에 다가갈 이데아의 세계로 받아들여야 한다는 것이다.

일반적으로 플라톤의 시론은 '시인추방론'으로 알려져 있다. 그러나 플라톤이『국가』에서 주장한 시론은 '시인추방론'이라기보다, 시가 진리 또는 도덕과 조화를 이루어야 한다는 시론이다.[51] 플라톤의『국가』

---

42) *Ibid.*, p.453.
43) *Ibid.*, p.176.
44) *Ibid.*, pp.434~441.
45) *Ibid.*, p.437.
46) *Ibid.*, p.438.
47) *Ibid.*, p.428.
48) *Ibid.*, p.437.
49) *Ibid.*, p.458.
50) *Ibid.*, p.447.

에서 소크라테스가 시인이 시를 창작하는 데서 주제가 제한되어야 한다고 주장한 이유는 죽음의 세계를 노래하는 시는 독자를 나약하게 만들 수 있기 때문이다(187). 소크라테스는 일반 독자가 두려워해야 할 것은 죽음의 세계가 아니라 노예의 신세라고 반박한다.[52] 그러나 플라톤이 『국가』에서 시민교육과 교양교육의 첫 단계가 시 교육이어야 한다고 주장한 데서 알 수 있듯이 그는 시의 교육적 가치를 중요하게 여겼다(609). 플라톤의 『국가』에서 '시가에 능하다'를 의미하는 'mousikos'는 곧 '교양이 있다'는 의미이기도 하다(107). 이러한 어원에서도 시 교육이 교양교육에서 얼마나 중요시되었는지 알 수 있다. 다시 말해, 청소년들을 위해 시 교육을 해야 하는 이유는 그들에게 고상하고 우아한 성품(ēthos)을 형성시켜 주기 위해서이다.[53] 그러므로 플라톤의 시론이 시인추방론이라는 통념은 정정되어야 하며, 그의 시론은 다만 시작 시 유의점 또는 시작의 규범을 제시한 것으로 재해석되어야 한다. 이처럼 시의 교육적 가치를 위해 소크라테스는 시가 도덕적이고 건강한 삶에 이바지해야만 한다고 주장한다.[54] 아름다운 나라(kallipolis)를 위해서 청소년들이 시가를 통해서 법질서(eunomia)를 받아들이도록 해야 하며(Plato 268), 시인의 시 가운데 신과 영웅에 대한 찬가만 받아들여진다는 것이다(Plato 637).

그런데 플라톤의 『국가』에서 독특한 점은 시가 이처럼 교육의 도덕적 가치를 위해 제한적으로만 이용되려면, 철학자의 역할이 요구된다는 점이다. 즉, 철학자는 시인이 좋은 성품의 상(eikōn)을 시에 새겨 넣

---

51) *Ibid.*, p.220
52) *Ibid.*, p.186.
53) *Ibid.*, p.220.
54) *Ibid.*, p.216.

도록 감시해야 한다는 것이다(Plato 219). 이러한 이유는 이데아론에 근거를 두고 있다. 즉, 플라톤에게서 시가 제약되어야 하는 이유는 이성이 아니라 감성에 의존하기 때문이다(Plato 609). 감성으로는 이데아를 인식할 수 없다. 이성으로만 이데아를 인식할 수 있다. 그러므로 시는 철학자의 도움을 받아야 한다. 즉, 그에 따르면, 시는 현상(phantasma)의 모방술(hē mimētikē)로 쓰이는데, 현상 자체가 이데아의 모방으로, 시는 이데아로부터 세 단계나 멀어진다는 것이다(Plato 609~618). 신이 본질 창조자(phytourgos)라면, 시인은 모방자(mimētēs)인 것이다. 그러므로 그는 시를 대신해 철학이 이성을 통해 이상국가를 실현해야 한다고 주장한다(Plato 609). 이러한 이데아론을 바탕으로 한 이상주의가 프랑스 상징주의의 밑바탕에 놓여 있다. 그러므로 플라톤주의로서의 상징주의에 대해 논의해 보기로 한다.

II. 플라톤주의로서의 상징주의

상징주의란 상징을 통해 사상(事象) 너머의, 이데아의 세계를 창조하려는 문예사조로 정의될 수 있다. 이러한 상징주의는 기존의 학자들에 의해 새로운 플라톤주의로 해석되어왔다. 특히, 김춘수는 1920~30년대 한국의 시인들이 상징주의를 데카당스(décadence) 또는 세기말(fin de siècle) 사상으로만 이해한 바와 달리, 예술지상주의 또는 플라톤주의로 이해했다. 그러한 근거를 김춘수의 시론을 통해 확인해 보면 다음과 같다.

상징주의의 형이상학은 보들레르의 시 「조응」의 그 조응(corresp ondance) 사상에 있다. 유한과 무한이 조응한다는 말라르메적 무한 사상이 바로 그것이다. 만해의 '님'도 이러한 상징주의적 이데아 사 상에 연결된다고 해야 하리라. 폴 발레리가 인간의 두뇌구조와 우주 의 구조는 상사형(相似形)이라고 했을 때, 이 보들레르의 조응의 사 상을 우리는 연상하게 된다. 나는 20대에 상징주의자가 되었다가 40대에 리얼리스트가 되었다. 그러나 지금은 그것들의 절충, 아니 변증법적 지양을 꿈꾸고 있다. 이 꿈을 다르게 말하면, 시로써 초월 의 세계로 나가겠다는 것이 된다. 시로써라는 말을 또 다르게 말하 면, 이미지라는 것이 된다. 이상을 다시 요약하면, 사물과 현실만을 사물과 현실로서만 보는 답답한 시야를 돌려 사물과 현실의 저쪽에 서 이쪽을 보는 시야의 전이를 시도한다는 것이 된다. 사물과 현실 은 그들 자체로는 그들의 문제가 해결될 것 같지 않다. 새로운 내 나 름의 플라토니즘이 가능할까? 이콘을 무시한 이데아는 시가 아니 라, 철학이거나 사상일 따름이다.

— 김춘수, 『시의 위상』 부분. (II 358)[55]

위에 인용된 산문은 김춘수의 『시의 위상』의 일부분이다. 『시의 위 상』은 김춘수의 중요한 시론을 담고 있다. 특히, 『시의 위상』은 김춘수 의 대표적인 시론으로 인식된, 무의미 시론 이후에 쓰인 시론이면서, 무의미 시론을 뛰어넘는 시론이라는 데서 큰 의미가 있다. 『시의 위상』 에서 김춘수는 자신의 시론을 정립해 가는 과정에서 프랑스 상징주의 에 대한 논의를 위해 지면을 상당량 할애하고 있다. 그뿐만 아니라, 김 춘수의 프랑스 상징주의에 대한 이해 또한 현시점에서도 상당히 정확 한 것으로 파악된다. 무엇보다 가장 중요한 점은 김춘수가 자신을 "20

---

55) 이 논문에서 김춘수 시론을 인용하는 경우 김춘수, 『김춘수 시론 전집』I · II 현대 문학, 2004.를 따른다. 인용 권호수와 면수는 ( ) 안에 숫자로만 표기한다.

대의 상징주의자"라고 언급했다는 점과 "새로운 내 나름의 플라토니즘"을 시도하려 한다고 언급했다는 점이다. 그는 시로써, 즉 이미지로써 "초월의 세계", 즉 이데아의 세계를 추구한다는 것이다. 그러면서 그는 프랑스 상징주의자들인 보들레르와 말라르메의 플라톤주의의 예를 앞서 제시한다.

위에 인용된 부분은 김춘수가 보들레르(Charles Baudelaire)의 「조응」("Correspondances")을 언급한 부분이다. 보들레르의 「조응」은 그의 대표작이다. 그뿐만 아니라, 보들레르의 「조응」은 베를렌(Paul Verlaine)의 「시법」("Art Poétique")과 함께 상징주의 전체의 시론을 대표하는 것으로 평가된다.[56] 그러므로 여기서 보들레르의 「조응」의 핵심 부분을 살펴보면 다음과 같다.

> 자연은, 그 살아 있는 기둥들에서 시시로
> 아리숭한 말들 새어나오는 하나의 신전;
> 사람은 다정한 눈길로 자기를 지켜보는
> 상징의 숲들을 거쳐 그리로 들어간다.
>
> — 보들레르, 「조응」 1연.[57]

> La Nature est un temple où de vivants piliers
> Laissent parfois sortit de confuses paroles;
> L'homme y passe à travers des forêts de symboles
> Qui l'observent avec des regards familiers.
>
> — Baudelaire, "Correspondances"[58]

---

56) 김경란, 『프랑스 상징주의』, 연세대학교 출판부, 2005, p.25.
57) Charles Baudelaire, 『보들레르 시전집』, 박은수 역, 민음사, 1995, p.34.
58) Charles Baudelaire, *Œuvres Complètes I*, Paris: Gallimard, 1961, p.11.

보들레르의 「조응」에서 "자연"은 하나의 "신전"에 비유되는데, 인간은, "자연"과의 "조응"을 통해, "자연"으로부터의 "상징"이 이데아에 가닿게 하는 비의(秘意)임을 보여준다. 여기에 바로 상징주의의, 조응의 시론의 핵심이 담겨 있다. 김붕구에 따르면, 이 시에서 "신전"은 천상계, 즉, 이데아계로, "자연"은 지상계, 즉, 감성계로, 마지막으로 "인간"은 시인으로 해석될 수 있다.[59] 이러한 해석은 보들레르가 시에서 "자연"은 "신전"이라고 은유의 초월성을 다소 도식화한 것으로 보일 수도 있다. 그러나, "자연"이라는 현상 안에 "신전"이라는 이데아가 내포된 것이라고 본다면, 보들레르의 시에서 비동일성의 동일성으로서의 은유의 논리를 해치지 않으면서도, "신전"=이데아계, "자연"=감성계라는 관념상의 구별도 가능해진다. 그러므로 이 시는 '이데아계'와 '감성계'와 '시인' 삼자 간의 조응을 보여준다고 할 수 있다. 김춘수가 이 시를 통해 상징주의를 일종의 플라톤주의적인 형이상학으로 받아들이는 것도 그러한 이유에서이다. 형이상학은 원리를 탐구하는 학문이다. 원리란 불변의, 존재의 본질로서의 이데아와 상통한다(플라톤『국가』387). 그러므로 김춘수는 상징을 통해 불변의, 존재의 본질로서의 이데아를 추구하는 상징주의를 플라톤주의적 형이상학으로 받아들인 것이다. 김춘수는 상징주의의 이러한 핵심을 정확히 통찰해내고 있다.

김춘수는『시의 위상』에서 "초월의 세계"를 추구하던, 젊은 날의 자기 자신을 상징주의자로 규정하였다. 여기서 "초월의 세계"는 이상주의(理想主義, Idéalisme)로 해석될 수 있다. 보들레르의 「조응」은『악의 꽃』의 「우울과 이상」("Spleen et Idéal")(Baudelaire, Œuvres Complètes I, 7)이란 장(章)에 실려 있다. 여기서 유추될 수 있는 것은 바로 "우울"과

---

59) 김붕구,『보들레에르: 평전 · 미학과 시세계』, 문학과지성사, 1997, p.433.

"이상"이 동전의 양면과 같다는 것이다. 다시 말해, 한편으로는, "우울"이 시인에게 "이상"을 추구하도록 하지만, 다른 한편으로는 시인이 "이상"을 추구하기 때문에 그에게 "우울"이 찾아온다는 것이다. 예컨대, 「우울과 이상」 중 한 편인 「신천옹」에서 보들레르는 "시인"을 "신천옹"에 비유하는데, "신천옹"은 하늘에서는 "왕자"이지만, 땅에서는 "병신"과 같은 존재이다.[60] 이러한 "신천옹"의 운명을 가진 "시인"이야말로, 현실에서의 우울을 승화하여 예술이라는 이상을 추구하는 존재인 것이다. 이처럼 프랑스 상징주의의 시초인 보들레르의 시세계로부터 보이는 바와 같이, 통념상 "우울"이 세기말 사상의 퇴폐적 정서로만 여겨져 온 것은 온당한 평가인 것만은 아니다. 왜냐하면, 그 "우울"의 이면이 바로 "이상"이기 때문이다.

말라르메는 「시의 위기」("Crise de Vers")에서 상징주의를 자연의 물질들을 거부하는 일종의 이상주의(Un Idéalisme)로 칭하기도 한다.[61] 그 핵심적인 부분을 살펴보면 다음과 같다.

> 퇴폐적 또는 비의적이라고 스스로를 규정하거나 우리 평론지에 의해 그렇게 분류되기도 하는 상징주의 시파는 마치 운명적 만남과 같이 이상주의적인 관점을 취하는데, 이는 (푸가나 소나타와 같이) 자연의 물질들을 인정하지 않습니다. 또한, 오직 암시만을 견지하기 위하여 적나라하게 그것들을 지배하는 정확한 사유를 채택합니다.

> Décadente, Mystique, les Écoles se déclarant ou étiquetées en hâte par notre presse d'information, adoptent, comme rencontre, le point d'

---

60) Charles Baudelaire, 『보들레르 시전집』, p.31.
61) Stéphane Mallarmé, "Crise de Vers," Œuvres Complètes II, Paris: Gallimard, 2003, p.210.

un Idéalisme qui (pareillement aux fugues, aux sonates) refuse les mat
ériaux naturels et, comme brutale, une pensée exacte les ordonnant; p
our ne garder de rien que la suggestion.

— Mallarmé, "Crise de Vers"[62)]

위의 인용문에서 말라르메는 상징주의가 "이상주의의 관점"(le point
d'un Idéalisme)을 채택한다고 밝힌다. 그런데, 이 "이상주의"는 "자연의
물질들"을 거부한다는 데서 "관념론"으로도 해석될 수도 있을 것이다.
이 두 의미를 아우른다면, 말라르메는 상징주의 시파가 이상주의적 관
념론을 추구한다고 선언한 것으로 해석될 수 있을 것이다. 즉, 그 이상
(理想)은 관념을 통해 이루어질 수 있는 이상인 것이다. 그러나, 위의 글
에서 말라르메는 상징주의는 관념, 즉, "사유"(pensée)만으로 쓰이는 것
은 아님 또한 말하고 있다. 「시의 위기」에서 말라르메는 "푸가"와 "소
나타" 등 음악의 양식을 예로 들면서, "암시"(suggestion)라는 시작법에
따라 관념의 이상을 추구한다고 밝힌 것이다. 이것은 플라톤이 이데아
는 이성에 의해 알 수 있지만, 그것은 감각에 의해 육안에 보인다고 한
것과 근사한 이치이다(『국가』 434~441). 왜냐하면, 말라르메가 예를
든 음악은 청각이라는 감각을 통해, 이성으로만 파악 가능한 관념으로
서의 이상 또는 이데아를 상기시키기 때문이다. 이러한 "암시"란 개념
은 위의 인용에서는 하나의 단어로 제시되어 있지만, 본고가 후술(後
述)할 바와 같이, 말라르메의 시론 전체에서는 "명명"[63)]이란 개념의 대
립개념으로서 대단히 중요한 시작법의 개념 중 하나이다. 말라르메는
문학과 음악을 이데아의 양면으로 간주하면서 음악이 문학을 돕는 역

---

62) *Loc. cit.*
63) Stéphane Mallarmé, "Sur l'Évolution Littéraire," *Œuvres Complètes II*, p.700.

할을 하길 기대하였다. 그럼으로써, 그에게 시는 문학과 음악이 결합한 예술 장르로서 이데아를 구현할 수 있는 궁극의 예술 장르였다. 그에게 시는 음악, 그 이상의 예술이었다. 그 이유는 바로 음악은 이데아를 암시하는 데 그치지만, 시는 음악의 그러한 효과를 지니면서 동시에 언어를 통해 순수 관념 또한 추구할 수 있기 때문이다.[64]

김춘수가 『시의 위상』에서 "이콘을 무시한 이데아는 시가 아니라, 철학이거나 사상일 따름"이라고 말한 것도 이와 근사한 이치이다. 여기서 김춘수가 주장하는 것은 시란 감각으로서의 "이콘"의 도움으로 이상으로서의 "이데아"에 도달한다는 데서 철학과 구별된다는 것이다.

여기 말라르메의 「시의 위기」에서 "암시"는 이데아와 감각을 연결하는 시작법으로 제시되고 있다. 그러므로, "암시"에 관한 설명을 그의 「문학의 진화에 관하여」("Sur l'Évolution Littéraire")에서 조금 더 살펴보면 다음과 같다.

> 하나의 사물에 명명하는 것, 그것은 조금씩 간파되며 이루어지는 시의 즐거움의 3/4을 없애는 것입니다: 그러므로 암시하기, 거기에 꿈이 있습니다. 상징을 구성하는 것은 바로 이 신비의 완벽한 적용입니다. 다시 말해, 그것은 영혼의 상태를 그리기 위하여 사물을 조금씩 환기하는 것, 아니면, 그와 반대로, 사물을 선택하고 일련의 해독(解讀)에 따라 거기서 영혼의 상태를 이끌어내는 것입니다.

> Nommer un objet, c'est supprimer les trois quarts de la jouissance du poème qui est faite de deviner peu à peu: le suggérer, voilà le rêve. C

64) Stéphane Mallarmé, "La Musique et les Lettres," *Poésies et Autres Textes,* Édition Établie, Présentée et Annotée par Jean-Luc Steinmetz, Paris: Le Livre de Poche, 2015, pp.330~336.

'est le parfait usage de ce mystère qui constitue le symbole: évoquer pe
tit à petit un objet pour montrer un état d'âme, ou, inversement, choi
sir un objet et en dégager un état d'âme, par une série de déchiffreme
nts.

— Mallarmé, "Sur l'Évolution Littéraire"[65]

위에 인용된 「문학의 진화에 관하여」에서 말라르메는 "명명하기" (nommer)와 "암시하기"(suggérer)를 대비하고 있다. 명명이라는 것은 존재의 본질에 맞는 이름을 붙이는 것이다. 그러나, 말라르메는 그러한 시작법을 권하지 않고 있다. 왜냐하면, "시의 즐거움"(la jouissance du poème)은 "조금씩 간파되"(deviner peu à peu)는 데 있기 때문이다. 그러므로 말라르메는 그 대안으로 "암시하기"를 시작법으로 제시하고 있는 것이다. 말라르메에 따르면 시작법으로서의 "암시하기"는 마치 "꿈"(rêve)을 표현하는 것과 같다. 또한, 그것은 "신비"(mystère)로 "상징" (symbole)을 구성한다. 그럼으로써 "영혼의 상태"(un état d'âme)를 그려내는 것이다.

김춘수도 『시론―작시법을 겸한』(문장사, 1961)에서 말라르메가 "시는 설명하면 그 재미의 4분의 3이 죽는다. 시는 암시해야 한다."라고 한 말을 인용한다.[66] 그러면서 김춘수는 말라르메의 "암시"를 "리듬을 통한 몽롱한 분위기"로 해석한다.[67] 나아가 그는 말라르메의 시에 대한 태도가 "분간하기 힘든 의식의 세계" 또는 "영혼의 상태"라는 것을 깨달으면서, 시에서의 리듬이란 언어의 의미성을 훼손하지 않는 선

---

65) Stéphane Mallarmé, "Sur l'Évolution Littéraire," *Œuvres Complètes II*, p.700.
66) 김춘수, 『김춘수 시론전집』I, 현대문학사, 2004, p.203.
67) *Loc cit.*

에서 추구되어야 한다는 자신만의 시작법을 재창조한다.[68] 그러므로 김춘수의 플라토닉 포에트리는 음악성에 대한 태도, 즉, 이데아의 세계를 암시해야 한다는 태도도 말라르메의 시론을 전유한 것이라고 볼 수 있다.

III. 이데아로서의 '꽃'

김춘수 또한 말라르메처럼 평생 시인으로서 자신의 시뿐만 아니라, 자신의 시작법 또한 갱신해 간다. 김춘수는 "초월의 세계"로서의 이데아계를 추구하면서도 항상 예술의 육체가 놓이는 자리로서의 감성계의 중요성을 간과하지 않았다. 다음은 그러한 김춘수의 시론을 확인할 수 있으면서 동시에 말라르메 시론으로부터의 영향을 확인할 수 있는 중요한 글이다. 그 글을 살펴보면 다음과 같다.

> 생각은 즉 사물이다. 시도 하나의 사물처럼 '있다.' 관념(사상)으로 있는 것이 아니다. 이런 이치는 상징주의와 이미지즘, 이데아와 이콘의 문제로 연결된다.

> 상징주의는 추상적인 사상과 감정을 표현하는 데 구체적인 심상을 쓰는 방법이다.(1)

> 우리를 에워싸고 있는 비근한 또는 구체적인 기억에 고민하지 않고 순수한 관념을 만드는 일이다.
> 내가 '꽃'이라고 한다. 그러자 내 소리는 어떤 윤곽도 남기지 않고

68) *Ibid*., pp.203~204.

잊어버려진다. 그러나 그와 함께 그 망각에서 우리가 알고 있는 꽃잎과는 다른 그 무엇이 음악적으로 떠오른다. 그것은 어떤 꽃잎과는 다른 그 무엇이 음악적으로 떠오른다. 그것은 어떤 꽃다발에서도 볼 수 없는 감미로운 꽃의 관념 그것이다.(2)

　　(1)은 C. 채드윅 Chadwick의 「상징주의 이론」에서 (2)는 말라르메가 쥘 르나르 Jules' Renard의 『어법』에 붙인 「서문」에서 각각 인용한 것들이다. (1)은 상징주의에 대한 가장 초보적이고도 일반적인 정의다. 그러나 그만큼 상징주의의 원래적 위상이 단적으로 드러나고 있다. 상징주의는 '사상'이나 '감정'을 위하여 '구체적인 심상'을 수단으로 쓰는 것이 그 아주 소박한 위상이다. (2)에서는 그 위상을 말하고 있다. 결국은 현실이 문제가 될 수 없고, 관념이 문제다. 꽃이라고 할 때 소기(所記)로서의 꽃이 문제가 될 수 없고, 능기(能記)로서의 꽃만이 문제가 된다. 즉 언어가 만들어내는, 현실에는 없는 '음악'과 같은 이데아로서의 꽃이다.
　　　　　　　　　　　　　　　　　　　　　　　　　— 김춘수, 『시의 위상』부분. (II 357~358)

　　김춘수가 인용한 글 중 (2)의 원문은 아래의 글인 것으로 확인이 된다. 아래의 글은 말라르메의 전집 II 권 중 「여담」("Divagation")이란 제목의 장에 실린 「시의 위기」("Crise de Vers")의 한 부분이다. 말라르메의 전집 상에서 이 글이 김춘수가 언급한 것과 같이 쥘 르나르(Jules Renard, 1864~1910)의 『어법』의 「서문」으로부터 인용된 것인지는 확인되지 않는다. 그뿐만 아니라 이 인용문이 쥘 르나르의 『어법』의 「서문」에 실린 글이라는 김춘수의 말은 오류일 가능성이 크다. 왜냐하면, 이 글은 1886년 르네 길(René Ghil, 1862~1925)의 『어법 *Traité du Verbe*』의 「서문」에 실린 글이기 때문이다. 반면에, 쥘 르나르는 『홍당무 *Poil de Carotte*』(1894)와 『박물지 *Histoires Naturelles*』(1896)의 작가로 한국에도 잘 알려져 있는 작가이다. 그러나, 그의 책 가운데 『어법』이란 책은 존재하지 않는다. 르네 길의 『어법』은 말라르메를 비롯한 상징주의에 대한 평문들이 주된 내용을 이루는 책이다. 그러므로 이러한 문헌상의 사실적인 정황으로 보아서도 김춘수가 인용한 글은 쥘 르나르의 『어법』의 「서문」이 아니라, 르네 길의 『어법』의 「서문」으로 정정되어야 할 것으로 판단된다. 그러나 김춘수가 이러한 데서 오류를 보였다고 할지라도, 중요한 것은 말라르메의 글이 어느 지면에 실렸는가가 아니라, 말라르메의 글의 핵심이 무엇인가이다. 말라르메가 자신의 핵심 시론 중 하나인 「시의 위기」("Crise de Vers")에서 르네 길의, 『어법』의 「서문」에 실린 글을 한 부분으로 설정했다는 사실이 더 중요하다. 요컨대, 김춘수가 인용한 (2)가 아래와 같이 「시의 위기」("Crise de Vers")의 한 부분인 것은 분명하다. 그 원문은 아래와 같다.

> si ce n'est pour qu'en émane, sans la gêne d'un proche ou correct ap
> pel, la notion pure. Je dis: une fleur! et, hors de l'oubli où ma voix relè
> gue aucun contour, en tant que quelque chose d'autre que les calices s
> us, musicalement se lève, idée même et suave, l'absente de tous bouqu
> ets.
>
> — Mallarmé, "Crise de Vers"[69]

위에 인용된 말라르메의 「시의 위기」에서 깊이 논구해야 할 개념은 바로 "순수 관념"(notion pure)과 "이데아"(idée)이다. 말라르메의 이 글에 나타난 "notion"과 "idée"가 김춘수의 한역(韓譯)에서는 똑같이 "관념"으로 표기된다. 그렇지만, 말라르메의 시론이 추구하던 "순수 관념"

---

69) Stéphane Mallarmé, "Crise de Vers," *Œuvres Complètes II*, p.213.

이란 본래의 의미를 살리기 위해서 "notion pure"는 "순수 관념"으로 번역되는 것이 맞지만, "idée"는 말라르메 자신이 말하는 "꽃"(fleur)이 '이데아로서의 꽃'임을 의미하려는 것이기 때문에, "idée"는 관념이 아니라, "이데아"로 번역되어야 할 것으로 판단된다.

그러므로 차례대로 말라르메에게 '순수 관념'과 '이데아'가 그의 시론 안에서 어떠한 의미를 갖는지 알아보도록 한다. 우선 '순수 관념'에 관해 논의해 보도록 한다. 말라르메는 "시, 관념에 가까운 것"[70]이라고 하면서 자신의 시관(詩觀)을 밝혔다. 그는, 김춘수가 자신을 플라톤주의자로 규정하는 데 참조했던 랜섬(John Crowe Ransom, 1888~1974)이 분류한 시의 하위 장르 가운데, 이른바, 관념시(觀念詩), 즉, 플라토닉 포에트리(Platonic Poetry)를 추구한 것이라고 볼 수 있다.[71] 그가 관념의 언어를 추구한 것은 숭고함(suprême)을 지닌 불멸의 언어(immortelle parole)[72]를 추구하고자 한 것이다. 하이데거가 언어는 존재의 집[73]이라고 말한 바와 같이, 불멸의 언어를 추구한다는 것은 곧 불멸의 존재를 추구한다는 것이다. 존재의 불멸성은 현실이 아니라, 그것을 초월한 순수한 관념에 의해서만 가능하다. 그래서 말라르메는 '순수 관념'을 추구한 것이다. 이러한 존재 이해를 통해 말라르메의 시론에서 이데아에 대한 사유가 녹아 있음이 확인된다. 그러나 이것만으로 말라르메

---

70) Stéphane Mallarmé, 「정신의 악기, 책」("Le livre, instrument spirituel", 1895). 플레이아드 『전집』, 381. (Maurice Blanchot, 『문학의 공간』, 이달승 역, 그린비, 2014, p.42. 재인용.)

71) John Croew Ransom, "Poetry: A Note in Ontology", *The American Review*, New York: May 1934, pp.180~187.

72) Stéphane Mallarmé, "Crise de Vers," *Œuvres Complètes II*, p.208.

73) Martin Heidegger, 「가난한 시대의 시인」, 『시와 철학─횔덜린과 릴케의 시세계』, 소광희 역, 박영사, 1980, p.262.

의 시론에서의 이데아의 의미가 모두 드러났다고 볼 수는 없다. 왜냐하면, 이데아는 영원불변의 진리라는 의미에서 현실을 초월한 이상(理想)이라는 의미 또한 내포하기 때문이다. 그러므로 김춘수의 시론을 통해 말라르메의 시론에서 이데아의 이상으로서의 의미에 대하여 살펴보면 아래와 같다.

> 완성된 조화는 이리하여 창작이 되고 거기에는 꽃의 이데아가 깃들게 된다. [중략] 말라르메가 꽃이라고 말했을 때 눈앞에 떠오른 바로 그 꽃과 같은 꽃이다. [중략] 상징주의는 이런 종류의 이데아가 거의 결정적인 구실을 한다. 그러니까 상징주의는 가장 예술지상주의적 예술의 입장이 된다.
>
> ― 김춘수, 『시의 위상』 부분. (II 179~181)

위의 인용에서 김춘수는 말라르메의 '꽃의 이데아'를 예로 든다. 그러면서 그는 상징주의가 일반적으로 이데아를 추구하는 것으로 인식한다. 나아가, 그는 상징주의를 예술지상주의(藝術至上主義)로 인식한다. 예술지상주의는 예술 자체를 이상(理想)으로 보는 문예사조이다. 예술지상주의는 고티에(Theophile Gautier, 1811~1872)에 의해 선언되었으며, 쿠쟁(Victor Cousin, 1792~1867)에 의해 명명되었다. 그뿐만 아니라, 포(Edgar Allen Poe, 1809~1849)도 그들과 동시대에 예술지상주의적인 문학세계를 확립한다. 말라르메를 비롯한 상징주의 시인들은 포로부터 영향을 받는다. 예를 들면, 말라르메는 포의 죽음을 추모하여 「에드거 포의 무덤」(1876)이란 시를 썼을 뿐만 아니라, 포의 시를 불역하여 『갈까마귀』(레클리드 출판사, 1875)와 『에드거 포 시집』(드망 출판사, 1888)을 출간하기도 한다.[74] 이처럼 말라르메가 영향을 받았던 예술지상주의의 이념은 '예술을 위한 예술(l'art pour l'art)'이다. 이러한 이념은 '인생을 위한 예술'과 대척점에 놓여 있다. '예술을 위한 예술'은 예술로부터 비예술적인 요소를 배제하는 것으로부터 출발한다. 즉, 예술로부터 윤리성, 정치성, 종교성, 사회성 등을 배제한다. 이러한 예술적 태도는 말라르메를 거쳐 발레리에게도 계승된다. 발레리에게서 온전히 확립된 '순수시(la poésie pure)'라는 개념이 바로 시로부터 비시적(非詩的)인 요소를 배제한 시라는 의미를 지니는 것이다.[75] 클로델(Paul Claudel, 1868~1955)에 따르면, 말라르메가 순수한 시(la poésie pure)를 꿈꾼 것은 순수한 삶(la vie pure)을 꿈꾼 것과 하나의 맥락을 갖는다.[76] 예술지상주의자로서의 상징주의자였던 말라르메는 순수의 궁극에서 예술 그 자체를 이상으로 삼았던 것이다. 그러므로 말라르메는 김춘수가 이해한 바와 같이, 플라톤주의자로서의 상징주의자였을 뿐 아니라, 예술지상주의자로서의 상징주의자였다. 그것은 '아름다움의 이데아'를 하나의 이상으로 추구한 시인의 상을 보여준다고 할 수 있을 것이다. 그리고 이러한 시론은 김춘수의 '꽃'의 시편을 탄생하게 한 시론에 절대적인 영향을 미친 것이다. 다음으로 김춘수의, 말라르메의 언어관을 아래의 인용문을 통해 살펴보기로 한다.

> "언어에 우선권을 주고 시에서는 언어가 주제가 되어야 한다"
> (『시의 위기』)는 말라르메의 명제는 어느 날 갑자기 영감으로 그의

---

74) 황현산, 「작가 연보」, Stéphane Mallarmé, 『시집』, 황현산 역, 문학과지성사, 2005, pp.348~353.

75) Paul Valéry, "Avant-propos À La Connaissance De La Déesse," *Œuvres I*, Édition Établie et Annotée par Jean Hytier, Paris: Gallimard, 1987, pp.1270~1275.

76) Joseph Chiari, *Symbolisme from Poe to Mallarmé: The Growth of Myth*, New York: Macmillan Company, 1956, p.62.

뇌리에 떠오른 것은 아니다. 오랜 사색 끝의 결론이다. 그는 꽃과 같은 물체도 언어가 만들어낸다고 했다. 꽃이라는 물체가 있는 것이 아니라 언어가 있을 뿐이다. 언어는 주사와 빈사가 어우러져 문(文)을 만들면서 세계를 만든다.

— 김춘수,『시의 위상』부분. (II 272)

다만, 시가 존재하지 않는다는 것을 아시기 바랍니다: 그것(시)은 우수한 보완물로서의 언어의 결핍을 철학적으로 보상합니다.

Seulement, sachons n'existerait pas le vers: lui, philosophiquement r
émunère le défaut des languages, complément supérieur.

— Mallarmé, "Crise de Vers"[77]

위에 인용된 김춘수의 시론에서는 말라르메의『시의 위기』로부터 "언어에 우선권을 주고 시에서는 언어가 주제가 되어야 한다"라는 문장이 직접 인용된 것으로 쓰여 있다. 그러나 실제로 말라르메의「시의 위기」("Crise de Vers")에 "언어에 우선권을 주고 시에서는 언어가 주제가 되어야 한다"와 정확히 일치하는 문장은 없다. 다만, 김춘수는 말라르메의「시의 위기」에서 다음 문장, 즉, "(Seulement, sachons n'existerait pas le vers:) lui, philosophiquement rémunère le défaut des languages, complément supérieur."을 패러프레이즈 한 것으로 판단된다. 말라르메의 원문을 직역해 보면, 그 문장은 한국어로 "(다만, 시가 존재하지 않는다는 것을 아시기 바랍니다:) 그것(시)은 우수한 보완물로서의 언어의 결핍을 철학적으로 보상합니다."가 된다. 그러나, 김춘수가 말라르메의 문장을 패러프레이즈 한 문장도 원문의 의미를 크게 벗어난 것은

---

77) Stéphane Mallarmé, "Crise de Vers," *Œuvres Complètes II*, p.208.

아니다. 말라르메는 기존의 시 개념을 뛰어넘어 혁명적으로 새로운 시 개념을 창조하고 있던 것이다. 다시 말해, 그는 시를 순수한 언어로 보면서, 주제적인 측면에서 철학적으로 보완이 되어야 한다고 주장하고 있던 것이다. 김춘수가 인용한 말라르메의 원문은 문맥상, 불멸의 언어 (immortelle parole)에 대한 논의로부터 파생된 결론이다. 불멸의 언어에 이르기 위하여 시에는 철학이 있어야 한다는 것이다. 여기서 철학은 형이상학적 사유일 것이다. 그러한 말라르메의 시적 언어는 사유의 언어로서의 순수한 언어이다.[78] 현실에 물들지 않은 순수한 언어는 상징주의자인 말라르메에게는 상징의 언어이다. 상징은 생각을 표현하는 것이 아니라, 그것을 존재하도록 한다.[79] 상징주의자로서의 말라르메에게 상징의 언어를 통한 시의 창조는 곧 존재의 창조이다. 그에게 존재의 의미란 플라톤적 의미, 영원불변의 진리를 지닌 존재이다. 그렇다면 말라르메는 왜 순수 관념을 통해 존재의 불멸성을 추구한 것일까? 이에 대한 김춘수의 질문과 답은 『한국 현대시 형태론』(1959), 『의미와 무의미』(1976), 『시의 표정』(1979), 『시의 위상』(1991)과 같은 시론에서 나타난다. 그 예들을 찾아보면 아래와 같다.

> 말라르메의 불행은 그가 인간으로 태어났다는 데 있다. 이 말은 그에게도 한계가 있었다는 것을 말하는 것이 된다. 그러나 그는 인간의 한계라는 절망을 딛고, 그것(절망)에까지 도전하려고 한 시인이다.
>
> — 김춘수, 『시의 위상』 부분. (II 251)

---

78) Maurice Blanchot, 『문학의 공간』, p.41.
79) Jacques *Rancière, Mallarmé: The Politics of the Siren*, Trans. Steven Corcoran, Bloomsbury: Continuum, 2011, p.16.

스테판 말라르메(Stèphane Mallarmé), 폴 발레리, 장 콕도(Jean Co
cteau) 등의 시작태도에서 그들의 지성의 시작 이전의 허무상태를
역설적으로 볼 수 있다는 것은 흥미 이상의 그 무엇이다. 그들은 인
간으로서는 허무를 살고 있었던 것이 아닌가?

— 김춘수, 『한국 현대시 형태론』 부분. (I 71)

그는 성문경변으로 질식사한다. 말이 나오는 기관이 경련을 일으
켜 지능이 마비된 채 숨이 막혀 죽는다는 것은 그에 대한 조물주의
복수일는지 모른다. 장 폴 사르트르(Jean Paul Sartre)는 그의 죽음을
자살이라고 한다.

— 김춘수, 『시의 위상』 부분. (II 177)

말라르메처럼 '지성의 축제'(폴 발레리)를 유일한 생의 보람으로
삼으면서 시작을 '지성의 축제'의 으뜸으로 여기는 태도도 구원이다.

— 김춘수, 『의미와 무의미』 부분. (I 496)

일상의 무의미한 자기를 떠나 높은 정신의 세계에 참례한다. 실
로 이 동안에 말라르메처럼 인생의 전부를 거는 것이다. 순전히 제
자신을 위하여 한다. [중략] 외계와 차단되어 있다는 점으로는 상아
탑적이기도 하고, 제 자신의 구원을 생각하고 있다는 점으로는 수도
자적이기도 하다.

— 김춘수, 『시의 표정』 부분. (II 138~139)

위에 인용된 김춘수의 시론 가운데서 그가 이해한 말라르메의 인생
관의 출발점으로 삼을 수 있는 것은 바로 출생에 관한 언급일 것이다.
『시의 위상』에서 김춘수가 이해한 바에 따르면, 말라르메의 불행은 인
간으로 태어났다는 것이다. 인간으로 태어난 것, 그 자체를 불행으로
받아들이는 말라르메의 삶에 대한 태도는 염세적인 허무주의(虛無主

義, nihilism)라고 볼 수 있다. 김춘수 역시 말라르메의 허무에 대해 주목한다. 김춘수는『한국 현대시 형태론』에서 말라르메가 지성의 문학을 시도하기 이전에 허무의 상태가 있었다고 언급한다. 역으로 그 말의 의미는 말라르메가 허무의 상태를 극복하기 위해 지성의 문학을 시도했다는 의미이기도 할 것이다. 시를 오직 감성(感性)의 산물로만 본다면, 염세적인 허무주의자에게 감성은 시인에게 실존적으로 끝없는 고통의 감각을 줄 뿐이다. 감성이 가진 정동으로서의 에너지는 한 인간을 정신적으로 완전히 파괴할 수도 있다. 시인이 그러한 위험 앞에 놓인 경우, 감성의 힘에 의존하지 않고서도 시를 쓸 수 있는 것은 지성의 힘에 의존해서이다. 나아가 그 고통스러운 감각의 끝은 김춘수가『시의 위상』에서 인용한 사르트르(Jean Paul Sartre, 1905~1980)의 말처럼 자살이 될 수밖에 없었을 것이다. 사르트르의 말라르메론으로는『말라르메, 빛 그리고 그림자의 얼굴: 말라르메에 관한 에세이』(Mallarmé, *La Luci dité Et Sa Face D'Ombre: Essai Sur Mallarmé*)[80])가 출간된 바 있다. 또한, 영어권에는 사르트르의 말라르메론이『말라르메, 또는 무(無)의 시인』(*Mallarmé, Or The Poet of Nothingness*)[81])으로 번역되어 출간된 바 있다. 여기서 의미심장한 것은 사르트르가 말라르메의 무(無, néant)에 주목했다는 것이다. 왜냐하면, 무라는 주제는 사르트르 자신의 사상의 결정체인『존재와 무 *L'Être et Le Néant*』(1943)에서 전개된 존재론에서 핵심적인 주제이기 때문이다. 사르트르는 무에 의해 역설적으로 인간에게는 자유가 주어진다는 존재론을 확립한다. 이와 같이, 무에 대해

---

80) Jean Paul Sartre, *Mallarmé, La Lucidité Et Sa Face D'Ombre: Essai Sur Mallarmé*, Paris: Gallimard, 1986.

81) Jean Paul Sartre, *Mallarmé, Or The Poet of Nothingness*, translates by Earnest Sturm, Pennsylvania: Penn State University Press, 1991.

깊은 혜안을 인류에게 선사한 사르트르의, 말라르메의 시론에 대한 안목은 예사롭지 않은 것이었다. 그러므로, 사르트르는 말라르메의 의학적인 사인을 형이상학적으로 재해석하여 시인으로서 필연적으로 부딪힐 수밖에 없었던 상징적 죽음, 즉 자살로 해석한 것이다. 그러므로, 김춘수가 『의미와 무의미』에서 밝힌 대로 말라르메에게는 허무의 극복으로서의 '지성의 축제'가 구원이 된다. 나아가, 김춘수가 『시의 표정』에서 밝힌 대로, 말라르메에게 삶의 무의미에 저항하는, 구원으로서의 시작(詩作)을 실천하는 시인의 삶의 태도는 "상아탑적"이고 "수도자적"일 수밖에 없게 된다. 그리하여 말라르메는 허무 위의 창조자가 되었다. 그러한 말라르메는 지성으로 순수한 아름다움을 창조하기 위해 일상어의 문장구성법을 해체한 후 순수한 시적 문장구성법을 시도함으로써 시를 써내려 간 것이다.[82] 김춘수 또한 말라르메처럼 자신이 허무주의자임을 시와 시론을 통해 여러 차례 언명한다. 김춘수가 허무의 극복으로서의 관념의 시편을 실험한 것은 말라르메와 유사한 점이 있다.

IV. 이데아로서의 '책'

다음으로 플라톤주의로서의 상징주의를 추구했던 말라르메의 문학적 궁극에 대해 논의해 보기로 한다. 아래의 인용문은 김춘수가 자신의 시론 『시의 위상』에서 진단한 말라르메의 문학의 궁극적 목표 지점이 드러난 글이다.

---

82) Gustave Lanson · Paul Tuffrau, 『랑송 불문학사』하, 정기수 역, 을유문화사, 1997, p.222.

'쓴다는 것은 무엇인가?'에 대한 물음에 말라르메는 생애를 걸기
도 하고, "세계는 한 권의 책을 위해서 있다"는 말도 하게 된다. [중
략] 그의 입에서 꽃이라는 말이 어느 때에 새어나온다고 하면 현실
에는 없는 꽃이 하나 피어난다. 그것은 플라톤식으로 말하자면 이데
아의 꽃이지만, 그것이 말이 만들어낸 꽃 중의 꽃이다. 그것이 바로
꽃의 실재다. [중략] 말하는 데 대한, 즉 쓰는 데 대한 천착 없이 말한
다는 것, 즉 쓴다는 것은 이제는 문화인이 할 일이 아니다. 스테판 말
라르메 이후는 그렇다. 이제는 물리적인 자연발생적인 시인은 용납
되지 않는다. 말라르메의 시대는 계속되고 있다. 그것이 또한 근대
성이라고 한다.//상징주의는 다른 뜻도 있지만, 말라르메를 거치면
서 드러난 쓴다는 행위를 통한 자의식의 자각으로 근대의 출발을 점
한다.

　　　　　　　　　　　　　　　－ 김춘수, 『시의 위상』 부분. (II 176~177)

　　다음은 나의 제안입니다. 만약 다양하게 나에 대한 칭찬 또는 비
난에서 인용될 것이라면, 나는 여기서 미래에 존재할 사람들과 함께
서둘러 주장합니다. 요컨대 나는 이 세계의 모든 것이 한 권의 책에
도달하기 위해 존재하길 원한다고.

　　Une proposition qui émane de moi — si, diversement, citée à mon é
loge ou par blâme — je la revendique avec celles qui se presseront ici
— sommaire veut, que tout, au monde, existe pour aboutir à un livre.

　　　　　　　　　　　　　－ Mallarmé, "Le Livre, Instrument Spirituel"[83]

　　위에 인용된 『시의 위상』에서 김춘수는 말라르메가 시인으로서 일
생을 건 문제가 바로 '쓴다는 것은 무엇인가?'라는 문제였다고 주장한
다. 세레(Jaques Scherer) 역시 말라르메에게는 '나는 쓴다. 고로 존재한

---

83) Stéphane Mallarmé, "Le Livre, Instrument Spirituel," *Œuvres Complètes II*, p.224.

다.'84)는 명제가 성립된다고 보았다. 그것은 바로 시를 쓰는 주체로서의 시인의 자의식의 문제이기도 하고, 언어를 매개로 해서만 창조를 할 수 있는 시인에게 시의 근본적인 질료로서의 언어에 관한 탐구라는 문제이기도 하다. 이러한 말라르메의 문학적 입장은 절대적 주관주의(absolute subjectivism)85)라고 불릴 수도 있을 것이다. 이러한 문제의식은 오늘날 현대시를 창작하는 시인들에게는 일반적이다. 그러나, 김춘수는 이러한 문제의식이 일반화된 것의 기원에 바로 말라르메라는 시인이 있음을 지적한다. 즉, 오늘날 '쓴다는 것은 무엇인가?'라는 문제에 대한 자의식과 언어적 탐구가 없는 시인은 시인으로서 자격이 없다는 것이다. 그러한 인식을 가졌던 김춘수는 한국현대시사에서 선구자적으로 언어 · 미학적 실험을 선도해 왔다. 김춘수는 『시의 위상』에서 말라르메에게서 '쓴다는 것은 무엇인가?'라는 언어의 문제는 플라톤적인 이데아로서의 꽃을 창조하는 것이며, 그 궁극에는 "한 권의 책"이 있음을 지적한다. 이른바, "한 권의 책"은 말라르메의 시론에서 핵심적인 개념 중 하나이다.

블랑쇼의 『도래할 책 Le Livre à Venir』 중 5장 「도래할 책」은 말라르메의 책(Le Livre)에 대한 산문이다. 블랑쇼가, 말라르메는 "오직 한 권의 책만이 폭발한다"86)고 말하였음을 강조한 바와 같이, 말라르메는 자신의 모든 시편이 하나의 우주로 창조되고 완성되어 새로운 태초의 폭발이 일어나길 바랐다. 즉, 그는 우주의 창조주로서의 신을 대신하여

---

84) Jaques Scherer, *Le Livre de Mallarmé*, Gallimard, 1977, p.93. (이부용, *op. cit.*, p.79. 재인용.)

85) Joseph Chiari, *op. cit.*, p.168.

86) Maurice Blanchot, 『카오스의 글쓰기 *L'Écriture du Désastre*』, 박준상 역, 그린비, 2013, p.31.

자신만의 새로운 우주의 창조주로서의 신의 지위에 자신을 놓으려던 것이다.87) 그러한 새로운 우주로서의 '한 권의 책(Le Livre)'의 특징은 하나의 통일성과 전체성을 지니면서 아름다운 음악이 흐르는 꿈의 궁전과 같은 세계이다.88) 그가 창조하고자 했던 그 '한 권의 책'은 시를 통해 도달할 수 있는 궁극의 이데아인 것이다. 그가 이데아로서의 꽃을 추구하던 데서 나아가 하나의 우주의 진리를 담은 이데아로서의 '한 권의 책'을 추구한 것은 시라는 종교에 시인이라는 사제로서 순교한 것과 같다. 그에게는 절대에의 추구(the search for the absolute)89)가 있던 것이다. 김춘수도 평생 다양한 문학적 실험을 감행했지만, 결국 릴케의 『두이노의 비가 *Duineser Elegien*』의 영향으로부터 시작하여 이에 대한 패러디로 끝을 맺으며, 자신의 시 세계를 하나의 원환으로 완성한 것도 말라르메가 궁극적으로 '한 권의 책'에 도달하려 한 것과 일맥상통하는 면이 있다. 마지막으로 말라르메의 '한 권의 책'으로 일컬어지는 『주사위 던지기 *Un Cou de Dés*』가 언급된 김춘수의 시론을 살펴보면 다음과 같다.

> 말라르메 사후의 시집 『골패 일척』에 실린 시들의 새로운 스타일은 괄목할 만하다. [중략] 어떤 우연도 시인에게는 필연이 되어야 하는데, 그것은 거의 절망적이다. "골패 한번 던져지면 절대로 우연을 정복하지 못한다"고 말라르메는 그의 시집의 서두에서 말한다. 여기서부터 그의 '백지의 고민(blanc soucie)'이 시작된다. 완벽하고 절대적인 세계를 그의 의도대로 한 장의 종이 위에 그려내기 위해 밤을 새고 또 새곤 하지만, 우연은 절대로 극복되어지지 않는다. [중략]

---

87) Joseph Chiari, *op. cit.*, p.168.
88) 박이문, *op. cit.*. 참조.
89) Joseph Chiari, *op. cit.*, p.157.

한 권의 책에 도달하려는 절망적인 인간의 꿈이 있을 뿐이다.
— 김춘수,『시의 위상』부분. (II 204~205)

　위에 인용된 김춘수의『시의 위상』에서 김춘수는 블랑쇼가 도래할
책90)으로 지목한 책, 즉 말라르메의 궁극의 책으로서의 '한 권 의 책'인
『주사위 던지기』를 언급한다. 그러나 그 표현은 일역(日譯) 식 표현으
로『골패 일척』이라 칭해지고 있다. 말라르메의 이 시『주사위 던지기』
에서 주제를 담고 있는 구절은 바로 "주사위 던지기는 결코 우연을 배
제하지 않는다(Un Coup de Dés Jamais N'oublira le Hasard)."91)라는 문
장이다. 이 말의 의미는 '주사위 던지기'라는 허구의 공간으로서의 시92)
에서 우주의 형이상학적 원리로서의 필연을 추구하면 할수록 우연을
배제할 수 없다는 결론을 얻었다는 의미이다. 블랑쇼가, 말라르메가
「주사위 던지기」의 결말 부분에서 "모든 사유는 한 번의 주사위 던지
기를 발한다."라고 말한 것을 강조한 바와 같이,93) "주사위 던지기는
결코 우연을 배제하지 않는다."라는 말의 의미는 결국 모든 이성(理性)
에 의한 사유에서 우연을 배제할 수 없다는 의미로 확대될 수 있다. 이
것은 관념론의 궁극적 지점에서 관념론의 한계를 깨닫게 된 결론이라
고 할 수 있다. 그래서 김춘수가『시의 위상』에서 '한 권의 책'에 도달하
려는 말라르메의 "백지의 고민(blanc soucie)"은 결국 그 목표에 도달할
수 없다는 절망만을 남긴다고 말하고 있다. 그러므로 시인에게 궁극의
이데아로서의 '한 권의 책'은 마치 플라톤이『국가론』에서 꿈꾼, 궁극

---

90) Maurice Blanchot,『도래할 책』, p.452.
91) Stéphane Mallarmé, *Igitur · Divagations · Un Coup de Dés,* Édition de Bertrand
　　Marchal, Paris: Gallimard, 2016, p.417.
92) Maurice Blanchot,『도래할 책』, p.446.
93) *Ibid.*, p.459.

의 선의 이데아가 실현된 유토피아와 같이 이 현실에는 존재하지 않는 세계였다.

여느 시인의 시 세계보다 다채로웠던 김춘수의 시 세계 또한 그가 삶 가운데서 무엇과 마주쳤느냐에 따라 마치 주사위 던지기처럼 우연과 혼돈 속에 탄생한 것일 수 있겠다. 그의 시집이 나올 때마다 새로운 실험이 감행되었다는 것도 그러한 방증이 될 수 있을 것이다. 겉으로 보았을 때, 이질적이고 모순적인 요소들의 중층적 접합처럼 보이기도 하는 것이 김춘수 그의 시 세계이다. 그러한 관점에서 보았을 때, 김춘수의 시집들은 마치 신의 유희 끝에 던져진 주사위처럼 우연적인 듯한 표정을 하고 있다. 그것은 일자로 드러난 존재의 안에는 혼돈이 소용돌이치며 진정한 존재의 잠재태들이 생성되고 있기 때문일 것이다. 김춘수 또한 이데아로서의 '꽃'을 추구했고, 그 궁극에서 자신이 시의 언어의 창조자로 서며 궁극의 이데아로서의 '책'을 추구하였지만, 그 고통스러운 창조의 도정에서 결국 아름다운 우연의 무늬들로 그의 시 세계를 완성하였다. 이러한 점은 말라르메와 김춘수의 공통점이라고 할 수 있다.

V. 결론

이 연구 「이데아로서의 '꽃' 그리고 '책' ― 김춘수 시론에서의 말라르메 시론의 전유」는 김춘수가 자신의 시론에서 프랑스 상징주의 시론에 대하여 논의한 내용을 근거로 하여, 김춘수가 어떻게 프랑스 상징주의 시론을 전유하였는지에 대하여, 프랑스 상징주의 시인들의 시와 시론을 프랑스어 원문과 대질하는 비교문학적 연구방법을 통하여 밝혀내는 것을 목표로 하였다. 이러한 연구의 첫 단계로 이 논문은 프랑스 상징주의 시인들 가운데서도 김춘수가 자신의 시론에서 가장 많이 언급하였으며, 김춘수의 대표작에 가장 결정적인 영향을 미친 말라르메를 중심으로 다루었다. 이 논문은 김춘수가 자신을 상징주의자이자 플라톤주의자로 자칭한 것을 근거로 삼아, 플라톤주의로서의 프랑스 상징주의라는 관점으로 논구되었다. 그리하여 플라톤의 『국가론』을 통하여 이데아라는 핵심 개념이 고대 그리스어로는 본모습이란 의미로, 인간의 이성에 의해서만 알 수 있는 영원불변의 존재의 진리임을 기본 입장으로 세웠다. 그 결과 말라르메의 「시의 위기」라는 대표적인 시론을 통해 김춘수의 대표작인 '꽃'의 시편들의 정체가 '순수 관념'으로 구현된 '순수시'의 상징으로서의 '이데아로서의 꽃'임이 재확인되었다. 이러한 논증의 과정에서 이 연구는 김춘수의 시론의 오류를 말라르메의 시론의 원문을 통해 정정하는 큰 성과를 얻을 수 있었다. 나아가 말라르메가 이러한 이데아로서의 시의 세계를 추구하였던 것은 생에 대한 염세적 허무주의자의 태도에서 비롯된 것이었으며, 이러한 생에 대한 허무를 극복하는 과정에서 궁극의 이데아로서의 '한 권의 책'을 추구하게 된다는 것을 말라르메의 시론 「책, 영혼의 악기」를 통해서 알 수 있었다. 이 '한 권의 책'은 시인이 창조주의 지위를 대신하여 우주 전체의 진리를 담는 궁극의 책으로 시도되었으나, 그 정점에서 결국 우연을 배제할 수 없다는 결론을 얻게 되어 시인은 백지 앞의 절망에 놓일 수밖에 없음이 확인되었다. 이러한 것도 플라톤의 이데아론이 궁극의 선의 이데아로서의 유토피아를 지향하였지만, 그 유토피아란 현실에 존재하지 않는 세계였다는 것과 오묘하게 일치하였다. 김춘수 역시 초기 시에서는 이데아로서의 꽃을 추구하였으나, 중기 시에서 생의 허무에 부딪히며 말라르메의 한 권의 책으로서의『주사위 던지기』와 같이 우연의 무늬와 같은 실험들을 반복하다, 후기 시에서는 그 궁극의 지점에서 다시 릴케의『두이노의 비가』를 패러디한 초기 시의 세계로 돌아오는 원환적 시 세계를 완성한다. 김춘수의 이러한 시 세계도 그의 사후에 전체적으로 소급해 보았을 때, 이데아로서의 한 권의 책을 추구하는 과정이었다고 볼 수 있다.

그리하여, 이 논문의 의의는 김춘수의 시론에 언급된 말라르메의 시론을 말라르메의 프랑스어 원문 확인과 비교를 통하여, 말라르메 시론의 본래적 의미와 김춘수의 시론이 전유한 말라르메의 시론의 의미를 세밀하게 밝힌 데 있다고 하겠다.

마지막으로, 김춘수의 시론 가운데 말라르메의 시론으로부터 해체주의, 무정부주의, 음악성 등에 대하여 언급한 논의들은 이 논문의 주제의 일관성을 유지하는 차원에서 생략되었음을 밝히며, 이에 관한 연구는 차후 과제의 주제로 남겨놓도록 하겠다.

참고문헌

1. 기본자료

김춘수,『김춘수 시론 전집』I · II, 현대문학, 2004.

Mallarmé, Stéphane, *Œuvres Complètes II*, Paris: Gallimard, 2003.

              , "La Musique et les Lettres," *Poésies et Autres Textes*, Édition Établie, Présentée et Annotée par Jean—Luc Steinmetz, Paris: Le Livre de Poche, 2015.

              , *Igitur · Divagations · Un Coup de Dés*, Édition de Bertrand Marchal, Paris: Gallimard, 2016.

              ,『시집 *Poésie*』, 황현산 역, 문학과지성사, 2005.

2. 국내 논저

김기봉,「말라르메의 본질」,『불어불문학연구』vol. 1. no.1, 한국불어불문학회, 1966.

김붕구,『보들레에르: 평전 · 미학과 시세계』, 문학과지성사, 1997.

김 억,「프랑스 시단」,『태서문예신보』제11호, 1918. 12. 10.

긴용직,「아네모네와 실험의식 ― 김춘수론」,『김춘수 연구』, 학문사, 1982.

김유중, 「김춘수 문학을 어떻게 이해할 것인가?」, 『한국현대문학연구』 vol.30, 한국현대문학회, 2010.

_____, 「김춘수의 문학과 구원」, 『한국시학회 학술대회 논문집』, 한국시학회, 2014.10.

_____, 「김춘수와 도스토예프스키」, 『한중인문학연구』 제49집, 한중인문학회, 2015.

_____, 「김춘수의 대담: 내면 고백과 합리화의 유혹을 넘어서」, 『어문학』 제138호, 한국어문학회, 2017.

김윤식, 「한국시에 미친 릴케의 영향」, 『한국문학의 이론』, 일지사, 1974.

김주연, 「명상적 집중과 추억 - 김춘수의 시세계」, 『김춘수 연구』, 학문사, 1982.

김 현, 「말라르메 혹은 언어로 사유되는 부재」, 『존재와 언어 · 현대 프랑스 문학을 찾아서 - 김현 문학 전집 12』, 문학과 지성사, 1992.

_____, 「절대에의 추구」, 『존재와 언어/현대 프랑스 문학을 찾아서』, 문학과 지성사, 1992.

남기혁, 「김춘수 전기시의 자아인식과 미적 근대성-'무의미의 시'로 이르는 길」, 『한국시학연구』 vol.1, 한국시학회, 1998.

류 신, 「천사의 변용, 변용의 천사 - 김춘수와 릴케」, 『비교문학』 제36집, 한국비교문학회, 2005.

서정주, 「시집 『늪』에 대하여」, 『김춘수 연구』, 학문사, 1982.

신범순, 「무화과 나무의 언어 - 김춘수, 초기에서 <부다페스트에서의 소녀의 죽음>까지 시에 대해」, 『한국현대시의 퇴폐와 작은 주체』, 신구문화사, 1998.

_____, 「역사의 불모지에 떨어지는 꽃들」, 『시와 정신』, 시와정신사, 2015년 9월호.

유치환, 「시집 『구름과 장미』에 대하여」, 김춘수 연구 간행 위원회, 『김춘수 연구』, 학문사, 1982.

이부용, 「말라르메의 모색과 꿈 — 그의 시와 시론을 중심으로」, 연세대학교 불어불문학과 대학원 석사학위논문, 1999.

이승훈, 「시의 존재론적 해석시고(解釋試攷) — 김춘수의 초기시를 중심으로」, 『김춘수 연구』, 학문사, 1982.

이재선, 「한국현대시와 R. M. 릴케」, 『김춘수 연구』, 학문사, 1982.

장경렬, 「의미와 무의미의 경계에서 — '무의미 시'의 가능성과 김춘수의 방법론적 고뇌」, 『응시와 성찰』, 문학과지성사, 2008.

조강석, 「김춘수의 릴케 수용과 문학적 모색」, 『한국문학연구』 제46집, 한국문학연구소, 2014.

조남현, 「김춘수의 「꽃」」, 『김춘수 연구』, 학문사, 1982.

조영복, 「여우 혹은 장미라는 '현실'과 언어 — 김춘수와 문학적 연대기」, 『한국 현대시와 언어의 풍경』, 태학사, 1999.

지주현, 「김춘수 시의 형태 형성과정 연구」, 연세대학교 국어국문학과 대학원 석사학위논문, 2002.

채기병, 『말라르메의 부재와 <이데>의 시학』, 성균관대학교 불어불문학과 대학원 박사학위논문, 1993.

황현산, 「작가연보」, Stéphane Mallarmé, 『시집』(*Poésie*), 황현산 역, 문학과지성사, 2005.

_____, 「말라르메의 언어와 시」, Stéphane Mallarmé, 『시집』, 황현산 역, 문학과지성사, 2005.

_____, 「말라르메 송욱 김춘수」, 『잘 표현된 불행』, 문예중앙, 2012.

3. 국외 논저 및 번역서

Badiou, Alain, 『비미학 *Petit Manuel D'Inesthetique*』, 장태순 역, 이학사, 2010.

Barthes, Roland, 『목소리의 결정 *Le Grain De la Voix*』, 김웅권 역, 동문선, 2006.

_____, 『글쓰기의 영도 *Le Degré Zéro De L'Écriture*』, 김웅권 역, 동문선, 2007.

Baudelaire, Charles, *Œuvres Complètes I*, Paris: Gallimard, 1961.

_____, 『보들레르 시전집』, 박은수 역, 민음사, 1995.

Blanchot, Maurice, 『도래할 책 *Le Livre à Venir*』, 심세광 역, 그린비, 2011.

_____, 『카오스의 글쓰기 *L'Écriture du Désastre*』, 박준상 역, 그린비, 2013.

_____, 『문학의 공간 *L'Espace Littéraire*』, 이달승 역, 그린비, 2014.

Chiari, Joseph, *Symbolisme from Poe to Mallarmé: The Growth of Myth*, New York: Macmillan Company, 1956.

Derrida, Jacques, 『그라마톨로지에 대하여 *De La Grammatologie*』, 김웅권 역, 동문선, 2004.

Foucault, Michel, 『말과 사물 *Les Mots et les Choses*』, 이규현 역, 민음사, 2012.

Ghil, René, *Traité du Verbe*, Paris: Chez Giraud, 1886.

Heidegger, Martin, 『시와 철학—횔덜린과 릴케의 시세계』, 소광희 역, 박영사, 1980.

Plato, 『국가』, 박종현 역주, 파주: 서광사, 2011.

Scherer, Jaques, *Le Livre de Mallarmé*, Paris: Gallimard, 1977. (이부용, *op. cit.*, p.79. 재인용.)

Rancière, Jacques, *Mallarmé: The Politics of the Siren*, Trans. Steve Corcoran, Bloomsbury: Continuum, 2011.

Sartre, Jean Paul, 『존재와 무 *L'Être et Le Néant*』, 정소성 역, 동서문화사, 2014.

_____, *Mallarmé, La Lucidité Et Sa Face D'Ombre: Essai Sur Mallarmé*, Paris: Gallimard, 1986.

_____, *Mallarmé, Or The Poet of Nothingness*, translates by Earnest Sturm, Pennsylvania: Penn State University Press, 1991.

Valéry, Paul, "Avant-propos À La Connaissance De La Déesse," *Œuvres I*, Édition
Établie et Annotée par Jean Hytier, Paris: Gallimard, 1987.

말라르메와 김구용의 '반수신(半獸神)'에 나타난 위선에 관한 비교 연구

— 칸트의 윤리학의 관점으로

I. 서론

1. 문제제기 및 연구사 검토

이 논문의 목적은 김구용(金丘庸)과 말라르메(Stéphane Mallarmé)의 반수신(半獸神)을 비교 연구함으로써 인간의 위선에 대한 두 태도를 구명하는 데 있다. 반수신인 목신(Pan, Faunus)은 세계문학사적으로 오비디우스, 아풀레이우스, 롱고스, 루크레티우스, 베르길리우스, 위고 등의 작가에 의해 형상화되었다.[1) 그렇지만 김구용의 시「반수신」과「반수신의 독백」은 다른 작가들의 작품들과 달리 '독백'의 형식으로 쓰인 시라는 데서, 역시 '독백'의 형식으로 쓰인 시인 말라르메의「목신의 오후」("L'après-midi d'un Faune")를 연상시킨다. 특히, 1875년에 나온 말라르메의「목신의 오후」의, 1865년에 나온 초고의 제목은「목신의 독백」("Monologue d'un Faune")이었다.[2) 초고「목신의 독백」에는 연극의

---

1) 도윤정,「말라르메의 목신: 목신 재창조와 그 시학적 기반」,『불어문화권연구』24, 2014, pp.228~236.

상연을 위한 극본의 형식인 지문(地文)이 나타나 있다.[3] 그러나 완성작 「목신의 오후」에는 연극적 요소인 독백과 지문이 사라진다.[4] 이러한 점은 이 논문의 비교연구의 타당성을 강력히 예증하는 중요한 근거가 된다. 즉, 목신을 반수신으로 번역하기도 한다는 점에 비추어 보았을 때, 김구용의 「반수신의 독백」은 말라르메의 「반수신의 독백」과 정확히 제목이 일치한다. 이러한 데서 김구용의 말라르메로부터의 영향관계가 추정된다.

나아가 김구용은 자신의 예술론인 「나의 문학수업」에서 "지성문학을 탐독하였고 특히 발레리(Paul Valéry)에 이르러서는 경이의 눈을 부릅뜨지 않을 수 없었다"고 말하면서, 습작시절 발레리를 최상의 시인으로 여겼다고 고백한다.[5] 문학사적으로 '지성문학'에는 시작(詩作)을 지성의 산물로 보는 발레리의 문학과 함께 시작을 관념의 산물로 보는 그의 스승, 말라르메의 문학이 포함된다. 실제로 발레리는 말라르메로부터 받은 지대한 영향을 "기이하면서도 깊은 지성적 면모"[6]라고 고백했다. 그러므로 「반수신의 독백」이라는 제목의 정확한 일치는 김구용이 '지성문학'이라는 범주에서 말라르메를 읽은 것으로밖에 추정되지 않는다. 이처럼, 「반수신의 독백」이라는 제목의 정확한 일치와 함께 김구용이 자신의 산문에 직접 드러낸 습작시절의 독서목록도 이 논문의 연구의 필요성을 강력히 예증하는 중요한 증거가 된다.

---

2) Alain Badiou, 「목신의 철학」, 『비미학』, 장태순 역, 서울: 이학사, 2010, p.229.

3) Stéphane Mallarmé, "La Musique et les Lettres," *Poésies et Autres Textes,* Édition Établie. Présentée et Annotée par Jean-Luc Steinmetz. Paris: Le Livre de Poche, 2015, pp.66~68.

4) *Ibid.*, pp.69~72.

5) 김구용, 『인연(因緣): 김구용 전집 6』, 서울: 솔, 2000, pp.373~374.

6) Paul Valéry, "Lettre sur Mallarmé," *Œuvres*. I, Ed. J. Hytier. Paris: Gallimard Pléiade 2v., 1957, p.637.

그렇지만, 김구용 시의 반수신은 말라르메의 그것과 다른 독자성을 지니고 있다. 김구용의 반수신은 그의 전후시(戰後詩)를 이해하는 데뿐 아니라, 그의 세계관 전체를 이해하는 데도 중요하다. 마찬가지로 말라르메의「목신의 오후」도 그의 대표작일 뿐 아니라, 그의 세계관 전체를 이해하는 데도 중요하다. 즉, 김구용과 말라르메에게 반수신은 다른 시인들과 구별되는 독특한 특이점이면서, 두 시인의 동질성을 구명하는 독특한 특이점이다. 따라서, 김구용과 말라르메의 반수신을 비교하여 연구하는 것은 상당히 의미 있는 일일 것으로 사료된다. 이러한 비교연구로써 김구용과 말라르메의 반수신의 의미가 훨씬 더 선명하게 드러날 뿐 아니라, 두 시인의 시세계 전반의 특징도 선명하게 드러날 것으로 기대된다. 그들은 인간 존재의 본질에 관한 시적 탐구에서 이원성(二元性, dualism)의 문제를 고뇌하는 과정에서 반수신을 창조하게 되었다는 공통점이 있다. 그러므로 본고는 반수신이라는 상징이 인간의 이원성에서 비롯된 위선을 폭로하는 의미작용을 한다는 전제를 가지고 논증해 나아가고자 한다.

말라르메(1842~1898)는 파리에서 태어나 퐁텐블로에서 죽을 때까지 평생 영어교사로서 단조로운 삶을 영위한다. 그는 오직 지성으로 순수한 아름다움을 창조하고자 하였으며, 그것을 위해 기존의 문장 구성법을 파괴하고, 독창적인 시적 문장 구성법을 시도하였다(Lanson 222). 데리다(Jacques Derrida, 1930~2004)는『그라마톨로지에 대하여』에서 이러한 말라르메의 시학이 서구적 전통과 단절되어 있다고 평한다.[7] 한편, 바르트(Roland Barthes, 1915~1980)는『목소리의 결정』에서 말라르메 이후 프랑스 문학은 더 이상 새로운 창안이 없으며, 말라르메를

---

7) Jacques Derrida,『그라마톨로지에 대하여』, 김웅권 역, 서울: 동문선, 2004, p.172.

반복하고 있을 뿐이라는 표현으로 말라르메의 문학사적 위상을 평한다.[8] 요컨대, 말라르메는 문학사의, 격변의 지점에 놓여 있다는 것이다. 그렇다면, 말라르메 시세계의 어떠한 특성이 그의 높은 문학사적 위상을 갖도록 하였는가 알아볼 필요가 있다. 말라르메는 「정신의 악기, 책」("Le Livre, Instrument Spirituel")에서 "시, 관념에 가까운 것"이라고 하면서 자신의 시관(詩觀)을 밝혔다(226). 그러므로 말라르메의 시적 언어는 블랑쇼(Maurice Blanchot, 1907~2003)가 『문학의 공간』(L'Espace Littéraire)에서 확증하는 바와 같이 사유의 언어로서의 순수한 언어(41)라고 할 수 있으나, 이것은 공허의 한계에 부딪히게 되며 말라르메의 소설 「이지튀르」(Igitur)의 주제인 '철학적 자살'로 이어진다(48). 자살은 자기 자신에 의한 존재의 무화(無化)이다. 바르트는 『글쓰기의 영도』(Le Degré Zéro de L'Écriture)에서 무(無)로부터 출발한 글쓰기, 즉 '글쓰기의 영도'의 기원을 말라르메의 언어의 해체로부터 찾고 있다(10). 말라르메의 언어의 해체는 궁극적 지점에서 침묵에 이를 수밖에 없다. 이러한 침묵은 일종의 실서증(失書症)으로서, 『글쓰기의 영도』에서 지적되는 바와 같이 시인에게는 '자살'에 비견된다.[9] 그러나 이것은 역설적인 의미를 갖는다. 즉, 침묵이라는 언어의 비어 있음은 사회적 언어나 상투어들로부터 벗어나는 자유를 시인에게 주는 것이다. 그러한 맥락에서, 바르트는 『목소리의 결정』(Le Grain de la Voix)에서 말라르메가 글쓰기의 한계, 즉, 공허(creux)에 대한 고찰을 통해 오히려 위대한 문학을 탄생시켰다고 평하였다(43). 그 공허란 다시 허무(虛無)일 것이다. 『문학의 공간』에서 블랑쇼는 말라르메가 시작(詩作)을 할 때 자

---

8) Roland Barthes, 『목소리의 결정』, 김웅권 역, 서울: 동문선, 2006, p.182.
9) Roland Barthes, 『글쓰기의 영도』, 김웅권 역, 서울: 동문선, 2007, p.69.

신을 실망시키는 심연, 즉 신의 부재와 자신의 죽음에 부딪혔다고 말한다.[10] 그러나 그러한 한계지점에 이르러 시인은 존재하는 모든 것을 시초부터 다시 사유할 수 있는 것이다. 그러므로, 레비나스(Emmanuel Levinas, 1906~1995)가 『모리스 블랑쇼에 대하여』(Sur Maurice Blanchot)에서 지적하는 것처럼, 글을 쓴다는 것은 말라르메에게 근원의 언어로 돌아가는 것이다.[11]

말라르메의 이러한 시관을 가장 잘 보여주는 작품은 미완의 장시(長詩) 「에로디아드」("Hérodiade")이다. 「에로디아드」의 여주인공 에로디아드(Hérodiade)는 '절대 허무'(Absolu-Néant)를 추구하는 인물로 그려진다(장정아, 「<에로디아드> 연구」 1). 이 작품에 대하여 말라르메를 스승으로 여긴 발레리는 극찬을 아끼지 않았다. 「에로디아드」는 파르나스파(École parnassienne)의 기교와 포(Edgar Allan Poe)의 정신성이 기적적으로 결합되어 있으며, '순수와 순결'이 아름다움의 조건으로 나타나 있다는 것이다.[12] 요컨대, 말라르메의 「에로디아드」는 한편으로는 '절대 허무'를 다른 한편으로는 '순수와 순결'의 양면성을 지닌다.

여기서 중요한 것은 말라르메가 「목신의 오후」를 창작하기 시작한 시점이 「에로디아드」의 창작을 그만둔 시점이라는 것이다. 말라르메는 「에로디아드」의 창작 중 '불모성'의 지점에 다다르게 되었고, 그 지점에서 목신이라는 영웅을 자신의 작품에 불러들여 「목신의 오후」를 창작하게 된 것이다(최석, 「말라르메의 시 속에 나타난 에로스의 두 양상」 119). 여기서 목신은 에로디아드의 대척점에 놓여 있다고 볼 수 있

---

10) Maurice Blanchot, 『문학의 공간』, 이달승 역, 파주: 그린비, 2014, p.39.
11) Emmanuel Levinas, 『모리스 블랑쇼에 대하여』, 박규현 역, 서울: 동문선, 2003, p.18.
12) Paul Valéry, 『말라르메를 만나다』, 김진하 역, 서울: 문학과지성사, 2007, p.122.

다. 반인반수의 형상을 지닌 반수신인 목신은 인간에 내재한 수성(獸性) 또는 동물성(動物性)의 상징이다. 즉, 말라르메가 에로디아드 대신 목신을 선택했다는 것은 '순수와 순결' 대신 '본능과 욕망'을 선택했다는 것이다. 그리고 그것은 죽음에 대한 충동으로서의 '타나토스' 대신 삶에 대한 충동으로서의 '에로스'를 선택했다는 의미가 된다(최석, 「말라르메의 시 속에 나타난 에로스의 두 양상」 138). 민희식은 이러한 「목신의 오후」를 관능의 세계로 해석한다.13) 요컨대, 말라르메가 「에로디아드」의 세계에서 「목신의 오후」의 세계로 옮겨간 것은 인간 존재의 본질에 관한 시적 탐구 가운데서 인간의 이원성에 대한 갈등을 보여준다. 본고는 이 이원성의 지점에서 인간의 위선의 문제를 논구해 보고자 한다.

한편 김구용(金丘庸, 1922~2001)은 비운(非運)의 시인이다. 세 살 때부터 요양살이를 시작했던 그는, 평생 병약한 육신과 세인의 이목을 기피하는 은일적 성격으로, 문단의 화려한 조명 밖에 머물며, 외롭게 시작 활동을 해왔다. 김구용은 1949년 『신천지』에 「산중야(山中夜)」로 김동리(金東里, 1913~1995)의 추천을 받으며 등단한다. 이것은, 이념의 논리를 벗어나 전통미학을 바탕으로 순수문학을 확립해 가기 위해 김동리가 고전적 아취를 풍기는 김구용의 시14)를 높이 샀기 때문이다. 한국전쟁으로 피난생활을 하며 문단활동을 중단하였던 그는 1953년 조연현(趙演鉉, 1920~1981)과의 인연으로 「탈출」(『문예』, 1953.2.)을 발표하며 본격적인 시작(詩作)을 재개한 다음, 조연현이 창간한 『현대문학』에서 기자 생활을 하다가, 1956년 『현대문학』이 제정한 제1회 신

---

13) 민희식, 「말라르메의 <반수신의 오후> 攷」, 『불어불문학연구』 6.1, 1971, p.77.
14) 그가 등단하기 전에 썼던 시 「부여(夫餘)」, 「석사자(石獅子)」, 「관음찬(觀音讚)」, 「고려자기부(高麗磁器賦)」 등은 전통미와 고전미가 서려 있는 작품들이다.

인문학상을 수상한다.15) 한국전쟁의 전후(前後)를 관통하는 그의 시력(詩歷)은 전쟁이 그의 시세계에서 일종의 원체험으로 작용한다는 것을 간접적으로 예증한다. 현대문학상의 심사위원이었던 서정주(徐廷柱, 1915~2000)는, 김구용의 시가, 전쟁이란 비극적 상황에서 실험의 극한까지 나아갔으며, 동양정신의 영향을 받았으되 자연관조에 머물지 않고, 서양 희랍정신의 영향을 받았으되 신(神)을 맹목적 진실로 보지 않는, 동서양 정신의 완벽한 조화에 이르렀다고 고평하였다.16)

그러나 김구용은 이러한 평가에 안주하지 않고 현대시 극복을 위한 실험을 계속하다 전후 모더니즘 시의 난해성 논쟁에 휘말린다. 김구용은 전쟁에 의해 폐허가 된 현대 문명의 모더니티가 곧 인간 비극의 근원임을 시적으로 형상화하기 위해 고뇌한 바는 있지만, 동양사상에 뿌리를 두고 있다는 점에서, 전후 모더니즘 시인들과는 사상적으로 거리를 두고 있었다. 그럼에도 불구하고, 김구용은 난해시를 쓰는 것으로 평가되는 후반기 동인, 송욱, 전봉건, 김수영 등의 전후 모더니스트들과 같은 범주에서 논의되면서 평가절하되었다. 김구용은 이 논쟁의 중심에 놓여 있지 않았음에도 불구하고, 김구용의 시는 '난해시'라는 평가가 고정되며 그는 점차 문단의 중심으로부터 멀어지게 된다. 이후, 그는 『화엄경』의 현대적 재현을 시도한 『구곡(九曲)』, 『송 백팔(頌 百八)』을 통해, 자신이 단지 전후 상황을 모더니즘이라는 첨단의식에 의해 촉각적으로 반응하다 단명한 시인이 아님을 지속적인 창작으로 보여준다. 즉, 김구용은 『시집(詩集)』I(1969)을 낸 후 1970년대 후반부터 의욕적으로 『시(詩)』(1976), 『구곡(九曲)』(1978), 『송 백팔(頌 百八)』

---

15) 수상작은 다음과 같다. 「위치(位置)」, 「그녀의 고백(告白)」, 「슬픈 계절(季節)」, 「그네의 미소(微笑)」, 「육체(肉體)의 명상(瞑想)」, 「잃어버린 자세(姿勢)」

16) 서정주, 「김구용의 시험과 그 독자성」, 『현대문학』, 1956년 4월호, p.134.

(1982) 등의 시집을 냄으로써 일가를 이룬 것이다. 그의 이러한 시작활동은 전후 모더니즘 시인들이 대개 단명한 것과 달리, 모더니즘이라는 첨단의식과 유행에 편승하지 않고도 자기 시 세계를 확고하게 가지고 있었던 김구용의 저력을 보여준다. 마침내 2000년에 이르러 김구용 전집[17]이 출간되어, 그의 시 세계에 대한 정당한 평가가 다시 시작될 수 있는 계기가 마련된다.

당대 비평이 아닌 김구용 시에 대한 본격적인 논의는 크게 다섯 방향으로 이루어지는데, 첫째, 시의 실험정신과 산문성에 중점을 둔 경우,[18] 둘째, 불교적 사유와 미의식에 중점을 둔 경우,[19] 셋째, 상징주의나 초현실주의 등 모더니즘 또는 근대성의 관점으로 접근한 경우,[20] 넷째, 프로이트 · 라캉 · 지젝의 정신분석으로 접근한 경우,[21] 다섯째, 들

---

17) 김구용 전집은 시 전집 『시』, 『구곡』, 『송 백팔』, 『구거(九居)』 네 권을 비롯하여, 산문집 『구용 일기(丘庸 日記)』, 『인연(因緣)』을 포함한 총 6권으로 구성되어 있으며, 2000년 솔 출판사에서 출간되었다.
18) 윤병로, 「김구용 시 평설」, 『한국현대시인작가론』, 한국문학평론가협회 편, 전주: 신아출판사, 1987.
   하현식, 「김구용론: 선적 인식과 초현실 인식」, 『한국시인론』, 서울: 백산출판사, 1990.
   이건제, 「공(空)의 명상과 산문시 정신」, 『1950년대의 시인들』, 송하춘 · 이남호 편, 파주: 나남, 1994.
   홍신선, 「실험 의식과 치환의 미학」, 『한국시의 논리』, 서울: 동학사, 1994.
   김동호, 「난해시의 風味, 一切의 시학」, 김구용, 『풍미』, 서울: 솔, 2001.
   민명자, 「김구용 시 연구: 시의 유형과 상상력을 중심으로」, 충남대학교 박사학위논문, 2007.
19) 홍신선, 「현실 중압과 산문시의 지향」, 김구용, 『시: 김구용 문학 전집 1』, 서울: 솔, 2000.
   김진수, 「불이(不二)의 세계와 상생(相生)의 노래」, 김구용, 『구곡(九曲): 김구용 문학 전집 2』, 서울: 솔, 2000.
20) 고명수, 「한국에 있어서의 초현실주의문학고찰」, 『동악어문논집』 22, 1987.
   송승환, 「김구용의 산문시 연구—보들레르 산문시와의 상관성을 중심으로」, 『어문론집』 70, 2017.

뢰즈의 존재론으로 접근한 경우22) 등으로 대별될 수 있다. 김윤식은, 그의 시의 난해성을 전후의 극한 상황에서 추구된 실험성과 사상성에 의해 필연적으로 동반될 수밖에 없는 '깊이'로 옹호하며, 전후(戰後)의 자생적 모더니스트의 계보에 위에 김구용의 문학사적 위상이 재정립23) 되어야 함을 역설하였다. 본고는 이러한 평가의 연장선상에서 김구용 시를 말라르메 시와 비교 연구해 보고자 한다. 본고는 김구용과 말라르메를 비교연구하는 데서 반수신의 상징을 중심으로, 이것이 인간 존재의 본질에 관한 시적 탐구에서 인간의 이원성으로 인한 위선의 문제를 내포한다는 전제하에 논의를 전개할 것이다.

2. 연구의 시각

이 논문은 말라르메와 김구용의 반수신에 나타난 위선을 비교 연구하는 데 목적이 있다. 신화학에서 반수신은 동물신(動物神)에서 인간신(人間神)으로 넘어가는 중간단계에 등장하는 것으로 보고된다(오세정 242). 반수신은 한편으론 '자연의 신격화'일 수도, 다른 한편으론 '수성의 타자화'일 수도, 그리고 마지막으로 이 두 특성을 모두 지닌 '카오스의 형상화'일 수도 있다(이인영 252). 그러나 본고는 이처럼 복합적인 성격을 지닌 반수신의 상징을 문학작품에서는 인간 존재의 이원성에 대한 고찰에서 창조된 상상의 존재로 보고자 한다. 그리고 본고는 이러

---

21) 이숙예, 「김구용 시 연구: 타자와 주체의 관계 양상을 중심으로」, 중앙대학교 박사학위논문, 2007.
　　김청우, 「김구용 시의 정신분석적 연구」, 전남대학교 석사학위논문, 2011.
22) 박동숙, 『김구용의 생성 시학 연구』, 서울시립대학교 박사학위논문, 2015.
23) 김윤식, 「「뇌염」에 이르는 길」, 『시와 시학』, 가을. 2000, pp.18~25.

한 인간의 이원성으로부터 위선의 문제가 야기된다고 보고자 한다. 이를 구명하기 위해, 칸트(Immanuel Kant, 1724~1804)의 윤리학의 관점을 원용하여 말라르메와 김구용의 반수신 상징에 나타난 위선의 문제를 다루어 보고자 한다. 이 논문에서 칸트의 윤리학이 위선에 대한 연구의 시각으로 선택된 것은 칸트의 윤리학이 절대론적 윤리학의 정점에 있으며, 현대 윤리학에 대해서도 기원적 성격을 지니고 있기 때문이다.

칸트에 따르면 인간은 이성적인 동물이다.24) 이것은 아퀴나스(Thomas Aquinas, 1225~1274)가『존재자와 본질에 대하여』에서 말한 바와 같이, 인간이 동물과 이성(animali et rationali)으로 이루어졌음을 의미하는 것이 아니라, 이 둘이 합성된 제3의 존재임을 의미한다.25) 이처럼 인간은 동물과 이성이라는 이원성에 기반한 제3의 존재이다. 그러나 아퀴나스에 따르면 인간 안의 동물과 이성은 아담의 원죄 이후 상충한다는 데서 인간사의 온갖 죄악이 탄생한다.26) 한편, 인간이 이성적 존재이기 때문에 지니는 특성으로 도덕성이 있다. 도덕성은 이성 가운데서도 실천이성(實踐理性, Praktische Vernunft, practical reason)이 주관하는 특성이다. 이러한 맥락에서 칸트가『실천이성비판』에서 주장하는 바와 같이, 인간은 도덕적인 존재자인 동시에 동물적인 존재자이다.27) 인간이 아무리 도덕적인 존재자라고 할지라도, 육체를 지녔다는 점에

---

24) Immanuel Kant,『이성의 한계 안에서의 종교』, 백종현 역, 서울: 아카넷, 2012, p.189.
25) Thomas Aquinas,『존재자와 본질에 대하여』, 김진 · 정달용 역, 서울: 서광사, 1995, p.31.
26) Thomas Aquinas,『영혼에 관한 토론 문제』, 이재룡 · 이경재 역, 파주: 나남, 2013, pp.177~178.
27) Immanuel Kant,『실천이성비판』, 백종현 역, 서울: 아카넷, 2012, p.156.

서 동물적인 존재자임이 부정될 수 없다. 칸트의『윤리형이상학』에 따르면, 인간에게는 동물성(動物性, Tierheit)에 기반한 자연본성의 충동들이 내재하는데, 이것은 인간이 자기보존 또는 종의 보존을 위해 갖게 된 특성이다.28) 그뿐만 아니라, 감성존재자(感性存在者, Sinnenwesen)로서의 인간도 동물적인 존재자로서의 인간이다.29) 예컨대, 성욕 같은 본능은 동물적 존재자로서의 인간에게 내재할 수밖에 없는 것이다. 그러나 칸트의『이성의 한계 안에서의 종교』에 따르면 인간의 자연본성 안에 있는 성벽(性癖, Hang)은 악(惡, Böse)이며(193), 그것도 근본적인 악, 즉, 근원악(根源惡, das radikale Böse)이다(208). 동물성과 반대로 윤리는 하나의 의무로서 당위적이고 강제적이다(칸트,『윤리형이상학』164). 즉, 이성적 동물로서의 인간은 이성의 명령 아래 도덕적 존재자(moralische Wesen)로서 자신의 동물성을 통제해야 한다.

또한, 칸트는『이성의 한계 안에서의 종교』에서 인간이 무리 지으려는 특성을 인간의 부정적인 동물적 특성으로 보았다(190). 그러므로 인간사회가 평화를 유지하기 위해서 윤리가 필요하다. 칸트의『영구평화론』에 따르면 평화는 자연상태(Naturzustand)가 아니며, 오히려 전쟁이 자연상태이다.30) 이러한 관점은 홉스(Thomas Hobbes, 1588~1679)가『시민론: 정부와 사회에 관한 철학적 기초』에서 자연상태가 '만인의 만인에 대한 투쟁(bellum omnium contra omnes)'이라고 주장한 것과 유사하다(46). 즉, 이들은 인간을 자연상태에 내맡겨두었을 때, 인간의 동물성은 사회를 전쟁상태로 만들 것이라는 관점을 갖는다. 오늘날 세계평

---

28) Immanuel Kant,『윤리형이상학』, 백종현 역, 서울: 아카넷, 2012, p.513.
29) *Ibid.*, p.510.
30) Immanuel Kant,『영구평화론』, 이한구 역, 서광사, 2008, p.25.

화 유지를 위해 설립된, 세계정부로서의 UN은 칸트가 제시한 견해가 실현된 것이다. 즉, 세계정부가 존재해야만 세계평화가 유지될 수 있다는 것이 칸트의 관점이다.

이어서, 본격적으로 칸트의 선(善) 개념으로부터 위선(僞善)의 개념을 이끌어내 보고자 한다. 칸트의 『윤리형이상학 정초』에 따르면 선(善, das Gut)의 유일한 기준은 선의지(善意志, guter Wille)이다.[31] 선의지는 "선하게 살고자 하는 의지"이다(浜田義文 194). 이처럼, 선의 판단기준은 결과가 아니라, 선의지라는 목적에 있다. 왜냐하면, 결과에 대해서는 주체의 책임을 묻기 어렵지만, 목적에 대해서는 주체의 책임을 물을 수 있기 때문이다. 중요한 것은 주체의 책임이다. 그러므로 주체에게 선을 행할 의지가 있었는가 하는 것이 선의 판단기준이다.

그런데, 선이 성립되기 위해서는 선의지 이외에 또 하나의 조건이 더 필요하다. 그것은 바로 칸트가 『실천이성비판』에서 주장하는 바와 같이, "너의 의지의 준칙이 항상 동시에 보편적 법칙 수립의 원리로서 타당할 수 있도록, 그렇게 행위"한다는 것이다(91). 그 선의지는 동서고금을 막론하고 항상 보편타당한 절대성을 띠어야 한다. 이것을 판별하는 것이 양심(良心, Gewissen)이다. 그러므로 칸트는 선의지가 양심의 법정의 명령에 따르는 것이어야 한다고 주장한다. 예컨대, 『성경』의 윤리는 '나는 해야 한다. 그러므로 나는 할 수 있다'는 칸트의 격률과 유사하다(니부어, 「그리스도인의 윤리」 72). 십계명에서 '살인하지 말라'는 것은 윤리인 동시에 하느님의 명령이다. 즉, 칸트에게서는 『성경』에서와 같이 양심의 절대적인 명령에 복종하는 방식으로 선은 실천된다. 이러한 양심을 칸트는 『윤리형이상학』에서 윤리적 존재자 안에서 도덕법

---

31) Immanuel Kant, 『윤리형이상학 정초』, 백종현 역, 서울: 아카넷, 2010, p.77.

칙에 대하여 의무가 '있다 또는 없다'를 판정하는 실천이성으로 본다 (487).

다음으로 선의 또 하나의 중요한 판별기준은 '주체의 의지가 자율적 인가?' 아니면 '주체의 의지가 타율적인가?'에 있다. 칸트의『윤리형이 상학 정초』에 따르면, 의지가 자율적인 경우에만 선이 성립되며 의지 가 타율적인 경우에는, 사이비 선이 성립된다(169~170). 위선의 사전 적 의미가 타인의 시선을 위해 겉으로만 선한 체하는 것이라면, 바로 위선이 선이 아닌 이유는 칸트의 관점에 따라 주체의 선의지가 자율적 이 아니었기 때문이다. 그러므로 칸트가 말하는 이 사이비 선을 위선이 라고 할 수도 있을 것이다. 요컨대, 칸트의 윤리학적 관점에서 주체의 자율성은 윤리성의 가장 기본적인 조건 중 하나이다(『윤리형이상학 정 초』169).

그러나 선의 성립을 위해서 무엇보다 중요한 것은 선의 실천이다. 인 간은 윤리적 의무로서 주어진 선을 실천해야만 한다. 그러한 의무에는 타인에 대한 사랑의 의무[32]와 존경의 의무[33]가 있다. 우선, 칸트의『윤 리형이상학』에 따르면, 타인에 대한 사랑의 의무로는 자선, 감사, 동정 등이 있다(560). 특히, 타인과 더불어 기쁨과 괴로움을 느끼는 인간의 성정을 칸트는 '도덕적 동정(道德的 同情)'이라고 하며, 또한, 이 '도덕 적 동정'은 '미감적 인간성(美感的 人間性)'이라고도 한다.[34] 윤리주의 자로서의 칸트는 미학서인『판단력 비판』에서조차 아름다운 것은 도 덕적으로 선한 것의 상징이라고 주장했다.[35] 단, 도덕적 동정이 자연적

---

32) Immanuel Kant,『윤리형이상학』, p.554.
33) Ibid., p.573.
34) Ibid., p.566,
35) Immanuel Kant,『판단력 비판』, 이석윤 역, 서울: 박영사, 2003, p.243,

인 것이라면, 미감적 인간성은 의무적인 것이라는 차이점은 있다.36) 그
러나 자연적인 것이든, 의무적인 것이든, 인간은 타인에 공감하는 데서
선을 실천할 수 있다. 다음으로 타인에 대한 존경의 의무로는 타인의
위엄(Dignitas), 즉, 인간은 그 자체로 목적(Zweck)으로 대해져야 하며,
그럼으로써 자기 자신도 존엄성을 가질 수 있다는 것을 인정해야 하는
의무가 있다.37) 그러므로 칸트는 『판단력 비판』에서 이성적 존재자(ve
rnünftiges Wesen)이자 도덕적 존재자(moralische Wesen)인 인간 현존
재(Dasein)는 그 자체가 최고의 목적으로 대해져야 하며, 이에 따라 '무
엇을 위하여 인간이 현존하는가?'라는 질문을 인간에 적용하지 말아야
하고, 인간 현존재 그 자체가 최고의 목적이라는 당위명제에 반대되는
그 어느 자연의 힘에도 인간은 굴복하지 말아야 한다고 주장한다(344).
'나 자신'이 '인간의 존엄성'을 지닌다는 권리를 주장하고자 한다면, 칸
트의 주장처럼 그것은 '타인'의 존엄성을 존중하는 데서 시작되어야 할
것이다.38) 이처럼, 칸트에게서 의무로서의 도덕은 도덕법칙이라고도
할 수 있을 것이다. 또한, 도덕법칙에 대한 존경의 감정을 '도덕 감정'이
라 한다.39) 위선의 문제는 어떠한 행위가 이러한 준거들에 부합한가 그
렇지 않은가로 판별할 수 있다.

　요컨대, 칸트의 윤리학적 관점에 따르면, 이성적 동물인 인간은 실천
이성이라는 양심의 법정의 명령에 따라 자율적으로 선의지를 실천해
야 하는 의무를 지닌 도덕적 존재자이다. 그리고 이러한 의무에는 타인
을 사랑해야 하는 의무로서 도덕적 동정 또는 미감적 인간성을 지녀야

---

36) Immanuel Kant, 『윤리형이상학』, p.566.
37) *Ibid.*, p.574.
38) Immanuel Kant, 『윤리형이상학』, p.574.
39) Immanuel Kant, 『실천이성비판』, p.156.

하는 의무가 있으며, 타인을 존중해야 하는 의무로서 인간은 그 자체로 목적으로 대해져야 한다는 존엄성을 존중해야 하는 의무가 있다.

본고는 이러한 칸트의 윤리학적 관점에서 반수신의 상징에 나타난 위선의 문제를 고찰하고자 한다. 반수신은 이성적 동물로서의 인간에게서 동물성이 이성을 압도하게 됨으로써, 이성이 동물성을 지배하지 못하고, 동물성이 이성을 지배하게 된 인간의 상징이다. 또한, 반수신으로 상징되는 인간은 이성으로 동물성을 통제하는 것을 일종의 위선이라고 폭로하고자 하는 욕망을 지닌 인간이다. 그러나, 오히려 반수신은 칸트의 윤리학적 관점에서 선을 결여한 존재로서 악의 상징이라고 할 수 있을 것이다. 칸트는 『이성의 한계 안에서의 종교』에서 "인간은 자연본성적으로 악하다."라고 주장하면서, 호라티우스가 "결여 없이 태어나는 자는 없다."라고 한 말을 인용한다(199). 칸트는 악을 선의 결여로 간주하고자 한다. 그 이유는 하느님께서 인간을 창조하실 때, 인간이 악이라는 본성을 가지고 태어나도록 창조하였다고 볼 수는 없으나, 악을 인간의 본성에서 절멸할 수도 없기 때문에, 악을 선의 결여로 간주하게 된 것이다. 그러므로 반수신은 선의 결여로서의 악의 상징이라고 할 수 있을 것이다.

말라르메의 경우 반수신이 섹슈얼리티의 상징인 것은 칸트의 관점에 따라 인간에 내재하는 동물성 가운데 자기보존과 종의 보존의 특성이 이성의 통제를 벗어난 것으로 볼 수 있을 것이다. 김구용의 경우 반수신이 살인의 표상인 것은 칸트의 관점에 따라 자연상태로는 전쟁상태인 인간사회가 세계정부의 통제를 벗어난 것으로 볼 수 있을 것이다. 이들은 선의지 자체를 갖지 않는다. 그뿐만 아니라, 타인의 사랑에 대한 의무와 존경에 대한 의무를 상실한 자들이다. 이들은 도덕적 동정과 미감적 인간성을 상실함으로써 악과 추의 상징이 된다. 즉, 윤리를 벗어난 인간이 동물존재와 다름이 없는 것이고, 바로 이것이 반수신의 상징으로 나타나는 것이다. 그러한 맥락에서 본고는 반수신의 상징에 나타난 위선의 문제를 논증해 나아가고자 한다.

Ⅱ. 말라르메와 김구용의 반수신의 공통점

1. 동물성 우위의 상징으로서의 반인반수(半人半獸)의 신(神)

말라르메의 「목신의 오후」는 목신을 주인공으로 한 영웅시적 막간극으로 창작되었다(황현산 253). 목신(牧神)은 일종의 반수신(半獸神)으로서 그리스 · 로마 신화에 그 유래가 있다. 목신은 그리스신화의 판(Pan)이자 로마신화의 파우누스(Faunus)이다. 목신은 인간의 몸에 염소의 뿔과 굽이 결합된, 반인반수(半人半獸)의 신이다. 그 구체적인 형상을 「목신의 오후」의 한 구절을 통해 확인해 보면 다음과 같다.

> 어쩔 것인가! 다른 여자들이 내 이마의 뿔에
> 그네들의 머리타래를 묶어 나를 행복으로 이끌리라.
> 너는 알리라, 내 정념이여, 진홍빛으로 벌써 무르익은,
> 석류는 알알이 터져 꿀벌들로 윙윙거리고,
> 그리고 우리의 피는, 저를 붙잡으려는 것에 반해.
> 욕망의 영원한 벌떼를 향해 흐른다.
> 이 숲이 황금빛으로 잿빛으로 물드는 시간에
> 불 꺼지는 나뭇잎들 속에서는 축제가 열광한다.
> 애트나 화산이여! 그대 안에 비너스가 찾아와

그대의 용암 위에 순박한 발꿈치를 옮겨놓을 때,
슬픈 잠이 벼락 치거나 불꽃이 사위어 간다.
여왕을 내 끌어안노라!

Tant pis! vers le bonheur d'autres m'entraîneront
Par leur tresse nouée aux cornes de mon front:
Tu sais, ma passion, que, pourpre et déjà mûre,
Chaque grenade éclate et d'abeilles murmure;
Et notre sang, épris de qui le va saisir,
Coule pour tout l'essaim éternel du désir.
À l'heure où ce bois d'or et de cendres se tiente
Une fête s'exalte en la feuillée éteinte:
Etna! c'est parmi toi visité de Vénus
Sur ta lave posant tes talons ingénus,
Quand tonne une somme triste ou s'épuise la flamme.
Je tiens la reine!

　　　　　　　　　　　　　　— Mallarmé, 「목신의 오후」 부분. (88~89)[40]

　위에 인용된 부분은 말라르메의 「목신의 오후」의 한 부분이다. 첫 행
의 "내 이마의 뿔"은 바로 염소의 뿔을 가진 목신의 형상이 묘사된 구절
이다. 이어지는 구절들에서 목신은 "정념"과 "욕망"에 충만해 있다. 목
신을 둘러싼 자연적 배경마저 목신과 교응(交應)을 이루고 있음을 상징
적으로 보여주는 듯이, 정열적인 적색의 이미지가 넘쳐난다. 예컨대,
"석류", "피", "용암", "불꽃"의 이미지들은 목신의 "정념"과 "욕망"의

---

40) 이 논문에 인용된 「목신의 오후」 시편들은 모두 스테판 말라르메, 『시집』, 황현산
　　역, 서울: 문학과지성사, 2005.의 번역을 따랐다. 괄호 안에는 인용 지면만 표기하
　　기로 한다.

끓어오름과 잘 조화를 이룬다. 이러한 목신은 인간의 내면에 잠재된 동물성(動物性)을 상징한다. 인간에게는 동물성에 기반한 자연 본성의 충동들이 내재하는데, 이것은 칸트에 따르면 인간이 자기보존 또는 종의 보존을 하기 위해 갖게 된 특성이다.[41] 이 시의 시적 주체인 "목신"이 "비너스"를 "여왕"이라 부르며 끌어안는 것은 인간의 동물성 가운데서도 성(性)에 대한 열망을 보여준다. 성(性)은 종족보존을 위해 인간에게 내재하는 본성인 것이다. 그럼에도 불구하고, 인간은 이성적 동물이다.[42] 이는 인간이 이성과 동물이 결합된 존재가 아니라, 이성의 지배를 받는 제3의 존재임을 의미한다(아퀴나스, 『존재자와 본질에 대하여』31). 그러나 반인반수의 신으로서의 목신은 인간의 이성과 동물의 기계적 결합을 상상적으로 보여준다. 특히, 위에 인용된 부분에서는 인간의 이러한 동물성만이 중점적으로 표현되어 있다. 즉, 말라르메의 반인반수의 신으로서의 목신은 이성적 동물로서의 인간에게서 동물성의 우위를 보여준다.

한편 김구용의 시에서 반수신의 이미지를 찾아보면 다음과 같다.

　　　너는 사람 탈을 쓴 굶주린 짐승
　　　옛 벽화에 서성거리는 나의 그림자

　　　이 밤 가냘픈 등불인 양 빗발에 떨며
　　　오롯이 돌아가는 시계(時針)에 몰리노니

　　　아아 병든 꽃술이 무거이 벌어져

---

41) Immanuel Kant, 『윤리형이상학』, p.513.
42) Immanuel Kant, 『이성의 한계 안에서의 종교』, p.189.

섬벅 아롱질 듯 빙주(氷柱) 같은 이빠디어

오오 비린내를 풍기는 모진 포효(咆哮)들

물결 위로 솟는 해를 더듬으며
수많은 시체에서 일어서는

오늘도 나는 사람 탈을 쓴 굶주린 짐승
알몸의 피를 잎으로 씻으며
낡은 벽화에 꿈을 담는 사나이.
　　　　　　　－ 김구용, 「반수신」 전문. (313)[43]

　위에 인용된 부분은 김구용의 「반수신」 전문이다. 이 시에서 '반수
신'을 가리키는 구절은 두 차례 제시된다. 첫 번째는 1연 1행의 "너는
사람 탈을 쓴 굶주린 짐승"이고, 두 번째는 6연 1행의 "나는 사람 탈을
쓴 굶주린 짐승"이다. 이 시의 반수신은 얼굴은 사람이지만 몸은 짐승
인 반인반수의 신이다. 1연에서 "너"는 "나의 그림자"이다. 그러므로,
"너"가 "사람의 탈을 쓴 굶주린 짐승"이라면, 당연히 "나"도 "사람의 탈
을 쓴 굶주린 짐승"이 된다. 이 시의 반수신은 "시계"라는 시어에서 보
듯이 시간의 유한성 안에 놓인 인간이 잔인한 공격성을 발산하며 살생
을 한 후 "시체" 가운데서 "피"를 씻으며 죄의식도 없이 다시 "꿈"을 꾼
다. 이 시에서의 반수신은 칸트의 윤리학이 이성적 존재자(vernünftiges
Wesen)로서의 인간에게 요구하는 타인에 대한 사랑의 의무[44]와 존중

---

43) 이 논문에 인용된 김구용의 시편들은 모두 김구용, 『시: 김구용 전집 1』, 서울: 솔,
　　2000,에서 인용했다. 괄호 안에는 인용 지면만 표기하기로 한다.
44) Immanuel Kant, 『윤리형이상학』, p.554.

의 의무45)를 모두 저버리고 있다. 타인에 대한 사랑의 의무는 타인과
더불어 기쁨과 괴로움을 느끼는 인간의 성정으로서의 '도덕적 동정(道
德的 同情)'과 '미감적 인간성(美感的 人間性)'을 바탕으로 한다.46) 그러
나 이 시의 시적 주체인 반수신은 인간에 대한 그러한 도덕감정을 완전
히 잃어버렸다. 그뿐만 아니라 인간을 그 자체를 목적(Zweck)으로 대해
야 한다는, 인간 존엄성에 대한 존중도 잃어버렸다. 이처럼 인간의 도
덕적 의무를 모두 잃어버린 인간은 이 시에서 반인반수의 신으로 나타
난다.

위의 시는 김구용의 전후시라는 맥락에서 볼 때, 살육의 현장인 전장
에서 최소한의 인간성조차 파괴되어 오직 동물성만이 남은 인간의 모
습을 반수신의 이미지로 그려내고 있는 것으로 보인다. 전쟁에서 자기
자신의 정당방위를 위해 살생을 저지르면서도 죽음 앞에서는 두려워
하며 살아남기 위해 몸부림치는 반수신의 모습은 다름 아닌 인간의 모
습일 것이다. 그렇지만, 이 시의 인간은 인간의 탈을 썼을 뿐 인간이 아
니다. 인간은 살인해서는 안 된다는 것이 모든 도덕률의 기본이다. 인
간이 살인해서는 안 되는 이유는 인간은 그 자체로 목적으로 대해져야
하는, 존엄성을 갖기 때문이다.47) 그러나, 전쟁은 살인을 합법화한다.
이 시는 전쟁에서 살인마로서의 반인반수의 신의 모습을 보여준다. 살
인마가 반인반수의 신이라는, 동물성 우위의 존재로 상징되는 것은 자
연상태는 전쟁상태라는 세계관에 바탕을 둔다(칸트, 『영구평화론』 25;
홉스, 『시민론: 정부와 사회에 관한 철학적 기초』 46). 이성에 의해 쌓
아 올린 현대 문명이 오히려 전쟁을 통해 인간의 이성을 무장해제 해버

45) *Ibid*., p.573.
46) *Ibid*., p.566.
47) *Ibid*., p.574.

린 역설적 현실 앞에서, 문명의 흔적은 해독 불가능한 "낡은 벽화"로 비칠 뿐이다. 이 시에서 반수신은 이성적 동물로서의 인간에게서 이성은 잃어버리고 동물성이 우위를 점하게 된 인간에 대한 상징이다.

이상으로 말라르메의「목신의 오후」와 김구용의「반수신」을 통해 반인반수의 신으로서의 반수신의 상징이 공통으로 나타난다는 것을 살펴보았다. 이 두 시인에게서 반수신은 공통적으로 짐승의 얼굴을 한 상상적 존재로 나타나면서, 이성적 동물로서의, 인간의 본성에 잠재된 동물성의 우위가 강렬하게 상징화되고 있다.

이제 조금 더 깊이 그 동물성의 의미를 살펴보도록 하겠다.

2. 이성으로부터의 도피와 본능의 지배

인간은 이성적인 동물이다.48) 말라르메의 반수신은 인간 본성 가운데 동물성을 상징화한 상상적 존재이다. 인간은 도덕적인 존재자인 동시에 동물적인 존재자이다.49) 인간이 도덕적인 존재자인 것은 실천이성으로서의 양심(良心, Gewissen)에 따라 선을 행할 때 그러한 것이다. 그런데, 말라르메의 반수신의 동물성은 한편으로는 이성(理性)을 상실한 것으로, 다른 한편으로는 본능의 지배를 받는 것으로 나타나는 것으로 보인다. 그러한 특성을 보여주는 구절은 아래와 같다.

아니다, 그러나 말이
비어 있는 마음과 무거워지는 이 육체는

---

48) Immanuel Kant, 『이성의 한계 안에서의 종교』, p.189.
49) Immanuel Kant, 『실천이성비판』, p.156.

대낮의 오만한 침묵에 뒤늦게 굴복한다.
단지 그것뿐, 독성의 말을 잊고 모래밭에 목말라 누워
잠들어야 할 것이며, 포도주의 효험을 지닌
태양을 향해 나는 얼마나 입 벌리고 싶은가!

                              Non, mais l'âme
De paroles vacante et ce corps alourdi
Tard succombent au fier silence de midi:
Sans plus il faut dormir en l'oubli du blasphème,
Sur le sable altéré gisant et comme j'aime
Ouvrir ma bouche à l'astre efficace des vins!
                    ─ Mallarmé, 「목신의 오후」 부분. (89)

　　위에 인용된 부분은 말라르메의 「목신의 오후」의 종결 부분이다. 이
부분은 꿈속에서 님프를 쫓던 목신이 님프가 갈대로 변해 버리자 허망
한 심정을 고백하는 내용을 담고 있다. 위의 1~2행에서 "말이/비어 있
는 마음"이라는 표현은 목신이 이성(理性, Verunft)을 상실한 것으로도
해석될 수 있을 것이다. 왜냐하면, 하만(Johann Georg Hamann, 1730~
1788)은 『언어에 관한 글』(Schriften zur Sprache)에서 "이성이란 언어이
며 로고스이다(Verunft ist Sprache, Logos)."라고 했다. 그러므로 「목신
의 오후」에서 인용된 위의 부분에서 "말" 즉 언어를 의미하는 로고스
(Logos)는 이성으로 해석될 수 있을 것이다. 따라서 "말이/ 비어 있는 마
음"이라고 하는 것은 이성이 상실된 지점을 보여주는 표현이라고 할 수
있을 것이다. 칸트의 『순수이성비판』에 따르면 이성은 인식에서의, 최
고 통일의 능력이자, 원리의 능력이다.50) 이러한 이성은 다시 순수이성

---

50) Immanuel Kant, 『순수이성비판』 제2권, 백종현 역, 서울: 아카넷, 2014, pp.257~258.

(reinen Vernunft)과 실천이성(praktischen Vernunft)으로 구분된다. 인간을 도덕적 존재자(moralische Wesen)가 되도록 하는 것은 실천이성의 역할인데, 위의 시에서 이성이 상실되었다는 것은 인간이 도덕적 존재자가 될 수도 없다는 의미일 것이다.

그리고 이어서 2행의 "무거워지는 이 육체"라는 표현은 이성에 대해 육체가 절대적으로 우위를 점해감을 묘사하는 표현으로 볼 수 있다. 즉, 이 표현은 이성적 존재자(vernünftiges Wesen)에 대한 동물적 존재자의 지배라고 해석될 수 있다. 왜냐하면, 인간에게서 동물성이 내재하는 곳이 바로 "육체"이기 때문이다. 이러한 해석은 이어지는 시행들로 더욱 지지를 받는다. 특히, 4행의 "독성의 말"이라는 표현은 언어의 폐해, 나아가 이성중심주의(rationalism)의 폐해를 상징한다고 볼 수 있다. 이 시에서 "목신"이 "독성의 말"을 망각하고 "포도주"와 "태양"을 갈망하는 것은 환희에 가득 찬 도취와 생에 대한 열정을 갈망하는 것으로 해석될 수 있다. 열정은 칸트에 따르면 정서가 아니라 자기 자신에 대한 지배로부터 자유로워지려는 경향성이다.[51] 즉, "목신"은 이성에 의한 자기 자신에 대한 지배로부터 자유로워짐으로써 본능이 내재하는 곳, 즉 "육체"의 쾌락을 지향해 가고 있다고 할 수 있다.

특히, 「목신의 오후」의 이 부분은 말라르메가 시를 순수한 관념에 가까운 것으로 이해하면서(「정신의 악기, 책」 381), 영원불변의 진리로서의, 플라톤적인 이데아와 같은 시를 추구하던 것[52]에 대한 반성일 수 있다. 즉, 말라르메는 「에로디아드」의 창작을 통해 순수한 관념의 세계를 추구하다 공허의 벽에 부딪혀 실패하게 되자, 비로소 「목신의 오후」

---

51) Immanuel Kant, 『이성의 한계 안에서의 종교』, p.193.
52) Stéphane Mallarmé, "La Musique et les Lettres," p.336.

의 창작을 통해 인간 안에서 절멸되지 않는 본능에 관한 성찰을 하게
된 것이다. 요컨대, 이 시의 반수신은 이성의 지배를 벗어나 열정적으
로 본능에 따라 살아가고 싶은, 인간 내면에 잠재된 동물적 존재자를
상징한다.

말라르메의 반수신이 이성으로부터 도피하여 본능의 지배를 받는
모습은 김구용의 시에서도 나타난다. 이것은 이성적 존재임을 자부하
는 인간의 위선에 대한 폭로이다. 김구용의 시에서 반수신의 동물성에
대해 깊이 살펴보면 다음과 같다.

어느 날, 내 몸이 나의 우상(偶像)임을 보았다. 비가 낙엽에 오거
나 산새의 노래를 듣거나 마음은 육체의 노예로서 시달렸다. 아름다
운 거짓의 방에서 나는 눈바람을 피하고 살지만 밥상을 대할 때마다
참회하지 않는다.

언제 끝날지 모르는 생을 두려워 않는다. 일월성신(日月星辰)과
함께 괴로워하지 않는다. 추호라도 나를 속박하면 나는 신을 버린다.

순간이라도 나를 시인하면, 나는 부처님을 버린다. 몸과 정신은
둘 아닌 것, 비단과 쇠는 다르다지만 그러나 나에게는 하나인 것, 언
제나 여기에 있다.

시침이 늘어가는 벽에 광선(光線)을 긋는다. 산과(山果)는 밤에도
나무가지마다 찬란하다. 돌은 선율로 이루어진다.

사람 탈을 쓴 반수신은 산 속 물에 제 모습을 비쳐 보며 간혹 피
묻은 입술을 축인다.

　　　　　　　　　　　　　　　　　－ 김구용, 「반수신의 독백」 전문. (286)

위에 인용된 부분은 김구용의 「반수신의 독백」 전문이다. 이미 「반

수신」에서 "사람의 탈을 쓴 굶주린 짐승"이란 표현이 있었는데, 「반수신의 독백」에서는 "사람의 탈을 쓴 반수신"이란 표현이 있다. 이러한 점으로 보아, 「반수신」과 「반수신의 독백」은 연작으로서의 성격을 지닌다고 할 수 있다. 이 시에서는 "마음은 육체의 노예"라는 표현이 나온다. 이러한 구절도, 말라르메의 반수신의 경우와 같이, 이성적 동물이어야 하는 인간이 이성으로부터 도피하여 본능만의 지배를 받는 존재가 된 것에 대한 상징으로서의 반수신을 보여준다. 이 시에서 "반수신"은 육체를 "우상"으로 섬기면서 "신"과 "부처"를 버렸다고 고백한다. 김구용의 사상은 불교에 깊이 닿아 있다. 그는 차후에 『화엄경』의 현대적 재현을 시도하여 『구곡(九曲)』과 『송 백팔(頌 百八)』을 썼다. 그뿐만 아니라, 첫 시집부터 그의 시에는 '관세음보살(觀世音菩薩)' 등의 불교적인 상징들이 녹아있다. 김구용의 반수신 관련 시편에서 "부처"가 등장하는 것도 그러한 맥락이다. 이러한 데서 기독교적 세계관에서 배태된 프랑스 상징주의 문학의 대표적인 시인인 말라르메를 비교하는 것이 타당한가 의문을 가질 수 있다. 그러나 말라르메의 시세계 전반을 관통하는 무(無)에 관한 깊이 있는 통찰은 여러 논자에 의해 불교적 세계관과의 유사성이 비교연구 되어왔다. 그 가운데서도 예컨대, 말라르메의 반수신 상징은 반-코기토(contre-cogito), 즉 비실체적 존재현상으로 볼 수 있는데, 이러한 사유는 불교의 무아(無我)의 개념에 상당히 가깝다는 해석도 있다.53) 그러나 그 무아는 열반에 이르는 길이다. 불교의 사상이 종교 이상의 보편성을 갖는 것은 부처가 인류에게 보편적으로 윤리성의 귀감이 되기 때문이다. 그러나, 김구용의 「반수신의 독백」에서는 "부처"마저 저버린 시적 주체가 남아 있을 뿐이다. 이러한

---

53) 말라르메와 불교에 대해서는 최석(2004)과 장정아(2015)를 참조하라.

시적 주체는 자신을 스스로 "반수신"이라고 고백한다. 즉, 인간의 이성적 동물로서 갖게 되는 도덕성이 김구용의 "반수신"에서는 완전히 상실되어 있다. 다만 김구용의 "반수신"은 "입술"에 "피"를 묻힌 자로서 살생하는 자일 뿐이다.

지금까지 말라르메의 「목신의 오후」와 김구용의 「반수신」과 「반수신의 독백」에는 공통적으로 반인반수의 신으로서의 반수신이 등장하고, 이는 이성적 동물로서의 인간에게서 동물성의 우위를 보여주는 한편, 이성으로부터 도피하여 본능의 지배를 받는 동물적 존재자로서의 인간을 상징한다는 것을 살펴보았다. 다음으로 말라르메와 김구용의 반수신에 어떠한 차이점이 나타나는지 살펴보도록 할 것이다.

Ⅲ. 말라르메와 김구용의 반수신의 차이점

1. 말라르메의 '사랑'의 화신 대(對) 김구용의 '증오'의 화신

말라르메의 「목신의 오후」에서 반수신에 대하여 최석(1995)은 '에로스'의 화신이라고 하였다. 그러면서 최석은 에로스의 의미를 관능적 사랑을 추구하는 에로티시즘(Eroticism) 또는 돈주앙주의(Don-Juanism)로 규정하고 있다(119). 그러나 에로스의 본래적 의미는 플라톤(Plato)의 『파이드로스』(*Phaedrus*)와 『향연』(*Symposium*)에서 비롯된 사랑의 개념이다. 이러한 플라톤의 에로스는 인간이 감성계에서 이데아계로 오르려는 영혼의 상향성이라는 의미를 내포한다.[54] 그러므로 본고에서

---

54) Anders Nygren, 『아가페와 에로스』, 고구경 역, 고양: 크리스챤 다이제스트, 2013, p.172.

에로스라는 개념을 쓴다면 플라톤의 에로스와 통념상의 에로티시즘을 가리키는 에로스 사이에 의미의 혼선이 예상된다. 그러므로 본고는 에로스라는 개념 대신 사랑이라는 개념을 쓰고자 한다. 본고가 사랑의 의미를 에로티시즘으로 국한하지 않으려고 하는 것은 앞서 발레리가 말한 것처럼 이 작품에는 정신성이 잘 구현되어 있을 뿐 아니라, 이 작품의 구성 자체가 '회상'의 형식으로 되어 있어, 인간의 '의식'이라는 지점에 또 하나의 초점이 더 있기 때문이다. 따라서, 본고는 이 작품의 사랑이 심층적인 차원에서는 정신성을 완전히 배제하지만은 않는 것으로 보고, 이 시의 반수신을 에로스의 화신이라고 보지 않고, 사랑의 화신이라고 보도록 하겠다. 이 작품의 사랑의 구체적인 양상을 찾아 살펴보면 다음과 같다.

> 아주 나직하게 믿을 수 없는 여자들을 믿게 하는 입맞춤,
> 그네들의 입술이 누설한 그 부드러운 공허와는 달리,
> 증거의 허물이 없는 내 순결한 가슴은
> 어느 고귀한 이빨에 말미암은 신비로운 상처를 증언한다.
> 그러나, 아서라! 이런 비의는 은밀한 이야기 상대로
> 속 너른 쌍둥이 갈대를 골랐으니 푸른 하늘 아래서 부는
> 갈대 피리는 뺨의 혼란을 저 자신에게 돌려,
> 한 자락 긴 독주 속에 꿈을 꾼다, 우리가
> 주변의 아름다움을, 바로 그것과 우리의 순박한 노래 사이
> 감쪽같은 혼동으로, 기쁘게 하는 꿈을,
> 내 감은 눈길로 따라가던 그 순결한 등이나
> 허리의 혼해 빠진 몽상으로부터
> 한 줄기 낭랑하고 헛되고 단조로운 선을
> 사랑이 변주되는 것만큼 높이 사라지게 하는 꿈을.

Autre que ce doux rien par leur lèvre ébruité,

La baiser, qui tout bas des perfides assure,

Moin sein, vierge de preuve, atteste une morsure

Mystérieuse, due à quelque auguste dent;

Mais, bast! arcane tel élut pour confident

Le jonc vaste et jumeau dont sous l'azur on joue:

Qui, détournant à soi le trouble de la joue,

Rêve, dans un solo long, que nous amusions

La beauté d'alentour par des confusions

Fausses entre elle—même et notre chant crédule;

Et de faire aussi haut que l'amour se module

Évanouir du songe ordinaire de dos

Ou de flanc pur suivis avec mes regards clos,

Une sonore, vaine et monotone ligne.

— Mallarmé, 「목신의 오후」 부분. (86)

위에 인용된 부분은 「목신의 오후」의 한 부분이다. 이 부분은 목신이 님프들을 겁탈하려는 순간 님프들이 갈대로 변하자, 목신이 갈대로 악기를 만들어 불었다는 신화의 서사를 그대로 차용하고 있다. 즉, 그리스 신화는 목신이 겁탈하려 한 님프 에코(Echo)는 메아리로 변했고, 시링크스(Syrinx)는 갈대로 변했다고 전한다. 시링크스는 팬플루트(pan flute) 또는 팬파이프(panpipe)로 불리는 악기들의 또 다른 이름이기도 하다. 이 시의 결말에서 활화산 같던 사랑의 정념은 결국, 랑시에르(Jacques Rancière)가 『말라르메: 사이렌의 정치학』(*Mallarmé:The Politics of the Siren*)에서 말한 것처럼, "무상한 존재의 신비(the mystery of an evanescent presence)"로 변화된다.[55] 이 부분에서 목신은 자신의 이루지 못한 사랑을 음악으로 승화하고 있다. 구체적으로 마지막 행에서 "사랑"의 "변주"를 말하고 있는 것이 바로 그러하다. 팬플루트 또는 팬파이프를 부는 목신은 음악의 신이기도 하다. 말라르메에게 음악은 이데아(Idée)에 도달하도록 도와준다.56) 「목신의 오후」에서도 음악은 신비를 추구하는 것을 가능하게 하는데, 이것은 곧 말라르메가 「책, 영혼의 악기」("Le Livre, Instrument Spirituel")에서 말하는 바와 같이, 현실로부터 이데아로의 전환을 가능하게 하는 것을 의미한다(*Œuvres Complètes* Vol. II. 226). 말라르메가 「음악과 문학」("La Musique et les Lettres")에서 말하는 바와 같이, 그에게 음악과 문학은 신비롭게도 청각을 통해 추상적인 시각을 연상시킴으로써 이해력을 높이는 것이다(330). 이처럼 음악을 중요시하는 입장에서 말라르메는 「목신의 오후」를 창작한 것이다. 작곡가 드뷔시(Claude Achille Debussy, 1862~1918)가 말라르메의 「목신의 오후」에 헌정하는 작품 『목신의 오후에의 전주곡』(*Prélude à l'Après-midi d'un Faune*)을 작곡한 것도 말라르메가 시와 음악의 조화를 추구했던 것과 무관하지 않을 것이다. 칸트는 「여러 미적 예술의 미감적 비교」에서 시와 자연스럽게 결합되는 예술로서 심의(心意)를 내면적으로 자극하는 공통적 속성을 지닌 음악을 들었다.57) 그런 의미에서 목신은 또 다른 음악의 신인 오르페우스(Orpheus)와 비교될 수 있다. 바르트는 『글쓰기의 영도』에서 말라르메를, 사랑하는 여인을 뒤돌아보던 오르페우스에 비유한다(69). 진실로 「목신의 오후」에서 목신이

---

55) Jacques Rancière, *Mallarmé: The Politics of the Siren*. Trans. Steve Corcoran. Bloomsbury: Continuum, 2011, p.18.

56) Joseph Chiari, *Symbolisme from Poe to Mallarmé: The Growth of Myth*, New York: Macmillan Company, 1956, p.131.

57) Immanuel Kant, 『판단력 비판』, pp.212~213.

님프를 추억하는 이 장면은 바로 오르페우스가 에우리디케(Eurydike)를 그리워하는 모습을 연상시킨다. 그뿐만 아니라, 「목신의 오후」 전편(全篇)이 이루지 못한 사랑에 대해 회상하는, 한 편의 음악이기도 하다. 이러한 점을 보았을 때, 말라르메의 반수신은 사랑의 화신이라고 할 수 있을 것이다.

그러나, 이 시 「목신의 오후」에서, 목신의 입장에서의 사랑이 반드시 님프의 입장에서도 사랑인 것은 아니다. 왜냐하면, 사랑은 상호주체적인 것이기 때문이다. 그러므로 목신의 일방적인 사랑은 타자의 동의를 구하지 않았다는 의미에서 강간에 가깝다. 실제로 서양미술사에서 나타나는 회화나 조소에서 목신은 남근이 비정상적으로 확대되어 형상화된다든지, 님프를 강제로 쓰러트리는 모습으로 형상화되기도 한다. 이것은 결코 아름다운 사랑의 형상화만으로 보이지는 않는다. 목신이 추(醜)로 형상화되는 경우도 있는 것은 미술가에게 목신의 행위가 악(惡)한 것으로 판단되었기 때문이다. 즉, 칸트의 관점에서 아름다운 것은 도덕적으로 선한 것의 상징이라면(『판단력 비판』 243), 추한 것은 도덕적으로 악한 것의 상징이 될 수 있는 것이다. 목신은 칸트의 관점에서 님프에 대하여 올바른 방식으로 사랑의 의무와 존중의 의무를 다하지 않았다. 왜냐하면, 목신은 님프를 목적 그 자체로 대하지 않고, 자신의 성적 욕망을 충족하기 위한 수단으로 대한 것이기 때문이다. 만약 목신이 님프에게 도덕적 동정을 가졌다면 님프를 일방적으로 성적으로 대상화할 수 없었을 것이다. 그러므로, 목신의 입장에서 자신의 성적 욕망에 충실한 상태에서의 님프에 대한 사랑은 님프의 거부에 의해 좌절될 수밖에 없는 것이다.

그러나 흥미로운 것은 예술사에서 목신이 고대 그리스 시대부터 19

세기까지 지속적으로 창작되어 온 이유가 목신이 인간보다 더 인간적인 존재로 이해되었기 때문이라는 것이다.58) 목신은 주지하다시피 고대 그리스신화로부터 유래한 신이다. 이러한 목신에게는 선악의 개념이 없다. 그러나 서구의 정신사가 고대 그리스적 세계관에서 기독교적 세계관으로 전환됨에 따라, 목신은 사탄(Satan)의 기원이 된다. 기독교에서 사탄의 형상은 염소와 같은 두상에 뿔을 가진 반인반수의 형상으로 나타난다. 이러한 목신의 형상은 사탄의 형상과 외형상 거의 같다. 『성경』에서 염소는 양과 대비되는 상징으로 등장하는 경우가 있다. 양이 희생 제물로서의 예수의 상징이요, 예수를 따르는 신자의 상징인 데서 알 수 있듯이, 양은 기독교적 상징체계 안에서 대체로 선(善)의 상징이라고 할 수 있다. 이러한 의미는 「마태오 복음서」에서 분명해진다. 「요한 묵시록」 20장 11~15절에서 나오는 최후의 심판이 「마태오 복음서」 25장 31~46절에서도 언급된다. 그중에서 「마태오 복음서」 25장 32~33절을 살펴보면, "그리고 모든 민족들이 사람의 아들 앞으로 모일 터인데, 그는 목자가 양과 염소를 가르듯이 그들을 가를 것이다. 그렇게 하여 양들은 자기 오른쪽에 염소들은 왼쪽에 세울 것이다."라고 되어 있다. 이 구절은 「요한 묵시록」 20장 11~15절에서 "생명의 책"에 기록된 선인(善人)만 구원을 받고, 그렇지 않은 악인(惡人)은 벌을 받는, 최후의 심판에 대응된다. 그러므로 「마태오 복음서」 25장 32~33절에서의 "양"은 「요한 묵시록」 20장 11~15절에서의 "생명의 책"에 기록된 선인에 대응되고, 「마태오 복음서」 25장 32~33절에서 "염소"는 「요한 묵시록」 20장 11~15절에서 "생명의 책"에 기록되지 않은 악인

---

58) Hervé Joubeaux, "Le faune littéraire." *Au Temps de Mallarmé, le Faune.* Valvins: Musée départmental Stéphane Mallarmé, 2005, p.17.

에 대응된다. 즉, 최후의 심판에서 양과 염소는 각각 선인의 상징과 악인의 상징으로 대비되는 것으로 볼 수 있다. 이처럼 이 구절에서 양이 선인의 상징인 것은 양은 아무에게도 해를 입히지 않고 온유하며 저항하지 않는 인내심이 있기 때문이고, 반면, 염소가 악인의 상징인 것은 변덕, 자만심, 호전성 등의 악덕을 지니기 때문이다.[59] 물론, 성경에서의 양과 염소의 상징적 의미가 위의 해석과 같이 항상 일의적인 것만은 아니다. 여하튼, '사탄의 형상이 왜 인간과 염소가 결합된, 반인반수신의 변형으로 형상화되는가?'의 문제에 완벽한 해답은 없다. 다만, 기독교에서 사탄은 하느님과 대적하는 자이자, 또는 교만한 자, 또는 성적으로 유혹하는 자 등의 속성을 지닌다. 이 가운데 그리스신화에서 목신은 성적으로 유혹하는 자이다. 즉, 성적 욕망을 상징하는 목신이 바로 기독교에서 사탄의 원형이 된 것으로 볼 수 있다. 왜냐하면, 기독교에서 성적 욕망은 죄악이 될 수 있기 때문이다. 목신에게는 악에 대한 죄의식이 부재한다. 그에 반해, 사탄은 목신에게 악에 대한 개념이 덧씌워지며 탄생한 것이라고 볼 수 있다.

칸트는 인간에게 동물성에 기반한 자연본성의 충동들이 내재하는 것을 인정하며, 이것을 인간이 자기보존 또는 종의 보존을 위해 갖게 된 특성으로 보았다.[60] 말하자면 목신은 그러한 인간의 동물성에 기반한 자연본성을 긍정한 것이라고 볼 수 있다. 그러나 칸트는 『이성의 한계 안에서의 종교』에서 인간의 자연본성 안에 있는 성벽(性癖, Hang)은 악(惡, Böse)이라고 규정한다(193). 그것도 근본적인 악, 즉 근원악(根源惡, das radikale Böse)이라고 규정한다.[61] 즉, 인간의 성(性) 자체가

---

59) Manlio Simonetti, 『교부들의 성경주해 신약성경』 II, 이혜정 역, 서울: 분도출판사, 2014, p.358.
60) Immanuel Kant, 『윤리형이상학』, p.513.

악인 것은 아니지만, 성을 쾌락과 유희의 도구로 삼는 성벽은 악인 것이다. 여기서 주의해야 할 것은 성과 성벽 사이의 미묘한 간극이다. 이러한 미묘한 간극 사이에서 그리스 신화는 목신의 성적 욕망을 긍정한 것이고, 기독교는 사탄의 성적 욕망을 부정한 것이다. 예컨대, 칸트와 같이 인간을 이성적 동물로 간주했던 아퀴나스는 인간의 동물적 속성을 죄성(罪性)으로 간주한다. 원죄사상(原罪思想)도 바로 이러한 데서 탄생한다. 인간의 본성 안에서 절멸시킬 수 없는 동물성이 기독교의 관점에서는 원죄의 근원인 것이다.[62] 이러한 맥락에서 칸트가 근원악이라고 한 성벽은 아퀴나스로 대변되는 기독교 신학에서 원죄가 된다. 이러한 원죄의 관점에서 목신은 사탄으로 변화한 것으로 볼 수 있다.

다시 말라르메에 대한 논의로 돌아가면, 말라르메의「목신의 오후」는 보들레르가 "낭만주의는 우리에게 영원한 낙인을 남긴, 신성한—혹은 악마적인—축복이다"라고 말한 영향 아래 있다(이부용 11). 오비디우스의『변신』과 루소의『에밀』등도 말라르메와 같이 인간에 내재한 자연을 옹호하였다.[63] 그러므로, 계보학적으로 고대 그리스신화의 목신은 중세 기독교의 사탄이 되었다가 다시 근대에 이르러 기독교의 쇠락과 함께 고대 그리스 신화적 의미의 목신으로 부활했다고 볼 수 있다. 예컨대, 19세기 니체의 반기독교 사상 등의 시대적 조류가 목신의 부활을 가져왔다고도 볼 수 있는 것이다.[64] 그러나 기독교의 관점에서 목신은 악신(惡神), 나아가 사탄으로 볼 수 있을 것이다. 또한, 위선도 악이라면, 반수신은 양심에 따른 죄의식 없이, 인간에 내재하는 동물적

---

61) Immanuel Kant,『이성의 한계 안에서의 종교』, p.208.
62) Thomas Aquinas,『영혼에 관한 토론 문제』, pp.177~178.
63) Hervé Joubeaux, *op. cit.*, pp.10~13.
64) Joseph Chiari, *op. cit.*, p.129.

충동으로서의 성적 욕망을 인간적인 것으로 옹호하며, 이것을 억압하는 도덕률을 도리어 위선이라고 폭로하고자 하는 작가적 욕망의 표현일 수 있다.

한편, 김구용의 반수신은 전쟁 중에 합법적으로 살인을 하는 인간을 가리킨다. 그러한 의미에서 김구용의 반수신도 위선을 폭로하는 악신이라고 할 수 있을 것이다. 합법적인 살인은 악에 대한 죄의식이 무화되는 것이라고 할 수 있다. 말라르메와 김구용이 다른 점이라면 말라르메에게서는 성적 욕망에 대한 죄의식이 무화된다는 것이고, 김구용에게서는 살의에 대한 죄의식이 무화된다는 것이다. 말라르메의 목신의 사랑은 낭만화되어 있지만, 실은 타자가 동의하지 않은 사랑이라는 점에서 폭력적이라고 볼 수도 있다.

반면에 김구용의 반수신은 사랑과는 전혀 거리가 먼 모습으로 그려진다. 구체적으로 그 양상을 살펴보면 다음과 같다.

> 나는 죽었다. 또 하나의 나는 나를 조상(弔喪)하고 있었다. 눈물은 흘러서 호롱불이 일곱 무지개를 세웠다. 산호뿔 흰사슴이 그 다리 위로 와서 날개를 쓰러진 내 가슴에 펴며 구구구 울었다. 나는 저만한 거리에서 또 하나의 이런 나를 보고 있었다.
>
> ― 김구용, 「희망」 전문. (318)

이 시에서 반수신은 "산호뿔 흰사슴"으로 나타난다. 이 시의 그러한 시적 주체 "나"는 동물적 존재자의 형상을 띠고 있다는 점에서 이성적 존재자(vernünftiges Wesen) 또는 도덕적 존재자(moralische Wesen)의 형상으로부터는 벗어나 있다. 그러나 독특한 점은 시적 주체가 "나는 나를 조상(弔喪)"한다는 표현에서 보는 바와 같이 '자신의 죽음'을 상상적으로 애도하며 성찰한다는 것이다. 즉, 이 시의 시적 주체는 자신을 타자화하여 인식한다. 이러한 상상의 세계는 "호롱불"이 "무지개"를 세우며 더욱 아름답고 환상적인 이미지로 그려진다. 이 시에서 특별히 선과 악의 대별은 이루어지지 않는다. 그러나 시적 주체의 '울음'을 통해 희박하게나마, 함께 기뻐하고 함께 슬퍼하는 도덕적 동정[65]의 가능성이 발견된다. 즉, 이 시에서 "산호뿔"과 "흰사슴"의 몸, 그리고 '비둘기'의 날개가 결합된 동물의 이미지가 어떤 도덕적 의미로 곧바로 환원되는 것은 아니다. 그러나 상술한 「반수신」과 「반수신의 독백」에서의 "반수신"의 이미지가 잔인하게 살생하는 육식동물의 이미지였던 것과 비교해볼 때, 「희망」에서의 "산호뿔," "흰사슴," 그리고 '비둘기'가 결합된 이 상상의 반수신의 이미지는 아름답고 평화로운 초식동물의 이미지다. 칸트의 『판단력 비판』에 따르면 미의 특징으로 쾌(快)의 감각을 유발한다는 것이 있다(60~61). 이 시에서도, 보석으로 분류되는 "산호," 순결의 상징인 "흰" 색, 그리고 평화의 상징인 '비둘기,' 이들은 모두 감각적으로도 쾌를 유발하는, 미적 존재로서의 동물들이다. 칸트의 『판단력 비판』에 따르면 아름다운 것은 도덕적으로 선한 것의 상징이다(243). 그러한 맥락에서 이 시에서 미적 존재로서 나타나는 이 상상의 동물은 미감적 인간성[66]을 회복할 가능성을 지닌 도덕적 존재자로서의 인간을 의인화한 것으로 볼 수 있다.

　　내가 볼 적마다 놈은 흘끔흘끔 나를 보기에 무슨 할 말이 있다면
　　시원히 들어보려고 가니까 놈도 긴한 일이나 있는 듯이 내게로 온

---

65) Immanuel Kant, 『윤리형이상학』, p.566.
66) *Loc. cit.*

다. 우리 인사 합세다 하니까 놈은 음흉스레 입술만 들먹일 뿐, 대답을 않는다. 내가 수상한 놈임을 알았지만 선심으로 악수를 청해도 놈은 싸늘한 제 손끝만을 내 손 끝에 살짝 들이댄다. 놈의 소행이 꽤 쌤하나 나로서는 기왕 내민 손을 옴칠 수도 없어서 정답게 잡으려는데, 놈은 기를 쓰며 그 이상 응하지 않는다. 어처구니가 없어 웃으니까 그제는 따라 웃는다. 하 밉살스러워서 뺨을 쳤더니, 거울은 소리를 내며 깨어진다. 놈은 깨끗이 없어졌다.//목을 잃은 나는 방안에 우뚝 서 있는 놈의 동체를 보았다.

— 김구용, 「신화」 전문. (335)

이 시 「신화」에서의 주체의 분열과 그 주체들 간의 대립 양상은 앞의 시 「희망」과 같다. 이 시 「신화」의 "나"와 "놈"은 서로 거울상이다. 즉, "놈"은 타자화된 자기 자신이다. 이들은 한 쌍의 짝패(double)로서 대립하며 서로에게 공격성(aggressivity)을 드러낸다. 이 시에서 "나"는 자신과 동일시되는 상을 파괴함으로써 오히려 자아의 붕괴를 초래하고 있다. 이러한 붕괴는 깨어진 거울의 이미지로 반복되어 나타난다. 프로이트에 따르면, 인간의 파괴본능과 공격본능의 정신분석적 기원은 증오이다(「왜 전쟁인가」 358). 그러므로 김구용의 반수신과 관련된 시에서 반수신이 타인을 죽이고, 자신을 죽이는 것은 그 심층심리에 증오가 있다고 볼 수 있다. 그러한 맥락에서 말라르메의 반수신이 사랑의 화신인 것과 대별(大別)하여, 김구용의 반수신은 증오의 화신이라고 할 수 있을 것이다. 이 시에서 김구용의 반수신은 칸트의 관점에서 타인에 대한 사랑의 의무[67]뿐 아니라, 타자로서의 자기 자신에 대한 사랑의 의무마저 저버린 것이다. 그리고 그것의 귀결은 결국 "목을 잃은 나"라는, 이

---

67) Immanuel Kant, 『윤리형이상학』, p.554.

시의 결말이 보여주는 바와 같이 자기파괴이다. 칸트에 따르면 사랑이 의무인 것은 그것이 자연적인 감정에서 비롯된 것이 아닐 수도 있으며, 실천이성(praktischen Vernunft)의 명령에 따라 행해야만 하는 것이기 때문이다. 그러므로 인간의 양심(良心, Gewissen), 즉, 실천이성의 통제를 벗어난 반수신에게는 증오만 남게 된다. 그리하여, 그 증오는 타인에 대한 공격성, 나아가 타자화된 자신에 대한 공격성으로 나타난다. 이러한 공격성은 전쟁 소재의 시에서는 폭력에 의한 살인으로 나타난다. 그리고 거울 소재의 시에서는 자살로 나타난다. 칸트가 인간의 존엄성을 파괴하려는 자연적 힘에 굴복해선 안 된다고 주장[68]한 데 반해, 자살충동은 바로 그 자연적 힘에 굴복하여 자기 자신의, 인간으로서의 존엄성을 파괴하려는 충동이다.

요컨대, 「희망」에서의 반수신은 도덕적 동정이 되돌아옴으로써 양심이 회복될 기미를 보이지만, 결국, 「신화」에서의 반수신은 주체의 분열을 겪음으로써 증오에서 비롯된 공격성을 자기 자신에게 투사하는, 자살충동을 보인다.

이로써, 말라르메의 반수신은 사랑의 화신이고, 김구용의 반수신은 증오의 화신이라는 차이점이 있다는 것이 밝혀졌다. 말라르메의 반수신은 양심에 따른 죄의식 없이, 인간에 내재하는 동물적 충동으로서의 성적 욕망을 인간적인 것으로 옹호하며, 이것을 억압하는 도덕률을 도리어 위선이라고 폭로하고자 하는 작가적 욕망의 표현이었다. 반면, 김구용의 반수신은 양심이 회복될 기미를 보이지만, 주체의 분열로 인해 증오를 자기 자신에게 투사함으로써 자신의 존엄성을 파괴하려는 자살충동의 표현이었다. 그러나 이러한 차이점에도 불구하고, 이 반수신

---

68) Immanuel Kant, 『판단력 비판』, p.344.

들은 모두 선과 악의 카오스 가운데 놓인 인간의 위선에 대해 폭로하고 있다.

2. 말라르메의 '영육(靈肉)'의 테마 대(對) 김구용의 '전쟁과 평화'의 테마

그렇다면, 어떠한 이유에서 말라르메의 반수신은 사랑의 화신으로 나타나고 김구용의 반수신은 증오의 화신으로 나타나는지 구명해 보도록 하겠다. 우선, 말라르메의 경우를 살펴보도록 하겠다.

이 님프들, 나는 그네들을 길이길이 살리고 싶구나.

이리도 선연하니,
그네들의 아련한 살빛, 무성한 잠으로 졸고 있는
대기 속에 하늘거린다.

내가 꿈을 사랑하였던가?
두텁게 쌓인 태고의 밤, 내 의혹은 무수한 실가지로
완성되어, 생시의 숲 그대로 남았으니,
아아! 나 홀로 의기양양 생각으로만
장미밭의 유린을 즐겼더란 증거로구나

더듬어 생각해보자……

Ces nymphes, je les veux perpétuer.

Si clair,

Leur incarnant léger, qu'il voltige dans l'air

Assoupi de sommeils touffus.

Aimai-je un rêve?

Mon doute, amas de nuit ancienne, s'achève

En maint rameau subtil, qui, demeuré les vrais

Bois même, prouve, hélas! que bien seul je m'offrais

Pour triomphe la faute idéale de roses —

Réfléchissons..

　　　　　　　　　　　　— Mallarmé, 「목신의 오후」 부분. (84~85)

　위에 인용된 부분은 「목신의 오후」의 도입 부분이다. "꿈" 또는 "생각"과 같은 시어는 "목신"이 독백하고 있는 "님프"와의 사랑이 현재의 사건이 아니라 자신의 의식 속에서 회상된 과거의 사건이라는 것을 알려준다. 앞서 한 차례 언급한 바와 같이, 말라르메의 이 시는 표층적으로는 목신이 관능의 사랑에 빠져 있으므로, '육체'가 전경화(前景化)되는 것처럼 보인다. 그렇지만, 심층적으로는 이 사랑의 시(Love Poem)가 목신의 몽상과 회상이라는 '영혼'에서 이루어진 것이다. 그러므로, 이 시는 인간의 이원성, 즉, '육체'와 '영혼'의 대립이라는 주제로 다루고 있는 것으로 보아야 한다. 즉, 이 시의 사랑은 절묘하게도 영적 관능 (sensualité spirituelle)[69]을 다루고 있다. 이처럼 인간의 이원성에서 비

---

69) Jean-Luc Steinmetz, *Mallarmé: L'Absolu au Jour le Jour,* Parsis: Fayard, 1998, p.181.

롯된 영육의 대립이라는 주제는 말라르메의 시세계 전체를 조망할 때도 가장 중요한 주제 중 하나가 될 것이다. 말라르메가 「에로디아드」를 창작하다가 「목신의 오후」를 창작하게 된 것도 바로 영육의 대립이라는 문제에 관해 질문을 던지는 시인 자신의 실존이 그 주제에 투사되어 있었기 때문이다. 즉, 말라르메의 반수신은 영육의 대립이라는, 그의 시세계 전반에 내포된 주제에서 탄생한 것이라고 볼 수 있다.

이러한 맥락에서 말라르메에게서 「목신의 오후」의 "목신"이라는 상징은 인간 육체의 실존에 대한 긍정이라는 의의가 있다. 주보(Hervé Joubeaux)는 「문학의 목신」("Le Faune Littéraire")에서 말라르메에게서 반인반수라는 설정은 단지 장식적인 것에 불과하고, 목신이 오히려 더 인간적이라는 것을 보여준다고 말한다(17). 즉, 이 시는 육체로부터 비롯되는 욕망과 쾌락을 있는 그대로의 인간의 모습으로 긍정한 것이다. 말라르메는 현실과 이상 사이에서 갈등하다가, "이원론적 전일성의 절대성"(김기봉 49)을 추구하였다고 할 때, 목신은 그 과정 중에 탄생한 상징이 될 수 있을 것이다. 또한, 이처럼 인간의 육체를 실존적으로 긍정할 때, 목신의 육체에 대한 태도는 소년의 그것과 같을 수도 있다는 관점이 있다. 예컨대, 김보현은 「목신의 오후」에서의 "목신"은 "백합" 등과 함께 순진성(ingenuité)을 암시한다고 보았으며(47), 리샤르도 「목신의 오후」에서 목신은 순진성(ingenuité)의 육체라는 주제를 내포하고 있다고 보았다(126). 이러한 관점에서 바라볼 때, 반수신은 인간의 위선의 가면을 발가벗은 인간의 모습일 수도 있는 것이다.

나아가, 말라르메의 「목신의 오후」라는 작품에서 "목신"의 행위를 단순히 선과 악의 이분법에서 악으로만 규정할 수 없는 것도 "꿈"이라는 문학적 장치 때문이다. 이 작품에서 "목신"의 "님프"에 대한 사랑은

"꿈"이라는 문학적 장치, 즉, 현실의 공간이 아니라 가상(假想)의 공간 안에서 형상화된다. 더 나아가, "꿈"이라는 문학적 장치 안에서조차 그 사랑은 이루어지지 않는다. 예컨대, 프로이트는 근친상간과 근친상간적 욕망을 구분한다. 근친상간은 죄이지만, 근친상간적 욕망은 모든 인간의 무의식에 잠재하는 심리일 뿐 그 자체를 죄라고 할 수 없다고 보는 것이다. 무의식의 작용으로서의 "꿈"에서조차 성몽(性夢)을 꾸지 않는 사람은 없으며, 성몽 자체를 죄라고 할 수도 없는 것이다. 이와 같은 논리에서, 말라르메의 「목신의 오후」도 마찬가지이다. 말라르메는 "목신"이라는 신화 속 가상의 존재를 "꿈"이라는 문학적 장치 안에 등장시킴으로써 인간의 본성에 내재하는 동물적 충동, 그 자체를 있는 그대로 표현한 것이다. 「목신의 오후」, 이 한 편의 작품이 말라르메의 대표작이라고 할 수는 있지만, 말라르메의 시세계 전체를 대표한다고는 할 수 없다. 말라르메의 시세계는 이데아적인 우주 전체의 진리를 담고자 한, '한 권의 책(Le Livre)'을 궁극의 목표로 삼고 있다. 그러한 관점에서, 말라르메가 문학적으로 도달한 최고의 성취는 "주사위 던지기는 결코 우연을 배제하지 않는다(Un Coup de Dés Jamais N'oublira le Hasard)."[70] 라는 명언을 남긴, 일명(一名) 『주사위 던지기』(*Un Coup de Dés*)라고 할 수 있다. 말라르메의 「목신의 오후」는 그러한 맥락에서 「에로디아드」의 순수한 관념의 추구에서 『주사위 던지기』의 절대의 책으로 가는 과정에서, 인간의 영육 간의 이원성에 대한 고뇌에서 창작된 작품이라고 보아야 할 것이다.

반면에 김구용의 반수신이 탄생한 맥락은 전혀 다른 것으로 보인다.

---

70) Stéphane Mallarmé, *Igitur · Divagations · Un Coup de Dés*, Édition de Bertrand Marchal, Paris: Gallimard, 2016, p.417.

그 구체적인 양상을 살펴보면 다음과 같다.

> 마음은 철과 중유로 움직이는 기체 안에 수금되다. 공장의 해골들이 핏빛 풍경의 파생점을 흡수하는 안저(眼底)에서 암시한다. 제비는 포구(砲口)를 스치고 지나 벽을 공간에 뚫으며 자유로이 노래한다. 여자는 골목마다 매독의 목숨으로서 웃는다. 다리[橋] 밑으로 숨는 어린 아귀(餓鬼)의 표정에서 식구들을 생각할 때 우리의 자성은 어느 지점에서나 우리의 것 그러나 잡을 수 없는 제 그림자처럼 잃었다. 시간과 함께 존속하려는 기적의 기가 바람에 찢겨 펄럭인다. 최후의 승리로, 마침내 명령일하(命令一下)! 정유(精油)는 염열(炎熱)하고 순환하여, 기축(機軸)은 돌아올 수 없는 방향을 전류지대로 돌린다. 인간기계들은 잡초의 도시를 지나 살기 위한 죽음으로 정연히 행진한다. 저승의 광명이 닫혀질 눈에 이르기까지 용해하는 암흑 속으로 금속성의 나팔 소리도 드높다.
>
> ─ 김구용, 「인간기계」 전문. (320)

위의 시 「인간기계」에서는 독특하게도, 반수신이 반인반수의 형상으로 그려졌던 앞의 시들과 달리, '반인(半人)─반기계(半機械)'인 "인간기계"로 나타난다. 기계론적인 우주관의 관점에서 보자면, 인간의 육체 또한 하나의 기계라고 볼 수도 있을 것이다. 그러므로 김구용의 "인간기계"는 또 하나의, 현대적인 반수신이라고 볼 수 있다. "인간기계"는 현대 문명이 만들어낸 그 어떤 무기보다 위험한 무기가 된다. 과거의 전쟁은 최소한 민간인의 생존을 위협하지 않는 한도를 지킨다는, 전쟁의 법칙을 지켜가며 진행되었다. 그러나 현대의 전쟁은 모든 인간과 문명을 무차별적으로 파괴하기 위한 무기를 만들어내게 되었다. 나아가, 이러한 현대의 전쟁에서는 인간 자신도 무기가 되어야만 하는 비극성이 과거의 전쟁에 비해 더욱 고조되었다. 칸트는 전술한 바와 같이, 평화가 아니라 전쟁을 인간사회의 자연상태로 보았다(『영구평화론』25). 칸트가 우려한 바와 같이, 동물적 존재 상태로 전락한 인간은 이 시에서 "인간기계"가 되어 나타난다. 이 시에서 "마음은 철과 중유로 움직"인다고 하는 표현은 자연스러운 도덕감정과 양심(良心, Gewissen)으로서의 실천이성(praktischen Vernunft)을 잃어버린 현대의 반수신, 즉, "인간기계"의 마음을 보여주는 것이라고 할 수 있다. 다시 말해, 이 시에서 전쟁이라는 자연상태는 "인간기계"라는 동물적 존재자로서의 반수신을 등장시킨 것이라고 할 수 있다. 결론적으로, 이 작품에서 "인간기계"는 살상무기(殺傷武器)가 되어 맹목적인 죽음의 행렬을 걷고 있는 인간에 대한 상징인 것이다.

한 실체(實體)가 무수한 주의(主義)들에 의해 여러 가지 색채로 나타났다. 제각기 유리한 직감의 중첩과 교차된 초점으로부터 일제히 해결은 화염으로 화하였다. 이러한 세력들과 규각(圭角)은 모든 것을 분열로 구렁으로 싸느랗게 붕괴시켰다.//철탄들이 거리마다 어지러히 날으고 음향에 휩쓸린 방 속 나의 넋은 파랗게 질려 압축되었다. 한 벌 남루의 세계 지도에 옴추린 내 그림자마저 무서웠다.//발가벗은 본능은 생사(生死)의 양극에서 사고(思考)와 역사성이 없었다. 조상(祖上)이 미지(未知) 앞에 꿇어 엎드렸던 바로 그 자세였다.//그러나 지식과 과학이 인간을 부정함에 만질 수 없는 용모와 보이지 않는 구호를 힘없는 입술로 불렀다.// [중략] 우리의 손으로 만들어지지 아니한 무기들은 불비를 쏟는다. 주검들이 즐비하니 쓰러져 도시는 타오르며 거듭 변질하였다.//조국은 언제나 평화를 원하였을 따름이다. 승리의 기(旗)를 목적한 적은 없었다.
　　　　　　　　　　　　　　　　　　－ 김구용, 「탈출」 부분. (325~326)

위의 시 「탈출」에서의 "조국"은 사전적으로 "나"의 국가를 의미한다. 국가는 정치의 인격화된 형태이다. 푸코(Michel Foucault)는 『사회를 보호해야 한다』에서 '정치는 전쟁의 연속'이며, 그 본질은 폭력에 의한 억압으로 보았다.[71] 다만, 전쟁과 정치의 차이점은 폭력성이 은폐되어 있느냐, 아니면 노출되어 있느냐에 있을 뿐이다. 그러한 논리에서, 전쟁은 평화 시에 제도, 경제적 불평등, 언어 등에 의해 행해지는 억압(칸트, 『영구평화론』34)이 이데올로기(ideology)에 의해 은폐되어 있던 폭력성이 물리적인 형태로 드러난 것이다. 칸트는 『이성의 한계 안에서의 종교』에서 인간의 집단성을 인간의 동물적 특성이자 패악의 근거로 보았다(190). 이 시에서 "조국은 언제나 평화를 원하였"지만, 오히려 도시는 주검들로 즐비하다. 이 시에서 가리키는 전쟁은 이념을 명분으로 내세운 전쟁이었기 때문에 "무수한 주의(主義)"들은 화려한 "색채"를 띠고 나타나지만, 국민으로부터 동의를 얻어낼 만한 설득력은 모두 사라졌을 뿐이다. 오히려 이념은 "생사의 양극"에서 "사고"의 마비만 초래할 뿐이다. 그 결과, 남은 것은 "발가벗은 본능"뿐이라고 김구용은 이 시를 통해 말한다. 다시 말해, 전쟁에 의해 적나라하게 드러나는 동물적 존재자로서의 인간에 내재한 본능은 이데올로기적으로 억압되어 온, 혹은 문명에 의해 잠재되어 온 죽음본능[72]이라고 할 수 있다. 전쟁은 국민에 대한 폭력적 억압을 합리화하기 위해 도덕규범의 수호자로 자처해 오던 국가의 이면에 은폐되어 있던 가장 저급한 도덕성과 잔인성을 보여준다.[73] 그러한 의미에서 "발가벗은 본능"은 앞 절에서 전술

---

71) Michel Foucault, 『사회를 보호해야 한다』, 박정자 역, 서울: 동문선, 1998, pp.33~35.
72) Sigmund Freud, 「왜 전쟁인가?」, 『문명 속의 불만』, 김석희 역, 파주: 열린책들, 1998, p.358.
73) Sigmund Freud, 「전쟁과 죽음에 대한 고찰」, 『문명 속의 불만』 김석희 역, 파주: 열린책들, 1998, pp.37~73.

한 바와 같이, 증오로부터 비롯된 공격본능 또는 파괴본능이기도 할 것이다. 전쟁의 영향에 의해, 인간은 인류사적·개인사적으로 정신 발달의 초기 단계로 퇴행하는 현상을 보이게 된다. 이를 위의 시는, "조상(祖上)이 미지(未知) 앞에 꿇어 엎드렸던 자세"로 표현하고 있다. 이 시에서 알 수 있는 것은, 김구용의 반수신 관련 시가 실제 전쟁을 역사적 배경으로 가지고 있다는 것이다. 그러므로, 김구용의 반수신은 전쟁에서 인간이 인간을 살육하는 비인간화된 인간에 대한 상징이라고 할 것이다. 즉, 김구용에게는 전쟁이라는 주제가 이 시편들에 공통적으로 전제되어 있다. 특히 "조국은 언제나 평화를 원하였을 따름이다. 승리의 기(旗)를 목적한 적은 없었다."라는 구절은 반어(反語)의 수사법을 통해 보편적 이성(理性)의 구현이라 불리며 국가로 표상되는, 인간 공동체 전체의 위선을 폭로한다. 전술한 바와 같이 칸트의 『영구평화론』에 따르면, 전쟁이라는 자연상태(25)로부터 벗어나기 위하여, 인간의 실천이성을 통해 평화는 창조되어야 한다. 그러한 맥락에서 아이러니하게도 평화를 위한다며 전쟁을 하는 인간이야말로 위선의 상징인 반수신이라고 할 수 있다.

요컨대 말라르메의 반수신이 영육의 모순이란 주제에서 탄생했다면, 김구용의 반수신은 전쟁과 평화의 모순이란 주제에서 탄생했다는 차이점을 지닌다.

IV. 결론

이 논문 「말라르메(Stéphane Mallarmé)와 김구용(金丘庸)의 반수신(半獸神)에 나타난 위선에 관한 비교연구: 칸트의 윤리학의 관점으로」

의 연구 목적은 말라르메와 김구용의 반수신을 비교연구 함으로써 이들의 시세계의 본질을 구명하는 과정에서 인간의 위선에 대한 두 태도를 밝히는 것이다.

Ⅱ장에서는 말라르메와 김구용의 반수신의 공통점에 대하여 논의되었다. 첫 번째 두 시인의 반수신의 공통점은 반인반수의 신으로 그려진다는 점이다. 이것은 이성적 동물로서의 인간에게서 동물성이 이성보다 우위를 차지하게 된 양상이었다. 두 번째 두 시인의 반수신의 공통점은 반수신이 이성으로부터 도피하여 본능의 지배를 받고자 하는, 인간의 내면에 잠재된 동물성의 상징이라는 점이다. 즉, 이 두 시인의 공통점은 반수신을 인간이 문명이라는 가면을 통해 숨긴 위선이 폭로된 존재의 상징으로 본다는 것이다.

Ⅲ장에서는 말라르메와 김구용의 반수신의 차이점에 대하여 논의되었다. 첫 번째 두 시인의 반수신의 차이점은 말라르메의 반수신은 사랑의 화신으로 나타나는 반면, 김구용의 반수신은 증오의 화신으로 나타난다는 점이다. 두 번째 두 시인의 반수신의 차이점은 말라르메의 경우 반수신이 영육(靈肉)의 모순이라는 주제에서 탄생했다는 점과 김구용의 경우 반수신이 전쟁과 평화의 모순이라는 주제에서 탄생했다는 점이다. 즉, 말라르메의 반수신은 사랑과 영육의 문제를 통해 인간의 위선 가운데서도 주로 성(性)에 대한 위선을 폭로하고 있다면, 김구용의 반수신은 증오와 전쟁의 문제를 통해 인간의 위선 가운데서도 주로 폭력에 대한 위선을 폭로하고 있다. 요컨대, 두 시인에게서 '반수신'이란 존재의 상징은 인간의 위선을 폭로하고 있다.

좀 더 깊이 살펴본 바에 따르면, 칸트의 윤리학의 개념으로 인간은 이성적 동물로서 양심(良心, Gewissen)이라는 실천이성을 통해 도덕성을 갖는데, 도덕적 의미로서 타인의 사랑에 대한 의무와 타인의 존중에 대한 의무에서 나타나는 도덕적 동정과 미감적 인간성을 상실한 인간이 말라르메와 김구용의 시에서는 반수신의 상징으로 나타났다. 즉, 실천이성의 통제를 벗어난 인간이 동물적 존재자와 다름이 없는 것이었고, 이것이 이성에 대한 동물성 우위로서 반수신의 상징으로 그들의 시에 나타난 것이다. 이러한 의미에서 결론적으로 말라르메와 김구용의 시에 나타난 반수신의 상징은 인간의 본성에 관한 시적 탐구의 과정 중에 인간의 이원성에서 비롯된 선과 악의 갈등, 영혼과 육체의 갈등, 전쟁과 평화와 갈등 사이에 존재하는 위선에 대한 폭로라고 할 수 있다.

참고문헌

1. 기본자료

김구용, 『시: 김구용 전집 1』, 서울: 솔, 2000.

_____, 『인연(因緣): 김구용 전집 6』, 서울: 솔, 2000.

_____, 「산중야」, 『신천지』, 1949.10.

_____, 「탈출」, 『문예』, 1953.2.

Mallarmé, Stéphane, 『시집』, 황현산 역, 서울: 문학과지성사, 2005.

_____, Œuvres Complètes Vol. II, Paris: Gallimard, 2003.

_____, "Le Livre, Instrument Spirituel," Œuvres Complètes Vol. II. Paris: Gallimard, 2003.

_____, "La Musique et les Lettres," Poésies et Autres Textes, Édition Établie, Présentée et Annotée par Jean-Luc Steinmetz, Paris: Le Livre de Poche, 2015.

_____, Igitur · Divagations · Un Coup de Dés, Édition de Bertrand Marchal, Paris: Gallimard, 2016.

2. 국내 논저

고명수, 「한국에 있어서의 초현실주의문학고찰」, 『동악어문논집』 22, 1987.

김기봉, 「말라르메의 본질」, 『불어불문학연구』 1.1, 1966.

김동호, 「난해시의 風味, 一切의 시학」, 김구용, 『풍미』, 서울: 솔, 2001.

김보현, 「말라르메와 데리다: 백색의 글쓰기」, 『비평과 이론』 14.2, 2009.

김윤식, 「'뇌염'에 이르는 길」, 『시와 시학』, 2000년 가을호.

김진수, 「불이(不二)의 세계와 상생(相生)의 노래」, 김구용, 『구곡(九曲): 김구
용 문학 전집 2』, 서울: 솔, 2000.

김진하, 「말라르메론에 나타난 발레리의 비평가적 면모」, 『프랑스어문교육』
22, 2006.

김청우, 「김구용 시의 정신분석적 연구」, 전남대학교 석사학위논문, 2011.

도윤정, 「말라르메의 목신: 목신 재창조와 그 시학적 기반」, 『불어문화권연구』
24, 2014.

민명자, 「김구용 시 연구: 시의 유형과 상상력을 중심으로」, 충남대학교 박사
학위논문, 2007.

민희식, 「말라르메의 <반수신의 오후> 攷」, 『불어불문학연구』 6.1, 1971.

박근영, "한국초현실주의시의 비교문학적 연구," 단국대학교 박사학위 논문,
1988.

박동숙, 『김구용의 생성 시학 연구』, 서울시립대학교 박사학위논문, 2015.

서정주, 「김구용의 시험과 그 독자성」, 『현대문학』, 1956년 4월호.

송승환, 「김구용의 산문시 연구—보들레르 산문시와의 상관성을 중심으로」,
『어문론집』 70, 2017.

오세정, 「한국 신화의 여성 주인공에게 나타나는 반인반수의 성격」, 『기호학
연구』 31, 2012.

유종호, 「불모의 도식」, 『비순수의 선언』, 서울: 신구문화사, 1963.

윤병로, 「김구용 시 평설」, 『한국현대시인작가론』, 한국문학평론가협회 편,
전주: 신아출판사, 1987.

이건제, 「공(空)의 명상과 산문시 정신」, 『1950년대의 시인들』, 송하춘 · 이남
　　호 편, 파주: 나남, 1994.

이부용, 「말라르메의 모색과 꿈―그의 시와 시론을 중심으로」, 연세대학교 석
　　사학위논문, 1999.

이숙예, 「김구용 시 연구: 타자와 주체의 관계 양상을 중심으로」, 중앙대학교
　　박사학위논문, 2007.

이인영, 「동서양 신화의 '반인반수 테마' 연구」, 『카프카연구』 13, 2005.

장정아, 「말라르메의 「에로디아드 Herodiade」 연구 : 일원적 존재―언어를 중
　　심으로」, 부산대학교 박사학위논문, 2009.

_____, 「불교의 '무아(無我)'를 바탕으로 말라르메의 ≪주사위 던지기≫와 라
　　캉의 ≪세미나≫ 11에 나타난 '환상의 주체' 연구」, 『동아시아불교문
　　화』 23, 2015.

최　석, 「말라르메의 시 속에 나타난 에로스의 두 양상」, 『불어불문학연구』
　　31.1, 1995.

_____, 「말라르메와 불교」, 『동서비교문학저널』 11, 2004.

하현식, 「김구용론: 선적 인식과 초현실 인식」, 『한국시인론』, 서울: 백산출판
　　사, 1990.

홍신선, 「실험 의식과 치환의 미학」, 『한국시의 논리』, 서울: 동학사, 1994.

_____, 「현실 중압과 산문시의 지향」, 김구용, 『시: 김구용 문학 전집 1』, 서
　　울: 솔, 2000.

황현산, 「주석」, Stéphane Mallarmé, 『시집』, 황현산 역, 서울: 문학과지성사,
　　2005.

3. 국외 논저 및 번역서

浜田義文 외, 『칸트 사전』, 이신철 역, 서울: 도서출판 b, 2009.

Aquinas, Thomas, 『존재자와 본질에 대하여』, 김진 · 정달용 역, 서울: 서광사,
　　1995.

_____, 『영혼에 관한 토론 문제』, 이재룡 · 이경재 역, 파주: 나남, 2013.

Badiou, Alain, 「목신의 철학」, 『비미학』, 장태순 역, 서울: 이학사, 2010.

Barthes, Roland, 『목소리의 결정』, 김웅권 역, 서울: 동문선, 2006.

_____, 『글쓰기의 영도』, 김웅권 역, 서울: 동문선, 2007.

Blanchot, Maurice 『문학의 공간』, 이달승 역, 파주: 그린비, 2014.

Chiari, Joseph. *Symbolisme from Poe to Mallarmé: The Growth of Myth,* New York: Macmillan Company, 1956.

Derrida, Jacques, 『그라마톨로지에 대하여』, 김웅권 역, 서울: 동문선, 2004.

Foucault, Michel, 『사회를 보호해야 한다』, 박정자 역, 서울: 동문선, 1998.

Freud, Sigmund, 「왜 전쟁인가?」, 『문명 속의 불만』, 김석희 역, 파주: 열린책들, 1998.

_____, 「전쟁과 죽음에 대한 고찰」, 『문명 속의 불만』, 김석희 역, 파주: 열린책들, 1998.

Hamann, Johann Georg, *Schriften zur Sprache,* Suhrkamp, 1967. (『칸트 사전』, p.261. 재인용.)

Hobbes, Thomas, 『시민론: 정부와 사회에 관한 철학적 기초』, 이준호 역, 서울: 서광사, 2013.

Joubeaux, Hervé. "Le faune littéraire." *Au Temps de Mallarmé, le Faune,* Valvins: Musée départmental Stéphane Mallarmé, 2005.

Kant, Immanuel, 『판단력 비판』, 이석윤 역, 서울: 박영사, 2003.

_____, 『영구평화론』, 이한구 역, 서광사, 2008.

_____, 『윤리형이상학 정초』, 백종현 역, 서울: 아카넷, 2010.

_____, 『이성의 한계 안에서의 종교』, 백종현 역, 서울: 아카넷, 2012.

_____, 『윤리형이상학』, 백종현 역, 서울: 아카넷, 2012.

_____, 『실천이성비판』, 백종현 역, 서울: 아카넷, 2012.

_____, 『순수이성비판』 제2권, 백종현 역, 서울: 아카넷, 2014.

Lanson, Gustave 외, 『랑송 불문학사』 하, 정기수 역, 서울: 을유문화사, 1997.

Levinas, Emmanuel, 『모리스 블랑쇼에 대하여』, 박규현 역, 서울: 동문선, 2003.

Niebuhr, Reinhold 외, 「그리스도인의 윤리」, 『세계사상전집』 45, 박봉배 외 역, 서울:삼성출판사, 1982.

Nygren, Anders, 『아가페와 에로스』, 고구경 역, 고양: 크리스챤 다이제스트, 2013.

Rancière, Jacques. *Mallarmé: The Politics of the Siren,* Trans. Steve Corcoran, Bloomsbury: Continuum, 2011.

Richard, Jean-Pierre, *L'Univers Imaginaire de Mallarmé*, Paris: Le Seuil, 2016.

Sarda, Marie-Anne, *Stéphane Mallarmé à Valvins,* Valvins: Musée départmental Stéphane Mallarmé, 1995.

Simonetti, Manlio, 『교부들의 성경주해 신약성경 II』, 이혜정 역, 서울: 분도출판사, 2014.

Steinmetz, Jean-Luc, *Mallarmé: L'Absolu au Jour le Jour*, Parsis: Fayard, 1998.

Valéry, Paul, "Lettre sur Mallarmé," *Œuvres* I, Ed. J. Hytier. Paris: Gallimard Pléiade 2v., 1957.

_____, 『말라르메를 만나다』, 김진하 역, 서울: 문학과지성사, 2007.

Walker et al, *Portraits de Mallarmé-de Maner à Piccaso,* Valvins: Musée départmental Stéphane Mallarmé, 2013.

『성경』, 주교회의 성서위원회 편, 서울: 분도출판사, 2011.

고석규(高錫珪) 비평의 존재론에 대한 연구

— 하이데거의 존재론의 영향을 중심으로

I. 서론

1. 연구사 검토

고석규(高錫珪, 1932.9.27~1958.4.19)는 함경남도 함흥에서 태어나 1949년 월남하여 한국전쟁 중이던 1952년 부산대학교 국어국문학과에 입학하면서 문학 활동을 시작한다. 한국전쟁 중의 문단은 각 지역별로 분산되어 소규모로 이루어지고 있었으므로, 고석규의 등단은 문단의 추천이라는 제도적 절차 없이 동인지의 발간으로 시작된다. 고석규는 대학시절「부대문학」(1953)을 처음 발간한 데 이어, 동인지「시조(詩潮)」(1953)와「산호(珊瑚)」(1954)를 발간함으로써 젊은 문학도로서의 천재성을 보여주었으며, 곧 이어 김재섭과『초극(超劇)』(삼협문화사, 1954)을 단행본으로 냄으로써 한국문학사에 처음으로 인상적인 비평을 남긴다.『초극』에는 바로 그의 대표적 비평인「여백의 존재성」이나「불안과 실존주의」등이 실려 있어, 시인으로는 릴케, 그리고 철학자로는 하이데거의 깊은 영향을 받은, 그의 형이상학적인 존재론의 세계가 형성되어 있음을 보여준다. 그 이후, 그는 본격적으로 한국문단에서 중심적인 활약을 하고 있는 시인들인 유치환(柳致環), 김춘수(金春洙), 김현승(金顯承) 등과 동인지 『시연구(詩研究)』(1956)[1]를 발간하여 1950년대의 한국 모더니즘 시사에서 현대시의 눈부신 가능성을 보여준다. 그러나 그는 학위논문「시적 상상력」[2]을 낸 해에 부산대학교 강사생활을 하다가 심장병으로 운명한다. 한창 그의 문재(文才)가 절정에 이르렀을 때의 그의 요절은 그 자신의 비극이었을 뿐 아니라, 한국문학사의 크나 큰 상실이 아닐 수 없다. 그의 유고평론집 『여백의 존재성』(지평, 1990)이 출간되고, 『고석규 전집』(책 읽는 사랑, 1993)이 편찬되며, 고석규비평문학상(제1회 1996년)이 제정되는 등, 그의 문학에 대한 복권이 이루어진 것이 모두 1990년대이다. 그때까지 그의 존재감은 가려진 상태일 수밖에 없었다. 그의 문학의 가치가 1990년대에 복권된 것도 탈냉전(Post-Cold War) 시대라는 세계사적 흐름에서 비롯된 문단사적 변화에서 가능했을 것으로 판단된다.

그에 대한 첫 문학사적 평가는 그의 요절에 대한 추모와 회고의 형식으로 이루어진다.[3] 그 가운데 연구사적으로 주목할 가치가 있는 것은 김춘수의 평문들이다. 김춘수는 고석규가 「시인의 역설」 등의 비평을

---

1) 『시연구(詩研究)』에는 편집위원으로 김현승, 김춘수, 김윤성, 김성욱, 김종길이 참여하고, 시 창작으로 손경하, 이수복, 하연승, 송욱, 조영단, 신동집, 남윤철이 산문으로 윤일주, 김춘수, 고석규, 조지훈, 김성욱이, 그리고 번역으로 천두병이 참여했다.
2) 고석규, 「시적 상상력」, 부산대학교 국어국문학과 대학원 석사학위논문, 1958.
3) 그의 죽음에 대한 추모문으로는 다음과 같은 글이 있다.
   박봉우, 「고독한 평론가 — 젊은 고석규 형의 무덤에」, 『조선일보』, 1958.5.28.
   김일곤, 「젊은 날의 성좌(星座) — 석규와 제1회 시낭독회」, 『부산대신문』, 1958.6.20.
   김정한, 「요절한 혜성 석규 군을 생각한다」, 『부산대학보』, 1958.6.20.
   송영택, 「감상과 야심에 속에서 간 고석규」, 『현대문학』, 1961.2.

통해서는 영미 뉴크리티시즘을 한국적으로 전유하려 하였다고 평함과 동시에,[4] 『초극』과 「현대시의 전개」 등의 비평을 통해서는 릴케의 영향과 현대의 심리학과 존재론에 입각한 형이상학적 시론을 보여주었다고 평하였다.[5] 그 후, 논문의 형식으로는 처음 나온 박홍배의 「고석규 연구」[6]가 있었지만, 본격적으로 고석규에 대한 논의의 시금석이 마련된 것은 김윤식의 일련의 논문들[7]을 통해서이다. 그때부터 비로소 고석규를 중심으로 다루는, 심도 있는 학위논문들[8]이 지속적으로 이어지기 시작했다. 고석규에 대한 연구는 첫째, 1950년대 한국의 전쟁문학

---

4) 김춘수, 「뉴크리티시즘의 기수(旗手)─ 고석규 3주기를 맞이하여」, (『부산대학신문』, 1961.4. 17.), 고석규, 남송우 편, 『고석규 문학전집 ④ 사진 · 연보 · 실존주의 · 추모문』, 마을, 2012, p.211.

5) 김춘수, 「고석규의 평론세계」, 고석규, *op. cit.*, p.213.

6) 박홍배, 「고석규 연구」, 박홍배 외, 『재부 작고시인』, 아성출판, 1988.

7) 김윤식, 「고석규의 정신적 소묘」, (『시와 시학』, 1991.12.~1992.3.), 고석규, 남송우 편, 『고석규 문학전집 ① 청동의 관 · 시인론』.

　　　, 「전후문학의 원점─6.25와 릴케 · 로댕 · 윤동주 · 고석규」, (『문학사상』, 1992.7.), 고석규, *op. cit.*

　　　, 「1950년대 한국문예비평의 3가지 양상」, (고석규 유고시집 『청동의 관』 간행 특별초청 강연 원고 초록, 1992.5.24.), 고석규, 『고석규 문학전집 ⑤ 작가 연구』.

　　　, 「「청동의 계절」에서 「청동의 관」까지」, (『외국문학』, 1992.가을.), 고석규, *op. cit.*

　　　, 「한국 전후문학과 실존주의」, (『오늘의 문예비평』, 1993.겨울.), 고석규, *op. cit.*

8) 임태우, 「고석규 문학 비평 연구」, 서울대학교 국어국문학과 대학원 석사학위논문, 1993.

송기한, 『전후 한국시에 나타난 시간의식 연구』, 서울대학교 국어국문학과 대학원 박사학위논문, 1996.

남기혁, 『1950년대시의 전통지향성 연구』, 서울대학교 국어국문학과 대학원 박사학위논문, 1998.

박슬기, 「한국 전후시의 그로테스크의 시학 연구─박인환, 고석규, 전봉건을 중심으로」, 서울대학교 국어국문학과 대학원 석사학위논문, 2004.

차상일, 「1950년대 고석규 문학의 근대성 연구」, 부산대학교 국어국문학과 대학원 석사학위논문, 1999.

과 그의 요절의 상관성에 대한 연구9), 둘째, 1950년대 한국 모더니즘과
그의 시학 및 수사학과의 상관성에 대한 연구10), 셋째, 1950년대 한국
의 사상적 지형과 그의 실존주의 및 존재론의 상관성에 대한 연구11) 등
크게 세 범주 정도로 나누어 볼 수 있다. 본고는 고석규의 한국문학사
에서의 가치가 셋째 범주, 즉 당대의 실존주의를 관통하면서도 시대를
넘어 보편성을 띠는 존재론에 대한 구경(究竟)에 있다고 보고 이에 대
한 논의를 심화시키고자 한다.

---

9) 임영봉, 「전후문학과 고석규 비평」, 『어문논집』 제24집, 민족어문학회, 1995.
남송우, 「짧은 삶과 미완의 시학」, 고석규, 『고석규 문학전집 ① 청동의 관 · 시
인론』.
_____, 「고석규, 그 미완의 문학적 행보」, 고석규, *op. cit.*
박태일, 「전쟁 속에 얼어붙은 꽃봉오리」, 고석규, *op. cit.*
하상일, 「전쟁 체험의 형상화와 유폐된 자아의 실존성」, (부산대학교 국어국문학
과 대학원 석사학위논문, 1999. 발췌), 고석규, *op. cit.*
10) 남송우, 「고석규, 그 역설의 진원지를 찾아서」, 『오늘의 문예비평』, 1993년 겨
울호.
조영복, 「공포 체험의 시적 변용과 그로테스크의 시」, 『한국현대문학연구』 제3권,
한국현대문학회, 1994.
이미순, 「고석규 비평의 '역설'에 대하여」, 『개신어문연구』 제17집, 개신어문학회,
2000.
문혜원, 「역설을 주제로 한 고석규 비평 연구」, 고석규, 『고석규 문학전집 ⑤ 작가
연구』.
오형엽, 「고석규 비평의 수사학적 연구 – 문체론(stylistics)을 중심으로」, 『수사학』
제16집, 한국수사학회, 2012.
구모룡, 「고석규, 혹은 역설의 비평가」, 고석규, 『고석규 문학전집 ⑤ 작가연구』.
11) 김경복, 「자폐의 심연에서의 빛 찾기」, 『오늘의 문예비평』, 1993.겨울.
강경화, 「실존적 기획의 존재론적 지평과 에세이적 비평」, (『한국문학비평의 인식
과 담론의 실현화 연구』, 태학사, 1999.), 고석규, *op. cit.*
_____, 「한국문학비평의 존재론적 지평에 대한 고찰」, 『반교어문연구』 제10집,
반교어문학회, 1999.
남송우, 「1950년대 고석규 비평의 해석학적 연구」, 고석규, *op. cit.*

2. 연구의 시각

고석규의 문학을 총체적으로 구명하기 위해서는 시, 논문, 에세이, 비평, 번역이 모두 연구의 대상이 되어야 한다. 그렇지만 고석규의 문학적 업적은 넓은 분야에 걸쳐 있고, 또한 그 내용도 철학적이어서, 그에 대한 연구자들의 접근이 부분적이거나 제한적이어 왔다. 그러나 그의 문학의 진정한 가치는 한국문학사에서 존재론과 형이상학의 핵심을 관통하고 있다는 데 있다. 그의 비평문「여백의 존재성」, 학위논문「문체에 관하여」와「시적 상상력」, 그리고 번역서『실존주의』가 바로 그러한 특징을 가장 잘 보여주고 있다. 이러한 글들의 핵심이 구명되기 위해서는 문학과 철학을 아우르는 관점이 요구된다. 그러한 방법론의 연구여야 고석규의 문학을 총체적으로 구명하되 형이상학적 존재론이라는, 그의 문학의 본질을 관통할 수 있을 것이다.

그러한 연유로 이 논문은 우선적으로 고석규 문학의 철학적 배경을 검토하고자 한다. 고석규의 비평, 논문, 번역문에서 거론되는 철학자들로는 플라톤, 아리스토텔레스, 아우구스티누스, 아퀴나스, 버클리, 데카르트, 스피노자, 파스칼, 칸트, 헤겔, 홉스, 브래들리, 듀이, 키르케고어, 쇼펜하우어, 니체, 하이데거, 사르트르, 야스퍼스, 후설, 베르그송, 니부어, 딜타이, 우나무노, 보봐르, 노스로프, 바타이유, 말셀, 마티유, 라벨 등이 있다. 실로 철학사 전반을 관통하는 이러한 철학자들의 목록만으로도 고석규의 지적 편력이 얼마나 넓었는지 확인할 수 있다. 철학사에서 형이상학은 곧 존재론이자 신학이었다. 고석규는 그 맥리를 다 관통하고 있다. 그러나 이들 가운데서도 그의 글에서 가장 중요하게 다뤄지고 있는 철학자들은 실존주의(實存主義, existentialism)의 철학자로서 키르케고르, 하이데거, 사르트르 등이나. 특히, 그의 번역서『실존주의』는 실존주의의 계보를 고대―중세―근대―현대 안에서 찾아 실존이라는 존재론적 개념을 철학사적으로 구명하고 있을 뿐 아니라, 현대의 분파별로의 차이점도 구명하고 있다.([부록] 참조) 그러한 관점에서 보았을 때, 신학의 전통이 짧은 한국문학사에 실존주의를 유신론(有神論)의 차원과 무신론(無神論)의 차원으로 분화하여 깊이 있게 소개한 것이나, 대가들의 철학을 중심으로 논의되는 경향이 있는 한국문단에 잘 알려져 있지 않은, 말셀이나 라벨과 같은 철학자들을 소개한 것도 그의 업적이라고 할 수 있다. 이들의 철학은 1950년대 한국전쟁 중의 임시수도 부산에서 문학을 시작한 고석규의 존재론에도 심원하게 삼투되어 있다. 고석규의 공적은 바로 한국문단에서 그러한 철학에 대하여 세계적인 수준의 논의를 펼쳐 전쟁 중 지성의 수준을 지켰다는 데 있다.

그러나 고석규의 존재론에 대한 논의에서 면밀한 검토를 필요로 하는 부분이 있다. 그것은 바로 고석규에게서의 하이데거의 존재론과 사르트르의 존재론의 전유 양상이다. 김윤식 등의 연구자들이 지적하듯이, 하이데거의 존재론과 사르트르의 존재론 사이에는 상당한 간극이 있다. 사상적 편차가 심할 뿐 아니라 대립적 지점까지 있는 하이데거의 존재론과 사르트르의 존재론을 고석규는 '실존주의'라는 동일한 범주 안에서 같은 계열로 간주하고 있는데, 바로 이 부분이 학문적으로 엄밀한 재검토를 요하는 부분이다. 고석규가 하이데거와 사르트르의 차이점보다는 공통점에 주목한 이유는 고석규가 사르트르를 하이데거의 충실한 계승자로서 본 데 있다. 그 근거를 요약적으로 제시하면 다음과 같다. 첫째, 하이데거가 죽음에의 전주라고 한 사관(死觀)을 사르트르가 죽음이 자기 자신 앞에 고유하게 나타난다고 본 사관으로 그대로 계승하고 있다는 점이다. 둘째, 헤겔의 존재론은 유(有)의 존재론으로서 결국 그는 칸트의 이성주의와 합리주의를 계승했다면, 하이데거와 사르트르는 무(無), 즉, 허무의 본질로서의 죽음으로부터 존재론을 시작하는 실존주의자라는 공통분모를 가졌다는 점이다. 셋째, 하이데거의 근원적 불안(不安, Angst)을 사르트르는 자유(自由, Freiheit, liberté)를 추구할 수 있는 여지로 긍정적으로 계승했다는 점이다. 넷째, 하이데거의 공동현존재와 세계내존재 개념이 사르트르의 앙가주망 개념을 지지한다는 점이다. 이렇게 네 가지로 요약할 수 있다. 이상은 고석규의 관점에서 본 하이데거와 사르트르의 공통점이다. 그리고 그의 그러한 관점은 그가 번역한 프울께의 영향으로 판단된다. 다음은 프울께의 『실존주의』의 한 부분이다.

> 하나의 체계로 조직된 이론을 해설하기보다 오히려 실존주의자는 표현의 간접법을 택하는 것이므로, [중략] 오늘날에 있어서의 실존주의 학설은 보다 직접적인 방법으로 전달되고 있다. [중략] 우리에겐 다시 체계적인 해설로서 말틴 하이데거의 저작, 그 가운데서도 ≪형이상학이란 무엇인가≫라는 강의 제목의 번역 책자가 프랑스에서 출판되었으며
> — P. 프울께, 『실존주의』, 고석규 옮김. 부분.[12]

고석규는 주지하다시피 P. 프울께의 『실존주의』를 번역했다. 이 책은 하이데거의 「형이상학이란 무엇인가」가 실존주의의 형이상학을 체계적으로 정립한 것으로 보고 있다. 일반적으로 실존주의의 체계를 확립한 것이 하이데거라는 것은 정설이다. 그러나 이 책 P. 프울께의 『실

---

12) 고석규, 『고석규 문학전집 ④ 사진 · 연보 · 실존주의 · 추모문』, p.54. 재수록.

존주의』는 정작 하이데거보다는, 하이데거의 영향을 받은 프랑스의 실존주의자 사르트르를 다루는 데 큰 비중을 두고 있다. 제2차 세계대전 이후의 프랑스 문단의 분위기와 한국전쟁 이후의 한국 문단의 분위기 사이에는 인간의 실존적 위기라는 공감대가 있었다. 한국문단에서도 실존주의가 받아들여지는 데에는 사르트르가 큰 비중을 차지했다. 고석규에게도 하이데거가 전해지는 데에는 '프울께의 시각으로 본, 사르트르에 의해 전유된 하이데거'라는, 또 하나의 경로가 있었던 것이 그의 번역서에서 확인된다. 프울께가 사르트르를 하이데거의 충실한 계승자로 본 부분을 정리하면 다음과 같다. 첫째, 프울께의『실존주의』는 하이데거를 실존주의의 체계를 완성한 철학자로 보면서「형이상학이란 무엇인가」를 사르트르가『존재와 무』로 계승했다고 소개하고 있다. 하이데거의「형이상학이란 무엇인가」는 바로 무의 개념을 새롭게 규정하는 데 바쳐진 논문이다. 사르트르가 허무 위에 세운 존재론이라는 실존주의적 존재론을 쓸 수 있었던 데는 하이데거의 학문적 논거가 있었기 때문이라고 보는 것이 프울께의 주장이다. 둘째, 프울께는 하이데거 세인(das Man)을 비판하며 하이데거가 자신의 삶을 스스로 결정하고 만들어가는 진정한 실존의 삶을 강조했다고 하면서 사르트르도 마찬가지라고 하였다. 셋째, 프울께는 세계내존재가 앙가주망의 필연성을 가져온다고 주장하였다. 하이데거의 개념인 세계내존재를 사르트르의 개념인 앙가주망으로 연결한 것이 프울께이다. 넷째, 후설, 하이데거, 사르트르는 모두 현상학의 범주에 들어가는 철학자이다. 그런데 후설의 제자인 하이데거는 후설의 학설을 넘어서 존재론으로 현상학을 발전시켰다. 프울께는 바로 사르트르가 후설이 아니라 하이데거의 편에서 존재론을 계승했다고 보는 것이다. 다섯째, 하이데거가 객체는 도구에 불과하다고 한 주장이 사르트르가, 주체가 자기자신을 창조하는 삶을 강조한 맥락과 같다고 프울께는 보았다. 여섯째, 사르트르에게는 인간에게 의식이 있기 때문에 대자적으로 실존할 수 있다고 보았다는 데서, 의식과 대자가 동의어였으며, 그런 연유로 대자는 무라고 프울께는 해석하였다. 그러면서 프울께는 무를 인간현실로 본 하이데거의 철학이 사르트르와 그대로 상통한다고 보았다. 프울께는 특히 의식의 순수한 반사적 성격을 말한 하이데거의 주장을 사르트르가 그대로 반복하고 있다고 보았다. 이처럼, 프울께는 사르트르를 하이데거의 계승자로 보았으며, 고석규도 프울께처럼 하이데거와 사르트르 사이에서 공통점을 더 많이 읽어냈던 것이다.

그러나 고석규는『존재와 시간』등의 하이데거의 저작을, 寺島에 의한 일본어 번역본을 통해서이긴 하지만, 직접 읽기도 하였다. 또한 그가 읽은 하이데거에 대한 입론들도 九鬼周造, 三寶剛一 등 일본의 철학자들의 저서들을 통해 받아들인 것이다. 그러므로 프랑스 뿐 아니라 일본의 사상적 지형도도 확인해 볼 필요가 있다. 그러나 그가 어떤 경로로 하이데거와 사르트르의 철학을 받아들였는가 하는 문제보다 본질적인 문제가 있다. 그 하나는 고석규가 살았던 한국사의 삶에서 어떠한 문학으로 결정체를 이루었는가를 한다. 그리고 또 하나는 사르트르의 존재론이 하이데거의 존재론의 영향을 받았다고 할지라도 마르크스주의의 범주 안에 있다는 점이다. 이것이 바로 사르트르의 존재론과 하이데거의 존재론 사이에 가로놓인 간극의 심연이다. 고석규는 마르크스주의와는 항상 거리를 두어왔다. 그러므로 고석규의 존재론을 해명하기 위해서 우선적으로 사르트르의 존재론보다는 하이데거 존재론의 진유양상을 정확하게 분석적으로 논증할 필요가 있다.

물론, 고석규의「여백의 존재성」은 릴케의 존재론적 시론 가운데 로댕론의 영향과 발레리의 이데(idée) 개념의 영향을 받아 쓰였다. 그는 '여백의 존재성'이라는, 그 자신의 독자적인 개념을 '부재의 존재성'으로 규정한다. 그러나 릴케의 로댕론은 릴케의 중기시인 사물시(事物詩)의 바탕이 되는 예술론이다. 하이데거가 릴케의 존재의 시론의 절대적인 영향 아래 자신의 철학을 정립했다고 할 때의 릴케의 시는 사물시가 아니라『두이노의 비가』와『오르페우스를 위한 소네트』등의 형이상시를 가리키는 것이다. 오히려 고석규가 '여백의 존재성'을 '부재의 존재성'으로 규정할 때, '부재'와 '존재'의 개념은 단지 시론의 영역이 아니라 철학의 영역에서 엄밀하게 검증되어야 한다. 그 개념은 주요 철학서들을 통해 확인이 이루어져야 할 것이다. 그러므로 그가 다룬 각 철학자들의 주요 논저에 대해 정확한 선이해가 필요하다. 이 연구는 고석규의 문학이 전유한 하이데거의『존재와 시간』과「형이상학이란 무엇인가」를 그의『여백의 존재성』과「문체에 관하여」등과 대질하여 논증할 것이다. 그렇게 함으로써 고석규 문학의 형이상학적 존재론의 의미를 밝혀 보고자 한다. 고석규가 번역한『실존주의』라는 책의 번역의 적실성 여부도 검토하는 작업이 필요할 것으로 사료되지만 이는 다음 논문의 과제로 남겨 놓는다. 또한 그의 사상이 다른 정신분석가나 문학가의 영향을 받지 않은 것은 아니지만 그 문제도 다음 논문의 과제로 남겨 놓는다.13) 이 논문에서 실존주의를 확립한 하이데거의 철학이 고

---

13) 그 밖에 고석규의 글에서 거론되고 있는 정신분석학자 및 심리학자로는 프로이트, 융, 윌리엄 제임스 등이 있다. 그러나 정신분석 및 심리학은 반철학(反哲學)이다. 고석규의 글에서 정신분석학이나 심리학에 대한 언급이 상대적으로 적다고 보았을 때, 그의 사상적 지형도에서 형이상학적 철학이 우세하다고 하겠다. 그의 글에서 거론되고 있는 문학이론가로는 I. A. 리차즈, 브래드비, 윈체스터, 코울리지, 흄, 리드, 러스킨, 로버츠, 뷔퐁 등이 있다. 이들은 대체로 영미 모더니즘 또는 신비평

석규의 비평에 어떻게 전유되었는가를 우선적으로 논구하기로 한다.

II. 존재 개념에 대하여

현대철학의 거장인 하이데거가 인류의 정신사에 남긴 가장 큰 업적
이 있다면, 그것은 바로 인간이 처한 실존의 위기 상황에서 허무에 타
락하지 않고 존엄을 지킬 수 있는 존재론을 제시했다는 데 있다. 하이
데거는 먼저 인간의 존재 자체를 긍정을 하고, 자신의 존재에 대해 스
스로 실존적 질문을 던지고 답하는 과정에서 존재의 진리를 찾아감으
로써 자신의 존재의 가치를 확립해 가는, 철학함의 방법을 제시하였다.
그의 그러한 철학이 집대성 되어 결정체를 이룬 저서는 바로 『존재와
시간 *Sein und Zeit*』(1927)이다. 이 저서는 인간 실존의 문제의 핵심인
죽음의 문제에 대하여 현대철학이 도달할 수 있는 가장 깊은 경지를 보
여주고 있다. 그는 인간이 '죽음을 향한 존재(Sein zum Tode)'로서 시간
안에서의 유한성 속에서도 자신의 삶을 미래로 기투 하여 봄으로써 자
신의 존재의 진리(Wahrheit)를 현성할 수 있도록 하는 길을 제시하였
다. 그러한 결론에 도달하기까지 하이데거는 철학사를 관통해 온 존재
론을 재정립한다. 그의 존재론에서 가장 핵심이 되는 개념은 현존재(現

계열의 이론가들로서 고석규의 형이상학적·철학적 문학을 지지하는 데 도움을
주고 있다. 다음으로 그의 글에서 거론되는 시인으로는 릴케, T.S. 엘리엇, 드라이
든, 워즈워스, 발레리, 단테, 말라르메, 괴테, 랭보, 셰익스피어, 오든, 엠프슨, 루이
스, 플로티누스, 루크레티우스, 휘트맨, 프루스트가 있다. 이들의 시는 형이상학적
인 특징을 띤다는 공통점이 있다. 다음으로 고석규의 글에서 거론되는 소설가로는
카뮈, 도스토예프스키, 포크너, 조이스, 헉슬리, 플로베르가 있다. 이들은 인간의
실존과 심리를 심원하고 예리하게 묘파하며 비극적인 시대의 인간의 존재가치를
지켰다.

存在, Dasein)이다. 현존재는 스스로 실존적인 존재물음을 던질 수 있는 인간존재의 시간 안에서의 현재성을 강조한 개념이다. 그러한 연유로 현존재는 역사 안의 존재이자 세계내존재(世界內存在, In-der-Welt-sein)이다. 그러한 가운데 현존재는 다른 존재와 대화적인 관계 안에서 공존하는, 공동현존재(共同現存在, Mitdasein)이기도 하다. 이러한 현존재 개념이 하이데거가 철학사 상에서의 존재 개념을 가장 혁신시킨 부분이다. 그러나 하이데거의 철학적 업적이 여기에 그치는 것은 아니다. 그는 존재론의 주요 개념들을 가장 기초적인 단계에서부터 재정립하였을 뿐 아니라 가장 집대성된 체계를 세우기도 하였다. 고석규는「지평선의 전달」에서 하이데거의『존재와 시간』에서 다뤄지는 존재론의 근본개념들을 다음과 같이 언급하고 있다.

> 실상 나는 던져진 것이다. 하이데거의 가슴을 해치지 않아도 던져진 의식에서 나는 안타까운 종말에의 눈을 뜬다. 그것이 다가오는 내일만을 뜻함이 아니라 지난 어젯날과 더더욱 지금의 오늘이라는 울뇌(鬱惱)에 집중되었을 때 나는 지금에 있는 나를, 즉 현존(Dasein)인 나를 저버리지 못한다.
> — 고석규,「지평선의 전달」,『신작품』, 1954. 11. 8집. 부분.[14]

고석규는 위에 인용된「지평선의 전달」에서 "현존(Dasein)"이라는, 존재론적 개념어를 사용하고 있다. 그 용어는 고석규도 밝히고 있는 것과 같이 하이데거의 개념어이다. 다만 Dasein에 대한 번역에서 고석규가 '현존'이라고 한 것은 최근의 경향과는 차이가 난다. Dasein은 최근에는 현존재로 통일되어 번역되고 있는 것이다. 그러나 중요한 것은 고

---

14) 고석규,『고석규 문학전집 ② 평론집 여백의 존재성 외』, p.52. 재수록.

석규가 현존재의 개념을 사용하고 있는 의미적 맥락이다. 고석규는 위의 인용부분에서 '어제-오늘-내일'이라는 시간 가운데, 과거도 미래도 아닌 현재로서의 '오늘'을 살고 있는 자신의 존재에 대해서 애착을 보이고 있다. 즉, 현존재의 현재성(現在性)이라는, 시간성(時間性, Zeitlichkeit)에 초점을 맞추고 있다. 현존재(Dasein)를 어근으로 분석해 보면, Da-sein으로서 '지금 여기'(Da)와 존재(sein)가 결합된 개념어라는 것을 확인할 수 있다. 바로 '지금 여기'(Da)가 존재(Sein)의 현재성을 의미한다. 그런데 하이데거에게서 '지금 여기의 존재'라는 시간-공간으로서의 현존재의 궁극적 의미는 단순히 시간개념이나 공간개념이 아니라, 존재의 진리를 위한 근거가 되는 시간-공간에 있다.15) 즉 거기에는, 진리성과 실존성은 필연적으로 함께 성립된다는, 하이데거의 존재론적 진리관이 나타나 있는 것이다. 고석규는 현존재가 지닌 여러 의미적 맥락 가운데 현재라는 시간에 실존(實存)하고 있는 존재로서의 현존재라는 의미로서, 하이데거의 현존재의 의미를 전유하고 있다.

> '존재의 시간' 아닌 시간과 존재의 입장에서 실존은 Existenz 아닌 Eksitenz, 즉 개존(開存) 명존(明存)의 뜻으로 전기되었다. 망각되었던 내가 지금의 나로 다시 촉발되었을 때 나의 우수는 한층 '세계야(世界夜, Weltnacht)'의 검은 침대를 거역하지 못한다. 끝없는 밑창을 들여다보면 끝없는 밑창이 나를 들여다보는 것이며 상실된 목숨들을 제시한다.
>
> 해와 달, 낮과 밤. 나와 함께 던져진 모두는 던져진 모두의 순서에 따라 죽음으로 갔다. 지평선의 수축도 없이 노래 부를 목청도 없이 다만 마지막 나의 귀향(Heimkehr)이란 저 망각된 밑창으로 아니면

---

15) Martin Heidegger, 『철학에의 기여』, 이선일 역, 책세상, 2015, p.461.

보루와 광장과 철조망의 어둠으로 여지없이 무찔렀던 것이다.

— 고석규, 「지평선의 전달」, 『신작품』, 1954. 11. 8집. 부분.[16]

존재 망각으로 비롯한 대부분의 역사는 메타피직에 대한 질적 발전을 거의 은닉하다시피 되었다.

하이데거는 시간에 돌아갈 존재를 다시 시간을 여는 존재로 전기시킴으로써 그의 입장을 새로이 한 것이다.

— 고석규, 「지평선의 전달」, 『신작품』, 1954. 11. 8집. 부분.[17]

지금에 있는 나의 유일한 확인이란 저 빛 부신 공지(Waldlichtung)[18]의 확인과 무엇이 다르랴. "존재의 빛발 속에 서는 것을 나는 인간의 개존이라 부른다."(Das Stehen in der Lichtung des Seins nenne ich die Eksistenz des Menschen)<Heidegger> 또 다시 "세계는 존재의 빛이다." /[중략]/1924년 라이너 마리아 릴케는 이러한 하이데거의 빛을 예정하는 열린 것(das Offene)이라는 숙어를 하나의 즉흥시에 처음으로 도입하였다. [중략] 빛 부신 공지는 지금에 있는 나의 개존임으로 하여 그것은 곧장 지금이라는 시간의 개존이기도 하다. 따라서 릴케는 이러한 현존적 가능의 저편에 열려오는 시간과 함께 번쩍이며 나타난 새로운 지대를 애오라지 심정공간(Herzensraum)이라 불렀다. [중략] 릴케의 우수는 릴케의 보루와 릴케의 광장과 릴케의 철조망은 저들의 외곽을 풀어헤치면서 세계 전면으로 꽃피는 과수원으로 차츰 접속되며 있었다. 그리하여 릴케의 지평선은 그대로 Inmitten der Offenheit von Seienden에 나타난 것이며 릴케의 시는 존재의 절정을 거닐은 것이다. /[중략]/지금에 있는 나에 대한 확인이 이토록 처절하던 그들을 존재의 인인(隣人, Mitdasein)에 대한 피

---

16) 고석규, *op. cit.*, p.54. 재수록.
17) *Ibid.*, p.56. 재수록.
18) Martin Heidegger, 『숲길』, 신상희 역, 나남, 2010. 참조.

의 발견, 피의 씻어줌에서 전해 오는 까닭이다.
　　　　　　　－ 고석규, 「지평선의 전달」, 『신작품』, 1954. 11. 8집. 부분.[19]

　　중간자의 의식은 시의 현대성을 논함에 있어서 가장 보편적인 단계로 진출하여왔다. 하이데거는 무시간적으로 갈앉는 신비와 지금과의 사이에 걸린 또 하나의 세계를 포에지이라고 일렀으며 이러한 중간 영역의 설정이 곧 '헬다아린과 시의 본질'을 말하는 그의 태도인 것이었다. 그리고 중간 영역은 열려오는 지평선상의 공지에 해당되는 것이며 한편 성역(Templum)이라고까지 불리운 마당의 시는 존재의 역승을 끝까지 지지한다. 시란 존재를 Vollbringen 하는 것이며 시란 존재의 마지막 작품 Werk이다.
　　　　　　　－ 고석규, 「지평선의 전달」, 『신작품』, 1954. 11. 8집. 부분.[20]

　　고석규는 역시 같은 글 「지평선의 전달」에서 실존(實存, Existenz)을 Eksistenz, 즉 개존(開存), 또는 명존(明存)으로 해석하고 있다. 고석규가 한 말의 의미를 정확히 이해하기 위해서는 하이데거의 실존의 개념에 대하여 먼저 이해할 필요가 있다. 하이데거는 실존이란 개념을 "현존재가 그것과 이렇게 또는 저렇게 관계를 맺을 수 있고 또 언제나 어떻게든 관계 맺고 있는 존재 자체"[21]로 정의한다. 현존재가 존재하는 양상 자체가 실존이다. 그런데, 진정한 현존재는 자신의 진리를 현성하고 있어야 한다. 진리를 현성한다는 것은 자신의 본질이 비본질에 은폐되어 있는 상태에서 '열어밝혀져 있음'(Erschlossenheit)[22]으로써 드러나 보이게 한다. 여기서, 존재가 '열어밝혀져 있음'을 하이데거는 개시성(開示

19) 고석규, *op. cit.*, p.56. 재수록.
20) *Ibid.*, p.58. 재수록.
21) Martin Heidegger, 『존재와 시간』, 이기상 역, 까치, 1998, p.28.
22) *Ibid.*, p.298.

性)이라고 한다. 즉, 존재가 진리의 존재가 되는 방식이 자신이 '열어밝혀져 있음의 존재'(Sein der Erschlossenheit), 즉 비은폐성(非隱蔽性, Unverborgenheit) 상태의 존재가 된다. 하이데거는 진리를 비은폐로서의 알레테이아(aletheia)로 규정한다. 현존재는 자신의 본질을 열어 밝혀 보임으로써 자신의 진리를 현성하고 있는 존재이다. 그런데 '밝음'과 '투명'의 본질은 같다. 왜냐하면, 밝음은 가시성이고 투명성은 빛의 투과성인데, 빛을 투과하는 곳에 있는 것이 가시적인 것이기 때문이다.23) 고석규가 개존이라고 한 것은 존재의 열림, 그리고 명존이라고 한 것은 존재의 밝힘인 것으로 축자적 해석을 내려 볼 수 있다. 그러므로 고석규가 존재의 개존과 명존을 동시에 아울러 언급한 것은 존재의 열어밝혀져 있음, 즉 존재의 개시성을 의미하고자 했던 것으로 보인다. 해석의 실마리가 더 필요한 것은 다음 문장이다. 고석규는 Existenz와 Eksistenz를 구분하는데, 하이데거는 Existenz는 실존으로, Eksistenz는 탈존으로 번역한다. "실존은 '거기에'의 열려 있음 안으로 나가서—그리고 들어서—있음, 즉 탈—존(Ek-sistenz)"24)인 까닭에 실존이 탈존이 된다. 고석규는 실존으로서의 탈존을 존재의 개시로 간주한다. 나아가 탈존으로서의 현존재는 자기성으로 규정25)된다는 데 의의가 있다. 그뿐만 아니라, 탈존은 현존재를 위해 존재의 진리를 현출하고, 존재역사적으로 현을 향해 내립적으로 밀어냄(inständliche Entrückung in das Da)을 의미26)한다는 데 의의가 있는 중요한 개념이다. 고석규는 바로 이와 같

---

23) Martin Heidegger, 「진리사건의 네 단계」, 『진리의 본질에 관하여—플라톤의 동굴의 비유와 테아이테토스』, 까치, 1977, pp.62~65.
24) Martin Heidegger, 『존재와 시간』, p.185.
25) Martin Heidegger, 『철학에의 기여』, p.433.
26) *Loc. cit.*

이 하이데거의 존재론의 핵심을 관통하는 탈존 개념을 중요한 자신의 용어로서 전유하고 있던 것이다.

고석규의 그 다음 문장에는 망각(忘却, Vergessen)이라는 개념어가 나온다. 이 또한 하이데거의 존재론에서 주요한 개념어 중에 하나이다. 주로 하이데거의 저서에서는 '존재망각'이란 어구로 사용이 되곤 한다. 하이데거는 존재망각을 우리에게 강제된 곤경에 의해 존재가 떠나버리는 것으로 정의한다.[27] 존재의 떠나버림은 니체에게서는 허무주의(虛無主義, nihilism)의 최초의 근거이자 근본적인 본질이다.[28] 또한 존재망각의 상태에서는 무기분(無氣分)과 무관심(無關心)의 태도가 나타난다.[29] 그러므로 하이데거에게서 존재망각은 존재의 본질적인 상태가 은폐된 상태를 가리키는 것으로서 대단히 부정적인 의미를 지니고 있으며 반드시 극복되어야 할 상태로 여겨진다. 그러나 고석규가 존재망각에서 깨어나 현존재로 각성이 된 다음에 갖게 되는 것은 세계야(世界夜, Weltnacht)에서의 우수(憂愁)의 기분과 죽음의식뿐이다. 세계야는 하이데거가 「가난한 시대의 시인」에서 말하는, 신(神)의 부재의 시대, 신의 결여의 시대를 의미하는, 가난한 시대로서의 세계의 밤[30]에 대한 당시의 번역어이다. 고석규가 자신의 시대를 세계의 밤으로 인식하고 죽음의식에 사로잡혀 있었던 것은 세계사적인 전쟁을 겪은 직후에 남아 있는 트라우마 때문일 것이다. 하이데거의 세계의 밤은 니체가 "신은 죽었다"[31]고 선언한 세계관의 연장선상에 있다. 고석규는 자신

---

27) *Ibid.*, p.165.
28) *Ibid.*, p.182.
29) Martin Heidegger, 『존재와 시간』, p.456.
30) Martin Heidegger, 「가난한 시대의 시인」, 『시와 철학—횔덜린과 릴케의 시세계』, 소광희 역, 박영사, 1980, p 207
31) Friedrich Wilhelm Nietzsche, 「즐거운 학문」, 『즐거운 학문 · 메시나에서의 전원시 ·

의 글 「해바라기와 인간병」에서 니체의 「독일 시형에 의한 서곡」을 인용하며 그의 사상의 향일성(向日性)을 읽어낸 바 있다.[32] 그러나 고석규는 실존주의의 영향권 안에 있을 뿐 아니라 그 자신이 실존주의자였다고 볼 수 있는데, 정작 그가 니체에 대해 언급한 부분은 일기까지 포함해도 그렇게 많지가 않다. 그러한 이유는 고석규에게는 니체와 같이 죽음의식을 극복할 만한 향일성의 의지가 있지 않았기 때문인 것으로 보인다. 고석규는 그런 의미에서 니체보다 하이데거에 가까운 사상을 가지고 있었다고 볼 수 있다. 고석규가 「여백의 존재성」에서 부재의 존재성의 이데아적인 아름다움을 발견하고 자신의 문학을 하나의 형이상학적인 관념의 성채로 쌓아 올렸던 것은 바로 그 나름대로 하이데거적인 세계의 밤에 대한 인식 때문이었을 것이다. 그러한 세계의 밤에 대한 인식은 귀향(Heimkehr)마저도 죽음의식으로부터의 구원이 되지 못한다고 고석규는 고백하고 있다. 귀향 또한 하이데거의 휠덜린론에서 온 개념이다. 하이데거는 「휠덜린 시의 해명」, 『휠덜린의 송가―이스터』[33], 『휠덜린의 송가―게르마니엔과 라인강』[34]에 걸쳐 휠덜린의 시인론을 썼다. 그러나 하이데거는 휠덜린의 시를 문학적으로 해석하는 데 그친 것이 아니라, 시작(詩作) 그 자체를 존재사유의 근본적인 형태로 보는 자신의 철학을 확립한 것이다. 그만큼 휠덜린은 릴케와 함께 하이데거의 철학의 기둥을 세우는 역할을 한 시인이다. 특히 휠덜린은 하이데거에게 존재의 유일성과 일회성을 충족함으로써 고유화를 성취

유고(1881년 봄~1882년 여름)』, 안성찬 · 홍사현 역, 책세상, 2005, p.183.

32) 고석규, 「해바라기와 인간병」, 『초극』, 1953.12.16. 부분. (고석규, 『고석규 문학전집 ② 평론집 여백의 존재성 외』, p.16.)

33) Martin Heidegger, 『휠덜린의 송가―이스터』, 최상욱 역, 동문선, 2005.

34) Martin Heidegger, 『휠덜린의 송가―게르마니엔과 라인강』, 최상욱 역, 서광사, 2009.

한 자로서의, 마지막 신에게로 도래할 자라는 의의 또한 지니고 있는 것이다.[35] 횔덜린에게서 귀향이라는 개념은 낙원으로의 회귀, 즉 복낙원(復樂園)과 같은 의미를 지니고 있다. 그러나 고석규는 귀향에서 광장과 철조망을 마주하게 됨으로써 그 의의를 상실하였다고 고백한다. 그것은 고석규에게 고향이란 당대의 역사적 비극에 의해 돌아갈 수 없는 곳이 되어 있다는 데서 나온 고백일 것이라는 점은 정황상 추론할 수 있는 부분이다.

> 던져진 나는 저 하강의 거센 압력에 대하여 설사 반항할 수 있었던가. 지낼수록 휘감기는 어둠의 질펀거림에서 던져짐(Geworfenheit)을 회복하려는 나의 역승(逆昇)은 오히려 던져감(Entwurf)을 선택하는 계기적 심정으로 스스로를 벗는 것이 아니었던가.
> 여기 통상의 내가 현존의 나와 접속하려는 역승이 밖으로 돌아날 때 존재론은 다시 그 일을 '탈아(Zeitekstase)'라 불렀으며, 마침내 그 일은 지금에 있는 나를 떠남이 아니라 지금에 있는 나를 넘으려는 아무런 가정도 용납하지 아니한다.
> ─ 고석규, 「지평선의 전달」, 『신작품』, 1954. 11. 8. 부분.[36]

무의 적극화는 무의 부정화일 것이며 나아가선 무의 수동성을 초월함일 것이다. 던져짐에서 던져감으로 역승하려는 나의 현존은 던져짐의, 즉 있었던 바를 새삼 부정 타개하는 데서만 가능할 줄 안다. 이리하여 나의 피투(被投)는 나의 투기(投企)로 나의 수동은 다시 나의 능동으로 각각 전기된다.

모든 나의 탈아. 그리고 저물어 가는 형상의 노을들. 지금에 있는 나란 어디까지나 무에 걸려 있는 무로 돌아오는 아니 무로 장해하는

---

35) Martin Heidegger, 『철학에의 기여』, pp.565~568.
36) 고석규, *op. cit.,* p.52. 재수록.

시간성 그것이 되어야 한다. 하이데거에 의하면 그러한 "시간은 있는 것이 아니라 익어가는 것이다."
　　　　─ 고석규, 「지평선의 전달」, 『신작품』, 1954. 11. 8집. 부분.[37]

　하이데거는 인간이 태어나는 순간 피투성(被投性, Geworfenheit)의 존재로 이 세상에 태어난다고 보았다. 그것은 현존재가 존재자들 한가운데 처해 있고 존재자들의 지배를 받지만 그것들에 대하여 완전히 무력함을 의미한다.[38] 그러나 조금 더 깊은 의미를 궁구하면 세계─내─존재 개념이나, 초월 개념도 피투성에 속한다.[39] 고석규가 던져짐(Geworfenheit)이라고 한 것은 피투성으로 번역되기도 하고 내던져져 있음으로 번역되기도 한다. 고석규는 같은 글 안에서도 한 번은 던져짐으로 또 한 번은 피투로 번역하였다. 또한 고석규가 던져감(Entwurf)이라고 번역한 것은 기투 또는 기획투사라고 번역되기도 한다. 고석규는 같은 글 안에서 한 번은 던져감으로 또 한 번은 기투로 번역하였다. 던져감, 즉 기획투사라는 개념은 현존재가 죽음을 향한 존재로서 미래에 자신의 모습이 어떠할지 미리 내달려 보는 것을 의미한다.[40] 고석규는, 인간은 피투성의 존재로 태어나지만, 죽음을 향해 가는 동안에는 기획투사로서 그것을 극복할 수 있다는 식의 논리를 보이고 있다. 던져짐과 던져감이라는, 개념어를 이항대립적으로 사용하여 고석규 나름대로의 수사(修辭)를 만들어 보이고 있는 것이다.[41] 그렇지만 그 안에 담긴 의

---

37) *Ibid.*, p.54. 재수록.
38) Martin Heidegger, 『철학입문』, 이기상 · 김재철 역, 까치, 2006, p.324.
39) *Ibid.*, p.325.
40) Martin Heidegger, 『존재와 시간』, pp.201~205.
41) 한편 하이데거에게는 마주던지기(Entwerfung)라는 개념도 있다. Martin Heidegger, 『철학에의 기여』, p.362. 마주던지기는 존재를 이해하는 행위로, 주관성을 극복한다. *Ibid.*, pp.372.

미는 현존재의 수동성을 능동성으로 역승(逆昇)시킨다는, 무에 대한 초월에의 의지에 있다.

그러한 가운데 고석규는 탈아(脫我, Zeitekstase)라는 개념어를 문맥의 열쇠어로 쓰고 있다. 그가 탈아(Zeitekstase)라고 한 개념어는 시간(Zeit)과 탈자태(脫自態, Ekstase)가 결합된 합성어로 분석된다. 통상적으로 탈자태는 망아(忘我)나 황홀(恍惚)을 의미한다.[42] 그러나 하이데거에게서 탈자태는 '……에로 빠져나감'인 동시에 '거기에로 속함'이라는 이중적 의미를 가지고 있다. 현존재는 자기 자신의 존재가능성 때문에 실존하며, 자기 자신으로 존재하기 위하여 그리고 자기 자신으로 존재하기 때문에 존재자를 필요로 한다.[43] 현존재가 자기 자신을 위하여 있으면서 도래적으로 자기 자신 때문에 자기 자신에게로 다가가는 시간적 지평 가운데서 탈자태가 이루어진다.[44] 고석규는 하이데거에게서 시간성의 탈자태(Ecstase der Zeitlichkeit)[45] 또는 시간성 안에서의 현존재의 탈자태를 탈아(Zeitekstase)라고 한 것으로 보인다. 그러므로 고석규는 현재의 자신을 떠나는 것도 넘어서는 것도 가능하지 않다고 고백하고 있다고 보면, 고석규의 위의 문맥은 논리적으로 정합이 맞는 것으로 보인다. 즉, 하이데거가 탈자태를 자기 자신을 떠나 다시 거기에 속함이라고 한, 이중적 의미가 고석규의 탈아라고 하는 개념어에 맞는 것으로 보인다는 것이다. 요컨대, 고석규의 「지평선의 전달」은 상당 부분 하이데거의 존재 개념을 고석규 자신의 감성과 수사(修辭)로 문학적으로 전유한 비평이라고 할 수도 있을 것이다.

---

42) 伊藤 徹, 『현상학 사전』, 木田 元 外 編, 도서출판 b, 2011, p.398.
43) Martin Heidegger, *op. cit.*, p.478.
44) *Ibid.*, p.479.
45) *Ibid.*, p.436.

III. 시간 개념에 대하여

하이데거의 존재론에서 가장 핵심이 되는 것은 시간 개념이다. 죽음 이라는 주제를 철학에서 다룰 때는 그것이 바로 시간론의 범주에 들어 가기 때문이다. 인간 실존의 문제를 천착한 고석규에게서도 시간 개념 은 중요하다. 그러나 그 개념에 대한 고석규의 이해는 상당히 섬세하게 발전하여 베르그송에게까지 나아가 있다.

'생존의 시간성과 시간의 배려'에 나타난 하이데거의 논지는 다음 과 같다. 사람들은 흔히 그때엔(dann) 또는 이전엔(zuvor) 아니면 '지 금엔' 보고 '당시엔'에서 자아를 거느리고 또 '지금엔'에서 자아를 돌 이켜보는 것이 바로 배려(Besorgen)하는 것인데 '당시엔'에서 표현 되는 거느림의 시야는 '이전(Früher)'인 것이며 '그때엔'에서 표현되 는 바라봄은 '금후(Späterhin)'인 것이며 '지금'에서 표현되는 시야는 '오늘(das Heute)'이란 것이다. 그러므로 '그때엔'은 '이리저리하였던 그때엔'(dann Wann……)으로 '당시엔'은 '이리저리 하였던 당시엔' (damals als……)으로 '지금'은 '이리저리하는 지금'(jetzt, da……) 각 각 배려된다.[46] 이것을 그는 다시 시부(時附) 가능성(Datierbarkeit) 이라고 명명하였으니 "이것이 나의 배려들을 표현한다 함은 현전에 기초하며 현전으로만 가능하기 때문이다. 스스로 해석되는 현전, 즉 지금에서 표현되며 해석되는 것이 바로 시간인 것이다."[47] 또 다시 배려된 시간은 긴장하는 '그러하는 사이에'(Währenddessen)를 스스 로 포함하여 새삼 공개 시간(Öffentlich zeit)으로 옮아오는 것이며 다 시 이러한 배려된 세계 시간(Weltzeit)은 세계 내에 이미 존재함이

---

46) M. Heidegger, *Sein und Zeit*, 寺島譯, p.79. (고석규, 『고석규 문학전집 ② 평론집 여
백의 존재성 외』, p.369.)

47) 鬼頭英, 『Heidegger 存在論』, p.148. (고석규, *op. cit.*, p.369.)

아니라 어디까지나 실존적 의미에서만 가능하다. 그는 위에 든 배려적 시간에 대립하여 통속적 시간을 생각할 수 있다 하며 "배려에 든 배려적 시간에 대립하여 통속적 시간을 생각할 수 있다 하며" 배려적 시간에 있어서의 jetzt는 시부 가능성·긴장성·공개성 그리고 세계성의 구조상에 서 있는 것이지만 통속적인 시간개념에선 전혀 이러한 구조가 뒤집힌 대로 시간의 지평적 성격마저 탈자되어 시간이란 지금 시간(Jetztzeit) 또는 지금 연속(Jetztfolge)"이라고만 알려졌다.[48] 그런데 이러한 배려적 시간과 통속적 시간이 서로 통일되므로써만 전(全)시간성(Senpitemitas)을 획득할 것이라고 한다. 즉 "존재의 에폭적 본질은 존재의 어두어진 시간 성격에 속하면서도 존재에 있어서 사유된 시간의 본질은 결정 지운다. 통속 시간의 명칭하에 나타난 것은 대상으로 꾸며진 존재물에서 빌려온 한갓 공허한 시간의 그림자에 불과하다."[49]

이상에서 보아온 바와 같이 하이데거(Heidegger)의 시간론은 오히려 베르그송의 주장과 대동소이한 것이라고 할 수 있다.

　　　　　　　　　　　　　　　　　－ 고석규, 「문체의 방향－일반적 서설」 부분.[50]

모든 인간들이 참된 실존의 특권을 누리는 것으로 생각해선 안 된다. 왜냐면 군중 또는 '익명의 사람', '그들'(하이데거는 man이라고 불렀다)에 의하면 좌우되며 참된 선택을 짓지 못하는 인간들이 너무도 많기 때문이다. 그들에겐 진정한 실존이 없다. 쟝 폴 사르트르, 야스퍼스, 하이데거, 이들은 보다 자유로이 선택하며 자기 자신을 조성하며 그것을 자기 사명으로 삼는 인간만이 실존하는 유일의 인간이라고 말하였다.

　　　　　　　　　　　　　　－ P. 프울께, 고석규 역, 『실존주의』 부분.[51]

48) 九鬼周造, 『實存哲學』, p.89. (고석규, op. cit., p.369.)
49) 三寶剛一, 『Heidegger 哲學』, p.117. (고석규, op. cit., p.370.)
50) 고석규, op. cit., pp.369~370. 재수록.
51) 고석규, 『고석규 문학전집 ④ 사진·연보·실존주의·추모문』, p.62.

고석규는「문체의 방향—일반적 서설」에서 시간성의 문제를 천착한다. 여기서도 고석규는 하이데거의 시간론을 중심으로 탐색한 다음 베르그송의 시간론으로 넘어가려 한다. 먼저 하이데거의『존재와 시간』에서 시간이 갖는 가장 큰 의의는 죽음을 향한 존재라는 개념에 있어서였다. 인간을 시간성 안에서 유한한 존재로 또 필멸의 존재로 만드는 것이 바로 죽음이다. 죽음이라는 불가항력적인 허무에 대항하여 자신의 존재의 진리를 지켜야 한다는 데 인간존재의 비극적인 운명이 있다. 그러나 위에 인용된 부분에서의 하이데거의 시간관은 배려(配慮, Besorgen)[52]라는 개념과 만난다. 배려는 하이데거의 존재론에서 중요한 하나의 개념어로서 세계—내—존재의 존재와 관련되어서 쓰인다.[53] 현존재는 존재를 염려로 드러낸다.[54] 세계내존재인 현존재는 세계와 배려라는 방식을 통해 만난다.[55] 그런 의미에서 배려의 시간성이라는 것은 세계 내 존재의 시간성이다. 다음으로 고석규가 시부(時附) 가능성(Datierbarkeit)이라고 한 것은 최근에는 시점기록가능성이라고 번역된다. 하이데거는 '지금'을 '……하는 지금'으로 다루는 것이 바로 시점기록가능성이다.[56] 그리고 시간성을 시점기록가능성으로 기술하는 것이 바로 고석규가 이해하는 배려라는 개념이다. 다음으로 고석규가 공개

---

52) 배려(配慮, Besorgen/Besorge)는 일본어를 번역한 사전에는 아직 배려(하다)라고 번역하고 있다. 그러나『시간개념』에서는 고려(考慮, Besorge)로 번역된 것을 확인할 수 있다. 그 뜻은 도구를 사용하는 데 불편함이 없도록 함이다. 역시 사전 상에서 Fürsorge는 심려(心慮, Fürsorge)로 번역되며 다른 현존재에게 관심이 없어도 마음 쓰인다는 의미이다. Sorge는 염려(念慮, Sorge)로 번역되며 자신의 현존재에 마음 졸이는 것을 의미한다. Fürsorge가 심려로 번역되다가 배려로 번역되고, 그러면서 Besorge가 고려로 번역되고 있는 것은 최근에 확정된 상황이다.

53) Martin Heidegger,『존재와 시간』, p.85.

54) Ibid., p.86.

55) Ibid., p.86.

56) Ibid., p.530.

시간(Offentlichzeit)이라고 하는 것은 공공성의 시간으로 이해하면 될 것으로 보인다. 공공성은 세계내존재가 공동현존재로서 타자와 만남으로써 형성되는 것일 터이다. 그러나 하이데거에게서 공공성은 다소 부정적인 것으로 간주된다. 왜냐하면, 공공성은 한 개인의 고유화를 잃어버리게 할 가능성이 높기 때문이다. 하이데거에게서 존재를 고유화함(die Eignung)[57]은 대단히 중요한 개념이다. 고석규가 번역한, 위의 P. 프울께의 『실존주의』에서도 자신의 고유한 실존을 누리지 못하는 익명성의 군중을 하이데거가 세인(世人, das Man)이라고 부르고 있다는 것을 언급하고 있다. 인간의 평균화에 의해 훼손될 수 있는 한 존재의 고유한 가치, 즉 자기 자신을 근원으로 하여 스스로 형성한 자신의 존재가치를 하이데거는 옹호하는 편에 있다. 그러므로 하이데거에게 공공성의 시간은 부정적인 의미가 있다. 그러나 고석규는 공공성의 시간을 곧바로 세계 시간(Weltzeit)[58]으로 확장시킨다. 세계 시간은 그 자체로 주관적이기만 한 것도 객관적이기만 한 것도 아니며, 긍정적이 것도 부정적인 것도 아니다. 인간에 의해 좌우될 수 있는 것이 세계 시간이다. 다만 통속의 시간은 하이데거에게서 공공성의 시간과 마찬가지로 부정적으로 이해된다. 그러나 고석규는 그러한 시간을 배제하고는 전 시간성(Senpitemitas)에 도달할 수 없음 또한 받아들인다. 그러나 이 글에서 가장 중요한 것은 고석규가 하이데거의 배려의 시간성을 베르그송의 시간성으로 이해한 부분이다. 베르그송의 시간성은 지속이라는 개념에 의해 정립된다. 지속은 인간의 내부의 변화 속에서도 자기동일성을 유지하는 운동[59]으로, 베르그송은 인간을 지속(durée) 하는 가

---

57) Martin Heidegger, 『철학에의 기여』, pp.33~36.
58) Martin Heidegger, 『존재와 시간』, pp.545~546. 참조.
59) Henri Bergson, 『의식에 직접 주어진 것들에 관한 시론』, 최화 역, 아카넷, 2002,

운데 심리적 유동체(la masse fluide)로서의 성격을 지닌 존재로 보았다.[60] 베르그송의 지속이라는, 한 인간의 내부에서의 고유하고도 주관적인 시간성을 고석규는 하이데거의 배려의 시간성으로 받아들여 자신의 나름대로의 시간성으로 전유하고 있는 것이다.[61]

IV. 무 개념에 대하여

이 장에서는 고석규의 「여백의 존재성」에서 여백이 부재로 규정되는 데서 보는 바와 같이, 존재와 대립항을 이루는 개념 즉, 무 개념과 이와 연관된 개념으로서 불안 · 허무 · 죽음이란 개념을 그가 자신의 글 가운데서 어떻게 이해하면서 전유하고 있는지 살펴보도록 한다.

> 객체적 시간이나 주체적 시간 속에 적극적으로 잘 알던 과거란 적극적으로 잡아든 나의 무(Nichts)를 말한다.
> — 고석규, 「지평선의 전달」, 『신작품』, 1954. 11. 8집. 부분.[62]

---

pp.313~314.

60) Henri Bergson, 『창조적 진화』, 황수영 역, 아카넷, 2005, pp.22~23.

61) 김유중(한국현대문학회 2016년 1차 발표회 자료집 본고에 대한 토론문)의 지적에 의하면, 고석규가 하이데거의 배려의 시간성과 베르그송의 지속의 시간성을 같게 보았는데, 이 둘의 낙차가 엄존한다고 한다. 본고는 김유중의 지적에 동의하는 바이다. 고석규가 베르그송을 독해한 증거는 「시적 상상력」, 「현대시와 비유」, 「모더니즘과 감상」 등 여러 편에서 확인된다. 그는 베르그송의 『물질과 기억』과 「의식의 직접여건에 대한 논문」을 통해 '지속이라는 자유' 그리고 자유를 통한 의지의 확립을 말한다. 즉, 그는 지속의 개념을 인간주체의 자유 그리고 의지와 연관 지어서 생각했다는 것이다. 그러한 차원에서 본다면 하이데거가 자유 가운데서 결단하는 순간들로 매듭지어지며 형성된다고 본 시간관이 베르그송의 자유와 의지로서의 지속이 의미 있다고 본 시간관과도 통하는 바가 있다고 판단된다.

62) 고석규, 『고석규 문학전집 ② 평론집 여백의 존재성 외』, p.53. 재수록.

먼저 고석규는 「지평선의 전달」에서 무(無, Nichts)라는 개념을 쓰고 있다. 철학사에서 전통적으로 무는 크게 두 가지로 대별된다. 그것은 바로 절대적인 무와 상대적인 무이다. 전자의 절대적 무는 존재자의 가능적 존재와 현실적 존재를 모두 부정하는 무, 즉, 존재 일반을 부정하는 무이고, 후자의 상대적 무는 존재자의 현실적인 존재만 부정하는 무이다.[63] 고석규가 직접 언급한 바 있는 하이데거의 「형이상학이란 무엇인가」는 무에 대한 규정을 하는 데 대부분의 지면을 할애하고 있을 만큼, 무에 관하여 중요한 텍스트이다. 하이데거는 「형이상학이란 무엇인가」에서 무는 첫째, 존재자의 전체를 부정하는 것(Verneinung), 둘째, 존재하지 않는 것(das Nicht-Seiende: 非存在者), 셋째, 무엇이 아닌 것(Nichthafte)으로 규정한다.[64] 하이데거는 철학적 통설이 무를 비존재이자 부정적인 것으로 간주하면서 염세적 허무주의의 근거가 되는 것으로 비판하는 것에 대하여 반대한다.[65] 그 이유는 다음과 같다. 하이데거는 "존재는 모든 것에 가장 공통된 것이면서 동시에 유일무이한 것"[66]이라고 전제한다. 그런데, 여기서 '존재는 유일무이하다'는 것과 '모든 존재자는 각각 하나이다(omne ens est unum)'라는 것은 다르다는[67] 구별이 대단히 중요하다. 후자는 오히려 존재자는 다양하다는 의미가 될 수 있다. 반대로 전자는 존재의 동일성과 단일성을 의미한다. 존재가 유일무이하다는 것의 의미는 차이를 배제한다는 의미가 아니

---

63) 다케이치 아키히로, 『현상학 사전』, p.110.
64) Martin Heidegger, 「형이상학이란 무엇인가」, 『철학이란 무엇인가 · 형이상학이란 무엇인가 · 휴머니즘에 관하여 · 무엇을 위한 시인인가 · 철학적 신앙 · 이성과 실존』, 최동희 · 황문수 · 김병우 역, 삼성출판사, 1990. p.76.
65) Martin Heidegger, 『철학에의 기여』, p.381.
66) Martin Heidegger, 『근본개념들』, 박찬국 역, 길, 2012, p.115.
67) *Ibid.*, p.117.

라 존재가 다수로 분해될 수 없다는 의미이다. 즉 존재의 방식은 서로 다를 수 있지만 서로 다른 존재가 있는 것은 아니다. 그러나 무는 존재의 유일무이함을 위협하는 것으로 보일 수 있다. 존재자가 완전히 사라져야 거기에 무가 자리한다는 사유는 그것을 사유할 수 있는 인간마저 부정하는 것이므로 단지 그것은 지성 안에서만 가능한 가정에 불과하다. 헤겔이 존재와 무를 동일시한 것을 하이데거는「형이상학이란 무엇인가」에서 인용하지만, 하이데거가 헤겔의 그 견해에 동의하는 것은 아니다. 하이데거가 헤겔의 글을 인용함으로써 뜻하고자하는 것은 무가 공허한 것이기만 한 것은 아니라는 점이다. 예컨대, 존재와 무를 동일하게 보는 헤겔의 존재 규정을 떠올릴 수 있는 부분으로, 신은 가장 보편적 본질인 동시에 가장 순수하고 미규정적인 가능성이란 의미에서 순수한 무로서 존재한다는 것이 있다.[68] 다시 하이데거의 논지에서 무가 공허하지만은 않은 이유를 찾자면, 실존적으로 인간이 무 앞에서 불안해하거나 경악하며 물러나게 한다는 데에 역설적으로 무의 가치가 있다는 것이다. 다시 말해, 무는 공허한 것이지만 공허하기만 한 것은 아니라고 할 수 있다. 그에 따르면 존재가 유일무이한 것처럼 무도 유일무이 한 것이다. 고석규가 위의「지평선의 전달」에서 말하는 무도 존재 안의 무이다. 하이데거의「형이상학이란 무엇인가」의 한 주제처럼 무에 대해여 사유함으로써 무를 넘어선, 진정한, 존재에 대한 사유에 이를 수 있는 것이다. 이것은 고석규가 자신의 대표적인 비평인「여백의 존재성」의 주제인 '부재의 존재'를 강조하는 것의 역설적 맥락과 상통한다.

---

68) Martin Heidegger,『현상학의 근본문제들』, 이기상 역, 문예출판사, 1994, p.139.

아! 나는 그들이 염원한, 그리고 그들이 부정한 부재의 공간에서
어떻게 떠날 것입니까. 그들의 부재적 아름다움, 그들의 부재적 울
음을…그것은 릴케가 생각한 물상의 정적, '소리 없는 소리'와 서로
하나의 의미였습니다. 발레리는 "아름다움의 이데에는 아름다움이
존재치 않는 것이 더 확실한 것이다" 하였습니다.

          – 고석규, 「여백의 존재성」, 『초극』, 1954.1.20. 부분.[69]

  고석규의 「여백의 존재성」은 "부재의 공간", "부재적 아름다움". "부
재적 울음"이란 표현에서 보는 바와 같이 '부재'에 대해서 다루고 있다.
부재를 존재의 부정이라고 한다면, 부재는 곧 무라고 할 수 있다. 그러
므로 이 글도 무에 대한 사유에서 비롯한 시학을 보여준다고 할 수 있
다. 그는 부재에 대한 논의를 발레리의, 존재하지 않는, 아름다움의 이
데에 대한 논의로 발전시키고 있다. 이 오묘한 시학의 논지는 존재하지
않는 것, 즉, 무에 대한 인식과 아름다움의 이데, 즉 초월적인 대상과 관
련된 것으로 보인다. 고석규 시학의 이러한 논지는 칸트의 인식의 문제
를 존재의 문제로 전유한 하이데거의 논의에 의해 철학적으로 구명 가
능할 것으로 판단된다. 하이데거의 칸트에 대한 논의를 살펴보면 다음
과 같다. 무는 순수직관에 의해 표상되지 않는다.[70] '……의 대립화' 하
는 '……로의 지향'을 통해서 이루어지는 수용적 직관활동에 의해 만나
게 되는 것이 무이다.[71] '……의 대립화'가 무로의 진입인 경우 표상활
동은 무 안에서 무가 아닌 것, 즉 존재자를 자신과 만나게 한다.[72] 이렇
듯 하이데거에게 존재론적 인식은 무와 관련을 맺고 있다. 하이데거가

---

69) 고석규, 『고석규 문학전집 ② 평론집 여백의 존재성 외』, p.15. 재수록.
70) Martin Heidegger, 『칸트와 형이상학의 문제』, 이선일 역, 한길사, 2003, p.112.
71) *Ibid.*, pp.142~143.
72) *Ibid.*, p.143.

가리키는 무는 칸트가 가리키는 '초월적 대상 X' 이다. 그것이 초월적인 것은 배후에 있는 것이기 때문이 아니라, 비경험적인 것이며, 인식될 수 없는 것이기 때문이다. 그럼에도 불구하고 그것은 존재론적 인식의 순수지평으로서 작용을 한다. 요컨대 하이데거는 존재론적 인식에서 순수지평으로 관여하는 무가 칸트가 가리키는 초월적 대상 X와 같은 것으로 보았다. 존재론적 인식은 존재자를 파악하는 것이 아니라, 근원적 진리를 지니는 것이며, 초월을 형성한다. 이러한 부분에서 하이데거의 존재론은, 무에 대한 인식을 넘어 "아름다움의 이데"라는 초월적 대상을 통한 진리를 구현하고자 한, 고석규의「여백의 존재성」의 사유와 상통한다고 볼 수 있다. 이어서, 고석규가 하이데거의「형이상학이란 무엇인가」를 다룬 글을 직접 살펴보면 다음과 같다.

> 1929년 무신론자인 하이데거는 이렇게 적었다.
>
> 불안은 언제나……에 대한 불안이지만 이것은 또는 저것에 대한 불안은 아니다. ……에 대한 불안이란 것은 언제나 ……를 위한 불인이란 말과 같으나 이것 또는 저것을 위한 불안은 아니다.[중략] 불안이란 무를 시현한다.
>
> —「형이상학이란 무엇인가」

> 이것도 저것도 아닌 '무'에 대해서 일어나며 '무'를 시현하는 불안으로 말미암아 인간은 자기 존재에 대해 눈을 뜨게 되며 자기 존재를 초월할 수 있는 가능성(자유)에 불타게 된다. 어둠 속의 촛불과도 같이 자기 존재를 제외한 모두를 온통 '무'로 돌리는 부정력에 충실함으로써 자기 존재를 더욱 눈부시며 환한 것으로 비치려는 것이 이른바 '하이데거'의 실존주의이다.

비록 던져진 자기 존재일망정 세계의 필연성에 대항하는 초월적인 가능성을 저버리지 않기 위해서 인간은 언제나 '무'를 시현하는 불안에 싸이며 은근히 자기 존재와 불안과의 일치를 바라고 있는 것이다. 하이데거는 이러한 '근원적 불안'에 투철함으로써 자기 존재는 실존하게 되는 것이며 '근원적 불안'을 캐는 일이 곧 형이상학의 목적이라고 피력하였다.

역시 불안이란 자유의 어지러움일까?

— 고석규, 「불안과 실존주의 — 현대의 특징을 해명하는 시론」,

『국제신보』, 1956. 3. 24.[73]

고석규는 하이데거의 「형이상학이란 무엇인가」를 직접인용하면서 불안에 의해 무가 시현된다는 그의 논지를 확인하고 있다. 고석규는 불안이 존재에 눈을 뜨게 한다고 말하는데 이것은 정확히 하이데거의 주장과 일치한다. 하이데거에 따르면, 불안은 무 앞에서 자신을 발견하는 것으로서, 더 이상 편안하지 않음이라는 근본 정황성을 지닌다.[74] 불안은 존재론적인 문제인 것이다. 하이데거는 『존재와 시간』에서 죽음의 무규정성은 현존재에게 불안을 가져다주고, 불안은 무가 현존재를 규정하는 근거라는 무성을 드러낸다고 하였다.[75] 그럼으로써 하이데거는 불안과 무와 죽음의 관계를 밝혔다. 현존재는 죽음에 다가갈 때, 즉 자신이 무화되어 갈 때, 자신의 유한성을 깨닫는다.[76] 불안이 유한성을 전제하는 것은 아니다. 그렇지만 불안은 현존재에게 지속적인 전율을 일으킨다. 고석규는 인간이 유한성을 지닌 현존재로서 불안에 전율하는 데 그치지 않길 바란다. 그는 초월의 가능성으로서의 자유를 추구한

73) 고석규, 『고석규 문학전집 ② 평론집 여백의 존재성 외』, pp.38~39. 재수록.
74) Martin Heidegger, 『시간개념』, 김재철 역, 길, 2013, p.57.
75) Martin Heidegger, 『존재와 시간』, p.410.
76) Martin Heidegger, 『칸트와 형이상학의 문제』, p.320.

다. 그러한 데서 고석규는 무에 대한 인간의 근원적 불안을 긍정한다. 즉 그는 근원적 불안이 실존주의가 입론하고 있는 지점이자, 형이상학이 천착해야 할 지점이라는 것을 인정한다. 그러므로 그는 불안을 해소하는 방향으로 그것을 극복하려 하는 것이 아니라, 불안을, 하이데거가 말하듯이, 현존재가 실존하는 동안의 근본기분인 것으로 받아들이는 것이다. 그러한 가운데 고석규는 그 불안을 자유로 승화하는 데까지 나아간다. 자유가 주어져야만 존재는 탈은폐 하여 자신의 진리를 열어 밝혀 보일 수 있다. "진리의 본질은 자유로서 개현"[77]됨에 자유의 큰 의의가 있다.

라이프니쯔(모나토로지 참조)와 마이엘(논리학 참조) 그리고 고대 아리스토텔레스에 의한 부정(모순율)의 존재론적 규정이 바야흐로 범신론적인 테두리를 벗어나 후쌔알 · 하이데거 · 사르트르에 긍(亘)하는 만근(輓近)의 실존철학에 이르러 더욱더 확인되어졌음은 널리 주지하는 바다. 전후의 사르트르는 자저(自著) ≪존재와 허무≫ 속에서 '부정의 기원'을 대개 다음과 같이 말한 것으로 전해진다. (G. 바레 <사르트르 실존록> 참조) 즉 부정은 결코 기대하여 마지않던 결과와 이루어진 결과와를 서로 비교하는 따위의 판단 중엔 있을 수 없으며, 이러한 판단 이전에 허무한 것이 존재하는 한 부정은 허무 이후에 생긴 판단의 질에 불과하다는 것이며 부정은 범주로서 적용되는 것도 아니다. 요컨대 어디서나 충실 되는 것을 존재라고 한다면 '비존재'가 없인 부정을 말할 수 없다는 요지였다. 여기서 그는 이른바 '비존재'를 존재 밖에 있는 '허무(Néant)'로써 부연했으니 허무 없이 부정이란 것을 운위(云謂)함이 얼마나 크나큰 실격인가를 새삼 깨닫게 된다. 모든 부정은 허무의 아들, 그리고 허무의 생산과도 같다.

---

77) Martin Heidegger, 「진리의 본질에 관하여」, 『이정표』 2, 이선일 역, 한길사, 2005, p.111.

따라서 존재 밖에서 존재조건으로 널려 있는 실재가 바로 허무인 부정이며 동시에 존재 중에서 존재에 의하여 받침 되어 있는 것도 역시 부정 그것이라는 결론에까지 이르게 된다. 이렇게 말하는 사르트르의 허무엔 '불안'과 '공포'라는 것이 가장 중요한 모티브로 되어 있으며 또한 상황 속에서의 존재는 언제나 이 허무에 질려 있다는 것이 밝혀졌다.

이를테면 부정화되는 여건으로서의 즉자와 부정화하는 대자와의 공동영역으로서 상황이 존재하며 다시 '죽음(Mort)'이라는 한계가 상황 중에서의 가장 두드러진 부조리로서 대립되므로 하여 '죽음'은 '죽음 일반' 아닌 '나의 죽음'으로서 '나에게 나타난다(Presence à soi)'는 것이다. 보다 앞서 하이데거는 이러한 '나'를 '죽음에의 전주(前走, Vorlaufen Zum Tode)'라고 짚어 말했지만

— 고석규, 「시인의 역설」, 1957. 6. 25. 부분.[78]

고석규는 「시인의 역설」에서 무에 대한 논의를 발전시켜 허무와 죽음의 문제로까지 나아간다. 고석규가 위의 글에서 『존재와 허무』라고 한 저서는 현재 『존재와 무』로 번역된다. 그에게는 무와 허무는 같은 것으로 간주된다. 허무주의를 니힐리즘이라고 했을 때, 니힐리즘을 어원으로 정의해 보아도 그가 무와 허무를 같게 본 것에는 무리가 없다. 니힐리즘이란 단어에서 라틴어 어원 니힐(nihil)이 무라는 의미[79]이기 때문이다. 고석규가 다루는 허무에 대해 이해하기 위해 하이데거의 니힐리즘에 대한 논의를 살펴보면 다음과 같다. 무는 존재자에 대한 부정으로 정의된다. 그러므로, 니힐리즘을 존재자를 무로 보는 이념으로 규정할 수 있다. 그러나 니힐리즘이 존재자를 무로 보는 것은 헤겔이 『논

---

78) 고석규, op cit, pp.206~207. 재수록.
79) Martin Heidegger, 『니체』I, 박찬국 역, 길, 2010, p.418.

리학』에서 '존재는 무와 동일하다'고 말한 것과 다르다. 니체가 『권력
에 대한 의지』에서, 헤겔이 『논리학』에서 '존재와 무는 동일하다'라고
말한 것을 니힐리즘을 극복하려는 이상주의에서 나온 것으로 보는 대
로 하이데거는 따른다. 다시 확인하자면, 무는 존재자의 부정인데, 이
때, 부정은 긍정의 반대이다. 긍정 또는 부정이라는 양자에 대한 판단
은 논리학의 영역이다. 그런 의미에서 "무는 부정의 소산으로서의 '논
리적 근원'"[80]을 또한 갖는다고 할 수 있다. 논리학에서 무는 추상적인
것이다. 무는 아무 것도 아니고, 공허한 것이다. 이것은 무의 통상적 의
미이다. 하이데거는 논리학적 차원에서의 무의 의미를 존중하지만, 무
가 공허한 것만은 아니라고 재차 주장한다. 그는 서양의 형이상학의 역
사에서 무의 본질에 대한 물음이 전개되지 않은 것이 니힐리즘을 야기
한 원인이라고 판단한다. 그는 니힐리스트인 니체조차 무의 본질을 묻
지 않았다고 본다. 그는 니체가 니힐리즘을 무가치화로 파악했다고 판
단한다. 그러나 그는 무를 가치개념이 아니라 존재개념으로 보고자 한
다.[81] 그는 서양 형이상학의 역사에서 가치개념은 존재개념보다 우위
를 점해왔기 때문에 존재와 무의 본질이 비본질적으로 다뤄졌다면서
기존의 서양 형이상학의 역사를 비판한다. 고석규도 위의 글에서 라이
프니츠의 "모나토로지", 즉 단자론(Monadologie)이 실존철학에 이어진
계보를 언급하며 직접적으로 서양 형이상학의 역사에 대하여 비판한
것은 아니지만, 그것과 대비하여 자신이 선 실존주의의 입장을 두둔하
고 있다. 고석규는 허무를 하나의 존재조건으로까지 이해하고 있는 것
이다. 고석규는 죽음도 무와 부정에 대한 사유의 틀에서 이해한다. 하

---

80) Martin Heidegger, 『니체와 니힐리즘』, 박찬국 역, 지성의 샘, 1996, p.74.
81) *Ibid.*, p.73.

이데거는 존재 안에서 무화(無化, Nichten)하는 것이 무(無, das Nichts)라고 명명되는 것의 본질이라고 한다.[82] 그런데, 현존재가 무화하여 죽음에 이르게 되었다는 것은 무에 이르게 되었다는 의미인 것이다.[83] 고석규는 죽음을 부정의 한계상황으로 보고, 거기서 실존철학이 말하는 부조리(不條理)한 인간의 존재 상황을 본다. 그 지점에서 고석규는 인간의 죽음은 오로지 나 자신의 죽음으로 고유해진다는, 하이데거의 『존재와 시간』의 테제를 되새기고 있다. 하이데거가 인간 현존재를 죽음을 향한 존재로 규정하고 죽음으로 미리 내달려가 보는 것을 고석규는 "죽음에의 전주(前走, Vorlaufen Zum Tode)"로 적고 있다. 즉, 죽음을 향한 존재가 죽음에의 전주를 통해 자신의 삶의 본질적 의미를 찾고 존재의 진리에 닿을 수 있다는 하이데거의 테제를 고석규는 받아들이고 있는 것이다.

V. 결론

이 논문은 한국 전후문학에서 실존주의 문학의 계보에 해당되는 고석규의 존재론적 비평이 어떻게 하이데거의 철학의 영향을 받았는지 밝히는 것을 목표로 하였다. 그리하여, 존재 개념, 시간 개념, 무 개념으로 나누어 그 양상을 분석해 보았다. 그 결과, II장에서는 고석규가 존재와 관련된 개념에서는 현존재, 실존, 개존, 명존, 세계야, 귀향, 존재망각, 귀향, 피투성, 기획투사, 탈아 등의 하이데거의 철학적 용어를 수용하여 사용하고 있는 것이 확인되었다. III장에서는 고석규가 시간과

---

82) Martin Heidegger, 「휴머니즘 서간」, 『이정표』 2, p.178.
83) Martin Heidegger, 『시간개념』, p.139.

관련된 개념에서는 배려, 시부 가능성, 공개시간, 세계 시간, 지금 시간, 지금 연속, 전시간성 등의 하이데거의 철학적 용어를 수용하여 사용하고 있는 것이 확인되었다. IV장에서는 고석규과 무와 관련된 개념에서는 무, 불안, 허무, 죽음 등의 하이데거의 철학적 용어를 수용하여 사용하고 있는 것이 확인되었다. 요컨대, 고석규는 하이데거의 철학 전반에 대해 상당한 이해 수준을 보여주고 있음과 동시에 하이데거의 철학적 용어를 자신의 언어로 완전히 전유하여 시적인 경지의 문장으로 보여주고 있는 것이 확인되었다.

고석규는 역사적으로는 한국전쟁의 체험으로 인한 죽음의식과 개인적으로는 각혈의 체험으로 인한 죽음의식을 가지고 있었다. 그러한 이유에서 고석규에게서 죽음의식의 문제는 그의 문학 전반을 관통하고 있다. 그러한 가운데 고석규는 인간에 대한 존재론적 물음에 천착하였다. 그의 당대에 죽음과 관련하여 존재론적으로 가장 높은 경지에 도달해 있던 철학자는 바로 하이데거였다. 하이데거의『존재와 시간』의 인간 현존재에 대한 규정으로서의 죽음을 향한 존재라는 개념은「궁핍한 시인의 시대」에서 규정하는 것과 같이 신들이 죽은 시대로서의 세계의 밤에 인간이 자기 본연의 존재의 진리를 찾도록 지탱해주는, 핵심적인 개념이었던 것이다. 죽음의식에 예민하였던 고석규는 그런 이유에서 실존주의 철학자들 가운데서도 하이데거에 상당히 경도되어 있었던 것으로 보인다. 고석규는 죽음 넘어 초월적인 아름다움의 이데를 만들고자 할 수밖에 없는 정신적 지향성을 가진 문학가였다. 그러한 그가 자신과 동시대에 존재의 진리를 추구하는 것이 곧 본질적으로 시를 쓰는 것과 같은 것으로 본 하이데거의 철학과 만날 수밖에 없었던 것은 하나의 필연이었을 것으로 보인다. 고석규는 죽음의식을 넘고자 하는 치열한 고투에서 자신의 시에 넘쳐나는 그로테스크한 이미지들을 극복하고자 하는 것처럼 자신의 비평 등의 산문에서는 대담한 관념세계의 추구를 보여주었다. 그러한 증거로 고석규의 비평을 비롯한 산문에는 철학사 전체를 자유롭게 넘나드는 사유가 펼쳐지고 있는 것이다. 그는 고대의 플라톤부터 현대의 사르트르까지 여러 철학자를 자유로이 다루지만, 그 가운데서도 하이데거의 비중이 가장 높은 편으로 드러나는 것은 고석규의 지향점과 하이데거의 지향점 사이에 분명한 유사점이 있었기 때문인 것으로 판단된다. 고석규가 다루고 있는 철학에 대한 논의들은 한국비평사의 높이를 가늠하는 차원에서 전반적으로 철저한 검증을 거쳐야 한다고 본다. 그러한 연구 과정의 일환으로 이 논문은 하이데거를 기점으로 삼아 그러한 논증을 펼쳐보였다.

결론에 이르기 위하여, 고석규가 하이데거를 전유한 바의 중요성을 당대의 문학의 맥락에서 살펴보자면 다음과 한다. 그 당시의 한국 문단의 사상적 지평을 대표하는 『사상계(思想界)』 등은 실존주의 사상에 대한 평문[84] 및 번역문[85]을 대거 게재한다. 이러한 평문과 번역문은 한국

---

84) 고범서, 「실존철학의 윤리성」, 『사상계』 제4권 제1호, 사상계사, 1956.1.
　　김동석, 「실존주의 비판: <사르트르>를 중심으로」, 『신천지』 제3권 제9호, 서울신문사, 1948.10.
　　김하태, 「실존주의와 기독교 신학」, 『사상계』 제6권 제8호, 사상계사, 1958.8.
　　김형석, 「실존의 역사적 배경」, 『새벽』 제2권 제1호, 새벽사, 1955. 1.
　　_____, 「현대사상으로서의 실존」, 『새벽』 제2권 제5호, 새벽사, 1955.9.
　　_____, 「현대와 실존」, 『사상계』 제6권 제6~7호, 사상계사, 1958.6~7.
　　박인환, 「사르트르의 실존주의」, 『신천지』, 제3권 제9호, 서울신문사, 1948.10.
　　박종홍, 「실존주의와 동양사상」, 『사상계』 제6권 제8호, 사상계사, 1958.8.
　　안병욱, 「실존주의의 사상적 계보」, 『사상계』 제6권 제8호, 사상계사, 1958.8.
　　이종후, 「현대 실존철학에 있어서의 세계관적 고민」, 『민성(民聲)』, 제5권 제12호, 고려문화사, 1949.12.
　　전창식, 「식존주의의 여신」, 『신경향』 제2권 제1호, 경향신문사, 1950.1.
　　황산덕, 「실존주의와 정의의 문제」, 『사상계』 제5권 제2호, 사상계사, 1957.2.

의 사상계가 실존주의를 수용 또는 비판하며 전유하는 현장을 보여주고 있다. 이러한 글들 가운데서 하이데거가 자주 언급되고 있다. 1950년대를 전후하여 본격적으로 하이데거를 논의의 중심에 둔 글들이 등장한다.[86] 그 중 일제강점기에 이미 하이데거에 대한 대안까지 제시한 박종홍의 글은 선구적이며,[87] 하이데거의 존재론을 체계적으로 제시한 안병욱의 글은 입문서 격이다.[88] 그렇지만, 이러한 글들은 대체로 하이데거의 철학에 대한 단문에 불과하다. 하이데거에 대한 단행본 또는 논문이 본격적으로 나오기 시작한 것은 1970년대이다. 이러한 근거들로 보건대, 고석규는 당대의 글들 가운데 가장 높은 수준과 넓은 범위에서 하이데거를 수용하고 있으며, 나아가 그것을 자신의 존재론적 문학의 언어로 전유하는 수준에까지 도달해 있다는 점에 문학사적 의의가 있다.

---

85) Heinrich Dumoring, 「심판받는 인간: 독일실존주의 문학의 일면」, 『신천지』, 제4권 제10호, 백사원 역, 서울신문사, 1949.11.
　　Jean Paul Sartre, 『실존주의는 "휴매니즘"이다』, 『사상계』 제2권 제5호, 임갑 역, 사상계사, 1954.8.
　　Carl Micalson, 「실존주의란 무엇인가?」, 『사상계』 제6권 제8호, 이종구 역, 사상계사, 1958.8.
　　Hans Kelsen, 「실존주의법학은 가능한가」, 『사상계』 제6권 제8호, 황산덕 역, 사상계사, 1958.8.
86) 박종홍, 「이해와 사유: 하이덱카와 야스파아스의 방법적 차이」, 『문예』 제1권, 제2호, 1949. 9.
　　안병무, 「철학과 신학의 대화: 하이덱거와 부르트만을 중심해서」, 『사상계』 제14권 제2호, 사상계사, 1966.2.
　　이규호, 「현대철학에 있어서의 해석학: 딜타이와 하이덱가를 중심으로」, 『문경(文耕)』 제15호, 1963.
　　조가경, 「하이덱가의 인간과 사상」, 『사상계』 제6권 제6호, 사상계사, 1958.6.
　　하기락, 「실존적 불안의 극복: 하이덱거와 야스퍼스의 이론」, 『사상계』 제8권, 사상계사, 1960.5.
87) 박종홍, 「현실파악의 길」, 『인문평론』 제3집, 인문사, 1939.12.
88) 안병욱, 「실존주의의 계보」, 『사상계』 제3권 제4호, 사상계사, 1955.4.

다시 결론에 이르기 위하여 또 한 가지 살펴보아야 할 점은 고석규의 비평체계 안에서 하이데거 존재론의 전유가 중요한 의미를 갖는 이유이다. 먼저 고석규의 비평문들을 이론비평(theoretical criticism)과 실천비평(practical criticism)으로 분류해 보면, 그가 실천비평으로 다룬 작가는 김소월, 이상, 윤동주, 서정주 등이다.[89] 이 작가론들은 연구서에 준할 만큼 상당한 무게감이 있다고 평할 수 있다. 그렇지만, 고석규의 비평 전체에서의 비중을 보았을 때, 그는 이론비평이 강한 비평가라고 할 수 있다. 그의 이론비평은 신비평과 실존철학이 주요 기조이다. 그런데 그는 신비평에 대해서도 예컨대 1930년대의 김기림이 과학에 주목했던 것을 비판하며 존재론에 주목한다.[90] 이러한 근거들을 보건대, 고석규의 가장 첨예한 의식은 존재론을 지향하고 있었다고 판단된다. 실존철학 자체가 철학에서 존재론의 영역이긴 하지만, 그 가운데서도 기초존재론의 근간을 세운 것은 하이데거이다. 고석규의 전체적인 비평의 지향점을 고려해 보아도, 그가 하이데거의 존재론을 자신의 이론비평을 세우는 과정에서 경유할 수밖에 없었을 것으로 사료된다. 만약 고석규가 요절하지 않았다면, 그만의 독자적인 존재론이 나올 수 있었을 것이라는 아쉬움은 후대가 계승해야 할 문제일 것이다.

그러한 차원에서 앞으로 남은 연구의 과제로는 그가 번역한 『실존주의』와 그가 비평에서 다룬 실존주의 철학자들에 대한 검증이어야 할 것으로 사료된다. 그러한 연구가 완수되면 고석규의 문학이 고유하게 남긴 실존주의적 철학이 무엇인지 보다 적확하게 해명될 수 있을 것이다.

---

89) 고석규의 대표적인 실천비평으로는 「윤동주의 정신적 소묘」, 「소월 시 해설」, 「이상과 모더니즘」, 「서정주 언어서설」 등이 있다.

90) 고석규, 「모더니즘의 감상」, 『국제신보』, 1957.8.

참고문헌

1. 기본 자료

고석규, 남송우 편, 『고석규 문학전집 ① 시집 청동의 관 · 시인론』, 마을, 2012.

_____, 남송우 편, 『고석규 문학전집 ② 평론집 여백의 존재성 외』, 마을, 2012.

_____, 남송우 편, 『고석규 문학전집 ③ 청동일기 · 서한 · 속 청동일기』, 마을, 2012.

_____, 남송우 편, 『고석규 문학전집 ④ 사진 · 연보 · 실존주의 · 추모문』, 마을, 2012.

_____, 남송우 편, 『고석규 문학전집 ⑤ 작가 연구』, 마을, 2012.

『문예(文藝)』, 『민성(民聲)』, 『사상계(思想界)』, 『새벽』, 『시연구(詩研究)』, 『신경향(新京鄉)』, 『신천지(新天地)』, 『인문평론(人文評論)』

2. 단행본

九鬼周造, 『實存哲學』, 고석규, 『고석규 문학전집 ② 평론집 여백의 존재성 외』.

鬼頭英, 『Heidegger 存在論』, 고석규, *op. cit.*

木田 元 外 編, 『현상학 사전』, 이신철 외 역, 도서출판 b, 2011.

三寶剛一, 『Heidegger 哲學』, 고석규, *op. cit.*

Bergson, Henri, 『의식에 직접 주어진 것들에 관한 시론』, 최화 역, 아카넷, 2002.

_____, 『창조적 진화』, 황수영 역, 아카넷, 2005,

Heidegger, Martin, 『근본개념들』, 박찬국 역, 길, 2012.

_____, 『니체』I, 박찬국 역, 길, 2010.

_____, 『니체와 니힐리즘』, 박찬국 역, 지성의 샘, 1996.

_____, 『시간개념』, 김재철 역, 길, 2013.

_____, 『시와 철학-횔덜린과 릴케의 시세계』, 소광희 역, 박영사, 1980.

_____, 『존재와 시간』, 이기상 역, 까치, 2001.

_____, 『진리의 본질에 관하여-플라톤의 동굴의 비유와 테아이테토스』, 이기상 역, 까치, 1977.

_____, 「진리의 본질에 관하여」, 『이정표』2, 이선일 역, 한길사, 2005.

_____, 『철학이란 무엇인가 · 형이상학이란 무엇인가 · 휴머니즘에 관하여 · 무엇을 위한 시인인가 · 철학적 신앙 · 이성과 실존』, 최동희 · 황문수 · 김병우 역, 삼성출판사, 1990.

_____, 『철학입문』, 이기상 · 김재철 역, 까치, 2006.

_____, 『칸트와 형이상학의 문제』, 이선일 역, 한길사, 2003.

_____, 『현상학의 근본문제들』, 이기상 역, 문예출판사, 1994.

_____, 『횔덜린의 송가-이스터』, 최상욱 역, 동문선, 2005.

_____, 『횔덜린의 송가-게르마니엔과 라인강』, 최상욱 역, 서광사, 2009.

_____, 『숲길』, 신상희 역, 나남, 2010.

_____, 『철학에의 기여』, 이선일 역, 새물결, 2015.

_____, 「휴머니즘 서간」, 『이정표』2, 이선일 역, 한길사, 2005.

Nietzsche, Friedrich Wilhelm, 『즐거운 학문 · 메시나에서의 전원시 · 유고(1881년 봄　1002년 어름)』, 안성찬 · 홍사현 역, 책세상, 2005,

Sartre, Jean Paul, 『실존주의는 "휴매니즘"이다』, 『사상계』 제2권 제5호, 임갑 역, 사상계사, 1954.8.

3. 논문

강경화, 「실존적 기획의 존재론적 지평과 에세이적 비평」, 『한국문학비평의 인식과 담론의 실현화 연구』, 태학사, 1999. (고석규, 『고석규 문학전집 ⑤ 작가연구』.)

_____, 「한국문학비평의 존재론적 지평에 대한 고찰」, 『반교어문연구』 제10집, 반교어문학회, 1999.

고범서, 「실존철학의 윤리성」, 『사상계』 제4권 제1호, 사상계사, 1956.1.

구모룡, 「고석규, 혹은 역설의 비평가」, 『고석규 문학전집 ⑤ 작가연구』.

김경복, 「자폐의 심연에서의 빛 찾기」, 『오늘의 문예비평』, 1993년 겨울호.

김동석, 「실존주의 비판: <사르트르>를 중심으로」, 『신천지』 제3권 제9호, 서울신문사, 1948.10.

김윤식, 「고석규의 정신적 소묘」, 『시와 시학』, 1991.12.~1992.3. (고석규, 『고석규 문학전집 ① 청동의 관 · 시인론』.)

_____, 「전후문학의 원점－6.25와 릴케 · 로댕 · 윤동주 · 고석규」, 『문학사상』, 1992.7. (『고석규 문학전집 ① 청동의 관 · 시인론』.)

_____, 「1950년대 한국문예비평의 3가지 양상」, 고석규 유고시집 『청동의 관』 간행 특별초청 강연 원고 초록, 1992.5.24.

_____, 「「청동의 계절」에서 「청동의 관」까지」, 『외국문학』, 1992. 가을.

_____, 「한국 전후문학과 실존주의」, 『오늘의 문예비평』, 1993.겨울.

김예리, 「고석규의 에세이적 글쓰기와 '바깥'의 사유」, 『한국근대문학연구』, 한국근대문학회, 2012.

김춘수, 「뉴크리티시즘의 기수(旗手)－ 고석규 3주기를 맞이하여」, 『부산대학신문』, 1961.4.17.

_____, 「고석규의 평론세계」, 고석규, 『고석규 문학전집 ④ 사진 · 연보 · 실존주의 · 추모문』.

김하태, 「실존주의와 기독교 신학」, 『사상계』 제6권 제8호, 사상계사, 1958.8.

김형석, 「실존의 역사적 배경」, 『새벽』 제2권 제1호, 새벽사, 1955.1.

_____, 「현대사상으로서의 실존」, 『새벽』 제2권 제5호, 새벽사, 1955.9.

_____, 「현대와 실존」, 『사상계』 제6권 제6~7호, 사상계사, 1958.6~7.

남기혁, 『1950년대 시의 전통지향성 연구』, 서울대학교 국어국문학과 대학원 박사학위논문, 1998.

남송우, 「짧은 삶과 미완의 시학」, 고석규, 『고석규 문학전집 ① 청동의 관 · 시인론』.

_____, 「고석규, 그 미완의 문학적 행보」, 고석규, 『고석규 문학전집 ① 청동의 관 · 시인론』.

_____, 「고석규, 그 역설의 진원지를 찾아서」, 『오늘의 문예비평』, 1993년 겨울호.

_____, 「1950년대 고석규 비평의 해석학적 연구」, 고석규, 『고석규 문학전집 ⑤ 작가연구』.

문혜원, 「역설을 주제로 한 고석규 비평 연구」, 고석규, 『고석규 문학전집 ⑤ 작가연구』.

박봉우, 「고독한 평론가 ─ 젊은 고석규 형의 무덤에」, 『조선일보』, 1958.5.28.

박슬기, 「한국 전후시의 그로테스크의 시학 연구─박인환, 고석규, 전봉건을 중심으로」, 서울대학교 국어국문학과 대학원 석사학위논문, 2004.

박인환, 「사르트르의 실존주의」, 『신천지』, 제3권 제9호, 서울신문사, 1948.10.

박종홍, 「이해와 사유: 하이덱카와 야스파아스의 방법적 차이」, 『문예』 제1권, 제2호, 1949. 9.

_____, 「실존주의와 동양사상」, 『사상계』 제6권 제8호, 사상계사, 1958.8.

_____, 「현실파악의 길」, 『인문평론』 제3집, 인문사, 1939.12.

박태일, 「전쟁 속에 얼어붙은 꽃봉오리」, 고석규, 『고석규 문학전집 ① 청동의 관 · 시인론』.

박홍배, 「고석규 연구」, 박홍배 외, 『재부 작고시인』, 아성출판, 1988. (고석규, 『고석규 문학전집 ① 청동의 관 · 시인론』.)

송기한, 『전후 한국시에 나타난 시간의식 연구』, 서울대학교 국어국문학과 대학원 박사학위논문, 1996.

안병무, 「철학과 신학의 대화: 하이덱거와 부르트만을 중심해서」, 『사상계』 제14권 제2호, 사상계사, 1966.2.

안병욱, 「실존주의의 계보」, 『사상계』 제3권 제4호, 사상계사, 1955.4.

안병욱, 「실존주의의 사상적 계보」, 『사상계』 제6권 제8호, 사상계사, 1958.8.

오형엽, 「고석규 비평의 수사학적 연구―문체론(stylistics)을 중심으로」, 『수사학』 제16집, 한국수사학회, 2012.

이규호, 「현대철학에 있어서의 해석학: 딜타이와 하이덱가를 중심으로」, 『문경(文耕)』 제15호, 1963.

이미순, 「고석규 비평의 '역설'에 대하여」, 『개신어문연구』 제17집, 개신어문학회, 2000.

이종후, 「현대 실존철학에 있어서의 세계관적 고민」, 『민성(民聲)』, 제5권 제12호, 고려문화사, 1949.12.

임영봉, 「전후문학과 고석규 비평」, 『어문논집』 제24집, 민족어문학회, 1995.

임태우, 「고석규 문학 비평 연구」, 서울대학교 국어국문학과 대학원 석사학위논문, 1993.

전창식, 「실존주의의 여신」, 『신경향』, 제2권 제1호, 경향신문사, 1950.1.

조가경, 「하이덱가의 인간과 사상」, 『사상계』 제6권 제6호, 사상계사, 1958.6.

조영복, 「공포 체험의 시적 변용과 그로테스크의 시」, 『한국현대문학연구』 제3권, 한국현대문학회, 1994.

하기락, 「실존적 불안의 극복: 하이덱거와 야스퍼스의 이론」, 『사상계』 제8권, 사상계사, 1960.5.

하상일, 「전쟁 체험의 형상화와 유폐된 자아의 실존성」, 부산대학교 국어국문학과 대학원 석사학위논문, 1999. (발췌) (고석규, 『고석규 문학전집 ① 청동의 관 · 시인론』.)

_____, 「1950년대 고석규 비평의 근대성 연구」, 부산대학교 국어국문학과 대학원 석사학위논문, 1999. (발췌) (『고석규 문학전집 ⑤ 작가 연구』, 마을, 2012.)

_____, 「1950년대 고석규 시와 시론의 '근대성' 연구」, 『국어국문학』 제33집, 1996.

_____, 「1950년대 고석규 문학의 근대성 연구」, 부산대학교 국어국문학과 대학원 석사학위논문, 1999.

_____, 「1950년대 고석규 시 연구」, 『한국문화이론과 비평』 제23집, 한국문화이론과 비평학회, 2004.

황산덕, 「실존주의와 정의의 문제」, 『사상계』 제5권 제2호, 사상계사, 1957.2.

Dumoring, Heinrich, 「심판받는 인간: 독일실존주의 문학의 일면」, 『신천지』, 제4권 제10호, 백사원 역, 서울신문사, 1949.11.

Kelsen, Hans, 「실존주의법학은 가능한가」, 『사상계』 제6권 제8호, 황산덕 역, 사상계사, 1958.8.

Micalson, Carl, 「실존주의란 무엇인가?」, 『사상계』 제6권 제8호, 이종구 역, 사상계사, 1958.8.

Sartre, Jean Paul, 『실존주의는 "휴매니즘"이다』, 『사상계』 제2권 제5호, 임갑 역, 사상계사, 1954.8.

부록

P. 푸울께의 『실존주의』의 체계와 철학자

제1부 본질주의 철학	제1장 신학적 본질주의	1. 플라톤의 본질주의	플라톤
		2. 어거스틴의 본질주의	아우구스티누스
	제2장 관념론적 본질주의	1. 아리스토텔레스의 개념론	아리스토텔레스
		2. 토마스의 개념론	아퀴나스
		3. 과학적 개념주의	데카르트, 베이컨, 아퀴나스, 멜센느, 아리스토텔레스, 헤겔, 사르트르
	제3장 현상학적 본질주의	후설의 현상학적 이론	후설, 칸트, 데카르트, 사르트르, 쉘러, 할트맨, 스텔룬
제2부 실존주의 철학	제1장 일반적 실존주의	1. 일반적 관념	말셀, 키에르케고르, 보봐르, 사르트르, 데카르트
		2. 실존의 발견	사르트르, 말셀, 아리스토텔레스, 바타이유
		3. '실존함'이란 무엇인가	야스퍼스, 하이데거, 사르트르, 말셀, 후설
		4. 실존의 극	파스칼, 아퀴나스, 플라톤, 아우구스티누스
	제2장 무신론적 실존주의	1. 사르트르의 실존주의	사르트르, 플라톤, 말셀, 데카르트, 마티유
		2. 사르트르의 허무주의	데카르트, 헤겔, 보봐르, 메를로-퐁티, 하이데거, 후설, 카뮈, 바타이유, 아우구스티누스
	제3장 기독교적 실존주의	1. 기독교의 실존주의	플라톤, 아리스토텔레스, 파스칼, 아우구스티누스, 키르케고르, 바울
		2. 프로테스탄트적 실존주의자인 키에르케고르	말셀, 키르케고어, 헤겔
		3. 가톨릭 실존주의인 가브리엘 말셀	말셀, 키르케고어, 하이데거, 사르트르

제3부	제1장 라벨 철학의 근본이념		라벨, 베르그송, 키르케고어, 사르트르, 플라톤
본질 주의적 실존 주의	제2장 본질적 실존주의 자인 루이 라벨	1. 실존주의자로서의 루이 라벨	라벨, 하이데거, 사르트르
		2. 본질주의자로서의 루이 라벨	라벨, 플라톤, 아우구스티누스

고석규 시에 관한 존재론적 연구

— 하이데거의 존재론의 관점으로

I. 서론

1. 문제제기 및 연구사 검토

고석규(高錫珪, 1932.9.27~1958.4.19)는 1950년대 전후 모더니즘을 대표하는 시인 겸 비평가이다. 이 연구는 고석규(高錫珪) 비평의 존재론에서 마르틴 하이데거(Martin Heidegger) 존재론의 영향에 대한 연구의 연속선상에서 이루어진다. 즉, 이 연구는 고석규의 비평가로서의 면모와 시인으로서의 면모를 통합하여 마르틴 하이데거 존재론의 영향을 밝히기 위한 시도이다. 고석규가 자신의 비평에서 마르틴 하이데거의 존재론을 원용한 바는 지난 연구들을 통해 확인되어 있다. 이번의 새로운 연구는 고석규의 시 역시 마르틴 하이데거의 존재론의 영향이 삼투되어 있다는 전제하에 시도된다. 그리하여, 고석규의 시에 대한 분석과 해석을 마르틴 하이데거의 존재론의 관점에서 해내고, 이어서, 고석규의 시와 비평의 연속성을 드러내고자 한다. 또한, 나아가 그렇게 함으로써 그의 시에 대한 문학사적 평가, 즉, 형이상시로서의 가치를 제고(提高)하고자 한다.

　고석규에 대한 문학사적 평가는 그의 죽음에 대한 추모로 시작된다.[1] 그 가운데 김춘수는 고석규가 「현대시의 전개」와 『초극』 등의 비평을 통해 존재론에 바탕을 둔, 철학적 시론, 즉, 형이상학적 시론을 보여주었다고 고평하였다.[2] 김춘수는 고석규와 동인으로서 당대의 생생한 가치평가를 보여주었다. 그 후, 본격적으로 고석규에 대한 평가의 초석을 마련한 것은 김윤식의 평문들[3]이다. 그때부터 현재까지 고석규를 중심주제로 다루는 학위논문들[4]이 나와 상당히 의미 있는 축적을 이뤘다. 이는 매우 고무적인 성과라 판단된다. 이러한 고석규에 관한 연구 경향은 한국전쟁과 그의 죽음의식에 관한 연구,[5] 전후(戰後) 한국

---

1) 박봉우, 「고독한 평론가 – 젊은 고석규 형의 무덤에」, 『조선일보』, 1958.5.28.
　　김일곤, 「젊은 날의 성좌(星座) – 석규와 제1회 시낭독회」, 『부산대신문』, 1958.6.20.
　　김정한, 「요절한 혜성 석규 군을 생각한다」, 『부산대학보』, 1958.6.20.
2) 김춘수, 「고석규의 평론세계」, 고석규, 『고석규 문학전집 ① 청동의 관 · 시인론』, 마을, 2012.
3) 김윤식, 「고석규의 정신적 소묘」, 『시와 시학』, 1991.12.～1992.3.
　　_____, 「전후문학의 원점 – 6.25와 릴케 · 로댕 · 윤동주·고석규」, 『문학사상』, 1992.7.
　　_____, 「「청동의 계절」에서 「청동의 관」까지」, 『외국문학』, 1992.가을.
　　_____, 「한국 전후문학과 실존주의」, 『오늘의 문예비평』, 1993.겨울.
4) 송기한, 『전후 한국시에 나타난 시간의식 연구』, 서울대학교 국어국문학과 대학원 박사학위논문, 1996.
　　남기혁, 『1950년대시의 전통지향성 연구』, 서울대학교 국어국문학과 대학원 박사학위논문, 1998.
　　박슬기, 「한국 전후시의 그로테스크의 시학 연구 – 박인환, 고석규, 전봉건을 중심으로」, 서울대학교 국어국문학과 대학원 석사학위논문, 2004.
　　하상일, 「1950년대 고석규 문학의 근대성 연구」, 부산대학교 국어국문학과 대학원 석사학위논문, 1999.
　　박현익, 「고석규 비평의 역설 및 상징 연구」, 고려대학교 국어국문학과 대학원 석사학위논문, 2016.
　　정원숙, 「고석규의 죽음과 공포의 시학」, 강원대학교 국어국문학과 대학원 박사학위논문, 2016.

모더니즘과 그의 시론에 관한 연구,6) 그리고 마지막으로 1950년대 실존주의에 관한 연구7) 등으로 분류될 수 있다. 그러나 기존의 연구사에서는 고석규의 비평에 관한 연구가 집중되어 있고, 시에 관한 연구가 부족한 편이다. 이에 이 논문은 고석규가 가치를 지니는 부분이 하이데거 중심의 실존주의를 수용하고 자신의 시에 적용하였다는 데 가설적 전제를 두고 기존의 고석규에 관한 논의 중 현재 연구가 부족한 부분인 시작품을 중심으로 기존의 논의를 심화해가고자 한다.

---

5) 임영봉, 「전후문학과 고석규 비평」, 『어문논집』제24집, 민족어문학회, 1995.
하상일, 「전쟁 체험의 형상화와 유폐된 자아의 실존성」, (부산대학교 국어국문학과 대학원 석사학위논문, 1999. 발췌.)

6) 남송우, 「고석규, 그 역설의 진원지를 찾아서」, 『오늘의 문예비평』, 1993년 겨울호.
조영복, 「공포 체험의 시적 변용과 그로테스크의 시」, 『한국현대문학연구』제3권, 한국현대문학회, 1994.
이미순, 「고석규 비평의 '역설'에 대하여」, 『개신어문연구』제17집, 개신어문학회, 2000.
문혜원, 「역설을 주제로 한 고석규 비평 연구」, 고석규, 『고석규 문학전집 ⑤ 작가연구』, 마을, 2012.
오형엽, 「고석규 비평의 수사학적 연구 – 문체론(stylistics)을 중심으로」, 『수사학』제16집, 한국수사학회, 2012.
구모룡, 「고석규, 혹은 역설의 비평가」, 고석규, 『고석규 문학전집 ⑤ 작가연구』, 마을, 2012.
홍래성, 「전후세대 비평(가)의 독특한 한 유형–고석규 비평의 형성 과정 및 성격, 특질에 관하여」, 『어문논집』제80권, 중앙어문학회, 2019.
최호빈, 「전후의 비평 방법론에 대한 반성과 모색–고석규를 중심으로」, 『한성어문학』제53권, 한성대학교 한성어문학회, 2020.

7) 김경복, 「자폐의 심연에서의 빛 찾기」, 『오늘의 문예비평』, 1993.겨울.
강경화, 「한국문학비평의 존재론적 지평에 대한 고찰」, 『반교어문연구』제10집, 반교어문학회, 1999.
오주리, 「고석규 비평의 존재론에 대한 연구」, 『한국현대문학연구』제49호, 한국현대문학회, 2016.

2. 연구의 시각

이 연구「고석규 시에 관한 존재론적 연구－하이데거의 존재론의 관점으로」는 마르틴 하이데거의 존재론의 주요한 개념을 원용하여 고석규의 시에 대하여 분석 및 해석을 내리고자 한다. 특히, 하이데거의, 존재와 관련된 개념들이 중점적으로 다뤄진다.

우선, 하이데거의 존재론은 인간 존재를 현존재(現存在, Dasein)로 규정한다. 그는 현존재를 "우리들 자신이 각기 그것이며 여러 다른 것들 중 물음이라는 존재가능성을 지닌 존재자"로 정의한다.[8] 그러한 현존재는 항상 세계 안에서 타자와 함께 존재한다. 그러한 의미에서 하이데거의 현존재는 공동현존재(共同現存在, Mitdasein), 즉 말 그대로 함께 거기에 있는 존재로 다시 규정될 수 있다.[9] 그러한 공동현존재들이 모여 하나의 세계를 이룰 것이다. 그러한 의미에서 모든 현존재는 다시 세계－내－존재(世界內存在, In-der-Welt-sein)로 규정될 수 있다.[10]

다음으로 하이데거의 존재론이 현대철학사에서 큰 의의를 갖는 것은 죽음에 대한 성찰 때문이다. 그러한 면에서 그의 죽음을 향한 존재(Sein zum Tode) 개념이 주목된다. 죽음은 더 이상 거기에 있지 않음, 즉, 현존재의 상실이다.[11] 그러므로 현존재에 대한 진정한 의미를 성찰하기 위해서는 죽음에 대한 성찰을 하지 않을 수 없다. 하이데거의『존재와 시간 Sein und Zeit』에서 죽음을 향한 존재란 자기자신의 죽음이라는 미래의 상황으로 미리 내달려가 기획투사(Entwurf) 해 봄으로써

---

8) Martin Heidegger,『존재와 시간』, 이기상 옮김, 까치, 2001, p.22.
9) *Ibid.*, p.160.
10) *Ibid.*, p.80.
11) *Ibid.*, p.320.

진정한 자기자신의 존재의 진리를 추구하는 현존재를 의미한다.12) 죽음은 본질적으로 나의 죽음으로, 자신의 고유한 현존재의 존재가 문제된다는 점에서 존재론적으로 각자성과 실존에 의해 구성된다.13) 죽음이 존재론에서 중대한 의미를 지니는 이유는 그러한 데 있다. 즉, 죽음이 존재론적으로 의미가 있는 것은 그것이 '삶의 완성'이기 때문도 아니고, '삶의 끝남'이기 때문도 아니며, 다만, 인간 현존재가 태어나는 순간부터 죽음을 향한 존재라는 데 있다.14) 그렇기 때문에 인간은 누구나 자신의 죽음에 대해 성찰하며 삶의 본래적 의미를 찾으려는 죽음을 향한 존재이다. 이러한 방식으로 죽음을 향한 존재에서 현존재는 자기 자신과 관계를 맺는다.15) 그럼에도 불구하고, 죽음을 향한 존재는 불안(不安, Angst)과 염려(念慮, Sorge)를 느끼기도 한다.16) 그것은 존재를 부정하는 무(無)가 항상 우리의 삶 어딘가에서 위협을 가하고 있기 때문이다. 하이데거가 「형이상학이란 무엇인가」에서 '무(無, Nichts)'의 첫째 의미로, '존재자의 전체를 부정하는 것(Verneinung)'으로 규정한다.17) 인간은 자신의 존재가 결국 무로 돌아갈 수밖에 없다고 느낄 때 허무에 빠지기도 한다. 그럼으로써 인간 존재는 삶의 본래적 의미를 상실하기도 하는 것이다. 하이데거는 그렇게 자신의 존재의 본래적 의미를 상실한 존재의 상태를 존재의 망각(忘却, Vergessen)으로 보았다. 즉, 그는 존재의 망각을 인간에게 강요된 곤경에 의해 존재가 떠나버리는

---

12) *Ibid.*, pp.338~341. 참조.

13) *Ibid.*, p.322.

14) *Ibid.*, pp.327~329.

15) *Ibid.*, p.338.

16) *Ibid.*, pp.336~337.

17) Martin Heidegger, 「형이상학이란 무엇인가」, 『철학이란 무엇인가 · 형이상학이란 무엇인가 · 휴머니즘에 관하여 · 무엇을 위한 시인인가 · 철학적 신앙 · 이성과 실존』, 최동희 · 황문수 · 김병우 역, 삼성출판사, 1990, p.76.

상태로 정의내렸다.[18] 존재의 망각이 문제되는 것은 진리 개념과의 연관성 가운데서이다. 하이데거의 존재론에서 진리는 알레테이아(aletheia),[19] 즉, 레테(lethe)라는 망각의 강에서 벗어난다는 의미의 비은폐(非隱蔽)라는 의미를 어원적으로 가지고 있다.[20] 그렇기 때문에 존재의 망각은 존재의 진리를 은폐하는 상태이기 때문에 극복되어야 한다.

하이데거의 존재론에서 존재가 자신의 진리를 열어밝혀 보이는 데 언어가 매개적 역할을 한다는 점에서 그의 존재론은 언어관, 특히 시관(詩觀)과 필연적으로 연관된다. 하이데거의 존재론에서 말을 한다는 것은 인간의 본질의 하나로 간주된다.[21] '시를 짓는다'(Ditchten)[22]는 것, 시 짓기는 하이데거에게 사유함,[23] 나아가 철학함이다. 그는 철학의 한계를 시로 극복하고자 하였다. 그렇기 때문에 그에게 시 짓기의 목적은 철학의 목적과 같았다. 즉, 하이데거에게 시작(詩作)은 존재를 건립하는 존재 자체의 근본사건인 것이다.[24] 그러한 의미에서 시는 존재의 언어이다. 그뿐만 아니라, 시는 진리의 언어이기도 하다. 하이데거는 시로 쓰여야 할 것은 시적 진리를 드러내고 존재자의 본질에 맞게 그들을 명명하는 것이라고 하였다.[25] 그는 이러한 신념에 따라 스스로 시를 쓰기도 하였다. 예컨대, 그는 자신이 창작한 시 「여명이 산 위로 퍼질 때

---

18) Martin Heidegger, 『철학에의 기여』, 이선일 옮김, 새물결, 2015, p.165.
19) Martin Heidegger, 『존재와 시간』, p.296.
20) Martin Heidegger, 『존재와 시간』, p.296.
21) David A. White, "Saying and Speaking", *Heidegger and the Language of Poetry*, Lincoln & London: University of Nebraska Press, 1978, p.36.
22) Martin Heidegger, 『휠덜린의 송가―이스터』, 최상욱 옮김, 동문선, 2005, p.30.
23) Martin Heidegger, 「언어에 이르는 길」, 『언어로의 도상에서』, 신상희 역, 파주:나남, 2012, p.380.
24) Martin Heidegger, 『휠덜린의 송가―게르마니엔과 라인강』, 최상욱 옮김, 서광사, 2009, p.348.
25) Martin Heidegger, 『휠덜린의 송가―이스터』, p.186.

When the early morning light quietly grows above the mountains....」에 서 '인간(man)'을 '존재의 시(Being's poem)'라고 표현하기도 하였다.[26] 즉, 그는 인간 존재가 스스로의 진리를 드러내는 것을 시로 여겼던 것 이다. 그러한 맥락에서 하이데거는 철학적 시인으로서 횔덜린에 주목 한다. 하이데거는 철학적 사유를 시화한 횔덜린이 시적 본질을 결정화 한 시인으로 극찬한다.[27] 그러면서 그는 횔덜린을 모범으로 삼아 시론 을 쓴다. 하이데거는 자신의 시론에서 시인을 반신(半神, Halbgötter), 즉, 인간적 존재임을 극복하고 신적 존재로 상승하고자 하는 중간적 존 재로 보았다.[28] 그러한 의미에서 시인은 신과 인간 사이의 존재, 즉, 반 신으로서의 존재이다. 다시 말해, 반신은 신적 존재와 인간적 존재 사 이, 즉, '중심-안의-존재'이다.[29] 반신은 한편으로는 '인간-너머- 존재'이자, 다른 한편으로는 '신-아래-존재'이기도 하다.[30] 시인이 반신으로서 역할을 하는 이유는 현재가 역사 가운데서 세계의 밤의 시 기이기 때문이다. 세계의 밤에 반신으로서의 시인은 사라져버린 신들 의 흔적을 신성하게 노래하는 역할을 한다.[31] 그러한 시인의 임무는 신 성하다. 즉, 시인은 단순히 아름다운 음악을 추구하는 존재에 지나지 않는 것이 아니라, 존재의 진리를 언어로 표현하는 존재인 것이다. 현

---

26) Martin Heidegger, "The Thinker as Poet (Aus der Erfahrung des Denkens)," *Poetry, Language, Thought,* translated and introduction by Albert Hofstadter, New York: Harper Perennial Modern Thought, 2013. p.4.

27) David Halliburton, *Poetic Thinking: An Approach to Heidegger*, Chicago & London: The University of Chicago Press, 1981, p.112.

28) Martin Heidegger, 『횔덜린 송가-게르마니엔과 라인강』, pp.317~320.

29) Martin Heidegger, 『횔덜린의 송가-게르마니엔과 라인강』, p.260.

30) *Ibid.,* p.309.

31) Martin Heidegger, 「무엇을 위한 시인인가?」, 『숲길』, 신상희 옮김, 파주:나남, 2009, p.399.

상학에서 존재의 진리에 다가가고자 하는 언어는 대상을 명명하거나 그것의 성격을 규정하는 것이 아니라, 오로지 그것을 "사태 자체로(zu den Sachen selbst)" 기술하는 데 있다.[32] 시인은 존재의 진리가 스스로 현성되기를 기다리고 그것을 있는 그대로 표현하는 것이다. 그러한 시인은 표현존재(Ausdrucksein)[33]로 규정될 수도 있다.

　이 논문은 하이데거의 이와 같은 존재론에서의 존재 개념들, 즉, 현존재, 죽음을 향한 존재, 반신으로서의 존재, 표현존재 개념을 원용하여 고석규의 시를 존재론적으로 연구해 보고자 한다.

II. 전쟁체험을 통한 삶과 죽음에 대한 실존의 깨어남

1. 현존재의 의미: 「1950년」

　고석규 시에 대한 존재론적 논의는 우선 전기적으로 그가 시를 창작하던 상황이 드러난 시로부터 시작하는 것이 논리적으로 합당할 것으로 판단된다. 그러한 시로서 고석규의 「1950년」이 예시될 수 있다.

　　1.// 그날 대피(待避)에 시달린 너의 몸으로 짜작짜작 학질균이 유황불처럼 괴로웠다 지옥으로 떠맡기며 서러워 아끼는 웃음 속의 이빨은 곱게 희였는데, 어쩌다 흙 묻는 손을 얹으면 철창에 든 슬픈 짐승처럼 너는 긴 하품만 토하였다. [중략] 3.// 또다시 눈을 떠 새벽이 밀려오는 하늘소리, 가까워오는 소리가 아닌가. 아 아, 그러나 우리

---

32) Martin Heidegger, 『존재와 시간』, pp.57~58.
33) Martin Heidegger, 『존재론―현사실성의 해석학』, 이기상 · 김재철 옮김, 서광사, 2002, p.104. 참조.

들 머리 위에 떠 바람처럼 스쳐간 것은 기총소사와 시한폭탄의 진동
이었을 뿐 내 곁에 열 식은 너의 머리채가 유난히 부드러운 것이었
다 [중략] 꿀물이 번질거리는 당신의 입가는 꽃처럼 피어 녹아, 젊은
목숨의 불을 바라보는 새벽 어둠 속에 내가 당신의 '현재'를, 그리고
당신이 나의 '현재'에 기대어 혼곤히 잠든 것이었다.

－고석규, 「1950년」부분. (38~39)[34]

위에 인용된 고석규의 시 「1950년」에서 "1950년"이란 시간은 역사
적으로 한국전쟁(Korean War, 1950~1953)이 발발의 해이다. 이 시에
서 "대피"라는 시어는 시적 주체가 처해 있는 상황이 전쟁 중 피난 상황
임이 유추되게 한다. 특히, 이 시에서 "기총소사"와 "시한폭탄"이라는
시어는 전시(戰時)의, 일촉즉발의 위기 상황을 보여준다. 나아가, 이 시
의 시적 주체는 사랑하는 사람으로 추정되는 "당신"과 함께 피난 중인
것으로 나타난다. 그러한 "당신"과 "나"의 관계 안에서 시적 주체는 서
로를 "현재"라 명명(命名)하고 있다.

여기서 문제적인 것은 시적 주체가 인간 존재를 "현재"라 부르고 있
다는 것이다. 이러한 표현은 고석규 자신의 인간에 대한 사유가 투영된
표현으로 보인다. 이러한 표현이 나타나는 것은 그가 자신의 시론 「지
평선의 전달」[35]에서 하이데거의 존재론 가운데 시간과 실존의 문제를
깊이 천착했던 데서 기인하는 것으로 판단된다. 고석규는 「지평선의
전달」에서 하이데거의 『존재와 시간』을 직접 거론한다. 하이데거는
『존재와 시간』에서 인간 존재를 시간의 유한성 가운데 놓인 존재로 사

---

34) 이 논문에 인용된 고석규의 시는 모두 고석규, 『고석규 문학전집 1: 시집 청동의 관·
    시인론』, 마을, 2012.에서 인용된 것이며, 괄호 안에 면수만 표기하기로 한다.
35) 고석규, 「지평선의 전달」, 『신작품』8, 1954.11.(고석규, 『고석규 문학전집 2 평론
    집 여백의 존재성 외』, 마을, 2012, pp.53~54. 재수록.)

유함으로써 현대 철학에서 죽음의 문제에 관하여 가장 깊이 있는 성찰을 보여준 것으로 평가된다. 그러한 하이데거에게 인간 존재가 의미 있는 이유는 인간이 현존재(現存在, Dasein)로 규정되기 때문이라고 주장한다. 철학사에서 하이데거 이전에 현존재 개념이 없었던 것은 아니다. 그러나, 예컨대, 칸트(Immanuel Kant)의 현존재 개념은 인간뿐 아니라 사물도 포함하는 개념이었다. 그러므로 존재론의 역사에서 인간 존재만을 가리키는, 하이데거의 현존재 개념은 그의 존재론을 특징 짓는 가장 중요한 개념이라고 할 수 있다. 하이데거는 현존재를 "우리들 자신이 각기 그것이며 여러 다른 것들 중 물음이라는 존재가능성을 지닌 존재자"로 정의한다.36) 이러한 현존재 개념에서는 존재의, 현재성의 의의가 강조된다. 인간 존재의 본질이 선험적으로 규정되는 것이 아니라, 지금 여기 이 순간의 '나'에 대하여 '나' 자신이 물음을 던지고 답을 구하며, 그럼으로써 자신의 삶 안에서 자신의 존재의 진리를 만들어 가는 인간, 그러한 인간이 하이데거의 현존재인 것이다. 그러한 의미에서 현존재의 시간은 실존(實存, Existenz)의 시간이기도 하다. 실존은 현존재가 관계 맺고 있는 존재 자체를 의미한다.37)

고석규의 「1950년」에서 시적 주체는 전쟁 중 무차별한 피폭의 대상이 되어 있다. 고석규는 자신의 시의 철학적 사유를 시화하기 위한 수사학으로서 상징을 주요하게 활용한다. 예컨대, 고석규의 시 세계에서 전쟁은 "지옥"이라는 하나의 상징으로 대변된다. 고석규는 자신의 시론 「상징의 편력」에서 발레리의 「한림원 취임 연설」을 인용하면서, 프랑스 상징주의 시인들의 상징을 활용한 시작법이 철학적 혁신에 효과

---

36) Martin Heidegger, 『존재와 시간』, p.22.
37) *Ibid.,* p.28.

적이라는 데 주목한 바 있다.38) 이처럼 고석규에게 "지옥"으로 상징되는 전쟁의 폭력적 상황에서 인간 존재의 본질이 이성(理性)이라거나 선(善)이라고 규정될 수는 없는 것이다. 고석규는 자신의 대표적인 시론 「여백의 존재성」에서 "전장에서 공포"를 느끼면서 "죽음보다 어려운 목숨의 체험"을 했다고 고백한 바 있다.39) 이 시에 나타난 전쟁 중 죽음 앞에서의 공포, 그리고 함께 피난 중인 사랑하는 사람의 따뜻한 체온, 이러한 것들은 고석규가 역설적으로 깨닫게 된 철학적 실존으로 이해되어야 할 것이다.

이 시에서 타자와 더불어 존재하며, 서로를 "현재"라고 부르는 그러한 현존재는, 개념을 확대해 보건대, 하이데거의 공동현존재(共同現存在, Mitdasein)로 다시 규정될 수 있다. 공동현존재는 말 그대로 함께 거기에 있음을 의미한다.40) 인간 존재는 항상 그리고 반드시 다른 현존재와의 관계 속에 존재한다. 그러한 현존재를 공동현존재라고 하는 것이다. 현존재는 자신에 대한 존재물음을 던지고 답을 구할 때, 이 세계에 함께 존재하는 다른 현존재와의 관계를 배제할 수 없다. 고석규는 자신의 시론 「지평선의 전달」에서 공동현존재(Mitdasein)를 "인인(隣人, Mitdasein)"으로 번역하여 언급한 바 있다.41) "인인"은 국립국어원의 표준국어대사전에 등록된 어휘는 아니지만, '이웃 린(隣)'과 '사람 인(人)'이 결합된 단어로서 '이웃사람'이란 의미로 사용되어 왔다. 특히, 한국에서의 하이데거 철학의 수용은 주로 일본을 경유해서 이뤄졌다는 점을 고려할 때, 일본어 '隣人'이 독일어 'Mitdasein'에 대하여 이해되기 쉬운

---

38) 고석규, 「상징의 편력」, 『시조』 제1호. (고석규, 앞의 책, p.44. 재수록.)
39) 고석규, 「여백의 존재성」, 『초극』, 1954. 1. 20. (고석규, op. cit., p.14. 재수록.)
40) Martin Heidegger, op. cit., p.160.
41) 고석규, 「지평선의 전달」, 『신작품』8, 1954.11. (고석규, op. cit., p.56. 재수록.)

번역어로 받아들여진 것으로 판단된다. 이 시「1950년」에서의 시적 주체와 "당신"은 전쟁의 피난 상황에서 서로 의지하는 공동현존재로 나타나는 것이다. 나아가, 이 세계에 모든 현존재의 관계는 이자관계(二者關係)로만 이루어질 수 없다. 세계라는 제3의 공간이 이자관계를 둘러싸고 있다. 그러한 의미에서 모든 현존재는 세계-내-존재(世界內存在, In-der-Welt-sein)이다.[42]

그런데, 비극적이게도 이 시「1950년」의 배경이 되는 세계는 단순히 시인의, 내면세계의 형상화에 그치는 것이 아니라, 한국전쟁이라는 역사적 배경을 함께 형상화한다. 이러한 맥락에서 이 시의 시적 주체는 세계-내-존재인 동시에 아주 분명한 역사의식을 지닌 역사적 존재이기도 하다. 고석규의 현존재에 대한 인식이 세계-내-존재로서 역사적 존재에 대한 인식으로 발전해가는 것은 고석규의 실상이 드러난 1951년의 일기들에서도 확인된다.[43] 역시 하이데거의 존재론에서 세계-내-존재는 역사적 존재이기도 하다.[44] 한 현존재가 겪는 실존의 시간은 공동체의 시간으로서의, 역사에 포함되기도 한 것이다. 하이데거가 인간을 시간 안에서 이해한다는 것은 현존재를 역사라는 시간 가운데 놓인 존재로 본다는 것이다.

요컨대, 고석규의「1950년」에 나타난 존재의 양상들은 하이데거의 존재론의 주요한 존재 개념들로 해석해 보았을 때 상당히 유의미한 해석들이 생산된다. 고석규의 시에는 그의 시론에 나타난 하이데거의 존

---

42) Martin Heidegger, *op. cit.*, p.80.
43) 예컨대, 1951년 10월 어느 날의 일기에 나타난 "전쟁은 싸움이 아니다. 국가는 고국이 아니다. 장구적인 쇠퇴와 피폐의 기만적 미명이다. 그러므로 전쟁에 있어서 나의 번뇌는 역급의 회의였던 것이다."와 같은 구절이 그러하다. 고석규,『고석규 문학전집 3 청동일기 · 서한 · 속청동일기』, 마을, 2012, p.9.
44) Martin Heidegger, *op. cit.*, pp.488~518. 참조.

재론이 체화되어 나타난다고 볼 수 있을 것이다. 그러나 그 체화의 결과는 하이데거 존재론의 수용을 너머 한국사적인 특수성과 조화를 이루어 고석규의 독자적인 문학세계를 이뤄내고 있다.

2. 죽음을 향한 존재의 의미: 「거리와 나와 밤」

고석규의 시에서 전쟁 체험만큼 중요한 모티프 중 하나는 바로 죽음 의식이다. 그의 시집 『청동의 관』에서 2장의 제목 자체가 '죽음'이거니와 「암역」, 「절교」, 「도가니」, 「묘명」, 「죽음」 1·2, 「살옥」과 같은 시들은 모두 죽음의식이란 주제를 드러내는 작품들이다. 고석규에게서 전쟁 체험과 죽음의식은 불가분의 관계에 있다. 한국현대시사에서 고석규의 시에서만큼 죽음의식이 분명하게 드러나 있는 시인은 드물다. 고석규는 자신의 시론 「시인의 역설」 중 '3. '죽음'에 대하여'라는 장(章)에서 하이데거의 "죽음에의 전주(前走), Vorlaufen zum Tode"[45]에 관하여 언급한 바 있다는 점에서, 고석규의 시에 나타난 죽음의식은 하이데거의 존재론에서 '죽음을 향한 존재(Sein zum Tode)'라는 개념으로 해석될 여지가 있다. 이를 논증하기 위하여 다음에 인용된 시는 고석규의 「거리와 나와 밤」이다.

> 내가 울면서 바라던/거리로 나와/또 불행한 나는/빗발처럼 적시는/설움의 눈을 감았다//한없는 장막으로/끌어 옮기는/어딘가 떠나갈/세상의 나였음을 알았다//범람이 스쳐간/밤의 거리에는//눈을 뜨고 걸어도/나만이 어둡게 서서 가는 것이었다//나의 풀어헤친 가슴

---

45) 고석규, 「시인의 역설」, 1957. 6. 25. (고석규, *op. cit.*, p.207.)

안에/언제는 값진 보물을 간직하였더니//나는 울면서/그것을 꺼내어/걸어가는 길 위에 던져도 좋았다//조매로운 범죄가/알려지자//봉건의 성읍처럼/찬란한 거리가/연기도 내음도 없이 무너져간다//나는 어둡게 차디찬 자아에 새로 쫓기며 갔다//그 불행한 섭리의 밤을 저주하는 까닭으로/검은 하늘에 흘러오는/염주와 눈물을 씻었다

　　　　　　　　　　　－ 고석규, 「거리와 나와 밤」 전문. (128~129)

위에 인용된 고석규의 시 「거리와 나와 밤」에서는 "어딘가 떠나갈/세상의 나"라는 시구절에 나타나 있는 바와 같이 죽음의식이 확인된다. 죽음은 더 이상 거기에 있지 않음, 즉, 현존재의 상실이자 나아가 세계－내－존재(世界－內－存在, In-der-Welt-sein)의 상실이다.[46] 이 시에서의 "떠나갈/세상"이란 그처럼 세계－내－존재의 상실을 의미하는 것으로 해석될 수 있다. 그런데 나아가 이 시에서의 죽음의식은 "나였음을 알았다"나 "차디찬 자아" 같은 시구에서 보는 바와 같이 시적 주체의 자의식(自意識, self-consciousness)과 연결된다. 죽음은 본질적으로 나의 죽음으로, 자신의 고유한 현존재의 존재가 문제된다는 점에서 존재론적으로 각자성과 실존에 의해 구성된다.[47] 이처럼 자신의 죽음의식으로부터 자신의 존재에 대한 사유를 보여주는 이 시는 하이데거의 『존재와 시간』의 '죽음을 향한 존재(Sein zum Tode)'[48] 개념으로 해석될 수 있다. 죽음을 향한 존재란 자기 자신의 죽음이라는 미래의 상황으로 미리 내달려가 기획투사(Entwurf) 해 봄으로써 진정한 자기 자신의, 존재의 진리를 추구하는 현존재를 의미한다. 죽음을 향한 존재에서 현존재

---

46) Martin Heidegger, 『존재와 시간』, p.320.
47) *Ibid.*, p.322.
48) *Ibid.*, p.338.

는 자기 자신과 관계를 맺는다.49) 죽음이 존재론적으로 의미가 있는 것
은 그것이 '삶의 완성'이기 때문도 아니고, '삶의 끝남'이기 때문도 아니
며, 다만, 인간 현존재가 태어나는 순간부터 죽음을 향한 존재라는 데
있다.50) 현존재가 죽음의 문제를 떠안고 자신이 죽음을 향한 존재라는
존재의 유한성을 받아들이는 가운데 자기 자신에 대한 존재론적 성찰
이 시작되는 것이다. 이 시로 고석규의 전쟁체험과 요절이 죽음의 문제
에 대한 천착의 원인이었음이 밝혀지며, 그에게 하이데거의 철학과의
만남이 필연적이었음이 밝혀진다. 이 시에서는 죽음의식이 주로 "눈
물" 흘리는 시적 주체의 실존적 양상으로 표현되고 있다. 이것은 죽음
을 향한 존재가 느끼는 불안(不安, Angst)51)과 염려(念慮, Sorge)52)를 보
여주는 것으로 해석될 수 있다. 고석규는 자신의 시론 「불안과 실존주
의」에서 "하이데거의 '근원적 불안'"이 "'무의 존재'인 '나'"를 인식하는
데서 비롯된다고 하면서 인간의 죽음과 불안의 관계를 산문으로 기술
한 바 있는데,53) 이러한 바가 그의 이 시에도 그대로 삼투된 것으로 해
석될 수 있다.

  고석규의 시에서의 죽음을 향한 존재의 의미는 더욱더 비극적 자기
인식으로 이어져 허무와 존재의 망각이란 문제에 부딪히며 자살에 대
한 암시로 나타나기도 한다. 다음은 고석규의 시, 「허무(虛無)」와 「표
혼(漂魂)」이다.

---

49) *Ibid.,* p.338.
50) *Ibid.,* pp.327~329.
51) *Ibid.,* p.336.
52) *Ibid.,* p.337.
53) 고석규, 「불안과 실존주의」, 『국제신보』, 1956. 3. 24.(고석규, *op. cit.,* pp.39~40.
    재수록.)

나는 무엇을 생각하였노/나는 땅을 바라보고/동그라미 그렸지//
밤에 밀실로 찾아가/내가 웃지도 울지도 못한 기적은/나의 사랑과
죽음에/똑같이 서명한 기억//나는 무엇을 비망하노/나는 아무래도
현명한 배경에서 죽기를 바라는 일뿐.

— 고석규, 「허무(虛無)」 전문. (191)

하늘 물에 닿는 꿈의 엷은 소리에 깨어 해풍에 나서면 어슴히 부
딪히는 혜성의 미진 운명이 까다롭다//암울한 그림자 지나가도 번쩍
이는 인어(人魚) 등에 망설인 사고는 번거로이 수궁(水宮)의 길로 자
살하련다//아직도 밀실에서 바라볼 나에 임한 옛날의 쌍(雙)은 빈 흉
곽에 손톱처럼 파고드니 무엇을 앗으려 함인가//굽실인 물결을 연풍
맞아 은단으로 부실려 저기 깜박이는 섬의 등불 울음 속에 졸고 빈
상(貧相) 없는 옛날이 변무(邊霧)에 풀리느니 여명은 나를 기다린다.

— 고석규, 「표혼(漂魂)」 전문. (178)

위에 인용된 고석규의 시 「허무」에서는 "죽기를 바라는 일뿐"이라
는 시구에 나타난 바와 같이 죽음에 대한 충동, 즉, 타나토스(thanatos)
가 드러나고 있다. 죽음은 더 이상 거기에 있지 않음, 즉, 현존재의 상실
이다.[54] 그러므로 "죽기를 바라는 일뿐"이란 시구에 나타난 죽음은 존
재론적으로 보았을 때, 존재에 대한 부정, 즉, 무(無)를 가리키는 것이
다. 고석규는 자신의 여러 시론, 예컨대, 「여백의 존재성」, 「해바라기
와 인간병」, 「돌의 사상」, 「지평선의 전달」 등 존재론적 시론들에서 무
또는 허무의 문제에 관한 깊이 있는 통찰을 보여준다. 고석규의 시 「허
무」는 이러한 시론들과 동일한 사상적 배경에 놓여 있다. 그러므로, 이
시론들에서 거론된 하이데거의 존재론으로 고석규의 무와 허무를 해

---

54) Martin Heidegger, *op.cit.*, p.320.

석해 보는 것은 타당한 시도이다. 고석규의 시「허무」에서 존재에 대한 부정으로서의 무는 하이데거가「형이상학이란 무엇인가」에서 '무(無, Nichts)'의 첫째 의미로, '존재자의 전체를 부정하는 것(Verneinung)'으로 규정[55]한 바 대로 해석될 수 있다. 나아가 고석규의 시「허무」에서 시적 주체가 자신의 존재가 무(無)가 되길 바라는 이유는 제목에서 찾을 수 있듯이 "허무" 때문이다.

고석규의 시세계에서 비극적인 존재 인식은「표혼」에 나타난 자살의 문제에서 더욱 심화된다.「표혼」에는 "자살하련다"라는 시구에서 "자살"이라는 시어가 직접 드러나 있다. 하이데거의 죽음을 향한 존재 개념이 곧 죽음 충동을 지닌 존재라거나 자살을 하는 존재로 오해되어서는 안 된다. 오히려 모든 인간은 죽음을 향한 존재라는 각성을 통해 현존재는 자신의 삶을 헛되이 보내지 않고, 오늘이 생의 마지막 날인 것처럼 진정으로 자신의 존재의 본래의 모습으로 살아가도록 결의하게 된다는 데 죽음을 향한 존재 개념의 의의가 있는 것이다. 그러니까 죽음을 향한 존재는 자신의 생의 본래적 의미를 깨달은 존재라면, 죽음 충동을 느끼며 자살을 암시하는 시적 주체는 자신의 생의 본래적 의미를 상실한 존재라고 할 수 있다. 하이데거는 그렇게 자신의 존재의 본래적 의미를 상실한 존재의 상태를 존재의 망각(忘却, Vergessen)으로 정의했다. 하이데거는 존재의 망각을 인간에게 강요된 곤경에 의해 존재가 떠나버리는 상태로 정의내린다.[56] 예컨대, 누구든 자신의 삶의 본래적 의미를 상실했다고 느낀다면, 그러한 경우를 존재의 망각이라고

---

55) Martin Heidegger,「형이상학이란 무엇인가」,『철학이란 무엇인가 · 형이상학이란 무엇인가 · 휴머니즘에 관하여 · 무엇을 위한 시인인가 · 철학적 신앙 · 이성과 실존』, 최동희 · 황문수 · 김병우 역, 삼성출판사, 1990, p.76.
56) Martin Heidegger,『철학에의 기여』, 이선일 옮김, 새물결, 2015, p.165.

할 수 있다. 우리가 삶 가운데서 허무를 느끼는 경우는 대체로 그와 유사한 경우이다. 고석규는 자신의 시론 「지평선의 전달」에서 "존재 망각"과 "역사"의 상관성에 대하여 비판적인 통찰력을 보여준 바 있다.[57) 고석규에게 존재에 대한 의식은 형이상학적으로 이루어지는데, 역사는 형이상학적 사유를 훼손한다는 것이다. 이러한 맥락에서 고석규의 「표혼」에 나타난 시적 주체가 자살하려는 이유는 시에 표면적으로 드러나 있지 않지만, 부재 원인(absent cause)[58)으로서의 역사가 존재 망각의 원인이자, 자살의 원인이라고 추정될 수 있다.

이와 같은 존재 망각, 다시 말해, '존재의 떠나버림'은 니체(Friedrich Wilhelm Nietzsche, 1844~1900)의 철학에서는 허무주의(虛無主義, nihilism)에 관한 최초의 근거인 동시에 근본적인 본질이다.[59) 그러한 의미에서 고석규의 「허무」와 「표혼」의 시세계는 허무에서 존재의 망각으로 이어지는 연장선상에 놓인 것으로 이해된다.

이러한 가운데 고석규의 「표혼」에서 "밀실에서 바라볼 나"라는 시 구절은 부정적인 자의식을 드러내 보인다는 점에서 문제적이다. 이 시는 존재의 망각과 존재의 유폐 상태를 동시에 보여주는 것이다. 하이데거가 존재의 망각을 반드시 극복되어야 할 상태로 본 이유는 그 상태에서는 무기분(無氣分)과 무관심(無關心)의 태도가 나타나기 때문이다.[60) 나아가 존재의 망각 상태는 존재의 본질적인 상태가 은폐된 상태, 즉, 비진리의 상태이기 때문이다. 이러한 맥락에서 고석규의 「표혼」에서 "밀실에서 바라볼 나"라는 시 구절은 시적 주체 자신의 존재가 은폐된

---

57) 고석규, 「지평선의 전달」, 『신작품』8, 1954.11.(고석규, *op. cit.*, p.56. 재수록.)
58) Frederic Jameson, 『정치적 무의식』, 이경덕·서강목 역, 서울: 민음사, 2015, p.41.
59) Martin Heidegger, *op. cit.*, p.182.
60) Martin Heidegger, 『존재와 시간』, p.456.

상태를 고백하는 것으로 해석될 수 있다. 하이데거의 존재론에서 진리는 알레테이아(aletheia), 즉, 레테(lethe)라는 망각의 강에서 벗어난다는 의미의 비은폐(非隱蔽)라는 의미를 어원적으로 가지고 있다.61) 그러므로 역으로 비진리는 은폐가 되는 것이다. 존재의 망각은 은폐의 상태로 돌아간다는 점에서 비진리의 상태로 돌아간다는 의미가 되기 때문에 상당히 부정적인 성격을 갖는다.

고석규의 위의 시 「표혼」의 마지막 시 구절, "여명은 나를 기다린다"는 부분에서 시적 주체가 존재의 은폐 상태에서 벗어나기를 바라는 소망이 나타난다. 하이데거가 추구하는 존재는 열어 밝혀져 있음의 존재(Sein der Erschlossenheit) 또는 개시성(開示性, Erschlossenheit)62)의 존재, 즉, 비은폐성(非隱蔽性, Unverborgenheit)의 존재가 되는 것이다. 하이데거의 '열어 밝힘' 또는 '개시성'이라는 개념에는 '빛' 또는 '보다'라는 이미지가 어원적으로 내포되어 있다. 고석규의 「표혼」에서 "여명"이라는 시어가 갖는 어둠 속에서 밝아오는 빛의 이미지는 비진리 가운데 숨겨진 진리로 해석될 수 있다.

즉, 고석규의 「표혼」은 영혼의 유동 상태, 그러니까, 진리의 은폐로서의 존재의 망각이라는 한 극과 존재의 진리의 회복이라는 또 다른 한 극 사이에서 자살 충동을 느끼는 영혼의 유동 상태를 보여준다고 하겠다.

요컨대, 전쟁 체험에 의해 죽음의식에 민감했던 고석규의 시의 죽음을 향한 존재는 삶의 본래적 의미를 찾을 때는 현존재를 발견하였지만, 반대로 허무와 존재의 망각에 빠지게 될 때는 죽음에 대한 충동과 자살에 대한 암시까지 나타난 것이다.

---

61) *Ibid.*, p.296.
62) *Ibid.*, pp.297~298.

III. 시작(詩作)을 통한 '존재의 진리'의 열어밝힘

1. 반신으로서의 존재의 의미: 「시신이여」

다음으로 III부에서는 고석규의 시를 하이데거의 존재론적 관점으로 해석하는 데서 시작을 통한 '존재의 진리'의 열어밝힘에 대해 논의해 보고자 한다. 우선 III부 1장에서는 하이데거의 '반신'으로서의 존재의 의미를 고석규의 「시신(詩神)이여」를 통하여 구명해 보고자 한다. 다음은 고석규의 「시신(詩神)이여」 전문이다.

> 먼 태고의 분류가 가문 날에/허무와 실의에 지친 무리들/서남방 알프스를 넘어가고//이끼 쓴 애굽의 신전 앞에/종도들이 예언을 받드는 날//시신이여, 네가 지키는/아젠스의 바다는 호수처럼 맑고/헬레네의 가슴은 아직도 울렁이느니//홍진이 감도는 방랑군의 길에/너를 부르는 목소리 잦아/영혼에 실종한 세기의 이단자들/봄페이와 단겔크를 찾아간 일을/시신이여, 어젯날/너는 쓰린 눈물의 범수를 건너/그리스의 삼림으로 돌아가라//고전의 재림은 아직 이르니/그레고리안 성가를 들을 것이다.
>
> — 고석규, 「시신이여」 전문. (198)

위에 인용된 시 고석규의 「시신이여」에서 가장 주목이 되는 시어는 바로 "시신(詩神)"이다. 동양에서 시신(詩神)은 낙천(樂天) 백거이(白居易, 772~846) 등 최고의 시인에게 붙여지는 경칭이다. 또는 시적 영감을 인격화하여 시신이라 부르기도 하였다. 그러나 동양에도 그리스·로마 신화 등 서양의 신화가 전래되면서 시신은 아폴론(Apollon) 또는 뮤즈(Muse)를 가리키는 용어가 되었다. 고석규의 「시신이여」의 시적 무대는 동양적인 신화의 공간이 아니라, 서양적인 신화의 공간이다. 이 시의 배경은 "헬레네"라는 시어에서 보는 바와 같이 고대 그리스 신화적 세계로부터 시작되어, "그레고리안 성가"라는 시어에서 보는 바와 같이 그리스도교적 신화적 세계까지 펼쳐져 있다.

이 시의 이러한 신화적 배경은, 고석규가 자신의 시론「지평선의 전달」[63]에서 거론한 바 있는 횔덜린(Johann Christian Friedrich Hölderlin, 1770~1843)의 뮈토포에지(Mythopoesie)인 『빵과 포도주 Brot und Wein』(1801~1802)의 신화적 배경을 연상시킨다. 뮈토포에지란 "다양한 신화적 요소들을 시적인 요소들과 결합시켜 새로운 신화로 변형"[64] 시키는 것이다. 횔덜린의 『빵과 포도주』는 3단 구성으로 되어 있다. 첫 번째 트리아데(Triade)는 밤으로 상징되는 현시대, 두 번째 트리아데는 낮으로 상징되는 그리스 신화 시대로부터 예수 그리스도가 죽을 때까지의 시대, 그리고 마지막으로 세 번째 트리아데는 성스러운 밤으로 상징되는, 신은 죽었지만 신이 돌아오길 기다리는 역사적 중간지대의 시대가 바로 그것이다.[65] 이처럼 횔덜린의 『빵과 포도주』는 서양의 역사를 신화적으로 해석하여 한 편의 신화를 담은 시, 즉 뮈토포에지를 창조한 것이다.

이러한 시적 배경은 고석규의「시신이여」와 상당히 유사하다. 횔덜린은 『빵과 포도주』에서 스스로 독일민족이라는 민족적 자의식을 지니고 있었으면서도, 자신의 문학적 전통을 고대 그리스와 그리스도교

---

63) 고석규,「지평선의 전달」,『신작품』8, 1954.11.(고석규, *op. cit.*, p.58. 재수록.)

64) Walburga Lösch, *Der Werdende Gott. Mythopoetische Theogonien in der Romantischen Mythologie*, Frankfurt am Main u.a. 1996, S 190. (이영기,「횔덜린의 뮈토포에지─비가 『빵과 포도주』를 중심으로」,『독어독문학』제109호, 한국독어독문학회, 2009, p.5. 재인용.)

65) 이영기, *op. cit.*, pp.10~11.

로부터 가져와 독일적인 민족성과 결합시켜 가장 독일적인 시인이 되었다. 이와 마찬가지로, 고석규도 「시신이여」에서 한국의 유불선 사상에서는 찾기 힘든 초월성의 사유를 고대 그리스와 그리스도교로부터 가져와 한국전쟁이라는 역사적 상황과 결합시켜 전후 한국시의 독자성을 창조하고 있다. 하이데거의 대표적인 시론(詩論)인 「무엇을 위한 시인인가? Wozu Dichter?」는 횔덜린과 릴케(Rainer Maria Rilke, 1875~1926)의 시로부터 영감을 받아 쓰인 시론이다. 이 시론(詩論)의 제목 "무엇을 위한 시인인가?"는 횔덜린의 『빵과 포도주』의 한 구절인 "그리고 궁핍한 시대에 무엇을 위한 시인인가?"라는 데서 가져온 것이다.66) 이 시론에서 "궁핍한 시대" 즉, 신들이 모두 죽은 시대를 상징하는 '세계의 밤(Weltnacht)'67)도 바로 횔덜린의 시 『빵과 포도주』로부터 온 개념이다. 세계의 밤에 시인은 사라져버린 신들의 흔적을 신성하게 노래하는 역할을 한다.68) 고석규도 자신의 시론 「지평선의 전달」에서 "세계야(世界夜, Weltnacht)"라는 개념어를 직접 인용하며 신을 상실한 시대에 대한 슬픔을 드러낸 바 있다.69) 그러므로, 고석규의 시 「시신이여」에 세계의 밤 가운데 시인의 또 다른 역할인 반신 개념을 적용하여 해석하는 것은 타당할 것이다.

이러한 반신으로서의 시인을 가리켜 하이데거는, 인간으로부터 신으로 상승하는 중간적 존재라 하여 반신(半神, Halbgötter)70)이라 일컬었다. 고석규의 시 가운데 「너는 신에 성공할 수 있는가」는 대표적으로

---

66) Martin Heidegger, 「무엇을 위한 시인인가?」, 『숲길』, 신상희 옮김, 파주:나남, 2009. p.395.
67) *Ibid.,* p.395.
68) *Ibid.,* p.399.
69) 고석규, 「지평선의 전달」(고석규, *op. cit.*, p.54. 재수록.)
70) Martin Heidegger, 『횔덜린 송가—게르마니엔과 라인강』, p.7.

인간으로부터 신으로 상승을 시도하려는 반신의 문제의식을 공유한다. 반신이라는 독일어 'Halbgötter'는 어원적으로 '반'이란 의미의 'Halb'와 '신(들)'이란 의미의 'Götter'이 결합된 어휘이다. 다시 말해, 반신은 한편으로는 '인간-너머-존재'이지만, 다른 한편으로는 '신-아래-존재'이기도 하다는 의미에서[71] 중간적 존재이다. 이처럼 신과 인간 사이, 즉, '중심-안의-존재'로서의 반신이 횔덜린에게는 시인의 본질이라는 것을 하이데거는 간파하였다.[72] 나아가 하이데거는 시인의 이러한 특성을 자신의 시인관(詩人觀)을 세우는 기준으로 삼았다.

이처럼, 고석규의 「시신이여」에서 '시신'이란 개념은 그 자체로 '시인'이란 개념과 '신'이라는 개념이 결합되어 있다는 점에서 하이데거의 반신적 존재로 해석될 수 있다. 특히, 이 시의 후반부에서 "고전의 재림은 아직 이르니"라는 시구는 신의 부재를, 그리고 "그레고리안 성가를 들을 것"이란 시구는 그 신에 대한 기다림을 보여준다는 의미에서 하이데거가 「무엇을 위한 시인인가」에서 말하는 세계의 밤의 시인의 역할이 그대로 형상화되었다고 볼 수 있다. 고석규의 「시신이여」에서의 시적 주체가 "시신"을 부르는 것은 자신 또한 인간으로부터 신으로의 상승을 지향하는 존재론적 열정을 품지만 끝내 중간적 존재에 머무를 수밖에 없는 한계를 느끼기 때문이다. 그러한 의미에서 이 시 「시신이여」에서 시인과 동일시되는 시적 주체 역시 반신적 존재라고 할 수 있다.

이러한 해석을 지지할 수 있는 또 다른 논거는 고석규의 시론이다. 예컨대 고석규의 시론 「해바라기와 인간병」은 니체의 사신론(死神論)에 대한 깊이 있는 통찰을 보여주고 있다. 고석규는 「해바라기와 인간

---

71) *Ihid,* p 309,
72) *Ibid.,* p.260.

병」에서 니체가 신의 죽음을 선고한 데서 나아가 인간의 원초적인 생명력을 긍정하였다고 이해하면서, 니체의 「독일 시형에 의한 서곡」의 "해를 쫓으라"는 구절을 통해 향일성(向日性)의 상징을 간파해낸다.[73] 그러면서 고석규가 그러한 향일성의 상징을 태양의 신, 아폴론에 대한 논의로 이어가는 것은 상당히 시사적이다. 하이데거의 반신론도 니체의 사신론의 영향 가운데 태어났거니와 고석규의 「시신이여」에서의 시신은 음악의 신 아폴론으로 해석될 수도 있다는 점에서 정황상 「해바라기와 인간병」은 부차적인 논거가 된다.

이 시점에서 하이데거의 철학에서 시인에게 반신이라는, 높은 존재론적 지위가 부여되는 이유에 대하여 사유해 볼 필요가 있다. 고석규의 시론에서 중요한 것은 신학이 아니라 존재론이다. 고석규의 시 가운데도 신 또는 종교 개념이 삼투된 시, 예컨대, 「십일월」, 「집행장」, 「미실」, 「탐사」, 「전망」 등이 있다. 그렇지만, 이 시들이 신앙의 문제를 다루고 있지 않다. 그의 시에서 신이란 개념은 인간 존재에 대한 이해를 위한 매개가 되고 있을 뿐이다. 그러므로, 역시 반신 개념도 신학적 개념이기보다 존재론적 개념인 것이다. 하이데거가 시인을 반신적 존재로까지 간주한 이유는 그의 언어관에서 그 근거를 찾을 수 있다. III부 2장에서 하이데거의 표현존재 개념을 통해 그의 존재론과 언어관에 대한 논의를 이어가고자 한다.

2. 표현 존재의 의미: 「서술」1·2

다음으로 고석규의 시를 하이데거의 존재론적 관점으로 해석하는

---

73) 고석규, 「해바라기와 인간병」, 『초극』, 1953. 12. 16. (고석규, *op. cit.*, pp.16~17.)

데서 시작을 통한 '존재의 진리'의 열어밝힘에 대한 두 번째 논의를 하이데거의 표현존재(Ausdrucksein) 개념으로 이어가 보고자 한다. 왜냐하면, 고석규는 자신의 시론「문체의 방향」에서 "표현(Ausdruck)"이라는 개념을 직접 언급하면서 자신의 문체론을 펼치고 있기 때문이다.74) 표현존재(Ausdrucksein)라는 개념어 자체가 '표현(Ausdruck)'과 '존재(sein)'가 결합된 합성어라는 점에서, 하이데거의 표현존재 개념을 그의 시의 해석에 적용하는 것은 타당하다고 판단된다. 하이데거의 '표현 존재' 개념은 고석규의「서술(敍述)」1과「서술(敍述)」2를 통해 살펴볼 수 있다. 다음은 고석규의「서술(敍述)」1이다.

> 백지를/불빛에 태워 던지면/능욕의 서술은 향기롭다//동백이 벗이든 늙었어도/신과 사람을 섬기어/글을 적느니//머무른 슬픔에/저절로 피가 새는/그러한 서술을 내가 맡겠다
> ― 고석규,「서술(敍述)」1 전문. (193)

위에 인용된 시 고석규의「서술(敍述)」1은 "백지" 앞에서 무엇을 시로 쓸 것인가에 대하여 고뇌하는 시적 주체가 나타난다. 그 시적 주체가 곧 시인 자신으로 간주될 수 있다는 점에서「서술(敍述)」1은 메타텍스트(meta-text)로서의 성격을 갖는다. 그러한 의미에서 이 시는, 보들레르(Charles Baudelaire, 1821~1867)의「조응 Correspondances」이나 베를렌(Paul Verlaine, 1844~1896)의「시법 Art Poétique」이 시론으로서의 성격을 갖는 것과 같이, 고석규의 작시법이 드러난, 시론으로서의 성격을 갖는다. 그러므로 이 시를 통해서 그의 시론을 추론해 보는 것

---

74) 고석규,「문체의 방향」, 고석규, *op. cit.*, p.373.

은 가치 있는 논증일 것이다.

　이 시의 "서술"은 'description'으로 번역될 수 있다. 다시, 'description'은 현상학(現象學, phenomenology)에서는 기술(記述)로 번역된다. 기술(description, (독) Beschreibung, Deskription)은 현상학의 주요한 방법론이다. 현상학은 현상을 있는 그대로 기술하는 '엄밀(嚴密)의 학(學)'이다. 하이데거는 『존재와 시간』에서 현상(現象, phenomenon)의 어원은 그리스어 파이노메논(φαιγόμεγοϒ)이며, 이 명사는 '자신을 내보여준다'를 의미하는 동사 파이네스타이(φαιγεσθαι)에서 나온 것임을 확인한다.75) 그러면서 그는 현상을 자신의 존재론 내에서 "그것 자체에서 자신을 내보여주는 것"으로 정의내린다.76) 여기서 현상학의 방법론으로서, 존재가 자신을 내보여주는 데 매개가 되는 언어를 통한 기술이 중요한 의미를 지니게 된다. 즉, 현상학의 방법론은 탐구의 대상을 명명하거나 그것의 성격을 규정하는 것이 아니라, 오로지 그것을 "사태 자체로(zu den Sachen selbst)" 기술하는 데 있는 것이다.77) 이러한 현상학의 방법론은 고석규가 문체론을 확립하는 데도 영향을 미친 것으로 판단된다. 그 근거는 고석규가 자신의 시론 「문체의 방향」에서 "'이러저러하였던 그때엔'과 '이러저러하던 당시엔'과 '이러저러하는 지금'과는 시간의 포함된 상황을 의미하며 동시에 전체의 문학이란 상황의 문학을 의미하게 된다."라고 한 데서 찾을 수 있다. 즉, 고석규는 작가의 의식 안에 포착되는 '이러저러하다'는 상황에 대하여 시간성을 살려 써야 한다고 주장하는 것이다. 현상학에서의 기술은, 현상학의 창시자 후설(Edmund Husserl, 1859~1938)의 『논리연구 *Logische Untersuchungen*』

---

75) Martin Heidegger, 『존재와 시간』, p.49.
76) *Ibid.*, p.52.
77) *Ibid.*, pp.57~58.

에 따르면, 인간 안에서의 의식체험을 기술하는 것이다.78)

고석규의 「서술(敍述)」1에서 그러한 성향이 분명하게 드러난다. 예컨대, 그의 「서술(敍述)」1에서 "신과 사람을 섬기어/글을 적느니"라는 부분은 현상학 이전의 철학이 신학적 사유로 인간을 신의 모상(模像)으로 이해하려는 태도를 마다한 것으로 볼 수 있다. 나아가 이어지는 시구들인 "머무른 슬픔에/저절로 피가 새는/그러한 서술을 내가 맡겠다"라는 부분은 아주 단적으로 사태 자체를 내보여주려는 현상학적 기술을 자신의 시론으로 삼겠다는 의지로 해석될 수 있다. 왜냐하면, 이 시에서 '슬픔이 저절로 피를 흘린다'는 것은 시인의, 있는 그대로의 실존적 슬픔을 의미하는 것으로 볼 수 있으며, '나는 그것을 서술하겠다'는 것은 시인의, 시작의 방법론에 대한 의지를 의미하는 것으로 볼 수 있기 때문이다. 이어서 고석규의 「서술(敍述)」2를 살펴보면 다음과 같다.

> 자연의 저주를/어떻게 하였노//반가운 전기(傳記)를 뿌리치고/성낸 ○ 성(姓)을 물어뜯느냐//소묘와 희작(戲作)은 끝내 조롱/깎아 새긴 좌우명이/홀로 대답하리라//자연은 자연대로/붓은 붓대로 가버린 것을/옛날이 우리에게 대답하리라.
>
> ─ 고석규, 「서술(敍述)」 2 전문. (194)

위에 인용된, 고석규의 「서술(敍述)」2도 「서술(敍述)」1과 마찬가지로 역시 메타─텍스트로서의 성격과 시론으로서의 성격을 갖는다. 우선 이 시에서 시적 주체는 작가의 일대기를 쓰는 "전기(傳記)"를 거부한다고 말한다. 시에 관한 일반적인 관점 중 하나가 바로 시는 곧 시인의, 인생의 반영이라는 것이다. 그러나 이 시에서는 그러한 관점을 거부하

---

78) 우시지마 겐 외, 『현상학 사전』, 이신철 역, 서울: 도서출판 b, 2011, p.47.

겠다고 말한다. 다음으로 이 시에서는 완성작을 위한 밑그림으로서의 "소묘"를 거부한다고 말한다. 시에 관한 통념 가운데 하나가 시라는 장르는 소설가나 극작가가 젊은 시절 습작기에 거쳐 가는 장르라는 것이다. 그러나 시인은 그러한 통념을 거부한다. 마지막으로 이 시에서 시적 주체는 장난으로 가볍게 쓴 작품을 일컫는 "희작(戲作)"을 거부한다고 말한다. 그것은 이 시의 시적 주체는, 딜레탕트(dilettante)가 그렇게 하듯이, 시를 즐기는 태도로 대하는 것을 거부하겠다는 의미이다. 이 시에서 시적 주체가 추구하는 시작 태도는 시가 "좌우명"이 되게 하겠다는 것이다. 즉, 그것은 하이데거가 시작(詩作)을 철학적으로 사유하는 것으로 보면서,[79] 존재의 진리를 언어로 현성하는 것으로 보던 것과 같은 결의(決意)이다. 그러한 결의가 나타나는 이유는 고석규의 「서술」 2의 시적 주체가 "자연"을 대상으로 삼아 "붓"으로 묘사하는 것은 과거, 즉, "옛날"의 예술의 방법론이라고 판단하고 있기 때문이다. 고석규가 시작에 대해 이러한 태도를 보이는 것은 하이데거가 철학적 사유를 시로 표현했던 횔덜린이야말로 시적으로 가장 본질적인 것을 결정화했다고 극찬하면서[80] 보인 태도와 흡사하다. 또한, 고석규가 자신의 "좌우명"을 시로 쓰겠다고 한 것은 시인으로서 하이데거가 시에 대해 보인 태도와 흡사하다. 하이데거는 횔덜린이나 릴케를, 철학의 한계를 뛰어넘은 시인들로 보면서, 자기 스스로도 시를 써서 남겼다. 시인으로서의 하이데거는 철학자로서의 하이데거만큼 알려진 것은 아니다. 그의 시는 다분히 감성이 어우러진 철학적 단상처럼 보일 수도 있다. 그러나, 하이데거가 쓴 시 「여명이 산 위로 퍼질 때 When the early morni

---

79) Martin Heidegger, 「언어에 이르는 길」, 『언어로의 도상에서』, p.380.

80) David Halliburton, *Poetic Thinking: An Approach to Heidegger*, Chicago & London: The University of Chicago Press, 1981, p.112.

ng light quietly grows above the mountains...」에는 "존재의 시(Being's poem)"는 "인간(man)"이라는 시구절이 있다.[81] 그는 '무엇이 시적인가?'라는 물음에 바로 인간의 존재, 그 자체라고 답한 것이다. 그의 시론은 인간 존재로서의 시인으로부터 시작된다. 그에게 시는 그 어느 효용에도 복속되지 않는다. 또한, 그에게 시는 단순히 아름다운 언어의 수사학에 머물지도 않는다. 인간이 스스로 자신의, 존재의 진리를 드러내는 데 그의 존재론이 있고 그 연장선상에 시론 또한 있다. 고석규가 「서술」2에서 "좌우명"이 곧 자신의 시라고 한 것은 하이데거가 인간을 존재의 시로 본 태도와 일치한다.

위의 시 두 편, 고석규의 「서술」1과 「서술」2에서 서술하는 자, 즉, 시적 주체이자 시인은 하이데거의 '표현존재(Ausdrucksein)'로 규정될 수 있다. 표현존재는 존재의 진리를 시화하여 나타낸다. 하이데거의 존재론에서 말을 한다는 것은 인간의 본질의 하나로 간주된다.[82] 하이데거가 언어(Sprache)를 '존재의 집(Haus des Seins)'[83]이라고 일컬은 것은 그의 언어관을 단적으로 대변한다.[84] 언어가 존재의 집이라는 것은 존재의 진리가 현성되기 위해서 언어가 반드시 매개된다는 의미로 해석될 수 있다. 그러한 언어를 신성하게 다루는 존재가 바로 시인이다. 그러므로 '시를 짓는다'(Ditchten)[85]는 것은 하이데거에게 철학을 한다는 것과 같은, 중대한 의미를 지닌다. 왜냐하면, 그 이유는 하이데거에게

---

81) Martin Heidegger, "The Thinker as Poet (Aus der Erfahrung des Denkens)," *Poetry, Language, Thought,* translated and introduction by Albert Hofstadter, New York: Harper Perennial Modern Thought, 2013. p.4.

82) David A. White, "Saying and Speaking", *Heidegger and the Language of Poetry*, Lincoln & London: University of Nebraska Press, 1978, p.36.

83) Martin Heidegger, 「무엇을 위한 시인인가?」, p.454.

84) Martin Heidegger, 「무엇을 위한 시인인가?」, p.454.

85) Martin Heidegger, 『횔덜린의 송가-이스터』, p.30.

시를 짓는다는 것은 존재를 건립하는 것으로서 존재 자체의 근본사건이기 때문이다.86) 즉, 하이데거에게 시로 표현되어야만 하는 것은 존재의 진리를 명명하는 것이다.87) 고석규는 자신의 시론 「현대시의 형이상성」의 결미에서 "존재의 건설을 위한 시는 그 중의 속박을 벗어날 수가 없는 것이다."라는, 하이데거의 존재론적 시론을 직접 인용한 바 있다.88) 그러므로, 고석규의 「서술」1과 「서술」2는 시인의 실존의 "피" 흘리는 "슬픔"에도 불구하고, 그것을 있는 그대로 서술로써 표현하고, 존재의 진리를 "좌우명"으로 서술로서 표현한다는 점에서 하이데거적 의미의 표현존재를 드러내 보인다고 소결을 내릴 수 있다. 그러나, 하이데거의 시가 인간에 대한 낙관이 드러낸다면, 고석규의 시는 인간에 대한 비관을 드러낸다는 데서 차이가 나타난다. 고석규의 시에는 하이데거의 존재론이 전유되어 있으면서도 한국사의 비극이 삼투되어 고석규 시만의 비애미가 아름답게 내비치고 있다.

Ⅳ. 결론

이 논문 「고석규(高錫珪) 시에 관한 존재론적 연구: 하이데거의 존재론의 관점으로」는 고석규의 비평가로서의 면모와 시인으로서의 면모를 통합하여 하이데거의 존재론의 영향을 구명하기 위해 시도되었다. 특히, 이 논문은 고석규의 비평에 가려져 연구가 부족했던 시에 초점이

---

86) Martin Heidegger, 『횔덜린의 송가—게르마니엔과 라인강』, p.348.
87) Martin Heidegger, 『횔덜린의 송가—이스터』, p.186.
88) 고석규, 「현대시의 형이상성」, 『부대학보』 1957. 12. 7. (고석규, *op. cit.*, p.89. 재수록.)

맞춰져 있다.

우선 Ⅱ부에서는 '전쟁체험을 통한 삶과 죽음에 대한 실존의 깨어남'
이라는 소주제 아래, 고석규가 전기적으로 전쟁체험을 겪으며 죽음의
식에 예민할 수밖에 없었고, 그러한 실존적 상황이 하이데거의 존재론
에 관심을 갖도록 했다는 결론을 내렸다. 그러한 가운데 1장에서는 고
석규의 시 「1950년」에 나타난 피난 상황이 역설적이게도 시인에게 실
존의 현재성, 즉, 인간 존재자의 현존재로서의 의미를 깨닫게 함을 밝
혔다. 2장에서는 고석규의 시 「거리와 나와 밤」을 통해 시인이 시간적
으로 유한한 존재임을 인식하면서 죽음을 향한 존재로서 생의 본래적
의미를 추구하게 된다는 것을 밝혔다. 즉, Ⅱ부에서는 시인이 전쟁체
험을 통해 현존재와 죽음을 향한 존재로서의 의미를 각성하게 됨을 밝
혔다.

Ⅲ부에서는 시작(詩作)을 통한 '존재의 진리'의 열어밝힘이라는 소주
제 아래, 고석규가 시작을 통해 존재의 시간적 유한성을 극복하고 자신
의, 존재의 진리를 추구하는 존재로 거듭남을 보이는 시론적 성격의 시
편들에 대하여 논의되었다. 1장에서는 반신으로서의 시인의, 존재의
의미를 고석규의 시 「시신이여」를 통해 밝혔다. 이 시를 통해서는 세계
의 밤에 인간과 신의 중간적 존재로서의 시인의 임무가 반신으로 규정
될 수 있는 "시신"을 통해 밝혀졌다. 다음으로 2장에서는 표현존재의
의미를 「서술」1·2를 통해서 밝혔다. 이 시들을 통해 존재의 본질을
사태 자체로 언어를 통해 드러내 보이는 현상학적 기술이 시론으로 채
택되었으며, 그러한 시인은 표현존재로 규정될 수 있음을 밝혔다.

이와 같은 논증 과정을 거쳐 이 논문 「고석규(高錫珪) 시에 관한 존재
론적 연구: 하이데거의 존재론의 관점으로」는 비평가이자 시인인 고석

규의 시에서 그의 비평에 나타났던 하이데거의 존재론의 영향이 시에도 거의 동일하게 나타났음을 밝혔다. 그러나, 고석규의 시는 하이데거의 존재론이 전유되어 있으면서도 한국사의 비극이 삼투되어 그의 시만의 아름다운 비애미를 창조하였다. 그러한 의미에서 고석규의 시는 하이데거의 존재론적 시론의 다시 쓰기를 넘어, 한국 전후 문학의 특수성과 고석규 문학의 독자성을 확보하는 데까지 충분히 나아갔다고 평가된다.

최종적으로 고석규의 시에 대한 하이데거의 존재론의 영향에 대한 연구는 문학적 가치뿐 아니라 철학적 가치도 있다고 판단된다. 이에 고석규의 시는 한국시사에서 철학함으로써의 시 쓰기, 즉, 형이상시(形而上詩)의 전례를 남긴 시인으로 그 가치가 제고(提高)되어야 할 것이다. 그러한 이유는 전후 시단에서 다수의 시인이 전쟁 체험을 바탕으로 한 죽음의식을 시로 표현하였다는 점이나, 사상적으로 실존주의의 영향을 받았다는 점은 일반적인 현상이었음에도 불구하고, 고석규만의 차별화된 문학사적 성취가 있다고 판단되기 때문이다. 그가 전후의 김춘수, 김구용, 박인환, 전봉건 등의 시인들과 공유하는 에피스테메(episteme)가 있다는 것은 분명하다.

그럼에도 불구하고, 고석규는 「지평선의 전달」, 「R. M. 릴케의 영향」, 「상징의 편력」, 「현대시의 형이상성」과 같은 시론에서 보여주듯이, 자신의 시가 세계시문학사에서 횔덜린—릴케—말라르메—발레리—T.S 엘리엇으로 이어지는 철학적인 시의 계보 안에 있다는 분명한 자의식을 가지고 그러한 방향의 시를 철저히 추구해 갔다는 점에서 다른 한국의 전후 시인들과 차별화된다. 고석규의 형이상시에 대한 분명한 지향은 「서정의 순화」에서 "서정은 철학함으로써 순화"[89] 되어야 한다는 주장에서 극명하게 드러난다. 나아가 그가 철학함으로써 서정을 순화하고자 하는 시도는 전문적인 철학서인 푸울케의 『실존주의』를 번역하는 데까지 나아간다. 즉, 그는 철학자의 역할로의 도약까지 감행했던 것이다. 그리고 그의 철학적인 학문적 모색은 그의 시에 충분히 삼투되어 있다. 이러한 점은 그의 시가 한국현대시사에서 상당히 회귀한 형이상시의 계보에서 한 획을 그었다는 데 문학사적 의의가 있다. 한국현대시사에서 형이상시의 계보를 잇는 시인으로는 한용운, 유치환, 김수영, 김춘수, 김구용, 허만하, 김경주, 조연호 등이 있다. 고석규는 비평가로서뿐만 아니라 당당히 시인으로서 이러한 시인의 계보로 재고되어야 한다.

---

89) 고석규, 「서정의 순화」, 『부산일보』 1956. 10. 25. (고석규, 앞의 책, p.144. 새수록.)

참고문헌

1. 기본 자료

고석규, 남송우 편,『고석규 문학전집 ① 시집 청동의 관·시인론』, 마을,
　　　2012.
＿＿＿, 남송우 편,『고석규 문학전집 ② 평론집 여백의 존재성 외』, 마을,
　　　2012.
＿＿＿, 남송우 편,『고석규 문학전집 ③ 청동일기·서한·속 청동일기』, 마
　　　을, 2012.
＿＿＿, 남송우 편,『고석규 문학전집 ④ 사진·연보·실존주의·추모문』,
　　　마을, 2012.
＿＿＿, 남송우 편,『고석규 문학전집 ⑤ 작가 연구』, 마을, 2012.
『문예(文藝)』,『민성(民聲)』,『사상계(思想界)』,『새벽』,『시연구(詩研究)』,
『신경향(新京鄕)』,『신천지(新天地)』,『인문평론(人文評論)』

2. 국내외 논저

강경화,「한국문학비평의 존재론적 지평에 대한 고찰」,『반교어문연구』제10
　　　집, 반교어문학회, 1999.
구모룡,「고석규, 혹은 역설의 비평가」, 고석규,『고석규 문학전집 ⑤ 작가연

구』, 마을, 2012.

김경복, 「자폐의 심연에서의 빛 찾기」, 『오늘의 문예비평』, 1993. 겨울.

김윤식, 「고석규의 정신적 소묘」, 『시와 시학』, 1991.12.~1992.3.

_____, 「전후문학의 원점－6.25와 릴케·로댕·윤동주·고석규」, 『문학사상』, 1992.7.

_____, 「「청동의 계절」에서 「청동의 관」까지」, 『외국문학』, 1992.가을.

_____, 「한국 전후문학과 실존주의」, 『오늘의 문예비평』, 1993.겨울.

김일곤, 「젊은 날의 성좌(星座)－석규와 제1회 시낭독회」, 『부산대신문』, 1958.6.20.

김정한, 「요절한 혜성 석규 군을 생각한다」, 『부산대학보』, 1958.6.20.

김춘수, 「고석규의 평론세계」, 고석규, 『고석규 문학전집 ① 청동의 관·시인론』, 마을, 2012.

남기혁, 『1950년대시의 전통지향성 연구』, 서울대학교 국어국문학과 대학원 박사학위논문, 1998.

남송우, 「고석규, 그 역설의 진원지를 찾아서」, 『오늘의 문예비평』, 1993년 겨울호.

문혜원, 「역설을 주제로 한 고석규 비평 연구」, 고석규, 『고석규 문학전집 ⑤ 작가연구』, 마을, 2012.

박봉우, 「고독한 평론가－젊은 고석규 형의 무덤에」, 『조선일보』, 1958.5.28.

박슬기, 「한국 전후시의 그로테스크의 시학 연구－박인환, 고석규, 전봉건을 중심으로」, 서울대학교 국어국문학과 대학원 석사학위논문, 2004.

박현익, 「고석규 비평의 역설 및 상징 연구」, 고려대학교 국어국문학과 대학원 석사학위논문, 2016.

송기한, 『전후 한국시에 나타난 시간의식 연구』, 서울대학교 국어국문학과 대학원 박사학위논문, 1996.

오주리, 「고석규(高錫珪) 비평의 존재론에 대한 연구: 마르틴 하이데거(Martin Heidegger) 존재론의 영향을 중심으로」, 『한국현대문학연구』제49호, 한국현대문학회, 2016.

오형엽, 「고석규 비평의 수사학적 연구－문체론(stylistics)을 중심으로」, 『수사
　　학』제16집, 한국수사학회, 2012.

이미순, 「고석규 비평의 '역설'에 대하여」, 『개신어문연구』제17집, 개신어문
　　학회, 2000.

임영봉, 「전후문학과 고석규 비평」, 『어문논집』제24집, 민족어문학회, 1995.

정원숙, 「고석규의 죽음과 공포의 시학」, 강원대학교 국어국문학과 대학원 박
　　사학위논문, 2016.

조영복, 「공포 체험의 시적 변용과 그로테스크의 시」, 『한국현대문학연구』
　　제3권, 한국현대문학회, 1994.

최호빈, 「전후의 비평 방법론에 대한 반성과 모색－고석규를 중심으로」, 『한
　　성어문학』제53권, 한성대학교 한성어문학회, 2020.

하상일, 「1950년대 고석규 문학의 근대성 연구」, 부산대학교 국어국문학과 대
　　학원 석사학위논문, 1999.

홍래성, 「전후세대 비평(가)의 독특한 한 유형－고석규 비평의 형성 과정 및
　　성격, 특질에 관하여」, 『어문논집』제80권, 중앙어문학회, 2019.

우시지마 겐 외, 『현상학 사전』, 이신철 옮김, 서울:도서출판 b, 2011.

Heidegger, Martin, 『존재와 시간』, 이기상 옮김, 까치, 2001.

＿＿＿＿＿＿＿, 『철학이란 무엇인가 · 형이상학이란 무엇인가 · 휴머니즘
　　에 관하여 · 무엇을 위한 시인인가 · 철학적 신앙 · 이성과 실존』, 최동
　　희 · 황문수 · 김병우 옮김, 삼성출판사, 1990.

＿＿＿＿＿＿＿, 『횔덜린의 송가－이스터』, 최상욱 옮김, 동문선, 2005.

＿＿＿＿＿＿＿, 『횔덜린의 송가－게르마니엔과 라인강』, 최상욱 옮김, 서
　　광사, 2009.

＿＿＿＿＿＿＿, 『숲길』, 신상희 옮김, 나남, 2010.

＿＿＿＿＿＿＿, 『철학에의 기여』, 이선일 옮김, 새물결, 2015.

＿＿＿＿＿＿＿, *Poetry, Language, Thought*, translated and introduction by
　　Albert Hofstadter, New York: Harper Perennial Modern Thought, 2013.

Halliburton, David, *Poetic Thinking: An Approach to Heidegger*, Chicago & London: The University of Chicago Press, 1981.

Jameson, Frederic, 『정치적 무의식』, 이경덕 · 서강목 옮김, 서울: 민음사, 2015.

Walburga Lösch, *Der Werdende Gott. Mythopoetische Theogonien in der Romantischen Mythologie*, Frankfurt am Main u.a. 1996, S 190. (이영기, 「횔덜린의 뮈토포에지—비가 『빵과 포도주』를 중심으로」, 『독어독문학』통권109호, 한국독어독문학회, 2009, p.5. 재인용.)

White, David A., "Saying and Speaking", *Heidegger and the Language of Poetry*, Lincoln & London: University of Nebraska Press, 1978.

기형도 시의 '자기혐오'에 대한 존재론적 연구

— 레비나스의 존재론의 관점으로

I. 서론

1. 문제제기 및 연구사 검토

기형도(奇亨度, 1960~1989)는 스물아홉이란 나이에 요절함으로써 죽음의 미학을 시와 삶을 통해 완결한 시인이다. 그러므로 그의 시세계의 죽음의 미학은 독자들에게 큰 공명을 울리며 하나의 진실로서 다가간다. 기형도 시의 죽음의 미학은 일차적으로 시인 자신의 죽음과 관련이 있지만, 이차적으로는 시인의 가족들의 죽음이나 사회적 약자들의 죽음과 관련이 있다. 기형도의 사인은 뇌졸중이다. 그렇지만 그의 시세계에는 죽음을 바라보는 시인의 내면에서 우러나오는 멜랑콜리와 타나토스가 이미 그의 때 이른 죽음에 대한 전조처럼 배어있다. 그리고 이러한 멜랑콜리와 타나토스는 자신의 죽음뿐 아니라 타자의 죽음으로부터 기인한다.

기형도에 대한 연구는 김현이 1989년 유고시집 『입속의 검은 잎』의 해설에서 기형도의 시세계의 '미래가 없는 부정성'[1])에 주목한 이래, 이와 같은 관점에서 주로 이루어져 왔다. 예컨대, 박철화,[2] 오생근,[3] 정과리,[4] 정효구[5] 등의 평론이 기형도론의 일반론을 죽음의 미학으로 구축했다. 그 이후, 기형도 시의 죽음의 미학에 대한 연구는 학문적으로 심화되어, 엘리아데(Mircea Eliade, 1907~1986)의 관점으로 본 정보규의 논문,[6] 프롬(Erich Fromm, 1900~1980)의 관점으로 본 한용희의 논문,[7] 프로이트(Sigmund Freud, 1856~1939)의 관점으로 본 조성빈의 논문,[8] 레비나스(Emmanuel Levinas, 1906~1995)의 관점으로 본 금은돌의 논문[9] 등, 이론의 관점에서 다각도로 이루어졌다. 그 가운데 가장 주목할 만한 연구는 금은돌의, 레비나스의 타자의 윤리의 관점에서 기형도의 문학세계를 바라본 논문이다. 본고는 이 논문에 동의하면서 기형도의 죽음의 미학을 '자기혐오(Self-Hatred)' 나아가 '혐오사회(嫌惡社會)'[10]와의 연관성 하에 레비나스의, 타자 중심의 존재론의 관점[11]에서

---

1) 김현, 「영원히 닫힌 빈방의 체험」, 『입속의 검은 잎』, 서울: 문학과지성사, 1989, p.154.
2) 박철화, 「집 없는 자의 길찾기, 혹은 죽음」, 『정거장에서의 충고』, 박해현 외 편, 서울: 문학과지성사, 2009.
3) 오생근, 「삶의 어둠과 영원한 청춘의 죽음」, 『정거장에서의 충고』.
4) 정과리, 「죽음, 혹은 순수 텍스트로서의 시」, 『정거장에서의 충고』.
5) 정효구, 「차가운 죽음의 상상력」, 『정거장에서의 충고』.
6) 정보규, 「기형도 시의 죽음의식 연구」, 고려대학교 문학창작학과 대학원 석사학위논문, 2005.
7) 한용희, 「고트프리트 벤과 기형도의 시세계 비교: 소외의 양상을 중심으로」, 서울대학교 외국어교육과 석사학위논문, 2009.
8) 조성빈, 「기형도 시의 타나토스 연구」, 고려대학교 문학창작학과 대학원 석사학위논문, 2012.
9) 금은돌, 『거울 밖으로 나온 기형도』, 서울: 국학자료원, 2014.
10) '혐오사회(嫌惡社會)'라는 용어는 혐오가 만연한 사회라는 의미로 언론 등에서 통용되고 있다. 그러나, 아직 '혐오사회'라는 용어가 학문적으로 규정되어 있는 것은 아니다. 다만, 혐오라는 개념은 사회학적으로 성·인종·신분·계급상의 사회적 약자 또는 사회적 소수자에 대한 차별과 폭력을 유발하는 증오, 적대, 멸시 등의 정서로 규정된다. 이러한 근거에 따라, 오늘날, 혐오가 만연한 사회가 '혐오사회'라고

심화해 나아가 보고자 한다. 그 이유는 기형도의 죽음의 미학이 현재의, 혐오사회의 전조를 보여준다고 판단되기 때문이다. 기형도 시에 나타난 사회적 약자의 죽음은 1980년대 사회의 구조적 폭력에 그 원인이 있는 것으로 암시되고 있으며, 그 죽음에 대하여 시적 주체의 공포, 우울, 그리고 죄의식이 표현되고 있다. 본고는 이러한 양상을 '혐오사회'의 사회적 약자를 향한 혐오가 전이되어 한 시인의 시적 주체에게 '자기혐오'로 나타난다고 보고자 한다. 이에 대한 이론적 관점은 다음 장, 2. 연구의 시각에서 상세화하도록 한다.

2. 연구의 시각

이 논문 「기형도 문학의 '자기혐오'에 대한 존재론적 연구 — 레비나스의 존재론의 관점으로」는 기형도 문학에 나타난 '자기혐오'의 양상을 존재론적 관점에서 접근하는 데 있어 레비나스의 존재론적 관점을 원용하고자 한다. 사르트르(Jean-Paul Sartre, 1905~1980)는 "지옥, 그것은 타자이다(L'enfer, c'est les Autres.)"[12]라고 말했고, 반면에 레비나스는 '나는 지옥이다'라고 말했다.[13] 사르트르가 타자를 지옥이라고 말

통칭되고 있다. 본고 또한 '혐오사회'라는 용어를 이와 같은 통례에 따라 통칭할 것이다. 나아가, 본고는 혐오가 유발하는 폭력성, 죄의식 등과 관련해서는 레비나스의 철학을 원용하여 학문적으로 심화해가도록 할 것이다.

11) 레비나스의 타자 중심의 존재론은 윤리학으로 발전된다. 이 자체가 미학이라고 볼수는 없으나 레비나스의 윤리학은 미학, 즉, 예술론을 내포할 가능성을 가진다. 이에 대해서는 나윤숙의 「레비나스의 윤리학과 예술론」을 참조할 수 있다. 그러므로 본고는 기형도의 자기혐오에 대하여 그의 죽음의 미학을 레비나스의 존재론으로 접근함으로써 구명하고자 한다.

12) Jean-Paul Sartre, *Huis Clos suivi de Les Mouches*, Paris: Gallimard, 2018, p.93.

13) Emmanuel Levinas, 『모리스 블랑쇼에 대하여』, 심교신 역, 서울: 동문선, 2003, p.

한 의미는 인간은 타자로 인해 불행하지만, 타자로부터 벗어날 수 없다는 것이었다. 반면에 '나'를 지옥이라고 한 레비나스의 논제는 '자기혐오'의 존재론적 근거가 된다. 그러므로 레비나스에게 주체의 해방에 타인(他人, Autrui)은 필수적이다.[14] 그래서 레비나스는 '자아와 너'(moi-toi)의 관계, 즉, 얼굴과 얼굴을 마주하는 관계, 타인을 타인으로서 바라보는 관계를 내세운다.[15] 나아가 이러한 맥락들은 레비나스에게 '타자성'(他者性, altérité)을 확립할 수밖에 없는 근거가 된다. 레비나스의 '타자성'은 '절대적으로 다른 것'으로서, 유일한 '얼굴'로 현현하면서도 스스로 절대화한다.[16]

기형도 문학의 '자기혐오'는 자기 자신의 운명과 인생을 사랑하지 않는다는, 시적 태도를 통해 여러 작품에서 드러난다. 기형도 문학의 이러한 '자기혐오'는 '죽음충동', 즉 '타나토스'와 밀접한 연관을 가지면서, 기형도 특유의 '죽음의 미학'을 만들어낸다. 그리고 이러한 '죽음의 미학'은 그의 요절과 맞물려 일종의 '기형도 신화'를 탄생케 하였다.

그런데 여기서 문제적인 것은 기형도 문학의 '자기혐오'를 현대사회에 만연해 있는 '사회적 약자에 대한 혐오'가 전이된 양상으로 볼 수 있다는 것이다. 예컨대, 기형도 문학에 나타나는 사회적 약자들의 죽음들과 이에 대한 사회적 무관심 속에서 기형도 문학의 시적 주체는 죄책감과 무력감을 동시에 느끼는데, 이러한 일련의 심리적 메커니즘은 '사회적 약자를 향한 혐오'의 '자기혐오'로의 전이(轉移)를 해명해 줄 수 있

---

82. 참조.

14) Emmanuel Levinas, 『존재에서 존재자로』, 서동욱 역, 서울: 민음사, 2003, p.167.

15) *Ibid*., pp.161~162.

16) 마사토 고다 외, 『현상학 사전』, 기다 겐 외 편. 이신철 역, 서울: 도서출판 b, 2011, p.398.

다. 기형도 문학의 이러한 특성은 1980년대 한국사회의 이면에 숨겨진 폭력성과 밀접한 관계를 맺고 있다. 이러한 점들에 대하여, 아우슈비츠에 대한 성찰로부터 타자와 공존하는 존재론을 확립한 레비나스의 존재론은 기형도의 문학을 해명하는 데 도움을 줄 것이다.

레비나스의 죽음관은 하이데거(Martin Heidegger, 1889~1976)의 죽음관에 대한 반성적 성찰로부터 비롯된다. 하이데거는『존재와 시간』에서 현존재(Dasein)[17]로서의 인간을 죽음을 향한 존재(Sein Zum Tode)[18]로 규정함으로써 현대철학에서 죽음에 대한, 가장 심원한 해석을 해낸 철학자로 평가되고 있다. 그러한 하이데거의 관점에 따르면, 죽음은 그 어떤 타인도 대신해 줄 수 없는 것이라는 점에서 한 인간 존재에게 가장 고유한, 실존적인 문제가 된다.[19] 그러나 레비나스는『신, 죽음, 그리고 시간』에서 자신의 죽음에 대한 관점을 하이데거의『존재와 시간』에 대한 통찰로부터 다르게 이끌어낸다. 일단 레비나스는『신, 죽음, 그리고 시간』에서 하이데거의 죽음을 향한 존재라는 개념이 중요한 이유는 인간을 시간적 유한성을 지닌 존재로 보기 때문이 아니라 무(無)에 대한 존재로 보기 때문이라고 해석한다.[20] 이러한 해석은 하이데거가『형이상학이란 무엇인가』에서 밝힌 바와 일맥상통하는 해석이다. 하이데거는『형이상학이란 무엇인가』에서 인간이 죽음에 의해 불안을 느끼는 것은 존재가 무화(無化)되는 것에 대한 불안이라고 말한 바 있기 때문이다.[21] 레비나스는 여기서 더 나아가 무화를 죽음의 부정적 특

---

17) Martin Heidegger,『존재와 시간』, 이기상 역, 서울:까치, 1998, p.67.
18) Ibid., p.317.
19) Ibid., p.322.
20) Emmanuel Levinas,『신, 죽음, 그리고 시간』, 김도형 외 역, 파주: 그린비, 2013, pp.17~18.
21) Martin Heidegger,「형이상학이란 무엇인가」,『이성표』1, 신상희 역, 파주: 한길

성으로 보면서 증오 또는 살해의 욕망에 새겨진다고 말 한 바 있어 주목된다.22) 그러한 주장이 나올 수 있던 것은 레비나스가 타자와의 관계 속에서 죽음에 대하여 통찰하였기 때문이다. 하이데거의 타자에 대한 관점은 대사회적 관점에서 비판받는 편이다. 하이데거는 『존재와 시간』에서 인간을 세계내존재(In-der-Welt-Sein)23) 그리고 공동현존재(Mitdasein)24)로 규정한 바 있다. 그러한 개념은 현존재를 사회적 존재 또는 역사적 존재로 보는 관점이다. 그런데 여기서 문제가 되는 것은 하이데거가 타자와의 관계를 평화로운 관계로만 보았다는 것이다. 레비나스는 하이데거의 세계내존재와 공동현존재 개념이 독재를 눈 가리는 등 집단성으로 환원된다며 강하게 비판하고, 하이데거의 존재론의 의의를 고독 가운데 있는 존재로만 한정하였다.25) 하이데거의 이러한 개념은 현상학의 효시인 후설(Edmund Husserl, 1859~1938)로부터 기인한다. 후설은 오스트리아 태생이다. 당시의 오스트리아의 사회와 역사에 대한 학문적 성향은 상당히 보수적이었다. 인간의 주관성에 관심하였던 후설은 대사회적인 관점에서 보수성을 띠고 있었다는 것이다. 이러한 후설에 대한 비판은 『후설 현상학에서의 직관이론』에 잘 나타난다. 즉, 레비나스의 관점에서 후설 철학의 의의는 인식론으로 한정된다.26) 이에 반해, 리투아니아 출신 유대인이었던 레비나스는 제2차 세계대전 중의 아우슈비츠 수용소의 홀로코스트를 고통스럽게 바라보며, 후설

사, 2005, p.179.

22) Emmanuel Levinas, *op. cit.*, p.19.

23) Martin Heidegger, 『존재와 시간』, p.80.

24) *Ibid.*, p.160.

25) Emmanuel Levinas, 『존재에서 존재자로』, p.160.

26) Emmanuel Levinas, 『후설 현상학에서의 직관이론』, 김동규 역, 파주: 그린비, 2014, p.269.

이나 하이데거와는 다른 타자론을 세우게 된다. 즉, 하이데거가 죽음을 존재의 무화로 규정하였고, 죽음의 각자성(各自性, Jemeinigkeit)에 주목함으로써 한 실존의 결단을 중요시한 데 반해, 레비나스는 그 무화에서 증오와 살인을 발견하는 한편, 타자의 죽음에 주목함으로써 공동체 안에서의 윤리를 중요시하였던 것이다. 레비나스가 타자의 죽음에 주목한 이유는 바로 인간은 타자의 죽음을 경험할 수는 없지만, 타자의 죽음을 통해 두려움을 갖게 된다는 데 있다.27) 또한, 레비나스는 타자에 대하여 책임을 지는 데서 '나'의 정체성이 만들어진다는 원칙에 따라, 죽어가는 타인에게 응답할 수 있을 때, '나'의 정체성이 확립되며, 반대로 응답할 수 없을 때, 살아남은 자의 유죄성만 남게 된다고 한다.28) 이것은 브레히트(Bertolt Brecht, 1898~1956)의 시「살아남은 자의 슬픔」("Ich, der Überlebende")을 그대로 연상시킨다. 이 시 또한 제2차 세계대전 중 유대인 학살 당시 자살한 친구 벤야민(Walter Benjamin, 1892~1940)을 잃은 브레히트가 살아남은 자로서의 슬픔을 노래한 시이다. 이 시의 슬픔은 '유죄성,' 즉 죄의식에서 기인한다. 그런데, 이 시의 마지막 구절에서 주목할 부분은 "나는 자신이 미워졌다"29)라는, 자기혐오의 감정으로 전환되는 심리이다. 이러한 심리적 메커니즘은 기형도의 시에도 적용될 수 있다. 즉, 타자에 대한 유죄성의, 자기혐오로의 전이의 심리적 메커니즘이 그렇다는 것이다. 레비나스는 죽음에 대하여 하이데거보다 비관적인 인식을 갖는다. 하이데거가『존재와 시간』에서 인간 현존재를 죽음을 향한 존재라고 규정하였을 때, 그것은 자신의 죽음에 기획투사 해 봄으로써 자신의 존재의 진리를 찾으며 살라고

---

27) Emmanuel Levinas,『신, 죽음, 그리고 시간』, p.22.
28) *Ibid.*, p.25.
29) Bertolt Brecht,『살아남은 자의 슬픔』, 김광규 역, 서울:한마당, 2004, p.117.

하는 의미였다. 그러나 레비나스는 죽음을 죽을 수밖에 없음(mortalité), 즉 필멸성으로 인식한다.[30] 그뿐만 아니라 레비나스는 인간에 대해서도 비관적인 인식을 가지고 있다. 즉, 레비나스는 인간존재를 코나투스(conatus)[31]가 아니라, 타인의 볼모로 보는 것이다.[32] 그러나 이것은 부정적인 의미인 것은 아니다. 레비나스는 사회적 관계를 일종의 원초성으로 상정하고, 대면을 통해 나로부터 타자로 성취된다고 하면서, 존재의 외재성을 주장한다.[33] 레비나스의 이러한 관점은 존재를 폐쇄적으로 이해하는 것을 반대한다. 그러면서 그는 '타인을 향한 존재'(être pour autrui)를 통해 자아를 긍정하고, 그러한 자아는 선함 속에서 보존된다고 주장한다.[34] 다시, 선함을 보존한 자아는 '선함으로서의 존재'(l'être comme bonté)이다. 그러한 존재는 나아가 '타자를—위한—존재'(être pour l'autre)가 되는데, 타자를 위한다는 것은 하이데거적 의미의 '서로 함께 있음'(Miteinandersein)을 너머 평화를 옹호해야만 한다.[35] 여기서 레비나스는 하이데거의 죽음의 존재론적 본래성과 각자성을 넘어, '타자를 위한 죽음'(mourir pour l'autre)[36]과 '타자의 죽음에 대한 염려'[37]

---

30) Emmanuel Levinas, *op. cit*., p.29.
31) 어원적으로 코나투스(conatus)는 라틴어 노력하다(conor)의 명사형이다. 스피노자(Baruch de Spinoza, 1632~1677)는 『에티카』(*Ethics*)에서 존재 안에 스스로 지속하려는 노력을 언급한 바 있는데(140), 이와 같은 것을 코나투스(conatus)라고 할 수 있다.
32) Emmanuel Levinas, *op. cit*., p.38.
33) Emmanuel Levinas, 『전체성과 무한: 외재성에 대한 에세이』, 김도형 역, 파주: 그린비, 2018, p.434.
34) *Ibid*., pp.459~460.
35) Emmanuel Levinas, 『우리 사이: 타자 사유에 관한 에세이』, 김성호 역, 파주: 그린비, 2019, p.294.
36) *Ibid*., p.298.
37) *Ibid*., p.301.

를 내세운다. 그러면서 레비나스는 결론적으로 '타자를 위한 죽음'과 '타자의 죽음에 대한 염려'는 단순히 희생 이상인 것으로, 거룩한 사랑이자 자비라고 그 의미를 격상한다.[38] 레비나스에게 '타자를 위한 죽음'은 '함께 죽음'(mourir ensemble)이기도 하다.[39] 바로 이 지점에서 레비나스의 죽음관은 하이데거의 죽음관의 본래성과 각자성을 완전히 넘어선다.

요컨대, 기형도 문학의 죽음의 미학은 존재를 무화하는 죽음의 부정성에 기반을 두고 있다. 그러나 자신의 삶과 운명을 사랑하지 않는다는 자기혐오는 본래적인 나의 존재를 찾아가는 하이데거의 존재론[40]만으로는 해명이 어렵다. 기형도 문학의 죽음의 미학은 타자의 죽음에 대한 공포와 무력감 때문에 타자에게 응답하지 못했다는 유죄성이 자기혐오로 전이된 것으로 볼 수 있다. 이것은 하이데거의 '죽음을 향한 존재'를 넘어, 레비나스의 '타자를 위한 존재' 그리고 '선함으로서의 존재'라는 전제에 기형도 문학의 세계관이 서 있음을 방증한다.

나아가, 「기형도 시의 '자기혐오'에 대한 존재론적 연구」는 1980년대의 상황 속에서의 기형도 문학의 '자기혐오'에 대한 해명을 통해, 오늘날의 혐오사회에 내재된 위험성에 경각심을 일깨우고, 그 대안을 찾아야 하는 절박함을 일깨우는 데 기여할 것으로 기대된다. 이에 따라, II부에서는 기형도 시의 자기혐오 양상을 통해 죽음의 미학과 존재에 대한 부정성을, III부에서는 기형도 시의 사회적 혐오의 양상을 통해 타자의 죽음에 새겨진 증오와 살의를, IV부에서는 기형도 시의 사회적 혐오의 자기혐오로의 전이 양상을 통해 타자의 죽음에 응답하지 못함의

---

38) *Loc. cit.*
39) *Ibid.*, p.298.
40) 최상욱, 『하이데거 VS 레비나스』, 서울: 세창출판사, 2019, p.98.

유죄성을, 그리고 마지막으로 V부 결론에서는 기형도 시의 혐오사회에의 시사점을 논의해 보고자 한다.

II. 기형도 시의 자기혐오
— 죽음의 미학과 존재에 대한 부정성

기형도 시의 자기혐오에 대한 존재론적 연구를 위해 우선 기형도 시에 나타난 자기혐오의 양상을 확인해 보도록 한다. 기형도 시의 자기혐오는 여러 시편에서 다양하게 나타난다.

> 한때 절망이 내 삶의 전부였던 적이 있었다/그 절망의 내용조차 잊어버린 지금/나는 내 삶의 일부분도 알지 못한다/이미 대지의 맛에 익숙해진 나뭇잎들은/내 초라한 위기의 발목 근처로 어지럽게 떨어진다/오오, 그리운 생각들이란 얼마나 죽음의 편에 서 있는가/그러나 내 사랑하는 시월의 숲은/아무런 잘못도 없다
>
> — 기형도, 「10월」 부분. (73)[41]

위에 인용된 시 「10월」에서 시적 주체는 "절망이 내 삶의 전부"라고 말하면서, "그리운 생각"은 "죽음의 편"에 서 있다고 말한다. 이 시에서 시적 주체는 삶 전체에 대한 절망의 돌파구를 죽음을 통해 찾으려 한다. 죽음은 존재에 대한 부정성이다. 이 시에서 떨어지는 "나뭇잎"은 존재의 필멸성을 암시한다. 이 시의 시적 주체가 "시월의 숲"을 사랑한다

---

41) 본문 내 시작품의 인용의 출처는 모두 『기형도 전집』(문학과지성사, 2018)이며, 시 제목과 면수만 간단히 표기하도록 한다.

는 것은 존재의 필멸성에 대해 동질감을 느낀다는 것이다. 이처럼 기형도의 시에는 죽음에 대한 응시가 나타나 있지만, 그것이 자신의 존재의 본질을 찾으려는 방향으로 나아가지 않고, 자기를 부정하는 방향으로 나아간다.

> 너희 흘러가 버린 기쁨이여/한때 내 육체를 사용했던 이별들이여/찾지 말라, 나는 곧 무너질 것들만 그리워했다[⋯]//어둠 속에서 중얼거린다/나를 찾지 말라⋯⋯무책임한 탄식들이여/길 위에서 일생을 그르치고 있는 희망이여
>
> ― 기형도, 「길 위에서 중얼거리다」 부분. (59)

「10월」과 비슷한 유형의 작품으로 위에 인용된 「길 위에서 중얼거리다」를 들 수 있다. 이 시에서 "나는 곧 무너질 것들만 그리워했다"라는 구절은 「10월」의 "그리운 생각들이란 얼마나 죽음의 편에 서 있는가"라는 구절에 상응된다. 이 시에서의 "(나를) 찾지 말라"는 구절은, 은둔 정도를 의미할 수도 있지만, 은둔은 사회적으로 상징적 죽음이기도 하다는 점에서 죽음을 암시하는 것으로도 볼 수 있다. 이 시에서도 역시 기형도는 "희망"을 거부하는 '절망'의 상태에 빠져 있다. 그러면서 「10월」에서 "대지의 맛"이라는 구절에 상응되는 시어들인 "기쁨"과 "육체"를 거부하고 있다. 이 시의 죽음의 미학도 역시 죽음의 도저한 부정성에 의해 시적 주체의 삶이 붕괴되어 가고 있는 모습을 보여준다. 다음의 시편들은 그러한 데서 연유하는, 구체적인 자기혐오의 양상들이다.

내 얼굴이 한 폭 낯선 풍경화로 보이기/시작한 이후, 나는 주어를
잃고 헤매이는/가지 잘린 늙은 나무가 되었다.

－ 기형도, 「病」 부분. (101)

나의 생은 미친 듯이 사랑을 찾아 헤매었으나/단 한 번도 스스로
를 사랑하지 않았노라

－ 기형도, 「질투는 나의 힘」 부분. (64)

위에 인용된 시 「병」과 「질투는 나의 힘」은 기형도 시의 자기혐오를
보여주는 대표적인 작품들이다. 우선, 「병」에서 "주어를 잃고"라는 시
구절은 주체성의 상실을 의미한다. 이러한 주체성의 상실은 자신의 얼
굴이 "낯선 풍경화"로 보이는 소외로부터 기인한다. 나아가 이 시의 시
적 주체가 자신을 "가지 잘린 늙은 나무"에 은유하는 것은 자신의 존재
에 대한 부정성을 표현한 것이다. 이러한 것들이 모두 자기혐오의 이유
가 될 수 있다. 「질투는 나의 힘」은 자기혐오를 조금 더 직접적으로 보
여주는 시이다. 특히, 동명의 영화 『질투는 나의 힘』이 있는 데서 알 수
있듯이, 이 시는 기형도의 시 가운데 독자들에게 가장 잘 알려진 시 중
한 편이다. 그런 의미에서 이 시에서의 "단 한 번도 스스로를 사랑하지
않았노라"라는 시 구절은 기형도 시에서의 자기혐오를 대표하는 문장
이라고 볼 수도 있다. 그러나 이 시에서 주목해야 할 시 구절은 바로
"사랑을 찾아 헤맸으나"이다. 그 이유는 기형도의 시적 주체의 내면의
사랑에 대한 갈망, 즉 에로스가 처음부터 없었던 것은 아니기 때문이
다. 에로스는 사랑인 동시에 생에 대한 열정이자 진리에 대한 열정이
다. 그러나, 기형도에게도 레비나스가 말한 바와 같이 "사랑은 치유할
수 없는 본질적인 허기"[42]였다. 다음 시에서는 기형도에게 어떠한 계

---

42) Emmanuel Levinas, 『존재에서 존재자로』, p.68.

기가 에로스를 타나토스로 전환되게 했는지 살펴보도록 하겠다. 다음의 시는 「빈집」이다.

> 사랑을 잃고 나는 쓰네//잘 있거라, 짧았던 밤들아/창밖을 떠돌던 겨울 안개들아/아무것도 모르던 촛불들아, 잘 있거라/공포를 기다리던 흰 종이들아/망설임을 대신하던 눈물들아/잘 있거라, 더 이상 내 것이 아닌 열망들아//장님처럼 나 이제 더듬거리며 문을 잠그네/가엾은 내 사랑 빈집에 갇혔네
>
> — 기형도, 「빈집」 전문. (84)

위에 인용된 기형도의 「빈집」은 「질투는 나의 힘」과 함께 독자들로부터 가장 많은 사랑을 받는 시이다. 그 이유는 유추컨대 이 작품들은 '사랑'이라는 시어가 전경화 되어 있어, 일종의 사랑시(love poem)로 읽힐 수 있기 때문일 것이다. "사랑을 잃고 나는 쓰네"라는 서두는 실연으로 인한 절망감을 보여준다. 다음으로 "공포를 기다리던 흰 종이들아"는 시인이 백지라는 자신의 내면세계와 마주할 때의 고립감과 절망이 만들어내는 타나토스로 인한 공포감을 표현하고 있다. 레비나스는 자아의 정체성도 타자와의 관계 속에서 정립되는 것이라고 하였다. 타자와의 관계가 단절된 상황에서는 자아의 정체성도 붕괴된다. 그런 의미에서 마지막 구절 "빈집에 갇혔네"는 시적 주체의 자폐적 상황이 상징적으로 표현된 것이라고 해석될 수 있다. 다음 시에서는 그러한 양상이 더욱 심화된 것이 확인된다. 다음 시는 「오래된 서적」이다.

> 내가 살아온 것은 거의/기적이었다/오랫동안 나는 곰팡이 되어/나는 어둡고 축축한 세계에서/아무도 들여다 보지 않는 질서//속에

서, 텅 빈 희망 속에서/어찌 스스로의 일생을 예언할 수 있겠는가/다른 사람들은 분주히/몇몇 안 되는 내용을 가지고 서로의 기능을/넘겨보며 서표(書標)를 꽂기도 한다/또 어떤 이는 너무 쉽게 살았다고/말한다, 좀 더 두꺼운 추억이 필요하다는//사실, 완전을 위해서라면 두께가/문제겠는가? 나는 여러 번 장소를 옮기며 살았지만/죽음은 생각도 못 했다, 나의 경력은/출생뿐이었으므로, 왜냐하면,/두려움이 나의 속성이며/미래가 나의 과거이므로/나는 존재하는 것, 그러므로/용기란 얼마나 무책임한 것인가, 보라/나를/한 번이라도 본 사람은 모두/나를 떠나갔다, 나의 영혼은/검은 페이지가 대부분이다, 그러니 누가 나를/펼쳐볼 것인가, 하지만 그 경우/그들은 거짓을 논할 자격이 없다/거짓과 참됨은 모두 하나의 목적을/꿈꾸어야 한다, 단/한 줄일 수도 있다//나는 기적을 믿지 않는다

―기형도, 「오래된 서적」 전문. (44~45)

위에 인용된 시 기형도의 「오래된 서적」에서 시적 주체는 "나"를 "곰팡이" 또는 "검은 페이지"에 은유하고 있다. 그러한 은유들은 시적 주체가 극도로 자신을 혐오하고 있는 것으로 해석될 수 있는 은유들이다. 이 시에서 "어둡고 축축한 세계"는 "빈집"의 또 다른 표현일 것이다. 즉 타인과 단절된 자폐적 상황은 "빈집"에서 "어둡고 축축한 세계"로 그 상상력이 변주된다. 이 시에서 문제적인 것은 "모두/나를 떠나갔다"는 것이다. 이것은 사실이라기보다 시적 주체의 심리적 진실일 터이다. 이러한 시적 주체는 타인으로부터 자신에 대한 혐오를 느낀다고 고백한다. 기형도의, 이 같은 자신에 대한 혐오는 그와 동시대의 시인인 최승자의 시집 『이 시대의 사랑』에서 시적 주체가 자신을 "곰팡이"(「일찍이 나는」)로 느끼며 "독신자 아파트"(「어느 여인의 종말」)에서 고독사(孤獨死) 할 것이라고 자조한 것과 유사하다. 그러나 기형도의 시적 주체는

최승자의 시적 주체보다 무기력하다. 레비나스는『존재에서 존재자로』에서 무기력을 시작의 불가능성[43]이라고 해석한다.「오래된 서적」의 시적 주체가 자신의 경력은 "출생뿐"이라고 말하는 것이 바로 삶을 시작하는 것에 대한 불가능성으로 해석될 수 있다. 그러한 무기력은 곧 존재 앞에 머뭇거리며,[44] 삶에 대해 두려워한다는 것이다.[45] 여기서 더욱 문제적인 것은「오래된 서적」의 시적 주체가 "두려움이 나의 속성"이라고 말할 때, 그가 두려워하는 것은 죽음이 아니라, 바로 삶이라는 것이다.「오래된 서적」의 시적 주체가 "미래"에 대하여 부정하고, "용기"에 대하여 회의하는 것을 바로 삶 자체에 대한 두려움이라고 할 수 있을 것이다. 하이데거가 존재를 위한 두려움(peur pour l'être)을 말한다면, 레비나스는 존재함에 대한 두려움(peur d'être)을 말한다.[46] 하이데거의 두려움은 무에 대한 두려움이다. 즉, 인간의 유한성에 대한 두려움이다. 반면에 레비나스의 두려움은 "존재 바로 그 자체 때문에 죽음이 해결할 수 없는 어떤 비극을 존재는 자기 안에 감추고 있다"는 데서 오는 두려움이다.[47] 기형도의 시적 주체가 두려워하는 것은 바로 삶에 대한 두려움이다. "죽음은 생각도 못 했다"(「오래된 서적」)라는 것이 바로 시적 주체 자신의 두려움이 죽음보다 삶에 있었다는 것을 방증한다.

　레비나스에게서 증오[48]는 살의와 같은 맥락으로 이해될 수 있다. 프

---

43) Emmanuel Levinas,『존재에서 존재자로』, p.37.
44) *Ibid.*, p.40.
45) *Ibid.*, p.42.
46) *Ibid.*, p.26.
47) *Loc. cit.*
48) 본고는 카롤린 엠케의『혐오사회』의 용례(17)와 제러미 월드론의『혐오표현, 자유는 어떻게 해악이 되는가?』의 용례(291~292)에 따라 증오를 혐오와 같은 의미로 사용하기로 한다.

로이트는 「슬픔과 우울증」에서 우울증의 심리적 메커니즘의 일환으로서 자애심의 하락[49]과 자기징벌(Selbstbestrafung)[50]을 지적한다. 즉, 타자를 상실함으로써 자아마저 상실하게 되면서 자신을 비난하고 자기를 징벌하려는 성향을 보이는 것이 우울증의 심리적 메커니즘인 것이다. 기형도의 「빈집」과 「오래된 서적」에서 시적 주체의, 타자와의 단절의 양상이 자기부정으로 전환되는 메커니즘은 바로 우울증의 메커니즘으로 볼 수 있다. 여기서 프로이트적 개념들을 레비나스적 개념으로 대체해 볼 수 있을 것이다. 즉, 자애심의 하락은 자기혐오로, 자기징벌은 자신에 대한 살의에 상응될 수 있을 것이다. 이것은 레비나스의 관점에 따라, 인간이 타자를 향한 존재라는, 원초적인 전제가 붕괴될 때, 자아의 정체성도 붕괴된다는 것을 보여주고 있다.

나아가, 타자와의 단절은 신(神)과의 관계의 단절을 통해서도 나타난다. 다음은 신과의 단절이 나타난 시편들이다.

> 보아라, 쉬운 믿음은 얼마나 평안한 산책과도 같은 것이냐. 어차피 우리 모두 허물어지면 그뿐, 건너가야 할 세상 모두 가라앉으면 비로소 온갖 근심들 사라질 것을. 그러나 내 어찌 모를 것인가. 내 생 뒤에도 남아 있을 망가진 꿈들, 환멸의 구름들, 그 불안한 발자국 소리에 괴로워할 나의 죽음들.
> — 기형도, 「이 겨울의 어두운 창문」 부분. (74)

위에 인용된 시 「이 겨울의 어두운 창문」에서는 신앙과 내세와 구원에 대한 회의가 나타난다. 이 시의 "쉬운 믿음"은 심리적 안위를 얻기

---

49) Sigmund Freud, 「슬픔과 우울증」, 『무의식에 관하여』, 윤희기 역, 서울: 열린책들, 1998, p. 251.
50) *Ibid*., p.260.

위해 안이하게 신앙생활을 하는 태도가 "산책"과 무엇이 다르냐고 반문하고 있다. 특히 "내 생 뒤에도 남아 있을 망가진 꿈들…나의 죽음들"은 죽은 다음, 천국에 간다는 식의 내세관과 구원관에 대하여 기형도의 시적 주체가 회의하고 있음을 보여주는 것이다.

> 나는 그때 왜 그것을 몰랐을까. 희망도 아니었고 죽음도 아니었어야 할 그 어둡고 가벼웠던 종교들을 나는 왜 그토록 무서워했을까. […] 어둠은 언제든지 살아 있는 것들의 그림자만 골라 디디며 포도밭 목책으로 걸어왔고 나는 내 정신의 모두를 폐허로 만들면서 주인을 기다렸다. [중략] 그리하여 어느 날 기척 없이 새끼줄을 들치고 들어선 한 사내의 두려운 눈빛을 바라보면서 그가 나를 주인이라 부를 때마다 아, 나는 황망히 고개 돌려 캄캄한 눈을 감았네.
> — 기형도,「포도밭 묘지」1 부분. (75~76)

> 저 공중의 욕망은 어둠을 지치도록 내버려 두지 않고 종교는 아직도 지상에서 헤맨다. 묻지 말라, 이곳에서 너희가 완전히 불행해질 수 없는 이유는 신(神)이 우리에게 괴로워할 권리를 스스로 사들이는 법을 아름다움이라 가르쳤기 때문이다. 밤은 그렇게 왔다. 비로소 너희가 전 생애의 쾌락을 슬픔에 걸듯이 믿음은 부재 속에서 싹트고 다시 그 믿음은 부재의 씨방 속으로 돌아가 영원히 쉴 것이니, 골짜기는 정적에 싸이고 우리가 그 정적을 사모하듯이 어찌 비밀을 숭배하는 무리가 많지 않으랴.
> — 기형도,「포도밭 묘지」2 부분. (77)

위에 인용된「포도밭 묘지」1 · 2는 연작이다. 기독교의 상징체계 내에서 '포도밭'은 천국의 은유이다. 또한, 포도주는 예수의 성혈(聖血)이다. 이처럼 포도는 기독교의 상징체계에서 중요한 의미를 지닌다. 이러한 의미상의 맥락에서 「포도밭 묘지」 연작은 천국의 상실이라는, 밀턴 (John Milton, 1608~1674)의 『실낙원』(*Paradise Lost*)과 같은 주제의식을 갖는다고 볼 수 있다. 이 시들에서 천국의 은유인 "포도밭"이 "묘지"가 된 이유는 바로 구원자인 예수 그리스도의 은유인 "주인"의 부재 때문이다. 삼위일체(三位一體) 교리에 따라 성자(聖子) 예수는 곧 성부(聖父) 하느님이다. 그러므로 "주인"은 다시 하느님으로 해석된다. 하느님이 인간의 주인인 이유는, 무로부터의 창조(création ex nihilo)라는 개념에서 피조물인 인간은 철저히 수동적인 지위에 놓이기 때문일 것이다.[51] 사뮈엘 베케트(Samuel Beckett, 1906년~1989)의 『고도를 기다리며』(*En Attendant Godot*)에서 신(神)의 은유인 '고도'가 인간에게 영원한 기다림의 대상일 뿐 결코 나타나지 않는 것처럼, 「포도밭 묘지」 1에서도 시적 주체의 정신이 완전히 "폐허"가 될 때까지 '주인'은 나타나지 않는다. 도리어, 이 시의 후반부에서 누군가 시적 주체가 자신의 "주인"이 되어주길 기대하자 시적 주체는 이에 대해서 마다하게 된다. 왜냐하면, 시적 주체 자기 자신의 영혼의 상태가 이미 유사죽음의 상태에까지 이르렀기 때문이다. 요컨대 이 시는 시적 주체에게 구원자가 나타나지 않는 삶에서 오는 도저한 절망을 보여준다. 동시에 이 시는 또한 자신이 타자에게 구원자가 되어줄 수 없음의 유죄성을 보여준다.

이 시의 연작인 「포도밭 묘지」 2에서도 동일 선상의 문제의식이 발견된다. 「포도밭 묘지」 1의 "가벼웠던 종교"는 「포도밭 묘지」 2의 "종교는 아직도 지상에서 헤맨다."에 상응된다. 즉, 종교의 본질인, 인간의 영혼의 구원은 이루어지지 않고 있다는 의미인 것이다. 기독교에서 영혼의 구원은 예수의 십자가 대속(代贖)을 통해 이루어진다. 레비나스에

---

51) Emmanuel Levinas, *op. cit.*, p.22.

따르면 대속은 동일자 안에 타자를 갖는 것이다.[52] 그것은 기독교 의식에서 빵과 포도주를 예수 그리스도의 몸과 피로서 받아들이는, 영성체(領聖體)를 통해 구현된다. 예수가 인간의 죄를 대속한다는 것은 육화(肉化, incarnation)를 통해 자신의 살 속에 타자를 가짐(avoir l'autre dans sa peau)[53]을 실현한 것이다. 그리고 다시 인간은 영성체를 통해 자신이라는 동일자 안에 신이라는 타자를 갖는 것이다. 그런데 이 시 「포도밭 묘지」2에서 더욱 문제적인 것은 기독교가 '괴로움'을 '아름다움'으로 받아들이고, '슬픔'을 '쾌락'으로 받아들이는 역설적 진실이 진술되고 있다는 것이다. 그런데 시적 주체의, 이러한 진술을 하는 태도는 사뭇 반어적이다. 이러한 태도에는 기독교에 대한 원망이 내포되어 있다. 다음 시에서는 구원에 대한 회의가 훨씬 강하게 나타난다.

> 보라, 이분은 당신들을 위해 청춘을 버렸다/당신들을 위해 죽을 수도 있다/그분은 일어서서 흐느끼는 사회자를 제지했다/군중들은 일제히 그분에게 박수를 쳤다/사내들은 울먹였고 감동한 여인들은 실신했다/그때 누군가 그분에게 물었다, 당신은 신인가/그분은 목소리를 향해 고개를 돌렸다/당신은 유령인가, 목소리가 물었다/저 미치광이를 끌어내, 사회자가 소리쳤다
>
> — 기형도, 「홀린 사람」 부분. (67)

이러한 구원에 대한 회의라는 문제의식은 「홀린 사람」에서 풍자적으로 나타나고 있다. 「홀린 사람」은 광신(狂信)을 둘러싼 해프닝을 연극적으로 구성한 시이다. 즉, 이 시의 신은 광신도들의 '신'이다. 한국사회의 불안정성은 세계적인 기준에서 보았을 때, 많은 사이비 종교와 이

---

52) Emmanuel Levinas, 『존재와 다르게』, 김연숙 외 역, 인간사랑, 2010, p.217.
53) *Loc. cit.*

단을 만들어냈다. 한국사회에서 소외된 자들이 심리적 위안을 위해 광신에 빠지는 경우가 많았던 것이다. 「홀린 사람」에서 이른바 "홀린 사람"들은 한국사회의 가치관의 아노미 상태에서 구원에 대한 갈급으로 광신에 빠진 사람들을 가리킨다. 그러나 어떤 의미에서 광신은 신정론(神正論, Theodiciy)에 대한 갈망을 내포한다. 신정론은 라이프니츠가 『신정론』에서 처음 쓴 개념어로 하느님께서 세상의 악에 대항해 주신다는 신학적 개념을 가리킨다.[54] 즉, 광신도들은 자신들을 세상으로부터 박해받는 자로 여기며 신이 세상의 악에 대응해 그러한 문제를 모두 해결해주기를 바라는 것이다. 그러나 홀로코스트를 목격했던 레비나스는 신정론에 회의적이었다.[55] 레비나스는 신정론을 대신하여 윤리를 통해 평화를 만들어 나아가야 할 것을 주장한다. 신의 이념은 본질이 존재를 포함하는 이념이자, 존재 원인의 이념이다.[56] 또한, 신도 존재자이다.[57] 그러나 광신에는 이와 같은, 존재의 문제에 대한, 이성적인 신앙의 자세가 결여되어 있는 것이다.

이처럼 기형도의 시편들에서는 절대적인 타자로서의 신과의 관계마저 단절된 것으로 나타난다. 신과의 단절은 기독교적 의미에서 일종의 악(惡)이다. 레비나스는 인간은 자기 자신 안에서의 폐쇄성에서 벗어나 타자를 향한 존재이자 타자를 위한 존재가 될 때 자신의 정체성을 확립할 수 있을 뿐만 아니라, 선함의 상태에 놓일 수 있다고 하였다. 위의 시편들은 시적 주체가 타자와의 관계의 단절 가운데서 자신의 정체성이 붕괴되고 악에 노출되는 국면들을 보여주고 있다. 이것은 시적 주체에게 심리

---

54) 박원빈, 『레비나스와 기독교: 기독교 신학적 관점에서 바라본 현대철학』, 성남: 북코리아, 2011, p.24
55) *Ibid.*, p.13.
56) Emmanuel Levinas, 『존재에서 존재자로』, p.19.
57) *Ibid.*, p.20.

적으로 상당한 고통을 유발함으로써 죽음을 해결의 돌파구로 찾게 한다.

Ⅲ. 기형도 시의 사회적 혐오
― 타자의 죽음에 새겨진 증오와 살의

Ⅱ부에서 기형도 시의 자기혐오를 죽음의 미학과 존재에 대한 부정성의 관점에서 살펴본 데 이어, Ⅲ부에서는 기형도 시의 사회적 혐오를 통해 타자의 죽음에 새겨진 증오와 살의의 의미에 대해 논의해 보고자 한다. 기형도의 시에 나타난 죽음의 미학에는 자기 자신의 죽음에 대한 응시뿐 아니라, 무수히 많은 타자들의 죽음에 대한 응시가 나타나 있다. 그 대표적인 작품들은 「안개」와 「봄날은 간다」이다.

> 몇 가지 사소한 사건도 있었다./한밤중에 여직공 하나가 겁탈당했다./기숙사와 가까운 곳이었으나 그녀의 입이 막히자/그것으로 끝이었다. 지난 겨울엔/방죽 위에서 취객 하나가 얼어 죽었다./바로 곁을 지난 삼륜차는 그것이/쓰레기 더미인 줄 알았다고 했다. 그러나 그것은/개인적인 불행일 뿐, 안개의 탓은 아니다.
> ― 기형도, 「안개」 부분. (33)

> 여자는/자신의 생을 계산하지 못한다/몇 번인가 아이를 지울 때 그랬듯이/습관적으로 주르르 눈물을 흘릴 뿐/끌어안은 무릎 사이에서/추억은 내용물 없이 떠오르고/소읍은 무서우리만치 고요하다
> ―기형도, 「봄날은 간다」 부분. (125~126)

위에 인용된 시 기형도의 「안개」는 기형도의 등단작으로서, 기형도

의 시세계의 시원을 상징적으로 잘 보여주고 있는 작품이자, 기형도의 대표작이다. 이 시에서는 "여직공"이 강간을 당한 후 살인을 당하였고, 노숙자로 추정되는 "취객"이 동사하였다. 이처럼 사회적 약자들의 죽음이 「안개」라고 하는 시에서 중요한 모티프가 되고 있다. 그러나 이 시의 "안개"는 그러한, 사회에서 타자화된 약자들의 죽음을 은폐한다. 레비나스가 타자의 얼굴을 통해서 하는 주장은 "살인하지 말라 Thou shalt not kill."이다.[58] 레비나스의 관점으로 볼 때, 이 시편들에서 기형도가 묘사하고 있는 사회적 약자들은 얼굴이 은폐된 자들이다. 이 사회의 이데올로기는 그 죽음에 대해 아무런 책임을 지지 않는다. 왜냐하면, 「안개」에서 그것은 "개인적 불행"이기 때문이다. 「봄날은 간다」가 「안개」와 함께 논의될 수 있는 것은 「안개」의 여직공이 「봄날은 간다」의 창녀에 대응될 수 있기 때문이다. 「봄날은 간다」는 창녀의 삶을 소재로 다루고 있다. 이 시는 T. S. 엘리엇(Thomas Stearns Eliot, 1888~1965)의 『황무지』(*The Waste Land*)의 제2부 「체스 놀이」("A Game of Chess")의 주제처럼 '낙태'를 통해서 창녀의 삶의 불모성을 폭로하고 있다.[59] 이 시의 제목의 "봄날"은 '매매춘(賣買春)'의 '춘(春),' 즉, '봄'으로 상징되는 '성(性)'으로 볼 수 있다. 이 시에서 한 사회로부터 완전히 소외된 창녀의 삶은 사람들의 무관심 속에 "무서우리만치 고요하다." 매매춘은 사회의 구조적인 악(惡)이다. 창녀는 그 희생양이다. 더욱 문제적인 것은 제삼자들의, 이에 대한 무관심과 방관 또한, 그러한 사회의

---

58) Emmanuel Levinas, *Ethics and Infinity*, Trans. R. A. Cohen. Pittsburgh: Duquesne UP, 1985, p.89.(이경화, 「성경적 맥락에서 살펴본 레비나스의 윤리학과 트웨인의 『허클베리 핀의 모험』 연구」, 『문학과 종교』 vol. 12. no. 2. 한국문학과종교학회, 2007, 29. 재인용.)

59) Thomas Stearns Eliot, 『황무지』, 황동규 역, 서울: 민음사, 1991, p.72.

구조적인 악을 암묵적으로 지탱하는 한 축이라는 점이다. 기형도의 문학은 이와 같이 사회적 약자에 대한 혐오를 여러 시편에서 형상화하고 있다. 레비나스에 따르면 타자의 죽음에는 증오와 살의가 새겨져 있는 것이었다. 기형도 시에서의, 사회적 약자의 죽음은 사회의 구조적 악으로부터 비롯된 증오와 살의를 "개인적 불행"이라는 표현을 통해 반어적으로 폭로한다. 이와 같은 문제의식은 다음의 시 「가는 비 온다」에서도 드러난다.

> 이런 날 동네에서는 한 소년이 죽기도 한다./저 식물들에게 내가 그러나 해줄 수 있는 일은 없다/언젠가 이곳에 인질극이 있었다/범인은 「휴일」이라는 노래를 틀고 큰 소리로 따라 부르며/자신의 목을 긴 유리조각으로 그었다. […] 나는 안다, 가는 비……는 사람을 선택하지 않으며/누구도 죽음에게 쉽사리 자수하지 않는다/그러나 어쩌랴, 하나뿐인 입들을 막아버리는/가는 비……오는 날, 사람들은 모두 젖은 길을 걸어야 한다
>
> — 기형도, 「가는 비 온다」 부분. (62)

「가는 비 온다」는 사회에 만연한 여러 죽음들을 비 내리는 풍경 가운데 묘사하고 있다. 특히, 이 시의 "범인"과 "「휴일」"은, 이른바 '지강헌 사건'을 다루고 있음을 보여준다. '지강헌 사건'이란 영등포교도소로부터 탈옥한 지강헌(池康憲, 1954~1988)이 인질극을 벌이며 비지스(Bee Gees)의 노래, 「홀리데이」("Holiday")를 틀었다가 경찰의 권총에 사살된 사건을 가리킨다. 공범이었던 강영일은 '유전무죄 무전유죄(有錢無罪 無錢有罪)'를 호소하다 자살하였다. 이 사건은 법적으로 옳고 그름을 떠나, 1980년대 후반, 자본주의 사회의 발전의 이면의, 빈부격차에 울분을 갖고 있던, 많은 시민들의 심금을 울렸다. 기형도는 이 시에서 단

순히 '지강헌 사건'을 다루는 데 그치지 않는다. '가는 비'는 누구에게나 내린다. 누구나 이 사회의 약자를 죄인으로 내모는 현실로부터 자유롭지 못하다. 그리고 가난 때문에 죄인이 된 자들은 자신의 탈옥을 반성하지 않는다. 감옥으로 돌아가는 것은 다시 죽음에 직면하는 것이기 때문이다. 기형도는 이처럼 사회의 부조리가 사람들을 죽음으로 내몰고 있다고 인식하고 있다. '유전무죄 무전유죄'를 외친 강영일은 가난한 자가 죄인이 될 수밖에 없음을 호소하는, 현대판 '장발장'(Jean Valjean)이라고 볼 수도 있다. 1862년 빅토르 위고(Victor Hugo, 1802~1885)의 『레미제라블』(Les Miserables)이 나온 지 10여 년 후인 1871년 프랑스에서는 파리코뮌(Paris Commune)이 시도되었던 것을 상기해 보면, '장발장'은 한 명의 문제적 인물인 것이 아니라, 그 시대의 상당수의 사회적 약자들을 대변하는 인물이었던 것이다. 기형도는 이 시에서 또 다른 죄인들이 우리 안에 잠재해 있음을 말하고 있다. 이 시는 역시 레비나스가 타인의 죽음에서 증오와 살의를 읽어낸 것으로 해석될 수 있다. 서로가 타자를 위한 존재 또는 타자를 향한 존재가 되지 못할 때, 선은 무너져 악이 되며, 그것의 발현된 양상은 사회적 약자들의 죽음에 대한 방조로 나타난다.

IV. 기형도 시의 사회적 혐오의 자기혐오로의 전이
   ― 타자의 죽음에 응답하지 못함의 유죄성

 II부와 III부에서 각각 기형도 시의 자기혐오와 사회적 혐오에 대해 논의를 하였다면, IV부에서는 이를 종합하여, 기형도 시의 사회적 혐오가 어떻게 자기혐오로 전이되는지 논의해 보고자 한다. 본고는 이에 대하여 레비나스의, 타자의 죽음에 응답하지 못함의 유죄성을 느끼는 주체가 그것을 죄의식으로 떠안게 되고, 그 죄의식이 타나토스로 전환됨으로써 자기혐오라는 존재에 대한 부정성으로 나타난다는 것을 증명해 보고자 한다. 처음으로 살펴볼 작품은 「장밋빛 인생」이다.

> 단 한 번이라도 저 커다란 손으로 그는/그럴듯한 상대의 목덜미를 쥐어본 적이 있었을까/사내는 말이 없다, 그는 함부로 자신의 시선을 사용하지 않는 대신/한곳을 향해 그 어떤 체험들을 착취하고 있다/숱한 사건들의 매듭을 풀기 위해, 얼마나 가혹한 많은 방문객들을/저 시선으로 노려보았을까,[…]//나는 인생을 증오한다
> — 기형도, 「장밋빛 인생」 부분. (51)

위에 인용된 시 「장밋빛 인생」에서 정체불명의 '그'는 시적 주체에게 폭력성과 가학성을 연상시키는 인물로 묘사되고 있다. '혐오'는 가학성 또는 폭력성이 잠재된 정동이다. 이 시에서 주목해야 할 부분은 마지막 연이다. 그것은 바로 "나는 인생을 증오한다"라고 하는 시 구절이다. 이 구절에는 자기혐오가 담겨 있다. 그러나 인생이란 자기 자신의 혼자만의 인생일 수 없다. 반드시 타자와의 관계 가운데 이루어지는 것이 인생이다. 폭력적인 또는 가학적인 타자와 관계맺음 할 수밖에 없는 인생은 증오될 수밖에 없다. 그러한 맥락에서 「장밋빛 인생」은 사회적 혐오가 자기혐오로 전이된다는 것을 방증할 수 있는 시이다. 이 시는 비교적 직접적으로 사회적 혐오의, 자기혐오로의 전이가 확인될 수 있는 시였다. 다음의 시편들은 타자의 죽음에 응답하지 못함의 유죄성을 보여줄 시편들이다.

그날 밤 삼촌의 마른기침은 가장 낮은 음계로 가라앉아 다시는
악보 위로 떠오르지 않았다
　　　　　　　　　　－ 기형도, 「삼촌의 죽음－겨울 판화 4」 부분. (97)

　네 파리한 얼굴에 술을 부으면/눈물처럼 튀어 오르는 솔방울이/
이 못난 영혼을 휘감고/온몸을 뒤흔드는 것이 어인 까닭이냐.
　　　　　　　　　　－ 기형도, 「가을 무덤－제망매가」 부분. (150)

　기형도의 시에서 가장 자주 눈에 띄는 타자의 죽음은 바로 가족의 죽
음이다. 「삼촌의 죽음－겨울 판화 4」는 제목에 명시되어 있는 바와 같
이, "삼촌"의 죽음을, 「가을 무덤－제망매가」도 역시 제목에 명시되어
있는 바와 같이, 누이의 죽음을 다루고 있다. 「삼촌의 죽음－겨울 판화
4」에서 "삼촌"은 병사하였다. 삼촌의 음성이 "다시는 악보 위로 떠오르
지 않았다"는 것은 삼촌의 죽음을 암시함과 동시에 시적 주체가 타자의
죽음에 응답하지 못한 상황을 표현하고 있다. 「가을 무덤－제망매가」
도 마찬가지로 "술"을 부어도 죽음으로부터 다시 깨어나지 않는, 죽음
이 시적 주체에게 도저한 비애감을 느끼게 하는 상황을 보여주고 있다.
이러한 시편들을 통해서 기형도는 타자의 죽음 앞에서의 무력감과 우
울감을 느끼게 된다. 그러나, 가족의 죽음 가운데서도 기형도에게 가장
큰 영향을 미친 것은 바로 아버지의 죽음이다. 다음의 작품들을 바로
그러한 작품들이다.

　밤 세 시, 길 밖으로 모두 흘러간다 나는 금지된다/장맛비 빈 빌딩
에 퍼붓는다/물 위를 읽을 수 없는 문장들이 지나가고/나는 더 이상
인기척을 내지 않는다//[…]//장맛비, 아버지 얼굴 떠내려오신다/유
리창에 잠시 붙어 입을 벌린다/나는 헛것을 살았다, 살아서 헛것이

었다/우수수 아버지 지워진다, 빗줄기와 몸을 바꾼다/아버지, 비에
묻는다 내 단단한 각오들은 어디로 갔을까?

— 기형도, 「물속의 사막」 부분. (60)

　　이튿날이 되어도 아버지는 돌아오지 않았다. 아버지는 간유리 같
은 밤을 지났다.// 그날 우리들의 언덕에는 몇 백 개 칼자국을 그으
며 미친 바람이 불었다. […] 어머니가 말했다. 너는 아버지가 끊어뜨
린 한 가닥 실정맥이야. […]공중에서 획획 솟구치는 수천 개 주삿바
늘. […] 오, 그리하여 수염투성이의 바람에 피투성이가 되어 내려오
는 언덕에서 보았던 나의 어머니가 왜 그토록 가늘은 유리막대처럼
위태로운 모습이었는지를.

— 기형도, 「폭풍의 언덕」 부분. (111)

　　위에 인용된 「물속의 사막」에서 "나는 금지된다"라는 구절은 자신
의 의지를 넘어선 힘에 의해 무력감을 느끼는 심리를 보여주고 있다.
그런데 이 시에서 문제적인 것은 "장맛비"를 통해, '아버지의 죽음'을
연상하게 된다는 것이다. 이 시가 단순히 "아버지, 비에 묻는다"라는 구
절에서 나타나는 바와 같이 아버지에 대한 애도만을 보여준다면, 이 시
는 전형적인 애도시가 되었을 것이다. 그러나 문제적인 것은 이 시의
주체는 "나는 헛것을 살았다"고 하면서 삶을 허무한 것으로 느낀다는
것이다. 이것은 "아버지"의 죽음 앞에서의 무력감이 "아버지"의 죽음에
응답하지 못함의 유죄성으로 받아들여지고, 이러한 죄의식이 다시 자
신의 자아에 대한 공격성으로 전이됨으로써, 자신의 존재를 부정하고,
자신의 삶을 혐오하는 심리로 전이된 것이다. 이러한 심리적 메커니즘
은 「폭풍의 언덕」에 좀 더 극단적으로 형상화되어 있다. 이 시는 "아버
지"의 기일을 배경으로 삼고 있다. 그러면서 "어머니"는 시적 주체를

"아버지가 끊어뜨린 한 가닥 실정맥"이라고 비난하고 있다. 이러한 비난은 시적 주체가 "아버지"의 죽음에 직접적으로 죄책감을 느끼도록 하였음을 유추케 한다. 병상에 누운 "아버지"와 그로 인해 힘겹게 생계를 책임져야 했던 어머니 그리고 그처럼 가난한 가정의 짐스러운 아들이었던 시적 주체의 가족관계는 에밀리 브론테(Emily Bronte, 1818~1848)의 소설 『폭풍의 언덕』(*Wuthering Heights*)으로부터 제목을 차용해 옴으로써 기이하고 위태롭게 그려지고 있다. 기형도의 시에서 타자의 죽음에 응답하지 못함의 유죄성은 1980년대의 한국사회의 상황과도 깊은 연관을 지니고 있다. 그러한 양상을 보여주는 시는 다음과 같다.

> 나무의자 밑에는 버려진 책들이 가득하였다/은백양의 숲은 깊고 아름다웠지만/그곳에서는 나뭇잎조차 무기로 사용되었다/그 아름다운 숲에 이르면 청년들은 각오한 듯/눈을 감고 지나갔다, 돌층계 위에서/나는 플라톤을 읽었다, 그때마다 총성이 울렸다/목련철이 오면 친구들은 감옥과 군대로 흩어졌고/시를 쓰던 후배는 자신이 기관원이라고 털어놓았다/존경하는 교수가 있었으나 그분은 원체 말이 없었다/몇 번의 겨울이 지나자 나는 외톨이가 되었다/그리고 졸업이었다, 대학을 떠나기가 두려웠다
> — 기형도, 「대학시절」 전문. (41)

위의 시 기형도의 「대학시절」은 제목 그대로 그의 대학시절을 자전적으로 보여주고 있는 작품이다. 전기적으로, 기형도는 1979년 연세대학교에 입학하여 1985년에 졸업하였다. 그의 대학시절은 박정희 전 대통령과 전두환 전 대통령의 군사독재체제에 반대하며 민주화를 외치

던 학생운동이 절정에 이르렀던 시기였다. 특히 광주민주화운동은 학생들로 하여금 집단적으로 살아남은 자의 슬픔과 죄책감을 느끼도록 하였고, 그것이 격렬한 학생운동의 중요한 동력이 되었다. 그러나 학생운동은 이 시에서 "감옥"이나 "기관원"이란 시어에서 보다시피, 공안정국 하에 철저히 탄압과 감시를 받았다. 이러한 대학시절에 이 시의 시적 주체는 "플라톤"을 읽었노라고 고백하고 있다. 플라톤은 스승인 소크라테스의 죽음을 보며, 고대 그리스의 민주주의에 반대하며, 철인왕의 통치에 의한 이상정치를 내세웠던 철학자이다. 이 시의 시적 주체는 시대의 흐름을 역행하거나, 아니면 최소한 방관하고 있었다. 그러한 이유에서 시적 주체는 고립될 수밖에 없었다. 이 시에서 "외톨이"라는 시어는 그러한 의미에서 학생운동에 동참하지 못한 죄의식의 표현이라고 할 수 있다. 레비나스에게서 타자와의 만남은 상처받을 가능성에 자신을 노출하는 것이다.[60] 그러므로 인간은 코나투스의 차원에서 자신을 보존하기 위해 타자로부터 스스로를 고립시키려 할 수도 있다. 그러나 레비나스는 타자와의 관계가 단절된 주체의 폐쇄성 안에서는 정체성도 붕괴된다고 보았다. 다음의 시는 기형도의 유고시집의 표제작이면서 대표작인 「입속의 검은 잎」이다.

택시 운전사는 어두운 창밖으로 고개를 내밀어/이따금 고함을 친다, 그때마다 새들이 날아간다/이곳은 처음 지나는 벌판과 황혼,/나는 한 번도 만난 적이 없는 그를 생각한다//그 일이 터졌을 때 나는 먼 지방에 있었다/먼지의 방에서 책을 읽고 있었다/문을 열면 벌판

---

60) Emmanuel Levinas, *Otherwise than Being*, Trans. Alphonso Lingis, Pittsburgh: Duquesne University Press, 1998, p.75. (민승기, 「라캉과 레비나스」, 김상환·홍준기 편, 『라캉의 재탄생』, 서울:창작과비평사, 2002. 재인용.)

에는 안개가 자욱했다/그해 여름 땅바닥은 책과 검은 잎들을 질질 끌고 다녔다/접힌 옷가지를 펼칠 때마다 흰 연기가 튀어나왔다/침묵은 하인에게 어울린다고 그는 썼다/나는 그의 얼굴을 한 번 본 적이 있다/신문에서였는데 고개를 조금 숙이고 있었다/그리고 그 일이 터졌다, 얼마 후 그가 죽었다//그의 장례식은 거센 비바람으로 온통 번들거렸다/죽은 그를 실은 차는 참을 수 없이 느릿느릿 나아갔다/사람들은 장례식 행렬에 악착같이 매달렸고/백색의 차량 가득 검은 잎들은 나부꼈다/나의 혀는 천천히 굳어갔다, 그의 어린 아들은 잎들의 포위를 견디다 못해 울음을 터뜨렸다/그해 여름 많은 사람들이 무더기로 없어졌고/놀란 자의 침묵 앞에 불쑥불쑥 나타났다/망자의 혀가 거리에 흘러넘쳤다/택시 운전사는 이따금 뒤를 돌아다본다/나는 저 운전사를 믿지 못한다, 공포에 질려/나는 더듬거린다, 그는 죽은 사람이다/그 때문에 얼마나 많은 장례식들이 숨죽여야 했던가/그렇다면 그는 누구인가, 내가 가는 곳은 어디인가/나는 더 이상 대답하지 않으면 안 된다, 어디서/그 일이 터질지 아무도 모른다, 어디든지/가까운 지방으로 나는 가야 한다/이곳은 처음 지나는 벌판과 황혼,/내 입속에 악착같이 매달린 검은 잎이 나는 두렵다

— 기형도, 「입속의 검은 잎」 전문. (68~69)

이 시 기형도의 「입속의 검은 잎」은 김병익의 평문 「검은 잎, 기형도, 그리고 김현」이래, 일반적으로 1980년 광주민주화운동과 그때 운명한 시민운동가의 장례식을 소재로 삼고 있는 것으로 알려져 있다.[61] 그 근거는 기형도의 친구인 박해현이 기형도에게 「입속의 검은 잎」을 창작하게 된 동기를 물어보았을 때, 기형도가 답신을 보내어 광주의 망월동 묘지에 다녀온 후 쓴 시라고 밝혔다는 것이다.[62] 그런데 기형도의

---

61) 김병익, 「검은 잎, 기형도, 그리고 김현」, 『정거장에서의 충고: 기형도의 삶과 문학』, p.108.
62) *Ibid.*, p.107~108.

「짧은 여행의 기록」을 보면, 그가 국립 5.18 민주묘지, 이른바, 망월동 묘지로부터 내려오는 차편에서 고(故) 이한열(李韓烈, 1966~1987) 열사의 어머니와 대화를 나누는 장면이 나온다.[63] 고 이한열 열사도 이곳에 묻혔던 것이다. 이러한 연유에서 「입속의 검은 잎」은 1987년 6월 항쟁과 고 이한열 열사의 장례식을 소재로 한 작품이라는 견해들도 나타나기 시작했다. 즉 그것은 이 작품의 소재를 윤상원(尹祥源, 1950~1980)으로부터 시작해 박종철(朴鐘哲, 1965~1987)과 이한열로 이어지는, 광의의 민주화운동으로 운명한 의인의 장례식으로 보자는 견해인 것이다.[64] 이러한 다양한 견해들 중 어느 견해에 따라서든 이 작품의 해석이 가능한 것은 기형도가 어떠한 특정한 역사적 사건의 발발일인지 모호성을 띠도록 "그날"이라고 표현을 했으며, 또한 어떠한 특정한 역사적 인물인지 모호성을 띠도록 "그"라고 표현을 했기 때문이다. 그리고 나아가 오히려 이러한 모호성이 이 시의 문학성을 높여주는 기재일 수도 있는 것이다. 그러므로 본고는 이 작품의 배경을 광주민주화운동으로부터 6월 항쟁까지를 아우르는, 광의의 민주화운동으로 보도록 하겠다.

이러한 맥락에서 "장례식"이라는 시어는 민주화운동 당시의 희생자에 대한 애도를 표하고 있다는 해석이 타당해진다. 이 시에서 "망자의 혀"가 바로 제목의 "입속의 검은 잎"과 은유된다. 그런 의미에서 이 시는 민주화운동의 희생자에 대한 애도시로 볼 수 있다. 그러나 이 시는 그렇게 단선적인 구조만을 가지고 있는 것은 아니다. "어디서 그 일이 터질지 모른다"는 구절은 민주화운동을 탄압하는 국가폭력이 한국사

---

63) 기형도, 『기형도 전집』, p.311.
64) 권혁웅, 「기형도 시의 주체 연구」, 『한국문예비평연구』 34, 한국문예비평학회, 2011, p.72.

회 어디에서나 가능하다는 것을 의미한다. 이와 같은 국가폭력은 시적 주체에게 공포를 유발하는 가장 주요한 원인으로 작동하고 있다.

기형도 문학세계 전반에 녹아있는 공포의 연원이 한 가지인 것은 아니다. 그의 공포의 원인은 첫째, 자신의 존재함 자체, 즉 삶 자체에 있다. 둘째, 가족들의 죽음에 그 공포의 원인이 있다. 그러나 셋째, 바로 위에 인용된 시편에서와 같이 사회적 차원에서 국가폭력에 그 공포의 원인이 있기도 한 것이다. 특히 기형도는 타자의 죽음을 목도하면서 죽음에 대한 공포를 느끼게 된다. 레비나스는 하이데거와 달리, 타자의 죽음에 주목한다. 타인의 죽음을 통해 인간은 두려움을 갖게 되고, 그러한 의미에서 죽음은 타자가 대신할 수 없다는, 하이데거적인 각자성 이상의 의미를 갖는 것이다. 이 시의 '죽음'은 민주화라는, 한 사회의 공동체적 가치를 지향한 죽음이라는 데서, 레비나스적 의미의 '타자를 위한 죽음(mourir pour l'autre)'[65]이자 '함께 죽음(mourir ensemble)'[66]이라고 규정할 수 있다. 그리고 이러한 죽음을 맞이한 존재는 레비나스적 의미에서 '선함으로서의 존재(l'être comme bonté)'[67]이기도 할 것이다.

한편 이 시의 주체는 타자들의 죽음에 응답하지 못함에 대한 유죄성을 강하게 느끼고 있음을 표현하고 있다. 특히, 마지막 구절, "내 입속에 악착같이 매달린 검은 잎이 나는 두렵다"는 구절이 그러하다. "입속의 검은 잎"은 망자들의 혀인데, 이 시의 시적 주체는 어느덧 그 망자들에 의해 빙의된 것처럼 자신과 망자를 동일시하고 있다. 그러므로 이 시는 타자의 죽음에 대한 공포와 타자의 죽음에 응답하지 못함에 대한

---

65) Emmanuel Levinas, 『우리 사이: 타자 사유에 관한 에세이』, p.298.
66) *Loc. cit.*
67) *Ibid.*, p.294.

죄의식 그리고 심리적으로나마 그들과 '함께 죽음'을 문학적으로 실현해 내고 있다. 그 '함께 죽음'은 기형도의 시적 주체가 '타자를 위한 존재(être pour autre)'[68]였으며, 또한 '선함으로서의 존재'였음을 방증하는 것이기도 하다. 다시 말해, "입속의 검은 잎"이란 타자의 얼굴을 무섭도록 마주한 데서 발견한 타자의 진실을 의미한다. 나아가 "입속의 검은 잎"은 '자아—너'의 관계가 포개어져 만들어낸 진실의 이미지, 그 결정체이다. 그러한 의미에서 이 작품은 존재의 몸서리치는 슬픔이 나타난 아름다운 작품이라고 할 수 있다. 그러므로 이 작품은 끝내 요절로 생을 마감한 시인의 묘비명처럼 유고시집의 표제작으로 남아 오늘날까지 독자들에게 깊은 슬픔을 공명하고 있는 것이다.

V. 결론
— 기형도 시가 혐오사회에 주는 시사점

이 논문 「기형도 시의 자기혐오에 대한 존재론적 연구: 레비나스의 존재론의 관점으로」는 기형도의, 자기 자신, 자신의 인생, 그리고 자신의 운명을 사랑하지 않는 태도를 자기혐오로 규정한 후, 그 원인이 존재함 자체에 대한 공포와 죽음이라는 존재에 대한 부정성에 있다고 보았다. 레비나스의 존재론은 타자의 죽음에서 거기에 새겨진 증오와 살의를 읽어내었다는 점에서 평화로운 타자론의 확립을 촉구하는 존재론이었다고 할 수 있다. 기형도의 자기혐오는 가깝게는 아버지를 비롯한 가족의 죽음으로부터, 여직공의 죽음, 노숙자의 죽음, 범죄자의 죽

---

68) *Loc. cit.*

음, 그리고 민주화운동의 희생자의 죽음 등에 응답하지 못한 유죄성에서 기인하고 있다. 기형도 시에 나타나는 1980년대의, 다양한 사회적 약자들의 죽음에는 사회의 구조적 책임이 뒤따른다. 레비나스는 기형도의 「안개」에서 타자들의 죽음에 대해 "개인의 불행"이라 방관하는 태도에서 벗어나, 또는 자신의 본래적 자기를 찾기 위해 자신의 실존에만 관심을 갖는 태도에서 벗어나 타자를 향한 존재 그리고 타자를 위한 존재가 됨으로써 선함의 편에 설 것을 주장하고 있다. 기형도의 시의 자기혐오는 그것이 사회적으로 만연한 혐오가 사회적 약자들의 죽음을 불러오고, 그것에 대해 무력감과 죄책감을 느낀 시인이 갖는, 일종의 전이된 심리임을 보여주었다.

기형도의 시는 죽음의 미학을 통해 한국시사에서 가장 심원한 존재론적 성찰을 보여준 시이다. 그러나 존재론의 문제는 사회의 문제와 항상 교집합을 갖기 마련이다. 바로 그 교집합이 인간은 필연적으로 타자와의 관계를 통해서 자신의 정체성도 확립할 수 있다고 하는 부분이고, 그러한 의미에서 타락한 사회에서는 올바른 존재론도 확립되기 어렵다고 할 수 있다. 현대사회의 한 특징으로 혐오사회가 거론되고 있는 것은 사회 구성원들이 바로 이러한 타자의 문제를 올바로 확립하지 못한 데서 비롯되었다고 할 수 있다. 기형도 시의 자기혐오는 그것이 사회적 혐오와 무관하지 않으며, 그것이 한 젊은 시인의, 요절의 심리적인 하나의 원인이 될 수 있다는 것을 다시 생각해 보도록 함으로써 혐오사회에 대한 반성을 촉구하고 있다고 하겠다.

참고문헌

1. 기본 자료

기형도, 『기형도 전집』, 서울: 문학과지성사, 2018.

2. 국내 논저

권혁웅, 「기형도 시의 주체 연구」, 『한국문예비평연구』 34, 한국문예비평학회, 2011.

금은돌, 『거울 밖으로 나온 기형도』, 서울: 국학자료원, 2014.

김병익, 「검은 잎, 기형도, 그리고 김현」, 박해현 외 편, 『정거장에서의 충고: 기형도의 삶과 문학』, 서울: 문학과지성사, 2015.

김 현, 「영원히 닫힌 빈방의 체험」, 『입속의 검은 잎』, 서울: 문학과지성사, 1989.

나윤숙, 「레비나스의 윤리학과 예술론」, 『문학과 종교』 vol. 17. no. 3, 한국문학과종교학회, 2012.

박원빈, 『레비나스와 기독교: 기독교 신학적 관점에서 바라본 현대철학』, 성남: 북코리아, 2011.

박철화, 「집 없는 자의 길찾기, 혹은 죽음」, 『정거장에서의 충고』, 박해현 외 편, 서울: 문학과지성사, 2009.

오생근, 「삶의 어둠과 영원한 청춘의 죽음」, 『정거장에서의 충고』, 박해현 외 편, 서울: 문학과지성사, 2009.

정과리, 「죽음, 혹은 순수 텍스트로서의 시」, 『정거장에서의 충고』, 박해현 외 편, 서울: 문학과지성사, 2009.

정보규, 「기형도 시의 죽음의식 연구」, 고려대학교 문학창작학과 대학원 석사 학위논문, 2005.

정효구, 「차가운 죽음의 상상력」, 『정거장에서의 충고』, 박해현 외 편, 서울: 문학과지성사, 2009.

조성빈, 「기형도 시의 타나토스 연구」, 고려대학교 문학창작학과 대학원 석사 학위논문, 2012.

최상욱, 『하이데거 VS 레비나스』, 서울: 세창출판사, 2019.

한용희, 「고트프리트 벤과 기형도의 시세계 비교: 소외의 양상을 중심으로」, 서울대학교 외국어교육과 석사학위논문, 2009.

3. 국외논저 외 번역서

마사토, 고다 외, 『현상학 사전』, 기다 겐 외 편, 이신철 역, 서울: 도서출판 b, 2011.

Beckett, Samuel, 『고도를 기다리며』, 오증자 역, 서울:민음사, 2012.

Brecht, Bertolt, 『살아남은 자의 슬픔』, 김광규 역, 서울:한마당, 2004.

Bronte, Emily, 『폭풍의 언덕』, 김종길 역, 서울:민음사, 2005.

Eliot, Thomas Stearns, 『황무지』, 황동규 역, 서울: 민음사, 1991.

Emcke, Carolin, 『혐오사회』, 정지인 역, 파주: 다산초당, 2017.

Freud, Sigmund, 「슬픔과 우울증」, 『무의식에 관하여』, 윤희기 역, 서울: 열린 책들, 1998.

Heigegger, Martin, 「형이상학이란 무엇인가」, 『이정표』 1, 신상희 역, 파주: 한길사, 2005.

_____, 『존재와 시간』, 이기상 역, 서울:까치, 1998.

Hugo, Victor,『레 미제라블』, 정기수 역, 서울: 민음사, 2012.

Levinas, Emmanuel, *Ethics and Infinity,* Trans. R. A. Cohen, Pittsburgh: Duquesne UP, 1985. (이경화,「성경적 맥락에서 살펴본 레비나스의 윤리학과 트웨인의『허클베리 핀의 모험』연구」,『문학과 종교』vol. 12. no. 2. 한국문학과종교학회, 2007. 재인용.)

_____, *Otherwise than Being,* Trans. Alphonso Lingis, Pittsburgh: Duquesne University Press, 1998. (민승기,「라캉과 레비나스」, 김상환·홍준기 편,『라캉의 재탄생』, 서울:창작과비평사, 2002. 재인용.)

_____,『모리스 블랑쇼에 대하여』, 김교신 역, 서울: 동문선, 2003.

_____,『존재에서 존재자로』, 서동욱 역, 서울: 민음사, 2003.

_____,『존재와 다르게』, 김연숙 외 역, 인간사랑, 2010.

_____,『신, 죽음, 그리고 시간』, 김도형 외 역, 파주: 그린비, 2013.

_____,『후설 현상학에서의 직관이론』, 김동규 역, 파주: 그린비, 2014.

_____,『전체성과 무한: 외재성에 대한 에세이』, 김도형 역, 파주: 그린비, 2018.

_____,『우리 사이: 타자 사유에 관한 에세이』, 김성호 역, 파주: 그린비, 2019.

Milton, John,『실낙원』, 조신권 역, 서울: 문학동네, 2010.

Sartre, Jean-Paul, *Huis Clos suivi de Les Mouches*, Paris: Gallimard, 2018.

Spinoza, Baruch de,『에티카』, 강영계 역, 서울: 서광사, 1990.

Waldron, Jeremy,『혐오표현, 자유는 어떻게 해악이 되는가?』, 홍성수 외 역, 서울: 이후, 2017.

「보론」

최명익(崔明翊)의 「무성격자(無性格者)」에 나타난 죽음의 의미 연구

— '의식의 흐름'과의 관련성을 중심으로

Ⅰ. 서론

1. 연구사 검토

최명익[1]은 전향(轉向, conversion) 지식인의 심층 심리를 심미적으로 그려내는 가운데, 마르크시즘(Marxism)과 프로이티즘(Freudism)의 종합[2]이라는 문학사적 성과를 이룬 것으로 평가된다. 일제강점기 말기,

---

1) 최명익(崔明翊1903~?)의 기본 자료 중 한국에 남아 있는 것은 다음과 같다.
    - <小說>「戲戀時代」,『白痴』, 1928.1.,「妻의 化粧」,『白痴』, 1928.2.「붉은 코」,『中外日報』, 1930.2.6.,「牧師」,『朝鮮日報』, 1933.7.29,8.2,「비오는 길」,『朝光』, 1936.5~6,「無性格者」,『朝光』, 1937.9,「逆說」,『女性』, 1938.2~3,「봄과 新作路」,『朝光』, 1939.1,「肺魚人」,『朝鮮日報』,1939.2.5.~25,「心紋」,『文章』, 1939.6,「張三李四」,『文章』, 1941.4,「器械」,『文學藝術』,1947.4,「담배 한 대」,『朝光』,1948.6,「西山大師」,?,1956.
    - <隨筆>「處女作 일절」,『白痴』제2호, 1928.7.「明眸의 毒死」,『朝光』, 1940.1,「숨은 因果律－小說家의 아버지」,『朝光』, 1940.7,「장마비와 보들레르」,『朝光』, 1940.8,「궁금한 그들의 소식」,『朝光』, 1940.12,「수형과 原稿期日」,『文章』, 1940.7,「여름의 大洞江」,『春秋』, 1941.8
    - <評論>「이광수씨의 작가적 태도를 논함」,『批判』, 1931.9,「조망 문단기」,『朝光』, 1939.4

일본 제국주의가 제2차 세계대전을 계기로 군국주의화함에 따라 지식인에 대해 보다 격화된 탄압이 가해지게 되는데, 이는 지식인들에게 현실에 대한 총체적인 위기의식을 심어주며, 현실에서는 그 어떤 타개책도 찾을 수 없다는 한계의 인식에 이르게 한다. 최명익은, 이러한 상황에서 작가의 시선을 현실 세계에서 내부세계로 전환할 수밖에 없었던 일련의 심리주의[3] 작가들을 대표한다. 당시, 지식인들의 이러한 '내면으로의 전환(inward-turning)'[4]은, 현실 극복의 의지가 박약한 지식인[5]들이 현실 세계로부터 도피하여 치열한 산문 정신의 패배[6]를 선언한 것으로 비판되기도 한다. 그러나, 현실로부터의 좌절감에 비례하는 자의식의 과잉이, 지식인의 자기 분열을 초래하는 비극[7]이었던 것은 분명하지만, 한편으론, 근대의식의 붕괴로서의 자기해체를 그 나름대로 극단의 수준까지 그려내는 것 역시, 지식인의 철저한 내적 성실성[8]에 의해 가능한 것으로 인정되기도 한다. 이러한 관점에서, 최명익의 문학이 '내면문학'의 계보를 심화[9]시킨 것이라는 평가는 정당하다.

---

2) 최재서, 「<단층>파의 심리주의적 경향」, 『문학과 지성』, 인문사, 1938, p.187. 마르크시즘과 프로이티즘의 종합은 <단층>파의 핵심적인 문제의식인데, 이는 최명익의 소설에서 심화되고 있다. 김윤식·정호웅, 「모더니즘 소설의 형성과 그 분화―허준·최명익의 심리주의 소설」, 『한국 소설사』, 예하, 1993, p.253.

3) 백철, 『조선신문학사조사』, 백양당, 1949, p.315.

4) Leon Edel, 『현대 심리 소설 연구』, 이종호 역, 형설출판사, 1983, p.22.

5) 임화, 「창작계의 1년」, 『조광(朝光)』, 1939.12, p.134.

6) 김남천, 「신진 소설가의 창작 세계」, 『인문평론』, 1940.2, p.60.

7) 조연현, 「자의식의 비극」, 『문학과 사상』, 세계문학사, 1949, p.107.
이와 같은 논지를 개진하고 있는 대표적 논문은 다음과 같다.
이재선, 「의식 과잉자의 세계」, 『한국 현대 소설사』, 홍성사, 1979.
전영태, 「최명익론: 자의식의 갈등과 그 해결의 양상」, 『선청어문 18집』, 서울대학교 국어교육과, 1979.

8) 김윤식, 「근대성 또는 주인과 노예의 변증법」, 『한국 현대 문학사』, 서울대학교출판부, 1999, pp.546~547.

9) 김윤식, 「고백체 소설 형식의 기원」, *op. cit.*, p.136. 내면문학은, 염상섭에 의해 제도

최명익의 전향 지식인의 심층 심리에 대한 천착은, '심리적 실재'로서의 인간의 내면에 대한 탐구라는 성과를 낳게 된다. 이는 의식의 표층에서 포착되지 않는 많은 문제들을 의식의 심층적 층위와 무의식적 층위에서 그 해명의 실마리를 제시하였다. 최명익에 대한 선행 연구 가운데, 정치적 무의식(political unconsciousness)[10]과 이데올로기(ideology)의 호명에 의한 주체구성의 문제[11]를 주제로 한 연구가 이에 초점을 맞춘 예라 할 수 있다. 그러나, 사회·역사적 실재성의 흔적이 사상된 보다 심층적 층위의 내면을 추적해 들어갔을 때, '죽음'[12]의 문제가 전면화되어 나타나는데, 바로 이러한 작품이 최명익의 「무성격자」이다. 최명익의 「무성격자」에 대한 연구로는 주로 1930년대 후반에 식민지 조선에 나타나는 근대성[13]과 심리소설[14]의 상관성에 대한 주제로 성과

적인 내면이 발견된 이래, 1930년대 초반 이상(李箱), 1930년대 중반 최명익·허준, 1950년대 장용학에게 이어져, 우리 소설사의 내적 형식을 한 계보를 이루고 있다.

10) 김민정, 『1930년대 후반기 모더니즘 소설 연구–최명익과 허준을 중심으로』, 서울대학교 국어국문학과 대학원 석사학위 논문, 1994.

11) 이수영, 『일제말기 모더니즘 소설의 현실 대응 양상 연구』, 서울대학교 국어국문학과 석사학위 논문, 2000.

12) 선행 연구에 의하면, 최명익 소설에서의 죽음은 절망의 은유 혹은 부정성의 이미지로 해석된 바 있다. 이재선, *op. cit.,* p.491. 김민정, *op. cit.,* p.14.

13) 김혜숙, 「최명익 소설의 죽음 양상 연구」, 영남대 석사학위논문, 2007.
임병권, 『1930년대 모더니즘 소설의 양가성 연구』, 서강대 박사학위논문, 2001.
박진영, 「근대를 살아가는 지식인의 내면세계–최명익 소설을 중심으로」, 『우리어문연구』 제20권, 우리어문학회, 2003.
김송이, 『1930년대 모더니즘 소설의 이중성 연구』, 이화여대 석사논문, 2010.
Lei Zhang, 『1930년대 한중도시소설 연구』, 충남대학교 석사학위논문, 2014.

14) 강현구, 「최명익 소설연구」, 고려대학교 석사학위논문, 1984.
최혜실, 「1930년대 한국심리소설 연구: 최명익을 중심으로」, 서울대학교 석사학위논문, 1986.
한순미, 『최명익 소설의 주체, 타자, 욕망에 관한 연구: 라깡의 욕망이론을 중심으로』, 전남대 석사학위논문, 1997.
한민수, 『1930년대 모더니즘 문학의 심리적 이상성 연구』, 중앙대 박사논문, 2002.

가 누적되고 있는 중이다. 본고는 최명익의 「무성격자」에서의 죽음이, 인간의 외면적 차원, 즉, 행위 또는 사건의 차원에서 문제시 되는 것이 아니라, 인간의 내면적 차원, 즉, 의식과 심리의 차원에서 문제시 된다는데 초점을 맞춰, 창작 기법(technique)으로서의 '의식의 흐름'의 분석에 의해 죽음의 의미를 연구해 보고자 한다.

2. 연구의 시각

'의식의 흐름(stream of consciousness)'[15]은 심리학자 윌리엄 제임스(William James, 1842~1910)가 창안한 개념으로 알려져 있다. 그는

서종택, 「최명익 소설의 미학적 기반－최명익의 심리주의 기법」, 『한국학연구』 18, 고려대학교 한국학연구소, 2003.6.

강지윤, 「최명익과 불균등성의 형식화」, 연세대학교 석사학위논문, 2005.

윤애경, 「최명익 심리소설의 서술 방식과 현실 인식 양상」, 『현대문학이론연구』 제24권, 현대문학이론학회, 2005.

손자영, 「최명익 소설의 기호학적 분석」, 이화여대 석사학위논문, 2007.

이은선, 「모더니즘 소설의 체제 비판 양상 연구」, 이화여대 석사논문, 2007.

박희현, 「최명익 소설의 글쓰기 방식 연구」, 서울시립대 석사학위논문, 2010,

박해경, 「최명익 소설의 근대성 연구」, 고려대학교 석사학위논문, 2012.

전수진, 『최명익 소설 연구: 지식인의 자아 탐색 과정을 중심으로』, 국민대학교 석사학위논문, 2013.

유철상, 「최명익의 <무성격자>에 나타난 기술로서의 심리묘사」, 『한국현대문학연구』 제10호, 한국현대문학회, 2001.

김효주, 「<무성격자>에 나타나는 푼크툼의 실현과 서사적 장치」, 『우리말글』 제55호, 우리말글학회, 2012.

박종홍, 「최명익 단편 소설의 시간 고찰」, 『한국민족어문학』, 61호, 한민족어문학회, 2012.

이철호, 「한국 근대소설과 '의식의 흐름'」, 『상허학보』 제36호, 상허학회, 2012.

전수진, 『최명익 소설 연구: 지식인의 자아 탐색 과정을 중심으로』, 국민대학교 석사학위논문, 2013.

15) William James, 『심리학의 원리』1, 정양은 역, 아카넷, 2005, p.435.

『심리학의 원리 The Principles of Psychology』에서 '사고의 흐름(the stream of thought)'[16]이라는 개념을 먼저 제안하였으며, 나아가 의식을 사고의 흐름과 같은 것으로 본다고 한 데서 의식의 흐름이란 개념이 창안된 것으로 판단된다.[17] 그는 정신의 상태가 일종의 복합체라는 정신소자이론(精神素子理論, the mind-stuff theory)[18]에 반박하면서, 인간의 사고가 왜 흐름의 특징을 갖는가에 대하여 다음과 같은 근거를 들었다. 그는 사고가 개인의 의식이고, 항상 변화하면서 계속되며, 외부 대상을 선택적으로 인지하기 때문에 흐름의 형태로 보아야 한다는 것이다.[19] 그런데 이러한 의식의 흐름이란 개념은 현상학(現象學, phenomenology)과 공통점을 지닌다. 현상학은 의식의 존재방식 자체를 흐름으로 이해하여 인간의 내부에서 체험되는 의식을 '의식류(意識流, Bewußtseinsstrom)'로 규정한다.[20] 현상학의 이러한 관점은 인간을 주관적인 존재로서 자신 안의 내부적인 삶을 사는 존재로 보는 것이다. 의식을 인간 내부의 흐름으로 이해하는 이러한 개념은 현상학자인 후설(Edmund Husserl, 1859~1938)이나 베르그송(Henri Bergson, 1859~1941)에게서도 주요하게 발견된다. 예컨대 후설은 인간의 의식을 멜로디와 같은 상태로 본 데서 시간의식(時間意識, Zeitbewußtsein)[21]이란 개념을 제안하는 등, 인간의 내부에 과거－현재－미래를 넘나드는, 고유한 시간이 존재한다는 인간관을 세웠다. 나아가 베르그송 또한 인간을 지속(durée) 가운데의 심리적 유동체(la masse fluide)의 존재로 보았다.[22] 지속이란

---

16) *Ibid.*, p.409.
17) *Ibid.*, p.435.
18) *Ibid.*, pp.266~267.
19) *Ibid.*, pp.409~411.
20) 木田 元 外, 『현상학사전』, 옮긴이 이신철, 도서출판 b, 2011, p.281.
21) Edmund Husserl, 『시간의식 *Zeitbewußtsein*』, 이종훈 역, 한길사, 1976, pp.53~68.

인간의 내부에서의 변화 가운데도 자기동일성을 잃지 않는 운동이
다.23) 그것으로써 타자화, 즉 결정화되는 것을 극복하는24) 존재의 비결
정성(indétermination)을 유지하여 생의 비약(élan vital)을 이루는, 창조
적 진화(évolution créatrice)25)를 해 나아가는 것이 베르그송이 이상적
인 것으로 바라보는 인간존재의 상이다. 요컨대, 윌리엄 제임스, 후설
그리고 베르그송의 철학은 의식의 흐름의 문학과 상생관계를 이루게
된다. 즉, 문학에서의 의식의 흐름이란 개념은 감각과 지각이 사고 · 기
억 · 예상 · 감정 · 자유연상 등과 뒤섞이게 된 것을 작중인물의 의식의
과정과 스펙트럼 안에서 포착하려는 서술기법이다.26)

　　의식이라는 개념은 인지(intelligence), 기억(memory), 전의식(precons
ciousness), 자각상태 등 정신의 모든 영역'을 가리킨다.27) 즉, 의식의 흐
름 소설에서는 언표가능의 영역과 언표이전의 영역이 모두 그 미적 형
상화의 대상이다.28) 의식은 유동성(flux)29)을 지니면서 내면을 형성하
고 있다. 그러므로 의식의 흐름은 인간의 외면적 삶 아닌 인간의 내
면적 의식성(inner awareness)30)을 미적 대상으로 하는 문학의 한 정점
이다.

---

22) Henri Bergson, 『창조적 진화』, 황수영 역, 아카넷, 2005, pp.22~23.
23) Henri Bergson, 『의식에 직접 주어진 것들에 관한 시론』, 최화 역, 아카넷, 2002,
　　pp.313~314.
24) *Ibid.,* p.314.
25) *Ibid.,* p.315.
26) M. H. Abrams, 『문학 용어 사전 *A Glossary of Literary Terms*』, 최상규 역, 보성출
　　판사, 1999, pp.290~291.
27) Robert Humphrey, 「<의식의 흐름>의 정의」, 『현대소설과 의식의 흐름』, 천승걸
　　역, 삼성문화문고, 1984, p.12.
28) *Ibid.,* pp.12~13,
29) 의식의 지속성과 흐름의 방해 요인을 흡수하는 통합성'(synthesis)이 동시에 고려되
　　어야 진정한 의미의 유동성 개념이 성립된다. *Ibid.,* pp.80~81.
30) Robert Humphrey, 「자의식적인 정신」, *op. cit.*, p.17.

본고는 의식의 흐름의 두 가지 본질로서의 내밀함(privacy)과 유동성(flux)이라는 특성에 의해, 죽음이 의식 속에 내면화된 형태로 체험된다는 것을 밝힌 후, 등장인물들에 의해 나타나는 죽음의 양상을 살펴, 궁극적으로 죽음의 의미를 구명하고자 한다. 최명익의 「무성격자」에 나타나는 죽음의 의미를 구명하는 데는 하이데거(Martin Heidegger, 1889~1976)의 존재를 본래성으로 되돌리는 '죽음을 향한 존재(Sein zum Tode)'[31]라는 개념과 존재의 본래성을 잃어버린 '세인(世人, das Man)'[32]이라는 개념, 그리고 라캉(Jacques Lacan, 1901~1981)의 한 존재의 고유한 죽음을 드러내는 것으로서의 미(美)[33]의 개념이 유효한 해석을 내려줄 것으로 기대된다. 하이데거는 철학에서 죽음이 존재에게 어떻게 주체화되며 존재의 본질에 관여하는가에 대해 형이상학적으로 구명을 했다면, 라캉은 죽음과 미의 본질적인 관계를 구명하고자 했다. 라캉은 하이데거가 「예술작품의 근원」에서 아름다운 작품이 무엇인가에 대해 정의내린 바에 대하여 근본적으로 동의한다.[34] 즉 하이데거는 「예술작품의 근원」에서 예술작품의 근원이 예술가이며 예술가의 근원이 예술작품이라고 보는 가운데 예술작품과 예술가는 예술에 의해 매개 되어 있다는 전제를 세웠다.[35] 예술작품의 근원이 예술가라고 보는 견해가 귀중한 까닭은 그것이 예술작품에 대한 존재론적 접근이기 때문이다. 하이데거는 존재의 진리를 드러내는 언어로서 시를 보았으며, 그러한

---

31) Martin Heidegger, 『존재와 시간』, 이기상 역, 까치, 2001, p.338.

32) *Ibid.*, p.176.

33) Jacques Lacan, "XXII The Demand for Happiness and the Promise of Analysis", *The Seminar of Jacques Lacan Book VII: The Ethics of Psychoanalysis 1959~1960*, Edit. Jacques-Alain Miller, Trans. Denis Porter, New York: W. W. Norton, 1997, p.295.

34) *Ibid.*, p.297.

35) Martin Heidegger, 「예술작품의 근원」, 『숲길』, 나남, 2010, pp.17~18.

시 짓기가 모든 예술의 본질이라고 생각하였다.[36] 기존의 미학이 예술을 아름다운 것(das Schöne) 또는 아름다움(das Schönheit)과 연관된 것으로 간주하였다면, 하이데거는 예술작품을 존재의 진리가 스스로 정립되는 것으로 보았다.[37] 라캉은 하이데거의 그러한 논지를 그대로 계승한다. 그리하여 라캉은 죽음을 자연적 죽음과 상징적 죽음으로 구분하면서, 후자를 제2의 죽음(the second death)이라고 한다. 제2의 죽음은 모든 것을 무화시킴으로써 역설적으로 새로운 창조가 가능한 기반을 마련하므로, 그 무로부터(ex nihilo) 태어나는 미는 죽음으로써 존재의 본질을 드러낸다는 데 의의가 있다.[38]

II. 의식의 '내밀함'과 '유동성' 속의 죽음

1. 의식의 '내밀함' 속의 예술화된 죽음

최명익의 「무성격자」에 나타나는 죽음은 두 가지로 구분해서 살펴볼 수 있다. 하나는, '문주(紋珠)'와 '아버지'라는 두 인물이 만들어내는 사건으로서의 죽음이 그것이고, 다른 하나는, '정일(丁一)'의 의식 속에서 간접적으로 체험되는 내면화 된 죽음이 그것이다. 전자는 외부세계, 즉 현실에서의 죽음이며, 후자는 내부세계, 즉 의식에서의 죽음이다. 이 작품에서 문제가 되는 것은 후자의 죽음, 즉 내부 세계에서의 죽음으로, '의식의 흐름' 기법에 의해 기록됨으로써 내면의 예술로 승화하

---

36) *Ibid.,* p.104.
37) *Ibid.,* p.46.
38) Jacques Lacan, "The Articulation of the Play", *op. cit.*, p.260.

는 죽음이다.

> 십여 일 전부터 아버지가 종시 자리에 눕게 되었다는 편지를 받
> 은 지 이틀 되던 날 아침에 또 속히 내려오라는 전보를 받은 정일(丁
> 一)이는 문주와 작별하기 위하여 병원으로 찾아갔다.
> ― 최명익, 「무성격자」 부분. (41)[39]

아버지의 위급을 알리는 편지와 문주의 위급을 알리는 전보가 동시
에 날아드는 것으로 시작되는 이 작품의 도입부는, 전체적인 서사 구조
에 지배적인 인과율로 작용하게 되는 기제로써 '죽음'이라는 사건을 배
치하고 있다. 이 때의 죽음은, 정일이라는 인물의 입장에서는 외부 세
계에서 일어나는 하나의 사건으로서의 죽음으로, '편지' 또는 '전보'라
는 형식, 즉 문자화된 형식의 정보로서, 정일의 의식에 주어진다. 그러
나, 도입 단계에서 죽음을 예고하는 위급에 대한 통보는, 아직 정일의
의식 속으로 완전히 침투한 것은 아니다. 다만, 본질적으로 타자와 공
유할 수 없는 경험[40]으로서의 죽음이 정일이라는 인물에게는 어떻게
간접적인 방식으로 경험될 수 있는가를 예기하고 있을 뿐이다.

> 문주가 죽었다는 운학의 전보를 받은 날 저녁에 만수 노인은 죽
> 었다. 죽은 사람은 죽은 사람으로 하여금 장사케 하라는 말대로 하

---

39) 이 논문에서 최명익의 「무성격자」에 대한 인용은 최명익 · 유항림 · 허준 · 안회남,
  『심문/마권/잔등/폭풍의 역사 외(外)』, 동아출판사, 1995. 판본을 따르기로 한다.
  인용 페이지 수는 ( ) 안에 숫자로만 표기하기로 한다.
40) 죽음은 본질적으로 '나'의 죽음이다. 타자의 죽음을 통해 간접적인 경험을 할 수 있
  지만, 타자가 나의 죽음을 대신할 수 없고, 내가 타자의 죽음을 대신할 수 없다는
  데서, 죽음은 무교섭적인 것이다.
  Martin Heidegger, 『존재와 시간』, pp.319~324. 참소.

자면, 자기는 문주를 장사하러 가는 것이 당연하리라고 생각하면서
도 정일이는 아버지의 관을 맡았다.
                                    — 최명익, 「무성격자」 부분. (71)

　　이 작품의 결말부는 도입부에서는 예고된 대로, 숨어 있는 인과율로
서만 작용하던 죽음이라는 사건을 표면화하는 것으로 이루어지고 있
다. 이로써 죽음의 문제에 의해 진행되던 전체적인 서사구조가 일단락
된다. 그러나, 죽음이라는 사건은 서사구조의 도입부와 결말부에서, 작
품 전반에 대한 인과율을 제시하기 위한 것으로서의 역할을 할 뿐이다.
중요한 것은, 정일이라는 인물이, 죽음이라는 사건을 하나의 외부 세계
적 요소로써, 즉 일련의 특정 행위들을 유발하게 하는 계기로써 받아들
이는 데 그치지 않는다는 것이다. 만약, 죽음이라는 사건을 인물의 행
위에 영향을 미치는 동기로써 간주하고, 이에 의해 작품 전체의 서사구
조가 구성되고 있다고 한다면, 이 작품은 상당히 허술한 구조물에 불과
한 것이 될 것이다. 그러나, 이 작품은 의식의 흐름 계열의 심리소설이
그러하듯, 서사구조 자체를 크게 중요시 되지 않는다. 이 작품에서 보
여 주고 있는 것은 행위가 중심이 되는 외면적 인간이 아닌, 심리적 실
재로서의 내면적 인간이기 때문이다.

　　(i) 다시 눈을 감은 정일이는 자기의 피폐하고 침퇴한 뇌에로 폐물
　　이 발호하는 현상이라고 밖에 할 수 없는 생각이 마치 여름날 썩은
　　물에 북질북질 끓어오르는 투명치 못한 물거품 같이 자꾸 떠오르는
　　것이 괴로웠다.

　　(ii) 한나절 후에 보게 될 임종이 가까운 아버지의 신음 소리, 오래
　　앓는 늙은이의 몸 냄새, 눈물 괸 어머니의 눈과 마음 놓고 울 기회라

는 듯이 자기의 설움을 쏟아 놓을 미운 처의 울음소리, 불결한 요강……그리고 문주의 각혈, 그 히스테릭한 웃음과 울음 소리……

(iii) 이렇게 주검의 그림자로 그늘진 병실의 침울한 광경과 이그러진 인정의 소리가 들리고 보이었다. 혹시 아버지의 죽음이라는 생각이 한 순간 머릿속의 환화를 누르고 떠오르기도 하였으나 마음에 반향을 일으키는 아무런 여운도 없이 사라지거나 임종이 가까운 아버지—이렇게 입 속으로 중얼거리며 그 말에 감상적 여운을 들여서 감정 유희를 해보려는 자기를 빙그레 웃게 되기도 하였다. 그 때마다 이렇게 아버지의 죽음을 슬퍼할 수 없는 것은 삼십이 가까운 자기 나이 탓이 아닐까? 이렇게 생각하여 보는 정일이는 두들겨도 소리가 안 나는 벙어리 질그릇 같이 맥맥한 자기의 마음이 더욱 무겁고 어둡게 생각되었다.

— 최명익, 「무성격자」 부분. (44)

(i)에서 정일의 눈을 감는 행위는 외부 현실과의 단절을 의미한다. 이제 인물의 시선은 자기의 '피폐하고 침퇴한 뇌'로 향하고 있다. 다시 말해, 자신의 시선을 내면으로 전환한 것이다. 죽음이라는 외부적 사건은 이 순간부터 의식의 내부로 들어 와 개인의 사적이고 내밀한 경험으로 융해된다. 이제 죽음은 정일의 정신 현상 속에서, 합리적인 언어로 정제되기 이전의 무의식적인 언어로 떠오른다. 이 언어들은 논리의 언어가 아니라 이미지(image)의 언어가 된다.

(ii)의 인용 부분에서 보듯이, 죽어가는 아버지의 신음 소리는 청각적 이미지이고, 늙은이의 몸 냄새는 후각적 이미지이며, 어머니의 눈물은 시각적 이미지이고, 처의 울음소리는 청각적 이미지이며, 불결한 요강은 시각적 이미지이고, 문주의 각혈은 시각적 이미시이며, 히스테릭한

웃음과 울음소리는 청각적 이미지이다. 이들의 연결은, 논리적인 연관성 없는 나열에 불과한 것으로서 제시되고 있다. 이러한 논리화되기 이전의 언어들은 무의식의 언어로서 정신 현상 내에서 감지되는 그대로를 드러내는 이미지의 언어라고 할 수 있다. 이때의 이미지는, 현실 속에서의 명료한 형상성을 유지하고 있는 이미지가 아니라, 인상주의 예술에서와 같이 빛과 소리만 남아, 거의 추상과 구상을 넘나드는 시각적 이미지와 청각적 이미지로 제시된다. 통사구조 자체를 완전히 부정하는 위와 같은 서술은 산문정신의 실현으로서의 소설이라는 양식을 완전히 부정하는 것이기도 하다. 그러나, 의식의 표면적 층위에서 문법의 구조에 맞추어 언어를 구조화하는 과정은 이 정신 현상의 원형질을 왜곡한다는 사실에 견주어 보았을 때, 이러한 왜곡의 이면에 숨겨진 무의식적 언어는 오히려 개인의 내밀한 진실을 드러내고 있다고 할 수 있다. 통사구조에 부합하는 합리적인 언어 질서를 대신하고 있는 것은 바로 자유연상(自由聯想, free association)[41]의 기법이다. 그 결과, 인상주의적인 이미지의 연쇄를 만들어 냄으로써, 죽음을 하나의 사유의 대상이 아니라, 심미적인 것으로 승화시키고 있다. 여기서 자유연상이라는 기법을 화자와 연결시켜 보게 되면, 그것은 내부 독백(internal monologue)의 서술 기법으로 나타나게 됨을 알 수 있다. 내부 독백은 극적 독백 및 무대 독백(stage soliloquy)과 근본적으로 구분되는데, 완성된 의식의 내용만 보여주는 극적 독백과 달리, 내부 독백은 미성숙 단계의 의식의 내용을 보여줌으로써 의식의 내용이나 의식의 과정을 모두 보여준다는 데 특징이 있다고 하겠다.[42]

---

41) 의식의 흐름 소설에서 자유연상은 주요한 원리의 하나이다. Robert Humphrey, *op. cit.*, p.118.

42) *Ibid.*, pp.51~53.

의식의 흐름의 작가가 내면세계의 정신활동을 사적인 내밀한 것(privacy)으로 다룰 때 실재 의식의 결을 보여준 후 의미화 단계로 넘어가야 신뢰감을 얻는다.[43] 「무성격자」에서 그것은, 내부 독백의 기법을 도입함으로써 성취되고 있다. 「무성격자」에서 죽음은, 전술한 바와 같이, 사건으로서 다루어지고 있는 것이 아니라, 죽음에 이르는 과정이 정일이라는 인물의 의식의 내밀함 속에 어떠한 형상으로 떠오르며, 이에 대해 그가 어떻게 심리적으로 반응하는지가 문제되는 죽음이다. 여기서 보다 주목해야 할 점은, 내부 독백이라는 기교의 도입에 있어서도, 그것이 얼마만큼 깊은 층위의 의식까지 침투했는지, 그 의식의 결이 변화하는 것을 보여주기 위하여, 간접 내부 독백과 직접 내부 독백[44]이 번갈아 사용됨으로써, 내밀한 의식의 결의 변화가 느껴지게 된다는 것이다.

(i)→(ii)→(iii)의 전개에 따라, 간접 내부 독백→직접 내부 독백→간접 내부 독백으로 변화하고 있다. 「무성격자」는 전체적으로 3인칭 시점을 유지하는 가운데서도, 전지적 작가에 의해 서술이 되다가도, 전지적 작가가 침범할 수 없는 인물의 의식을 표현할 때는 내부 독백으로 변화한다. 내부 독백 가운데서도, 인물이 자신의 의식의 표층에 떠오르는 언어들을 논리화 하긴 힘들어도 독자들의 존재 자체를 망각하지 않을 만큼, 의식의 명료성을 유지하고 의사소통을 시도 할 때 간접 내부 독백이 사용되며, 이보다 더 깊은 의식의 심층과 무의식적 층위에 접근하려

---

43) Ibid., pp.113~114.
44) 내부 독백은 직접 내부 독백과 간접 내부 독백으로 구분된다. 직접 내부 독백은 작자의 개입 없이 청중을 전제하지 않으며 비논리성과 유동성, 1인칭, 시제의 비일관성 등을 특징으로 한다. 반면 간접 내부 독백은 3인칭시점, 묘사와 설명, 논리성과 통일성도 어느 정도 드러난다. 간접 내부 독백은 전지적 작가가 등장인물의 의식으로부터 나오는 것처럼 제시하기노 한나. Ibid., pp.53~64.

할수록, 통사론적 구조가 해체되며, 시적인 수사법이 강화된다. (ii)의 경우, 전형적인 직접 내부 독백을 보여주는 부분으로, 통사론적 문법 구조가 어절 단위로만 남아 있으며, 어절과 어절 사이는 쉼표와 말줄임표와 같은 기계적인 구두법에 의해 연결되고 있을 뿐이다. 이러한 구두법에 의한 연결은, 의식 작용에 있어서는 자유연상이 진행되고 있음을 보여주는데, 여기서 중요한 것은 이것이 결국 하나의 시각적 몽타주(montage)[45]를 형성하게 된다는 것이다. 따라서 의식의 흐름을 효과적으로 드러내기 위한 서술 기법으로서의 내부 독백은, 마음의 눈을 따라 시각적 이미지의 구성해내는 일종의 '심안(心眼)의 시계(視界)'[46] 역할을 하게 된다. 따라서, 의식의 심층에서 논리화되기 이전의 이미지 자체로 제시되는 죽음은, 의식의 내밀함 속에서 그 자체로 하나의 예술이 된다.

하루에도 이 모에서 저 모로 바꾸어 누일 때마다 자리에 닿았던 곳은 단독인 것 같이 빨개졌다가 차차 검푸르게 멍이 들기 시작하였다. 핏기 없는 이마와 코와 인중만을 남기고 자리에 닿았던 좌우편 얼굴이 더욱 검푸러질수록 흰 곳은 더 희고 검푸른 데는 더 거멓게 보였다. 그리고 그 흰 이마 아래 흰 콧마루를 사이에 두고 홉뜬 두 눈은 눈꼬리가 검은 관자놀이에 잠기어서 더욱 크고 무섭게 빛나 보였다. 그 빛나는 눈을 주검의 검은 그림자가 좌우로 엄습하듯이 몸의 검은 면은 점점 넓어 갔다.

— 최명익, 「무성격자」 부분. (62)

---

45) 의식의 흐름 소설의 기법 중 영화적 기법으로서의 몽타주는 생각의 상호연관 혹은 상호연상을 위해 사용되어 한 대상에 대한 다양한 관점의 존재 가능성을 보여준다. *Ibid.*, pp.91~93.
46) Leon Edel, *op. cit.*, p.117.

붉게 빛나는 그 머리 밑과 벗겨진 이마는 구겨 놓은 유지 자박지
같이 누우렇게 마르고 높고 살쪘던 코는 살이 말라서 재불린 콧구멍
만이 크게 보였다. 검푸르게 멍든 관자놀이와 뺨이 커져서 흰 머리
털 가운데 늘어선 듯한 귓바퀴는 박쥐의 날개같이 검고 커 보였다.
그리고 그 검은 귓속의 오목오목 한 곳이 아직도 희게 남아서 썩은
시체에 드러난 백골 같이도 보였다.

— 최명익,「무성격자」부분. (67)

위의 두 인용 부분에서 보는 바와 같이, 정일의 의식의 사적인 내밀
함의 관점에서 시체는 미의식의 대상과 다를 바가 없게 된다. 시체의
이미지를 묘사하는 데는 그 어떠한 가치 판단을 드러내는 서술이 개입
되지 않는다. 그러나, 이때의 미의식은 윤리의식의 부재하는 유미주의
적 미의식이 아니라, 어디까지나 의식 내에서 논리화되기 이전 차원의
미의식이다. 죽음 자체는 예술이 될 수 없지만, 의식의 심층부에 떠오
르는 이미지를 심안의 시계에 의해 포착해 냈을 때는 하나의 예술이
된다.

2. 의식의 '유동성' 속의 현재화된 죽음

의식은 유동성을 특징으로 한다고 전술한 바 있다. 의식을 인간의 한
본질로서 관심하는 윌리엄 제임스, 에드문트 후설, 앙리 베르그송에 동
의하는 의식의 흐름 소설 작가들은 의식의 유동성 안에서 시간 또한 인
간의 내부적인 것으로써 주관적으로 존재할 수 있다는 것을 받아들인
다. 의식의 흐름 기법이 나타난 작품들은 근대의 계량화된 시간과 달리
인간의 내면의 시간 안에서 개인적인 시간이 존재한다는 것을 감각적

표현을 매개함으로써 예술화한다. 의식의 세계에 들어오는 모든 것은 '현재의 순간'이다. 또한, '순간'은 '연장'될 수도 있고 '압축'될 수도 있다.[47)]

> 문주는 자기가 조르기만 하면 같이 죽어 줄 사람이라고 하면서 (i)
> 어떤 때는 그것이 좋다고 기뻐하고 (ii)어떤 때는 그것이 싫다고 하
> 며 그 때마다 설혹 자기가 같이 죽자고 하더라도 왜 당신은 애써 살
> 아 보자고 나를 힘 있게 붙들어 줄 위인이 못되느냐고 몸부림을 하
> 며 우는 것이다. 그러한 울음 끝에는 반드시 심한 기침이 발작되고
> 그러한 기침 끝에 각혈을 한다. 그럴 때마다 문주를 안아 눕히고 찬
> 물수건으로 문주의 이마 가슴을 식혀주며 일변 그 피를 훔쳐내면서
> 진정하라는 말밖에는 위로할 말이 없었다.
> ― 최명익, 「무성격자」 부분. (50)

죽음을 눈앞에 두고 있는 문주는 죽음을 향한 존재로서의 불안감에 심한 내적 동요를 일으키며, 죽음에 대한 이율배반적인 반응을 보인다. 이러한 이율배반성을 관찰해야하는 인물인 정일의 의식 속에서 그것은, 모순된 양상을 시간의 몽타주에 의해 동시적인 것으로 보여줌으로써 표현된다. (i)과 (ii)는 과거의 서로 다른 두 시간에 일어난 사건을 동시적으로 의식 속에 떠올리며 현재 시제로 표현하고 있다. 이 때, 시제가 현재화되고 있는 것은, 현시점에서 정일의 의식 속에 과거의 두 시간이 현재와 같이 재현되고 있기 때문이다.

> 그런 일을 여러 번 치르고 난 후에는 (i)문주가 나를 같이 죽어 줄
> 사람이므로 좋다고 할 때는 문주의 건강이 좀 나아서 자기 생명에

---

47) Robert Humphrey, *op. cit*., pp.81~85.

자신이 생긴 때 하는 말이요, (ii)왜 같이 살자는 말을 못 하는 위인이
냐고 발악을 할 때는 건강이 좋지 못한 때이거나, 당장 그렇지는 않
더라도 무섭게 발달한 그의 예감으로 자기 건강에 불안을 느끼게 되
는 때이라고 짐작을 할 수가 있었다.
— 최명익, 「무성격자」 부분. (50)

타인과 공유할 수 없는 죽음이라는 경험을 앞에 두고, 죽음에 대한
공감대라는 것이 두 사람의 사랑을 연결시켜 주는 고리가 된다고 믿는
문주는 정일이라는 애인이, 사랑에 의해 자신의 죽음에 대해 공감해 주
길 바라면서도, 한편으론, 공유할 수 없는 죽음 대신, 공유할 수 있는 삶
을 요구해 줄 것을 희망하기도 하는 양면성을 보여준다. (i)과 (ii)는 과
거의 여러 순간들이 각각 압축되어 과거의 두 시간으로 대표되고 있다.
매 순간 순간, 시간 속에서만 존재로서의 의미를 갖는 인간의 모습은
정일의 의식 속에서 재현될 때는 이와 같이, 상징적으로 압축된 두 시
간 사이에서 유동하는 존재로 그려지게 된다.

그러나 그 시기가 언제 올는지 미리 알 수는 없었다.
— 최명익, 「무성격자」 부분. (50)

그러나 결국, 과거 속의 미래에 대한 기억을 현재에 되살리고 있는 (i)
은 불안의 근원으로서의 미래라는 시간을 더욱 여실히 보여주고 있다.
이러한 불안은 죽음이 이미 삶 안에 내재하는 것과 다름없는 것으로 만
들어 준다. 즉, 의식 속에서 죽음은 현재화 되고 있는 것이다. 이러한 시
간의식은 물리적 시간과는 전혀 거리가 멀 뿐 아니라, 기존의 심리소설
의 그것보다 훨씬 유동적이다. 과거와 현재와 미래가 모두 의식의 현재

성으로 흘러 움직여 오고 있는 것이다. 기계적인 시계의 시간이 아니라 개인의 의식이 유동함에 따라 변화하는 자기 나름의 시간을 가진 의식은, 이러한 점에서 일종의 '자의(恣意)의 시계(時計)'48)라고 할 수 있다. 자의의 시계에 의해 포착된 죽음의 시간은 현재이다. 이로써 죽음은 의식의 유동성 속에 현재화 된 것이며, 다시 말해 죽음은 전생애에 걸쳐 진행되고 있는 것이라고 할 수 있다. 이 작품에서의 죽음은 모두, 외부세계 속에서 진행이 되고 있는 병으로서의 진행형의 죽음이기도 하지만, 의식의 유동성 속에서 진행되고 있는 죽음이기도 하다.

III. 죽음에의 존재로서의 두 병인(病人)의 죽음의 양상

1. 생존논리의 종말로서의 죽음

II. 1.에서 전술한 바와 같이, 「무성격자」의 작품의 도입부와 결말부는 주인공 정일의 아버지와 연인인 문주, 두 인물이 죽어간다는 통보로부터 시작하여, 결국 죽게 되었다는 통보로 마친다. 죽음에 대한 통보는, 타인을 대신하여 경험할 수 없는 죽음을 정일의 의식 속에서 현재화한다. 그런데, 죽음은 단지 정일의 의식의 차원에서만 현재화되는 것이 아니다. 죽음은 본질적으로 실존적 의미에서 이미 인생에 들어와 있는 것이다. 현존재(Dasein)49)로서의 인간은 항상 죽음을 향한 존재50)로, 죽음에 의해서만 삶의 본래적 의미를 깨닫지만, 이는 삶의 본래적

---

48) Leon Edel, *op. cit.*, p.151.
49) Martin Heidegger, 『존재와 시간』, p.32,
50) *Ibid.*, p.312.

기분으로서의 불안(sorge)[51]에 의해서이다. 죽음에의 존재의 이러한 측면을 상징적으로 은유화하고 있는 것은 바로 병인(病人)이다. 평생에 걸쳐 죽음에의 존재로 살아가야 하는 인간을 압축된 시간 가운데 죽음에 이르는 육체적 병을 가진 구체적인 인물로 설정하고 있는 것이다. 「무성격자」에서 결핵에 걸린 문주와 위암에 걸린 아버지의 두 죽음은 각각 의미론적 대립 구도를 형성하며 작품 전체를 관통하는 죽음의 의미를 이원화시켜 보여주고 있다.

> 벌써 수술할 시기를 지난 위암 이기의 진단 한 의사는 암종의 위의 분문이나 유문이 아니요 소만에 생긴 것이므로 아직 음식물을 섭취하는 탓도 있겠지만 그러나 그만큼 진행된 증상으로도 환자의 원기가 꺾이지 않는 것은 그의 강인성이 과인한 탓이라고 하였다.
> — 최명익, 「무성격자」 부분. (51)

> 이 몸에는 벌써 생의 본능욕 같은 것이 남아 있을 것 같지도 않다고 정일이는 생각하였다. 이렇게 생의 기능을 완전히 잃었다고 할밖에 없는 이 몸이 아직 살려고 하고 아직도 살아 있는 것은 육체적인 생의 본능욕 이상의 의지력이 있는 탓이 아닌가?
> — 최명익, 「무성격자」 부분. (70)

정일의 아버지는 죽음을 앞두고 있는 존재로서 병인이다. 그에게 있어서의 병은 진행형으로서의 죽음이다. 그러나 삶 속에 죽음이 진행되고 있다는 것은 역으로 죽음 속에 삶이 진행되고 있다는 것이기도 하다. "벌써"라는 부사어, 즉 때 늦음을 암시하는 이 부사어는, 죽음으로 가는 시간을 지연시키는 힘의 존재를 암시한다. 그것은 바로 아버지

---

51) *Ibld.*, p.281.

의 강인한 생존본능이다. 아버지의 삶에의 의지는 본능에서 비롯된 것이다. 그러나, 본능이 완전히 폐퇴한 죽음의 직전의 순간에조차 삶에의 미련을 버리지 못하는, 말하자면, 본능을 능가하는 힘이 존재하고 있다. 그는 자신의 존재의 본래성에 가닿지 못한 세인(世人)[52]에 불과하다.

> 말하자면 그의 일생은 오직 돈을 위하여 분망한 일생을 살아온 사람이다. 인생을 반성하기에는 너무도 교양이 없었고 죽음을 생각하기에는 과인하게 정력적이었더니만큼 갑자기 닥쳐온 죽음을 대할 때 창황망조하지 않을까? 이렇게 생각할 때 정일이의 눈에는 고통과 절망으로 울부짖는 아버지가 보이는 듯도 하였다.
> — 최명익, 「무성격자」부분. (60)

그것은 바로, 생존본능과 결합되어 생리화한 돈의 논리이다. 이윤추구를 위해 자신을 무한히 확대 재생산하는 자본의 논리가, 아버지 특유의 강인한 생존본능과 결합하여, 죽음조차 지연시키는 강한 저항력을 만들어 내고 있는 것이다. 그러므로, 죽는 순간까지 생존의 논리로 저항하고 있는 아버지의 죽음은 생존논리에 집착하는, 하이데거 철학 내의 의미에서 세인의 종말로서의 죽음이다. 그 죽음은 라캉이 의미하는 자연적 죽음에 불과하다. 죽음으로서 한 존재의 본질을 드러내는 바가 없다.

> 그러나 돌이켜 생각하면 어떤 사업이든 자기가 스스로 택한 목표와 스스로 부여한 책임을 다한 사람만이 누릴 수 있는 안식과 같은

---

52) *Ibid.*, p.176.

죽음인지도 모를 것이다. 그렇지는 못하더라도 오랜 병이라 육체의 쇠약을 따라 조용히 죽음을 기다리는 사람이 되었을지도 모를 것이다. 사람이 죽음을 보기가 얼마나 힘들다는 것을 들었을 뿐인 정일이는 처음으로 죽음을 견학한다는 호기심도 없지 않지만 아버지의 죽음을 보아야 한다는 의무감에 마음이 어둡고 무거운 그는 아버지의 죽음이 어떤 원인으로든지 조용하기를 바랐던 것이다.

— 최명익, 「무성격자」 부분. (60)

그러나 정일은 이에 대해 직접적인 가치 판단을 내리지 않는다. 아버지에게 죽음은 사업을 위해 최선을 다한 자의 그것으로서 일종의 안식이다. 따라서 아버지의 죽음은, 삶을 지배하는 논리가 그러하였듯이 쾌락의 원리가 지배하는 죽음이다. 더 이상 안락하지 않은 생존은 그만두는 것이 쾌락을 위한 최고의 선택일 것이기 때문이다.

2. 미(美)의 논리의 완성으로서의 죽음

문주 역시, 죽음을 향한 존재로서 병인이다. 그녀에게 병은 진행형의 죽음이다. 그러나 그녀에게 죽음은 라캉이 말하는 바와 같이 한 인간의 고유한 존재성을 드러내는 미로서의 죽음[53]이다. 먼저 문주는 이 작품 안에서 미의 상징이다.

동경에 있을 때, 운학군이 사촌동생이라고 문주를 소개하며 의학에서 무용 예술로 일대 비약을 한 소녀라고 웃었을 때 저렇게 인상적으로 빛나는 눈은 역시 여의사의 눈이 아니었을 것이라고 생각하

---

53) Jacques Lacan, *op. cit.*, p.295.

였던 자기가 삼 년 후인 지난 가을에 티룸 알리사의 마담으로 나타
난 문주를 다시 보게 될 때 문주의 그 창백한 얼굴과, 투명한 듯이 희
고 가느다란 손가락과, 연지도 안 바른 조개인 입술과, 언제나 피곤
해 보이는, 초점이 없는 빛나는 그 눈은 잊지 못하는 제롬의 이름을
부르며 황혼이 짙은 옛날의 정원을 배회하던 알리사가 저렇지 않았
을까고 상상되었다. 그러나 검은 상복과 베일에 싸인 알리사의 빛나
는 눈은 이 세상 사람이라기보다 천사의 아름다움이라고 하였지만
흐르는 듯한 곡선이 어느 한 곳 구김살도 없이 가냘픈 몸에 초록빛
양장을 한 문주의 눈은 달 아래 빛나는 독한 버섯같이 요기로웠다.
　　　　　　　　　　　　　　　― 최명익, 「무성격자」 부분. (49~50)

　문주는 동경에서 무용을 한 바 있다. 무용은 안무와 동작에 의해 예
술이 되지만, 무용을 하는 무용수 자체가 예술의 한 부분이다. 그러므
로 무용수인 문주는 그 자체로 예술작품의 한 부분으로서의 미였다고
할 수 있다. 그러한 문주의 외양에서부터 문주는 정일에게 사랑의 대
상이기에 앞서 심미적 대상이 되는 인물임을 알 수 있다. 그녀의 병적
인 용모는 현실로부터 철저히 외면된 자로서의 이미지를 가지고 있
다. 그녀의 이러한 비현실적이고 비생활적인 이미지는 정일에게 천상
적인 것으로 인식된다. 심미적 대상으로서의 연인을 이상화하고 있는
것이다.

　문주는 건강이 가장 좋고 자기 생명에 자신을 가지는 때에 자기
가 같이 죽어 줄 사람인 것을 기뻐하는 것이었다. 문주가 그 말을 할
때에는 그런 말을 하기 위하여 한다거나 자신이 그 말을 하고 싶은
것을 의식하면서 하는 말이 아니요 마음에 사무쳐서 나오는 말이 분
명하다고 할 밖에 없었다. 그 말을 하는 문주의 눈이 그렇게 빛나고
그 조개인 입술이 떨리고 무서운 힘으로 껴안으며 하는 말이라 그때

마다 문주와 같이 감격할 밖에 없고 그 때 만일 문주가 같이 죽어 달
라면 죽었을 것이다. 그러한 때 만일 반성할 여유가 있어서 왜 그런
생각을 하느냐고 위로의 말을 한다면 문주의 실망은 말 할 수 없을
것이다.

— 최명익, 「무성격자」 부분. (51)

그러한 전날의 야심은 한순간 찬란한 빛으로 밤하늘에 금그었던
별불같이 사라지고 만듯하였다. 밤하늘에 금빛으로 그려졌던 별의
흐른 자취가 사라지면 우리의 눈은 그 자리에 검은 선을 보게 되고,
그 검은 선마저 사라지면 부지중 한숨을 쉬게 된다. 이러한 생활면
에 나타난 문주! 문주는 자기가 같이 죽어달라고 조르면 언제든지
들어줄 것 같아서 좋다고 하였다. 그러한 문주의 말을 처음 들었을
때 독사의 송곳을 가슴에 느끼며 센티는 벌써 지나쳤다고 생각하였
던 자기가 문주의 그 야윈 가슴에 얼굴을 묻고 울었던 것이 아닌가?

— 최명익, 「무성격자」 부분. (49)

문주가 정일을 사랑하는 이유도, 삶을 풍요롭게 하기 위한 측면은 전
혀 없다. 다만, 죽음으로 향할 수밖에 없는 그녀의 운명에 대해 공감할
수 있는 상처를 가지고 있다는 것만이 두 사람이 사랑을 할 수 있는 전
제 조건이 된다. 문주는 정일이 자신이 함께 죽어달라고 부탁할 때 들
어 줄 수 있을 것 같아서 사랑하며, 정일 또한 그녀가 함께 죽자고 부탁
하기만 한다면, 그것을 받아들일 수 있다고 믿기 때문에 사랑한다. 두
사람의 현실의 논리와 생존의 논리를 반(反)하고 있다는 데서 그 심미
적인 근거를 찾을 수 있고, 한마디로, 이 둘은 삶 자체를 예술화하는 것
을 지향하고 있는 것이다. 이 때 두 사람이 말하는 죽음이란 자연적 죽
음이 아니라 상징적 죽음으로서의 제2의 죽음이다. 그들의 죽음에 대

한 갈망은 역설적으로 삶의 허무에 대한 일종의 고백이다. 즉 존재의 무화를 통해 오히려 새로운 탄생을 원한다는 것을 읽어낼 수 있다. 물론 그 새로운 탄생이란 존재의 본질을 스스로 현성하는 삶으로 되돌아가는 것이다. 그들이 말하는 상징적 죽음은 존재의 본질이 시적으로 구현된 예술로서의 삶이다.

> 눈을 감아서 빛을 감춘 눈에 푸른 살 눈썹이 더 한층 그늘진 문주의 얼굴은 더욱 창백하였다. 이렇게 잠자는 듯한 문주를 쳐다보는 정일이는 떨어진 흰 꽃잎 같은 얼굴과 풀잎 같은 문주의 몸에는 사람다운 체온이 있을 것 같지도 않게 생각되었다. 또 기침을 짓고 난 문주가 눈을 떠서 자기를 바라보는 정일이의 얼굴을 바라보다가 다시 눈을 감으며 입김 같은 말소리로, 염려 마세요, 하고 다무는 입술에는 엷은 웃음이 비치었다. 그 엷은 웃음이 사라져 가는 문주의 입술을 바라보고 있는 자기 눈에 알 수 없는 눈물이 솟는 것을 깨닫고 정일이는 돌아앉아 물줄기가 스쳐 내리는 유리창 밖을 내다 보았다. 잠든 듯한 시가를 내리덮는 비 안개 속에 가등만이 눈을 떠서 인적이 끊긴 거리에 비에 씻긴 전차 궤도를 길게 비출 뿐이었다.
> ― 최명익, 「무성격자」 부분. (54~55)

현실의 논리와 대립되는 지점에 놓인 삶 속의 죽음, 그것은 예술이다. 삶을 삶답게 살 수 없을 때, 삶의 표층에서 밀려나 죽음을 흐름에 발을 담글 때, 그 때 그곳에 예술이 있다. 죽음은 흐르는 것이다. 삶으로부터 차단하여 죽음 곁에 있게 하는 것, 그것이 바로 병이다. 고로, 병은 진행중인 죽음이며, 예술이다. 문주는 죽음이 운명이라는 것, 사랑이 운명이라는 것, 병이 운명이라는 것을 몸소 보이고 있는 인물이다. 그녀는 사랑하기 때문에 앓으며, 앓기 때문에 사랑한다. 병은 죽음으로

가는 길이지만, 사랑을 위해 기꺼이 죽어야 하고, 그렇게 죽음으로써 사랑을 지킨다는 것은 그녀에게 모두 운명일 따름이다. 그녀의 삶은 죽음이 없으면 오히려 견딜 수 없는 것이다. 그러므로 죽음으로 향할 수밖에 없는 삶을 자처하며 죽음에 저항하지 않는다. 문주의 닫혀 있는 삶, 닫힐 수밖에 없게 된 삶, 더 이상 열려하지 않는 삶, 그것은 역설적으로 죽음에 이르러 하나의 미로 완성된다. 병을 고칠 수도 없거니와 병을 고치려는 의지마저 갖지 않는 것, 그것은 무의식 중에 죽음 안에서 사랑이 완성되길 바란 것으로 해석해 볼 수도 있다.

Ⅳ. 결론
– 두 죽음에 대한 태도에 나타난 '무성격자'의 의미

함께 죽어줄 수 있을 것 같아서 사랑하게 된 정일과 문주는 막상 동반자살에 이르지 못한다. 문주는 오직 죽음을 자신의 것으로만 가져감으로써 존재의 본질과 괴리된 세인으로서의 아버지로부터 물려받은 삶의 원리, 즉 현실의 논리, 돈의 논리, 생존의 논리에 대해 완전히 자유롭지 못한 정일이 방황하도록 방치한다. 유철상이 정일의 심리를 자의식적인 데서 방관자적인 데로 옮겨갔다고[54] 본 해석은 그런 의미에서 상당히 타당하다. 지식인 · 예술가로서의 정일은, 아버지의 자연적 죽음으로 대변되는 생존의 논리와 문주의 상징적 죽음으로 대변되는 미의 논리 사이에서 방황하다 육체는 생존의 논리에, 영혼은 미의 논리에 맡기는 분열적 양상을 보인다. 그가 지식인 · 예술가로서 현실의 벽에

---

54) 유철상, *op. cit.*, p.172.

부딪혀 남아 있는 삶이 더 이상 삶으로서의 의미가 없는 죽음과 다름없었을 때, 문주와 함께 죽음으로써 자신의 삶 자체를 미적인 것으로 승화시켜야 하였으나, 부진불퇴의 유약한 지식인으로서 마지막으로 죽을 기회조차 잃어버린다. 이로 인해 정일의 자아는 분열되고, 의미를 생산할 수 없는 의식의 흐름 위에 단지 이미지의 흐름을 안고 사는 존재, 삶의 본래적 의미를 얻는 데 실패한 죽음을 향한 존재가 되는데 이것이 바로 무성격자적 존재라고 볼 수 있을 것이다.

그의 이러한 존재는 그의 다른 작품에서 최명익 자신의 또 다른 분신적 주인공들을 통해 좀 더 극단까지 변용된다. 이 부분에 대한 논의는 차후과제로 남겨두기로 한다.

참고문헌

1. 기본자료

최명익 · 유항림 · 허준 · 안회남, 『심문/마권/잔등/폭풍의 역사 외(外)』, 동아
    출판사, 1995.

2. 국내외 논저

강지윤, 「최명익과 불균등성의 형식화」, 연세대학교 석사학위논문, 2005.

강현구, 「최명익 소설연구」, 고려대학교 석사학위논문, 1984.

김남천, 「신진 소설가의 창작 세계」, 『인문평론』, 1940.2.

김민정, 『1930년대 후반기 모더니즘 소설 연구 — 최명익과 허준을 중심으로』,
    서울대학교 국어국문학과 대학원 석사학위 논문, 1994.

김송이, 「1930년대 모더니즘 소설의 이중성 연구」, 이화여대 석사논문, 2010.

김윤식, 「근대성 또는 주인과 노예의 변증법」, 『한국 현대 문학사』, 서울대학
    교출판부, 1999.

김윤식, 「고백체 소설 형식의 기원」, 『한국 현대 문학사』, 서울대학교출판부,
    1999.

김윤식 · 정호웅, 「모더니즘 소설의 형성과 그 분화 — 허준 · 최명익의 심리주
    의 소설」, 『한국 소설사』, 예하, 1993.

김혜숙, 「최명익 소설의 죽음 양상 연구」, 영남대 석사학위논문, 2007.

김혜숙, 「최명익 소설의 죽음 양상 연구」, 영남대 석사학위논문, 2007.

김효주, 「<무성격자>에 나타나는 푼크툼의 실현과 서사적 장치」, 『우리말글』 제55호, 우리말글학회, 2012.

박종홍, 「최명익 단편 소설의 시간 고찰」, 『한국민족어문학』, 61호, 한민족어 문학회, 2012.

박진영, 「근대를 살아가는 지식인의 내면세계—최명익 소설을 중심으로」, 『우리어문연구』20권, 우리어문학회, 2003.

박해경, 「최명익 소설의 근대성 연구」, 고려대학교 석사학위논문, 2012.

박희현, 「최명익 소설의 글쓰기 방식 연구」, 서울시립대 석사학위논문, 2010,

백 철, 『조선신문학사조사』, 백양당, 1949.

서종택, 「최명익 소설의 미학적 기반—최명익의 심리주의 기법」, 『한국학연 구』18, 고려대학교 한국학연구소, 2003.6.

손자영, 「최명익 소설의 기호학적 분석」, 이화여대 석사학위논문, 2007.

윤애경, 「최명익 심리소설의 서술 방식과 현실 인식 양상」, 『현대문학이론연 구』제24권, 현대문학이론학회, 2005.

임병권, 『1930년대 모더니즘 소설의 양가성 연구』, 서강대 박사학위논문, 2001.

이은선, 「모더니즘 소설의 체제 비판 양상 연구」, 이화여대 석사논문, 2007.

유철상, 「최명익의 <무성격자>에 나타난 기술로서의 심리묘사」, 『한국현대 문학연구』제10호, 한국현대문학회, 2001.

이수영, 『일제말기 모더니즘 소설의 현실 대응 양상 연구』, 서울대학교 국어 국문학과 석사학위 논문, 2000.

이재선, 「의식 과잉자의 세계」, 『한국 현대 소설사』, 홍성사, 1979.

이철호, 「한국 근대소설과 '의식의 흐름'」, 『상허학보』제36호, 상허학회, 2012.

임 화, 「창작계의 1년」, 『조광(朝光)』, 1939. 12.

전수진, 『최명익 소설 연구: 지식인의 자아 탐색 과정을 중심으로』, 국민대학 교 석사학위논문, 2013.

전영태, 「최명익론: 자의식의 갈등과 그 해결의 양상」, 『선청어문』 제18집, 서울대학교 국어교육과, 1979.

조연현, 「자의식의 비극」, 『문학과 사상』, 세계문학사, 1949.

최재서, 「<단층>파의 심리주의적 경향」, 『문학과 지성』, 인문사, 1938.

최혜실, 「1930년대 한국심리소설 연구: 최명익을 중심으로」, 서울대학교 석사학위논문, 1986.

한순미, 『최명익 소설의 주체, 타자, 욕망에 관한 연구: 라캉의 욕망이론을 중심으로』, 전남대 석사학위논문, 1997.

한민수, 『1930년대 모더니즘 문학의 심리적 이상성 연구』, 중앙대 박사논문, 2002.

Abrams, M. H., 『문학 용어 사전 *A Glossary of Literary Terms*』, 최상규 역, 보성출판사, 1999.

Husserl, Edmund, 『시간의식 *Zeitbewußtsein*』, 이종훈 역, 한길사, 1976.

Bergson, Henri, 『의식에 직접 주어진 것들에 관한 시론』, 최화 역, 아카넷, 2002.

_____, 『창조적 진화』, 황수영 역, 아카넷, 2005.

Jacques Lacan, *The Seminar of Jacques Lacan Book VII: The Ethics of Psychoanalysis 1959~1960*, Edit. Jacques-Alain Miller, Trans. Denis Porter, New York: W. W. Norton, 1997

Edel, Leon, 『현대 심리 소설 연구』, 이종호 역, 형설출판사, 1983.

Heidegger, Martin, 「예술작품의 근원」, 『숲길』, 나남, 2010.

_____, 『존재와 시간』, 이기상 역, 까치, 2001.

Humphrey, Robert, 『현대 소설과 「의식의 흐름」』, 천승걸 역, 삼성문화문고, 1984.

James, William, 『심리학의 원리』1, 정양은 역, 아카넷, 2005.

Lei Zhang, 『1930년대 한중도시소설 연구』, 충남대학교 석사학위논문, 2014.

木田 元 外, 『현상학사전』, 옮긴이 이신철, 도서출판 b, 2011

* 이 책에 수록된 논문들의 원문 출처는 아래와 같습니다. 이 책은 기존의 논문들을 수정·보완하여 다시 묶은 것임을 밝힙니다.

오주리, 「정지용 가톨리시즘의 역사적 재난에 대한 대응」, 『문학과 종교』 제23권 제1호, 2018.3.

오주리, 「이상의 「실낙원」 연구」, 『인문과학연구』 제40호, 2014.3.

오주리, 「보들레르와 오장환의 우울에 관한 비교 연구 — 정신분석학적 관점으로」, 『문학과 종교』 제25권 제3호, 2020.9.

오주리, 「릴케의 문학과 윤동주의 문학에 나타난 키르케고르 철학의 전유에 대한 비교 연구」, 『문학과 종교』 제24권 제1호, 2019.3.

오주리, 「조지훈 시의 동아시아적 미학과 존재론 — 홍자성의 『채근담』의 영향을 중심으로」, 『동서비교문학저널』 제53호, 2020.9.

오주리, 「포스트-트루스 시대, 김수영의 「반시론」의 의의」, 『문학과 종교』 제23권 3호, 2018.9.

오주리, 「이데아로서의 '꽃' 그리고 '책' — 김춘수 시론에서의 말라르메 시론의 전유」, 『우리문학연구』 제67호, 2020.7.

오주리, 「말라르메와 김구용의 '반수신'에 나타난 위선에 관한 비교 연구 — 칸트의 윤리학의 관점을 중심으로」, 『문학과 종교』 제25권 제1호, 2020.3.

오주리, 「고석규(高錫珪) 비평의 존재론에 대한 연구 — 마르틴 하이데거 존재론의 영향을 중심으로」, 『한국현대문학연구』 제49호, 2016.8.

오주리, 「고석규(高錫珪) 시에 관한 존재론적 연구 — 마르틴 하이데거(Martin Heidegger)의 존재론적 관점으로」, 『한국시학연구』 제65호, 2021.2.

오주리, 「기형도 시의 '자기혐오'에 대한 존재론적 연구 — 레비나스의 존재론의 관점을 중심으로」, 『문학과 종교』 제24권 제3호, 2019.9.

오주리, 「최명익(崔明翊)의 「무성격자(無性格者)」에 나타난 죽음의 의미 연구」, 『한국근대문학연구』 제32호, 2015.10.

오주리吳周利

서울에서 태어나 서울대학교 윤리교육과를 졸업하고, 동대학원 국어국문학과 대학원을 졸업했다. 시인으로서 대학문학상,『문학사상』신인상, 한국문화예술위원회 창작기금 등을 받으며 문단활동을 하고 있다. 서울대학교에서 강사로서 시 창작을 가르쳐 왔으며, 현재 가톨릭관동대학교 교양대학 조교수로서 문학을 가르치고 있다. 김춘수 연구로 한국연구재단으로부터 연구지원금을 받았다. 시집으로『장미릉』(한국문연, 2019)이 있고 한국문화예술위원회로부터 나눔도서로 선정되었다. 학술서적으로『한국 현대시의 사랑에 대한 연구』(국학자료원, 2020)와『김춘수 형이상시의 존재와 진리 연구』가 있고 2020년 세종학술도서로 선정되었다.

존재의 시: 한국현대시사의 존재론적 연구

정지용 · 이상 · 오장환 · 윤동주 · 조지훈 · 김수영 ·
김춘수 · 김구용 · 고석규 · 기형도를 중심으로

초판 1쇄 인쇄일	2021년 3월 15일
2쇄	2022년 3월 15일
초판 1쇄 발행일	2021년 3월 25일
2쇄	2022년 3월 25일

지은이	오주리
펴낸이	정진이
편집/디자인	우정민 우민지
마케팅	정찬용 정구형
영업관리	한선희 김보선
책임편집	우정민
펴낸곳	국학자료원 새미 (주)

등록일 2005 03 15 제25100-2005-000008호
경기도 고양시 일산동구 중앙로 1261번길 79 하이베라스 405호
Tel 442-4623 Fax 6499-3082
www.kookhak.co.kr
kookhak2001@hanmail.net

| ISBN | 979-11-91440-40-9 *93810 |
| 가격 | 36,000원 |